本书是国家社会科学基金项目（批准号：19BMZ055）"唐诗中民族关系与文化交流研究"结项成果

国家社科基金丛书

互鉴与融合
——唐诗中民族观念与文化交流研究

Mutual Appreciation and Integration:
A Study on Ethnic Concepts and Cultural Exchange in Tang Poetry

兰翠 著

人民出版社

责任编辑:侯俊智　申　珺
责任校对:东　昌
封面设计:石笑梦
版式设计:胡欣欣

图书在版编目(CIP)数据

互鉴与融合:唐诗中民族观念与文化交流研究/兰翠 著. —北京:人民出版社,2024.7
ISBN 978－7－01－026287－1

Ⅰ.①互… Ⅱ.①兰… Ⅲ.①唐诗－诗歌研究 Ⅳ.①I207.227.42

中国国家版本馆 CIP 数据核字(2024)第 032915 号

互鉴与融合
HUJIAN YU RONGHE
——唐诗中民族观念与文化交流研究

兰翠 著

人民出版社 出版发行
(100706 北京市东城区隆福寺街 99 号)

中煤(北京)印务有限公司印刷　新华书店经销
2024 年 7 月第 1 版　2024 年 7 月北京第 1 次印刷
开本:710 毫米×1000 毫米 1/16　印张:22.75
字数:300 千字
ISBN 978－7－01－026287－1　定价:98.00 元

邮购地址 100706　北京市东城区隆福寺街 99 号
人民东方图书销售中心　电话 (010)65250042　65289539

版权所有·侵权必究
凡购买本社图书,如有印制质量问题,我社负责调换。
服务电话:(010)65250042

目　　录

引　言 ……………………………………………………………… 001

第一章　初唐诗歌中的民族观念与文化交流 ………………… 011

　第一节　唐太宗诗歌中的民族关系 ……………………………… 012
　　一、"扬麾氛雾静"：北征突厥 ………………………………… 012
　　二、"驻跸俯九都"：东征高丽 ………………………………… 018

　第二节　初唐四杰诗歌中的民族情感 …………………………… 025
　　一、"负羽远从戎"：杨炯、卢照邻诗歌中的民族情感 ……… 026
　　二、"投笔怀班业"：骆宾王从军的矛盾情感 ………………… 029
　　三、"誓令氛祲静皋兰"：骆宾王诗歌中的民族态度 ………… 034

　第三节　陈子昂诗歌中的民族情感与观念 ……………………… 036
　　一、武后时期错综复杂的民族关系 …………………………… 037
　　二、"匈奴犹未灭"：陈子昂诗文中的民族情感 ……………… 042
　　三、"来能怀去能制"：陈子昂的民族观 ……………………… 048

　第四节　初唐南贬诗人笔下的岭南民族风情 …………………… 053
　　一、"涨海积稽天"：岭南各民族的自然生态 ………………… 054
　　二、"地偏多育蛊"：岭南各民族的文化生态 ………………… 060

第二章　盛唐诗歌中的民族观念与文化交流 …… 067

第一节　高适诗歌中的民族观 …… 067
一、"翩翩出从戎"：高适强烈的民族自信 …… 069
二、"一战擒单于"：高适对民族战争的主张 …… 074
三、"到处尽逢欢洽事"：高适对民族融洽关系的向往 …… 078

第二节　岑参诗歌中的民族关系 …… 080
一、"天威临大荒"：西部边境民族战争书写 …… 081
二、"叶河蕃王能汉语"：西部边境的民族和融文化 …… 086
三、"孰知造化功"：西部边境的地理环境及民族风情 …… 090
四、"厌听巴童歌"：岑参对蜀地少数民族的感观 …… 096

第三节　王维诗歌中的民族观 …… 099
一、"汉兵大呼一当百"：王维对唐军声威的夸耀 …… 099
二、"当令外国惧"：王维对建立边功的慷慨意气 …… 102
三、"大漠孤烟直"：王维对民族风情的表现 …… 104

第四节　李白诗歌中的民族观 …… 107
一、客观中性：李白对少数民族的称谓 …… 109
二、理性平和：李白对民族冲突的态度 …… 112
三、平民情怀：李白民族观形成的内在理路 …… 116

第五节　杜甫诗歌中的民族观 …… 121
一、"勋业青冥上"：杜甫在安史之乱前的民族观 …… 122
二、"中原有驱除"：杜甫在安史之乱中的民族观 …… 128
三、"乾坤尚虎狼"：杜甫在安史之乱后的民族观 …… 135

第三章　中唐诗歌中的民族观念与文化交流 …… 145

第一节　白居易诗歌中的民族观 …… 146
一、"夷声邪乱华声和"：白居易对夷族乐舞的排斥 …… 146

二、"今日边防在凤翔"：白居易对收复边疆失地的期望 …………… 149

　　三、"欲感人心致太平"：白居易对民族关系的主张 …………… 153

第二节　韩愈诗歌中的民族观 …………… 159

　　一、"不用无端更乱华"：韩愈对佛教的态度 …………… 160

　　二、"与魑魅为群"：韩愈对西原蛮的态度 …………… 162

　　三、"常惧染蛮夷"：韩愈对少数民族民俗的态度 …………… 164

第三节　柳宗元诗歌中的民族观 …………… 167

　　一、"居夷獠之乡"：柳宗元对其贬所蛮夷之地的认知 …………… 168

　　二、"幸此南夷谪"：柳宗元对夷文化的接纳与融入 …………… 169

第四节　刘禹锡诗歌对贬谪地异族文化的书写 …………… 175

　　一、"蛮衣斑斓布"：对朗州异族文化的书写 …………… 176

　　二、"莫徭自生长"：对连州异族文化的书写 …………… 180

　　三、"长刀短笠去烧畲"：对夔州异族文化的书写 …………… 183

第五节　吕温诗歌中的民族关系与文化交流 …………… 187

　　一、"岂知羸卧穷荒外"：吕温对吐蕃自然环境的书写 …………… 188

　　二、"明时无外户"：吕温对唐朝与吐蕃友好交往的愿望 …………… 190

　　三、"有心无力复何言"：吕温忧国忧民的民族情怀 …………… 192

第四章　晚唐诗歌中的民族观念与文化交流 …………… 196

第一节　杜牧诗歌中的民族观 …………… 196

　　一、"文思天子复河湟"：杜牧对收复河湟的期盼 …………… 197

　　二、"三边要高枕"：杜牧的边防理想 …………… 204

第二节　李商隐诗歌中的民族观 …………… 210

　　一、"爱君忧国去未能"：李商隐对边事问题的忧患意识 …………… 210

　　二、"从古穷兵是祸胎"：李商隐对民族关系问题的思考 …………… 215

　　三、"羌管促蛮柱"：各民族文化的交流融合 …………… 221

第三节　贯休诗歌中的民族关系与文化交流书写 …………… 225
　一、"山无绿兮水无清"：西北边疆的人文地理书写 …………… 225
　二、"未战已疑身是鬼"：西北边行诗歌的情感主调 …………… 228
　三、"战后觉人凶"：民族纷争引发的反思 …………… 232
　四、"狂蛮莫挂甲"：南海边疆民族关系书写 …………… 234
　五、"忘身求至教"：与东夷僧侣的交往 …………… 236

第五章　唐诗中的民族称谓与文化交流 …………… 240
第一节　唐诗中的胡风 …………… 241
　一、"香饭进胡麻"：胡麻饭与胡麻饼 …………… 241
　二、"一炷胡香抵万金"：胡香 …………… 249
　三、"白羽胡床啸咏中"：胡床 …………… 251

第二节　唐诗中的"夷" …………… 254
　一、"东方曰夷"：夷义溯源 …………… 255
　二、"华夷""夷俗""夷心"：唐诗中"夷"的内涵 …………… 258
　三、"礼乐夷风变"：文化的自信与包容 …………… 266

第三节　唐诗中的新罗与日本 …………… 271
　一、"积水隔华夷"：空间体验 …………… 272
　二、"到岸犹须隔岁期"：时间体验 …………… 276
　三、"异俗知文教"：文化体验 …………… 281

第四节　唐代和亲诗与咏王昭君现象 …………… 288
　一、"和亲汉礼优"：唐代和亲诗与士人的民族情感 …………… 289
　二、"昭君恨最多"：王昭君形象的文化意义 …………… 295

第六章　唐诗中的邻族名物与文化交流 …………… 304
第一节　唐诗中的远域草木 …………… 304
　一、"白草磨天涯"：白草 …………… 305

二、"胡地苜蓿美"：苜蓿 …………………………………………… 309

　　三、"荔枝还复入长安"：荔枝 ……………………………………… 313

　　四、"桄榔椰叶暗蛮溪"：桄榔 ……………………………………… 318

第二节　唐诗中的邻族武器及日用品 ……………………………………… 320

　　一、大食刀、乌孙佩刀、新罗剑：异域刀剑武器 ………………… 320

　　二、蛮榻、蛮笺、蛮丝：蛮方日常用品 …………………………… 326

第三节　唐诗中的异域骏马 ………………………………………………… 331

　　一、"背为虎文龙翼骨"：天马的姿态 ……………………………… 332

　　二、"身骑天马多意气"：天马与日常生活 ………………………… 336

　　三、"大宛来献赤汗马"：唐朝声威 ………………………………… 339

　　四、"天马长鸣待驾驭"：以骏马喻人才 …………………………… 342

　　五、"胡马犯潼关"：胡马的文化意义 ……………………………… 345

参考文献 ……………………………………………………………………… 349

后　　记 ……………………………………………………………………… 355

引　言

　　唐代是多民族融合的大一统时代,是民族关系全面发展成熟的阶段,在中国古代史上占有十分重要的地位,因此,唐代的民族关系与文化交流受到民族学与史学界学者的普遍重视,唐代民族史、唐代民族思想与政策、唐代区域民族研究、唐代民族文化交流等诸多方面研究成果精彩纷呈。然而,由于这一内容涉及范围十分广泛,民族学与史学界研究的主要依据是史料典籍,研究的视角并没有涵盖到所有领域,就其基本文献而言,对于蕴含着丰富民族关系资料的唐代文学典籍则较少涉足,即使有所涉猎,也难以全面深入而周详,尤其是被称为唐代文学标志的诗歌。而在唐诗学界对民族关系的关注要晚许多,其成果相对于唐诗的其他领域也要薄弱一些。在唐代诗人群体中,主要关注了李白和杜甫诗歌中的民族意识,虽有学者从胡姬形象、西域文化、少数民族乐器角度进行探讨,仍缺少全面系统的研究。故此,从丰富多彩的堪称"唐代百科全书"的唐诗中,较全面地深入发掘唐代民族关系与文化交流的内容,就成为学界尚待解决的问题。

一、民族学与史学界的相关研究

　　首先,民族学界相关研究成果精彩纷呈。这些成果大致可分为唐代民族史、民族思想与政策、区域民族研究、民族文化交流等诸多方面。唐代民族史通史研究如吕思勉（1933年）、王桐龄（1934年）、林惠祥（1939年）分别撰写的《中国民族史》，是20世纪成书较早的几部集大成者。唐代民族专史出现较晚一些，卢勋、萧之兴、祝启源合著的《隋唐民族史》（1996年）、林超民《唐宋民族史》（2016年），都是这一领域代表性的学术著作。唐代民族思想与政策研究是新时期逐渐繁盛的领域，胡如雷、熊德基（皆见《历史研究》1982年—6）、孙祚民（《社会科学评论》1986年—9）曾撰文商榷唐太宗的民族政策。徐杰舜、罗树杰《隋唐民族政策特点概论》（《中南民族学院学报》1992年—3）、刘统《唐代羁縻州府研究》（1998年）则对唐代羁縻府州予以研究。崔明德《隋唐民族关系探索》（1994年）是较早纵论唐代民族关系创见颇多的专著，崔明德、马晓丽《隋唐民族关系思想史》（2010年），则被学界专家称为"国内外第一部系统梳理和全面研究隋唐时期民族关系思想的学术专著，具有填补空白的意义"（杨建新序）。

唐代区域民族研究由岑仲勉《突厥集史》（1958年）较早开拓了这一领域。新时期以来，刘美崧《两唐书回纥传、回鹘传疏证》（1989年）对正史中回纥文献予以纠谬整理研究。吴玉贵《突厥汗国与隋唐关系史》（1998年）、蔡鸿生《唐代九姓胡与突厥文化》（1998年）在讨论突厥与隋唐王朝的政治关系上多有建树。杨铭《唐代吐蕃与西域诸族关系研究》（2005年）详细阐释了唐代吐蕃与西域诸族的关系。李鸿宾《唐朝中央集权与民族关系》（2003年），深入分析唐朝社会前后期民族关系的发展和变化。李大龙《唐代边疆史》（2013年）系统阐述了唐代边疆形成和发展的历史过程等。此外，杨建新《中国西北少数民族史》（1988年）和王文光、龙晓燕、陈斌《中国西南民族关系史》（2005年），也都是这一领域的代表性成果。唐代民族文化交流方面，向达《唐代长安与西域文明》（1957年）至今仍对学术界有很大影响。张广达《论隋唐时期中原与西域文化交流的几个特点》（《北京大学学报》1985年—4）、吕一飞《胡族习俗与隋唐风韵》（1994年）、傅永聚《唐代民族与文化新论》（1995年）都从不同角度探讨了唐代民族文化的特点。

其次,在史学界,唐代民族关系与文化交流成为通史和唐代专史著作中不可或缺的内容。如范文澜《中国通史》(1995 年)在隋唐五代时期,分别叙述了吐蕃、回纥、南诏、大理的政治、经济、文化概况。白寿彝《中国通史》第六卷(1997 年)中的第四章,对隋唐各民族的分布及迁徙也有高屋建瓴的论述。在唐代专史中,岑仲勉《隋唐史》(1957 年)设多个专节论述唐与周边民族的关系;韩国磐《隋唐五代史纲》(1961 年)则设有"唐朝与边疆各族关系的进一步发展""唐朝的对外关系"等专章;吕思勉《隋唐五代史》(1984 版)第四、第六、第十五章专门讨论唐与四裔的关系。王仲荦《隋唐五代史》(1988 年)专设"唐代少数民族社会经济的发展与民族关系的加强"和"中外经济文化交流的扩大"两章。台湾学者王吉林《唐代南诏与李唐关系之研究》(1976 年)、刘学铫《历代胡族王朝之民族政策》(2005 年)等,研究角度新颖,视野开阔。

国外如崔瑞德(英)《剑桥隋唐五代史》(1990 版)、气贺泽保规(日)《绚烂的世界帝国:隋唐时代》(2014 版)、陆威仪(美)《世界性的帝国:唐朝》(2016 版)的著述也能让我们看到"他者"对唐史的不同观念。

总之,民族学与史学界关于唐代民族关系与文化交流的研究主要依据的是史料典籍,早期的相关研究也多集中于史实的概述和文献的考订。新时期以来,在基本观点上,费孝通提出的中华民族"多元一体格局理论"(1988 年)奠定了中国民族史研究的整体史观。在成果形式上,学者们的研究多数先以论文形式发表,后以著作形式呈现。这些研究,或考据精密、论从史出,或见解深邃、谨严渊博,都体现了作者深厚的理论学养、严谨的治学态度和扎实的材料功夫。不管是研究方法还是学术理论,都对本课题有很大的启迪作用。

二、唐诗学界的相关研究

唐诗学界对民族关系的关注相对于史学和民族学界要晚许多,其成果相对于唐诗的其他领域也要薄弱一些。

在唐代诗人群体中,主要关注了李白和杜甫诗歌中的民族意识。如吴逢篯《论李白反映唐蕃战争的边塞诗》(《西藏民族学院学报》1992年—2)、徐兴菊《浅论李白边塞诗中的民族观念》(《乐山师范学院学报》2003年—3)都以李白的边塞诗为主体,分析其战争诗作的情感和民族平等的观念。周勋初《论李白对唐王朝与边疆民族战事的态度》(《文学遗产》1993年—3)论述李白对其所经历的唐代与边疆民族发生冲突的态度及原因。他的《李白与羌族文化》(《中华文史论丛》2006年—1),则从李白家庭出身及童年受羌族文化浸润的角度来研究李白的独特之处。吴逢篯《试论杜甫的民族观——以杜甫有关唐蕃关系的诗为例》(《杜甫研究学刊》1995年—1)、刘明华《杜诗中"胡"的多重内涵——兼论杜甫的民族意识》(《杜甫研究学刊》1999年—1),彭超、徐希平《杜甫和睦平等之民族意识略论——杜甫与少数民族关系之一》(《杜甫研究学刊》2010年—3),从不同角度分析了杜甫的民族情感与民族观。徐希平《李杜诗学与民族文化论稿》(2011年)第二编对李白与杜甫对少数的民族态度和民族意识进行了深入讨论。

在唐诗题材类别中,较多关注了边塞诗。如柴剑虹《岑参边塞诗和唐代的中西交往》(《西北大学学报》1984年—1)、廖立《唐玄宗时西域战争性质与岑参边塞诗》(《中州学刊》1985年—4)、刘健《岑参边塞诗中的民族观浅析》(《喀什师范学院学报》2003年—1)等,都是从岑参的边塞诗入手,对唐代当时各民族间战争与民族交往问题展开讨论。纵论边塞诗中民族交流与融合的代表成果则有李炳海《民族融合与古代边塞诗的战地风光》(《北方论丛》1998年—1)、薛隽雯《唐代各族和平交往边塞诗研究》(2003年)、任文京《唐代边塞诗的文化阐释》(2005年)、周斌《从对西域与岭南的治理看唐代民族政策的南北差异性》(《云南民族大学学报》2014年—4)等。

还有学者从胡姬形象、西域文化、少数民族乐器角度进行研究,如邹淑琴《唐诗中的胡姬形象及其文化意义》(2016年)、海滨《唐诗与西域文化》(2007年)、徐希平《唐诗中的羌笛及其所蕴含和平交融文化内涵》(《杜甫研究学刊》2016年—1)、高建新《唐诗中的北方游牧民族乐器——以羯鼓和羌笛为研究对象》(《民族文学研究》2017年—2)等。通论性的著述如刘亚虎、邓敏文、罗汉田《中国南方民族文学关系史》(2001年)中"隋唐十国两宋卷""从文学的角度阐述中华民族多元一体格局"。李炳海《民族融合与中国古代文学》(1997年)从宏观的角度论述了各个时代民族融合对中国古代文学的影响。

不难看出,以上从诗歌角度展开的关于唐代民族关系与文化交流的研究,不仅对于开创拓展唐诗研究领域具有较大的学术意义,这种以诗证史的尝试和努力,无疑也为唐代民族问题研究打开了另一扇丰富多彩的可视窗口。不过,由于唐诗学界此类研究相对较为薄弱,已有的成果学术启发价值虽然很大,也多限于个别诗人作品,只有少数的点,还未构成广泛的线与面;多限于盛唐时期,对初唐和中晚唐较少关注,缺少全面系统的研究;多限于边塞诗歌,对诸如政事诗等其他类别相关诗歌尚缺乏较深入的研究。

三、本书内容与学术意义

1. 本书内容

本书稿以唐代诗人别集与《全唐诗》的文本为主要研究对象,参读其他相关史料,力求较全面地蒐集唐诗中与民族问题相关联的作品,深入分析唐代诗人体现在诗歌中的民族情感、观念与体验,进而总结唐代民族关系与文化交流特点。共分六章,前四章以时间为序,依据文学史对于唐代文学的时段划分,按照初盛中晚四个时期,纵向考察唐代主要代表诗人作品中的民族关系内容。后两章以唐诗中频繁出现的少数民族称谓和器物等为主,横向考察其中所反映的民族关系与文化交流内容。

初唐诗歌一般指唐朝立国至武后执政时期的诗歌创作。这一阶段又可分为唐太宗统治和高宗、武后统治前后两个时期。前期诗歌中的民族关系内容主要集中于唐太宗的北征诗歌和征辽诗歌中,这些作品体现出他对民族和平的期待,蕴含着他心怀天下的治国理想与体恤将士的人文关怀。后期则主要集中在初唐四杰和陈子昂的作品中,这些诗作反映了当时出身中下地主阶层文人的民族情感。他们对待其他民族的情感比较理性,既有对边疆局势的深沉忧虑,也表达了扬威边塞的强烈民族自信。初唐时期以沈佺期、宋之问和杜审言为代表的一批流贬岭南的诗人们,用他们的亲身体验,为我们展示了唐朝岭南的自然山川样貌和当地少数民族独特的风土人情。在资料上进一步丰富了我们对唐朝初期岭南的全面认识,他们对当地独特的文化表现出的客观态度,不仅体现了唐代文化的时代包容性,还从侧面反映出当时岭南各民族之间团结和睦的景象。

盛唐诗歌以唐玄宗时期的诗坛为主,兼及唐肃宗时期的诗坛。唐玄宗好尚边功,疆土不断扩大,唐朝物质基础不断坚实,国力不断强盛,盛唐诗人群体在其诗歌中展现了他们各自的民族观念。高适的作品敢于论列大局,见解深刻,他鼓励勇立边功,赞美唐军的强大与声威,有着强烈的民族自信心,对于唐朝与周边民族的摩擦和战争,主张"一战"解决问题,反对"转斗"与"和亲"。岑参曾两度亲历西部边地生活,是盛唐时期表现西部民族关系与民族风情最多的一位诗人。他的诗歌一方面表现了西部边塞唐朝与少数民族之间的战争,另一方面也歌咏了民族间和平相处融合友好的日常生活。王维早期以从军、边塞为内容的诗篇,展现的是大国情怀主导下的民族观,他的一些送别诗渲染了以唐人慷慨意气压倒外族的情感倾向。李白可谓是融中西文化于一身且最具传奇色彩的伟大诗人,他诗歌中对周边少数民族的称谓较为客观中性,对待民族冲突的态度也比较理性平和,甚至淡化民族的对抗,这源于他的平民情怀以及民族融合思想。杜甫生活于唐朝由盛转衰的时期,安史之乱以前,他充满立功异域的抱负与理想;安史之乱暴发后,唐朝陷入民族矛盾空前紧张的时期,他的相关诗作中对胡人的态度明显充满敌对情绪。他的诗歌反映了安史之乱及其后期复杂的民族关系,不仅在诗史上留下了诸多第一手的文献资料,而且贯穿其中的仁者情怀也成为烛照后代的宝贵精神财富。

中唐诗歌以唐代宗大历时期至唐文宗大和年间的诗坛为主。这一时期,唐王朝与周边民族的关系变得更为复杂。白居易和韩愈诗歌中都体现着明确的华夷之分观念,白居易从维护华夏正声的立场反对夷族乐舞,积极主张收复河湟失地,他多次批评边将对此无动于衷,同情遗民的命运。韩愈对待夷族文化的态度是拒绝和排斥的,无论是他出于华夷之分对佛教的激烈批评,还是在其贬所与当地蛮夷文化刻意保持的距离,都体现出他主观上的这一意识。柳宗元和刘禹锡自"永贞革新"失败后,长期担任南方偏远地区官员,他们主动接受并努力去适应当地的风土人情,热情而客观地歌咏他们独特的风俗习惯,对异族文化有着一颗包容之心,具有平等看待少数民族的思想观念。吕温因为曾以使者的身份亲历吐蕃,对异域的自然环境有着身临其境的体验,他对吐蕃雪山奇丽风光的刻画为后代留下了难得的资料。

晚唐诗歌主要成就集中于武宗、宣宗、懿宗时期。这一时期,藩镇割据愈演愈烈,唐王朝的中央权力急剧衰落。同时,周边少数民族也趁乱兴起,与唐王朝相对抗,威胁唐王朝的边境安宁。杜牧的诗歌既反映了晚唐前期的西北边疆局势,亦记录了唐廷应对回鹘、党项侵扰所采取的军事行动。李商隐也对其所处时代的民族关系始终保持着高度的关注,其诗作不仅反映了晚唐较为严重的西北边患,也注意到了东北及西南边疆的态势。他反对外族侵扰的不正义行为,也反对朝廷的穷兵黩武,表现出公正、赤诚的品质以及对政治的热情。同时,他对西南多民族杂居地区的独特风俗文化,在新奇中融入了理解与接纳之情,显示了平等包容的胸怀。贯休的诗歌以悲天悯人的僧人情怀,心系家国民生,反映了晚唐西北边疆以及南疆的相关民族关系与问题,表达了同情将士、反对战争的态度与观点。

唐代作为我国古代社会发展的鼎盛阶段之一,尤其在唐玄宗统治的开元及天宝前期,社会安定、经济发达、文化繁荣,成为周边民族或国家向慕的大国。在胡汉文化交融中,主要选取了学界关注较少的胡麻。也对胡香和胡床予以考察。在唐诗中,反映其他民族饮食内容较多的应属与胡麻相关的食品胡麻饼与胡麻饭;胡香则因其能令死者复活,或是能够给人助情,成为皇室贵族们专享的用品。胡床以其便于携带的特点,经常与士人的休闲恬淡生活相伴,为我们进一步了解唐人生活提供了多方位视角,也给我们今天的慢生活提供了一定的借鉴。唐诗中"夷"元素也较多,其内涵多指代周边民族和附属国,常出现于颂赞、送行以及与战事相关的诗作中,反映了唐人在民族交往与文化交流中的大国自信与文化自信以及平等包容诸多情感与体验。唐代诗人还创作了不少与新罗、日本有关的诗作,记载了他们在东方海域丰富的时空体验与文化体验。此外,在数量可观的和亲诗中,诗人们既有对当朝和亲情事的吟咏,也有对和亲历史人物的评价。这些作品除了蕴含作者对和亲公主深切的人文关怀情感之外,还表达了士人阶层对和亲以及民族间文化交往的不同态度和立场。为我们了解唐代和亲历史提供了文学角度的见证。

  唐诗中的邻族名物与文化交流,主要从远域草木、邻族刀剑武器和异域骏马几类事物入手,了解唐人对这些事物的认识与接受。这些邻族的名物在输入内地后,被唐人广泛接受认可甚至喜爱,它们在保留自身文化特色的同时,有些已经被士人们重新改造,赋予了新的内涵,显示了中华文明在同其他文明的交流互鉴中不断焕发出新的生命力。远域草木意象选取了白草、苜蓿、荔枝和桄榔考察,它们除了具备共同的地域色彩之外,白草和苜蓿意象更多地承载着诗人的民族情感,荔枝在一定程度上成为权贵荒淫生活的象征,苜蓿和桄榔树面则代表着士人清贫的生活。异域的武器与日用品也经常呈现于唐人笔端,从光怪陆离的各式短兵器,到居家的蛮方日常生活用品,从文人书斋的纸笺,到娱乐场合的大鼓,在细微处体现了中华文明能够延续几千年而旺盛不衰的原因。随着唐代士人社会生活的不断丰富,西域骏马与人们生活的联系日趋密切。在冶游生活中,它成为唐人身份地位和财富的象征;在民族交往、出塞以及游侠等生活场景中,它成为显示朝廷声威与民族豪情和气势的文化符号。唐代诗人还继承了前人以骏马比喻人才的情感表达方式,一方面以卓尔不群的天马、骢马等比喻心胸万夫的青年才俊,另一方面也用病弱老马比喻那些老而被弃或怀才不遇的落魄文人。

引　言

2. 本书的学术意义

从诗歌角度展开关于唐代民族关系与文化交流的探索,在唐诗研究和唐代民族研究领域都具有较大的学术意义。

第一,首次较全面系统地梳理分析了唐代不同时期主要代表诗人的民族情感、观念与体验,进一步拓展了唐诗研究的领域。前四章对唐代二十余位诗人的诗歌中与民族问题相关联的作品予以分析总结,由点成线,由线成面,较全面深入地考察了唐代不同时期诗人作品中的民族内容,进而从文学文献总结唐代民族关系与文化交流特点。后两章以唐诗中频繁出现的少数民族称谓如胡、夷等以及邻族器物如短兵武器、日常用品、骏马等为主,横向考察其中所反映的民族关系与文化交流内容。其中,关于远域草木意象、邻族兵器、蛮方日常用品、夷元素等内容的分析总结都是学界未曾关注的内容。

第二,从文献上进一步补充丰富了唐代民族交往的史料记述,为唐代民族问题研究挖掘提供了新材料。民族学与史学界学者的研究,多以历史文献为依据,唐人诗文则是一块尚待深入开掘的处女地。历史文献典籍以实录为要,固然是我们研究民族问题依据的主要文献资料,但是,留存下来的史料往往多从官方立场着眼,有些也比较简单笼统。而唐人的诗文多为私人创作,尤其是大量的纪实性诗歌,不仅可以以诗证史,从细节上补充了史料记载之不足,也从诗人个体角度表达了他们对民族问题的观点。全面挖掘分析这些文学文献,补充并丰富史料中对民族交往、文化交融、政事兴废、礼仪风俗等的记述,与民族学、历史学领域的史料典籍可以构成立体交叉的学术格局,进一步推动唐代民族问题的研究。

第三,立足于唐代诗歌与诗人群体,为唐代民族关系与文化交流提供新的研究视角。本书稿所关注与考察的群体,除唐太宗以外,多数是徘徊于官僚体系边缘或底层的文人,有的则是僧人。他们既有以强烈的社会责任感参与政治的热情和卓见,也有来自底层的生活实感。由于立场和具体环境的不同,他们看待民族问题的角度也有差异。总体而言,诗人们普遍反对战争,同情广大士卒或失地百姓的命运,对统治者的穷兵黩武与将领的腐败无能敢于批评;同时,他们也表达了强烈的民族自信心与自豪感,尤其是在盛唐时期的诗人群体中,这种情感最为突出;最可贵的是,多数诗人能够客观理性地对待其他少数民族文化,对于民族友好交往与民族文化融合表示了理解与接纳之情,显示了平等包容的胸怀。唐代中下阶层士人对民族关系与文化交往的认知与体验,他们在不同立场不同环境下看待民族问题的独特感受,为唐代民族问题研究提供了新的视点,也打开了另一扇丰富多彩的可视窗口。

第四,总结唐代处理民族关系方面的经验与教训,对探索当前我国民族关系的新思路具有参考价值,对正确处理当今民族关系具有一定借鉴意义。书稿坚持辩证唯物主义和历史唯物主义的方法论,运用诗史互证法、学科交叉法,立足唐诗文本,结合相关史料,力求辩证地阐释文本资料,客观地分析其内容。唐诗中有不少描述少数民族生活的作品,其中不乏对当地政治、经济、军事、民风、民俗乃至民众心理的表达,有些理念对今天仍不失镜鉴作用。

第一章 初唐诗歌中的民族观念与文化交流

初唐诗歌一般指唐朝立国至武后执政时期的诗歌创作。这一阶段又可分为前后两个时期,前期主要是唐太宗统治时期,后期主要是高宗和武后统治时期。唐太宗时期,唐朝基本实现了政权的稳定,但民族关系也亟待维护,北部地区的突厥仍是最大的威胁。在与突厥延续了一段时间的"便桥之盟"后,唐朝最终于贞观四年(630 年)彻底消灭了突厥。这一时期,主要是唐太宗的作品反映了一些民族关系内容。

高宗和武后朝,民族关系问题亦是当时诗人诗歌书写的主题,主要体现在初唐四杰和陈子昂的作品中。初唐四杰创作了许多与塞漠相关的作品,这些诗作反映了当时出身中下地主阶层文人的民族情感。

武后时期,唐朝与周边少数民族关系较为紧张。陈子昂主要生活在这一时期,他有两次随军出征的生活经历,因而陈子昂以强烈的士人责任感创作了不少涉及民族关系的诗文。

初唐时期以沈佺期、宋之问和杜审言为代表的一批流贬岭南的诗人们,用他们亲身经历的体验,以诗歌的形式为我们展示了唐朝岭南的自然山川样貌和当地少数民族独特的风土人情。

第一节　唐太宗诗歌中的民族关系

唐朝初期的民族关系,主要以唐太宗统治时期为主。太宗朝是唐朝历史上民族关系最和睦的时期之一。在思想上,初唐统治者继承了中国古代的"大一统"观念,"大一统"理论早在春秋时期就有了萌芽,战国时期已经定型,《春秋公羊传·隐公元年》载:"何言乎王正月?大一统也。"①到了汉代,大一统理想不仅变为现实,而且成为占主导地位的理论,即董仲舒所概括的"大一统者,天地之常经,古今之通谊也"②。颜师古对"大一统"做了进一步解说:"一统者,万物之统皆归于一也"③,"初唐的统治者无疑也将这一观念作为中央王朝维护中央集权的多民族国家的强有力工具"④。在制度上,唐朝继承了汉朝时形成的藩属治理经验,无论被称作"外臣""藩臣"的边疆民族,还是与唐朝没有臣属关系或联系不密切的民族政权,都与唐朝建立藩臣关系。在这种制度下,唐朝的藩属关系通过三种途径建立:一是边疆民族政权主动向唐朝称臣,并接受册封;二是通过战争征服的方式;三是唐朝通过德政影响边疆民族,进而与边疆民族建立藩臣关系。⑤ 这些民族关系状态,在唐太宗的相关诗作中都有所反映。

一、"扬麾氛雾静":北征突厥

突厥是长期生活于我国北方地区的少数民族,公元6世纪初期兴起于今

---

① 杜预等注:《春秋三传》,上海古籍出版社1987年版,第36页。
② 《汉书·董仲舒传》卷五十六,中华书局1964年版,第2523页。
③ 《汉书·董仲舒传》卷五十六,中华书局1964年版,第2523页。
④ 崔明德:《略谈中国古代少数民族的思想文化》,《烟台大学学报(哲学社会科学版)》2010年第1期。
⑤ 参见李振中:《初唐夷夏观、藩属观、天下观与极盛疆域的形成关系论略》,《商丘师范学院学报》2015年第5期。

第一章 初唐诗歌中的民族观念与文化交流

阿尔泰山一带。大约在6世纪中期时,突厥部落逐渐强大起来。隋代末年,东北的契丹、室韦,西边的吐谷浑、高昌相继向隋王朝俯首称臣,但北方地区的突厥仍然强盛。唐朝建国后,从武德元年(618年)到贞观元年(627年)这段时间里,北边的突厥时常对唐朝北部边境进行骚扰,吐谷浑也不断对西南边境的州郡发起进攻。伴随着对这些叛乱的平定,突厥与吐谷浑开始向唐朝示好。到唐太宗时期,唐朝基本实现了政权的稳定,但民族关系也亟待维护,北部地区的突厥仍然是唐朝所面临的最大威胁。

突厥首领颉利可汗即位后,多次南侵,严重威胁到唐朝北部地区的安宁。笔者据《资治通鉴》统计,唐高祖在位时期,突厥寇边有八十余次之多,唐高祖曾以"吾继位日浅,国家未安,百姓未富,且当静以抚之"①的原因,多采用"和"的方式来处理双方关系。这一时期各方势力错综复杂,不仅有隋代的残存势力勾结突厥对边境进行骚扰,同时边境各个少数民族之间也相互制约,纷纷与唐朝保持着若即若离的关系。唐太宗即位后,唐朝延续了一段时间与突厥的"便桥之盟",最终于贞观四年(630年)彻底消灭了突厥。

突厥的多次入侵,严重扰乱了北部百姓的生活。唐太宗在《备北寇诏》中称:"皇运以来,东西征伐,兵车屡出,未遑北讨。遂令胡马再入,至于泾渭,蹂践禾稼,骇惧居民,丧失既多,亏废兴业。"②因此,他坚定了"方为公清扫沙漠,安用劳民远修障塞乎"③的决心。他的《饮马长城窟行》创作可能就与他以武力防边扫清突厥边患的作战有关:

  塞外悲风切,交河冰已结。瀚海百重波,阴山千里雪。
  迥戍危烽火,层峦引高节。悠悠卷斾旌,饮马出长城。
  寒沙连骑迹,朔吹断边声。胡尘清玉塞,羌笛韵金钲。
  绝漠干戈戢,车徒振原隰。都尉反龙堆,将军旋马邑。

---

① 《资治通鉴》卷一九十二,中华书局1986年版,第6020页。
② 吴云、冀宇校证:《唐太宗全集校注》,天津古籍出版社2004年版,第212页。
③ 《资治通鉴》卷一九十三,中华书局1986年版,第6057页。

　　　　扬麾氛雾静,纪石功名立。荒裔一戎衣,灵台凯歌入。①

据《旧唐书·太宗纪下》与《李靖传》记载,贞观三年(629年)八月,唐太宗命兵部尚书李靖为行军总管讨伐突厥。贞观四年(630年)二月,李靖率军破突厥颉利可汗于阴山,颉利趁机逃跑,虏众溃散,"夏四月丁酉,御顺天门,军吏执颉利以献捷"②。唐太宗在《大赦诏》中写道:"自去岁迄今,降款相继,不劳卫、霍之将,无待贾、晁之略,单于稽首,交臂藁街,名王面缚,归身夷邸,襁负而至,前后不绝。"③突厥的降服让北方的其他少数民族认清了现实,他们的首领先后主动接受唐朝的统治。李靖率领大军于定襄、铁山打败东突厥,擒获其首领颉利可汗,一举扫除东突厥对内地的侵扰,李世民大赦天下,此诗或为纪念这一胜利而创作。

唐太宗此诗以概括的笔法,表现了塞外严峻而紧张的局势以及战后凯旋的过程。其中的"交河""阴山""龙堆""马邑"等地名并非实指,只是采用这些边塞比较典型的地点,代表征战的艰难和地域的广泛。诗歌前四句以景色衬托凸显边境严峻的民族形势,悲风切、交河冰、瀚海波以及阴山雪这些景象不仅仅是体现地域特征,更主要的铺垫战争的背景与现状。接下来顺理成章地描写在"迥戍危烽火"的情形之下朝廷遣兵卷斾出长城的征讨。"寒沙"以下八句,是以"断边声""清玉塞"等意象概括战争过程。这里虽然没有具体的交战场面的描绘,但是从出征、行军到凯旋,整个战斗过程十分全面。结尾四句,最能体现出唐太宗一统天下令四夷臣服的霸者之气,"扬麾氛雾静"谓指挥作战的将军大旗一挥,边地就安静无战事了,这是一种理想,也是现实的战争结果,然后刻石纪功,大军凯旋。"灵台"指周文王的天文台,故址在今陕西户县,这里指回师入长安。整首诗歌意象虽然冷寒严峻,但是场面境界壮阔辽远,一国之君总揽寰宇的豪迈之情由此而跃然纸上。

---

① 吴云、冀宇校证:《唐太宗全集校注》,天津古籍出版社2004年版,第14页。
② 《旧唐书·太宗本纪下》卷三,中华书局1975年版,第39页。
③ 吴云、冀宇校证:《唐太宗全集校注》,天津古籍出版社2004年版,第270页。

第一章　初唐诗歌中的民族观念与文化交流

在唐太宗看来,外族的不断侵扰深刻地影响到中原地区的安宁,他通过对东突厥的打击,能令周边的其他少数民族纷纷臣服。果然,东突厥降后,当年十二月靺鞨即派遣使者入贡,唐太宗对此这样分析说:"靺鞨远来,盖突厥已服之故也。昔人谓御戎无上策,朕今治中国,而四夷自服,岂非上策乎!"①唐太宗与其群臣创作的《两仪殿赋柏梁体》,也是缘于降服东突厥之事。《两京记》中记载:"贞观五年,太宗破突厥,宴突利可汗于两仪殿,赋七言诗柏梁体。"②在这首诗歌中,唐太宗再一次强调了平定边患的重要性,诗歌写道:

绝域降附天下平。(帝)八表无事悦圣情。(淮安王)

云披雾敛天地明。(长孙无忌)登封日观禅云亭。(房玄龄)

太常具礼方告成。(萧瑀)③

周边疆域的安宁,是天下安定的根本保障。作为一代帝王,能够令"绝域降附"而"八表无事",应该是其告慰祖先最重要的事情,因此,附和的大臣们在诗中很自然地表达了封禅泰山以及祭祀宗庙的愿望。

唐太宗在两仪殿接见突利可汗时,西北地区已经基本平定,唐朝消除了北部边境的最大隐患。这一目标的实现,应该是他最大的心愿。所以,在其后的诗作中,他再次提及这一盛况。贞观六年(632年),唐太宗于庆善宫大宴群臣,创作了《幸武功庆善宫》一诗,其中他就回顾了自己创业于艰难之际,用武力和安抚的手段统一北方的成果。诗歌如此描绘当时北方少数民族纷纷归附唐朝的盛况:

指麾八荒定,怀柔万国夷。

梯山咸入款,驾海亦来思。

单于陪武帐,日逐卫文櫜。④

---

① 《资治通鉴》卷一百九十三,中华书局1986年版,第6067页。
② 韦述著,陈子怡校证:《校正两京新记》,中华书局1985年版,第33页。
③ 吴云、冀宇校证:《唐太宗全集校注》,天津古籍出版社2004年版,第96页。
④ 吴云、冀宇校证:《唐太宗全集校注》,天津古籍出版社2004年版,第21页。

"指麾"典出《荀子·议兵》:"汤、武之诛桀、纣也,拱挹指麾,而强暴之国莫不趋使,诛桀、纣若诛独夫。"①唐太宗称自己北征平定叛乱正如商汤、武王讨伐桀、纣暴君一样,最终使西域诸国纷纷臣服于唐。"梯山""驾海"两句形容当时消灭东突厥后,北方诸国长途跋涉归附唐朝的情状。《后汉书·西域传论》中曾载:"西域风土之载,前古未闻也。……若其境俗性智之优薄,产载物类之区品,川河领障之基源,气节凉暑之通隔,梯山栈谷、绳行沙度之道,身热首痛、风灾鬼难之域,莫不备写情形,审求根实。"②此以"梯山""驾海"刻画西域交通中原旅途的艰辛。

东突厥灭亡后,"642至648年,唐军接连打败西突厥,天山南路各小国都纷纷摆脱了西突厥的控制,归附唐朝"③。贞观二十年(649年),唐朝消灭了薛延陀,唐太宗有《句》记载此事:"雪耻酬百王,除凶报千古。"④"雪耻"一词反映了往日唐朝与薛延陀之间的紧张关系。薛延陀政权覆灭后,铁勒诸部遣使相继入贡,请置吏,北部边疆全部安平。唐太宗在《平薛延陀幸灵州诏》中高度评价平定薛延陀对唐朝北疆局势带来的影响:"延陀恶积祸盈,今日夷灭,丑徒内溃,凶党外离。契苾送款来降,其余相率归附。"⑤其中包括"回纥、拔野骨、同罗、仆固、多滥葛、思结、阿跌、契苾、跌结、浑、斛薛等十一姓"⑥,他们向唐太宗表明了"委身内属,请同编列,并为州郡"⑦的请求。此时,唐朝基本控制了北部草原和西部地区的少数民族势力,"实现了自汉武帝以来中原王朝征服北方游牧势力的空前壮举。"⑧

---

① 王先谦:《荀子集解》,团结出版社1996年版,第223页。
② 《后汉书·西域传论》卷八十八,中华书局1965年版,第2912页。
③ 崔明德:《突厥、回纥与唐朝关系之比较研究——兼论民族关系史研究中的几个问题》,《理论学习》1985年第1期。
④ 吴云、冀宇校证:《唐太宗全集校注》,天津古籍出版社2004年版,第97页。
⑤ 吴云、冀宇校证:《唐太宗全集校注》,天津古籍出版社2004年版,第529页。
⑥ 《资治通鉴》卷一百九十八,中华书局1986年版,第6239页。
⑦ 李世民《平契苾幸灵州诏》,吴云、冀宇校证:《唐太宗全集校注》,天津古籍出版社2004年版,第529页。
⑧ 李鸿宾:《唐朝的北方边地与民族》,宁夏人民出版社2011年版,第16页。

第一章 初唐诗歌中的民族观念与文化交流

从贞观三年(629年)到贞观二十年(646年),唐太宗巧妙地通过打击北方势力较大的突厥、薛延陀等民族进而令其他北部边疆民族纷纷臣服于唐朝,使唐朝在北疆的秩序进入新的格局,用武力征讨的方式实现了"绝域降附天下平"①的理想,也为高宗时期彻底消灭西突厥做了良好的准备。

虽然唐太宗主张以武力平定北方叛乱少数民族,但他也始终秉持着"爱之如一"的民族思想。"这一思想是唐太宗民族关系理论的核心,在中国古代民族关系思想宝库中最富有积极意义。'爱之如一'思想萌芽于唐太宗即位的前后,后经不断深化与发展,到他晚年已达到了比较完善的程度。"②唐太宗曾对群臣们说:"自古皆贵中华,贱戎、狄,朕独爱之如一,故其种落皆依朕如父母。"③他认为正是自古以来"皆贵中华"的做法让少数民族无法真心归附。因此在对东突厥的安置问题上,唐太宗最终将迁到漠北和河北之间的突厥降部安排到了河套地区,并总结道:"夷狄亦人耳,其情与中夏不殊。人主患德泽不加,不必猜忌异类。盖德泽洽,则四夷可使如一家;猜忌多,则骨肉不免为敌。"④唐太宗从根本上肯定了夷狄,并认为应该对他们保持信任的态度,不可以猜忌怀疑他们,"非戎狄为患"就是其"爱之如一"思想的重要体现。

唐太宗通过一系列战争使北方少数民族统一于唐朝,虽然这一过程对双方来说是艰难的,但对国家的统一和发展具有明显的推动作用。唐太宗征讨北方少数民族所留下的诗作并不多,但是从其诗歌中我们看到了一个大国统治者形象。一方面,他在继承"大一统"的观念下表达了"绝域降附天下平"⑤的民族和平愿望,用武力征讨的方式实现了初步的民族统一;另一方面,在北征的过程中,唐太宗也坚持着"爱之如一"的思想,这为唐朝及后世处理民族关系提供了思想导向。

---

① 吴云、冀宇校证:《唐太宗全集校注》,天津古籍出版社2004年版,第96页。
② 崔明德:《述评唐太宗的民族关系理论》,《中国边疆史地研究》1995年第2期。
③ 《资治通鉴》卷一百九十八,中华书局1986年版,第6247页。
④ 《资治通鉴》卷一百九十七,中华书局1986年版,第6215页。
⑤ 吴云、冀宇校证:《唐太宗全集校注》,天津古籍出版社2004年版,第96页。

二、"驻跸俯九都":东征高丽

据《旧唐书·高丽传》载,"高丽者,出自扶余之别种也。其国都于平壤城,即汉乐浪郡之故地,在京师东五千一百里"①。高丽在隋炀帝时期与隋朝关系恶化,隋炀帝曾三次亲征高丽,最终以高丽请降而结束。隋朝多次的征讨虽然也损失惨重,但是在此过程中开内河、北筑长城,为唐朝进一步经营东北地区打下了良好的基础。唐朝初年,高丽与百济、新罗之间迭相攻击,扰乱了唐朝在朝鲜半岛上的统治秩序。② 唐高祖李渊封高丽王高武为辽东郡王;唐太宗继位,虽意欲东征,但为了巩固新政,没有采取行动。面对东北地区的争斗,唐朝多以册封、遣使等方式进行安抚,但唐太宗也曾在《赐高丽玺书》中委婉地警告高丽:"尔与百济,宜即戢兵。若更攻之,明年当出师击尔国。"③

贞观十六年(642年),高丽权臣盖苏文发动政变,贞观十九年(645年)二月,唐太宗亲自率领军队东征高丽。他在《亲征高丽手诏》中写道:"行师用兵,古之常道,取乱侮亡,先哲所贵。高丽莫离支盖苏文,弑逆其主,酷害其臣,窃据边隅,肆其蜂虿。朕已君臣之义,情何可忍!"④其中提到先哲们所奉行的"取乱侮亡"出自《尚书·仲虺之诰》:"兼弱攻昧,取乱侮亡。"⑤孔颖达注曰:"弱则兼之,闇则攻之,乱则取之,有亡形则侮之,言正义。"⑥可见"取乱侮亡"自古以来就是帝王征讨外敌的重要理论依据。当时高丽正值内乱,盖苏文弑君杀臣,不仅破坏了高丽内部的政治秩序,而且还觊觎唐朝在东部的疆土。唐太宗此次亲征高丽,就是以正义之师的姿态自居的。因此,在出师的途中,他心情轻松,信心十足,《于北平作》和《春日望海》都传达出了这一信息。《于北

---

① 《旧唐书·高丽传》卷一百九十九上,中华书局1975年版,第5319页。
② 参见程妮娜:《东北史》,吉林大学出版社2001年版,第99页。
③ 吴云、冀宇校证:《唐太宗全集校注》,天津古籍出版社2004年版,第148页。
④ 吴云、冀宇校证:《唐太宗全集校注》,天津古籍出版社2004年版,第96页。
⑤ 孔安国传,孔颖达等正义:《尚书·仲虺之诰》,上海古籍出版社1990年版,第108页。
⑥ 孔安国传,孔颖达等正义:《尚书·仲虺之诰》,上海古籍出版社1990年版,第108页。

第一章　初唐诗歌中的民族观念与文化交流

平作》写道：

　　翠野驻戎轩，卢龙转征旆。遥山丽如绮，长流萦似带。

　　海气百重楼，岩松千丈盖。兹焉可游赏，何必襄城外。①

北平，唐时指平州北平郡，即今河北省卢龙、昌黎一带。此诗描绘卢龙一带的自然风光，远山绮丽，长河如带，海气朦胧，岩松千丈，如果没有开头"驻戎轩""转征旆"的说明，丝毫看不出这是要出兵征战，倒像是一首典型的风景诗。可以看出唐太宗对于这次出征是信心满满的，而此诗中景色的壮观和开阔也显现出唐太宗的帝王胸怀。《春日望海》也创作于其时：

　　披襟眺沧海，凭轼玩春芳。积流横地纪，疏派引天潢。

　　仙气凝三岭，和风扇八荒。拂潮云布色，穿浪日舒光。

　　照岸花分彩，迷云雁断行。怀卑运深广，持满守灵长。

　　有形非易测，无源讵可量。洪涛经变野，翠岛屡成桑。

　　之罘思汉帝，碣石想秦皇。霓裳非本意，端拱且图王。②

首二句扣紧题目总写春日凭轼望海的愉悦心情，一个"玩"字透露出唐太宗此时的畅快情绪。接下来"积流"四句以大海的广阔无垠而想象"地纪""天潢""三岭""八荒"，把视野扩及无限的宇宙空间，显示了他经略天下的宽广胸怀。"拂潮"四句又回到眼前，写大海的潮浪、日光、岸花、云雁等近景。但是唐太宗并没有陶醉于眼前世界，"怀卑"六句又转而抒发人生感悟：大海因其地势低下，所以能广纳百川永不涸竭，有形而不可测，无源而不可量，沧海变桑田而不可预见。由此自然过渡到秦皇、汉武东临之罘（今山东烟台）、碣石（今河北昌黎）的史事，但是他们东巡至海，是因为受方士蛊惑而寻仙求长生不老，而自己这次来到海边的目的却在于征讨高丽，成就一统天下的王业。

虽然唐太宗这首《春日望海》中未明确涉及征讨高丽的战争，但是在长孙无忌等大臣对此诗的奉和之作中，对此却有着丰富的多角度表达。他们对唐

---

① 吴云、冀宇校证：《唐太宗全集校注》，天津古籍出版社2004年版，第31页。
② 吴云、冀宇校证：《唐太宗全集校注》，天津古籍出版社2004年版，第41页。

太宗这次亲征高丽充满自信心,有的歌颂征辽队伍的壮大气势,对出征队伍的颂美溢于言表。如长孙无忌写道:"千乘隐雷转,万骑俨腾骧"①,以万马奔腾,车驾行进气势如雷描写唐太宗带领着大军的巨大声威;岑文本写道:"九夷骄巨壑,五辂出辽阳"②,用天子乘坐的玉辂、金辂、象辂、革辂、木辂五种车子齐发辽阳,征讨骄傲的"九夷",形容唐军浩荡宏大的场面;褚遂良写道:"天吴静无际,金驾俨成行"③,以上古水神"天吴"安静的躺在水底,预示出征的吉祥之气,并以唐军的队伍齐整如一,显示严明的军纪。有的则歌颂这次征辽行动的正义性,流露出了强烈的民族情感。如许敬宗直接指出高丽叛乱的行为:"韩夷愆奉贽,凭险乱天常。"④认为高丽不仅拖延对唐朝的进贡,而且还违背天理,扰乱唐朝边境的安宁。刘洎也在诗歌中称:"俱由肆情欲,非为恤边疆。"⑤表示唐太宗前往辽东不是为了安抚边疆的将领,而是因为高丽任意扩张疆土的行为严重影响了唐朝在东部边境的利益。

最后,他们都对这次战争的胜利寄予了美好的祝愿。刘洎写道:"幸属沧波谧,欣逢宝化昌。"⑥祈祷着天不迅风疾雨,海不溢波扬浪,唐朝军队定会顺利收复高丽归来。杨师道则借用上古时期黄帝击败蚩尤的事件,暗示唐朝大获全胜:"将举青丘缴,安访白霓裳?"⑦许敬宗相信凭借唐朝军队的精锐,一定

---

① 长孙无忌《春日侍宴望海应诏》,陈贻焮主编:《增订注释全唐诗》第1册,文化艺术出版社2001年版,第157页。
② 岑文本《春日侍宴望海应诏》,陈贻焮主编:《增订注释全唐诗》第1册,文化艺术出版社2001年版,第166页。
③ 褚遂良《春日侍宴望海应诏》,陈贻焮主编:《增订注释全唐诗》第1册,文化艺术出版社2001年版,第168页。
④ 许敬宗《奉和春日望海》,陈贻焮主编:《增订注释全唐诗》第1册,文化艺术出版社2001年版,第178页。
⑤ 刘洎《春日侍宴望海应诏》,陈贻焮主编:《增订注释全唐诗》第1册,文化艺术出版社2001年版,第167页。
⑥ 刘洎《春日侍宴望海应诏》,陈贻焮主编:《增订注释全唐诗》第1册,文化艺术出版社2001年版,第167页。
⑦ 杨师道《奉和圣制春日望海》,陈贻焮主编:《增订注释全唐诗》第1册,文化艺术出版社2001年版,第175页。

第一章 初唐诗歌中的民族观念与文化交流

可以百战百胜,所向披靡:"长驱七萃卒,成功百战场。"①高士廉坚信太宗这次东征一定能够实现"三韩沫醇化,四郡竚唯良"②的壮举,同时也期盼着圣驾平安归来:"愿草登封礼,簪绂奉周行"③。岑文本则阐明唐朝此次出征是为了实现"委输绵厚载,朝宗极大荒"④的目的,希望此战之后,高丽与唐朝之间的民族关系也能够像百川与大海一般,百川最终汇入大海,边远之地最终也能臣服于唐朝。

大臣们的这些奉和诗歌大都气势恢宏,表现出对此次出征辽东志在必得的信心。这种信心源自以下几个方面:一是基于对统治者的崇拜。唐太宗在开国战役中积累了丰富的军事经验,他的军事才能被人们普遍认可。唐太宗执政以来,"北殄匈奴种落,有若摧枯;西灭吐谷浑、高昌,易于拾芥。包绝漠而为苑,跨流沙以为池。黄帝不服之人,唐尧不臣之域,并皆委质奉贡,归风顺轨,崇威启化之道,此亦天下所共闻。"⑤二是双方势力的悬殊给了大臣们极大的信心。尤其是唐朝经过二十多年的发展,政权已经趋于稳定,经济得到了一定的发展。三是相比唐朝平定北方叛乱,东征行动显得更加师出有名。高丽从建国初期就开始进行军事扩张,正是这种频繁的军事行动遭到了中原王朝的直接反击。唐太宗在《命将征高丽诏》中罗列其罪状曰:"其臣莫离支盖苏文,包藏凶慝,招集不逞,潜怀异计,奄行弑逆,冤酷缠于濊貊,痛悼彻于诸华。纂彼藩绪,权其国政,法令无章,赏失所,下陵上替,远怨迩嗟。加以好乱滋甚,

---

① 许敬宗《奉和春日望海》,陈贻焮主编:《增订注释全唐诗》第1册,文化艺术出版社2001年版,第178页。
② 高士廉《五言春日侍宴次望海应诏》,陈尚君辑校:《全唐诗补编》,中华书局1992年版,第658页。
③ 高士廉《五言春日侍宴次望海应诏》,陈尚君辑校:《全唐诗补编》,中华书局1992年版,第658页。
④ 岑文本《春日侍宴望海应诏》,陈贻焮主编:《增订注释全唐诗》第1册,文化艺术出版社2001年版,第166页。
⑤ 宋敏求编,洪丕谟等点校:《唐大诏令集·讨高丽诏》,学林出版社1992年版,第644页。

穷兵不息,率其群凶之徒,屡侵新罗之地。"①贞观后期,在北部、西部的诸多少数民族相继臣服唐朝之后,东北地区的高丽就成为了唐太宗主要的关注对象,平定北方突厥结束了困扰中原数百年的突厥之患,也给了唐朝东征高丽足够的勇气和信心。

在与高丽的交战过程中,唐太宗又创作了《辽城望月》与《辽东山夜临秋》等作品。《辽城望月》写道:

玄兔月初明,澄辉照辽碣。映云光暂隐,隔树花如缀。

魄满桂枝圆,轮亏镜彩缺。临城却影散,带晕重围结。

驻跸俯九都,停观妖氛灭。②

《旧唐书·太宗本纪下》记载,贞观十九年(645年)"五月丁丑,车驾渡辽。甲申,上亲率铁骑与李勣围辽东城……乃拔之。"③此诗概写于其时。整首诗全部围绕望月展开,首句"玄兔"有两说,一说代指月亮,因传说月中有玉兔;二说代指高丽,因汉武帝设玄菟郡,管辖范围与高丽相关。而从语义结构看,后一种解释似乎更合理一些。唐太宗此时望月写月,实则关注的是月亮照耀下的土地,看着月光的暂隐暂现,想象着月轮的圆满和亏缺,他的情感比较复杂。战争不管输赢,必会有损失与伤亡,有胶着与纠结。虽然开头是"月初明""澄辉照",但是过程却是"临城却影散,带晕重围结"的或明或暗,然而最后"驻跸俯九都,停观妖氛灭"还是表达了唐太宗坚定清除高丽兵害的决心,相信最后能消除"妖氛"。《辽东山夜临秋》也是写于这一时期:

边城炎气沉,塞外凉风侵。三韩驻旌节,九野暂登临。

水净霞中色,山高□④里心。浪帷舒百丈,松盖偃千寻。

毁桥犹带石,目阙尚横金。烟生遥岸隐,月落半崖阴。

---

① 吴云、冀宇校证:《唐太宗全集校注》,天津古籍出版社2004年版,第487页。
② 吴云、冀宇校证:《唐太宗全集校注》,天津古籍出版社2004年版,第32页。
③ 《旧唐书·太宗本纪下》卷三,中华书局1975年版,第56页。
④ 此处原卷缺字。

第一章　初唐诗歌中的民族观念与文化交流

连洲惊鸟乱,隔岫断猿吟。早花初密菊,晚叶未疏林。

凭轼望寰宇,流眄极高深。河山非所恃,于焉鉴古今。①

此诗《全唐诗》与《唐太宗全集校注》仅存"烟生"以下四句,这里据《增订注释全唐诗》补全。随着对高丽征讨战争的深入,唐朝军队也遇到了不少阻力,"六月丙辰,师至安市城。丁巳,高丽别将高延寿、高惠真帅兵十五万来援安市,以拒王师……秋七月,李勣进军攻安市城,至九月不克,乃班师。"②唐军从五月攻下辽东城,到七月进攻安市城,因高延寿等人前来支援,所以久攻不下。唐太宗此诗概写于这一背景之下。

诗以初秋夜晚的景色描绘为主,"边城"与"塞外"场景虽然辽阔,但是因为气候早寒,在"炎气沉""凉风侵"的表述中,已透露了太宗复杂的心情。"三韩"为汉代朝鲜南部马韩、辰韩、弁韩三国的合称,点出深入高丽的具体地点。接下来的写景有实有虚,水净山高,巨浪松盖,早菊晚叶,都是眼前实景。"毁桥""目阙"则是虚写,传说秦始皇曾造石桥,以渡海观日出,又传说海上神山皆以金银为宫阙。"惊鸟乱""断猿吟"以景现情,表现出了唐太宗面对当时局势的烦乱心态。但是,他的伟大就在于能够"凭轼望寰宇"而心怀天下,很快作出"河山非所恃,于焉鉴古今"的英明决断。唐太宗明白,国家江山之固,不能依靠自然山川之险,此句典出《史记·吴起传》:"武侯浮西河而下,中流,顾而谓吴起曰:'美哉乎山河之固,此魏国之宝也!'起对曰:'在德不在险。昔三苗氏左洞庭,右彭蠡,德义不修,禹灭之。夏桀之居,左河济,右泰华,伊阙在其南,羊肠在其北,修政不仁,汤放之。……由此观之,在德不在险。若君不修德,舟中之人尽为敌国也。'"③魏武侯向吴起夸耀魏国的山河之固,但吴起认为,一个国家治理得是否稳固在德不在险。唐太宗通过这次征讨高丽,多次在诗歌中表达他凭高望远的感悟,从一开始出征时的轻松自信,到深入战事的反

---

① 陈贻焮主编:《增订注释全唐诗》第1册,文化艺术出版社2001年版,第18页。
② 《旧唐书·太宗本纪下》卷三,中华书局1975年版,第58页。
③ 《史记·吴起传》卷六十五,中华书局1963年版,第2166页。

复思考,最终,在这场战争中他没有滥战,而是在当年九月份,以"辽东左早寒,草枯水冻,士马难久留,且粮食将尽"①的原因,下令班师回朝。

唐太宗这次亲征高丽固然是师出有名,正如他在《征高丽誓师文》中所说:"古代帝王,爰有征伐,尧战丹浦,舜伐有苗,文王戡黎,成汤征葛。此四君者,岂乐栉沐风雨,劳师疲众? 以为不诛凶残化不洽,不剪暴乱人不安。"②但是战争造成的伤亡是在所难免的。唐太宗十分痛惜这次征战中死亡的将士,在回师的途中,十月份军次营州,他"诏辽东战亡士卒骸骨并集柳城东南,命有司设太牢,上自作文以祭之,临哭尽哀。"③古代帝王祭祀社稷时,牛、羊、豕三牲全备为"太牢",这一规格可见唐太宗对这次祭奠阵亡将士的重视。其《征辽东战亡》诗当作于此时:

凿门初奉律,仗战始临戎。振鳞方跃浪,骋翼正凌风。

未展六奇术,先亏一篑功。防身岂乏智,殉命有余忠。

悲骖嘶向路,哀笳咽远空。凄凉大树下,流悼满深衷。④

此诗首二句描写将士们在奉命出征时就有视死如归的勇气,"凿门"是指古代将军受命出征时凿凶门而出,意味着以示必死。"振鳞""骋翼"则以鱼跃波浪和禽鸟迎风凌空比喻猛将勇夫们奋不顾身的战斗精神。"未展六奇术"四句感慨将士们未展奇术就殒命疆场,犹如为山九仞,功亏一篑。然而唐太宗明白,这些忠臣劲卒并非缺乏防身保命的智慧,他们牺牲自己都是为了效忠国家。"六奇术"指汉代陈平曾六出奇谋,协助刘邦统一中国实现霸业之事。最后四句表达了太宗深切的悲哀与痛悼之情。唐朝与高丽的这次战争以唐朝的阶段性胜利而告终,虽然唐太宗东征没有彻底将高丽征服,但给了高丽沉重的打击。相较唐太宗北征诗歌中豪迈的气势,这些东征诗歌显然包含了唐太宗

---

① 《资治通鉴》卷一百九十八,中华书局1986年版,第6230页。
② 吴云、冀宇校证:《唐太宗全集校注》,天津古籍出版社2004年版,第514页。
③ 《资治通鉴》卷一百九十八,中华书局1986年版,第6231页。
④ 吴云、冀宇校证:《唐太宗全集校注》,天津古籍出版社2004年版,第71页。

第一章　初唐诗歌中的民族观念与文化交流

更加复杂的情感,也从侧面反映出东征过程的艰辛。

总之,在唐太宗执政早期,北部民族问题比较突出,唐太宗以"绝域降附天下平"①的民族和平愿望,平定北方突厥结束了困扰中原数百年的边境之患,从而实现了使其他北部少数民族归顺唐朝的目的。贞观二十年(646年)秋,又破薛延陀,铁勒诸部遣使相继入贡,奉太宗为"天可汗"。那些"不服之人""不臣之域"最终都"委质奉贡""归风顺轨"②,唐太宗基本实现了"执契静三边,持衡临万姓"③的执政理想。在贞观后期,北部的民族问题基本已经解决,东北部只有势力较大的高丽对唐朝构成威胁,唐太宗本着"取乱侮亡"④的原则,想要铲除高丽割据势力,以此实现东北地区民族统一的愿望,虽然没有取得完全胜利,但为唐高宗灭亡高丽奠定了基础。从北征突厥到东征高丽,唐太宗的诗歌一方面反映了在唐朝立国初期通过武力征讨的方式使周边的少数民族接受唐朝管理的现实;另一方面也展现了一代帝王的雄图壮志和人文关怀,他不仅在对突厥的安置问题上秉持着"夷狄亦人耳,其情与中夏不殊"⑤的民族平等观,而且对战亡将士的体恤关怀也使人为之动容。作为一个经历过多次战争的帝王,唐太宗比任何人都希望四海升平,各民族能够和谐相处。正如他在《过旧宅二首》所写的那样:"九夷簇瑶席,五狄列琼筵。"⑥这样的团结景象正是一个帝王对各民族友好相处的美好愿景。

第二节　初唐四杰诗歌中的民族情感

在初唐诗坛上,王勃、杨炯、卢照邻、骆宾王合称"四杰"。《旧唐书·杨炯

---

① 李世民《两仪殿赋柏梁体》,吴云、冀宇校证:《唐太宗全集校注》,天津古籍出版社2004年版,第96页。
② 宋敏求编,洪丕谟等点校:《唐大诏令集·讨高丽诏》,学林出版社1992年版,第644页。
③ 吴云、冀宇校证:《唐太宗全集校注》,天津古籍出版社2004年版,第16页。
④ 吴云、冀宇校证:《唐太宗全集校注》,天津古籍出版社2004年版,第96页。
⑤ 《资治通鉴》卷一百九十七,中华书局1986年版,第6215页。
⑥ 吴云、冀宇校证:《唐太宗全集校注》,天津古籍出版社2004年版,第27页。

传》记载:"炯与王勃、卢照邻、骆宾王以文词齐名,海内称为'王杨卢骆',亦号为'四杰'。"①四杰主要生活于唐高宗与武后时期,他们出身于中下地主阶层,位卑才高,对社会问题的看法不同于统治阶层,作品中表现出比较开阔的境界。对此,闻一多先生在《四杰》一文评价说:"宫体诗在卢骆手里是由宫廷走到市井,五律到王杨的时代是从台阁移至江山与塞漠。台阁上只有仪式的应制,有'缔句绘章,揣合低昂'。到了江山与塞漠,才有低回与怅惘,严肃与激昂。"②四杰诗歌的内容突破狭隘的宫廷台阁走向丰富现实的江山与塞漠,是对唐诗表现内涵的极大拓展,而从民族情感的角度具体分析这些与塞漠相关的作品,对进一步研究四杰也有一定的裨益。

初唐四杰中,王勃寿年不永,诗歌以送别、山水、羁旅行役的内容为主,很少涉及塞漠的话题,但是其他三位诗人却有不少相关的作品,因此以下主要以杨炯、卢照邻、骆宾王的诗歌为主讨论。卢照邻和杨炯都有题为《战城南》《紫骝马》《刘生》的诗作,此外,卢照邻的《陇头水》《关山月》《上之回》,杨炯的《从军行》《出塞》《送刘校书从军》等也都属于此类内容。骆宾王则有两次随军的经历,写下了不少具有真情实感的诗作,如《从军行》《夕次蒲类津》《晚度天山有怀京邑》《边庭落日》《在军中赠先还知己》《久戍边城有怀京邑》《边夜有怀》《在军登城楼》《从军中行路难》等等。四杰的这些诗作反映了出身中下地主阶层的文人在当时的民族情感。

一、"负羽远从戎":杨炯、卢照邻诗歌中的民族情感

杨炯、卢照邻的诗歌借咏边塞战事表达报国之志,抒写立功热情,对待其他民族的情感比较理性。我国古代社会一个带有普遍性的问题之一就是不同民族之间战争,无论胜负,这些持续不断的战争都会损害广大民众的利益,带来严重的社会问题和民族矛盾。但同时,战争也给少数个人提供了立功封侯

---

① 《旧唐书·杨炯传》卷一百九十上,中华书局1975年版,第5003页。
② 闻一多:《唐诗杂论》,上海古籍出版社1998年版,第25页。

第一章 初唐诗歌中的民族观念与文化交流

的机遇。正如晚唐诗人曹松在《己亥岁》其一所感叹的那样:"泽国江山入战图,生民何计乐樵苏。凭君莫话封侯事,一将功成万骨枯。"①战争的结局,一边是士卒的万千枯骨,一边则是将领的封侯荣耀。因此,那些反映民族矛盾的战事,往往会被士人视为实现报国立功的时机,他们常会选择一些边事主题寄托自己满腔的报国热忱。

这类诗歌的创作,常常是作者想象的塞漠场景,与具体的战事并无关系。如杨炯的《出塞》:

塞外欲纷纭,雌雄犹未分。明堂占气色,华盖辨星文。

二月河魁将,三千太乙军。丈夫皆有志,会是立功勋。②

卢照邻的《上之回》:

回中道路险,萧关烽堠多。五营屯北地,万乘出西河。

单于拜玉玺,天子按雕戈。振旅汾川曲,秋风横大歌。③

卢照邻的《紫骝马》:

骝马照金鞍,转战入皋兰。塞门风稍急,长城水正寒。

雪暗鸣珂重,山头喷玉难。不辞横绝漠,流血几时干?④

杨炯的《出塞》只概括地叙述塞外形势纷纭莫辨,朝堂通过占气辨星确认吉凶后,派出了"河魁"主将带领精锐的王师出征,结句以豪迈之气表达了大丈夫必定立功边塞的信心,其中的"塞外"并未指出具体的区域。卢照邻的《上之回》和《紫骝马》虽然罗列了多处地点,但是前一首中的"回中""萧关""北地""西河"则多是取自于前人作战的典故。据《史记·匈奴传》记载,汉文帝前十四年(前166年),匈奴十四万骑入侵萧关,烧回中宫。文帝拜卢卿、张相如等五人为将军,发兵击匈奴,诗中前四句显然是采用此典。后一首的

---

① 《全唐诗》卷七百十七,中华书局1985年版,第8237页。
② 徐明霞点校:《卢照邻集杨炯集》,中华书局1980年版,第23页。
③ 徐明霞点校:《卢照邻集杨炯集》,中华书局1980年版,第26页。
④ 徐明霞点校:《卢照邻集杨炯集》,中华书局1980年版,第26页。

"皋兰"属实指,然而接下来的"塞门"和"长城"又属虚指。这种写法在他们的相关诗作中很普遍,卢照邻的《关山月》"塞垣通碣石,虏障抵祁连"①中的"碣石""祁连",《战城南》"将军出紫塞,冒顿在乌贪。笳喧雁门北,阵翼龙城南"②中的"紫塞""乌贪""雁门""龙城"等,都属此类。

同时,这些诗歌都是采用乐府古题,多以议论陈述为主,较少写景,即便偶尔设景,也缺乏鲜明可感的特点,如"塞门风稍急,长城水正寒"之类。因此,四杰中此类诗歌的创作并不关涉边塞具体民族的战事,诗中的"单于""冒顿"等也非专指,不过是以乐府古题虚设的场景和事件,甚至是为了诗体的对仗需要所设,因此对这些少数民族首领也就不会产生强烈的憎恶情感。

这种借歌咏边塞民族之间的战事表达报国之志,除了直抒胸臆的表白以外,诗人们还常常托助游侠来代言。如杨炯的《紫骝马》:

侠客重周游,金鞭控紫骝。蛇弓白羽箭,鹤辔赤茸鞦。
发迹来南海,长鸣向北州。匈奴今未灭,画地取封侯。③

卢照邻《结客少年场行》:

长安重游侠,洛阳富才雄。玉剑浮云骑,金鞭明月弓。
斗鸡过渭北,走马向关东。孙宾遥见待,郭解暗相通。
不受千金爵,谁论万里功。将军下天上,虏骑入云中。
烽火夜似月,兵气晓成虹。横行徇知己,负羽远从戎。④

这两首诗歌分别以侠客的身份入笔,虽然体式不一样,杨炯的为五律,卢照邻的是古体,但是抒情线索结构却很相似,都是描述游侠的精良装备和走南闯北的丰富经历,最后表达立功异域的壮志豪情。杨炯《紫骝马》中的"南海""北州",卢照邻《结客少年场行》中的"渭北""关东"都非确指,当然两首诗中

---

① 徐明霞点校:《卢照邻集杨炯集》,中华书局1980年版,第25页。
② 徐明霞点校:《卢照邻集杨炯集》,中华书局1980年版,第27页。
③ 徐明霞点校:《卢照邻集杨炯集》,中华书局1980年版,第24页。
④ 徐明霞点校:《卢照邻集杨炯集》,中华书局1980年版,第9页。

的敌方"匈奴"和"虏骑"也并非具体对象。诗人塑造这样的游侠形象不过是找一个抒情的代言者,借此表现自己立功异域的抱负情志。

诗人借助游侠立功边塞来代言抒情,并非是初唐四杰的首创,这一文学传统,可以追溯到建安时期曹植的《白马篇》,其诗写道:

> 白马饰金羁,连翩西北驰。借问谁家子? 幽并游侠儿。
> 少小去乡邑,扬声沙漠垂。宿昔秉良弓,楛矢何参差。
> 控弦破左的,右发摧月支。仰手接飞猱,俯身散马蹄。
> 狡捷过猴猿,勇剽若豹螭。边城多警急,胡虏数迁移。
> 羽檄从北来,厉马登高堤。长驱蹈匈奴,左顾陵鲜卑。
> 弃身锋刃端,性命安可怀。父母且不顾,何言子与妻!
> 名编壮士籍,不得中顾私。捐躯赴国难,视死忽如归。①

此诗塑造了一个洒脱狡捷武艺高强的少年游侠形象,除了勇敢,他最可贵的品质就是忠诚。在边城警急,胡虏入侵的危急时刻,他能够不顾父母妻儿的私情,捐躯赴难,舍身报国。这里,游侠少年的丰满形象实际是曹植理想的化身。曹植生乎乱,长乎军,曾随父亲曹操南征北战,又常以国仇为念,所以,用侠客自况来抒发自己为国展力的慷慨意气是很自然的。曹植这首诗借游侠少年所表现的立功报国浪漫精神,对唐代诗人的同类作品具有直接的影响。杨炯、卢照邻以乐府古题创作的这些诗歌,就是继承了曹植此诗的精神气质,不过在形式上,他们主要采用了初唐时期定型的五律体。

二、"投笔怀班业":骆宾王从军的矛盾情感

骆宾王的作品抒写真实的塞漠生活体验,对待边塞其他民族的情感比较复杂。在初唐四杰中,骆宾王有过随军出边的经历。据傅璇琮《唐五代文学编年史·初盛唐卷》考证,骆宾王于唐高宗咸亨元年(670年)春天从军赴北

---

① 赵幼文校注:《曹植集校注》,人民文学出版社1984年版,第411页。

庭,咸亨三年(672年)随军赴姚州平叛。① 杜晓勤《骆宾王从军西域考辨》结合《阿史那忠碑》和《阿史那忠墓志》考证进一步认为,骆宾王第一次从军的统帅是阿史那忠,"他们此行之军事任务并非前往青海讨击吐蕃,而是远征西域,安抚、劳问被吐蕃威胁、挟制的西域诸蕃部落"。② 不管是否参战,骆宾王都亲身感受到了西域的风情,因此他笔下的边塞风物都是真实具体的。如其《早秋出塞寄东台详正学士》写道:"促驾逾三水,长驱望五原。天阶分斗极,地理接楼烦。汉月明关陇,胡云聚塞垣。山川殊物候,风壤异凉暄。戍古秋尘合,沙寒宿雾繁。"③诗中描述了经"三水""五原""楼烦""关陇"到达"塞垣"的出边路线,感受到塞外"山川殊物候,风壤异凉暄"与内地风物和气候的殊异,所涉地点皆清晰可验。又如《宿温城望军营》《晚度天山有怀京邑》《夕次蒲类津》等,这些诗作在题目中即标示出明确的地点,可见骆宾王吟咏塞漠的诗歌与杨炯、卢照邻那些模拟乐府古体,通过想象虚拟的创作不可同日而语。

除了出塞地点的真实性,骆宾王的此类诗歌在情感表达上最主要的特点就是充满了矛盾。一方面,他与四杰中的其他人一样,也十分渴望建功立业,在许多出塞诗歌中表达他要立功异域的理想壮志。另一方面,边塞生活的艰苦也使他不得不面对现实,抒发了很多盼归思乡的苦闷情绪。

为实现理想抱负,骆宾王曾向裴行俭自荐,裴行俭历任吏部侍郎、礼部尚书等职。吏部执掌选拔人才大权,裴行俭又号为"善知人",因此,骆宾王先后有《上吏部侍郎帝京篇并启》《咏怀古意上裴侍郎》两诗上呈裴行俭,在后一首中他写道:

> 三十二余罢,鬓是潘安仁。四十九仍入,年非朱买臣。
>
> 纵横愁系越,坎壈倦游秦。出笼穷短翮,委辙涸枯鳞。

---

① 傅璇琮主编:《唐五代文学编年史·初盛唐卷》,辽海出版社1998年版,第205、220页。

② 杜晓勤:《骆宾王从军西域考辨》,《唐代文学研究》第13辑,广西师范大学出版社2010年版,第272页。

③ 陈熙晋笺注:《骆临海集笺注》,上海古籍出版社1985年版,第115页。

第一章　初唐诗歌中的民族观念与文化交流

磨铅不沾用,弹铗欲谁申。天子未驱策,岁月几沉沦。
轻生长慷慨,效死独殷勤。徒歌易水客,空老渭川人。
一得视边塞,万里何苦辛。剑匣胡霜影,弓开汉月轮。
金刀动秋色,铁骑拍风尘。为国坚诚款,捐躯忘贱贫。
勒功思比宪,决略暗欺陈。若不犯霜雪,虚掷玉京春。①

此诗前半部分在感慨自己老大不遇,坎壈沉沦于仕途后,继而向裴行俭表白盼望有机会得视边塞,届时定能为国轻生慷慨效死捐躯,忠诚恳切之情溢于言表。

在唐高宗执政时期,唐朝与周边民族之间战争不断。在东北,永徽六年(655年),高丽与百济、靺鞨联兵侵新罗北境,新罗王遣使求援,高宗先后派兵出击高丽和百济,战争直至总章元年(668年)才结束。在西北,自高宗登基后与西突厥的战争几乎连年不断,直到显庆二年(657年)唐朝大将苏定方等才大破西突厥。对于一般士人而言,走常规的仕途升迁之路远不如边塞立功来得快捷,而常年的边塞民族纷争为士人的快速晋升提供了客观的外部环境与条件,因此才会产生杨炯"宁为百夫长,胜作一书生"②的人生选择与追求。所以,骆宾王向裴行俭表达迫切希望能到边塞经历霜雪、不虚度青春年华的情感就完全可以理解了。

在这样的抱负志向支配下,骆宾王的民族情绪一度十分高昂。如其《宿温城望军营》表示要"雪汉耻""报明君":

虏地寒胶折,边城夜柝闻。兵符关帝阙,天策动将军。
戍静胡笳彻,沙明楚练分。风旗翻翼影,霜剑转龙文。
白羽摇如月,青山乱若云。烟疏疑卷幅,尘灭似销氛。
投笔怀班业,临戎想霍勋。还应雪汉耻,持此报明君。③

---

① 陈熙晋笺注:《骆临海集笺注》,上海古籍出版社1985年版,第110页。
② 杨炯《从军行》,徐明霞点校:《卢照邻集杨炯集》,中华书局1980年版,第21页。
③ 陈熙晋笺注:《骆临海集笺注》,上海古籍出版社1985年版,第175页。

此诗至"白羽摇如月,青山乱若云"这一部分是交替来写边地风景和军中意象,以"夜柝""兵符""胡笳""楚练""风旗""霜剑""白羽"烘托交战前紧张的气氛。自"烟疏疑卷祲"之下,则是表达自己"卷祲""销氛"的决心,"祲""氛"分别指妖气和凶戾之气,这里即比喻敌对民族。最后,骆宾王又以汉代班超投笔从戎和霍去病打击匈奴建立功勋的典事激励自己,完成其"雪汉耻"的心愿,从而实现"报明君"的愿望。骆宾王的这种报国热情,在他多首诗作中都有表现。其《从军行》说:

> 平生一顾重,意气溢三军。野日分戈影,天星合剑文。
>
> 弓弦抱汉月,马足践胡尘。不求生入塞,唯当死报君。①

《边庭落日》也表示:

> 紫塞流沙北,黄图灞水东。一朝辞俎豆,万里逐沙蓬。
>
> ……
>
> 壮志凌苍兕,精诚贯白虹。君恩如可报,龙剑有雌雄。②

骆宾王这些作品中所抒发的报答国君的豪壮之情,始终伴随着边塞民族之争的前提环境,这也正体现了士人们"时危见臣节,世乱识忠良"③的道德追求。

然而,理想与现实之间总是存在着不少差距,且不谈随军出边是否就能够实现平素的抱负与志愿,单就边地军旅生活的艰苦与久戍思乡的盼归来说,就是十分现实的问题。随着戍边时间的推移,骆宾王逐渐看清了无奈的现实:"重义轻生怀一顾,东伐西征凡几度。夜夜朝朝斑鬓新,年年岁岁戎衣故。"④所以,对于在边塞建立功名的理想,他也有了比较清醒的认识:"扰扰风尘地,

---

① 陈熙晋笺注:《骆临海集笺注》,上海古籍出版社1985年版,第112页。
② 陈熙晋笺注:《骆临海集笺注》,上海古籍出版社1985年版,第125页。
③ 鲍照《代出自蓟北门行》,逯钦立辑校:《先秦汉魏晋南北朝诗》,中华书局1983年版,第1262页。
④ 骆宾王《从军中行路难》,陈熙晋笺注:《骆临海集笺注》,上海古籍出版社1985年版,第139页。

第一章 初唐诗歌中的民族观念与文化交流

遑遑名利途。盈虚一易舛,心迹两难俱。"①在《边夜有怀》中他就感慨"倚伏良难定,荣枯岂易通":

> 汉地行逾远,燕山去不穷。城荒犹筑怨,碣毁尚铭功。
> 古戍烟尘满,边庭人事空。夜关明陇月,秋塞急胡风。
> 倚伏良难定,荣枯岂易通。旅魂劳泛梗,离恨断征蓬。
> 苏武封犹薄,崔駰宦不工。惟余北叟意,欲寄南飞鸿。②

与前述诗作不同,骆宾王这首诗的感情基调不再高亢,而是低沉哀怨。在边塞行役渐久,他感受更多的是"怨""毁",是"烟尘满"和"人事空",自己就像那随水漂流的桃梗和离根的飞蓬一样,劳累疲惫而漂泊不定。即便能够获得封功,也是像苏武一样的薄封,因此,他感叹人生祸福荣枯不定,全然不再有那些昂扬的高调。

仕途上的得志与失意固然是骆宾王出塞后感受颇深的,而强烈的思乡之情则又是困扰他的另一现实问题。他反复表达盼归之情,如《晚度天山有怀京邑》:

> 忽上天山望,依然想物华。云疑上苑叶,雪似御沟花。
> 行叹戎麾远,坐怜衣带赊。交河浮绝塞,弱水浸流沙。
> 旅思徒漂梗,归期未及瓜。宁知心断绝,夜夜泣胡笳。③

又如《在军中赠先还知己》:

> 蓬转俱行役,瓜时独未还。魂迷金阙路,望断玉门关。
> 献凯多惭霍,论封几谢班。风尘催白首,岁月损红颜。
> 落雁低秋塞,惊凫起暝湾。胡霜如剑锷,汉月似刀环。
> 别后边庭树,相思几度攀。④

---

① 骆宾王《久戍边城有怀京邑》,陈熙晋笺注:《骆临海集笺注》,上海古籍出版社1985年版,第129页。
② 陈熙晋笺注:《骆临海集笺注》,上海古籍出版社1985年版,第177页。
③ 陈熙晋笺注:《骆临海集笺注》,上海古籍出版社1985年版,第120页。
④ 陈熙晋笺注:《骆临海集笺注》,上海古籍出版社1985年版,第128页。

骆宾王的这两首诗都抒写了无法排解的思乡苦闷。前一首从眼前景致写起,睹物思乡产生错觉,将天山的云雪视为长安皇家园林与御沟的叶花,继而感叹长久戍边令自己憔悴消瘦衣带渐宽。后一首以议论发端,先写出征的风尘催人白首,岁月毁损了红颜,再写边塞的落雁、惊凫、胡霜与汉月令人产生思乡之情。虽然两首诗设置情景的先后顺序有所不同,但是表达的情感却极为一致。同时,诗中的"归期未及瓜""瓜时独未还"还运用了同一个典故,意在指责统治者言而无信,使戍卒守边成为没有尽头的苦役。《左传》庄公八年记载,齐侯派遣连称、管至父戍守葵丘,许诺瓜时而往,来年及瓜换防替代。但是,戍期已满时齐侯却食言了,他不允许戍卫的将士返还。骆宾王上述两首诗就是借用这个典故来批评当时统治者的边事政策。

三、"誓令氛祲静皋兰":骆宾王诗歌中的民族态度

骆宾王在描写塞漠生活的作品中因为抒发情感的不同,对待其他民族的态度也有相应的差别。当他情绪比较慷慨高昂时,对方民族常常是作为"天子"或"将军"的对立面被施以贬义。如其《军中行路难同辛常伯作》起势就先声夺人:"君不见玉关尘色暗边亭,铜鞮杂虏寇长城。天子按剑征余勇,将军受脤事横行。"用"杂虏"与"天子""将军"相对应,最后表达驱除"氛祲",立功封侯的愿望:"行路难,誓令氛祲静皋兰。但使封侯龙额贵,讵随中妇凤楼寒。"①他的《荡子从军赋》也是如此指称:"胡兵十万起妖氛,汉骑三千扫阵云。隐隐地中鸣战鼓,迢迢天上出将军。"②骆宾王将胡兵发起的战争视为"妖氛",其贬抑之情十分明显。

此外,骆宾王在《兵部奏姚州道破逆贼诺没弄杨虔柳露布》和《兵部奏姚州破贼设蒙俭等露布》中,对边塞敌方民族的鄙夷态度更是十分显明。他谴

---

① 陈熙晋笺注:《骆临海集笺注》,上海古籍出版社1985年版,第122页。
② 陈熙晋笺注:《骆临海集笺注》,上海古籍出版社1985年版,第193页。

责反叛的西南民族:"蠢兹蛮貊,敢乱天常?横赤熛以疏疆,背朱提而设险。"①认为他们像"豺狼有性,枭獍难驯""邑殊礼义之乡,人习贪残之性。日者皇明广烛,帝道遐融,颇亦削左衽而被朝衣,解椎髻而昇华冕。而豺狼有性,枭獍难驯,遂敢乱我天常,变九隆而背诞。负其地险,携七部以稽诛,骚乱边疆。"②这两篇"露布",皆为骆宾王随军赴姚州平叛所作,作为古代军队的捷报公文,骆宾王此处的态度固然要以体现朝廷的意志为主,但是其中频繁地使用与人类相对的异类之词称呼敌方民族,如"毒虺挺妖""鸠集余众""蚁结凶徒""聚蚊蚋而成响""纵蛇豕以为群"等,多少也能反映出骆宾王对待敌方民族的蔑视鄙夷态度。

当骆宾王在边地因思乡而情绪较低沉时,他对其他民族的态度则比较平和。在这些诗作中,他很少使用贬抑之词称谓对方,多是以"胡"这类比较中性或者具有北方属性的词语来指代。如《晚度天山有怀京邑》:"宁知心断绝,夜夜泣胡笳"③;《在军中赠先还知己》:"胡霜如剑锷,汉月似刀环"④;《边夜有怀》:"夜关明陇月,秋塞急胡风"⑤;《夕次蒲类津》:"晚风连朔气,新月照边秋"⑥等等。这里的"胡笳""胡霜""胡风""朔气""陇月"等意象情感色彩就比较中性,并无明显的贬抑情绪。

骆宾王在不同心境下对边地民族表现态度的差别,概缘于他抒情立场的不同。在那些喟叹自己仕途不遇和抒发思乡情绪的诗作中,他的立场在自己,而与之相对应的一方是朝廷,此时的边疆民族已经不是造成他情感矛盾的主体因素,仅仅是一种环境的陪衬,所以,他对这些民族的贬抑态度就不再如此

---

① 骆宾王《兵部奏姚州破贼设蒙俭等露布》,陈熙晋笺注:《骆临海集笺注》,上海古籍出版社1985年版,第356页。
② 骆宾王《兵部奏姚州道破逆贼诺没弄杨虔柳露布》,陈熙晋笺注:《骆临海集笺注》,上海古籍出版社1985年版,第342页。
③ 陈熙晋笺注:《骆临海集笺注》,上海古籍出版社1985年版,第121页。
④ 陈熙晋笺注:《骆临海集笺注》,上海古籍出版社1985年版,第128页。
⑤ 陈熙晋笺注:《骆临海集笺注》,上海古籍出版社1985年版,第177页。
⑥ 陈熙晋笺注:《骆临海集笺注》,上海古籍出版社1985年版,第119页。

强烈。正如他在《久戍边城有怀京邑》中所感叹的那样:

> 有志惭雕朽,无庸类散樗。关山暂超忽,形影叹艰虞。
> 结网空知羡,图荣岂自诬。忘情同塞马,比德类宛驹。
> 陇坂肝肠绝,阳关亭候迂。迷魂惊落雁,离恨断飞凫。
> 春去容华尽,年来岁月无。边愁伤郢调,乡思绕吴歈。
> 河气通中国,山途限外区。相思若可寄,冰泮有衔芦。①

这首诗明确表达骆宾王久戍边城的苦闷愁绪,他立功异域的理想就像镂冰雕朽一般无法实现,久在关山之外,自然就会产生强烈的思乡之情。诗中的"关山""陇坂""阳关"都是他生发愁情的客观外部环境,所以与"中国"相对的其他民族则用很中性的"外区"代表,可见,此时的"外区"民族不是导致他志惭雕朽的直接因素,而他为之"投笔愿前驱"的朝廷才是令他失望的直接原因。相反,在他那些抒发豪壮之情的诗作中,他的立场在朝廷,与之相对应的一方则是边地异族,他的矛头指向就是这些与唐朝对立的其他民族。这种情感犹于风激水上,风欲大则浪愈高,因此,对与唐朝有矛盾的民族愈愤激鄙夷,他的立功报国热情则愈高涨。

要之,在初唐四杰抒写的与塞漠相关的作品中,他们以中下层士人的眼光展示了其民族情感与态度。民族之间出现的矛盾摩擦,为士人表现自我建功立业抱负提供了时机,也让他们看清了仕途的坎壈艰辛,体验了思乡的痛苦烦恼。虽然他们的民族态度会因个人的遭遇处境而稍显变化与不同,但是,四杰借边塞诗抒发的轻生重义、为国立功情怀以及扬威边塞的强烈民族自信,成为后代诗人不断咏叹的主题,尤其对盛唐诗人的同类作品产生了直接影响。

第三节 陈子昂诗歌中的民族情感与观念

陈子昂作为初唐时期杰出的诗人,在唐代就受到了许多诗人的赞美。著

---

① 陈熙晋笺注:《骆临海集笺注》,上海古籍出版社1985年版,第133页。

名的如李白,在其《赠僧行融》中,借蜀僧史怀一与陈子昂结为好友而称赞陈子昂为"凤与麟":"梁有汤惠休,常从鲍照游。峨眉史怀一,独映陈公出。卓绝二道人,结交凤与麟。"①又如杜甫,他在《陈拾遗故宅》中,同情地理解陈子昂"位下曷足伤,所贵者圣贤。"高度评价其"有才继骚雅,哲匠不比肩。公生扬马后,名与日月悬。""终古立忠义,感遇有遗篇。"②再如白居易《初授拾遗》称"杜甫陈子昂,才名括天地。"③韩愈《荐士》推重"国朝盛文章,子昂始高蹈。"④唐代著名诗人从品格、才华以及地位等方面给予了陈子昂莫大的肯定。当代学者对陈子昂依然兴趣盎然,在陈子昂的生平、儒道思想以及诗作、诗论等方面研究成果丰硕,⑤然而,学界对于陈子昂的民族观方面的研究则少有关注。陈子昂主要生活在唐朝与周边少数民族关系较为紧张的武后时期,又有两次随军出征的生活经历,他以其强烈的士人责任感创作了不少涉及民族关系的诗文,探讨这些内容,对于进一步全面认识陈子昂是很有必要的。

一、武后时期错综复杂的民族关系

相对于唐太宗而言,武则天执政时期,由于"没有形成完整的民族关系思想体系,所以在处理民族关系时经常茫然失措,四处碰壁。"⑥加之朝内诸武用事,与唐宗室之间斗争激烈,外族趁机扰边,因此,武后时期唐朝与周边民族关系空前紧张复杂,以下依据《资治通鉴》所载列举数例:

---

① 王琦注:《李太白全集》,中华书局1985年版,第633页。
② 杨伦笺注:《杜诗镜铨》,上海古籍出版社1980年版,第432页。
③ 顾学颉点校:《白居易集》,中华书局1985年版,第7页。
④ 钱仲联集释:《韩昌黎诗系年集释》,上海古籍出版社1984年版,第528页。
⑤ 这些成果十分丰富,仅罗列代表作如下:葛晓音:《关于陈子昂的死因》(《学术月刊》1983年第2期),《论初盛唐诗歌革新的基本特征》(《中国社会科学》1985年第2期),韩理洲:《陈子昂研究》(上海古籍出版社1988年),陈贻焮:《陈子昂的人品与政治倾向》(载《陈子昂研究论集》,中国文联出版公司1989年12月),刘石:《陈子昂新论》(《文学评论》1988年第2期),杜晓勤:《从家学渊源看陈子昂的人格精神和诗歌创作》(《文学遗产》1996年第6期),张采民:《论陈子昂的诗歌革新主张与诗歌创作》(《南京师大学报》1998年第4期)等等。
⑥ 崔明德、马晓丽:《隋唐民族关系史》,人民出版社2010年版,第154页。

第一,在北方与突厥的关系以战争摩擦为主。

自武则天执政的光宅元年(684年)算起,至长安四年(704年)停止执政的21年间,唐朝与突厥的关系以战争摩擦为主。其中除去天授元年(690年)至长寿年间的3年,以及万岁通天元年(696年)"突厥默啜请为太后子,并为其女求昏,悉归河西降户,帅其部众为国讨契丹"①之外,双方的交战达十几年次之多。这些交战,多以突厥入侵扰边在先。如光宅元年(684年)七月,"突厥阿史那骨笃禄等寇朔州"。② 垂拱元年(685年)二月,"突厥阿史那骨笃禄等数寇边,以左玉钤卫中郎将淳于处平为阳曲道行军总管,击之"。③ 垂拱三年(687年)二月,"突厥骨笃禄等寇昌平,命左鹰扬大将军黑齿常之帅诸军讨之"。④ 万岁通天二年(697年)正月,"突厥默啜寇灵州"。⑤ 长安元年(701年)八月,"突厥默啜寇边,命安北大都护相王为天兵道元帅,统诸军击之,未行而虏退"。⑥ 长安二年(702年)正月,"突厥寇盐、夏二州。三月,庚寅,突厥破石岭,寇并州"⑦等。

同时,在与突厥频繁的交战中,结局多是唐军失利。光宅元年(684年)七月,突厥阿史那骨笃禄等寇朔州,九月,武则天以左武卫大将军程务挺为单于道安抚大使,以备突厥。程务挺是攻战必胜的握兵宿将,但不久即因与裴炎、徐敬业通谋的罪名被斩之军中,"突厥闻务挺死,所在宴饮相庆;又为务挺立祠,每出师,必祷之"。⑧ 此后,唐军频频失利。垂拱元年(685年)三月"突厥寇代州;淳于处平引兵救之,至忻州,为突厥所败,死者五千余人"。⑨ 垂拱三

---

① 《资治通鉴》卷二百零五,中华书局1986年版,第6509页。
② 《资治通鉴》卷二百零三,中华书局1986年版,第6420页。
③ 《资治通鉴》卷二百零三,中华书局1986年版,第6433页。
④ 《资治通鉴》卷二百零四,中华书局1986年版,第6443页。
⑤ 《资治通鉴》卷二百零六,中华书局1986年版,第6512页。
⑥ 《资治通鉴》卷二百零七,中华书局1986年版,第6556页。
⑦ 《资治通鉴》卷二百零七,中华书局1986年版,第6558页。
⑧ 《资治通鉴》卷二百零三,中华书局1986年版,第6432页。
⑨ 《资治通鉴》卷二百零三,中华书局1986年版,第6434页。

年(687年)十月,右监门卫中郎将爨宝璧欲专其功,"与突厥骨笃禄、元珍战,全军皆没,宝璧轻骑遁归"。① 太后诛宝璧,改骨笃禄曰不卒禄。万岁通天二年(697年)三月,唐朝还答应默啜的要求,将丰、胜、灵、夏、朔、代六州降户数千帐许与默啜,并给谷种四万斛,杂彩五万段,农器三千事,铁数万斤,并许其昏。默啜由是益强。② 圣历元年(698年)九月,默啜围赵州,命太子为河北道元帅以讨突厥。突厥默啜尽杀所掠赵、定等州男女万余人,自五回道去,所过,杀掠不可胜纪。"默啜还漠北,拥兵四十万,据地万里,西北诸夷皆附之,甚有轻中国之心"。③

第二,在西南与吐蕃亦战亦和。

武则天执政时期,唐朝与吐蕃的关系总体而言战和相当。除去两次未发生实际的交战外,双方的摩擦分别发生于永昌元年(689年)五月,朝廷"命文昌右相韦待价为安息道行军大总管,击吐蕃"。④ 这次交战以唐军失败告终:"韦待价军至寅识迦河,与吐蕃战,大败。会大雪,粮运不继。待价既无将领之才,狼狈失据,士卒冻馁,死亡甚众,乃引军还"。⑤ 长寿元年(692年)的交战,则是唐军胜利,收复了四镇:"会西州都督唐休璟请复取龟兹、于阗、疏勒、碎叶四镇,敕以孝杰为武威军总管,与左武卫大将军阿史那忠节将兵击吐蕃"。⑥ 十月,大破吐蕃,复取四镇,置安西都护府于龟兹,发兵戍之。延载元年(694年)、天册万岁元年(695年)、万岁通天元年(696年)又有三次交战,双方胜负各半。此后的久视元年(700年)七月,"吐蕃将麹莽布支寇凉州,围昌松,陇右诸军大使唐休璟与战于洪源谷"。"庚戌,以魏元忠为陇右诸军大

---

① 《资治通鉴》卷二百零四,中华书局1986年版,第6446页。
② 《资治通鉴》卷二百零六,中华书局1986年版,第6516页。
③ 《资治通鉴》卷二百零六,中华书局1986年版,第6535页。
④ 《资治通鉴》卷二百零四,中华书局1986年版,第6457页。
⑤ 《资治通鉴》卷二百零四,中华书局1986年版,第6459页。
⑥ 《资治通鉴》卷二百零四,中华书局1986年版,第6487页。

使,击吐蕃"。① 长安二年(702年)十月,"吐蕃赞普将万余人寇茂州,都督陈大慈与之四战,皆破之,斩首千余级"。② 相比较与突厥的关系,唐朝与吐蕃的交战次数明显减少。

唐朝与吐蕃之间虽然时有交战,但是以和平相处的状态居多。如长寿元年(692年)二月,"吐蕃党项部落万余人内附,分置十州"。五月,"吐蕃酋长曷苏帅部落请内附,以右玉钤卫将军张玄遇为安抚使,将精卒二万迎之"。③ 万岁通天元年(696年)九月,"吐蕃复遣使请和亲,太后遣右武卫胄曹参军贵乡郭元振往察其宜"。④ 圣历二年(699年)四月,吐蕃"赞婆帅所部千余人来降,太后命右武卫铠曹参军郭元振与河源军大使夫蒙令卿将骑迎之,以赞婆为特进、归德王。钦陵子弓仁,以所统吐谷浑七千帐来降,拜左玉钤卫将军、酒泉郡公。""娄师德为天兵军副大总管,仍充陇右诸军大使,专掌怀抚吐蕃降者"。⑤ 长安二年(702年)九月,"吐蕃遣其臣论弥萨来求和"。⑥ 长安三年(703年)四月,"吐蕃遣使献马千匹、金二千两以求婚"。⑦ 可以看出,吐蕃或以请求内附或以求请和亲等方式与唐朝保持着和平。

第三,在东北与契丹的连年战争。

武则天时期,唐朝在东北主要是与契丹的战争。这场战争自万岁通天元年(696年)五月开始,至久视元年(700年)六月契丹大将李楷固、骆务整的来降结束,历时四年之久。战争的起因是营州都督赵文翙刚愎暴虐,引起契丹人松漠都督李尽忠和归城州刺史孙万荣的怨恨而起兵。"营州契丹松漠都督李尽忠、归诚州刺史孙万荣举兵反,攻陷营州,杀都督赵文翙。文翙刚愎,契丹饥

---

① 《资治通鉴》卷二百零七,中华书局1986年版,第6549页。
② 《资治通鉴》卷二百零七,中华书局1986年版,第6560页。
③ 《资治通鉴》卷二百零五,中华书局1986年版,第6482页。
④ 《资治通鉴》卷二百零五,中华书局1986年版,第6508页。
⑤ 《资治通鉴》卷二百零六,中华书局1986年版,第6539—6540页。
⑥ 《资治通鉴》卷二百零七,中华书局1986年版,第6560页。
⑦ 《资治通鉴》卷二百零七,中华书局1986年版,第6562页。

不加赈给,视酋长如奴仆,故二人怨而反"。①

武则天先后派出了曹仁师、张玄遇、麻仁节、武三思、武攸宜、王孝杰、苏宏晖、武懿宗、娄师德等大将讨伐,但是多次损兵折将。如万岁通天元年(696年)八月,曹仁师、张玄遇、麻仁节与契丹战于硖石谷,唐兵大败。万岁通天二年(697年)三月,"清边道总管王孝杰、苏宏晖等将兵十七万与孙万荣战于东硖石谷,唐兵大败,孝杰死之"。② 在武则天派出的将领中,武氏一族的将领多胆小无谋,致使战势不利。"武攸宜军渔阳,闻孝杰等败没,军中震恐,不敢进。契丹乘胜寇幽州,攻陷城邑,剽掠吏民,攸宜遣将击之,不克"。③ "武懿宗军至赵州,闻契丹将骆务整数千骑将至冀州,懿宗惧,欲南遁。或曰:'虏无辎重,以抄掠为资,若按兵拒守,势必离散,从而击之,可有大功。'懿宗不从,退据相州,委弃军资器仗甚众。契丹遂屠赵州。"④面对敌人,武攸宜军震恐不敢进,武懿宗军惧欲南遁,且不听谏言,这些行为势必造成契丹能够攻城陷阵,屠掠百姓。

武则天统治时期,除上述与突厥、吐蕃、契丹的战争之外,其他地区也时常出现民族摩擦。如光宅元年(684年)七月,广州都督路元睿为南海的昆仑国人所杀。垂拱元年(685年)六月,同罗、仆固等诸部叛,朝廷派遣"左豹韬卫将军刘敬同发河西骑士出居延海以讨之,同罗、仆固等皆败散"。⑤ 同时,岭外的獠族也不安定,同年九月,岭外的獠族反叛,派广州都督王果征讨,平之。延载元年(694年)十月,岭南獠反,派遣容州都督张玄遇为桂、永等州经略大使讨之。长安三年(703年)十一月,始安獠欧阳倩拥众数万,攻陷州县。朝廷派遣裴怀古为桂州都督,充招慰讨击使平之。可见,武后时期唐朝与周边民族的关系十分紧张。

---

① 《资治通鉴》卷二百零五,中华书局1986年版,第6505页。
② 《资治通鉴》卷二百零六,中华书局1986年版,第6514页。
③ 《资治通鉴》卷二百零六,中华书局1986年版,第6515页。
④ 《资治通鉴》卷二百零六,中华书局1986年版,第6520页。
⑤ 《资治通鉴》卷二百零三,中华书局1986年版,第6435页。

二、"匈奴犹未灭":陈子昂诗文中的民族情感

陈子昂于光宅元年(684年)举进士对策高第,时年二十四岁,以一篇《谏灵驾入京书》受到武则天的嘉赞召见金华殿,拜麟台正字,后擢升右拾遗,到圣历二年(699年)因父亲去世居家守制,十几年的仕途生涯正是处在武后朝与周边民族交战频繁的时期。陈子昂"少学纵横术,游楚复游燕",①充满"感时思报国,拔剑起蒿莱"②的政治热情,在他的仕宦过程中,又先后两次从军出征,第一次是垂拱二年(686年)跟从左补阙乔知之北征反叛的同罗、仆固诸部。其《观荆玉篇序》记曰:"丙戌岁,余从左补阙乔公北征。夏四月,军幕次于张掖河。河州草木,无他异者,惟有仙人杖,往往丛生。幽朔地寒,与中国稍异。"③第二次是万岁通天元年(696年)九月至次年七月,以右拾遗从建安王武攸宜征讨契丹。

由于武后时期战事频繁,陈子昂也时常有送人出征的创作,加之他两次随军出征的亲身体验,因此他写下了大量关于民族交战内容的诗文,这些作品表现出他丰富且复杂的内心情感。

首先,陈子昂激励从军者要有必胜的信心。作为一个忠于朝廷的大臣,陈子昂鼓励朋友在面对交战的边疆民族时,要有必胜的信心,表现出激越昂扬之情。如其《送魏大从军》:

匈奴犹未灭,魏绛复从戎。怅别三河道,言追六郡雄。

雁山横代北,狐塞接云中。勿使燕然上,惟有汉臣功。④

汉代大将霍去病曾誓言,匈奴未灭无以为家,首句即用此典。魏绛即魏庄子,春秋时晋国大夫,曾辅佐晋悼公九合诸侯。"三河"为河东、河内、河南,今

---

① 陈子昂《赠严仓曹乞推命禄》,徐鹏校点:《陈子昂集》,上海古籍出版社2013年版,第30页。
② 陈子昂《感遇》三十五,徐鹏校点:《陈子昂集》,上海古籍出版社2013年版,第10页。
③ 徐鹏校点:《陈子昂集》,上海古籍出版社2013年版,第14页。
④ 徐鹏校点:《陈子昂集》,上海古籍出版社2013年版,第39页。

河南西北部以及山西南部一带,"六郡"为陇西、天水、安定、北地、上郡、西河,古代这里多出名将。"雁山"为雁门关(今山西代县西北),"狐塞"为飞狐口(今河北涞源县北)。在送别魏大从军的怅别之时,陈子昂以霍去病、魏绛以及汉代车骑将军窦宪刻石燕然山纪功的历史来激励朋友战胜敌人。他的《和陆明府赠将军重出塞》则直接歌咏因为敌情严峻不得不反复出塞的威武将军:

忽闻天上将,关塞重横行。始返楼兰国,还向朔方城。

黄金装战马,白羽集神兵。星月开天阵,山川列地营。

晚风吹画角,春色耀飞旌。宁知班定远,犹是一书生。①

首句"天上将"用汉代周亚夫的典事比喻将军用兵出其不意。《汉书·周亚夫传》记载:"孝景帝三年,吴楚反。亚夫以中尉为太尉,东击吴楚。……亚夫既发,至霸上,赵涉遮说亚夫曰:'将军东诛吴楚,胜则宗庙安,不胜则天下危,能用臣之言乎?'亚夫下车,礼而问之。涉曰:'吴王素富,怀辑死士久矣。此知将军且行,必置间人于殽黾厄陿之间。且兵事上神密,将军何不从此右去,走蓝田,出武关,抵洛阳,间不过差一二日,直入武库,击鸣鼓。诸侯闻之,以为将军从天而下也。'"②尽管这位将军是一位书生,但是他横行关塞多次,富有战斗经验,诗中"黄金装战马,白羽集神兵"不仅描绘了将军的威风,也表现了唐军的威猛。又如《答韩使同在边》鼓励朋友勇立边功:

汉家失中策,胡马屡南驱。闻诏安边使,曾是故人谟。……

但蒙魏侯重,不受谤书诬。当取金人祭,还歌凯入都。③

王莽伐匈奴,大将严尤谏曰:"臣闻匈奴为害,所从来久矣,未闻上世有必征之者也。后世三家周、秦、汉征之,然皆未有得上策者也。周得中策,汉得下

---

① 徐鹏校点:《陈子昂集》,上海古籍出版社2013年版,第38页。
② 《汉书·周亚夫传》卷四十,中华书局1964年版,第2059页。
③ 徐鹏校点:《陈子昂集》,上海古籍出版社2013年版,第28页。

策,秦无策焉。"①此诗首句用"失中策"表达当时边事的严峻形势。尽管如此,陈子昂还是热情地鼓励友人。"金人"即匈奴奉为天神之主的金像,汉代霍去病伐匈奴大胜,曾得到其祭天金人,最后两句即用此典激励友人立功凯旋。

然而,如上所述,当时唐军在与外族的交战中,常处于失利的情形,陈子昂两次从军,对那些"主将已死士卒哀。徒手奋呼谁救哉?"②的战斗场面也有深刻的了解,但是他依然对朋友有豪言壮语般的叮嘱与鼓励,这里除了陈子昂自身的民族自信心外,送别时激励朋友的常情应当是主要因素。

其次,由于义愤,陈子昂对交战的边疆民族多表现出鄙夷之情。"每愤胡兵入,常为汉国羞"。③ 陈子昂愤恨北方入侵者"猖狂",其《感遇》三十七写道:

朝入云中郡,北望单于台。胡秦何密迩,沙朔气雄哉。

藉藉天骄子,猖狂已复来。④

"云中郡",秦汉郡名,治所在今内蒙古托克托县,"单于台"也在此地。自古胡汉紧邻,因此纷多杂乱的"天骄子",多次猖狂侵边,导致边塞形势十分严峻。陈子昂视入侵者是"蚍蜉之师":"古者凉风至,白露下,天子命将帅,训甲兵,将以外威荒戎,内辑中夏,时义远矣。自我大君受命,百蛮蚁伏,匈奴舍蒲萄之宫,越裳重翡翠之贡。虎符不发,象译攸同。实欲高议灵台,偃兵天下。而林胡遗孽,渎乱边甿,驱蚍蜉之师,忽雷霆之伐,乃窃海裔,弄燕陲。皇帝哀北鄙之人,罹其辛螫,以东征之义,降彼偏裨。"⑤在这段序文中,陈子昂以"百蛮蚁伏""林胡遗孽""蚍蜉之师"等一些带有贬抑意味的语词描绘敌方,显示

---

① 《汉书·匈奴传下》卷九十四下,中华书局1964年版,第3824页。
② 陈子昂《国殇文》,徐鹏校点:《陈子昂集》,上海古籍出版社2013年版,第166页。
③ 陈子昂《感遇》三十四,徐鹏校点:《陈子昂集》,上海古籍出版社2013年版,第10页。
④ 徐鹏校点:《陈子昂集》,上海古籍出版社2013年版,第11页。
⑤ 陈子昂《送著作佐郎崔融等从梁王东征并序》,徐鹏校点:《陈子昂集》,上海古籍出版社2013年版,第44页。

第一章 初唐诗歌中的民族观念与文化交流

出明显的鄙视情绪。

同时,在他的一些书、表文中,也常常使用"凶胡""凶丑""逆丑""凶虏""凶贼""凶渠""凶羯""小丑""丑虏"等指代交战的边疆民族一方。如《国殇文并序》:"凶胡猖獗,奸险是凭,蛇伏泥滓,蚁斗邱陵。""壮士虽死精魂用,凶丑尔雠不可纵。"①《祃牙文》:"契丹凶羯,敢乱天常,迺蜂聚丸山,豕食辽塞,宴安鸩毒,作为櫐枪。"②《为建安王誓众词》:"契丹凶贼,本为中国奴隶,昏狂不道,劳我师徒。"③《为建安王与安东诸军州书》:"天殃如此,人事又然,平殄凶渠,正在今日。"④《为建安王答王尚书送生口书》:"尚书远略英谋,临机果断,潜制凶丑,枭首伏辜。"⑤《为建安王与诸将书》:"契丹逆丑,天降其灾,尽病水肿,命在旦夕。"⑥《答制问事·请息兵科》:"突厥小丑,何足诛灭?"⑦《燕然军人画像铭(并序)》:"丑虏猖狂,厥自招咎。"⑧等等。这些书文中的贬抑之词,一方面反映了陈子昂对交战边疆民族的义愤情绪,但更主要的是因为这些书文多是用于声讨、誓词或者战前动员的应用文体,更多地体现了朝廷的意志。

再次,面对严峻的战事,陈子昂表现出深沉的忧虑之情。这种忧虑之情包括两个方面,一方面是对自己作为一介文职,能力与所起作用有限的感叹。陈子昂两次随军出征,一次是在麟台正字的职位,一次是在右拾遗的职位,位微而言轻,所以,他常流露出寂寞、孤独、疲惫之感。如作于第一次出征时期的《还至张掖古城闻东军告捷赠韦五虚己》写道:

闻道兰山战,相邀在井陉。屡斗关月满,三捷虏云平。

---

① 徐鹏校点:《陈子昂集》,上海古籍出版社2013年版,第166页。
② 徐鹏校点:《陈子昂集》,上海古籍出版社2013年版,第167页。
③ 徐鹏校点:《陈子昂集》,上海古籍出版社2013年版,第177页。
④ 徐鹏校点:《陈子昂集》,上海古籍出版社2013年版,第250页。
⑤ 徐鹏校点:《陈子昂集》,上海古籍出版社2013年版,第248页。
⑥ 徐鹏校点:《陈子昂集》,上海古籍出版社2013年版,第249页。
⑦ 徐鹏校点:《陈子昂集》,上海古籍出版社2013年版,第194页。
⑧ 徐鹏校点:《陈子昂集》,上海古籍出版社2013年版,第157页。

>汉军追北地,胡骑走南庭。……
>
>宁知玉门道,空作陇西行。北海朱旄落,东归白露生。
>
>纵横未得意,寂寞寡相迎。负剑空叹息,苍茫登古城。①

诗题中的"东军告捷",指垂拱二年(686年)黑齿常之破突厥事。是年春,陈子昂跟从左补阙乔知之北征,七月独南归,八月至张掖。诗歌叙述即使前线传来捷报,陈子昂也难掩惆怅失落之情:局部的一场战斗大捷固然令人欣慰,但是,从整体来看,武后时期同边疆民族的交战,唐军取胜的几率并不高,所以,这里的"纵横未得意"而"负剑空叹息",如果我们仅仅将其视为陈子昂因为个人的境遇而感慨"寂寞",未免会因格局小而委屈了他。其实,陈子昂多次吐露他反对战争的心曲,如《登蓟丘楼送贾兵曹入都》:

>东山宿昔意,北征非我心。孤负平生愿,感涕下沾襟。
>
>暮登蓟楼上,永望燕山岑。辽海方漫漫,胡沙飞且深。②

《东征答朝臣相送》:

>平生白云意,疲苶愧为雄。君王谬殊宠,旌节此从戎。
>
>挪绳当系虏,单马岂邀功。孤剑将何托,长谣塞上风。③

在这两首诗作中,陈子昂都明白地表现出他的反战情绪。他反复表白自己有"东山宿昔意""平生白云意",可见,归隐"东山"寄意"白云",是比他"北征"去"为雄"更为持久的心志,而非常阶段的"北征""从戎",不过是在"君王谬殊宠"之下的无奈。因此,我们就不难明白,为何在他的这类诗中常表达"疲苶""寂寞"的沉郁之情,也更加理解了他登上幽州台所发出的"前不见古人,后不见来者"④的千古浩叹。

陈子昂对战事的忧虑,另一方面是缘于他对边境严峻局势的担忧。据两

---

① 徐鹏校点:《陈子昂集》,上海古籍出版社2013年版,第23页。
② 徐鹏校点:《陈子昂集》,上海古籍出版社2013年版,第39页。
③ 徐鹏校点:《陈子昂集》,上海古籍出版社2013年版,第33页。
④ 陈子昂《登幽州台歌》,徐鹏校点:《陈子昂集》,上海古籍出版社2013年版,第276页。

第一章 初唐诗歌中的民族观念与文化交流

《唐书》与《资治通鉴》记载,终其武后执政时期,仅突厥犯边就三十多次。这样紧张的民族摩擦形势,加上朝廷决策的失误以及边将的昏庸无能,边疆交战的结果常常是唐军失败。陈子昂在《谏雅州讨生羌书》中总结唐朝与吐蕃近二十年的交战局面时就说:"吐蕃桀黠之虏,君长相信,而多奸谋,自敢抗天诛,迩来向二十余载,大战则大胜,小战则小胜,未尝败一队、亡一矢。"①这并非是陈子昂为了达到进谏目的而夸大其词或是危言耸听,因此,陈子昂诗歌中时常流露出的忧虑,绝非是一般文人的无病呻吟,而是一个具有强烈责任感的士子基于现实的深刻关切。如其《感遇》三十七,他慨叹在"藉藉天骄子,猖狂已复来"的紧要时刻,却因为边塞缺少智勇善战的将领而导致"边人涂草莱"的惨烈现状:"塞垣无名将,亭堠空崔嵬。咄嗟吾何叹,边人涂草莱。"②《感遇》二十九批评统治者决策错误,致使将士们不得不"哀哀冰雪行",从而造成"藜藿缅纵横"的结局:

  丁亥岁云暮,西山事甲兵。赢粮匝邛道,荷戟争羌城。
  严冬阴风劲,穷岫泄云生。昏曀无昼夜,羽檄复相惊。
  拳踢竞万仞,崩危走九冥。籍籍峰壑里,哀哀冰雪行。
  圣人御宇宙,闻道泰阶平。肉食谋何失,藜藿缅纵横。③

此诗作于垂拱三年(687年),武则天下令自雅州开山通道,出击生羌,因袭吐蕃,陈子昂冒死上言《谏雅州讨生羌书》,从七个方面历陈这一决策的不妥,此诗更加形象地表达了他的批评目的。

面对边疆上"亭堠何摧兀,暴骨无全躯","汉甲三十万,曾以事匈奴。但见沙场死,谁怜塞上孤"④的惨烈现实,陈子昂也叮嘱出战的朋友谨慎用兵,切莫为一己之功而损害朝廷利益。他的《送著作佐郎崔融等从梁王东征》写道:

---

① 徐鹏校点:《陈子昂集》,上海古籍出版社2013年版,第223页。
② 徐鹏校点:《陈子昂集》,上海古籍出版社2013年版,第11页。
③ 徐鹏校点:《陈子昂集》,上海古籍出版社2013年版,第9页。
④ 陈子昂《感遇》三,徐鹏校点:《陈子昂集》,上海古籍出版社2013年版,第3页。

> 金天方肃杀,白露始专征。王师非乐战,之子慎佳兵。
> 海气侵南部,边风扫北平。莫卖卢龙塞,归邀麟阁名。①

陈子昂劝嘱著作佐郎崔融等参谋帷幕时切不可贪功邀赏而导致战事扩大。尾联用三国时期田畴拒绝赏禄的典事进一步对友人予以劝勉。《三国志·魏书·田畴传》载:曹操征讨乌丸时,田畴引领曹军"上徐无山,出卢龙,历平冈,登白狼堆"②而大败乌丸。曹操论功行赏,封田畴为亭侯,田畴拒绝说:"岂可卖卢龙之塞,以易赏禄哉?纵国私畴,畴独不愧于心乎?"③陈子昂在《上军国利害事·人机》中曾论断隋炀帝亡国就是因为其"信贪佞之臣,冀收夷狄之利":"近者隋炀帝不知天下有危机,……动天下之众,殚万人之力,兵役相仍,转输不绝,北讨胡貊,东伐辽人,于是天下百姓穷困,人不堪命,机动祸构,遂丧天下。此是不知天下有危机,而信贪佞之臣,冀收夷狄之利,卒以灭亡者也。"④由此看来,陈子昂对崔融等从征参谋所叮嘱的"王师非乐战,之子慎佳兵",个中的殷殷之情非同一般的送别之情。

总之,陈子昂在涉及民族问题的诗文中抒发的情感,大多是理性而沉郁的。虽然在一些送别出征的诗作中不免有客套的鼓励豪语,在一些公文中也时见对边疆民族的鄙视之词,但是,他对边塞形势的忧虑,对穷兵黩武的批评,对庸将的讽刺,对边民的同情,汇成了一股凝重的情感基调,贯穿了他作品的始终。

三、"来能怀去能制":陈子昂的民族观

陈子昂诗文中所抒写的深沉而复杂的民族情感,源自他对民族问题比较理性而系统的看法。陈子昂从政时期唐代边患形势严峻,他又多次身处边境,加之长期担任右拾遗的职责担当,因此,他深以蕃事为念,许多书、表、杂文都与民

---

① 徐鹏校点:《陈子昂集》,上海古籍出版社2013年版,第44页。
② 《三国志·魏书·田畴传》卷十一,中华书局1987年版,第342页。
③ 《三国志·魏书·田畴传》卷十一,中华书局1987年版,第344页。
④ 徐鹏校点:《陈子昂集》,上海古籍出版社2013年版,第210页。

第一章 初唐诗歌中的民族观念与文化交流

族纷争的边事相关。如《为乔补阙论突厥表》《谏雅州讨生羌书》《上军国利害事（三条）》《上蜀川安危事（三条）》《上蜀川军事》《上益国事》《上军国机要事》《谏曹仁师出军书》《上西蕃边州安危事（三条）》《答制问事·请息兵科》等，这些文章都针对当时的边情提出了具体建议，形成了他比较明晰的民族观。

首先，陈子昂主张对边疆民族"来能怀"。唐朝与周边民族的关系概而言之无非两种状态，即和平时期的来附与反叛时期的为乱。陈子昂认为，对于附归者如果不能给予他们基本的民生保障，在一定时机下势必会造成他们的反叛。他在第一次随乔知之西征归朝后就曾有《上西蕃边州安危事（三条）》，① 其中，针对当时唐朝设置安北府招纳归降突厥的实际情况，他明确地指出："国家来不能怀，去不能制，空竭国用，为患于边，取乱之策，有失于此。况夷狄代有其雄，与中国抗行，自古所病。倘令今有勃起，遂雄于边。招集遗散，收强抚弱，臣恐丧乱之众，必有景从。"② 事实证明，陈子昂的意见不是杞人忧天，随后在万岁通天元年（696年）爆发的平叛契丹战争，就是因为唐朝的地方长官不能平等地对待契丹族，才引起契丹"怨而反"的。

陈子昂进一步分析道："人情莫不以求生为急，今不以此粟麦，不以此牛羊，大为其饵，而不救其死，人无生路，安得不为群盗乎？"③ 如果不能有效地安抚归降之属，则会导致来归者愈多，为盗者愈多，潜在的边患就愈多的现实。当然，要对边疆民族做到来能怀，除了满足他们基本的生存需求外，陈子昂还主张朝廷"修文德，去刑罚，劝农桑，以息天下之人，务与之共安"，这样就可以"使遐荒蛮夷，自知中国有圣人，重译而入贡。"④ 他在《度峡口山赠乔补阙知

---

① 罗庸《陈子昂年谱》，此文作于垂拱二年（686年）。徐鹏校点：《陈子昂集》，上海古籍出版社2013年版，第326页。
② 徐鹏校点：《陈子昂集》，上海古籍出版社2013年版，第213页。
③ 陈子昂《上西蕃边州安危事（三条）》，徐鹏校点：《陈子昂集》，上海古籍出版社2013年版，第213页。
④ 陈子昂《上军国利害事·人机》，徐鹏校点：《陈子昂集》，上海古籍出版社2013年版，第209页。

之王二无竞》诗中也表达了相似的观点：

  峡口大漠南,横绝界中国。丛石何纷纠,赤山复翕赩。

  远望多众容,逼之无异色。崔崒乍孤断,逶迤屡回直。

  信关胡马冲,亦距汉边塞。岂依河山险,将顺休明德。①

  此诗在描绘了峡口可以作为扼守西北民族侵扰的险要地势后,笔锋一转,指出"岂依河山险,将顺休明德。"这两句分别化用孟子和吴起的话意,表达了治国不能仅靠河山的险固,更重要的是要修明德的主张。《孟子·公孙丑下》有言:"域民不以封疆之界,固国不以山溪之险,威天下不以兵革之利。得道者多助,失道者寡助。"②《史记·孙子吴起列传》也有类似的记载:"武侯浮西河而下,中流,顾而谓吴起曰:'美哉乎山河之固,此魏国之宝也!'起对曰:'在德不在险。昔三苗氏左洞庭,右彭蠡,德义不修,禹灭之。夏桀之居,左河济,右泰华,伊阙在其南,羊肠在其北,修政不仁,汤放之。……由此观之,在德不在险。若君不修德,舟中之人尽为敌国也。'"③可见,修德而治是历代贤者的共识。

  其次,陈子昂主张对边疆民族"去能制"。"来能怀"与"去能制"是相辅相成的关系。如何做到"去能制",陈子昂认为"夷狄相攻,中国之福"。他在《上西蕃边州安危事(三条)》中,针对武则天对金山都护田扬名在征讨九姓时"擅破回纥"而被免职问罪之事分析说:"夫蕃戎之性,人面兽心,亲之则顺,疑之则乱,盖易动难安,古所莫制也。今阻其善意,逆其欢心,古人所谓放虎遗患,不可不察。……今更不许入朝谒,疑之以罪,与回纥部落复为大雠,此则内无国家亲信之恩,外有回纥报雠之患。怀不自安,鸟骇狼顾,亡叛沙漠,则河西诸蕃恐非国家所有。且夷狄相攻,中国之福,今回纥已破,既往难追,十姓无

---

① 徐鹏校点:《陈子昂集》,上海古籍出版社2013年版,第23页。
② 杨伯峻译注:《孟子译注》,中华书局1962年版,第86页。
③ 《史记》卷六十五,中华书局1963年版,第2166页。

第一章　初唐诗歌中的民族观念与文化交流

罪,不宜自绝。"①陈子昂主张应该充分利用边境各族之间的矛盾,让他们相互牵制,进而削弱他们对朝廷的反叛力量。要想实现这一目标,就需要拉拢一些民族尽忠朝廷:"国家所以制有十姓者,本为九姓强大,归伏圣朝,十姓微弱,势不能动。故所以命臣妾,为国忠良。今者九姓叛亡,北蕃丧乱,君长无主,莫知所归,回纥金水,又被残破,碛北诸姓,已非国家所有。今欲掎角亡叛,雄将边疆,惟倚金山诸蕃,共为形势。"②因此,他反对因为十姓"擅破回纥"而拒绝他们入朝的做法,主张要依靠金山诸蕃,牵制势力较强大的九姓。

陈子昂认为"去能制"的另一措施就是"修备以待时"。他在《为乔补阙论突厥表》中,纵论了自秦汉以来中原与突厥的关系,提出对待突厥应"修备以待时"的主张:"故曰圣人修备以待时,是以正天下如拾遗。陛下肃恭神明。德动天地,今上帝降匈奴之灾孽,遗陛下之良时,不以此时顺天诛,建大业,使良时一过,匈奴复兴,则万代为患,虽后悔之,亦不及矣。古语曰:'天与不取,反受其咎。'今天意厚矣,陛下岂可违之哉?"③陈子昂根据自己在边境同城了解到的实际情况,劝说武则天利用九姓连续三年遭遇大旱天灾,以及回纥与金州矛盾厮杀的机会,大定北戎。"先九姓中遭大旱,经今三年矣,野皆赤地,少有生草,以此羊马死耗,十至七八"。④"回鹘诸部落又与金州横相屠戮,群生无主,号诉嗷嗷。臣所以愿陛下建大策,行远图,大定北戎,不劳陛下指挥之间,事业可致。则千载之后,边鄙无虞,中国之人,得安枕而卧。"⑤这篇上表虽是替乔知之所写,但也体现了陈子昂个人的主张。从主动控制边疆形势的角度,陈子昂一直强调时机的重要性,要"因机逐便"。他在《上西蕃边州安危事(三条)》中分析与吐蕃边境的关系时,也坚持这一观点。他力陈朝廷应当加

---

① 徐鹏校点:《陈子昂集》,上海古籍出版社2013年版,第211页。
② 徐鹏校点:《陈子昂集》,上海古籍出版社2013年版,第211页。
③ 徐鹏校点:《陈子昂集》,上海古籍出版社2013年版,第100页。
④ 徐鹏校点:《陈子昂集》,上海古籍出版社2013年版,第100页。
⑤ 徐鹏校点:《陈子昂集》,上海古籍出版社2013年版,第101页。

强在甘州的军事力量,认为一旦失去有利时机,国家将难以复守:"甘州仓粮,积以万计,兵防镇守,不足威边,若使此虏探知,潜怀逆意,纵兵大入,以寇甘、凉。虽未能劫掠士人,围守城邑,但烧甘州蓄积,蹂践诸屯,臣必知河西诸州,国家难可复守也。此机不可一失。一失之后,虽贤圣之智,亦无奈何。"①但是朝廷并未重视他的建议,导致"其后吐蕃果入寇,终后世为边患最甚。"②

此外,陈子昂还从国家治理的全局出发,提出维护边境安宁要与吏治的管理相结合,如《上军国利害事·人机》论证导致天下不安的因素,规劝武后警惕"将相有贪夷狄之利,又说陛下以广地疆武为威,谋动甲兵,以事边塞"③的现象。《答制问事·请息兵科》又指出"臣恐庸将无智,未审庙算之机,故使兵甲日多,徭役日广"④等弊端。

可以看出,陈子昂以一腔"以身许国,我则当仁"⑤的政治热情,不避忌讳,论道匡君,多次恳切上书,并且具体可行地指陈边疆的民族问题。尽管当面对外族入侵时,他也慷慨陈词,激励出征的友朋,鼓励参战的将士,但是在本质上他反对战争,因为"兵者凶器,仁者恶之"⑥。他批评那些"肆兵长驱,穷极砂碛,不恤士马,专以务得为利,不以全兵为上"⑦的做法,多次劝谏武则天要"息边鄙,休甲兵",主张"务在仁,不在广;务在养,不在杀。"⑧他的民族观是一切以苍苍群生的安危为出发点的。

---

① 徐鹏校点:《陈子昂集》,上海古籍出版社2013年版,第214页。
② 《新唐书·陈子昂传》卷一百零七,中华书局1975年版,第4073页。
③ 徐鹏校点:《陈子昂集》,上海古籍出版社2013年版,第209页。
④ 徐鹏校点:《陈子昂集》,上海古籍出版社2013年版,第194页。
⑤ 陈子昂《登蓟城西北楼送崔著作融入都序》,徐鹏校点:《陈子昂集》,上海古籍出版社2013年版,第51页。
⑥ 陈子昂《燕然军人画像铭(并序)》,徐鹏校点:《陈子昂集》,上海古籍出版社2013年版,第157页。
⑦ 陈子昂《谏曹仁师出军书》,徐鹏校点:《陈子昂集》,上海古籍出版社2013年版,第245页。
⑧ 陈子昂《谏雅州讨生羌书》,徐鹏校点:《陈子昂集》,上海古籍出版社2013年版,第224页。

第四节 初唐南贬诗人笔下的岭南民族风情

岭南是一个具有历史内涵的地域概称,指我国南方五岭(越城岭、都庞岭、萌渚岭、骑田岭、大庾岭)以南的区域,包括今天广东、广西、海南、云南省东部、福建省西南部以及越南北部的部分地区。初唐时期,岭南边远地区的发展处于滞缓阶段,相比北方的少数民族,南方各少数民族族属分化不明显、分布散乱、势力较弱,在唐朝立国后,大部分地区都已归顺朝廷。虽然偶有少数部落发动叛乱,朝廷也针对其民族特点和地理因素,以较为缓和的"经略""安抚"等手段平定其叛乱,并最终形成了征讨与招抚相结合的民族策略。

唐中宗神龙元年(705年),武则天内宠张易之兄弟被诛,受此牵连,朝臣中多人被流贬岭南。其中,沈佺期(656？—716年)被流放驩州(今越南荣市),宋之问(656？—712年)贬泷州(今广东罗定)参军,睿宗景云元年(710年)再次流放钦州(今广西钦州),杜审言(646？—708年)被流放峰州(今越南越池东南)。沈佺期与宋之问并称"沈宋",他们的诗歌在前朝沈约、庾信属对精密的基础上,"又加靡丽,回忌声病,约句准篇,如锦绣成文,学者宗之,号为'沈宋'。"[1]杜审言是杜甫祖父,时与李峤、崔融、苏味道并称"文章四友"。沈佺期、宋之问、杜审言三人在贬谪期间创作诗作相对较多,据统计,沈佺期流放期间所作诗歌约占其总量的五分之一,宋之问则占了五分之二多。[2] 他们除了在这些诗歌中表达强烈的思乡之情和遭贬的人生苦闷感慨之外,也广泛记录了岭南地区的自然环境与风土人情,从而为我们更好地了解唐朝与岭南民族关系以及岭南少数民族的生活与文化提供了丰富的可贵资料。

---

[1] 《新唐书·宋之问传》卷二百二,中华书局1975年版,第5751页。
[2] 参见陶敏、易淑琼校注:《沈佺期宋之问集校注》前言,中华书局2001年版,第8页。

一、"涨海积稽天":岭南各民族的自然生态

我国华南地区自先秦时期就居住着越人,史称"百越"。隋唐以来,又被称为"南蛮"或者"蛮獠"。由于地处十分偏远,自然环境又以崇山峻岭为多,人们聚落比较分散,唐代漫游的诗人少有所至,因此其地理风貌与当地人的生存与生活状态在诗文中鲜见反映。即使史料典籍,也存在"图典失其事"[①]和"太史漏登探"[②]的情况,无法做到全面记载与详细呈现。初唐这些南贬的诗人则以其亲身的体验,记录了他们对岭南独特自然生态的所见所感,这对于他们生前经历而言,是一种人生的苦痛与不幸,而对于后人了解岭南的自然风貌来说,则可谓是一件幸事。

首先,南贬诗人们记录了岭南湿热的气候特点。岭南地处热带与亚热带,属季风海洋性气候特点,以高热高湿为主要特征,但是这种体验只有亲历者才能感同身受,如杜审言的《旅寓安南》写到安南冬季的物候:

> 交趾殊风候,寒迟暖复催。仲冬山果熟,正月野花开。
> 积雨生昏雾,轻霜下震雷。故乡逾万里,客思倍从来。[③]

安南(今越南河内)为唐代六都护之一,属岭南道。杜审言此诗除尾联抒发思乡之情外,主要描绘了严冬时节安南的风物气候。交趾,是汉武帝灭南越国后在今越南北部设立的三郡之一,郡治位于今越南河内,此指越南北部。诗歌首两句总括安南特殊的气候特点,即寒冷季节来得迟而短,温暖季节早而长。中间两联承接首联"殊风候"展开详细的描述,"仲冬"至"正月",即农历十一月到来年一月,正是北方万物凋零的严寒时节,而此时的安南却是果实成熟山花盛开的景象,这是岭南迥异于北方的风物特点。在气候上,这里阴雨连

[①] 杜审言《南海乱石山作》,徐定祥注:《杜审言诗注》,上海古籍出版社1982年版,第1页。
[②] 沈佺期《自乐昌溯流至白石岭下行入郴州》,陶敏、易淑琼校注:《沈佺期宋之问集校注》,中华书局2001年版,第132页。
[③] 徐定祥注:《杜审言诗注》,上海古籍出版社1982年版,第17页。

绵雾气濛濛,冬天依然可以听到震震雷声,这些特殊的"风候"对于一个北方人而言,都是颇感新奇的。

岭南四季温热的天气,是这些来自北方的贬谪者们普遍的感受。沈佺期的《赦到不得归题江上石》中也写到南方气候炎热导致的"殊怪"现象:

百卉杂殊怪,昆虫理顿暌。闭藏元不蛰,摇落反生荑。

疟瘴因兹苦,穷愁益复迷。火云蒸毒雾,汤雨濯阴霓。①

古人对季节与气候的判断往往是从草木和昆虫的习性上总结出来的。沈佺期此诗即以北方生活的经验,记录岭南"百卉"和"昆虫"的反常习性表现。这里即使到了万物应该"闭藏"的冬季,昆虫也不蛰居冬眠,草木不凋零反而会生长出幼芽。热雨涟涟,雾气迷蒙,潮湿炎热,因此导致瘴疟病多发。这种湿热郁蒸的气候,的确会令习惯了四季分明的中原人感到十分不适。宋之问的《早发韶州》也描绘了这种气候体验:

炎徼行应尽,回瞻乡路遥。珠厓天外郡,铜柱海南标。

日夜清明少,春冬雾雨饶。身经火山热,颜入瘴江消。②

此诗当为睿宗景云元年(710年)他流放钦州途中所作。"炎徼"指南方边远地区,"珠厓"即今海南海口市,"铜柱"为汉代马援征讨交趾所立,《后汉书·马援传》载:"援将楼船大小二千余艘,战士二万余人,进击九真贼徵侧余党都羊等,自无功至居风,斩获五千余人,峤南悉平。"③李贤注引《广州记》曰:"(马)援到交趾,立铜柱,为汉之极界也。"④"日夜"两句,突出了岭南湿热的气候特点,这里春冬季节也雨雾缭绕,少见晴朗。"火山""瘴江"一说为特指,"火山"指梧州对岸的西火山,传说其火每当十五夜晚见于山顶。"瘴江"指广西合浦江,《旧唐书·地理志四》:"州界有瘴江,名合浦江也。"⑤一说为

---

① 陶敏、易淑琼校注:《沈佺期宋之问集校注》,中华书局2001年版,第104页。
② 陶敏、易淑琼校注:《沈佺期宋之问集校注》,中华书局2001年版,第551页。
③ 《后汉书·马援传》卷二十四,中华书局1965年版,第839页。
④ 《后汉书·马援传》卷二十四,中华书局1965年版,第840页。
⑤ 《旧唐书·地理志四》卷四十一,中华书局1975年版,第1759页。

泛指,即指岭南炎热之山和有瘴气的江河,两说皆可通。

其次,南贬诗人们记录了不少岭南的地理标志以及山水特点。岭南的地形地貌虽可见于史志典籍,但是它们的记载不可能做到处处皆细致。这些南贬诗人们以他们的亲历亲见,创作了许多记录岭南地标性的地貌作品,为后代留下了丰富的岭南山水资料。杜审言的《南海乱石山作》就详细描绘了"图典"中不曾记载的岭南道"乱石山":

> 涨海积稽天,群山高莱地。相传称乱石,图典失其事。
> 悬危悉可惊,大小都不类。乍将云岛极,还与星河次。
> 上耸忽如飞,下临仍欲坠。朝暾艳丹紫,夜魄炯青翠。
> 穿崇雾雨蓄,幽隐灵仙閟。万寻挂鹤巢,千丈垂猿臂。
> 昔去景风涉,今来姑洗至。观此得咏歌,长时想精异。①

此诗的"南海"指唐代南海县(今广州市),"乱石山"在其东北二十里,山高险,与白云山相连。《旧唐书·地理志》"岭南道"载:"南海,五岭之南,涨海之北,三代已前,是为荒服。秦灭六国,始开越置三郡,曰南海、桂林、象郡,以谪戍守之。秦亡,南海尉任嚣病且死,召南海龙川令赵佗,付以尉事。佗乃聚兵守五岭,击并桂林、象郡,自称南越武王。子孙相传,五代九十三年。汉武帝命伏波将军路博德、楼船将军杨仆兵逾岭南,灭之。其地立九郡,曰南海、苍梧、郁林、合浦、交阯、九真、日南、儋耳、珠崖。"②史志中关于"南海"的历史沿革和管辖区域与此诗的"南海"不完全一致。"涨海"是对我国南部海域南海的别称,《梁书·诸夷列传》中在记载海南诸国时提到了"涨海":"扶南国,在日南郡之南,海西大湾中,去日南可七千里,在林邑西南三千余里。……又传扶南东界即大涨海,海中有大洲,洲上有诸薄国,国东有马五洲。"③"涨海"也是岭南地理中具有标志性的特征,在沈佺期的南贬诗作中也常可见到,如其

---

① 徐定祥注:《杜审言诗注》,上海古籍出版社1982年版,第1页。
② 《旧唐书·地理志》卷四十一,中华书局1975年版,第1712页。
③ 《梁书·诸夷列传》卷五十四,中华书局1983年版,第787页。

第一章　初唐诗歌中的民族观念与文化交流

《遥同杜员外审言过岭》："南浮涨海人何处？北望衡阳雁几群？"①《度安海入龙编》："北斗崇山挂,南风涨海牵。"②《答魑魅代书寄家人》："涨海缘真腊,崇山压古棠。"③"涨海"的多次出现,说明了它在岭南地理中的重要性。

杜审言此诗在首句概括了"乱石山"的区域位置后,中间十二句就浓墨重彩地展开对此山"精异"之处的描绘。它的超群卓异首先是高度可与银河相接,其次是朝红晚青的色彩变换,再次是雾濛烟笼中的仙气,以及万寻千丈山崖上垂挂的巢鹤和臂猿。最后四句从"昔去""今来"看,此诗应为作者回京途中经广州再游乱石山时所作。"景风"即南风,指出"昔去"的时间,"姑洗"即三月,古时以月令配十二律,十二律的第三位称姑洗,指出"今来"的时间。尾句总结乱石山特异的风景给自己留下的深刻印记。

沈佺期的《入鬼门关》中描绘的"鬼门关"是岭南另一个重要地理标志,诗中写道:

　　昔传瘴江路,今到鬼门关。土地无人老,流移几客还？

　　自从别京洛,颓鬓与衰颜。夕宿含沙里,晨行茵露间。

　　马危千仞谷,舟险万重湾。问我投何地,西南尽百蛮。④

"鬼门关"在今广西北流市城西,《旧唐书·地理志四》记载容州北流县曰:"县南三十里,有两石相对,其间阔三十步,俗号鬼门关。汉伏波将军马援讨林邑蛮,路由于此,立碑石龟尚在。昔时趋交趾,皆由此关。其南尤多瘴疠,去者罕得生还。谚曰:'鬼门关,十人九不还'。"⑤这里是古代通往钦州、廉州、雷州、琼州和交趾的交通冲要,沈佺期流放驩州要经过此地。诗歌前四句

---

① 陶敏、易淑琼校注:《沈佺期宋之问集校注》,中华书局2001年版,第85页。
② 陶敏、易淑琼校注:《沈佺期宋之问集校注》,中华书局2001年版,第91页。
③ 陶敏、易淑琼校注:《沈佺期宋之问集校注》,中华书局2001年版,第108页。
④ 陶敏、易淑琼校注:《沈佺期宋之问集校注》,中华书局2001年版,第87页。
⑤ 《旧唐书·地理志四》卷四十一,中华书局1975年版,第1743页。

叙述以往只是听闻传说的瘴江之路,而今即在眼前,过了鬼门关的流贬迁客,不知还有几人能够北还。离开京洛优裕的生活环境,流放到西南百越的蛮荒之地,沈佺期无论是精神上还是生活上都经受着巨大的挫折,颜鬓颓衰就自然难免了。"夕宿"以下四句,具体刻画了鬼门关恶劣的环境和险峻的地貌。"含沙"即蜮,是古代传说南方水中的一种害人动物,形状似龟,三足,能在水中含沙射人影使人致病,一名射工,也称含沙。"莴"为南方的一种毒草,人们即使接触了它上面的露水,皮肉也会溃烂。除了这些无处不在的危险,还要克服陆行的千仞山谷和舟行的万重险湾。可见,沈佺期的流贬旅程满是艰辛与危险。

此外,宋之问的《题大庾岭北驿》《度大庾岭》以及《早发大庾岭》等都记述了大庾岭这一地标。大庾岭为五岭之一,在今江西和广东交界处,因岭上多梅花,也称梅岭。他的《题大庾岭北驿》写道:

阳月南飞雁,传闻至此回。我行殊未已,何日复归来?

江静潮初落,林昏瘴不开。明朝望乡处,应见陇头梅。①

前两联以传说的秋季大雁南飞至大庾岭而回,反衬自己要继续南行的苦旅。腹联描写眼前所见之景,江潮退落,水面寂静,黄昏的树林里萦绕着永不散去的瘴气,这就是大庾岭给这位落魄逐臣的最初印象。在《早发大庾岭》中,他又感慨位于华夷分界的大庾岭的造化之力:

晨跻大庾险,驿鞍驰复息。雾露昼未开,浩途不可测。

嶻起华夷界,信为造化力。……

春暖阴梅花,瘴回阳鸟翼。含沙缘涧聚,吻草依林植。②

这里的暖春能令山岭阴面的梅花也早早开放,但是弥漫的瘴气却让秋季南飞的大雁折翼而回。涧水中聚集着的"含沙"与树林间生长着的有毒"吻草",时时刻刻都威胁着人们的生命。

---

① 陶敏、易淑琼校注:《沈佺期宋之问集校注》,中华书局2001年版,第427页。
② 陶敏、易淑琼校注:《沈佺期宋之问集校注》,中华书局2001年版,第429页。

第一章　初唐诗歌中的民族观念与文化交流

这些被流放南贬的诗人,因为遭遇政治上的打击,产生心理上的忧惧与情绪上的愤闷,加上强烈的思乡之情,对岭南自然环境与气候的不适应以及旅途的艰难危险固然会有一些夸张的成分在,就不免对岭南的自然环境与气候表现厌恶之情。因此,他们不约而同地在诗作中表现了岭南的涨海、铜柱、鬼门关、大庾岭等地标以及瘴气、含沙和毒草等意象。但是他们同时也描绘了岭南美丽的一面,记录下了"薜荔摇青气,桄榔翳碧苔。桂香多露裹,石响细泉回"①的可悦岭南。如沈佺期《从崇山向越常》刻画了从崇山到越常一路如画的风光:

　　朝发崇山下,暮坐越常阴。西从杉谷度,北上竹溪深。
　　竹溪道明水,杉谷古崇岑。差池将不合,缭绕复相寻。
　　桂叶藏金屿,藤花闭石林。天窗虚的的,云窦下沉沉。
　　造化功偏厚,真仙迹每临。岂徒探怪异,聊欲缓归心。②

崇山,山名,在骥州南。越常,古国名,又作越裳,也在骥州南。两地相距四十里路,沈佺期模仿民歌的顶真格方式描绘了这一路的奇丽风景。这里山水环绕,奇峰林立,竹林、桂叶、藤花与山水交相辉映,大自然的造化之功仿佛偏爱这里,行走其中,如临仙境。宋之问的《早入清远峡》也感叹清远峡"良候斯为美"的景色:

　　传闻峡山好,旭日椑前沂。雨色摇丹幛,泉声聒翠微。
　　两岩天作带,万壑树披衣。秋橘迎霜序,春藤碍日辉。
　　翳潭花似织,缘岭竹成围。寂历环沙浦,葱茏转石圻。③

清远峡,在今广东清远,一名中宿峡,是北江三峡之一。宋之问此诗一开头就先入为主地称赞"峡山好",接着便展开对其"好"的描写:两岸青山,一江

---

① 宋之问《早发始兴江口至虚氏村作》,陶敏、易淑琼校注:《沈佺期宋之问集校注》,中华书局2001年版,第431页。
② 陶敏、易淑琼校注:《沈佺期宋之问集校注》,中华书局2001年版,第120页。
③ 陶敏、易淑琼校注:《沈佺期宋之问集校注》,中华书局2001年版,第572页。

映天如带;万壑从树,秋橘迎霜,春藤蔽日,潭花似织,岭竹成围;沙浦空旷,曲折的石岸郁郁葱葱。船行其里,如入画中。此外,宋之问还有《宿清远峡山寺》一诗,赞美清远峡的山寺(即广庆寺)"香岫悬金刹,飞泉界石门。空山唯习静,中夜寂无喧"①的清寂境界。

总之,这些流贬诗人对岭南自然山川风貌的描绘,不论是出于哀怨情绪下的负面感观刻画,还是缘于客观视角的平心静气表现,都是以其亲身经历带给我们的深切体验,这种身临其境的真实感也深化了人们对岭南自然生态的认识。

二、"地偏多育蛊":岭南各民族的文化生态

在初唐这些南贬诗人的笔下,我们不仅可以看到迥异于北方的丰富多样的岭南自然生态,也可了解到岭南各少数民族的生活状态和独特的文化习俗。值得注意的是,与表现岭南自然山水时经常流露出恐惧甚至厌恶的情绪不同,这些诗人在记录岭南民族的生活与文化特点时,多数都能以客观的态度去审视描写,很少像对待北方少数民族那样表现出鄙夷的态度。

首先,这些诗作记录了岭南丰富的物产。如前所述,岭南一年四季气候温暖,有利于植物与各种作物的繁衍生长。相比北方少数民族地处严寒的气候环境,常因物产贫乏南侵掠夺中原,岭南各民族少有因争夺资源对中原地区发起入侵或叛乱的情况,"南国无霜霰,连年见物华"②的自然条件大大降低了他们的侵略意识。这里有品种多样的南国水果,如沈佺期《题椰子树》描绘了日南的椰子:

日南椰子树,香袅出风尘。丛生雕木首,圆实槟榔身。

---

① 陶敏、易淑琼校注:《沈佺期宋之问集校注》,中华书局2001年版,第573页。
② 宋之问《经梧州》,陶敏、易淑琼校注:《沈佺期宋之问集校注》,中华书局2001年版,第568页。

第一章 初唐诗歌中的民族观念与文化交流

玉房九霄露,碧叶四时春。不及涂林果,移根随汉臣。①

日南,汉郡名,在今越南中部,此指驩州。首联赞叹这里的椰子树高耸摇曳十分出众,中间两联刻画椰子果实的形状与口感。"雕木首"即指椰子的果实,椰实去掉外层的粗皮后,有两处凹陷像人的眼睛,所以又俗称越王头。相传古代林邑王与越王有故怨,派侠客刺杀越王,将其头悬挂树上,遂化为椰子,因称越王头。椰子剖开后的椰肉与椰汁皆可食用,味道甜美,因此,沈佺期用"玉房"与"九霄露"形容其观感与口感。"槟榔"也是南国的水果特产,树身高大,汉武帝时出兵征讨南越,曾用槟榔解军中瘴疠。从沈佺期此诗用词褒咏的角度看,他对椰树及其果实是持赞美态度的,也是喜欢这种水果的。但是,最后一联他笔锋一转,认为椰树不如"涂林果"(即石榴),主要是对比二者的不同命运,因为石榴跟随汉臣被移栽到了内地,但椰子依然处在边远的岭南,他是借椰树感慨自己身在日南不能回到京城的处境。

宋之问的《登粤王台》则描绘了南国的橘子和杨梅:

江上粤王台,登高望几回。南溟天外合,北户日边开。

地湿烟常起,山晴雨半来。冬花采卢橘,夏果摘杨梅。②

粤王台即越王台,相传为南越王赵佗所建,故址在广州越秀山。诗歌前四句写登台所见地理环境与屋舍建筑的整体特点,"北户"为朝北开的门,记录当地住所的朝向与北方不同。后四句表现气候与物产特点,因为地气湿热,所以常常笼罩着雾烟,即使是晴天,山中也时常会落雨。冬天可以采摘橘子,夏天则可采摘杨梅,一年四季都有应季的水果。

此外,沈佺期在《度贞阳峡》中还写到了旅途中见到的红蕉与绿笋:"野戍红蕉熟,山陲绿笋香",③贞阳峡即浈阳峡,在今广东英德,赵佗在南越称王后,曾于浈阳峡下游筑万人城,屯兵扼险以阻止汉兵南下。沈佺期此诗描绘在荒

---

① 陶敏、易淑琼校注:《沈佺期宋之问集校注》,中华书局2001年版,第121页。
② 陶敏、易淑琼校注:《沈佺期宋之问集校注》,中华书局2001年版,第570页。
③ 陶敏、易淑琼校注:《沈佺期宋之问集校注》,中华书局2001年版,第130页。

野中曾经的驻军之地红蕉已经成熟,山间邮递驿站旁也长满了清香的绿笋。这两句诗中"红蕉"对"绿笋"不仅色彩鲜丽,沈佺期还调动了嗅觉功能闻到"香"味儿,从而将岭南山林郊野的生机盎然景象呈现得鲜艳明丽。他的《从驩州廨宅移住山间水亭赠苏使君》中再一次关注了"红蕉":"山柏张青盖,红蕉卷绿油。"①青青如盖的山柏和绿油油的红蕉,都显示出了各种植物在岭南适宜的自然环境中茁壮喜人的长势。

其次,这些诗作记录了岭南各民族的文化习俗。缘于岭南地区的自然环境和文化因素,唐初统治者制定了以羁縻制度为主体的民族政策,其基本原则就是"以夷制夷"。即"根据当地少数民族集团势力的大小而委任其首领或部落酋长担任都督、刺史等职务。""唐朝通过羁縻制度而对民族地区实行间接统治,羁縻州县的少数民族长官仍可保持原有的特权地位,并按照其传统的统治方式处理其民族内部的事务。"②在这样的羁縻政策下,岭南各民族的文化习俗得到尊重,如宋之问的《入泷州江》中描写岭南少数民族人们纹身、养蛊的习俗:

孤舟泛盈盈,江流日纵横。夜杂蛟螭寝,晨披瘴疠行。

潭蒸水沫起,山热火云生。猿躩时能啸,鸢飞莫敢鸣。……

泣向文身国,悲看凿齿氓。地偏多育蛊,风恶好相鲸。③

泷州在今广东罗定南,泷州江即罗定江,为西江支流。此诗为宋之问去往贬所泷州途中作。前八句描摹地域环境与炎热气候,突出江行旅程的艰险。后四句则表现泷州少数民族"文身"和"育蛊"的文化习俗。"文身国"即指南方少数民族,古代越人习俗是在皮肤上刺花纹图案,据说可避蛟龙之害。"凿齿氓"指传说中的长齿人,也代表岭南少数民族。"育蛊"指人工培养的毒虫,

---

① 陶敏、易淑琼校注:《沈佺期宋之问集校注》,中华书局2001年版,第117页。
② 雷学华:《试论唐代岭南民族政策》,《中南民族学院学报(哲学社会科学版)》1991年第5期。
③ 陶敏、易淑琼校注:《沈佺期宋之问集校注》,中华书局2001年版,第434页。"地偏"原为"地多",此据《全唐诗》改。

第一章　初唐诗歌中的民族观念与文化交流

《文选》李善注鲍照《苦热行》引《舆地志》曰:"江南数郡,有蓄蛊者,主人行之以杀人。行食饮中,人不觉也。其家绝灭者,则飞游妄走,中之则毙。"①此外,宋之问的《过蛮洞》还描写了岭南百姓的居住环境:

　　越岭千重合,蛮溪十里斜。竹迷樵子径,萍匝钓人家。

　　林暗交枫叶,园香覆橘花。谁怜在荒外,孤赏足云霞。②

蛮洞,也作蛮峒,指南方少数民族的聚落。这里山岭重叠,溪流曲折,林深幽邃,交通闭塞,这些"荒外"人家居住的环境是一派原生态的模样。

沈佺期《度安海入龙编》则记录了交趾的"鱼盐"产业:

　　我来交趾郡,南与贯胸连。四气分寒少,三光置日偏。

　　尉佗曾驭国,翁仲久游泉。邑屋遗甿在,鱼盐旧产传。③

安海,地名,在今广西东兴,与越南交界。龙编,在今越南河内东北北宁附近,诗作于沈佺期流放驩州途中。"交趾郡"为汉武帝时设置,晋时治所在龙编。"贯胸"即穿胸,《山海经》记载海外有贯胸国,那里的人们胸部有窍。"三光"为日、月、星,前四句是介绍自己所到达之地的地理位置与气候特点。"尉佗"即赵佗,秦时为南海龙川令,南海尉死,赵佗行南海尉事,秦亡,自立为南越武王。"翁仲",传说秦时巨人,身高五丈,足迹六尺,其事迹概与南海之地有关联,这两句是叙述交趾历史渊源。"邑屋"两句则描述当地的城邑百姓与他们所从事的渔业、盐业等产业传统,"遗甿"即遗民,这里指当地百姓,体现了南海百姓依靠海洋这一自然资源发展特色产业的生产生活方式。

沈佺期的《岭表寒食》和宋之问的《桂州三月三日》记录了岭南的民俗节日特点。沈佺期的《岭表寒食》表达的是寒食日在岭南的风土感受:

　　岭外逢寒食,春来不见饧。洛中新甲子,何日是清明?

---

① 《文选》卷二十八,中华书局1983年版,第404页。
② 陶敏、易淑琼校注:《沈佺期宋之问集校注》,中华书局2001年版,第575页。
③ 陶敏、易淑琼校注:《沈佺期宋之问集校注》,中华书局2001年版,第91页。

花柳争朝发,轩车满路迎。帝乡遥可念,肠断报亲情。①

此诗题下自注曰:"驩州风土不作寒食。"寒食,节令名,在清明前一天或两天,据说为纪念春秋时晋国的名臣义士介子推抱木焚死而设,唐代宫中寒食节放假七日,以方便士人踏青春游,北方寒食节传统的食品包括寒食粥、寒食面、青精饭及饧等。据题注可知,沈佺期流贬的驩州不过寒食节,这也是岭南民俗文化不同于北方之处。因此,诗歌一开头就明确表述岭南的寒食节的特点:即看不到寒食节的特色饮食"饧"。"饧"即饴糖,北方寒食节要食用加了饴糖的大麦粥。没有节日气氛的岭南寒食日,依然能唤起沈佺期的节日记忆,因此,诗歌后四句表达的是他关于"帝乡"京城的寒食日想象以及思归之情。

尽管岭南风土人情有自己的特点,但是也有与中原传统相融之处。宋之问的《桂州三月三日》就记载了桂州与北方相似的三月三气氛。此诗是他配流钦州时所作,桂州,今广西桂林市,三月三日,是中华民族的传统节日,在北方以汉族为主,称上巳节。这一天人们到水边举行祭礼,冬去春来,洗濯去垢,消除不祥,称为"祓禊"。在南方,以壮族、苗族、瑶族为主,有祭祖、踏青、青年男女赛歌等活动,十分隆重。在此诗中,宋之问除了感慨自己昔年在京城的荣耀生活,还记录了岭南三月三日与北方民俗有些相似的热闹与繁华:

始安繁华旧风俗,帐饮倾城沸江曲。

主人丝管清且悲,客子肝肠断还续。

荔浦蘅皋万里余,洛阳音信绝能疏。②

始安,郡名,即桂州,这里是个繁华之地,三月三日的风俗也沿袭着北方传统,人们倾城而出,在郊外沿着江曲张设帐帷,丝管合奏,亲朋聚集宴饮。这种场景,与北方的"曲水流觞"传统十分相似,遂令远离中原的作者顿生思乡之情。

---

① 陶敏、易淑琼校注:《沈佺期宋之问集校注》,中华书局2001年版,第98页。
② 陶敏、易淑琼校注:《沈佺期宋之问集校注》,中华书局2001年版,第560页。

第一章　初唐诗歌中的民族观念与文化交流

宋之问的《桂州黄潭舜祠》还表现了岭南百姓祭祀舜帝的民间信仰：

虞世巡百越，相传葬九疑。精灵游此地，祠树日光辉。

禋祭忽群望，丹青图二妃。神来兽率舞，仙去凤还飞。

日暝山气落，江空潭霭微。帝乡三万里，乘彼白云归。①

黄潭即皇潭，在桂州临桂县，相传舜南巡游其潭，因名。诗歌前四句介绍此地设立舜祠的缘由。"百越"指岭南地区，春秋时期越人后裔散居于江、浙、闽、粤等地，称谓百越，他们所居之地亦称百越。"九疑"，山名，在今湖南永州市，相传舜南巡途中去世于苍梧之野，葬于九疑山。桂州距离九疑虽然比较遥远，但是舜帝的"精灵"游于此地，因而在此地修建了舜祠，供人们祭祀。中间四句描述祭祀方式与场景。"禋祭"为古代祭天的一种礼仪方式，先燔柴升烟，再加牲体或者玉帛于柴上焚烧，"以禋祀祀昊天上帝"②是从周朝流传下来的祭祀礼仪，可见桂州舜祠的祭祀方式也受到中原地区的影响。"二妃"即娥皇与女英，为舜的二妃，舜帝南巡去世，二妃往寻，得知舜帝已死，葬在九疑山下，二人遂抱竹痛哭，泪尽而死，此句描写舜祠里的二妃画图。"神来"二句以百兽率舞和凤凰来翔形容舜帝的明德。据《史记·五帝本纪》记载，舜用贤臣二十二人，各司其职，天下大治。夔曰："於！予击石拊石，百兽率舞。"③"四海之内，咸戴帝舜之功。于是禹乃兴九招之乐，致异物，凤皇来翔。天下明德皆自虞帝始。"④最后四句描绘舜祠周围景色，表达盼望北归之情。此诗从岭南祭祀舜帝的传统，到祭祀的具体方式都体现了北方的文化传统。

岭南的自然生态环境是其文化生态独特性的决定因素，"夷唱""越吟"是这里的语言特点："榜童夷唱合，樵女越吟归。"⑤"雕题""文身"是他们时尚的

---

① 陶敏、易淑琼校注：《沈佺期宋之问集校注》，中华书局2001年版，第565页。
② 崔高维校点：《周礼·春官·大宗伯》，辽宁教育出版社2000年版，第42页。
③ 《史记·五帝本纪》卷一，中华书局1963年版，第39页。
④ 《史记·五帝本纪》卷一，中华书局1963年版，第43页。
⑤ 宋之问《早入清远峡》，陶敏、易淑琼校注：《沈佺期宋之问集校注》，中华书局2001年版，第572页。

个人修饰风尚:"雕题飞栋宇"①"泣向文身国"②。同时,岭南在不同程度上也受到中原文化的影响,秦汉以来,历朝历代由朝廷任命到岭南的地方官员,他们在治理一方的同时,必然也会将中原文化传统传播到当地。在这些流贬诗人的诗歌中时常被提及的赵佗,以及周乘与王恭,无疑都是中原文化的传播使者。赵佗上文已经谈到,周乘与王恭是沈佺期《赦到不得归题江上石》中记载的两位与岭南有关系的汉人:"周乘安交趾,王恭辑画题"③。周乘,字子居,东汉汝南安城人,任太山太守时就有惠政,任交州刺史时曾上书表示要为圣朝扫清一方,当地官员闻听其威严,多解印辞官。"安交趾"即述其事迹,交趾即交州。王恭,字孝伯,东晋人,为人抗直,深存节义,"辑画题"指安辑岭南百姓。"画题"是岭南少数民族纹面的习俗,这里指代当地百姓。不同时期的这些北方官员对岭南的治理,成为传播中原文化与维系民族友好关系的根脉,在初唐这些流贬诗人的作品中都留下了印痕。

初唐流贬岭南的诗人们,用他们亲身经历的体验,以诗歌的形式为我们展示了唐朝岭南的自然山川样貌和当地少数民族独特的风土人情。一方面在资料上进一步丰富了我们对唐朝初期岭南的全面认识;更重要的是他们对当地独特的文化表现出的客观态度,不仅体现了唐代文化的时代包容性,也反映出在朝廷羁縻政策下,当地的首领和官员因地制宜,以和为贵,尊重民俗的治理理念,还从侧面反映出当时岭南各民族之间团结和睦的景象。

---

① 沈佺期《答魑魅代书寄家人》,陶敏、易淑琼校注:《沈佺期宋之问集校注》,中华书局2001年版,第108页。
② 宋之问《入泷州江》,陶敏、易淑琼校注:《沈佺期宋之问集校注》,中华书局2001年版,第434页。
③ 陶敏、易淑琼校注:《沈佺期宋之问集校注》,中华书局2001年版,第104页。

第二章 盛唐诗歌中的民族观念与文化交流

盛唐诗歌以唐玄宗执政时期的诗坛创作为主,兼及唐肃宗时期的诗坛。唐玄宗在位时间近半个世纪(712—756年),这一时期,唐朝物质基础不断坚实,国力不断强盛。唐玄宗好尚边功,唐朝的疆土不断扩大,但是与周边民族的关系问题仍然是王朝统治的重要政事。围绕这一问题,盛唐诗人群体在诗歌创作中展现了他们各自的民族思想观念。整体而言,盛唐诗人群体诗歌中的民族思想更多地体现出"盛唐精神"。这里所谓的"盛唐精神",主要是指昂扬进取、强烈自信以及开放包容的大国情怀。以高适、岑参、王维、李白、杜甫为代表的盛唐诗人群体,共同谱写和彰显了唐朝民族思想的"盛唐精神"。

第一节 高适诗歌中的民族观

高适(704—765年)①是盛唐时期著名诗人,其边塞诗与岑参齐名,并称

---

① 高适的生年,史载不明,历代研究者亦未有定论。此据刘开扬笺注《高适诗集编年笺注》卷首《高适年谱》。

"高岑"。高适祖父高侃是一位历太宗、高宗朝的大将,①唐太宗征讨东突厥之乱时,他任右骁卫郎将,建立了战功;高宗时高侃以左监门大将军于横水大败新罗之众,又以东州道总管破高丽余众于安市城,可谓战绩赫赫。受家世影响,高适也成为一位显达的将帅,《旧唐书·高适传》评价他"有唐已来,诗人之达者,唯适而已。"②高适依河西节度使哥舒翰后仕途昌达,安史之乱中,辅佐哥舒翰把守潼关,追随唐玄宗入蜀。"玄宗嘉之,寻迁侍御史。"并称赞其"立节贞峻,植躬高朗,感激怀经济之略,纷纶赡文雅之才。长策远图,可云大体;诡言义色,实谓忠臣。"③历任太子詹事、蜀彭二州刺史、剑南西川节度使。代宗朝入为刑部侍郎、左散骑常侍,册封渤海县侯,谥曰忠。高适的将帅之才在时辈眼中也颇受瞩目,李白称美他平定安史叛乱之功:"胡月入紫微,三光乱天文。高公镇淮海,谈笑却妖氛。采尔幕中画,戡难光殊勋。"④杜甫夸赞他有幽并侠少之风:"高生跨鞍马,有似幽并儿。脱身簿尉中,始与捶楚辞。借问今何官,触热向武威。答云一书记,所愧国士知。"⑤又称扬其"才名旧楚将,妙略拥兵机"⑥。诗人独孤及在其《送陈兼应辟兼寄高适贾至》一诗中也认为高适是秉戎翰观西夷的王者师:"高侯秉戎翰,策马观西夷。方从幕中事,参谋王者师。"⑦高适一生三入边塞,所以他创作了不少与边塞以及战争相关的诗作,仕途的特殊经历,又使他在这些诗作中多了一些理性思致。他的这些作品敢于论列大局,见解深刻,蕴含了他对边疆与民族问题丰富的思想观点。

---

① 参见仇鹿鸣、唐雯:《高适家世及其早年经历释证——以新出〈高崇文玄堂记〉〈高逸墓志〉为中心》,《社会科学》2010年第4期。
② 《旧唐书·高适传》卷一百一十一,中华书局1975年版,第3331页。
③ 《旧唐书·高适传》卷一百一十一,中华书局1975年版,第3329页。
④ 李白《送张秀才谒高中丞》,王琦注:《李太白全集》,中华书局1985年版,第843页。
⑤ 杜甫《送高三十五书记十五韵》,仇兆鳌注:《杜诗详注》,中华书局1979年版,第127页。
⑥ 杜甫《警急》(高公适领西川节度),仇兆鳌注:《杜诗详注》,中华书局1979年版,第1043页。
⑦ 《全唐诗》卷二百四十六,中华书局1985年版,第2765页。

第二章 盛唐诗歌中的民族观念与文化交流

一、"翩翩出从戎":高适强烈的民族自信

高适的诗作鼓励勇立边功,赞美唐军的强大与声威,有着强烈的民族自信心。高适的青壮年时期,正处在唐玄宗开元天宝盛世。玄宗朝改革兵役制度,变府兵制为募兵制,加强将士的军事训练,强化边境军镇力量,设立了十大节度使:"置十节度经略使以备边:曰安西、曰北庭、曰河西,以备西边;曰朔方、曰河东、曰范阳,以备北边;曰平卢,以备东边;曰陇右、曰剑南,以备西边;曰岭南五府经略,以备南边。节度之立,其初固止于沿边十道耳。"①节度使的职责从主要的防边扩大到兼掌屯田、安抚等责任,逐渐集军、民、财三政于一身。不仅如此,边将还长期久任并兼统,常常以一人兼统两至三镇,多者达四镇,权力明显扩大。《资治通鉴》载:"自唐兴以来,边帅皆用忠厚名臣,不久任,不遥领,不兼统,功名著者往往入为宰相。其四夷之将,虽才略如阿史那社尔、契苾何力犹不专大将之任,皆以大臣为使以制之。及开元中,天子有吞四夷之志,为边将者十余年不易,始久任矣。"②虽然唐玄宗这种外重内轻的军事布局最终导致了天宝末年的安史之乱,但是,当时唐朝在四边的威望却达到了空前的高度。由于节度使权力的扩大,他们有权表奏选任自己的幕僚,往往愿意提拔一些文人,因此,布衣流落才士开始入幕,因缘幕府而躐级进身,逐渐形成了走从军入仕的风尚。钱起在《送崔校书从军》诗中所言"雁门太守能爱贤,麟阁书生亦投笔"③就颇能体现这种风气。

高适就是盛唐一位走入幕从军而成功的文人。据刘开扬年谱,高适于开元十九年(731年)北上蓟门,先后欲投朔方节度副大使信安王李祎以及幽州节度使张守珪幕府,但是失意而归。天宝十一载(752年),他辞去封丘尉又赴河西,入河西节度使哥舒翰幕府任掌书记。高适"客游河右。河西节度哥舒

---

① 王谠撰,周勋初校注:《唐语林校证》,中华书局2008年版,第695页。
② 《资治通鉴》卷二百一十六,中华书局1986年版,第6888页。
③ 《全唐诗》卷二百三十六,中华书局1985年版,第2603页。

翰见而异之，表为左骁卫兵曹，充翰府掌书记，从翰入朝，盛称之于上前。"①高适自二十八岁游历蓟北开始，他的诗歌中就不乏歌咏立功边塞的高唱。如《塞下曲》：

> 结束浮云骏，翩翩出从戎。且凭天子怒，复倚将军雄。
> 万鼓雷殷地，千旗火生风。日轮驻霜戈，月魄悬雕弓。
> 青海阵云匝，黑山兵气冲。战酣太白高，战罢旄头空。
> 万里不惜死，一朝得成功。画图麒麟阁，入朝明光宫。
> 大笑向文士，一经何足穷。古人昧此道，往往成老翁。②

高适此诗作于从军哥舒翰幕府时期。抒情主人公戎装翩翩，跨着一匹快捷如浮云的骏马，他凭借着天子威怒的军令和将军的豪雄而出征。随后高适描绘渲染了战场激战的场景，"万鼓"与"千旗"两句以壮唐军气势，"日轮"与"月魄"两句形容昼夜连续奋战的时间之长，"青海"与"黑山"两句则夸张战场之广。最后畅发议论：将立功万里沙场的将士与白首穷经的文士作比，前者可以获得画图麒麟阁的无比荣耀，而后者则只能穷困终生。高适此诗并非表现具体的战争或战役，因为其中的地点"青海"（今青海省）与"黑山"（今内蒙古自治区呼和浩特市东南），两处相距遥远，而是概括边塞从军生活的特点和将士的成功机遇。进而表达其"万里不惜死，一朝得成功"的人生选择，全诗洋溢着满满的自信。而这种自信的人生，都是根植于唐朝当时在边境"万鼓""千旗"的强盛军事力量，以及"天子怒"和"将军雄"的作战时机。

高适不仅在此种直抒胸臆的诗作中表现唐军强大威势与立功边塞的理想，在诸多赠送朋友的作品中也屡见类似观点。如其《东平留赠狄司马》（曾与田安西充判官）赞扬狄司马曾入安西都护府为判官的经历：

> 古人无宿诺，兹道未为难。万里赴知己，一言诚可叹。

---

① 《旧唐书·高适传》卷一百一十一，中华书局1975年版，第3328页。
② 刘开扬笺注：《高适诗集编年笺注》，中华书局1984年版，第269页。

第二章 盛唐诗歌中的民族观念与文化交流

> 马蹄经月窟,剑术指楼兰。地出北庭尽,城临西海寒。
> 森然瞻武库,则是弄儒翰。入幕绾银绶,乘轺兼铁冠。
> 练兵日精锐,杀敌无遗残。献捷见天子,论功俘可汗。
> 激昂丹墀下,顾盼青云端。①

这位狄司马曾经不辞万里之遥,为了知己入幕安西都护府,练兵杀敌献捷立功。"月窟""楼兰""北庭""西海"等地,都是极言遥远。其中"练兵"以下四句,更是气势豪猛。再如其《赠别王十七管记》赞咏幽州节度使张守珪幕府管记王悔的战功:

> 飘飘戎幕下,出入关山际。转战轻壮心,立谈有边计。
> 云沙自回合,天海空迢递。星高汉将骄,月盛胡兵锐。
> 沙深冷陉断,雪暗辽阳闭。亦谓扫欃枪,旋惊陷蜂虿。
> 归旌告东捷,斗骑传西败。遥飞绝汉书,已筑长安第。②

据《资治通鉴》记载,玄宗开元二十二年(734 年)"幽州节度使张守珪斩契丹王屈烈及可突干,传首。时可突干连年为边患,赵含章、薛楚玉皆不能讨。守珪到官,屡击破之。可突干困迫,遣使诈降,守珪使管记王悔就抚之。悔至其牙帐,察契丹上下初无降意,但稍徙营帐近西北,密遣人引突厥,谋杀悔以叛;悔知之。牙官李过折与可突干分典兵马,争权不叶,悔说过折使图之。过折夜勒兵斩屈烈及可突干,尽诛其党,帅余众来降。守珪出师紫蒙州,大阅以镇抚之,枭屈烈、可突干首于天津之南。"③可见,这次斩杀契丹王的功劳主要归功于张守珪幕府管记王悔。因此,高适在诗中称赞王悔深入敌帐刺探军情,经过艰苦周旋而告捷归旌的功绩。其中"欃枪"为慧星,古代星占说"欃枪"主战祸丧乱,"蜂虿"喻指凶恶敌人,"虿"为蝎子一类毒虫。"亦谓扫欃枪,旋惊陷蜂虿"形象地表现了王悔深入敌方的雄心胆气以及遭遇的生命危险,但他

---

① 刘开扬笺注:《高适诗集编年笺注》,中华书局 1984 年版,第 149 页。
② 刘开扬笺注:《高适诗集编年笺注》,中华书局 1984 年版,第 35 页。
③ 《资治通鉴》卷二百一十四,中华书局 1986 年版,第 6808—6809 页。

明察秋毫,最终凭借自己的智慧和勇敢分化契丹,获得斩杀契丹王的大功。

因为有这些成功人士的榜样,高适对那些入节度使幕府的文人总是满腔鼓励,激励他们勇立边功。如其《别冯判官》:

> 碣石辽西地,渔阳蓟北天。关山唯一道,雨雪尽三边。
>
> 才子方为客,将军正渴贤。遥知幕府下,书记日翩翩。①

《送董判官》:

> 逢君说行迈,倚剑别交亲。幕府为才子,将军作主人。
>
> 近关多雨雪,出塞有风尘。长策须当用,男儿莫顾身。②

《送李侍御赴安西》:

> 行子对飞蓬,金鞭指铁骢。功名万里外,心事一杯中。
>
> 虏障燕支北,秦城太白东。离魂莫惆怅,看取宝刀雄。③

这三首诗作都是以立边功激励朋友,抒情的共同点十分明显。高适并不回避边地条件的艰苦,但是他能以理性的眼光权衡利弊。他一方面指出边关环境的恶劣,有遥远的路途,有风尘雨雪,还要与交亲离别;同时,另一方面也认为,那里虏障遍布,更有渴望贤才的将军,有可以大展才华的幕府,充满着立功的种种机遇。因此,他劝慰鼓励朋友"莫惆怅""莫顾身",并相信他们入幕以后可以"书记日翩翩","功名万里外"。这种充满理性思致的送别,不仅表达了高适认为大丈夫应该积极寻求边功的人生价值观,也显示出了当时社会上士人们向慕边塞的风尚。

与这种对友人的满腔鼓励相互表里的是高适诗作中对唐军威势的咏赞。如他创作于天宝十一载(752年)的《自武威赴临洮谒大夫不及因书即事寄河西陇右幕下诸公》:

> 浩荡去乡县,飘飘瞻节旄。扬鞭发武威,落日至临洮。

---

① 刘开扬笺注:《高适诗集编年笺注》,中华书局1984年版,第31页。
② 刘开扬笺注:《高适诗集编年笺注》,中华书局1984年版,第339页。
③ 刘开扬笺注:《高适诗集编年笺注》,中华书局1984年版,第341页。

第二章 盛唐诗歌中的民族观念与文化交流

> 主人未相识,客子心忉忉。顾见征战归,始知士马豪。
> 戈鋋耀崖谷,声气如风涛。隐辚戎旅间,功业竟相褒。
> 献状陈首级,飨军烹太牢。俘囚驱面缚,长幼随颠毛。
> 毡裘何蒙茸,血食本膻臊。①

高适初至西北边塞,前往临洮拜谒哥舒翰不遇,未免心中有些忧郁。然而士马战归的情景却让他感到十分自豪。凯旋的队伍中,将士们手中戈鋋等武器在崖谷中闪耀着光芒,气壮如风涛之声。俘虏们则反背而缚,依其毛发色泽分长幼排列,他们毡裘纷乱,因为俗食牛羊而发出腥膻之气。这次战斗没有具体史载资料,或许就是边幕中常见的现象,高适如此歌咏唐军的气势,并用俘虏们的猥琐形象来反衬唐军的"士马豪"气,在很大程度上是出于他的爱国立场和情感。他的《同李员外贺哥舒大夫破九曲之作》则是记载了具体的战斗:

> 遥传副丞相,昨日破西蕃。作气群山动,扬军大旆翻。
> 奇兵邀转战,连弩绝归奔。泉喷诸戎血,风驱死虏魂。
> 头飞攒万戟,面缚聚辕门。鬼哭黄埃暮,天愁白日昏。
> 石城与岩险,铁骑皆云屯。长策一言决,高踪百代存。②

诗题中的"九曲",是金城公主和亲时被吐蕃利用不正道手段获取的唐辖土地。《新唐书·吐蕃传上》载:"(金城)公主至吐蕃,自筑城以居。拜矩鄯州都督。吐蕃外虽和而阴衔怒,即厚饷矩,请河西九曲为公主汤沐,矩表与其地。九曲者,水甘草良,宜畜牧,近与唐接。自是虏益张雄,易入寇。……哥舒翰破洪济、大莫门诸城,收九曲故地,列郡县。"③可见,九曲不仅是水草丰美之地,而且是唐朝与吐蕃接壤的战略要地。因此,吐蕃才借金城公主和亲之机,用贿赂唐左卫大将军杨矩这种不光明的手段获取了此地。自唐中宗景龙四年(710年)正月金城公主出嫁吐蕃到玄宗天宝十二年(753年)哥舒翰收复九

---

① 刘开扬笺注:《高适诗集编年笺注》,中华书局1984年版,第253页。
② 刘开扬笺注:《高适诗集编年笺注》,中华书局1984年版,第265页。
③ 《新唐书·吐蕃传上》卷二百一十六上,中华书局1975年版,第6081、6087页。

曲,四十多年的时间唐朝与吐蕃的战争几乎从未断绝。

哥舒翰收复九曲之战是"高适投入哥舒翰幕府期间所经历的一件大事"①,因此,在这首诗歌中,高适对哥舒翰的战功表示出了极大的赞美。其中,对作战场面的描写令人十分震撼。他先从整体上宏观刻画唐军的气势:伴随着进军大旗的翻舞,将士们的作战豪情气动群山。接着开始细致地局部描绘:一边是奇兵南北转战,一边是连弩射发,断绝逃敌归路。经过激烈战斗,敌人死伤惨重,缴获的俘虏也很多。最终,边塞上的"石城与岩险",都驻扎了唐朝的铁骑部队。高适此诗中对于战场死伤以及俘虏的描写虽然有些夸张与血腥,但是,在史书中仅保留一句"收九曲故地"的一场大战,却因诗人的记载而呈现出如此强烈的现场感,让读者能够如临其境。这固然有高适颂赞哥舒翰以及其对唐军钟爱感情的成分在,也确实较大地补充丰富了史料记载的简单。

二、"一战擒单于":高适对民族战争的主张

对于唐朝与周边民族的摩擦和战争,高适主张"一战"解决问题,反对"转斗"与"和亲"。一方面由于玄宗朝边境上战事不断,另一方面也因高适十分关注边事形势,因此,他对唐朝与周边民族的关系有着明确的看法,其《塞上》诗写道:

> 东出卢龙塞,浩然客思孤。亭堠列万里,汉兵犹备胡。
> 边尘涨北溟,虏骑正南驱。转斗岂长策?和亲非远图。
> 惟昔李将军,按节临此都。总戎扫大漠,一战擒单于。
> 常怀感激心,愿效纵横谟。倚剑欲谁语,关河空郁纡。②

据刘开扬《高适年谱》,此诗作于开元十九年(731年)冬高适北游燕赵时期,诗中叙述自己游历卢龙塞口所见所思。卢龙塞是古代东北重要的边防要塞,在今河北省迁安县西北,塞道险峻萦折,自蓟县起经喜峰口直至冷口。高

---

① 佘正松:《九曲之战与高适诗歌中的爱国主义》,《文学遗产》1981年第1期。
② 刘开扬笺注:《高适诗集编年笺注》,中华书局1984年版,第29页。

第二章 盛唐诗歌中的民族观念与文化交流

适看到这里用于驻兵防御的亭堠绵延万里,而边尘弥漫,北方民族正在向南进发,边事形势紧张可虑。对此,高适表达自己的观点是"转斗岂长策?和亲非远图。""转斗"指长久作战,"长策"即善策,他认为要解决边境战争问题,长期作战既非良策,和亲求和也不是长远之计。而应该像汉代的李广将军那样"总戎扫大漠,一战擒单于"。《史记·李将军列传》记载,匈奴入境杀辽西太守,汉武帝"乃召拜广为右北平太守。……广居右北平,匈奴闻之,号曰'汉之飞将军',避之数岁,不敢入右北平。"①李广与匈奴作战以勇猛顽强著称,匈奴称之为"飞将军",在李广驻守的地区,匈奴多年都不敢入侵。高适希望唐朝也能以强大的军力迅速制服并威慑敌人,令其不敢再兴战事。在《睢阳酬别畅大判官》一诗中,高适也表达了同样的观点:

> 丈夫拔东蕃,声冠霍嫖姚。兜鍪冲矢石,铁甲生风飙。
> 诸将出冷陉,连营济石桥。酋豪尽俘馘,子弟输征徭。
> 边庭绝刁斗,战地成渔樵。榆关夜不扃,塞口长萧萧。
> 降胡满蓟门,一一能射雕。军中多宴乐,马上何轻趫。
> 戎狄本无厌,羁縻非一朝。饥附诚足用,饱飞安可招。
> 李牧制儋蓝,遗风岂寂寥。君还谢幕府,慎勿轻刍荛。②

此诗的前半部分歌咏幽州节度使张守珪大破契丹的战绩。玄宗开元二十二年(734年)"幽州长史张守珪发兵讨契丹,斩其王屈烈及其大臣可突干于阵,传首东都,余叛奚皆散走山谷。立其酋长李过折为契丹王。"③东北边境因此出现安宁的局面,这里不再有军中的刁斗声,战场成为和平时期的渔樵之地,榆关(今山海关)也可以夜不闭关了。接着,高适以议论笔法表明自己的观点,他认为"戎狄""无厌",对待他们譬如豢养猎鹰,饥则可以为用,饱则它们飞走。因此就要像战国时期赵国大将李牧那样制服外敌。《史记》记载:

---

① 《史记·李将军列传》卷一百零九,中华书局1963年版,第2871页。
② 刘开扬笺注:《高适诗集编年笺注》,中华书局1984年版,第93页。
③ 《旧唐书·玄宗纪上》卷八,中华书局1975年版,第202页。

"李牧者,赵之北边良将也。常居代雁门,备匈奴。……大破杀匈奴十余万骑。灭襜褴,破东胡,降林胡,单于奔走。其后十余岁,匈奴不敢近赵边城。"①从高适主张所效法的历史人物看,不管是战国时的李牧,还是汉代的李广,他们的共同特点都是通过强有力的打击"一劳永逸",令外敌不再敢侵扰边境。

面对边境争端,高适主张不与外族"转斗"或者"和亲",前者体现了他的全局眼光,后者则表现出了其时代的局限。"和亲"是我国古代历史上中原王朝与外族出于各种目的而达成的政治联姻,当时的人们对这种联姻模式会因为立场和出发点的不同,表现出肯定与否定两种不同的看法。高适就是持否定意见的。至于与外族长期纠缠作战的"转斗",对于国力的耗损以及将士们尤其是士兵的牺牲将是最直接的,因此,高适的这一观点具有高度的全局眼光,而这一眼光取决于他关心国家安危以及百姓苦乐的立场与出发点。

高适有着深刻的民本情怀,他在长期的浪游生活中,接近最底层百姓的生活,对他们的感情与需求都有比较深切的体会与理解。如他在《自淇涉黄河途中作十三首》其七中同情农民无法摆脱的艰难生活:"试共野人言,深觉农夫苦。去秋虽薄熟,今夏犹未雨,耕耘日勤劳,租税兼乌卤。园蔬空寥落,产业不足数。"②在《封丘县》中表达自己不愿意做那种欺压百姓的官吏:"拜迎官长心欲碎,鞭挞黎庶令人悲。"③同时,高适对边塞上戍卒这一群体尤为关切。如《蓟门五首》其一,同情一位鬓发已经斑白的老兵不为将军所重的境遇:

蓟门逢古老,独立思氛氲。一身既零丁,头鬓白纷纷。

---

① 《史记·李牧列传》卷八十一,中华书局1963年版,第2449—2450页。
② 刘开扬笺注:《高适诗集编年笺注》,中华书局1984年版,第185页。《全唐诗》十三首的排列次序与之有别,此依刘开扬本。
③ 刘开扬笺注:《高适诗集编年笺注》,中华书局1984年版,第230页。

第二章　盛唐诗歌中的民族观念与文化交流

勋庸今已矣,不识霍将军。①

这位长期戍边的老兵孤苦零丁,而最让他伤悲的是这一生不仅与勋业功劳无缘,而且连他们将军的面都见不到。古代王功为"勋",民功为"庸","霍将军"即汉代名将霍去病,汉武帝时他屡破匈奴,平定边患,战功卓著,此处代指唐军戍边的将领。《蓟门五首》其二则同情汉族戍卒受到慢待,生活上的待遇反而不如那些投降的胡兵:

汉家能用武,开拓穷异域。戍卒厌糟糠,降胡饱衣食。

关亭试一望,吾欲涕沾臆。②

唐朝重用归降的胡人防边,给予他们优厚的生活待遇,而汉族戍卒的生活远不如降胡。如《旧唐书·北狄列传》载,玄宗开元"十八年,奚众为契丹衙官可突于所胁,复叛降突厥。鲁苏不能制,走投渝关,东光公主奔归平卢军。其秋,幽州长史赵含章发清夷军兵击奚。破之,斩首二百级。自是奚众稍稍归降。二十年,信安王祎奉诏讨叛奚。奚酋长李诗琐高等以其部落五千帐来降。诏封李诗为归义王兼特进、左羽林军大将军同正,仍充归义州都督,赐物十万段,移其部落于幽州界安置。天宝五载,又封其王娑固为昭信王,仍授饶乐都督。"③从这段史料中可知,玄宗朝不仅在物质上厚赐投降的奚国部众,还一再给予其首领实权。高适亲临边境,对边军内幕了解颇多,看到"戍卒"与"降胡"的不同待遇,为"戍卒"们感到深深的不平,以至于要涕泪沾襟。因为"胡骑虽凭陵,汉兵不顾身",④在敌人进犯的时候,能够不顾惜自己的生命,保卫边疆国土的恰恰是这些"汉兵"们。

在《答侯少府》诗中,高适又根据自己送兵到清夷军(范阳节度使所统军队之一,驻军今河北怀来)的经历,向朋友侯少府感慨边塞戍卒的命运:

---

① 刘开扬笺注:《高适诗集编年笺注》,中华书局1984年版,第33页。
② 刘开扬笺注:《高适诗集编年笺注》,中华书局1984年版,第33页。
③ 《旧唐书·北狄列传》卷一百九十九下,中华书局1975年版,第5356页。
④ 高适《蓟门五首》其三,刘开扬笺注:《高适诗集编年笺注》,中华书局1984年版,第33页。

>北使经大寒,关山饶苦辛。边兵若刍狗,战骨成埃尘。①

"刍狗"是古代人们在祭祀时用草扎成的狗,它在祭祀之前是颇受人们重视的祭品,但用过以后即被丢弃。高适以此来比喻"边兵"的命运,这是对"羌胡无尽日,征战几时归"②现实的深切忧虑,也是他"一到征战处,每愁胡虏翻,岂无安边书,诸将已承恩"③强烈责任感和安边之策无处可献的无奈表现。

高适对边塞戍卒的同情,除了缘于这一群体注定的命运结局外,还缘于军中苦乐不均的现状。他在《燕歌行》中就揭露了这一现象:

>山川萧条极边土,胡骑凭陵杂风雨,
>
>战士军前半死生,美人帐下犹歌舞!④

《燕歌行》是高适表现征戍内容的一篇力作,其诗序曰:"开元二十六年,客有从元戎出塞而还者,作《燕歌行》以示适,感征戍之事,因而和焉。"⑤诗中描写"胡骑"来势凶猛,在他们像暴风雨般的恃势侵凌之下,唐军死者过半,但是此刻主将却拥美姬歌舞于幕帐之中,丝毫不关心战士们的生死。高适这里采用一死一乐场景的强烈对比,反映出当时边塞军幕中将士之间严重不平等的现实。

三、"到处尽逢欢洽事":高适对民族融洽关系的向往

高适鼓励边功,不主张"和亲",但他却并非是好战之人。他反对与边疆邻族在发生战争时"转斗",恰恰是其不好战观念的体现。同时,他对少数民族生活的书写以及边境和平景象的歌咏,都不难看出高适对和平生活的向往。如其《营州歌》描写营州胡人少年尚武的习俗:

---

① 刘开扬笺注:《高适诗集编年笺注》,中华书局1984年版,第223页。
② 高适《蓟门五首》其五,刘开扬笺注:《高适诗集编年笺注》,中华书局1984年版,第34页。
③ 高适《蓟中作》,刘开扬笺注:《高适诗集编年笺注》,中华书局1984年版,第221页。
④ 刘开扬笺注:《高适诗集编年笺注》,中华书局1984年版,第97页。
⑤ 高适《燕歌行》序,刘开扬笺注:《高适诗集编年笺注》,中华书局1984年版,第97页。

第二章 盛唐诗歌中的民族观念与文化交流

>营州少年厌原野,狐裘蒙茸猎城下。
>
>虏酒千钟不醉人,胡儿十岁能骑马。①

此诗创作于高适开元时期北游燕赵期间。营州治所在今辽宁省辽阳市,唐时为汉族与奚、契丹族杂居地区。《新唐书·地理志三》载:"营州柳城郡,上都督府。本辽西郡,万岁通天元年为契丹所陷,圣历二年侨治渔阳,开元五年又还治柳城,天宝元年更名。柳城,西北接奚,北接契丹。"②诗中的"营州少年"充满豪侠之气,擅长在原野上驰骋打猎。高适描摹他们"狐裘蒙茸"的衣着样貌,豪饮千钟胡酒而不醉的酒量,以及十岁即能骑马的技能,都客观再现了当时营州地区少数民族的生活习惯。又如《和王七玉门关听吹笛》:

>胡人吹笛戍楼间,楼上萧条海月闲。
>
>借问落梅凡几曲,从风一夜满关山。③

岑仲勉先生《唐人行第录》认为高适此诗为唱和王之涣《凉州词》之作。诗中描写胡人在戍楼吹奏《梅花落》笛曲,悠扬的笛声随风飘远,此刻,边关无垠的瀚海与明月相映,关山夜色中一派宁静安闲的气氛跃然纸上。很显然,高适对民族地区如此和谐与安宁的日常充满赞美之情。此外,高适在《九曲词三首》中也对边境太平的现状表达了欣喜之情,其二写道:

>万骑争歌杨柳春,千场对舞绣骐驎。
>
>到处尽逢欢洽事,相看总是太平人。

其三曰:

>铁骑横行铁岭头,西看逻逤取封侯。
>
>青海只今将饮马,黄河不用更防秋。④

高适的这一组绝句作于玄宗天宝十二载(753年)哥舒翰收复九曲地区之

---

① 刘开扬笺注:《高适诗集编年笺注》,中华书局1984年版,第32页。
② 《新唐书·地理志三》卷三十九,中华书局1975年版,第1023页。
③ 刘开扬笺注:《高适诗集编年笺注》,中华书局1984年版,第347页。
④ 刘开扬笺注:《高适诗集编年笺注》,中华书局1984年版,第271页。

后。九曲之战上文已述,其二歌咏收复后的九曲之地不再有争战,因此到处充满欢乐融洽的太平之人,大家歌唱着《折杨柳》曲,舞动着龙狮庆祝和平。"万骑""千场""到处""总是"极言大众欢愉的普遍性,可见高适的情感与广大百姓是相同的。其三言唐军精锐已占领边境山岭,很快即可西取"逻迆"。"逻迆"为唐时吐蕃的都城,即今西藏拉萨。解除吐蕃侵扰之患,青海湖以及那里的大片土地就可以只用来饮马养马,再也不用年年调兵守边防秋了。唐时西北及西部的少数民族经常在秋天入侵内地,因此,朝廷于时每每要调重兵守备,谓之"防秋"。高适期待边疆不再有战争,亦足见其向往和平安宁生活的心愿。

高适一生长期从事于军旅,对边境民族之间的问题有自己的观察与思考。在"男儿本自重横行,天子非常赐颜色"①的时代风气之下,他鼓励朋友勇立边功,歌唱唐朝军队的巨大声威。高适深切同情广大戍边士卒的命运,主张对扰边的少数民族予以一战痛击,反对与他们长期"转斗"。他赞美边境的安宁环境,平等看待少数民族的风俗习惯。希望实现"庶物随交泰,苍生解倒悬。四郊增气象,万里绝风烟"②的理想境况,在盛唐诗坛上,他是一位能以深刻的思想,全局的眼光,敢于对边疆与民族问题表达政见的诗人。

第二节 岑参诗歌中的民族关系

岑参(715—769年)③出生在一个官僚家庭,曾祖父岑文本,为唐太宗时期宰相,堂伯祖父岑长倩,武则天时为相,堂伯父岑羲,唐中宗、唐睿宗时为相。

---

① 高适《燕歌行》,刘开扬笺注:《高适诗集编年笺注》,中华书局1984年版,第97页。
② 高适《信安王幕府诗》,刘开扬笺注:《高适诗集编年笺注》,中华书局1984年版,第40页。
③ 岑参生卒年学界颇多争议,生年即有开元二年、三年、四年、五年、六年、七年等不同说法,此据陈铁民、侯忠义校注《岑参集校注》附录年谱,上海古籍出版社1981年版。

第二章　盛唐诗歌中的民族观念与文化交流

他在《感旧赋》序中称自己"参,相门子。五岁读书,九岁属文"①。唐代杜确在《岑嘉州诗集》序中评价他说:"早岁孤贫,能自砥砺,遍鉴史籍,尤工缀文。属辞尚清,用意尚切,其有所得,多入佳境,回拔孤秀,出于常情。每一篇绝笔,则人人传写,虽闾里士庶,戎夷蛮貊,莫不讽诵吟习焉。"②岑参进士及第后,先后两度出塞,先于唐玄宗天宝八载(749年)冬到十载(751年)春任安西节度使高仙芝幕府掌书记,后于天宝十三载(754年)至唐肃宗至德二载(757年)春任安西北庭节度使封常清幕府判官,前后在边地幕府生活七年之久。岑参以其亲历西部边地的体验,用满腹文采的诗笔记录了那里全面而丰富的边疆生活,成为盛唐时期以诗歌的形式表现西部民族关系与民族风情最多的一位诗人。

一、"天威临大荒":西部边境民族战争书写

岑参入佐戎幕,往来于鞍马烽尘间的诗歌首先表现了西部边塞唐朝与少数民族之间的战争。如《武威送刘单判官赴安西行营便呈高开府》《轮台歌奉送封大夫出师西征》《北庭西郊候封大夫受降回军献上》《走马川行奉送出师西征》《献封大夫破播仙凯歌六首》等诗作对当时唐朝在西北的局部战争都有所反映。

《武威送刘单判官赴安西行营便呈高开府》作于天宝十载(751年)五月,岑参在赞美了刘单判官"夫子佐戎幕,其锋利如霜。中岁学兵符,不能守文章。功业须及时,立身有行藏。男儿感忠义,万里忘越乡"③的才华和忠诚品格后,即对高仙芝率军出征作了描绘:

　　都护新出师,五月发军装。甲兵二百万,错落黄金光。
　　扬旗拂昆仑,伐鼓震蒲昌。太白引官军,天威临大荒

---

① 陈铁民、侯忠义校注:《岑参集校注》,上海古籍出版社1981年版,第437页。
② 陈铁民、侯忠义校注:《岑参集校注》附录,上海古籍出版社1981年版,第463页。
③ 陈铁民、侯忠义校注:《岑参集校注》,上海古籍出版社1981年版,第91页。

西望云似蛇,戎夷知丧亡。浑驱大宛马,系取楼兰王。①

据《资治通鉴》卷二百一十六记载,天宝十载(751年)正月,"安西节度使高仙芝入朝,献所擒突骑施可汗、吐蕃酋长、石国王、朅师王。加仙芝开府仪同三司。寻以仙芝为河西节度使,代安思顺;思顺讽群胡割耳剺面请留己,制复留思顺于河西。"②岑参诗题中的"高开府"和诗中的"都护"都指高仙芝。同年四月,诸胡沟通大食国欲共攻四镇:"高仙芝之虏石国王也,石国王子逃诣诸胡,具告仙芝欺诱贪暴之状。诸胡皆怒,潜引大食欲共攻四镇。仙芝闻之,将蕃、汉三万众击大食,深入七百余里,至恒罗斯城,与大食遇。相持五日,葛罗禄部众叛,与大食夹攻唐军,仙芝大败,士卒死亡略尽,所余才数千人。"③史载高仙芝在这次战斗中因所率的葛罗禄部临阵反叛而大败,但是这已经是在岑参作诗后两个月的史实了。

从岑参诗中可知,高仙芝于五月份率大军与大食国开战。作为高仙芝幕府中的幕僚,岑参自然希望这场战争以唐军胜利而告终,因此,他以夸张的手法表现了唐军的威猛力量。其中的"甲兵二百万"就属文学的夸张,而实际的出兵数量据《资治通鉴》记载为用兵三万,新旧《唐书》则皆称二万。"扬旗""伐鼓"两句则极言唐军势力的壮盛,随后岑参预测这次战斗能取得大胜。"西望云似蛇"是采用占天术预知结果,古代认为云如丹蛇则大战杀将,所以诗中用"系取楼兰王"暗示胜利。

岑参于天宝十三载(754年)又赴安西北庭节度使封常清幕府任判官,至唐肃宗至德二载(757年)春始回内地。这期间,他经历了封常清帅师西征的战役,有三首诗为证:

第一首为《轮台歌奉送封大夫出师西征》:

轮台城头夜吹角,轮台城北旄头落。

---

① 陈铁民、侯忠义校注:《岑参集校注》,上海古籍出版社1981年版,第91页。
② 《资治通鉴》卷二百一十六,中华书局1986年版,第6904页。
③ 《资治通鉴》卷二百一十六,中华书局1986年版,第6907页。

第二章 盛唐诗歌中的民族观念与文化交流

> 羽书昨夜过渠黎,单于已在金山西。
> 戍楼西望烟尘黑,汉兵屯在轮台北。
> 上将拥旄西出征,平明吹笛大军行。
> 四边伐鼓雪海涌,三军大呼阴山动。
> 虏塞兵气连云屯,战场白骨缠草根。
> 剑河风急雪片阔,沙口石冻马蹄脱。
> 亚相勤王甘苦辛,誓将报主静边尘。
> 古来青史谁不见,今见功名胜古人。①

此诗交代了出师西征的地点为轮台大本营,夜晚接到传递敌情的羽书,平明时分封常清即持旄节帅大军出发。岑参用"四边伐鼓""三军大呼"来形容唐军的雄壮气势,又以刻画环境的极度寒冷严峻衬托封常清率部的勇敢无畏,表彰其不畏艰辛,"誓将报主静边尘"的衷心,赞美其超越古人的功名。

第二首为《走马川行奉送出师西征》,诗中渲染了轮台九月度越常态的狂风、寒冷以及茫茫沙尘:"君不见走马川行雪海边,平沙莽莽黄入天!轮台九月风夜吼,一川碎石大如斗,随风满地石乱走。匈奴草黄马正肥,金山西见烟尘飞,汉家大将西出师。将军金甲夜不脱,半夜军行戈相拨,风头如刀面如割。马毛带雪汗气蒸,五花连钱旋作冰,幕中草檄砚水凝。"②在这样恶劣的气候条件下,封常清率领的将士纪律严明,将军夜晚不解铠甲,士兵半夜行军只闻兵器相撞击的声音。因此,岑参有理由坚信,能够在如此严峻环境中保持旺盛斗志的将士们必定也能够战胜敌人,所以,他乐观地表示:"虏骑闻之应胆慑,料知短兵不敢接,车师西门伫献捷。"③这次战斗的结局果如岑参的预料,封常清西征经过一个多月即凯旋,于是就产生了第三首《北庭西郊候

---

① 陈铁民、侯忠义校注:《岑参集校注》,上海古籍出版社1981年版,第145页。
② 陈铁民、侯忠义校注:《岑参集校注》,上海古籍出版社1981年版,第148页。
③ 岑参《走马川行奉送出师西征》,陈铁民、侯忠义校注:《岑参集校注》,上海古籍出版社1981年版,第148页。

封大夫受降回军献上》：

> 胡地苜蓿美，轮台征马肥。大夫讨匈奴，前月西出师。
> 甲兵未得战，降虏来如归；橐驼何连连，穹帐亦累累。
> 阴山烽火灭，剑水羽书稀。却笑霍嫖姚，区区徒尔为！
> 西郊候中军，平沙悬落晖。驿马从西来，双节夹路驰。
> 喜鹊捧金印，蛟龙盘画旗。如公未四十，富贵能及时；
> 直上排青云，傍看疾若飞。前年斩楼兰，去岁平月支。
> 天子日殊宠，朝廷方见推。何幸一书生，忽蒙国士知。
> 侧身佐戎幕，敛衽事边陲。自逐定远侯，亦著短后衣。
> 近来能走马，不弱并州儿。①

此诗与上述《轮台歌奉送封大夫出师西征》前后呼应，一为出师送行，一为回师献捷。从"甲兵未得战，降虏来如归"可以推见，这次西征不战而胜，而且对方是心甘情愿地来归降，"如归"二字最能表现"降虏"的心态。因此，战利品十分丰富，有连绵不断的驼群、累累的穹帐等。除了通过描绘丰厚的战利品来歌颂这次西征的胜利，岑参还直接刻画了封常清回师的阵势：仪仗队高举着饰有喜鹊和蛟龙的旗帜，跃马从西边夹道奔驰而来。唐时制度，节度使皆由朝廷赐节，出行时令开路者双双持于马上。这里用"喜鹊"暗示喜兆，以"蛟龙"象征威严，极力渲染封常清帅军的威武之气。唐人在表现靖边功勋的时候，常常以汉代大将为榜样，感慨当朝有所不及的遗憾，如王昌龄"但使龙城飞将在，不教胡马度阴山！"②高适"惟昔李将军，按节临此都。"③但是岑参此诗则认为，封常清的功劳要远超汉代的霍去病。受到西征胜利的感染，岑参十分庆幸他有"侧身佐戎幕，敛衽事边陲"的机遇，并为自己不断提升的骑术而

---

① 陈铁民、侯忠义校注：《岑参集校注》，上海古籍出版社1981年版，第149页。
② 王昌龄《出塞二首》其一，李云逸注：《王昌龄诗注》，上海古籍出版社1984年版，第130页。
③ 高适《塞上》，刘开扬笺注：《高适诗集编年笺注》，中华书局1984年版，第29页。

第二章　盛唐诗歌中的民族观念与文化交流

自豪。不过,这三首诗所表现的西征事件,因史料缺载,无法确认具体的历史情况,但是岑参的记述前后照应,可以确认为同述一事。①

岑参还有一组《献封大夫破播仙凯歌六章》,明确记载了封常清征讨播仙的战斗:

一:汉将承恩西破戎,捷书先奏未央宫。
　　天子预开麟阁待,只今谁数贰师功!
二:官军西出过楼兰,营幕傍临月窟寒。
　　蒲海晓霜凝马尾,葱山夜雪扑旌竿。
三:鸣茄叠鼓拥回军,破国平蕃昔未闻。
　　丈夫鹊印摇边月,大将龙旗掣海云。
四:日落辕门鼓角鸣,千群面缚出蕃城。
　　洗兵鱼海云迎阵,秣马龙堆月照营。
五:蕃军遥见汉家营,满谷连山遍哭声。
　　万箭千刀一夜杀,平明流血浸空城。
六:暮雨旌旗湿未干,胡烟白草日光寒。
　　昨夜将军连晓战,蕃军只见马空鞍。②

据《新唐书·地理志》记载,播仙属唐朝羁縻州之一,"唐置羁縻诸州,皆傍塞外,或寓名于夷落。"③"安西西出柘厥关,渡白马河,百八十里西入俱毗罗碛。……又西经特勒井,渡且末河,五百里至播仙镇,故且末城也,高宗上元中更名。"④封常清破播仙过程,史料缺载,但是,唐玄宗天宝中高仙芝曾破播仙:"尉迟胜,本王于阗国。天宝中,入朝,献名玉、良马。玄宗以宗室女妻之,授

---

① 闻一多《岑嘉州系年考证》认为岑参这三首诗记载的是封常清征讨播仙事,陈铁民认为非指此事,笔者赞同陈铁民观点。参见陈铁民、侯忠义校注:《岑参集校注》,上海古籍出版社1981年版,第146页(注1)。
② 陈铁民、侯忠义校注:《岑参集校注》,上海古籍出版社1981年版,第153—154页。
③ 《新唐书·地理志》卷四十三下,中华书局1975年版,第1146页。
④ 《新唐书·地理志》卷四十三下,中华书局1975年版,第1149—1151页。

085

右威卫将军、毗沙府都督。归国,与安西节度使高仙芝击破萨毗、播仙。累进光禄卿。"①岑参于天宝十三载(754年)夏秋间入封常清幕府任职,次年十一月,安禄山反,封常清自北庭入朝平叛,战败被杀。因此,这一组诗作当作于天宝十三载(754年)冬与十四载(755年)秋冬之间。

诗歌第一章总起,写封常清这次征播仙胜利的消息传到长安的宫殿,天子为之纪功。"未央宫"和"麟阁"都是汉代宫殿与殿阁名称,唐代诗人习惯借汉言唐。"麟阁"即麒麟阁,汉宣帝曾把霍光、苏武等十一个功臣的肖像画于阁上,以示褒扬。"贰师功"指汉代贰师将军李广利所建功勋,汉武帝曾派遣李广利帅师击大宛(汉西域国名)大胜,获大宛良马三千余匹。岑参认为,封常清此次所建功勋远远超越了汉代李广利。第二章通过"楼兰""月窟""蒲海""葱山"等地名的转换,表现官军转战的奔波,从空间上构建出无限壮阔的意境。又以"晓霜""夜雪"刻画官军的辛苦与环境的恶劣,从时间上营造出的连续的紧张感,概括官军征战的情形。第三章承接上一篇,写胜利回军的情景。伴随着笳鼓齐鸣,在龙形仪仗旗帜拥簇之下,主将胜利回师。从"破国"一句看,这次征讨对播仙的打击可能是彻底的,是前所未有的,因此,岑参说是"昔未闻"。第四至六章,诗笔转到描写"蕃军"一方,一方面是俘虏的众多,一方面是杀戮的惨烈。岑参记述战争的诗歌很少直面战场的血腥,但是在这组诗作中,他却不回避现实,将战争残酷的一面真实地呈现出来,用"蕃军"的"哭声""流血""空城""马空鞍"等一系列意象表现了这场战争的场景。

二、"叶河蕃王能汉语":西部边境的民族和融文化

岑参在大西北的戎幕生活,见证的不仅仅是民族之间的战争,更多的则是多民族间和平相处融合友好的日常生活。唐朝立国后,对边疆少数民族实行羁縻政策,唐太宗平定突厥以后,在周边共设置了856个羁縻州府,朝廷任命

---

① 《新唐书·尉迟胜传》卷一百一十,中华书局1975年版,第4127页。

第二章 盛唐诗歌中的民族观念与文化交流

当地首领为都督、刺史:"唐兴,初未暇于四夷,自太宗平突厥,西北诸蕃及蛮夷稍稍内属,即其部落列置州县。其大者为都督府,以其首领为都督、刺史,皆得世袭。虽贡赋版籍,多不上户部,然声教所暨,皆边州都督、都护所领,著于令式。今录招降开置之目,以见其盛。其后或臣或叛,经制不一,不能详见。突厥、回纥、党项、吐谷浑隶关内道者,为府二十九,州九十。突厥之别部及奚、契丹、靺鞨、降胡、高丽隶河北者,为府十四,州四十六。突厥、回纥、党项、吐谷浑之别部及龟兹、于阗、焉耆、疏勒、河西内属诸胡、西域十六国隶陇右者,为府五十一,州百九十八。羌、蛮隶剑南者,为州二百六十一。蛮隶江南者,为州五十一,隶岭南者,为州九十三。又有党项州二十四,不知其隶属。大凡府州八百五十六,号为羁縻云。"①

我们仅以岑参第二次出塞任职北庭都护府考察,唐朝隶属于陇右道北庭都护府的羁縻州府就有特伽州、鸡洛州、濛池都护府、崑陵都护府、匐陵都督府、嗢鹿州都督府、洁山都督府、双河都督府、鹰娑都督府、盐泊州都督府、阴山州都督府、大漠州都督府、玄池州都督府、金附州都督府、轮台州都督府、金满州都督府、咽面州都督府、盐禄州都督府、哥系州都督府、孤舒州都督府、西盐州都督府、东盐州都督府、叱勒州都督府、迦瑟州都督府、凭洛州都督府、沙陀州都督府、答烂州都督府。② 由此可以想见,都护府中的将军们与这些羁縻州府的首领日常联系应是比较密切的,而岑参诗作中反映的现实生活也恰能印证这一点。如他的《赵将军歌》写道:

九月天山风似刀,城南猎马缩寒毛。

将军纵博场场胜,赌得单于貂鼠袍。③

诗题中的赵将军名字不详,据陈铁民推测,封常清入朝讨伐安禄山后,此人大概为接替封常清担任北庭节度使的继任,因此,判断此诗当作于岑参任职

---

① 《新唐书·地理志》卷四十三下,中华书局1975年版,第1119页。
② 参见《新唐书·地理志》卷四十三下,中华书局1975年版,第1130—1131页。
③ 陈铁民、侯忠义校注:《岑参集校注》,上海古籍出版社1981年版,第173页。

北庭时期。诗歌前两句渲染驻地气候的严寒,凛冽的寒风吹面如刀,就连猎马也冷得毛发紧缩,为后面的叙事做环境的铺垫。这应该是北庭当地九月份常见的天气,也是一个没有战争的和平日子。接下来岑参所展示的场景颇具画面感:一个赌博的现场,"博"指古代军中较量骑射和勇力的一种游戏,对赌双方一个是唐朝的赵将军,一个则是少数民族的首领,"单于"本为汉代时期匈奴对其君主的称呼,这里泛指唐朝西域少数民族首领。赌博热烈的具体环节略去不写,岑参只透露了结果,即赵将军赢得了"单于"的"貂鼠袍"。此诗通过这样一场边疆地区日常的"纵博"活动,一方面塑造了唐朝赵将军的威武勇猛,而另一方面,也展示了一个豪爽的愿赌服输的少数民族首领形象。可见,这场"纵博"是在友好快意的气氛中开始与结束的。

在如此密切接触的日常活动中,唐朝的节度使大将们与当地的首领们自然会相互学习,在语言的互通等各方面努力地融入对方的文化。因此,就出现了"军中置酒夜挝鼓,锦筵红烛月未午。花门将军善胡歌,叶河蕃王能汉语"[①]的场景。此处"花门将军"和"叶河蕃王"皆指少数民族将领,他们共同参加节度使军中夜宴。"花门"本指花门山,属甘州张掖郡删丹县。《新唐书·地理志》记载:"北渡张掖河,西北行出合黎山峡口,傍河东壖屈曲东北行千里,有宁寇军,故同城守捉也,天宝二载为军;军东北有居延海,又北三百里有花门山堡,又东北千里至回鹘衙帐。"[②]此地本唐置,天宝时为回纥所据。值得注意的是,在锦筵红烛的伴随下,这场宴会不仅气氛热闹,既有军鼓又有胡歌,更有"叶河蕃王"使用汉语与宴会中人交流的特写。这种西部各民族文化融合的现象,在岑参诗歌屡见不鲜,如《奉陪封大夫宴》(得征字,时封公兼鸿胪卿)写道:

西边虏尽平,何处更专征?幕下人无事,军中政已成。

[①] 岑参《与独孤渐道别长句兼呈严八侍御》,陈铁民、侯忠义校注:《岑参集校注》,上海古籍出版社1981年版,第176页。
[②] 《新唐书》卷四十,中华书局1975年版,第1045页。

第二章 盛唐诗歌中的民族观念与文化交流

座参殊俗语,乐杂异方声。醉里东楼月,偏能照列卿。①

军中无战事的闲暇时光,大家奉陪节度使封常清宴饮,从"座参殊俗语,乐杂异方声"来看,座中客人不仅仅限于幕府群僚,还有操着不同语言的各民族人士,而演奏的音乐也来自不同的各方。又如《酒泉太守席上醉后作》:

酒泉太守能剑舞,高堂置酒夜击鼓。

胡笳一曲断人肠,座上相看泪如雨。

琵琶长笛曲相和,羌儿胡雏齐唱歌。

浑炙犁牛烹野驼,交河美酒金叵罗。②

酒泉,唐郡名,治所在今甘肃省酒泉市。这是一首记载西部地方行政长官宴席场面的作品。这位酒泉太守能文能武,因此,酒酣耳热之时即兴表演起了剑舞。岑参在表现"炙犁牛、烹野驼、饮交河美酒"这些美食美酒的同时,重点把笔墨聚焦在各民族乐歌的交汇表演方面。先是一曲胡笳演奏令在座的客人都感动得泪如雨下,接下来的琵琶长笛相互唱和,同时还伴有少数民族儿童的歌唱。胡笳是广泛流行于塞北和西域一带民族的一种乐器,而琵琶也多见于游牧民族的演奏,岑参就有"凉州七里十万家,胡人半解弹琵琶"③的描写,但是笛子则是汉族古老的吹奏乐器,可见给这场宴会佐欢的乐舞表演,属于典型的各民族音乐的大融合。

除了表现这种较大规模军地宴会活动中的乐舞,岑参还记载了当地官员家宴中的民族舞蹈表演。他的《田使君美人舞如莲花北旋歌》(此曲本出北同城)就详细刻画了田使君家里歌妓的"北旋舞"之美:

如莲花,舞北旋,世人有眼应未见。

高堂满地红氍毹,试舞一曲天下无。

---

① 陈铁民、侯忠义校注:《岑参集校注》,上海古籍出版社1981年版,第161页。
② 陈铁民、侯忠义校注:《岑参集校注》,上海古籍出版社1981年版,第188页。
③ 岑参《凉州馆中与诸判官夜集》,陈铁民、侯忠义校注:《岑参集校注》,上海古籍出版社1981年版,第144页。

> 此曲胡人传入汉,诸客见之惊且叹。
> 曼脸娇娥纤复秾,轻罗金缕花葱茏。
> 回裾转袖若飞雪,左旋右旋生旋风。
> 琵琶横笛和未匝,花门山头黄云合。
> 忽作出塞入塞声,白草胡沙寒飒飒。
> 翻身入破如有神,前见后见回回新。
> 始知诸曲不可比,采莲落梅徒聒耳。
> 世人学舞只是舞,恣态岂能得如此!①

此诗写作的具体时间不详,但从田使君家中铺设的"红氍毹"可以推断,大概作于岑参在西部时期。诗中令人惊艳的"北旋舞"则是地道的少数民族舞蹈,岑参在描述舞者的美丽容貌姣好体态以及艳丽衣着服饰之后,开始浓墨重彩地展现"北旋舞"的特点。他先以正笔入手,从"回""转""旋"等词语来看,这种舞蹈以旋转为主,与胡旋舞颇为相类。又从侧面着笔,用琵琶横笛等民族乐器的伴奏,衬托舞蹈的豪迈之姿。最后,表现舞蹈的高潮部分:"翻身入破如有神,前见后见回回新。""破"为唐大曲段落之一,大曲一般分散序、中序、破三大段。破即破碎之意,指音调急促。随着急促的旋律,美人的舞姿千变万化,有如神助。岑参不得不感叹:像《采莲》《落梅》等诸曲根本无法与之媲美。

三、"孰知造化功":西部边境的地理环境及民族风情

与反映民族融合生活相伴随的是,岑参还以极大的热情饶有兴致地记录了大西北奇特的气候环境和独特的民族风情。大西北因其纬度与海拔较高,在岑参眼中,这里的气候以风雪严寒为主。如其《首秋轮台》写道:

> 异域阴山外,孤城雪海边。秋来唯有雁,夏尽不闻蝉。②

---

① 陈铁民、侯忠义校注:《岑参集校注》,上海古籍出版社1981年版,第185页。
② 陈铁民、侯忠义校注:《岑参集校注》,上海古籍出版社1981年版,第182页。

"首秋"指阴历七月,这个时节在内地还是暑热季节,但此时的异域阴山之外,却是茫茫"雪海"陪衬着孤绝遥远的轮台;又如其《天山雪歌送萧治归京》:

> 天山雪云常不开,千峰万岭雪崔嵬。
> 北风夜卷赤亭口,一夜天山雪更厚。
> 能兼汉月照银山,复逐胡风过铁关。
> 交河城边飞鸟绝,轮台路上马蹄滑。
> 晻霭寒氛万里凝,阑干阴崖千丈冰。①

岑参用反复的渲染手法刻画了天山暴雪之夜的酷寒与周边景象。首句用"千峰万岭雪崔嵬"叙述天山之雪的常态,"北风"以后描摹天山暴雪的特色。"汉月"与"胡风"两句突出暴雪覆盖范围之广,"飞鸟绝"以及"马蹄滑"是以日常生活中所见所感的效果表现暴雪持续时间之久。最后描写云雾和空气已冷冻凝结,崇山峻岭的背阴处挂上了千丈冰凌,刻画暴雪带来的酷寒。再如他那首脍炙人口的《白雪歌送武判官归京》:

> 北风卷地白草折,胡天八月即飞雪。
> 忽如一夜春风来,千树万树梨花开。……
> 将军角弓不得控,都护铁衣冷难著。
> 瀚海阑干百丈冰,愁云黪淡万里凝。
> 中军置酒饮归客,胡琴琵琶与羌笛。
> 纷纷暮雪下辕门,风掣红旗冻不翻。②

以千树万树盛开的梨花比拟胡地八月的漫天飞雪,又用"风掣红旗"和"冻不翻"两个看似矛盾的现象夸张严寒的程度,想象十分奇特。

在岑参笔下,西北边地的严寒风雪的确给人留下深刻印象,同时,这里与酷寒相对应的酷热气候现象,也不时地呈现于其诗作当中。如《经火山》:

---

① 陈铁民、侯忠义校注:《岑参集校注》,上海古籍出版社1981年版,第168页。
② 陈铁民、侯忠义校注:《岑参集校注》,上海古籍出版社1981年版,第163页。

> 火山今始见,突兀蒲昌东。赤焰烧虏云,炎氛蒸塞空。
> 不知阴阳炭,何独然此中。我来严冬时,山下多炎风。
> 人马尽汗流,孰知造化功!①

"火山"即火焰山,岑参在入边幕之前应该对其有所耳闻,这次在赴安西途中经过此地,从耳闻到眼见,让他叹为观止,以至于感慨大自然创造万物的奇特。严冬的火山尚且让经过此地的"人马尽汗流",那么夏日的火山又是何等情状? 他的《火山云歌送别》这样写道:

> 火山突兀赤亭口,火山五月火云厚。
> 火云满山凝未开,飞鸟千里不敢来。
> 平明乍逐胡风断,薄暮浑随塞雨回。
> 缭绕斜吞铁关树,氛氲半掩交河戍。
> 迢迢征路火山东,山上孤云随马去。②

五月的火山厚云凝聚,其热量以至于扩散到千里之外。岑参不似前一首直笔描摹火山之热,而是侧笔表现"飞鸟千里不敢来","千里"当属夸张,但是火山周围的飞鸟避之唯恐不及,足见这里的热度。大西北不仅有火山奇观,还有热海之热。他的《热海行送崔侍御还京》就带给了我们另一种新奇的景象:

> 侧闻阴山胡儿语,西头热海水如煮。
> 海上众鸟不敢飞,中有鲤鱼长且肥。
> 岸傍青草常不歇,空中白雪遥旋灭。
> 蒸沙烁石然虏云,沸浪炎波煎汉月。
> 阴火潜烧天地炉,何事偏烘西一隅?
> 势吞月窟侵太白,气连赤坂通单于。
> 送君一醉天山郭,正见夕阳海边落。

---

① 陈铁民、侯忠义校注:《岑参集校注》,上海古籍出版社1981年版,第79页。
② 陈铁民、侯忠义校注:《岑参集校注》,上海古籍出版社1981年版,第172页。

第二章 盛唐诗歌中的民族观念与文化交流

> 柏台霜威寒逼人,热海炎气为之薄。①

岑参很巧妙地以从"胡儿"那里听说开头,将"热海"的真实性与传奇色彩这两个看似矛盾的两面融合在一起。"热海"上空因为温度很高,所以飞鸟不敢经过,但是其中却有大而肥的鲤鱼能够存活,可谓奇迹之一。"热海"之热可令遥远高空的白雪很快融化掉,但是它岸边的青草却常年不衰,可谓奇迹之二。这些神奇的现象令一向尚奇的岑参百思不得其解,也带给读者一种新奇的体验与感受。

除了极寒与极热的气候,大西北辽阔无垠的黄沙碛地的地理环境,也令岑参感受颇深。如他在《初过陇山途中呈宇文判官》中描绘道:"十日过沙碛,终朝风不休,马走碎石中,四蹄皆血流。"②漫漫征程,是在狂风中走不完的沙碛,碛地中的碎石,把马蹄都磨破流血了。这样的沙碛行路,有时候甚至会令岑参产生迷幻的错觉,其《过碛》就记载了这样的行旅体验:

> 黄沙碛里客行迷,四望云天直下低。
> 为言地尽天还尽,行到安西更向西。③

茫茫戈壁,天地相连,目之所及,只有满目黄沙,看不到任何参照物,此时此地的行者,不仅仅是感到天地之无限,空间之廖夐,自身之渺小,也失去了方向感。古人对于东西南北四个方向的认知十分敏感,这对于行旅之人尤其重要,方向错误,不唯无法到达目的地,而且会适得其反。岑参在黄沙碛里这种迷失方向的体验,是一般人处在无限空间中最容易出现的现象,也是他最真切的感受。同时他的理智告诉他,虽然看似走到了天地的尽头,但是,过了沙漠到了安西,向西依然还有无边无际的天地。如果说,岑参此诗对辽阔无垠的沙碛描写侧重的是从空间层面上体验的话,那么,他在《碛中作》中所表现的则是在时间层面上的体验:

---

① 陈铁民、侯忠义校注:《岑参集校注》,上海古籍出版社1981年版,第169页。
② 陈铁民、侯忠义校注:《岑参集校注》,上海古籍出版社1981年版,第73页。
③ 陈铁民、侯忠义校注:《岑参集校注》,上海古籍出版社1981年版,第83页。

走马西来欲到天,辞家见月两回圆。

今夜不知何处宿,平沙万里绝人烟!①

驱马西行已有两个多月,仿佛已经走到了天地尽头,但是仍然没有走出万里平沙,茫然四顾,夜晚竟然不知在何处落脚投宿。辽阔的沙碛随着作者不断行走的脚步无限延伸,岑参巧妙地通过漫长时间展现了平远的空间,以自己真实的行旅体验呈现了时空的无限,将大西北独特的地理环境与风貌表现得淋漓尽致。

虽然大西北的环境与气候条件远不及内地令人舒适,但这里却不乏奇花异草。岑参的《优钵罗花歌》并序就记载了当地的一种花中奇葩——优钵罗花。其序曰:"参尝读佛经,闻有优钵罗花,目所未见。天宝景申岁,参忝大理评事,摄监察御史,领伊西北庭度支副使。自公多暇,乃于府庭内栽树种药,为山凿池,婆娑乎其间,足以寄傲。交河小吏有献此花者,云得之于天山之南。其状异于众草,势笼㚇如冠弁;巍然上耸,生不傍引;攒花中拆,骈叶外包;异香腾风,秀色媚景。因赏而叹曰:'尔不生于中土,僻在遐裔,使牡丹价重,芙蓉誉高,惜哉!'夫天地无私,阴阳无偏,各遂其生,自物厥性,岂以偏地而不生乎?岂以无人而不芳乎?适此花不遭小吏,终委诸山谷,亦何异怀才之士,未会明主,摈于林薮邪?因感而为歌。"②歌曰:

白山南,赤山北。其间有花人不识,绿茎碧叶好颜色。

叶六瓣,花九房,夜掩朝开多异香,何不生彼中国兮生西方?

移根在庭,媚我公堂。耻与众草之为伍,何亭亭而独芳!

何不为人之所赏兮,深山穷谷委严霜。

吾窃悲阳关道路长,曾不得献于君王。③

岑参在诗序中介绍了优钵罗花的来历,因为自己喜欢花花草草,所以交河

---

① 陈铁民、侯忠义校注:《岑参集校注》,上海古籍出版社1981年版,第82页。
② 陈铁民、侯忠义校注:《岑参集校注》,上海古籍出版社1981年版,第179页。
③ 陈铁民、侯忠义校注:《岑参集校注》,上海古籍出版社1981年版,第179页。

第二章 盛唐诗歌中的民族观念与文化交流

小吏送给他一株优钵罗花。优钵罗为梵语音译,也作"乌钵罗",意译为青莲花、黛花、红莲花。"优钵罗花在汉语中的称谓就是雪莲。因为雪莲花洁净幽清,秀色异香,孤高脱俗,故佛经中常取以喻佛,因而'优钵罗'和雪莲花就与佛教联系在一起。"①岑参钟爱此花的原因,固然更多缘于其生长在异域的独特处境,与怀才之士未遇明主的命运相类,但是,他的诗作却留下了关于优钵罗花的详细记载,为后世了解西域风物提供了直观的第一手资料。

在西北边幕生活久了,岑参对当地具有民族特色的服饰乃至居住环境也十分感兴趣。他的相关诗歌中经常出现"貂鼠裘""狐裘"之类特色明显的民族服饰:

> 黑姓蕃王貂鼠裘,葡萄宫锦醉缠头。②
> 散入珠帘湿罗幕,狐裘不暖锦衾薄。③
> 将军狐裘卧不暖,都护宝刀冻欲断。④
> 沙尘扑马汗,雾露凝貂裘。⑤

还有用"氍毹"装饰的居家环境:

> 高堂满地红氍毹,试舞一曲天下无。⑥
> 暖屋绣帘红地炉,织成壁衣花氍毹。⑦

"氍毹"为西部民族地区常见的毛织毯子,可以用以铺地,也可以用以装

---

① 胡可先:《岑参〈优钵罗花歌〉与天山雪莲》,《古典文学知识》2019 年第 2 期。
② 岑参《胡歌》,陈铁民、侯忠义校注:《岑参集校注》,上海古籍出版社 1981 年版,第 172 页。
③ 岑参《白雪歌送武判官归京》,陈铁民、侯忠义校注:《岑参集校注》,上海古籍出版社 1981 年版,第 163 页。
④ 岑参《天山雪歌送萧治归京》,陈铁民、侯忠义校注:《岑参集校注》,上海古籍出版社 1981 年版,第 168 页。
⑤ 岑参《初过陇山途中呈宇文判官》,陈铁民、侯忠义校注:《岑参集校注》,上海古籍出版社 1981 年版,第 73 页。
⑥ 岑参《田使君美人舞如莲花北旋歌》,陈铁民、侯忠义校注:《岑参集校注》,上海古籍出版社 1981 年版,第 185 页。
⑦ 岑参《玉门关盖将军歌》,陈铁民、侯忠义校注:《岑参集校注》,上海古籍出版社 1981 年版,第 165 页。

饰墙壁。上述两首诗作中的"氍毹",一是红色的,用作地毯,一是花色的,用作挂毯。两首诗分别描写"田使君"和"盖将军"家居的摆设,可见在当时有社会地位的家庭中,"氍毹"的装饰应是很时尚也是很普及的。

两次赴边地幕府任职的经历,让岑参有较为充分的时间了解体验西部民族地区的风土人情与生活日常,他又能将这些所见所闻以新奇之笔表现出来,为我们展示了前所未有的丰富多彩的民族风情与文化内容。岑参诗歌中的这些民族文化记载,不仅极大开拓了唐代诗歌的表现范围,也为我们认识当时西北少数民族生活以及唐代的中西交往提供了直观的窗口,同时也可从中透视岑参对各民族文化大融合的认可态度。

四、"厌听巴童歌":岑参对蜀地少数民族的感观

岑参于大历元年(766年)为剑南西川节度使杜鸿渐表为职方郎中,兼侍御史,成为杜鸿渐僚属入蜀,后任嘉州刺史,秩满卒于蜀中。在岑参生命最后的几年中,一直生活于蜀地。蜀川因为地理形势独特,历来就是兵家必争之地,同时这里也属于多民族杂居之地,西面又与吐蕃接邻,因此也是民族关系比较复杂的地区之一。岑参在其《招北客文》中对蜀州历史、地理、民族、气候以及民风有如此认识:"蜀本南夷人也,皆左其衽而椎其髻。及通乎秦也,始于惠王之代。五牛琢而秦女至,一蛇死而力士毙。二江双注,群山四蔽,其地卑陋,其风胜脆。蛮貊杂处,滇僰为邻。"① 岑参指出,蜀地祖先本为南夷,他们的服饰穿着以及发型都不同于华夏。尽管自秦惠王时期开始与内地相通,但是依然是"蛮貊杂处,滇僰为邻"。"蛮貊"即古人对少数民族的称呼,"滇"与"僰"则都是古西南夷名,可见在他的观念中,蜀地的文化传统与现状都与中原存在较大差异。因此,岑参在蜀地创作的诗歌中,就有不少反映他对蜀地少数民族感观的内容。如其《陪狄员外早秋登府西楼因呈院中诸公》:

---

① 陈铁民、侯忠义校注:《岑参集校注》,上海古籍出版社1981年版,第450页。一说此文作者为独孤及,此据陈铁民考证。

第二章　盛唐诗歌中的民族观念与文化交流

　　常爱张仪楼,西山正相当。千峰带积雪,百里临城墙。
　　烟氛扫晴空,草树映朝光。车马隘百井,里闬盘二江。
　　亚相自登坛,时危安此方。威声振蛮貊,惠化钟华阳。
　　旌节罗广庭,戈鋋凛秋霜。阶下貔虎士,幕中鸳鹭行。
　　今我忽登临,顾恩不望乡。知己犹未报,鬓毛飒已苍。
　　时命难自知,功业岂暂忘。蝉鸣秋城夕,鸟去江天长。①

岑参此诗作于成都杜鸿渐幕府。前八句写登楼所见之景,积雪的西山（又称雪岭）,绵延百里的城墙,晴空之下泛着光亮的草树,以及里巷中熙熙攘攘的车马,成都城由远至近的景致都尽收眼底。后八句表达他自己知恩图报建立功业的决心。中间八句颂美杜鸿渐,是诗旨核心所在。岑参称赞自杜鸿渐登坛拜将以来,蜀川形势转危为安,声名威振"蛮貊"。这里的"蛮貊",当主要指西山之西的吐蕃,我们从他另一首《送狄员外巡按西山军》中即可大致推知。其诗写道：

　　兵马守西山,中国非得计。不知何代策,空使蜀人弊。
　　八州崖谷深,千里云雪闭。泉浇阁道滑,水冻绳桥脆。
　　战士常苦饥,糇粮不相继。胡兵犹不归,空山积年岁。
　　儒生识损益,言事皆审谛。狄子幕府郎,有谋必康济。
　　胸中悬明镜,照耀无巨细。莫辞冒险艰,可以裨节制。②

这两首诗题中的"狄员外",概与岑参同为杜鸿渐幕下僚属。西山亦即前一首诗中的"西山",唐朝在此地设置防秋以备吐蕃,"狄员外"此次就是去巡查安抚西山军。岑参在诗的开头就表明自己的观点：在西山设防,不知是从哪个朝代开始的政策,但是对于"中国"而言,却不是良策,因为长期防秋的结果是"空使蜀人弊",此处"中国"是相对于吐蕃而言的唐朝。无独有偶,岑参关于设置西山军失当的这一看法,高适曾在他的《西山三城置戍论》中有相似的

---

① 陈铁民、侯忠义校注：《岑参集校注》,上海古籍出版社1981年版,第332页。
② 陈铁民、侯忠义校注：《岑参集校注》,上海古籍出版社1981年版,第336页。

论述:"今所界吐蕃城堡,而疲于蜀人,不过平戎以西数城矣,邈在穷山之巅,垂于险绝之末,运粮于束马之路,坐甲于无人之乡,以戎狄言之,不足以利戎狄,以国家言之,不足以广土宇,奈何以险阻弹丸之地,而困于全蜀太平之民哉?"①这是高适在上元元年(760年)做蜀州刺史时的上疏。② 他认为西山之戍,与吐蕃争夺险阻弹丸之地,对于唐朝而言,不足以令边界增广,却让蜀地百姓因之受困,但其建议未被朝廷采纳。

岑参在诗中表明看法之后,接着具体描绘了西山苦寒的气候和艰险的地势,对那里的戍卒因为粮食补给不足长期忍饥受苦的处境表达了深切同情。然而,"胡兵"(指吐蕃兵)不退,戍卒们就得积年累月地驻守在这里。最后,岑参鼓励并希望"狄员外"这个有谋略的"儒生"能够通过这次巡按而安民济众。岑参在此诗中一方面指出朝廷在西山防御吐蕃的失当,另一方面也饱含对吐蕃威胁边境的隐忧,这是蜀地独特的地理环境以及多民族杂居的现状所决定的。

相较于岑参在大西北对异族文化的认同与述写,他对蜀地少数民族文化则存在着陌生与隔阂感。如其《赴犍为经龙阁道》写道:

> 侧径转青壁,危梁透沧波。汗流出鸟道,胆碎窥龙涡。
>
> 骤雨暗谿口,归云网松萝。屡闻羌儿笛,厌听巴童歌。
>
> 江路险复永,梦魂愁更多。圣朝幸典郡,不敢嫌岷峨。③

"羌儿笛""巴童歌"都是蜀地具有异族特色的文化内容之一,岑参虽然理智上明白自己要忠于朝廷的任命安排,不敢也不能嫌弃蜀地,但是听到当地的羌笛和巴歌,仍然免不了产生厌烦的情绪,这里固然存在蜀道行走艰难令其"汗流""胆碎"的具体原因,恐怕更主要的则是他对当地夷俗的陌生与隔阂。

---

① 刘开扬笺注:《高适诗集编年笺注》,中华书局1984年版,第399页。
② 参见刘开扬《高适年谱》,刘开扬笺注《高适诗集编年笺注》,中华书局1984年版,第24页。
③ 陈铁民、侯忠义校注:《岑参集校注》,上海古籍出版社1981年版,第323页。

总之,岑参因为一生"累佐戎幕,往来鞍马烽尘间十余载"①的经历,尤其是在大西北的长期生活,让他有丰富的异族生活与文化体验,他又能以超拔孤秀、度越常情的诗笔将其所历所感表现出来,带给人们耳目一新的艺术感受。岑参诗中对异族文化的描绘与记述,其文学价值和文化价值都是不可替代的。

第三节 王维诗歌中的民族观

王维(701—761年)诗名盛于开元、天宝间,唐代宗曾称赞他"天宝中诗名冠代"②。王维对后代的影响以山水田园诗为主,与孟浩然并称"王孟",但是他的诗歌题材十分丰富,早期他还创作了不少以从军、边塞、豪侠为内容的诗篇。玄宗开元二十五年(737年),王维赴凉州河西节度幕,为监察御史兼节度判官,这段经历也让他有机会近距离地接触西部多民族的生活,创作了《使至塞上》《凉州郊外游望》《凉州赛神》等具有民族风情的诗作,同时,在他的一些送行朋友出边的作品中,也表现出他较强烈的民族意识,透过这些诗作,我们大致可以了解一些王维对民族关系的观点与情感。

一、"汉兵大呼一当百":王维对唐军声威的夸耀

在唐朝盛世光影笼罩之下,王维的一些作品表现出了明显的夸耀唐朝神勇将士,张扬国力,鄙夷外族的情感倾向。这类内容一部分集中于他的乐府诗中,如其自注"时年二十一"所作的《燕支行》:

汉家天将才且雄,来时谒帝明光宫。
万乘亲推双阙下,千官出饯五陵东。
誓辞甲第金门里,身作长城玉塞中。

---

① 辛文房《唐才子传·岑参》卷三,傅璇琮主编:《唐才子传校笺》,中华书局2002年版,第443页。
② 《旧唐书·王维传》卷一百九十下,中华书局1975年版,第5053页。

> 卫霍才堪一骑将，朝廷不数贰师功。
> 赵魏燕韩多劲卒，关西侠少何咆勃。
> 报雠只是闻尝胆，饮酒不曾妨刮骨。
> 画戟雕戈白日寒，连旗大旆黄尘没。
> 叠鼓遥翻瀚海波，鸣笳乱动天山月。
> 麒麟锦带佩吴钩，飒沓青骊跃紫骝。
> 拔剑已断天骄臂，归鞍共饮月支头。
> 汉兵大呼一当百，虏骑相看哭且愁。
> 教战虽令赴汤火，终知上将先伐谋。①

王维此诗塑造了一个有勇有谋的"汉家天将"形象。他既富有才华又具备威武气势，因此受到皇帝的特别恩宠。在朝廷千官为之饯行后，辞别长安豪华的甲第赴玉门关靖边。接着，王维借助西汉卫青、霍去病和贰师将军李广利等多个著名大将的典事衬托这位将军的功勋，又以赵、魏、燕、韩的劲卒和关西侠少来比拟其率领的兵士。可以想见，这样一支将猛兵勇的队伍，在边塞上与敌人对阵，自然会势如破竹。在渲染了这位大将率领远征大军高举着画戟雕戈、连旗大旆日夜兼程的行军之后，王维开始细致地描绘战场的交锋：大将跨着骏马潇洒出阵，他那绣着麒麟的锦带上佩挂着吴钩，一拔剑就斩断了敌人的手臂和头颅。在如此神勇主帅的带动下，汉兵以一当百奋勇作战，而对方则是"虏骑相看哭且愁"。王维此诗刻画了一个堪称完美的汉家将军出征、行军、战斗以及获胜的全部过程，他对这位无敌将军智勇双全的赞美以及对汉军势力的夸张，是始终伴随着对"虏骑"的贬抑而展开的。此诗描绘的这场汉家将军出征的情状，体现了年轻的王维在对待唐朝与外族交战时的理想，也在一定程度上反映出他对外族的蔑视态度。此外，他的《从军行》也渲染了唐朝军队的强大声威：

---

① 赵殿成笺注：《王右丞集笺注》，上海古籍出版社1984年版，第95页。

第二章 盛唐诗歌中的民族观念与文化交流

吹角动行人,喧喧行人起。笳悲马嘶乱,争渡金河水。

日暮沙漠陲,战声烟尘里。尽系名王颈,归来报天子。①

诗歌从征人行军的宏大场面写起,王维打破常见的表现军队衔枚荷戈纪律严明的传统,而是通过"马嘶乱""争渡"等看似有些混乱的场景,体现这支军队的庞大以及兵强马壮,为下文的作战结果"尽系名王颈"做铺垫。"名王"原指匈奴中有大名的王,以区别于小王,此处指敌人的最高首领。

除了直接描绘唐军的强大阵势,王维还借助侠少的典型形象突出汉家将士的勇猛无敌。其《少年行四首》就赞美了一位少年侠客高超的武艺和大无畏的献身精神:

其二:出身仕汉羽林郎,初随骠骑战渔阳。

孰知不向边庭苦,纵死犹闻侠骨香。

其三:一身能擘两雕弧,虏骑千重只似无。

偏坐金鞍调白羽,纷纷射杀五单于。②

这是四首中的其二和其三,这组诗各首既可独立成篇,合起来又是一个整体。其二的前两句是托汉言唐,描述侠少的良好出身背景和丰富作战经历。"羽林郎"为汉代禁卫军官名,无定员,执掌宿卫侍从,以汉阳、陇西、安定、北地、上郡、西河六郡良家子弟充任,这一制度一直沿用到隋唐时期。"骠骑"指汉武帝时名将骠骑将军霍去病,他曾多次统率大军反击匈奴侵扰,战功显赫。渔阳,即古幽州(今天津市蓟州区),是汉代与匈奴经常交战的地方。后两句最具浪漫色彩与豪情壮气,边庭不仅是遥远荒寒的,更要面临着死伤的现实,但是这位侠少却敢于直面死亡,勇于牺牲,表现出大无畏的献身精神。

其三歌咏侠少的高强武功与蔑视敌人的英雄气概。他凭借着"能擘两雕弧"的功夫,在面临"虏骑千重"的险境时,竟能泰然自若,"偏坐金鞍"就能"纷纷射杀五单于"。"五单于"原指汉宣帝时匈奴内乱争立的五个首领,这里

---

① 赵殿成笺注:《王右丞集笺注》,上海古籍出版社 1984 年版,第 11 页。
② 赵殿成笺注:《王右丞集笺注》,上海古籍出版社 1984 年版,第 258 页。

指代骚扰边境的少数民族诸王。王维这组诗歌中塑造的侠少形象,反映出盛唐人浪漫的时代精神风貌与理想追求。同样,在他的《老将行》中,也有这样一位"一剑曾当百万师"的英雄:"少年十五二十时,步行夺得胡马骑。射杀中山白额虎,肯数邺下黄须儿。一身转战三千里,一剑曾当百万师。汉兵奋迅如霹雳,虏骑崩腾畏蒺藜。"①从少年的"一剑"与"百万师"和"汉兵"与"虏骑"的强烈对比中,不难看出,这些少年英雄形象就如同其《燕支行》中神勇的大将一样,都是王维塑造的理想中的民族英雄,而这种理想形象都是建立在蔑视外族的基础之上的。

二、"当令外国惧":王维对建立边功的慷慨意气

在王维为朋友赴边而创作的一些送别诗中,他热情地鼓励朋友积极建立边功,反对议和,渲染以唐人慷慨意气压倒外族的情感倾向。如其《送平澹然判官》写道:

不识阳关路,新从定远侯。黄云断春色,画角起边愁。

瀚海经年别,交河出塞流。须令外国使,知饮月氏头。②

平澹然,资料不详。唐朝节度使可以自选中级官员,奏请充任判官,掌文书事务,辅助处理公事。从王维诗中首两句中的"不识""新从"可知,这位判官是初次赴边。阳关故址在今甘肃省敦煌西南,是古代通往西域的门户,这里指代边疆,"定远侯"即指汉代班超,此处还是借汉言唐。诗歌的中间两联通过"黄云""画角""瀚海""交河"这些富有边地特色的意象元素刻画了出塞路途的艰难和寂寞。如果说王维至此较多体现出对平澹然赴边的体贴与关怀的话,那么尾联则更多表现出激励与叮嘱,而这份叮嘱中透露出王维身为唐朝官员强烈的压倒外族的大国意识。月氏,古部落名,秦汉之际游牧于敦煌与祁连山一带,后为匈奴所攻。《史记·大宛列传》记载:"大月氏……行国也,随畜

---

① 赵殿成笺注:《王右丞集笺注》,上海古籍出版社1984年版,第93页。
② 赵殿成笺注:《王右丞集笺注》,上海古籍出版社1984年版,第140页。

移徙,与匈奴同俗。控弦者可一二十万。故时强,轻匈奴,及冒顿立,攻破月氏,至匈奴老上单于,杀月氏王,以其头为饮器。始月氏居敦煌、祁连间,及为匈奴所败,乃远去。……其余小众不能去者,保南山羌,号小月氏。"①王维此诗用月氏指代外族,以匈奴单于用月氏王头颅作饮器的典故表达战胜敌人的气概,然而这一典故的原事不免有些血腥,也反映出王维的大国意识。

在《送刘司直赴安西》一诗中,王维则抒发了反对与外族议和的情绪:

绝域阳关道,胡沙与塞尘。三春时有雁,万里少行人。
苜蓿随天马,葡萄逐汉臣。当令外国惧,不敢觅和亲。②

此诗前两联写景,刻画绝域边塞的荒凉与遥远。后两联抒情,"苜蓿"两句借助汉代李广利讨伐大宛国获取天马的故事,表达对异族的征服。汉武帝"拜李广利为贰师将军,发属国六千骑,及郡国恶少年数万人,以往伐宛。期至贰师城取善马,故号'贰师将军'。"③"苜蓿"和"葡萄"本都产自西域,随着汉代与西域诸国交往的增多,开始引入内地种植。尾联最能体现王维反对议和的民族观点,即主张通过树立强大国威,让外敌惧怕,进而不敢试图寻求与唐朝结为姻亲。此外,他的《送宇文三赴河西充行军司马》也告诫友人"当令犬戎国,朝聘学昆邪"。④ "犬戎"是古戎族的一支,此泛指西部少数民族,"昆邪"为汉代时期匈奴部落之一,汉武帝时降汉为属国。王维此处的态度亦即要求外族像古代诸侯定期朝见天子一样向唐朝称臣。

这三首送人赴边的诗作有明显的共同点,即在对待与外族关系问题上,王维都表现出强硬的态度。这一点从诗歌最后两句用词的选择上不难看出,"须令"和"当令"都具有不容置辩的口气。王维对待外族的这种强势口吻,固然有为即将奔赴艰苦边塞的朋友鼓劲打气的成分,但是也能反映出他反对议

---

① 《史记·大宛列传》卷一百二十三,中华书局1963年版,第3161—3162页。
② 赵殿成笺注:《王右丞集笺注》,上海古籍出版社1984年版,第142页。
③ 《史记·大宛列传》卷一百二十三,中华书局1963年版,第3174页。
④ 赵殿成笺注:《王右丞集笺注》,上海古籍出版社1984年版,第148页。

和,主张立强国、威外敌的民族观念。在这样的观念支配下,他在此类送别诗中屡屡都表现得慷慨激昂,如《送张判官赴河西》:

> 单车曾出塞,报国敢邀勋。见逐张征虏,今思霍冠军。
> 沙平连白云,蓬卷入黄云。慷慨倚长剑,高歌一送君。①

《送赵都督赴代州得青字》:

> 天官动将星,汉地柳条青。万里鸣刁斗,三军出井陉。
> 忘身辞凤阙,报国取龙庭。岂学书生辈,窗间老一经。②

前一首赞扬张判官丰富的出塞经历,在慷慨的报国情绪感染之下,王维也禁不住高歌一曲,为朋友赴边而壮行。后一首依然高扬忘身报国的意气,通过与白首穷经的"书生辈"比较,体现出王维对立功边域从而实现人生价值的肯定。

王维的这些送人赴边的诗作,不仅体现出了他个人比较激进的民族情感与人生价值选择,也折射出盛唐时期边地节度使幕府士人的任职状态,以及当时士人对待立功异域的极大热情与期待,是一个时代士人昂扬进取精神面貌的反映。

三、"大漠孤烟直":王维对民族风情的表现

唐玄宗开元二十五年(737年),王维以监察御史兼节度判官的身份赴凉州河西节度崔希逸幕府,这期间他创作的与边塞情事有关联的诗文有《使至塞上》《出塞作》《凉州赛神》《凉州郊外游望》等。这次出塞的亲身经历,让王维眼界大开,首先是边地辽阔无边的壮丽景象令他耳目一新,如其名篇《使至塞上》:

> 单车欲问边,属国过居延。征蓬出汉塞,归雁入胡天。

---

① 赵殿成笺注:《王右丞集笺注》,上海古籍出版社1984年版,第135页。
② 赵殿成笺注:《王右丞集笺注》,上海古籍出版社1984年版,第142页。

大漠孤烟直,长河落日圆。萧关逢候吏,都护在燕然。①

此诗作于王维赴边途中,首联介绍其行程,"属国"一般指少数民族存其国号不改其俗,而附属于汉族朝廷者。"居延",汉代称居延泽,唐代称居延海,在今内蒙古额济纳旗北境。王维此次赴边,实际上不需要经过居延,所以林庚先生认为此处居延不是实写,而是表达唐朝"边塞的辽阔。附属国直到居延以外"②。颔联承前表达愈行愈远的旅程,"出汉塞"和"入胡天"意思同义反复。颈联最为后世称道,王维以画家的构图眼光,描绘出了一幅辽阔苍茫的边陲大漠落日景象,画面壮美奇特,意境雄浑开阔。"大漠孤烟""长河落日"既自对又可互对,点、线、面结合,色彩瑰丽,极具画面感。尾联点出到达目的地,却被告知主帅在前线。王维此诗对大漠风光的独特观感,不同于以往他在内地送别朋友赴边时对边地风景的想象之笔,想象之景毕竟因隔阂而显得陌生,从而流于概念化程式化,亲历之景则因为真切而显得自然,加之王维善于构图,有一双发现美的眼睛,所以才能写出如此壮丽令人震撼的边地之美。他同样表现边境独特风物特点的还有《出塞作》:

居延城外猎天骄,白草连山野火烧。

暮云空碛时驱马,秋日平原好射雕。

护羌校尉朝乘障,破虏将军夜渡辽。

玉靶角弓珠勒马,汉家将赐霍嫖姚。③

此诗王维在题下原注曰:"时为御史,监察塞上作。"前四句借"天骄"围猎暗示边境紧张局势,后四句则表现唐军对边事自信从容的部署安排。虽然诗歌主旨依然是夸耀唐军的威武之势,但是前两联的写景因为王维的亲临观察而表现得实感强烈。这里"天骄"借称唐朝的劲敌吐蕃,游牧民族围猎时常常要焚山驱兽,而白草又是西部边地最常见的植被,满山遍野熊熊燃烧着的白

---

① 赵殿成笺注:《王右丞集笺注》,上海古籍出版社1984年版,第156页。
② 林庚、冯沅君主编:《中国历代诗歌选》,人民文学出版社1985年版,第341页。
③ 赵殿成笺注:《王右丞集笺注》,上海古籍出版社1984年版,第192页。

草,映红了傍晚的天空。这种边境围猎场面非亲历不足以表现得如此真切。

因为近距离地体验边地生活,王维眼中的边疆也不再是单一的民族之间的征战,而是充满着平常的烟火气息。如他笔下记录的凉州野老百姓的祭神活动就充满着浓郁的生活气息:

> 野老才三户,边村少四邻。婆娑依里社,箫鼓赛田神。
>
> 洒酒浇刍狗,焚香拜木人。女巫纷屡舞,罗袜自生尘。①

诗歌描绘了一场边疆地区田家祭祀土地神的活动。这里虽然地多人少,但是人们祭神的活动却一丝不苟。在乡间的土地神祠中,伴随着箫鼓齐奏,人们翩翩起舞,先奉酒洒地祭奠,再焚烧刍狗,然后焚香拜木制的神像,每一个环节都认认真真充满虔诚。王维在细腻地记述了赛神的过程后,最后还不忘突出女巫那洛神般凌波微步罗袜生尘的舞蹈姿态,显示了他在边塞期间对异域情调的民情风俗的深入观察与了解。

边疆区域不仅有田家野老的赛神活动,军中健儿也同样举行赛神仪式。王维的《凉州赛神》就描绘了这一场景:

> 凉州城外少行人,百尺峰头望虏尘。
>
> 健儿击鼓吹羌笛,共赛城东越骑神。②

此诗王维原注:"时为节度判官,在凉州作。"这是他在边地记载的军旅生活的又一侧面。不同于以往歌咏唐军兵勇将强的画面,此诗记录的是唐军在凉州城东的赛神活动。前两句是反向铺垫,通过"城外少行人"反衬这次军中祭祀仪式吸引了很多人聚集观看,进而表现祭神场面的宏大壮观。尽管这场赛神活动吸引了大多数人们的注意力,但是,唐军并没有放松应有的警惕性,高高的烽火台上,守卫的戍卒们正在警惕地瞭望观察着敌情。后两句正面记录城东赛神活动的场景,健儿们擂起军鼓,吹起羌笛,不过他们祭奠的是与军

---

① 王维《凉州郊外游望》,赵殿成笺注:《王右丞集笺注》,上海古籍出版社1984年版,第151页。

② 赵殿成笺注:《王右丞集笺注》,上海古籍出版社1984年版,第266页。

旅相关的"越骑神"。我国军队中自古就有通过祭祀活动预祝胜利或鼓舞士气的传统,此诗的祭祀活动因为是在胡汉杂居的凉州举行,因此,游牧民族常见的羌笛就成为其中重要的器乐,羌笛与军鼓的混合搭配,将凉州民族文化融合的地域特色表现得淋漓尽致。

王维这两首记录凉州赛神活动的诗歌,一首从田家视野写作,另一首从军中视野写作,分别从两个侧面反映了凉州当地民族融合的生活状态。正如(美)爱德华·谢弗在其《唐代的外来文明》中所言:"凉州是一座地地道道的熔炉,……对于内地的唐人,凉州本身就是外来奇异事物的亲切象征。凉州音乐既融合了胡乐的因素,又保持了中原音乐的本色。"①

总体看来,王维诗歌中反映民族关系的内容比较丰富,其中既有表现"横挑强胡,饮马河源"②的豪雄之气,以及"思欲一车书,混声教,变毒螫之俗,为礼义之乡"③统一各民族的理想,也不乏对异域风光的描绘叹美与其民俗风情的客观表现。前者虽然不免隐含着汉民族的大国豪情与对其他民族的贬抑排斥之意,但是这与他创作诗歌的具体环境与情状有密切关系;后者则表现得平和与包容,显示了王维在真正了解了民族地区的生活与文化时的理性思致。

第四节　李白诗歌中的民族观

李白(701—762年)生活的时代正值唐代开元天宝盛世,如果我们要从唐代灿若星汉的诗人中推选出一位最能引起轰动且最具传奇色彩的人物,自然非李白莫属。他在当时被"吴中四士"之一的贺知章称为"谪仙人",其后被誉

---

① (美)爱德华·谢弗:《唐代的外来文明》,中国社会科学出版社1995年版,第22页。
② 王维《为崔常侍祭牙门姜将军文》,赵殿成笺注:《王右丞集笺注》,上海古籍出版社1984年版,第484页。
③ 王维《兵部起请露布文》,赵殿成笺注:《王右丞集笺注》,上海古籍出版社1984年版,第327页。

为"诗仙"。杜甫盛赞其诗:"白也诗无敌,飘然思不群。清新庾开府,俊逸鲍参军。"①又感叹李白"笔落惊风雨,诗成泣鬼神",②后人将之与杜甫并称为"李杜"。李白的传奇焦点之一就是他的出生地和家世血统问题,对此学界观点纷纭。

李白出生地点可概括为西域说、中亚碎叶说、蜀中说等。出生地西域一说最早见于李宜琛《李白的籍贯和生地》(《晨报副刊》1926年5月10日),其后陈寅恪、胡怀琛、李长之、詹锳、俞平伯等学者都持相似观点;中亚碎叶说为郭沫若在《李白与杜甫》(人民文学出版社1972年版)中提出的,余恕诚、王运熙、乔象钟、陈铁民等学者采用此说;蜀中说是清人王琦在《李太白全集》附录《李太白年谱》(中华书局1985年版)中认同明代杨慎"李白生于彰明之青莲乡"之说,苏仲翔、王伯祥、胥树人、裴斐等学者沿用此说。

李白家世血统可概括为唐室宗亲、胡人、胡化之汉人等观点。家世血统之唐室宗亲一说源自李白本人,范传正《唐左拾遗翰林学士李公新墓碑并序》《新唐书·李白传》皆主张李白为凉武昭王李暠的九世孙,其后孙楷第、麦朝枢、王文才、李从军等学者认同;胡人一说起于陈寅恪《李太白氏族之疑问》(《金明馆丛稿初编》,生活·读书·新知三联书店2001年版),詹锳支持此观点;胡化之汉人说主要见于胡怀琛、幽谷、俞平伯、周勋初等学者的观点。

从李白的家世和出生地的研究结论看,多数学者都认为李白身上具有不同于中原文化的特质,因此,我们说李白是唐代一位中外文化的混血儿也不为过。对于李白这样一位融中外文化于一身的伟大诗人而言,他的诗作中自然就不乏对民族问题的情感表达,我们对这些作品予以关注,可以较全面了解李白的思想与民族观。

---

① 杜甫《春日忆李白》,仇兆鳌注:《杜诗详注》,中华书局1979年版,第52页。
② 杜甫《寄李十二白二十韵》,仇兆鳌注:《杜诗详注》,中华书局1979年版,第661页。

一、客观中性：李白对少数民族的称谓

李白诗歌中对周边少数民族的称谓，少见蛮、狄、戎、夷等语词。周勋初先生就指出，李白诗作中很少使用"污辱边疆民族的言词"。① 他诗中出现最多的就是"胡""天骄""匈奴"等词语，很显然，这三种称谓实为一体，他是以"胡"这一比较中性的称谓代表唐代周边少数民族。如《古风》其十四："胡关饶风沙，萧索竟终古。"②《胡无人》："严风吹霜海草凋，筋干精坚胡马骄。"③《关山月》："汉下白登道，胡窥青海湾。"④《塞上曲》："大汉无中策，匈奴犯渭桥。五原秋草绿，胡马一何骄。"⑤《送族弟绾从军安西》："匈奴系颈数应尽，明年应入蒲桃宫。"⑥《豫章行》："胡风吹代马，北拥鲁阳关。"⑦《出自蓟北门行》："虏阵横北荒，胡星耀精芒。"⑧《幽州胡马客歌》："天骄五单于，狼戾好凶残。"⑨《塞下曲六首》其三："弯弓辞汉月，插羽破天骄。"⑩等等。以上作品中出现的"胡关""胡马""胡风""胡星"等具有地域特点的名称与"天骄""匈奴"等都是同一指向，这些称谓又常常是与"汉家"或者"天兵""圣皇""圣人"等称谓相对应着出现。如《胡无人》：

严风吹霜海草凋，筋干精坚胡马骄。

汉家战士三十万，将军兼领霍嫖姚。

流星白羽腰间插，剑花秋莲光出匣。

天兵照雪下玉关，虏箭如沙射金甲。

---

① 周勋初：《论李白对唐王朝与边疆民族战事的态度》，《文学遗产》1993年第3期。
② 王琦注：《李太白全集》，中华书局1985年版，第106页。
③ 王琦注：《李太白全集》，中华书局1985年版，第213页。
④ 王琦注：《李太白全集》，中华书局1985年版，第219页。
⑤ 王琦注：《李太白全集》，中华书局1985年版，第291页。
⑥ 王琦注：《李太白全集》，中华书局1985年版，第814页。
⑦ 王琦注：《李太白全集》，中华书局1985年版，第343页。
⑧ 王琦注：《李太白全集》，中华书局1985年版，第315页。
⑨ 王琦注：《李太白全集》，中华书局1985年版，第268页。
⑩ 王琦注：《李太白全集》，中华书局1985年版，第286页。

> 云龙风虎尽交回,太白入月敌可摧。
>
> 敌可摧,旄头灭,履胡之肠涉胡血。
>
> 悬胡青天上,埋胡紫塞傍。胡无人,汉道昌。①

元代萧士赟依据"太白入月"推断此诗是李白为安禄山叛反而作,清代王琦则依据《唐书》天文志,考证当时无"太白入月"之事,因此认为:"玩'天兵照雪下玉关'之句,当为开元、天宝之间为征讨四夷而作。"②笔者认同王琦的观点,李白此诗中的"胡"是作为"汉家战士""将军""霍嫖姚""天兵"等的对立面而出现的,仅仅是代表与"汉"相对应的那些扰边的少数民族,并不一定有具体或者明确的指向。这一现象我们在他的诗中经常可以看到。如其《战城南》:

> 去年战,桑干源;今年战,葱河道。
>
> 洗兵条支海上波,放马天山雪中草。万里长征战,三军尽衰老。
>
> 匈奴以杀戮为耕作,古来唯见白骨黄沙田。
>
> 秦家筑城备胡处,汉家还有烽火燃。③

此诗中"桑干源""葱河道""条支海""天山"等地点,相距甚远,"桑干源"即桑干河源头,为今永定河上游,在今河北省西北和山西省北部。"葱河道"即葱岭河,有两个源头,一源自葱岭,一源自于阗,在今新疆西南部。"条支"一说为汉西域古国名,在今伊拉克境内,距离更远;一说为唐代西域地名,唐设条枝都督府,在今阿富汗喀布尔南。《旧唐书·地理志三》记载:"条枝都督府于诃达罗支国所治伏宝瑟颠城置,以其王领之。仍于其部分置八州。"④李白在诗中如此跳跃式地罗列相距遥远的边疆地域,旨在抨击封建统治者穷兵黩武的做法。诚如萧士赟所言:"开元、天宝中,上好边功,征伐无时,此诗盖以

---

① 王琦注:《李太白全集》,中华书局1985年版,第213页。
② 李白《胡无人》,王琦注:《李太白全集》,中华书局1985年版,第215页。
③ 王琦注:《李太白全集》,中华书局1985年版,第177页。
④ 《旧唐书·地理志三》卷四十,中华书局1975年版,第1649页。

讽也。"①然而，我们不难想象，尽管这些地方必然会有诸多少数民族，与唐朝发生的边境摩擦也不会仅仅是胡人，但是李白却只用"胡"和"匈奴"来指称，所以，此诗中的"胡"也并非实指。

李白在一些送人从军的诗作中也以"胡"通称敌方。如其《送外甥郑灌从军三首》：

其一：

六博争雄好彩来，金盘一掷万人开。

丈夫赌命报天子，当斩胡头衣锦回。

其二：

丈八蛇矛出陇西，弯弧拂箭白猿啼。

破胡必用《龙韬》策，积甲应将熊耳齐。

其三：

月蚀西方破敌时，及瓜归日未应迟。

斩胡血变黄河水，枭首当悬白鹊旗。②

这是李白为其外甥郑灌从军而写的一组诗，三首诗始终围绕着"斩胡""破胡"而展开。第一首用幸运博彩起兴，比拟外甥获得从军报国的机会，以"当斩胡头"鼓励之；第二首想象边境战场的交战场景，告诫其外甥当用太公兵法的《龙韬》策略"破胡"，那样缴获的战利品必会堆积如熊耳山一般高；第三首则以"斩胡血变黄河水"展望凯旋之景。从或然率看，郑灌甫一从军，即使与外族交战，对方也不一定就是"胡"族，但是李白三首诗中皆用"胡"称，显然，这里的"胡"也是一种泛指。在另外一首《送族弟绾从军安西》中，李白也是以"胡""匈奴"代表敌人：

汉家兵马乘北风，鼓行而西破犬戎。

---

① 李白《战城南》，王琦注：《李太白全集》，中华书局1985年版，第179页。
② 王琦注：《李太白全集》，中华书局1985年版，第810页。

> 尔随汉将出门去,剪虏若草收奇功。
> 君王按剑望边色,旄头已落胡天空。
> 匈奴系颈数应尽,明年应入蒲桃宫。①

此诗与上一组诗自信必胜的豪迈情感相似,李白对从军的族弟李绾鼓励并期待着。他相信族弟跟随汉将出征,杀敌就如同挥镰割草一般,必能收获奇功。而"胡"人气数已尽,那颗象征着胡运的"旄头"星已落,"旄头"即昴星,二十八宿之一,为胡星,这里代指胡兵,因此,匈奴系颈投降指日可待。综上,在李白诗歌中出现的"胡""匈奴"等指称,泛指的程度比较大。毕竟自汉代以来,诗歌中以"胡"来称代汉族以外的其他民族的传统沿袭已久。

二、理性平和:李白对民族冲突的态度

李白在涉及汉族与其他少数民族关系的诗作中,虽然有个别作品以夸张手法表现出了对"胡"人激烈的对抗情绪,如"履胡之肠涉胡血"②"斩胡血变黄河水"③等,但是多数作品都以比较平和理性的态度,表达他对民族冲突的看法,甚至淡化民族的对抗。如《关山月》中只以一句"胡窥青海湾"概括战事:

> 明月出天山,苍茫云海间。长风几万里,吹度玉门关。
> 汉下白登道,胡窥青海湾。由来征战地,不见有人还。
> 戍客望边色,思归多苦颜。高楼当此夜,叹息未应闲。④

李白这首乐府诗使用了汉高祖刘邦率师征讨匈奴,在白登山被匈奴围困了七天的典事,虽然以胡汉战争为背景,但是其主旨是慨叹戍边战士以及思归的苦辛命运。加之诗歌开头用"明月""天山""云海""长风"和"玉门关"等环

---

① 王琦注:《李太白全集》,中华书局1985年版,第814页。
② 李白《胡无人》,王琦注:《李太白全集》,中华书局1985年版,第213页。
③ 李白《送外甥郑灌从军三首》其三,王琦注:《李太白全集》,中华书局1985年版,第810页。
④ 王琦注:《李太白全集》,中华书局1985年版,第219页。

第二章　盛唐诗歌中的民族观念与文化交流

境的点缀,把抒情着力点从"胡窥青海湾"的根源拉开,转移到"戍客"和"高楼"中的闺妇身上,就明显淡化了与"胡"人的对抗情绪。再如其《从军行》:

从军玉门道,逐虏金微山。笛奏《梅花曲》,刀开明月环。

鼓声鸣海上,兵气拥云间。愿斩单于首,长驱静铁关。①

《从军行》属乐府相和歌辞,原本属于描述军旅辛苦之词。李白此诗是表达从军将士奔波作战的经历以及征战杀敌实现和平的愿望。"玉门道""金微山"相距遥远,以状奔波之劳,"《梅花曲》"即鼓角横吹曲中的《梅花落》,"明月环"指古代刀柄头以回环修饰,形似圆月,此处"环"也有谐音"还"归之意。"鼓声""兵气"状军队声威。然而原本"从军""逐虏"的艰辛和牺牲,由于诗中"玉门""金微""梅花""明月"等意象的使用,产生了明显的美丽装饰感,反而让人忘却战争的残酷与血腥,这样一来,就连最后斩杀匈奴王单的愿望,也变得不那么强烈了。李白此类诗歌不少都是采用金玉等美丽意象装饰手法,进而淡化战争与冲突的,最具代表的当属其《塞下曲六首》其一:

五月天山雪,无花只有寒。笛中闻《折柳》,春色未曾看。

晓战随金鼓,宵眠抱玉鞍。愿将腰下剑,直为斩楼兰。②

此诗以五月天山依然严寒的气候环境状景,表现在艰苦恶劣条件下将士们枕戈待旦的战斗精神和必胜信心,"晓战"与"宵眠"两句凸显了塞上战斗生活的紧张感。我们固然要肯定李白此诗激昂豪放的情感,但同时我们也不能否认,因为诗中"五月""花""柳""春色""金鼓""玉鞍"这些意象的美感作用,把读者的注意力从民族对抗中转移出来,此诗的战争色彩被明显弱化,以至于最后的心愿也不是强化"楼兰"的敌对角色,而是借用汉代傅介子斩杀楼兰王复仇的典故,表达报国之志。李白此类诗歌中屡屡采用的这种写法我们不妨说是他的一种个体式浪漫,但这又何尝不是他对边境少数民族理性情感的一种体现呢。

---

① 王琦注:《李太白全集》,中华书局1985年版,第348页。
② 王琦注:《李太白全集》,中华书局1985年版,第284页。

以诗歌记录胡人生活与文化的特点,也表现了李白对少数民族具有理性客观的态度。他的《幽州胡马客歌》就以欣赏的眼光描绘了骁勇剽悍的"胡马客":

> 幽州胡马客,绿眼虎皮冠。笑拂两只箭,万人不可干。
> 弯弓若转月,白雁落云端。双双掉鞭行,游猎向楼兰。
> 出门不顾后,报国死何难。天骄五单于,狼戾好凶残。
> 牛马散北海,割鲜若虎餐。虽居燕支山,不道朔雪寒。
> 妇女马上笑,颜如赪玉盘。翻飞射鸟兽,花月醉雕鞍。
> 旄头四光芒,争战若蜂攒。白刃洒赤血,流沙为之丹。
> 名将古谁是?疲兵良可叹。何时天狼灭,父子得闲安。①

幽州的绿眼胡马客不仅貌相装扮与汉人有异,更令人惊叹的是他高超的武艺和可御万人的豪爽气概。他可以双箭齐发且百发百中,因此,面对上万强敌,他都能洒脱地拂箭笑对。勇武的超人技能赋予他无畏的胆略,同时他还有忠诚的品格,能在西部出现战事的时刻赴边报国。

在此诗的后半部分,李白对胡人生活习性的描写也很客观。这里的百姓游牧于北海周边,他们的日常饮食是割鲜生食,虽然久居冰封雪地的燕支山,却习以为常不觉得寒冷。李白还特别关注了这里胡族女性群体的生活,她们颜如红玉,个个身手不凡,能在马上翻飞射猎鸟兽,也能像男儿一样饮酒,醉后则依雕鞍而卧。李白从不同角度,以他者的视角客观地描绘出了胡族剽悍尚武的特点。虽然最后他描写了战争的残酷,表达了百姓早日过上安闲生活的希望,但是纵观整首诗歌,他对胡族并无贬抑之态。

在李白笔下,我们既可以了解那些生活在边境苦寒地域的胡人鲜明的民族特色,也能看到那些已经融入内地生活的胡人样貌。如其《观胡人吹笛》记述了一位能够熟练演奏秦地乐曲的胡人吹笛者:

---

① 王琦注:《李太白全集》,中华书局1985年版,第268页。

第二章 盛唐诗歌中的民族观念与文化交流

> 胡人吹玉笛,一半是秦声。十月吴山晓,《梅花》落敬亭。
> 愁闻《出塞》曲,泪满逐臣缨。却望长安道,空怀恋主情。①

此诗主旨是李白听胡人吹笛而感慨自己的逐臣身份,表达其心存魏阙眷恋君主的感情。从诗歌所点明的"吴山"和"敬亭"的地点不难看出,这位吹笛胡人身处江南,而他拿手的演奏曲目也有一半是内地的,可以推想他对汉族音乐的接纳与熟悉。在李白另一首诗歌《猛虎行》中,也写到他曾在溧阳听胡人吹笛的场景:"溧阳酒楼三月春,杨花茫茫愁杀人。胡雏绿眼吹玉笛,吴歌《白纻》飞梁尘。"②这位在溧阳酒楼吹奏着吴地歌舞曲《白纻歌》的碧眼胡人,无疑也是十分谙熟内地乐舞的。

随着不断加深的民族交流与融合,活跃于内地的不仅有胡族艺人,还有许多胡人酒肆中的侍酒女性——胡姬。在李白笔下,胡姬这一群体成为内地胡人酒肆的招牌,她们貌美如花:"胡姬貌如花,当垆笑春风。"③因此,招揽客人就是她们的职业专长:"胡姬招素手,延客醉金樽。"④胡姬的这一特点,自然会吸引那些少年的光顾,于是,我们会看到:"五陵年少金市东,银鞍白马度春风。落花踏尽游何处,笑入胡姬酒肆中。"⑤那些跨着银鞍白马的长安年少,在春风中结伴出游踏花而归,他们有一个最常去的地方,那就是有胡姬的酒肆。李白这首诗中胡姬,已然成为唐代长安酒文化生活中不可或缺的成分,有她们的存在,就令那些"五陵年少"充满激情,从而"笑入胡姬酒肆中"了。而爱酒的李白,也会是这些酒肆的常客:"银鞍白鼻騧,绿地障泥锦。细雨春风花落时,挥鞭直就胡姬饮。"⑥李白这首《白鼻騧》未点明诗中的主人公是谁,那么,

---

① 王琦注:《李太白全集》,中华书局1985年版,第1159页。
② 王琦注:《李太白全集》,中华书局1985年版,第363页。
③ 李白《前有樽酒行二首》其二,王琦注:《李太白全集》,中华书局1985年版,第200页。
④ 李白《送裴十八图南归嵩山二首》其一,王琦注:《李太白全集》,中华书局1985年版,第807页。
⑤ 李白《少年行二首》其二,王琦注:《李太白全集》,中华书局1985年版,第341页。
⑥ 李白《白鼻騧》,王琦注:《李太白全集》,中华书局1985年版,第342页。

这个骑着"银鞍白鼻䯄"的人既可能是长安少年,也可能就是作者自己。"挥鞭直就胡姬饮"这一行动,足以说明主人公是胡姬酒肆的常客了。

三、平民情怀:李白民族观形成的内在理路

李白诗歌中对待少数民族表现出较多的客观平和态度,首先源自于他有一颗平民情怀之心。对待民族之间的战争,李白的关注点都是士卒和平民。如他在《古风》其十四中写道:

> 胡关饶风沙,萧索竟终古。木落秋草黄,登高望戎虏。
> 荒城空大漠,边邑无遗堵。白骨横千霜,嵯峨蔽榛莽。
> 借问谁凌虐,天骄毒威武。赫怒我圣皇,劳师事鼙鼓。
> 阳和变杀气,发卒骚中土。三十六万人,哀哀泪如雨。
> 且悲就行役,安得营农圃。不见征戍儿,岂知关山苦。
> 李牧今不在,边人饲豺虎。①

此诗从边关自古风沙弥漫、苍凉萧索的铺垫,到登高而望荒城无堵、白骨横野、满目榛莽的眼前景致,将胡关的古今战争关联起来,导出其根源是因为胡人的侵凌和杀戮。进而以圣皇赫怒,下令劳师远征,把视点聚焦到那哀哀泪如雨的三十六万士卒身上,同情他们迫不得已地赴边行役。从此,他们不仅无法经营自己的田圃而任随家园荒芜,就连自身性命都难以保障,因为如今缺少像李牧那样能保卫边疆的良将,这些征人最终的命运也是被豺虎般的胡兵所杀害。这首诗中的主体人物就是广大的下层士卒,李白分别用"卒""三十六万人""征戍儿""边人"来称呼他们。他们的结局愈悲惨,作者表达对"天骄"的激愤就愈强烈,对"圣皇"劳师的谴责也愈深刻。在其另一首诗歌《战城南》中,李白也感慨连年的征战致使"三军尽衰老",展示了"野战格斗死,败马号鸣向天悲。乌鸢啄人肠,衔飞上挂枯树枝。士卒涂草莽,将军空尔为"②的惨

---

① 王琦注:《李太白全集》,中华书局1985年版,第106页。
② 王琦注:《李太白全集》,中华书局1985年版,第178页。

第二章　盛唐诗歌中的民族观念与文化交流

烈结局。这种平民情怀,让李白能够关注到广大士卒的命运,以悲悯的心态对待战乱中的百姓。在涉及具体的民族之争中,李白更是将目光聚集于士卒,对他们被迫赴边作战白白牺牲表示了极大的同情。《古风》其三十四就是这样的一篇代表作:

> 羽檄如流星,虎符合专城。喧呼救边急,群鸟皆夜鸣。
> 白日曜紫微,三公运权衡。天地皆得一,澹然四海清。
> 借问此何为,答言楚征兵。渡泸及五月,将赴云南征。
> 怯卒非战士,炎方难远行。长号别严亲,日月惨光晶。
> 泣尽继以血,心摧两无声。困兽当猛虎,穷鱼饵奔鲸。
> 千去不一回,投躯岂全生。如何舞干戚,一使有苗平。①

此诗记载的是天宝十载(751年)唐朝与南诏的一场战争。"先此,南诏质子□罗凤亡去,帝欲讨之,国忠荐鲜于仲通为蜀郡长史,率兵六万讨之。战泸川,举军没,独仲通挺身免。时国忠兼兵部侍郎,素德仲通,为匿其败,更叙战功,使白衣领职。因自请兼领剑南,诏拜剑南节度、支度、营田副大使,知节度事。"②这场与南诏的战争,在唐朝先期的六万士兵战败全军覆没之后,杨国忠再次派遣李宓率兵十余万出征,结果是又一次重蹈前辙而"踦屦无遗":"国忠虽当国,常领剑南召募使,遣戍泸南,饷路险乏,举无还者。旧,勋户免行,所以宠战功。国忠令当行者先取勋家,故士无斗志。……寻遣剑南留后李宓率兵十余万击□罗凤,败死西洱河,国忠矫为捷书上闻。自再兴师,倾中国骁卒二十万,踦屦无遗,天下冤之。"③李白诗歌再现了当时朝廷强制征兵时士卒与亲人生离死别的情景,这些生活于中土的士卒,哪里能够适应炎热的南方环境? 他们长途跋涉远征南诏,其结局必然犹如困兽当虎,穷鱼饵鲸,有去无回。其后,李白在游南陵时所作《书怀赠南陵常赞府》中,他再一次为在这

---

① 王琦注:《李太白全集》,中华书局1985年版,第130页。
② 《新唐书·杨国忠传》卷二百零六,中华书局1975年版,第5847页。
③ 《新唐书·杨国忠传》卷二百零六,中华书局1975年版,第5850页。

场战争中丧命的近二十万士卒表达深深的怜悯之情:"云南五月中,频丧渡泸师。毒草杀汉马,张兵夺云旗。至今西二河,流血拥僵尸。"①这里所说的师丧泸水,毒草杀马以及西洱河中流血拥僵尸的场景可与《古风》其三十四印证对读。

广大士卒的牺牲,让李白厌恶战争。他认同"乃知兵者是凶器,圣人不得已而用之"②的观点,因此他看不起哥舒翰式的富贵发达:"君不能狸膏金距学斗鸡,坐令鼻息吹虹霓;君不能学哥舒,横行青海夜带刀,西屠石堡取紫袍。"③《旧唐书·哥舒翰传》记载,哥舒翰"筑神威军于青海上,吐蕃至,攻破之;又筑城于青海中龙驹岛,有白龙见,遂名为应龙城,吐蕃屏迹不敢近青海。吐蕃保石堡城,路远而险,久不拔。八载,以朔方、河东群牧十万众委翰总统攻石堡城。翰使麾下将高秀岩、张守瑜进攻,不旬日而拔之。上录其功,拜特进、鸿胪员外卿,与一子五品官,赐物千匹、庄宅各一所,加摄御史大夫。十一载,加开府仪同三司。"④哥舒翰因为血屠吐蕃石堡城而受到玄宗的宠幸,李白十分蔑视这种建立在屠杀基础上的仕途发达。⑤ 相反,他对"休兵乐事多。萧条清万里,瀚海寂无波"⑦的休兵太平充满向往。李白集中另有《述德兼陈情上哥舒大夫》:"天为国家孕英才,森森矛戟拥灵台。浩荡深谋喷江海,纵横逸气走风雷。丈夫立身有如此,一呼三军皆披靡。卫青谩作大将军,白起真成一竖子。"⑥此诗对哥舒翰的称美似与《答王十二寒夜独酌有怀》矛盾,然学者认为对此诗之真伪尚待详考,明代胡震亨认为上大夫只此数言,亦太潦草。今人詹锳《李白诗论丛·李诗辨伪》认其为伪作,笔者从之。

---

① 王琦注:《李太白全集》,中华书局1985年版,第643页。
② 李白《战城南》,王琦注:《李太白全集》,中华书局1985年版,第178页。
③ 李白《答王十二寒夜独酌有怀》,王琦注:《李太白全集》,中华书局1985年版,第911页。
④ 《旧唐书·哥舒翰传》卷一百零四,中华书局1975年版,第3212—3213页。
⑤ 李白《塞上曲》,王琦注:《李太白全集》,中华书局1985年版,第291页。
⑥ 王琦注:《李太白全集》,中华书局1985年版,第489页。

第二章 盛唐诗歌中的民族观念与文化交流

其次,李白对待少数民族的态度也源自于他家世的西域文化背景。前已所述,多数学者都认为李白身上具有不同于中原文化的特质,在李白的诗作中,也时常可见他具有异族习俗的烙印。如其《扶风豪士歌》中写道:"脱吾帽,向君笑;饮君酒,为君吟。"①关于脱帽欢舞,《资治通鉴·梁纪》卷一五四记载:"荣方与上党王天穆博,徽脱荣帽,欢舞盘旋。"胡三省注曰:"唐李太白诗云:'脱君帽,为君笑。'脱帽欢舞,盖夷礼也。"②在其《东山吟》中,他又表示自己"酣来自作青海舞,秋风吹落紫绮冠"。③很显然,脱帽舞、青海舞都属于西部少数民族的舞蹈样式,李白在日常酒酣耳热的纵情时刻,也会情不自禁地表演一段。范传正《唐左拾遗翰林学士李公新墓碑并序》就记载李白熟悉蕃文:"天宝初,召见于金銮殿,玄宗明皇帝降辇步迎,如见园、绮。论当世务,草答蕃书,辩如悬河,笔不停缀。"④而对于他早年生活的蜀地,徐希平先生在其《李白与少数民族》一文中也指出李白受到西南民族文化的濡染:"李白自幼生长于蜀地。故乡彰明位于蜀北,临近陇南及松(今松潘)维(今理县北)茂(茂汶)诸州,这些地区自汉代即已有羌人聚居。""在这样一种众多民族出没迁徙,集聚杂居的地理环境中,各族交流并逐渐形成的区域文化便有着异于中原文化的西南地方民族特色,这同样给予早年隐居崛山之阳,饱历蜀中风土人情的李白以深刻的印象。"⑤

由于自幼就受到多民族文化的熏陶影响,李白思想中少有夷夏的严格界限。他多数作品中对胡族的批判,也是针对匈奴的杀戮行为表达愤怒情感。其《幽州胡马客歌》中值得寻味的是,那个"出门不顾后,报国死何难"的主人公"胡马客",与扰边的"天骄五单于"虽属同一部族,但是,李白对待他们的态度却迥然不同。对待"胡马客",李白极尽赞美与欣赏,而对待"五单于"则用

---

① 王琦注:《李太白全集》,中华书局1985年版,第385页。
② 《资治通鉴》卷一百五十四,中华书局1986年版,第4783页。
③ 王琦注:《李太白全集》,中华书局1985年版,第404页。
④ 王琦注:《李太白全集》,中华书局1985年版,第1463页。
⑤ 徐希平:《李白与少数民族》,《西南民族学院学报》(哲学社会科学版)1993年第4期。

"狼戾好凶残"极尽贬斥。"五单于"作为匈奴的最高统治者,代表的是与唐朝对抗的强劲对手,由此看来,李白对待少数民族并无固有成见,他反对的只是那些凶残的挑起民族冲突的少数民族之人。同样对胡人有区别的态度,在其《猛虎行》中也有体现。此诗前半部分批判以安禄山为代表的胡兵攻占东都洛阳,忧虑中原百姓生灵涂炭的命运:

旌旗缤纷两河道,战鼓惊山欲倾倒。
秦人半作燕地囚,胡马翻衔洛阳草。
一输一失关下兵,朝降夕叛幽蓟城。①

《资治通鉴》卷记载,天宝十四载(755年)十一月,"禄山发所部兵及同罗、奚、契丹、室韦凡十五万众,号二十万,反于范阳。……禄山乘铁舆,步骑精锐,烟尘千里,鼓噪震地。时海内久承平,百姓累世不识兵革,猝闻范阳兵起,远近震骇。河北皆禄山统内,所过州县,望风瓦解。……丁酉,禄山陷东京,贼鼓噪自四门入,纵兵杀掠。"②高仙芝和封常清两员大将此时也因宦官的谗言以平叛不力而被斩杀,李白此诗反映的就是安史之乱初期的这一现状。而此诗的后半部分,则记录他在溧阳酒楼听碧眼胡人吹玉笛。可见,即使是在安史之乱胡兵占领中原的时刻,李白也没有因为民族的偏见对胡人一概排斥,而是区别对待。换言之,李白评价胡人的标准不是以民族而论,而是以其行为是非而论。

站在距离李白1300多年的今天,回望李白诗作中呈现出来的民族情感与观念,我们不得不说,李白的确有超越时代的眼界视野。他在反映民族战争的作品中表现出的理性平等意识,是他在家世与生长地的多民族文化背景影响下,怀抱一颗平民情怀的真情流露。而李白本身,就是唐代民族文化融合的一个缩影。

---

① 王琦注:《李太白全集》,中华书局1985年版,第360页。
② 《资治通鉴》卷二百一十七,中华书局1986年版,第6934—6939页。

第五节　杜甫诗歌中的民族观

杜甫生活于唐朝由盛转衰的时期,青少年阶段适逢"开元盛世",而天宝十四载(755年)暴发的安史之乱则让他经历了家国的巨变,也让他见证并体验了底层百姓生活的苦难。他的诗作记录了那个时代的多灾多难,被后人称为"诗史"。杜甫诗作内容千汇万状,内涵汪洋恣肆,思想丰富醇厚,正如清人毕沅评价的那样:"杜拾遗集诗学大成,……公原本忠孝,根柢经史,沉酣于百家六艺之书,穷天地民物古今之变,历山川兵火治乱兴衰之迹。"①其中记录"兵火治乱兴衰"的作品涉及了一些民族关系,也体现了杜甫的民族观念与情感。对这部分诗作予以分析,不仅可以更全面地了解杜甫博大精深的仁者情怀,也可以为进一步考察唐朝民族文化融合提供丰富的第一手资料。

学界对杜甫民族观的关注,早在20世纪60年代初游国恩先生等编写的《中国文学史》中就有所涉及,其中说道:"儒家严'华夷之辨',杜甫却在一定程度上摆脱了这种狭隘性。他主张与邻族和平相处,不事杀伐。"②随后,吴逢箴的《试论杜甫的民族观——以杜甫有关唐蕃关系的诗为例》就此问题展开进一步分析,指出"杜甫民族观的中心内容是:主张民族间友好交往,和睦相处,不事杀伐。其中包含着两个基本点:第一,维护边疆各族人民的和平生活,反对唐玄宗好大喜功的开边黩武战争。第二,维护唐王朝这个多民族国家的安全和统一,反对边疆地方政权的统治者对中原的虏掠与侵扰。"③21世纪以来,西南民族大学徐希平教授的相关研究成果颇丰,其中《杜甫和睦平等之民族意识略论》一文认为杜甫对待民族关系的基本态度是:"1、主张各民族友好

---

①　杨伦笺注:《杜诗镜铨》序,上海古籍出版社1980年版,第1页。
②　游国恩等主编:《中国文学史》(二),人民文学出版社2000年版,第98页。
③　吴逢箴:《试论杜甫的民族观——以杜甫有关唐蕃关系的诗为例》,《杜甫研究学刊》1995年第1期。

交往,和睦相处;2、希望天下太平,永无战争;3、强调以德服人,攻心为上,反对大兴杀伐,伤害生灵等。"①以上学者对杜甫民族观的基本特点阐述都精辟允当,但是杜甫人生经历丰富,不同时期对待邻近民族的态度也有差异,因此,对之作具体分析仍很有必要,以下从安史之乱前、安史之乱中、安史之乱后三个阶段予以分析。

一、"勋业青冥上":杜甫在安史之乱前的民族观

安史之乱爆发以前,杜甫正值青壮年时期。在唐玄宗重视武将,大力开边的时代风气浸染之下,杜甫也曾与同时代的士人一样,一度充满立功异域的抱负与理想。这种理想有时他会借助赞美骏马的方式表达出来。如其《房兵曹胡马》通过赞咏胡马进而高扬忠诚勇敢报国立功的精神:

胡马大宛名,锋棱瘦骨成。竹批双耳峻,风入四蹄轻。

所向无空阔,真堪托死生。骁腾有如此,万里可横行。②

此诗注家一般认为当作开元二十八(740年)或二十九年(741年)。来自西域大宛国的骏马,自汉代以来就成为内地对良马的判断标准。房兵曹的这匹胡马,不仅外形俊健,而且它有着堪托生死的忠诚品格,这样的一匹骏马,自然是可以立功万里之外的。杜甫此诗咏马亦在颂人,胡马的卓越能力与忠诚品德也是其主人房兵曹的能力与品德,期待胡马驰骋万里也是期望房兵曹立功异域,而这一切也是杜甫抱负志向的写照。

在另一首《高都护骢马行》中,杜甫也是借助歌咏胡地青骢马立功西域的功劳,表现对胡马主人战功的颂扬以及自己立功沙场的抱负。诗题中的高都护即高仙芝,高仙芝为高丽人,玄宗开元末年,表为安西副都护、四镇都知兵马使,天宝六载(747年),诏高仙芝率军万人,征讨小勃律国,平定其国虏获其王,并因之擢拔为鸿胪卿、代理御史中丞,兼任安西四镇节度使。天宝八载

---

① 彭超、徐希平:《杜甫和睦平等之民族意识略论》,《杜甫研究学刊》2010年第3期。
② 杨伦笺注:《杜诗镜铨》,上海古籍出版社1980年版,第5页。

(749年)入朝,加特进,兼左金吾卫大将军同正员。天宝九载(750年),又出征讨伐石国。此诗当作于天宝八载至九载高仙芝在京城时期。诗歌写道:

安西都护胡青骢,声价欻然来向东。
此马临阵久无敌,与人一心成大功。
功成惠养随所致,飘飘远自流沙至。
雄姿未受伏枥恩,猛气犹思战场利。
腕促蹄高如踣铁,交河几蹴曾冰裂。
五花散作云满身,万里方看汗流血。
长安壮儿不敢骑,走过掣电倾城知。
青丝络头为君老,何由却出横门道?①

诗中首叙高仙芝的这匹青骢马在西域立下的功劳;次叙骢马的来历与品格,它虽功成惠养,但依然有千里之志,"雄姿"尚在,"猛气"犹存,不忘建功沙场;再叙骢马的骨相体貌与才力,这匹汗血马"腕促蹄高",可奔驰万里;最后四句在续写马的才力之同时,表达何时能出长安西北的横门道,再次驰骋疆场的志向。此诗字字摹写骢马的品格、体貌、才力与志向,实则句句在歌咏其主高都护。杜甫对胡马如此高调地颂赞,也体现出彼时他立功异域的心愿抱负。这种心愿,在其《投赠哥舒开府翰二十韵》中表现得更为直接一些:

今代麒麟阁,何人第一功?君王自神武,驾驭必英雄。
开府当朝杰,论兵迈古风。先锋百胜在,略地两隅空。
青海无传箭,天山早挂弓。廉颇仍走敌,魏绛已和戎。
每惜河湟弃,新兼节制通。智谋垂睿想,出入冠诸公。
日月低秦树,乾坤绕汉宫。胡人愁逐北,宛马又从东。
受命边沙远,归来御席同。轩墀曾宠鹤,畋猎旧非熊。
茅土加名数,山河誓始终。策行遗战伐,契合动昭融。

---

① 杨伦笺注:《杜诗镜铨》,上海古籍出版社1980年版,第28页。

勋业青冥上,交亲气概中。未为珠履客,已见白头翁。

壮节初题柱,生涯独转蓬。几年春草歇,今日暮途穷。

军事留孙楚,行间识吕蒙。防身一长剑,将欲倚崆峒。①

杜甫这首投赠诗,对哥舒翰大加赞美。哥舒翰为突骑施酋长哥舒部的后裔,他好读《左氏春秋》及《汉书》,可谓文武双全,因此杜甫称其"开府当朝杰,论兵迈古风"。史载哥舒翰成为河西节度使王倕帐下裨将之后,在陇右屡次打败吐蕃的侵扰,战功显赫,威名远服,深得玄宗赏识。《新唐书·哥舒翰传》记载:"吐蕃盗边,与翰遇苦拔海。吐蕃枝其军为三行,从山差池下,翰持半段枪迎击,所向辄披靡,名盖军中。擢授右武卫将军,副陇右节度,为河源军使。先是,吐蕃候积石军麦熟,岁来取,莫能禁。翰乃使王难得、杨景晖设伏东南谷。吐蕃以五千骑入塞,放马褫甲,将就田,翰自城中驰至麑斗,虏骇走,追北,伏起,悉杀之,只马无还者。翰尝逐虏,马惊,陷于河,吐蕃三将欲刺翰,翰大呼,皆拥矛不敢动,救兵至,追杀之。"②此诗自"先锋百胜在"至"胡人愁逐北,宛马又从东"都是在颂赞哥舒翰的功绩,可与史书互证。自"未为珠履客"以下表示杜甫的投赠之意,尾句的长剑欲倚崆峒,入哥舒翰戎幕的意图十分明显。

关于这首诗中杜甫对哥舒翰的赞美,明人王嗣奭评论说:"此篇乃投赠之最工致者。杜冀为记室参军,故称之不无过当。……至伐吐蕃,明是逢君,明是邀功,乃王忠嗣所不肯为者,《兵车行》所为作也。此极称之,岂由衷语哉?他日有诗云'慎勿学哥舒!'才是正论,不必以此诗为碍也。……盖是时李林甫、陈希烈当国,忌才斥士,无路可通,翰独能甄用才俊,不得已而欲依之以进身也。"③王嗣奭认为杜甫此诗中对哥舒翰的誉扬是言不由衷,不能视为正论,推测杜甫是在当时无路可走的情形之下,不得已想依靠哥舒翰得以进身。在

---

① 杨伦笺注:《杜诗镜铨》,上海古籍出版社1980年版,第71页。
② 《新唐书·哥舒翰传》卷一百三十五,中华书局1975年版,第4569—4570页。
③ 王嗣奭:《杜臆》,上海古籍出版社1983年版,第18—19页。

第二章　盛唐诗歌中的民族观念与文化交流

笔者看来,杜甫对哥舒翰的投赠,即使存在不得已的成分,也是在当时士人从军入幕风气影响之下的从众表现。玄宗重视边功,"及开元中,天子有吞四夷之志,为边将者十余年不易,始久任矣。"①当时边将也重视人才,从而形成了"雁门太守能爱贤,麟阁书生亦投笔"②的时代风尚。在玄宗重用的边将中,哥舒翰又是仗义重诺最识人才并能为其部将论功的,当时的严武、高适等都被哥舒翰委之以军事,他们又是杜甫的好友,在此情形下,杜甫想投靠哥舒翰就完全可以理解了。正如陈贻焮先生在其《杜甫评传》中所推论的那样:"既然哥舒翰这么讲义气,知人善任,幕中又有严武、高适等世交、老友,本人又这么想去,要不是没多久哥舒翰因中风还京,在家养病,杜甫很可能真参军度陇了。"③如果按照这个假设,杜甫果真加入了哥舒翰的幕府,他也是一个理性的幕僚,不会助长哥舒翰为邀功而引发的边战。因为高适刚刚被哥舒翰表为幕府掌书记,他就在给高适的赠诗中,叮嘱这位好朋友:"崆峒小麦熟,且愿休王师。请公问主将,焉用穷荒为。"④希望高适能尽职尽责,规劝好战的哥舒翰"休王师"而停战,与民休息,殷殷之情溢于言表。

玄宗开边的政策,为广大士子提供了参与边境战争的时代机遇,在时代风气影响之下,尽管杜甫不能免俗,会有从军入幕的从众心理与选择,但是,在他的这些作品中,主要是表达激励朋友或者自我建功立业抱负的愿望,很少有对少数民族的贬抑之词。而当好大喜功的玄宗不断开边引起民族战争时,杜甫就能够站在百姓的立场,表现出清醒的理性精神,为广大征夫鸣不平,批评玄宗的开边政策。如其《兵车行》,此诗从描绘朝廷征发兵卒开赴边境,亲人送别时牵衣顿足拦道地号哭,以及车马混乱尘埃弥漫的场景入手,表现这场边境战争带给百姓的苦痛。诗歌的创作背景有两说,一说是玄宗用兵吐蕃,约作于

---

① 《资治通鉴》卷二百一十六,中华书局1986年版,第6889页。
② 钱起《送崔校书从军》,《全唐诗》卷二百三十六,中华书局1985年版,第2603页。
③ 陈贻焮:《杜甫评传》,北京大学出版社2003年版,第168页。
④ 杜甫《送高三十五书记十五韵》,杨伦笺注:《杜诗镜铨》,上海古籍出版社1980年版,第50页。

天宝中期;①一说是征讨南诏,作于天宝十载(751年)。《资治通鉴》记载:天宝十载四月,"剑南节度使鲜于仲通讨南诏蛮,大败于泸南。……杨国忠掩其败状,仍叙其战功。……制大募两京及河南、北兵以击南诏。人闻云南多瘴疠,未战士卒死者什八九,莫肯应募。杨国忠遣御史分道捕人,连枷送诣军所。……于是行者愁怨,父母妻子送之,所在哭声振野。"②不管杜甫是因哪一场战争而作,诗歌反映的都是当时普遍的边境问题与社会问题:征夫们"或从十五北防河,便至四十西营田。去时里正与裹头,归来头白还戍边。边庭流血成海水,武皇开边意未已。君不闻汉家山东二百州,千村万落生荆杞。纵有健妇把锄犁,禾生陇亩无东西。"③由于长期的边境战争,男性从十五岁即被征召,或转战戍边,或战死不归,导致家中田地荒芜,造成严重的社会与经济问题。因此,杜甫发出"武皇开边意未已"的沉痛谴责。不仅如此,因为大量男性戍边丧命,人们重男轻女的传统观念也发生了转变:"信知生男恶,反是生女好。生女犹得嫁比邻,生男埋没随百草。君不见青海头,古来白骨无人收。新鬼烦冤旧鬼哭,天阴雨湿声啾啾。"④可见玄宗的开边黩武政策带来的社会影响有多么深刻。

再如《前出塞》九首,在这组诗中,杜甫以一个征夫的口吻,诉说了他在西北边疆"从军十年余"的艰难历程和复杂情感,从亲历者的视角,全景式地展现了玄宗朝边境战争的现状。其中除了"丈夫誓许国,愤惋复何有"⑤的愤激式誓言之外,更多的是苦痛、怨恨与批评。如其一写道:"君已富土境,开边一何多?"⑥批评玄宗朝连年不断的黩武战争政策;其六中的"杀人亦有限,立国

---

① 参见王嗣奭:《杜臆》,上海古籍出版社1983年版,第14页。
② 《资治通鉴》卷二百一十六,中华书局1986年版,第6906—6907页。
③ 杜甫《兵车行》,杨伦笺注:《杜诗镜铨》,上海古籍出版社1980年版,第33页。
④ 杜甫《兵车行》,杨伦笺注:《杜诗镜铨》,上海古籍出版社1980年版,第34页。
⑤ 杜甫《前出塞》其三,杨伦笺注:《杜诗镜铨》,上海古籍出版社1980年版,第48页。
⑥ 杨伦笺注:《杜诗镜铨》,上海古籍出版社1980年版,第48页。

第二章 盛唐诗歌中的民族观念与文化交流

自有疆。苟能制侵陵,岂在多杀伤?"①表达反对滥杀的战争观,认为朝廷如果有制敌之道,就不必劳师用武。与《前出塞》相对应,杜甫还创作了《后出塞》组诗。古代注家多数断定前者因哥舒翰西征而作,后者因安禄山北伐而作。如钱谦益曰:"《前出塞》为征秦陇之兵,赴交河而作。《后出塞》为征东都之兵,赴蓟门而作。"朱鹤龄曰:"前是哥舒贪功于吐蕃,后是禄山构祸于契丹。"②王嗣奭的《杜臆》亦持此说。与《前出塞》迫于官府派遣导致征夫怨叹悲苦不同,《后出塞》的征夫一开始是怀抱封侯的愿望主动选择应募赴边的:

男儿生世间,及壮当封侯。战伐有功业,焉能守旧丘?

召募赴蓟门,军动不可留。千金装马鞍,百金装刀头。

闾里送我行,亲戚拥道周。斑白居上列,酒酣进庶羞。

少年别有赠,含笑看吴钩。③

因此,这组诗歌的情感基调最初是乐观豪迈的,但是,这位征夫很快就发现了朝廷好大喜功,导致边将邀功的问题,如其三所言:

古人重守边,今人重高勋。岂知英雄主,出师亘长云。

六合已一家,四夷且孤军。遂使貔虎士,奋身勇所闻。

拔剑击大荒,日收胡马群。誓开玄冥北,持以奉吾君。④

此诗对比古今边塞战争的不同,古人的战争是为了守卫边疆,而今人的战争则是为了获得高位功勋。因为目的不同,所以在天下已一家的形势下,边将为了邀功,仍然驱使士卒击大荒、收胡马,无限开边以奉国君。这种上行下效,导致的结果是"主将位益崇,气骄凌上都。边人不敢议,议者死路衢。"⑤《新唐书·安禄山传》记载,安禄山"自以无功而贵,见天子盛开边,乃给契丹诸

---

① 杨伦笺注:《杜诗镜铨》,上海古籍出版社1980年版,第49页。
② 杜甫《后出塞》附录,仇兆鳌注:《杜诗详注》,中华书局1979年版,第292页。
③ 杜甫《后出塞》其三,杨伦笺注:《杜诗镜铨》,上海古籍出版社1980年版,第102页。
④ 杜甫《后出塞》其三,杨伦笺注:《杜诗镜铨》,上海古籍出版社1980年版,第103页。
⑤ 杜甫《后出塞》其三,杨伦笺注:《杜诗镜铨》,上海古籍出版社1980年版,第104页。

酋,大置酒,毒焉,既酣,悉斩其首,先后杀数千人,献馘阙下。帝不知,赐铁券,封柳城郡公。又赠延偃范阳大都督,进禄山东平郡王。九载,兼河北道采访处置使,赐永宁园为邸。入朝,杨国忠兄弟姊弟迓之新丰,给玉食;至汤,将校皆赐浴。……既总闲牧,因择良马内范阳,又夺张文俨马牧,反状明白。人告言者,帝必缚与之。"①安禄山迎合玄宗好尚开边的心思,以欺骗手段获取契丹诸酋首级,换来自己的功禄奖赏,在京城气焰嚣张,其反叛迹象虽明,但是因有玄宗宠信,人们不敢议论告知。这段史料记载可与杜甫《后出塞》中征夫批评主将的内容相互印证。

安史之乱爆发之前,在杜甫涉猎边事的作品中,虽然也有抒发赴边报国的热情,但是,他极少有对边疆邻族的鄙夷蔑视之态。他更多的作品则是站在广大征夫的立场,替他们代言,表达对朝廷黩武开边以及边将邀功的批评。他反对滥杀,关注个体生命,表现出平等对待不同民族的观念。

二、"中原有驱除":杜甫在安史之乱中的民族观

安史之乱爆发时,杜甫身在中原,目睹了战乱,他曾身陷安史乱贼中,也经历了短暂的为官生活。至德二载(757年)杜甫冒险逃出长安投奔在凤翔的肃宗,被授为左拾遗,但不久就因疏救房琯触怒肃宗,乾元元年(758年)六月被贬为华州司功参军。他时刻关注着时局的变化,在华州写下《为华州郭使君进灭残寇形势图状》,详细并有针对性地论证了当时的军事形势,为剿灭安史叛军献策献计,显示了杜甫洞悉情势,论事切中机宜的战略眼光与应变韬略。因安史之乱的主谋者是胡人,其部下兵士也是胡人,加之安禄山纠结的同罗、奚、契丹、室韦等少数民族,因此,安史之乱带有明显的民族矛盾性质,杜甫在这一时期创作的相关诗作,主要是围绕着反对叛乱而作,其中对胡人的态度明显充满敌对情绪。他常使用"群胡""杂种""妖氛""群凶"等词语称呼其他少

---

① 《新唐书·安禄山传》卷二百二十五上,中华书局1975年版,第6414—6416页。

数民族。如《悲陈陶》：

> 孟冬十郡良家子，血作陈陶泽中水。
> 野旷天清无战声，四万义军同日死。
> 群胡归来血洗箭，仍唱胡歌饮都市。
> 都人回面向北啼，日夜更望官军至。①

陈陶斜在咸阳东，又名陈陶泽。唐肃宗至德元载（756年）十月，宰相房琯上疏，自请带兵收复两京。唐军与安史叛军在陈陶斜作战，结果唐军大败，来自西北十郡的四万余良家子弟血染战场。杜甫此时被困在长安，有感于陈陶兵败的惨烈而作此诗。与唐军血作陈陶泽中水对比的是胡人的残暴与骄纵，杜甫用"群胡"称呼这些叛军，明显带有贬义的情感。在至德二载（757年）创作的《送长孙九侍御赴武威判官》一诗中，杜甫也用"群胡"指称那些在武威叛乱的九姓胡人：

> 骢马新凿蹄，银鞍被来好。绣衣黄白郎，骑向交河道。
> 问君适万里，取别何草草！天子忧凉州，严程到须早。
> 去秋群胡反，不得无电扫。此行收遗甿，风俗方再造。②

《资治通鉴》记载："河西兵马使盖庭伦与武威九姓商胡安门物等杀节度使周泌，聚众六万。武威大城之中，小城有七，胡据其五，二城坚守。支度判官崔称与中使刘日新以二城兵攻之，旬有七日，平之。"③据杜甫"去秋群胡反"所言，武威的胡人之乱应发生在至德元载（756年）秋天，当其朋友赴武威为判官时，叛乱虽已经平息，但是余乱尚有未戢者，所以说"天子忧凉州，严程到须早"，希望朋友能早日到达武威，安抚百姓，再造风俗，替天子分忧。

在这一时期的诗作中，杜甫除了常用"群胡"称呼安史叛军外，还常用"妖氛"来形容安史之兵。如《北征》中他描绘了到家后的悲喜交加之情后，马上

---

① 杨伦笺注：《杜诗镜铨》，上海古籍出版社1980年版，第124页。
② 杨伦笺注：《杜诗镜铨》，上海古籍出版社1980年版，第143页。
③ 《资治通鉴》卷二百一十九，中华书局1986年版，第7015页。

转到对时局的关注:"至尊尚蒙尘,几日休练卒?仰观天色改,坐觉妖氛豁。"①此处杜甫用"妖氛"形容安史叛军的气焰,在情感上明显含有贬义倾向。其后他在《观兵》中也用"妖氛"一词指代安史的范阳兵:

北庭送壮士,貔虎数尤多。精锐旧无敌,边隅今若何?

妖氛拥白马,元帅待雕戈。莫守邺城下,斩鲸辽海波。②

此诗创作于乾元元年(758年),当时朝廷"命朔方郭子仪、淮西鲁炅、兴平李奂、滑濮许叔冀、镇西、北庭李嗣业、郑蔡季广琛、河南崔光远七节度使及平卢兵马使董秦将步骑二十万讨庆绪;又命河东李光弼、关内、泽潞王思礼二节度使将所部兵助之。"③时称九节度。杜甫看到李嗣业带领的北庭精锐壮士,感到很欣慰。"妖氛拥白马"句形容叛军气势嚣张,"白马",是用梁朝的侯景之乱比喻安史诸寇。

唐肃宗即位后,为早日平定安史之乱,曾向回纥征兵:"至德元载七月,肃宗于灵武即位。遣故邠王男承采,封为燉煌王,将军石定番,使于回纥,以修好征兵。……回纥遣其太子叶护领其将帝德等兵马四千余众,助国讨逆,肃宗宴赐甚厚。又命元帅广平王见叶护,约为兄弟,接之颇有恩义。叶护大喜,谓王为兄。……初收西京,回纥欲入城劫掠,广平王固止之。及收东京,回纥遂入府库收财帛,于市井村坊剽掠三日而止。财物不可胜计,广平王又赍之以锦罽宝贝,叶护大喜。"④回纥兵将虽然剽悍勇猛,帮助唐军收复了两京,但是后来他们也成为唐朝的祸患。杜甫对唐肃宗的这一决策深以为非,因此,他在《北征》中这样写道:"阴风西北来,惨淡随回纥。其王愿助顺,其俗善驰突。送兵五千人,驱马一万匹。此辈少为贵,四方服勇决。所用皆鹰腾,破敌过箭疾。

---

① 杨伦笺注:《杜诗镜铨》,上海古籍出版社1980年版,第161页。
② 杨伦笺注:《杜诗镜铨》,上海古籍出版社1980年版,第213页。
③ 《资治通鉴》卷二百二十,中华书局1986年版,第7061页。
④ 《旧唐书·回纥传》卷一百九十五,中华书局1975年版,第5198—5199页。

第二章 盛唐诗歌中的民族观念与文化交流

圣心颇虚伫,时议气欲夺。"①他用"阴风""惨淡"来表现回纥进入中原助力平叛,又认为"此辈少为贵",显示出杜甫对于借兵外夷的担忧。其后,杜甫又创作了《留花门》,再一次表达对唐肃宗一味依赖回纥的忧虑:

> 北门天骄子,饱肉气勇决。高秋马肥健,挟矢射汉月。
> 自古以为患,诗人厌薄伐。修德使其来,羁縻固不绝。
> 胡为倾国至,出入暗金阙。中原有驱除,隐忍用此物。
> 公主歌黄鹄,君王指白日。连云屯左辅,百里见积雪。
> 长戟鸟休飞,哀笳曙幽咽。田家最恐惧,麦倒桑枝折。
> 沙苑临清渭,泉香草丰洁。渡河不用船,千骑常撇烈。
> 胡尘逾太行,杂种抵京室。花门既须留,原野转萧瑟。②

此诗约作于乾元二年(759年)秋,"花门"为回纥别称,回纥西南千里有花门山堡,故称。首四句叙回纥风习,他们以食肉为主,每到秋高马肥时,往往挟矢南侵。"自古"以下四句叙古来中原对待回纥的修德羁縻之术。"胡为"四句言当时回纥入主京城的骚扰剽悍之状,恰与古代策略相反,"胡为"二字表现出杜甫对此局面的强烈质疑。而"隐忍用此物"颇耐寻味,"隐忍"包含着杜甫对肃宗向回纥借兵召侮的同情与回护,但同时也显现出肃宗的无能与失策。"此物"则表达对回纥的厌恶,将其视为物,不能与人相比,可见杜甫对其厌恶至极。"公主"句事指乾元元年(758年)七月,唐肃宗以幼女宁国公主妻回纥可汗,送至咸阳磁门驿,公主泣而言曰:"国家事重,死且无恨。"③杜甫认为此时的缔婚之举,并不是平等的和亲结盟。因为,引来回纥军队骚乱畿辅,不仅不能剿贼反而害民,看看田家被糟蹋倒伏的小麦和折断的桑枝就可知道向回纥借兵的失策。最后,杜甫以"胡尘逾太行,杂种抵京室"表达忧愤,这里的"杂种"有两说,一说指史思明叛军,他们越过太行自北而来,又占领了东

---

① 杨伦笺注:《杜诗镜铨》,上海古籍出版社1980年版,第161—162页。
② 杨伦笺注:《杜诗镜铨》,上海古籍出版社1980年版,第201—202页。
③ 《旧唐书·回纥传》卷一百九十五,中华书局1975年版,第5200页。

都。一说指回纥,杨伦即持此说。我们认为,这里不管指向谁,都表达了杜甫当时对其他民族的无比敌意。唐汝询评价此诗曰:"肃宗以回纥兵收京,久留不遣。子美虑其为害而作是诗。公主君王二语,说得可怜可羞。田家原野二语,说得亦忧亦愤。"①杜甫在可怜可羞和亦忧亦愤复杂感情下,对导致百姓灾难的邻族表现出厌恶情绪是完全可以理解的。

对于当时宁国公主与回纥的和亲,杜甫另有《即事》表达自己的观点:

闻道花门破,和亲事却非。人怜汉公主,生得渡河归。

秋思抛云髻,腰支胜宝衣。群凶犹索战,回首意多违。②

《旧唐书·回纥传》记载,乾元二年(759年)夏四月,"回纥毗伽阙可汗死。长子叶护先被杀,乃立其少子登里可汗,其妻为可敦。六月丙午,以左金吾卫将军李通为试鸿胪卿、摄御史中丞,充吊祭回纥使。毗伽阙可汗初死,其牙官、都督等欲以宁国公主殉葬。公主曰:'我中国法,婿死,即持丧,朝夕哭临,三年行服。今回纥娶妇,须慕中国礼。若今依本国法,何须万里结婚。'然公主亦依回纥法,剺面大哭,竟以无子得归。秋八月,宁国公主自回纥还,诏百官于明凤门外迎之。"③这段历史即杜甫诗中所叙之本事。唐肃宗为了向回纥借兵,不惜将自己的亲生女儿送与回纥和亲,但是杜甫认为此次"和亲事却非",与尾句的"回首意多违"照应,事非"多违"的原因正如仇兆鳌所分析的那样:"谓一事而三失具焉。初与回纥结婚,本欲借兵以平北寇,孰知滏水溃军,花门同破,此一失也。且可汗既死,公主剺面而归,抛髻胜衣,忍耻含羞之状见矣,此二失也。是时思明济河索战,而回纥之好已绝,与和亲本意始终违悖,此三失也。"④在此诗中,杜甫除了表达对与回纥和亲的否定态度外,还用"群凶"指代史思明叛军,其鄙视情绪也十分明显。

---

① 杜甫《留花门》附录,杨伦笺注:《杜诗镜铨》,上海古籍出版社1980年版,第202页。
② 杨伦笺注:《杜诗镜铨》,上海古籍出版社1980年版,第254页。
③ 《旧唐书·回纥传》卷一百九十五,中华书局1975年版,第5201—5202页。
④ 杜甫《即事》附录,仇兆鳌注:《杜诗详注》,中华书局1979年版,第604页。

第二章　盛唐诗歌中的民族观念与文化交流

乾元二年(759年)七月,杜甫辞去华州司功参军的职务,带领家人西去,淹留秦州近半年。唐代秦州属陇右道,治所上邽(今甘肃天水市),距离京城七百八十里,地处六盘山支脉陇山的西边。当时中原战火正炽,关辅又闹饥荒,西北边境烽烟迭起,秦州又属多民族杂居区,因此,杜甫在这里创作了一系列反映边事与少数民族关系的诗作,集中体现在其《秦州杂诗二十首》中。

其一总述淹留秦州的原因以及来到边关的忧愁:

满目悲生事,因人作远游。迟回度陇怯,浩荡及关愁。

水落鱼龙夜,山空鸟鼠秋。西征问烽火,心折此淹留。①

其三叙秦州为吐蕃往来要冲之地,降虏多而汉民少,俗近蕃风,骄悍成习,所以"马骄""胡舞"气势强盛:

州图领同谷,驿道出流沙。降虏兼千帐,居人有万家。

马骄朱汗落,胡舞白题斜。年少临洮子,西来亦自夸。②

其六叙在林木风凋时节调边境金微之卒赴河北防御,士卒长途跋涉,形消面黑,辛苦备尝:

城上胡笳奏,山边汉节归。防河赴沧海,奉诏发金微。

士苦形骸黑,林疏鸟兽稀。那堪往来戍,恨解邺城围。③

其七写秦州地势以寓边愁,边愁缘于使臣未归,据杨伦推测,时有出使吐蕃留而未还者:

莽莽万重山,孤城山谷间。无风云出塞,不夜月临关。

属国归何晚?楼兰斩未还。烟尘一长望,衰飒正摧颜。④

其八借古伤今,秦州地处交通西域驿道,汉代自此引来宛马,而今东征壮士几尽,却不能平定幽燕:

---

① 杨伦笺注:《杜诗镜铨》,上海古籍出版社1980年版,第239页。
② 杨伦笺注:《杜诗镜铨》,上海古籍出版社1980年版,第240页。
③ 杨伦笺注:《杜诗镜铨》,上海古籍出版社1980年版,第241页。
④ 杨伦笺注:《杜诗镜铨》,上海古籍出版社1980年版,第242页。

闻道寻源使,从天此路回。牵牛去几许,宛马至今来。

一望幽燕隔,何时郡国开。东征健儿尽,羌笛暮吹哀。①

其十一写秋雨中对古塞而生感慨,蓟门的胡人叛乱未平,西部的边患也需要汉将出征:

萧萧古塞冷,漠漠秋云低。黄鹄翅垂雨,苍鹰饥啄泥。

蓟门谁自北,汉将独征西。不意书生耳,临衰厌鼓鼙。②

其十八忧虑吐蕃,报警烽急,传檄屡飞,边塞形势日趋紧张:

地僻秋将尽,山高客未归。塞云多断续,边日少光辉。

警急烽常报,传闻檄屡飞。西戎外甥国,何得迕天威。③

在二十首诗中,杜甫有将近一半的篇目关注了边事与民族关系。因秦州特殊的地理形势,加之当时内叛外患的紧张民族关系,杜甫心系国事,反复表达他对秦州边关的忧虑和观点。据《旧唐书·吐蕃传》记载,吐蕃因文成公主和亲,后对唐朝自称外甥国:"外甥是先皇帝舅宿亲,又蒙降金城公主,遂和同为一家,天下百姓,普皆安乐。"④但是,吐蕃始终是唐朝西北的最大强敌,朝廷每年调重兵布防:"于是岁调山东丁男为戍卒,缯帛为军资,有屯田以资糗粮,牧使以娩羊马。大军万人,小军千人,烽戍逻卒,万里相继,以却于强敌。陇右鄯州为节度,河西凉州为节度,安西、北庭亦置节度,关内则于灵州置朔方节度,又有受降城、单于都护庭为之藩卫。"⑤然而,自安禄山在河北起兵叛乱,朝廷调陇西兵回内地戡乱后,吐蕃趁机内侵,占领了凤翔以西、邠州以北的数十州土:"及潼关失守,河洛阻兵,于是尽征河陇、朔方之将镇兵入靖国难,谓之行营。曩时军营边州无备预矣。乾元之后,吐蕃乘我间隙,日蹙边城,或为虏

---

① 杨伦笺注:《杜诗镜铨》,上海古籍出版社1980年版,第242页。
② 杨伦笺注:《杜诗镜铨》,上海古籍出版社1980年版,第243页。
③ 杨伦笺注:《杜诗镜铨》,上海古籍出版社1980年版,第246页。
④ 《旧唐书·吐蕃传》卷一百九十六上,中华书局1975年版,第5231页。
⑤ 《旧唐书·吐蕃传》卷一百九十六上,中华书局1975年版,第5236页。

掠伤杀,或转死沟壑。数年之后,凤翔之西,邠州之北,尽蕃戎之境,淹没者数十州。"①这些史实,充分验证了杜甫在秦州对边患忧虑的远见卓识,他在诗中多次深感要加强西北边防力量的观点也是十分正确的。

安史之乱叛军的来源让唐朝陷入民族矛盾空前紧张的时期,与之相关联的与回纥、吐蕃的关系也日趋复杂,杜甫在这段时期写作的诗歌中,对邻族称谓的贬抑性语词使用较多,对之表达的情绪明显充满敌意,这对于日日夜夜深切地忧国忧民的杜甫而言,是其彼时爱国情感的真实流露。

三、"乾坤尚虎狼":杜甫在安史之乱后的民族观

乾元二年(759年)十二月,杜甫从秦州度陇阪,辗转到了成都,开始了漂泊西南的生活。这一时期,一方面关中的安史之乱尚未完全平息,另一方面因成都与吐蕃相接,外患频繁,杜甫在远忧近虑中更加关注时局,民族之间的矛盾与摩擦依然是他诗歌表达的重要内容之一。

首先,杜甫时刻关注着蜀地的边患局势。蜀地与吐蕃接壤,是唐朝西南的重要边防区域。"唐自武德以来,开拓边境,地连西域,皆置都督、府、州、县。开元中,置朔方、陇右、河西、安西、北庭诸节度使以统之,岁发山东丁壮为戍卒,缯帛为军资,开屯田,供糗粮,设监牧,畜马牛,军城戍逻,万里相望。及安禄山反,边兵精锐者皆征发入援,谓之行营,所留兵单弱,胡虏稍蚕食之。"②如唐代宗广德元年(763年)七月"吐蕃入大震关,陷兰、廓、河、鄯、洮、岷、秦、成、渭等州,尽取河西、陇右之地。"③"十月,吐蕃寇泾州,刺史高晖以城降之,遂为之乡导,引吐蕃深入;过邠州,上始闻之。辛未,寇奉天、武功,京师震骇。诏以雍王适为关内元帅,郭子仪为副元帅,出镇咸阳以御之。"④为了缓解吐蕃对京

---

① 《旧唐书·吐蕃传》卷一百九十六上,中华书局1975年版,第5236页。
② 《资治通鉴》卷二百二十三,中华书局1986年版,第7146页。
③ 《资治通鉴》卷二百二十三,中华书局1986年版,第7146页。
④ 《资治通鉴》卷二百二十三,中华书局1986年版,第7150页。

城的威胁,朝廷派高适到蜀州任西川节度,希望能在吐蕃的南境牵制其力量,但是,高适这次出师无功,当地的松州、维州等地却陷落于吐蕃。《旧唐书·高适传》记载:"代宗即位,吐蕃陷陇右,渐逼京畿。适练兵于蜀,临吐蕃南境以牵制之,师出无功,而松、维等州寻为蕃兵所陷。"①杜甫与高适素来交好,当高适出任蜀川时,杜甫曾作《警急》(原注:时高公适领西川节度)一诗表达对朋友的厚望与对吐蕃的担忧:

　　才名旧楚将,妙略拥兵机。玉垒虽传檄,松州会解围。

　　和亲知计拙,公主漫无归。青海今谁得?西戎实饱飞。②

诗歌的前两句称赞高适的将帅才略。当年永王璘起兵江南,高适曾向肃宗陈述江东利害,肃宗遂任命高适为扬州左都督府长史、淮南节度使,扬州、淮南古为楚地,故称高适为"旧楚将"。蜀地玉垒山有二,一在灌县(今都江堰市)西,一在威州(今汶川威州镇),此指后者,这里是蜀中通往吐蕃的要道。这两句表达对高适镇蜀的信心:尽管玉垒山檄书频传,但是相信高适能控制边患,被吐蕃围困的松州一定能够解围。后四句忧虑吐蕃,当时以金城公主下嫁吐蕃,而最终也不能避免其入侵,所以杜甫认为和亲是"计拙"。青海又为吐蕃所得,如今的吐蕃就像饱鹰一般不可羁绊了,这是杜甫对当时唐朝与吐蕃关系的清醒认识。随后,松州、维州等地陷落,《资治通鉴》记载:"吐蕃陷松、维、保三州及云山新筑二城,西川节度使高适不能救,于是剑南西山诸州亦入于吐蕃矣。"③杜甫又作《西山》三首记录其事,其一曰:

　　夷界荒山顶,蕃州积雪边。筑城依白帝,转粟上青天。

　　蜀将分旗鼓,羌兵助铠鋋。西南背和好,杀气日相缠。④

西山即岷山,它巉绝崛立,是西蜀控吐蕃之要冲,首联称其为分割中外的

---

① 《旧唐书·高适传》卷一百一十一,中华书局1975年版,第3331页。
② 杨伦笺注:《杜诗镜铨》,上海古籍出版社1980年版,第471页。
③ 《资治通鉴》卷二百二十三,中华书局1986年版,第7158页。
④ 杨伦笺注:《杜诗镜铨》,上海古籍出版社1980年版,第472页。

"夷界",是总叙西山的地理形势。次联极言山势之高险,表明戍守之难。三联言战争紧急,杜甫申明已见,希望蜀将可以借助隶属的羌兵助战。尾联言战争缘由,是因为西南的吐蕃背离和好之约,而导致杀气日夜相缠。其二进一步写松州被围:

辛苦三城戍,长防万里秋。烟尘侵火井,雨雪闭松州。

风动将军幕,天寒使者裘。漫山贼营垒,回首得无忧?①

前四句叙述寇边的具体情势,吐蕃逐渐深入,侵近火井(火井县在邛州),围闭松州,形势十分严峻。后四句感叹安边无策,一是戍卒防秋,二是遣使同好,如今贼垒漫山,这种长驱之势怎能不让人忧心如焚。其三承上再次申明在势危之时的安边之策:

子弟犹深入,关城未解围。蚕崖铁马瘦,灌口米船稀。

辩士安边策,元戎决胜威。今朝乌鹊喜,欲报凯歌归。②

前四句言子弟兵"铁马瘦""米船稀"足见兵疲粮尽,后四句希望和战有成,辩士和元戎,二者若得其一以成,庶几即可却敌而凯旋,尾联以"乌鹊喜"暗示息战希望。杜甫的《西山》三首从吐蕃占领蜀州松、维的现实出发,关注唐朝与吐蕃的关系,由局部看到整体,显示了他心系天下的胸怀,因此仇兆鳌评价曰:"公抱忧国之怀,筹时之略,而又洊逢乱离,故在梓阆间有感于朝事边防,凡见诸诗歌者,多悲凉激壮之语;而各篇精神焕发,气骨风神,并臻其极。"③

杜甫在蜀州忧虑边患的还有《天边行》:

天边老人归未得,日暮东临大江哭。

陇右河源不种田,胡骑羌兵入巴蜀。④

---

① 杨伦笺注:《杜诗镜铨》,上海古籍出版社1980年版,第473页。
② 杨伦笺注:《杜诗镜铨》,上海古籍出版社1980年版,第473页。
③ 杜甫《西山》附录,仇兆鳌注:《杜诗详注》,中华书局1979年,第1048页。
④ 杨伦笺注:《杜诗镜铨》,上海古籍出版社1980年版,第477页。

从陇右河源到巴蜀广大的地域,逐渐成为胡羌的属地,怎能不令杜甫忧愤痛哭。又有其《遣愤》:

闻道花门将,论功未尽归。自从收帝里,谁复总戎机?

蜂虿终怀毒,雷霆可震威。莫令鞭血地,再湿汉臣衣。①

回纥矜功邀赏,朝廷总戎又不得其人,都是令杜甫愤慨的国家大事。他认为朝廷应当自强,不能再依赖外族,让其恃军功侮辱朝臣。这些作品感情之哀痛,可谓字字披沥。

其次,杜甫虽身在蜀川,却依然心系两京与北方,他在关注蜀川边患的同时,也从未忘记安史胡兵在中原引发的动荡和社会与民族问题。如他《有感五首》其二中担心河北诸镇、吐蕃、南诏依然是不安定因素:

幽蓟余蛇豕,乾坤尚虎狼。诸侯春不贡,使者日相望。

慎勿吞青海,无劳问越裳。大君先息战,归马华山阳。②

安史叛乱平定后,河北诸将皆降,仆固怀恩奏请让他们分帅河北,朝廷因厌苦兵革,姑息授予降将薛嵩、田承嗣、李怀仙等为河北诸镇节度使,从而为藩镇之祸留下隐患,这就是杜甫诗歌首句所指史实。内地尚且有此隐忧,加上青海的吐蕃,以及叛唐归附吐蕃的南诏,这些都是令杜甫忧虑的边患问题。随后,仆固怀恩遂引吐蕃、回纥入寇,就验证了杜甫此诗中已有的先见。其后,杜甫又创作了组诗《诸将五首》,再次表达对吐蕃、回纥等外族犯境的忧虑,告诫诸将要忠于职守。其一写道:

汉朝陵墓对南山,胡虏千秋尚入关。

昨日玉鱼蒙葬地,早时金碗出人间。

见愁汗马西戎逼,曾闪朱旗北斗殷。

多少材官守泾渭,将军且莫破愁颜。③

---

① 杨伦笺注:《杜诗镜铨》,上海古籍出版社1980年版,第577页。
② 杨伦笺注:《杜诗镜铨》,上海古籍出版社1980年版,第494页。
③ 杨伦笺注:《杜诗镜铨》,上海古籍出版社1980年版,第639页。

第二章 盛唐诗歌中的民族观念与文化交流

唐代宗广德元年(763年),吐蕃入侵长安。次年,唐将仆固怀恩背叛,引回纥、吐蕃十万人入侵,京城戒严。诗歌的前四句借汉言唐,汉朝陵墓因胡虏入关而被毁坏,那些玉鱼金碗等贵重的殉葬品都被盗挖而出现在人间,此指代吐蕃入关辱至陵寝。下四句写京畿当下,在"汗马西戎逼"的危机时刻,杜甫告诫那些守卫泾渭的诸将们应当时刻戒备,切不可安枕放松。"泾渭",即泾水渭水流经之地,在长安西北,是吐蕃入侵京畿必经之路,此首是因吐蕃进逼而对诸将的忠告。其二则是因借助回纥平叛导致其恃功侵扰而忠告诸将:

韩公本意筑三城,拟绝天骄拔汉旌。

岂谓尽烦回纥马,翻然远救朔方兵!

胡来不觉潼关隘,龙起犹闻晋水清。

独使至尊忧社稷,诸君何以答升平。①

当年被封韩国公的张仁愿曾筑三受降城以防止胡人南侵,然而哪里料到如今国家多难,却要劳烦回纥远道而来救助官军。虽然在唐朝历史上,也曾有过借助外族力量戡乱的记载,但是情形却今非昔比。据《通典·边防典·突厥上》记载,隋末乱离之际,突厥控弦百万十分强盛,东至契丹,西至吐谷浑、高昌诸国,都臣附之。唐高祖起兵太原,曾引以为援。此后,东突厥的颉利可汗"求请无厌",多次扰边,唐太宗深以为患,决心改变这种局面。他曾亲自训练精锐部队,命并州都督徐世勣、兵部尚书李靖率军大举反击突厥,很快就生擒颉利可汗,东突厥灭亡。其后,又击败了称霸西域的西突厥,因此逐步稳定了唐朝在西域的统治声威。② 这就是杜甫所谓"龙起晋水清"的历史。但是如今借兵回纥却是引狼入室,朝廷再也没有唐太宗那样强大的能力根除外患。杜甫向来主张依靠朝廷自己的力量平定安史叛乱,反对向回纥借兵助叛,上述的《留花门》对此已有陈述,在这首诗中,杜甫再次表达了自己的这一观点,只不过目的是在叮嘱诸将要为"至尊"分忧而奋身报国。

---

① 杨伦笺注:《杜诗镜铨》,上海古籍出版社1980年版,第640页。
② 参见兰翠:《唐诗题材与文化》,中国文联出版社2003年版,第86页。

安史之乱后期引发的吐蕃、回纥之扰始终是杜甫牵挂的民族问题。《资治通鉴》记载,大历二年(767年)九月,"吐蕃众数万围灵州,游骑至潘原、宜禄;诏郭子仪自河中帅甲士三万镇泾阳,京师戒严。甲子,子仪移镇奉天。""十月,戊寅,朔方节度使路嗣恭破吐蕃于灵州城下,斩首二千余级;吐蕃引去。"①杜甫听到此消息,欣然而作《喜闻盗贼总退口号五首》:

其一:
萧关陇水入官军,青海黄河卷塞云。
北极转愁龙虎气,西戎休纵犬羊群。

其二:
赞普多教使入秦,数通和好止烟尘。
朝廷忽用哥舒将,杀伐虚悲公主亲。

其三:
崆峒西极过昆仑,驼马由来拥国门。
逆气数年吹路断,蕃人闻道渐星奔。

其四:
勃律天西采玉河,坚昆碧碗最来多。
旧随汉使千堆宝,少答胡王万匹罗。②

萧关陇水都在灵州南境,官军进驻是指路嗣恭破吐蕃于灵州之事。虽然吐蕃退却,青海黄河一带烟尘暂静,但是因为当时宦官典兵,内忧方切,杜甫不免由喜转愁,因此表示不能放纵西戎犬羊群——吐蕃,依然要提高警惕,此为组诗其一的内容。杜甫不会因一时的胜利而失去理性,他能够清醒地看待现实,缘于他一向对国事的关心。在以上的几首诗中,他分析了唐朝与吐蕃曾经的交往历史,可以看出杜甫时刻都在关注着双方的关系。其二言朝廷重用边将纵兵滥杀,中断了双方的和亲通好关系;其三言吐蕃叛服无

---

① 《资治通鉴》卷二百二十三,中华书局1986年版,第7196页。
② 杨伦笺注:《杜诗镜铨》,上海古籍出版社1980年版,第900—901页。

常,归顺时则驼马入贡,逆命时则道路中断;其四回忆往时和戎的融洽关系,勃律采玉、坚昆碧碗,随汉使而来的千堆宝,以及酬答胡王的万匹罗就是最好的历史见证。因此钱谦益认为:"少陵于蛮夷犯颜,深忧痛疾,情见乎词。此诗则曰'旧随汉使''少答胡王',庶几许其内属,不忍以非类绝之,亦《春秋》之书法也。"①可谓知言。杜甫对邻族"不忍以非类绝之"的感情还体现在《近闻》一诗中:

近闻犬戎远遁逃,牧马不敢侵临洮。

渭水逶迤白日净,陇山萧瑟秋云高。

崆峒五原亦无事,北庭数有关中使。

似闻赞普更求亲,舅甥和好应难弃。②

《资治通鉴》记载,代宗永泰元年(765年)三月,"吐蕃遣使请和。诏元载、杜鸿渐与盟于唐兴寺。"③大历元年(766年)二月,"命大理少卿杨济修好于吐蕃。"④仇兆鳌推测此诗概记其事。自安史乱发,吐蕃与唐朝之间战争频发,期间偶有和好迹象,杜甫都感到十分高兴。在这首《近闻》中,杜甫欣闻渭水、陇山等内地白日秋云的清静,崆峒、五原等边外的无事安宁,这种和平的局面是因为吐蕃赞普又来求亲,因此,杜甫认为与吐蕃自文成公主以来建立起的舅甥和好关系不应该放弃。

可见,杜甫虽然对入侵的吐蕃时显鄙夷之词,并告诫诸将对边境保持警醒,但是绝不是一个好战者,他盼望天下一统太平,向往各民族能够团结友好。杜甫对邻族的友好还在日常的生活琐事中体现了出来。如其《示獠奴阿段》就表达了对一个獠人的赞美:

山木苍苍落日曛,竹竿袅袅细泉分。

---

① 杜甫《喜闻盗贼总退口号五首》其四附录,仇兆鳌注:《杜诗详注》,中华书局1979年版,第1858页。
② 杨伦笺注:《杜诗镜铨》,上海古籍出版社1980年版,第589页。
③ 《资治通鉴》卷二百二十三,中华书局1986年版,第7174页。
④ 《资治通鉴》卷二百二十三,中华书局1986年版,第7190页。

郡人入夜争余沥,竖子寻源独不闻。

病渴三更回白首,传声一注湿青云。

曾惊陶侃胡奴异,怪尔常穿虎豹群。①

据《北史·獠传》记载:"獠者盖南蛮之别种,自汉中达于邛、筰,川洞之间,所在皆有。种类甚多,散居山谷,略无氏族之别。又无名字,所生男女,唯以长幼次第呼之。其丈夫称阿谟、阿段,妇人阿夷、阿等之类,皆语之次第称谓也。"②除了阿段,杜甫还有个女獠奴阿稽。③夔州风俗无井,饮水靠用竹管引接山泉而得,有的长至数百丈。诗的前两句即描述当地这种饮水方式。杜甫《引水》诗也曾记述道:"白帝城西万竹蟠,接筒引水喉不干。人生留滞生理难,斗水何值百忧宽。"④但是百姓这种取水方式获取的水资源十分有限,因此三四句写入夜后当地众人在争抢剩下的一点点水,只有獠人阿段独自进山去寻找水源。黄生对此注曰:"争沥不闻,而寻源则往,视世之狙小利而忽远图、避独劳而诿公事者,其贤远矣,故诗特表之。"⑤此为表彰阿段不争小利而为公图远的贤德。五六句写找水成功,七八句用陶侃胡奴的典故,又对阿段的胆量予以称赞。因当地虎豹出没,"人虎相半居"⑥的情形时有发生,阿段经常穿行于虎豹之群竟毫不畏惧,这令杜甫十分惊诧而感佩。此诗从獠人阿段不与众人争抢余水而独自寻找水源这样一件生活琐事,见证阿段的品格和才能,杜甫从小人物身上发现美,并不因为其族群以及地位不同而存有偏见。同样,杜甫对于邻族的文化风俗也能包容地接受,如他在《戏作俳谐体遣闷二首》其二中记述夔州当地的邻族习俗说:

---

① 杨伦笺注:《杜诗镜铨》,上海古籍出版社1980年版,第592页。
② 《北史·獠传》卷九十五,中华书局1983年版,第3154页。
③ 参见杜甫《秋行官张望督促东渚耗稻向毕,清晨遣女奴阿稽、竖子阿段往问》,杨伦笺注:《杜诗镜铨》,上海古籍出版社1980年版,第772页。
④ 杨伦笺注:《杜诗镜铨》,上海古籍出版社1980年版,第592页。
⑤ 杜甫《示獠奴阿段》,仇兆鳌注:《杜诗详注》,中华书局1979年版,第1271页。
⑥ 杜甫《客居》,杨伦笺注:《杜诗镜铨》,上海古籍出版社1980年版,第584页。

第二章　盛唐诗歌中的民族观念与文化交流

西历青羌板,南留白帝城。於菟侵客恨,粔籹作人情。

瓦卜传神语,畲田费火耕。是非何处定,高枕笑浮生。①

首两句叙客居夔州的经历,杜甫原注曰:"顷岁自秦涉陇,从同谷县去游蜀,留滞于巫山。"②中间四句记录夔州独特的风土人情,楚人称虎为"於菟",此指虎类经常出没惊扰人类,可与上一首参证。"粔籹"是一种用蜜和米麪制作的蜜饯,此指人情往来的赠品。"瓦卜"是占卜方式,指将瓦片击碎,观察其分拆的纹理,以占吉凶。"畲田"则是烧荒种田。当地的自然环境和生产生活方式都与汉族有着明显不同,但是杜甫对此并无褒贬,而是认为不必对其评论是与非,一切笑对便罢。以这样的态度对待与自己民族生活不同的习俗,这既是杜甫的理性思维体现,更是他平等的民族观所致。

事实上,杜甫对于民生的同情,是没有华夷或民族之分的。如其《后苦寒行二首》其一所言:

南纪巫庐瘴不绝,太古以来无尺雪。

蛮夷长老怨苦寒,昆仑天关冻应折。

玄猿口噤不能啸,白鹄翅垂眼流血;安得春泥补地裂。③

此诗感慨极寒天气,同情居住在四方边远地域的少数民族的苦寒生活。"南纪"即南方,古代以天下山河分为两戒,北纪限戎狄,南纪限蛮夷,此言南方瘴气多而雪少。而今气候酷寒,昆仑山天门冻得将要折断,黑色猿猴们冻得牙口紧闭不能呼号长啸,白天鹅们冻得翅膀低垂眼睛流血。因为南方边远地区的邻族百姓不耐严寒,却经受如此雪寒之苦,所以蛮夷长老抱怨苦寒,而杜甫则希望春天早日来到,结束这天寒地冻的时节。

杜甫后期身处西南,边患的严峻局势时常让他身临其境感同身受。在经历了安史叛乱的动荡后,杜甫更加忧虑民族间紧张的关系,不时对武将提出警

---

① 杨伦笺注:《杜诗镜铨》,上海古籍出版社 1980 年版,第 858 页。
② 杨伦笺注:《杜诗镜铨》,上海古籍出版社 1980 年版,第 859 页。
③ 杨伦笺注:《杜诗镜铨》,上海古籍出版社 1980 年版,第 893 页。

边的告诫。"忠臣词愤激,烈士涕飘零"①,这些作品,显示出他对朝廷利益和百姓生命的深切关怀,也显示了他的忠诚与远见。

要之,杜甫思想中虽然不免存在华夷之辨,但同时他怀抱一颗仁者之心,始终站在百姓民生的立场,反对的只是战争,因此,凡是破坏和平的人都是他批评的对象,无论是早期对玄宗"武皇开边意未已"②的批评还是后期对安史叛军以及扰边邻族的批评,都是源于他的这一价值判断标准。因此他的相关诗作中对无端挑起战争的邻族用语充满贬抑情绪,在特殊历史时期对待胡人的态度也不友好,他希望朝廷能够强大起来进而避免这些边患的发生,并以老成谋国之言,融入其富有远见的筹边思想。同时,他对待邻族奇异的文化风俗持包容态度,表彰其美好品格,同情其生活境况。他以诗记史,特别是以诗歌反映了安史之乱及其后期复杂的民族关系,不仅在诗史上留下了诸多第一手的文献资料,贯穿其中的仁者情怀也成为他烛照后代的宝贵精神财富。

---

① 杜甫《秦州见敕目,薛三璩授司议郎,毕四曜除监察,与二子有故,远喜迁官,兼述索居,凡三十韵》,杨伦笺注:《杜诗镜铨》,上海古籍出版社1980年版,第268页。
② 杜甫《兵车行》,杨伦笺注:《杜诗镜铨》,上海古籍出版社1980年版,第33页。

第三章　中唐诗歌中的民族观念与文化交流

中唐诗歌以唐代宗大历时期至唐文宗大和年间的诗坛为主。这一时期，唐王朝与周边民族的关系变得更为复杂。同初盛唐相比，中唐发生了较大的变化。初盛唐时期，唐王朝的国力不断增强而臻鼎盛，尽管唐王朝与周边民族时有征战，但仍以和平相处为主，且唐王朝基本处于主导和中心的优势地位。然而，安史之乱以后，情况却发生了明显转变。由于唐朝在政治、军事、经济等方面受到沉重打击，国力开始走向衰落，朝廷无力剿灭安史余孽，无力抑制藩镇割据，亦无力巩固加强边防。中唐时期，唐王朝在与周边民族的关系中，已不再像盛唐那样处于中心主导的优势地位，而是逐步沦落为受胁、被动的劣势地位。加上盛世版图在不断缩减，这些都影响着文人士子的民族心理意识。中唐时期的士人，万分期望能够复兴盛世，他们在政治、意识形态等领域积极寻找中兴之道，永贞革新、古文运动、儒学复兴等都是在这样的情形下产生的。唐朝与周边民族关系的现状，反映到文学创作之中，便是呈现强烈的感伤情怀，对异族的剧烈排斥以及讽谏现实的批判精神。白居易、韩愈、柳宗元、刘禹锡、吕温等士人的诗歌，在这些方面表现得尤为明显。

第一节　白居易诗歌中的民族观

白居易是中唐时期著名诗人,他一生仕途经历了唐宪宗、穆宗、敬宗、文宗、武宗五朝。白居易在踏入仕途初期,主要秉承儒家"达则兼善天下"的用世传统,积极从政,博施济众,尤其在担任左拾遗的阶段,他的济世热情高涨,因为"拾遗'掌供奉讽谏'的职守,十分契合士大夫以天下家国为怀的政治心态,进而激发其讽谏时弊、积极为政的政治热情。"①白居易意激而言质的讽喻诗主要都创作于这一时期。他在《与元九书》中向元稹阐释其诗作分类编目时就说:"自拾遗来,凡所适、所感,关于美刺兴比者;又自武德迄元和,因事立题,题为新乐府者,共一百五十首,谓之'讽喻诗'。"②在这些讽喻诗中,有不少作品就反映出了白居易的民族意识。

一、"夷声邪乱华声和":白居易对夷族乐舞的排斥

白居易的观念中有着明确的华夷区分,并且认为"夷声邪乱华声和"。他在《法曲歌》中写道:

法曲法曲歌大定,积德重熙有余庆,永徽之人舞而咏。

法曲法曲舞霓裳,政和世理音洋洋,开元之人乐且康。

法曲法曲歌堂堂,堂堂之庆垂无疆。

中宗肃宗复鸿业,唐祚中兴万万叶。

法曲法曲合夷歌,夷声邪乱华声和。

以乱干和天宝末,明年胡尘犯宫阙。

乃知法曲本华风,苟能审音与政通。

---

① 傅绍良:《论杜甫和白居易谏诤心态差异的文化模型意义》,《陕西师范大学学报(哲学社会科学版)》2015年第1期。

② 顾学颉校点:《白居易集》,中华书局1985年版,第964页。

第三章　中唐诗歌中的民族观念与文化交流

一从胡曲相参错,不辨兴衰与哀乐。

愿求牙旷正华音,不令夷夏相交侵。①

唐代音乐发达,法曲即为当时兴盛的一种器乐大曲,《新唐书·礼乐志十二》载:"初,隋有法曲,其音清而近雅。其器有铙、钹、钟、磬、幢箫、琵琶。……玄宗既知音律,又酷爱法曲。"②法曲原为含有西域音乐成份之外来乐舞,因其用于佛教法会而得名。后与汉族的清商乐结合,风格较为清雅,并逐渐成为隋朝的法曲,至玄宗朝发展至极盛,是偏于汉族风格的新俗乐曲。

白居易的《法曲歌》为其《新乐府》五十首中之第二首,他作这首诗的目的就是为了"美列圣,正华声"。③ 他在诗中注曰:"法曲虽似失雅音,盖诸夏之声也,故历朝行焉。玄宗虽雅好度曲,然未尝使蕃汉杂奏。天宝十三载,始诏道调法曲与胡部新声合作,识者深异之。明年冬,而安禄山反也。"④结合诗意不难看出,白居易认为前朝法曲虽然与雅乐有一定差异,仍不失为华夏之音,所以历朝历代能够盛行而国家得以积德重熙,政通人和。但是自从天宝十三载(754年)之后,因为法曲与胡部新声合作,"夷声邪乱"导致次年的安史之乱,本属华风的法曲"一从胡曲相参错,不辨兴衰与哀乐"。所以,白居易希望能出现像春秋时精通音乐的伯牙和师旷一样的音乐家来纠正华音,而"不令夷夏相交侵"。

儒家一向有重视礼乐治国的传统,孔子曰:"兴于诗,立于礼,成与乐",⑤强调了"乐"的重要性,为其后的乐治学说奠定了理论基础。司马迁在《史记》中专列《乐书》,并进一步阐释说:"凡音者,生人心者也。情动于中,故形于声,声成文谓之音。是故治世之音安以乐,其正和;乱世之音怨以怒,其正乖;

---

① 顾学颉校点:《白居易集》,中华书局1985年版,第55页。
② 《新唐书·礼乐志》卷二十二,中华书局1975年版,第476页。
③ 顾学颉校点:《白居易集》,中华书局1985年版,第52页。
④ 顾学颉校点:《白居易集》,中华书局1985年版,第56页。
⑤ 《论语·泰伯》,杨伯峻译注:《论语译注》,中华书局1980年,第86页。

亡国之音哀以思,其民困。声音之道,与正通矣。"①此处"正"与"政"通。司马迁在修史时专设《乐书》的传统,为后代史学家树立了典范,历代官修史书中一直专设"礼乐志"或"乐志""音乐"等,记录音乐的史料。白居易正是继承发扬了儒家乐治理政的观点,借助唐代"法曲"这一音乐发展状况表达他维护华夏正声的观点。

在这一观念支配下,白居易也反对其他民族乐舞的传入与渗透,认为任其流行会迷惑君王,导致国家治理的失败。如他的《胡旋女》一诗,在描绘了胡旋舞女"左旋右转不知疲,千匝万周无已时"的美妙舞蹈后,笔锋一转,批评天宝末年因为胡旋舞盛行而导致开元盛世发生"地轴天维"的倒转:

> 胡旋女,出康居,徒劳东来万里余。
> 中原自有胡旋者,斗妙争能尔不如。
> 天宝季年时欲变,臣妾人人学圜转。
> 中有太真外禄山,二人最道能胡旋。
> 梨花园中册作妃,金鸡障下养为儿。
> 禄山胡旋迷君眼,兵过黄河疑未反。
> 贵妃胡旋惑君心,死弃马嵬念更深。
> 从兹地轴天维转,五十年来制不禁。
> 胡旋女,莫空舞,数唱此歌悟明主。②

胡旋女是天宝年间康居国进献的,其舞蹈因为得到玄宗的青睐,胡旋舞随即在宫中盛行起来。《新唐书·礼乐志》记载:"胡旋舞,舞者立毯上,旋转如风。"③当时宫中最擅长跳胡旋舞的就是安禄山和杨玉环,安禄山虽然"晚年益肥壮,腹垂过膝,重三百三十斤,每行以肩膊左右抬挽其身,方能移步",但是

---

① 《史记·乐书》卷二十四,中华书局1963年版,第1181页。
② 顾学颉校点:《白居易集》,中华书局1985年版,第60页。
③ 《新唐书·礼乐志》卷二十一,中华书局1975年版,第470页。

每"至玄宗前,作胡旋舞,疾如风焉。"①杨贵妃则"善歌舞,邃晓音律,且智算警颖,迎意辄悟。帝大悦,遂专房宴,宫中号'娘子',仪体与皇后等。"②白居易诗中"禄山胡旋迷君眼""贵妃胡旋惑君心"即指此。唐玄宗沉溺于胡旋舞享乐,导致安史之乱爆发,唐朝由开元盛世走向衰落。尽管如此,从玄宗天宝年间到白居易写此诗的宪宗元和时期的五十多年,胡旋舞却依然盛行不衰。白居易创作《胡旋舞》诗歌的目的就是要"戒近习也",在这首诗歌中,他把批评君王娱乐误国的靶点指向了从其他民族传入的胡旋舞,其中包含的民族情感是十分明显的。

二、"今日边防在凤翔":白居易对收复边疆失地的期望

安史之乱爆发后,唐朝将西部的边防力量内撤平乱,"及潼关失守,河洛阻兵,于是尽征河陇、朔方之将镇兵入靖国难,谓之行营。曩时军营边州无备预矣。"③因此,原属唐朝的陇右鄯州、河西凉州、安西、北庭等地的兵力空虚,而吐蕃乘机进犯,侵占唐朝西北及西南的大批属国和羁縻州,甚至一度长驱直逼长安。"乾元之后,吐蕃乘我间隙,日蹙边城,或为虏掠伤杀,或转死沟壑。数年之后,凤翔之西,邠州之北,尽蕃戎之境,淹没者数十州。"④然而,对于西部大片失地,唐王朝的最高统治者与边将并未展开积极的收复行动,致使国土长期沦陷。

白居易积极主张收复河湟失地,他多次批评边将对此无动于衷,同情遗民的命运。他的《西凉伎》就是针对这一形势创作的诗歌。《西凉伎》的题旨注明"刺封疆之臣也",诗歌先以胡族艺人的表演而展开画面:"西凉伎,假面胡人假狮子。刻木为头丝作尾,金镀眼睛银帖齿。奋迅毛衣摆双耳,如从流沙来

---

① 《旧唐书·安禄山传》卷二百上,中华书局1975年版,第5368页。
② 《新唐书·杨贵妃传》卷七十六,中华书局1975年版,第3493页。
③ 《旧唐书·吐蕃传上》卷一百九十六上,中华书局1975年版,第5236页。
④ 《旧唐书·吐蕃传上》卷一百九十六上,中华书局1975年版,第5236页。

万里。紫髯深目两胡儿,鼓舞跳梁前致辞:应似凉州未陷日,安西都护进来时。"①这两个"紫髯深目"的胡人是跟随安西都护自西凉到内地来表演的,但是,令他们没有想到的是,因为凉州陷没安西路绝,他们却再也回不去家乡了。白居易简要描绘了凉州狮子舞表演的情状后,就转入他对封疆边将的批评:

  贞元边将爱此曲,醉坐笑看看不足。
  享宾犒士宴三军,狮子胡儿长在目。
  有一征夫年七十,见弄凉州低面泣。
  泣罢敛手白将军,主忧臣辱昔所闻。
  自从天宝兵戈起,犬戎日夜吞西鄙。
  凉州陷来四十年,河陇侵将七千里。
  平时安西万里疆,今日边防在凤翔。
  缘边空屯十万卒,饱食温衣闲过日。
  遗民肠断在凉州,将卒相看无意收。
  天子每思长痛惜,将军欲说合惭羞。
  奈何仍看西凉伎,取笑资欢无所愧!
  纵无智力未能收,忍取西凉弄为戏?②

  在诗中,白居易假借一位七十高龄的征夫之口,向沉醉于凉州狮子舞享乐的将军进言,提醒将军不能忘记天宝兵乱后"犬戎日夜吞西鄙"的历史与现实。这种主忧臣辱的现状已经持续了四十多年,但是将卒们却过着"饱食温衣"的休闲日子,无意收复失地,全然不管凉州遗民的肠断痛苦和天子的"每思长痛惜"。此诗除了这位七十岁的征夫是白居易的代言人之外,诗中的人物可分为两个系列:其一是假扮狮子表演舞蹈的两个胡儿和广大的失地遗民,他们命运相同,都属于回不去的群体,胡伎回不去故土,遗民回不去唐朝,是作

---

① 顾学颉校点:《白居易集》,中华书局1985年版,第75页。
② 顾学颉校点:《白居易集》,中华书局1985年版,第76页。

第三章 中唐诗歌中的民族观念与文化交流

者同情的对象。可贵的是白居易不仅关注那些"肠断在凉州"的汉族遗民,对胡族艺人也表达了同情,其中"狮子回头向西望,哀吼一声观者悲"形象地刻画了胡伎故土难回的绝望。其二是"贞元边将",他们把来自西凉胡人表演的狮子舞作为取笑资欢的对象,"醉坐笑看看不足",坐视河湟长期沦没,对失地毫无愧疚之情,是作者批评的对象。这两组人物之间既形成对照,也构成衬托,前者是对后者的映衬,作者对前者越同情,对后者则越愤恨,最后白居易对封疆大将这一腔强烈的愤恨之情凝聚为直白的呼吁:即使你们智力不足不能收复西凉,也不应将西凉的狮子舞当作游戏而取乐!感愤与沉痛之情呼之欲出。

基于对吐蕃占据西部失地的关切和忧虑,白居易热情歌颂朝廷防边的举措,他的《城盐州》一诗即为此而创作。诗作的题旨为"美圣谟而诮边将也"。"美圣谟"就是颂美唐德宗贞元九年(793年)特诏修建盐州一事。盐州在今宁夏盐池县,秦汉时属北地郡,后魏时以其地北有盐池而改为盐州,隋改盐川郡,唐建中以后为吐蕃占领。后因远离吐蕃腹地,蕃兵戍守艰难,只好毁坏城市焚烧庐舍逼迫居民迁移而撤离,盐州城遂变成一片废墟。由于吐蕃多次入侵,唐王朝认识到盐州在防御吐蕃上的战略位置,唐德宗遂下诏,调集兵将赴盐州筑城,这一工程仅用了两旬时间就筑成完工,为此朝野上下一片盛赞。《旧唐书·吐蕃传下》记载:贞元"九年二月,诏城盐州。是州先为吐蕃所毁,自此塞外无堡障,灵武势隔,西逼邠坊,甚为边患,故命城之,二旬而毕。又诏兼御史大夫纥干遂统兵五千与兼御史中丞杜彦光之众戍之。是役也,上念将士之劳,厚令度支供给。又诏泾原、湖南、山南诸军深讨吐蕃,以分其力。由是板筑之际,虏无犯塞者。及毕,中外咸称贺焉。""是月,西川韦皋献获吐蕃首虏。器械、旗帜、牛马于阙下。初,将城盐州,上命皋出师以分吐蕃之兵,皋遣大将董勔、张芬出西山及南道,破俄和城、通鹤军。吐蕃南道元帅论莽热率众来援,又破之,杀伤数千人,焚定廉故城。凡平栅堡五十余所。"①可见,筑盐城

---

① 《旧唐书·吐蕃传下》卷一百九十六下,中华书局1975年版,第5258页。

对吐蕃的防御效果是十分明显的,白居易的《城盐州》即详细描绘了这一历史事件:

> 城盐州,城盐州,城在五原原上头。
> 蕃东节度钵阐布,忽见新城当要路;
> 金乌飞传赞普闻,建牙传箭集群臣。
> 君臣赪面有忧色,皆言勿谓唐无人。
> 自筑盐州十余载,左衽毡裘不犯塞。
> 昼牧牛羊夜捉生,长去新城百里外。
> 诸边急警劳戍人,唯此一道无烟尘。
> 灵夏潜安谁复辨?秦原暗通何处见?
> 鄜州驿路好马来,长安药肆黄蓍贱。
> 城盐州,盐州未城天子忧;
> 德宗按图自定计,非关将略与庙谋。
> 吾闻高宗中宗世,北虏猖狂最难制。
> 韩公创筑受降城,三城鼎峙屯汉兵;
> 东西亘绝数千里,耳冷不闻胡马声。
> 如今边将非无策,心笑韩公筑城壁;
> 相看养寇为身谋,各握强兵固恩泽。
> 愿分今日边将恩,褒赠韩公封子孙。
> 谁能将此盐州曲,翻作歌词闻至尊?①

诗歌一开始采用侧面描写的手法,用筑城以后吐蕃君臣上下的表现来衬托唐朝修筑盐州城的成果,"金乌飞传""建牙传箭"都是古代游牧民族在紧急情况下用来传递消息的方式,"君臣赪面有忧色,皆言勿谓唐无人"则极言吐蕃人的惊恐与慌乱。接着正面刻画盐州筑城对保护边境安宁的重要作用:

---

① 顾学颉校点:《白居易集》,中华书局1985年版,第67页。

第三章 中唐诗歌中的民族观念与文化交流

"左衽毡裘不犯塞""唯此一道无烟尘",概括了筑城十多年来此处边疆的安宁。由此,白居易在颂美了唐德宗谋略的同时,开始讥诮当时有些边将"养寇为身谋"的卑劣行径。作者对边将的批评采用对比的手法,以高宗和中宗朝的边将韩国公张仁愿修筑三受降城作比。张仁愿本名仁亶,因为音类睿宗讳而改名。他少有文武才干,累迁至殿中侍御史,封韩国公。中宗神龙三年(707年)"时突厥默啜尽众西击突骑施娑葛,仁愿请乘虚夺取漠南之地,于河北筑三受降城,首尾相应,以绝其南寇之路……以拂云祠为中城,与东、西两城相去各四百余里,皆据津济,遥相应接,北拓地三百余里,于牛头朝那山北置烽候一千八百所。自是突厥不得度山放牧,朔方无复寇掠,减镇兵数万人。"①白居易诗中"韩公创筑受降城"以下四句就是描写这段史实,表彰张仁愿防御外族入侵的积极作为。后人因张仁愿治边有功,在受降城为他立祠,每次出师都要先到祠庙礼敬。

白居易讥讽当时的边将与张仁愿不同,他们不仅在内心里嘲笑张仁愿筑城防边的做法,甚至还用怂恿胡人增加边患危机的办法,来为自身谋取利益与荣宠。如当时镇守夏州的边将田缙,就曾"以贪猥侵挠党项羌,乃引吐蕃入寇"②。宪宗元和十四年(819年)"贬右卫大将军田缙为衡王傅。缙前镇夏州,私用军粮四万石,强取党项羊马,致党项引吐蕃入寇故也。"③可以想见,当时边疆存在如此吃里扒外的边将,唐朝失去的大片土地怎么可能得到收复?所以白居易借助盐州筑城表达他对边境安全的担忧以及巩固边防的观念。

三、"欲感人心致太平":白居易对民族关系的主张

白居易主张修德政怀远夷,反对对其他民族穷兵黩武。上述我们看到白居易主张积极防边收复失地,但是他却绝非好战之士,他坚决反对那些"欲求

---

① 《旧唐书·张仁愿传》卷九十三,中华书局1975年版,第2982页。
② 《旧唐书·李光颜传》卷一百六十一,中华书局1975年版,第4221页。
③ 《旧唐书·宪宗本纪下》卷十五,中华书局1975年版,第470页。

恩幸立边功"的行为,其《新丰折臂翁》就是为"戒边功"而创作的诗歌。此诗借助新丰一位八十多岁的残疾老翁之口,揭露天宝末年杨国忠黩武政策给广大百姓带来的深刻苦痛。这位老翁原本"生逢圣代无征战,惯听梨园歌管声,不识旗枪与弓箭。"①但是后来遭遇到天宝年间的大征兵,他不惜用大石自残折臂,才侥幸免征云南保全了性命:

> 无何天宝大征兵,户有三丁点一丁。
> 点得驱将何处去？五月万里云南行。
> 闻道云南有泸水,椒花落时瘴烟起;
> 大军徒涉水如汤,未过十人二三死。
> 村南村北哭声哀,儿别爷娘夫别妻。
> 皆云前后征蛮者,千万人行无一回。
> 是时翁年二十四,兵部牒中有名字。
> 夜深不敢使人知,偷将大石捶折臂。
> 张弓簸旗俱不堪,从兹始免征云南。
> 骨碎筋伤非不苦,且图拣退归乡土。……
> 不然当时泸水头,身死魂飞骨不收;
> 应作云南望乡鬼,万人冢上哭呦呦。
> 老人言,君听取。君不闻:开元宰相宋开府,不赏边功防黩武？
> 又不闻:天宝宰相杨国忠,欲求恩幸立边功？
> 边功未立生人怨,请问新丰折臂翁。②

白居易诗中所述的天宝大征兵,《旧唐书·杨国忠传》记载很详细:"南蛮质子合罗凤亡归不获,帝怒甚,欲讨之。国忠荐阆州人鲜于仲通为益州长史,令率精兵八万讨南蛮,与罗凤战于泸南,全军陷没。国忠掩其败状,仍叙其战功,仍令仲通上表请国忠兼领益部。十载,国忠权知蜀郡都督府长史,充剑南

---

① 顾学颉校点:《白居易集》,中华书局1985年版,第61页。
② 白居易《新丰折臂翁》,顾学颉校点:《白居易集》,中华书局1985年版,第61—62页。

第三章　中唐诗歌中的民族观念与文化交流

节度副大使,知节度事,仍荐仲通代己为京兆尹。国忠又使司马李宓率师七万再讨南蛮。宓渡泸水,为蛮所诱,至和城,不战而败,李宓死于阵。国忠又隐其败,以捷书上闻。自仲通、李宓再举讨蛮之军,其征发皆中国利兵,然于土风不便,沮洳之所陷,瘴疫之所伤,馈饷之所乏,物故者十八九。凡举二十万众,弃之死地,只轮不还,人衔冤毒,无敢言者"。① 这次征讨南诏的战争,杨国忠为了自己邀取边功,多次隐瞒失败的战况,不惜白白葬送唐朝二十万精兵的生命,驱赶他们到环境极为恶劣的边远地区作战,造成千万个家庭的悲剧,也给国家和民族带来了深重的灾难,留下了令人恐怖的万人冢。诗中"万人冢上哭呦呦"下原注曰"云南有万人冢,即鲜于仲通、李宓曾覆军之所也。"②在今天云南省大理市还有当时李宓覆军的万人冢遗存。这一部分白居易以新丰折臂老翁的口吻来叙述,极大地增强了诗歌叙事内容的可信度。

新丰折臂翁"一肢虽废一身全"的经历是令人同情的,这种同情越深切,对杨国忠之流邀功固宠的行径就越痛恨。所以白居易在诗歌的最后又禁不住直接大发议论,旗帜鲜明地表达自己"戒边功"的观点。他用开元时期贤能宰相宋璟的事迹与杨国忠作比,宋璟为相时,为了防止边将邀功请赏而滥用武力,挑起民族的纠纷,曾对当时获得突厥首领默啜首级的郝灵荃延后一年授赏,结果郝灵荃抑郁而死。"圣历后,突厥默啜负其强,数窥边,侵九姓拔曳固,负胜轻出,为其狙击斩之,入蕃使郝灵佺传其首京师。灵佺自谓还必厚见赏。璟顾天子方少,恐后干宠蹈利者夸威武,为国生事,故抑之,逾年,才授右武卫郎将,灵佺恚愤不食死。"③但是杨国忠却为了达到邀功固宠的个人目的,不惜开边寻衅,先后牺牲了几十万将士的生命。白居易拿宋璟与杨国忠作比,其褒贬之意十分明了,他赞赏宋璟从制度层面杜绝因邀边功而导致民族之间战争不断的"为国生事"做法。这也体现了白居易反对不义战争,希望各民族

---

① 《旧唐书·杨国忠传》卷一百零六,中华书局1975年版,第3243页。
② 白居易《新丰折臂翁》,顾学颉校点:《白居易集》,中华书局1985年版,第62页。
③ 《新唐书·宋璟传》卷一百二十四,中华书局1975年版,第4394页。

平等相待、和睦相处的宽大胸襟和善良愿望。清代沈德潜的《唐诗别裁集》评价此诗说:"穷兵黩武之祸,慨切言之。末以宋璟、杨国忠对言,见开、宝治乱之机,实分于此。"①

对于如何处理唐朝与其他民族之间的关系问题,白居易在反对穷兵黩武的同时,主张通过内修德政而怀柔远人。他在《蛮子朝》和《骠国乐》两首诗中都渗透着这一观点。《蛮子朝》叙述了南诏与唐朝的交往:"蛮子朝,泛皮船兮渡绳桥,来自巂州道路遥。入界先经蜀川过,蜀将收功先表贺。臣闻云南六诏蛮,东连牂牁西连蕃。六诏星居初琐碎,合为一诏渐强大。"②南诏地处今天的云南一带,原有星散而居的六诏,后由最南端的蒙舍诏合并了其他五诏,因称南诏。南诏与唐朝的关系大部分时间处于通使和好的状态,但是在玄宗朝,因边将的贪暴激起了南诏反抗,在征讨南诏的战争中,又由于杨国忠的邀功固宠而先后葬送了二十多万唐军将士的生命。到白居易写诗的中唐时期南诏又开始向唐朝示好:

谁知今日慕华风,不劳一人蛮自通。
诚由陛下休明德,亦赖微臣诱谕功。③

《旧唐书·南诏传》记载:"(贞元)十二年,韦皋于雅州会野路招收得投降蛮首领高万唐等六十九人,户约七千,兼万唐等先受吐蕃金字告身五十片。十四年,异牟寻遣酋望大将军王丘各等贺正,兼献方物。十九年正月旦,上御含元殿受南诏朝贺。以其使杨镆龙武为试太仆少卿,授黎州廓清道蛮首领袭恭化郡王刘志宁试太常卿。二十年,南诏遣使朝贡。"④南诏主动与唐朝通好,固然存在谋其民族利益的因素,但是他们向慕华风也在于唐朝明德天下的缘故。白居易在《蛮子朝》中总结的南诏向慕华风的原因,正是体现了他修德政而怀

---

① 沈德潜选注:《唐诗别裁集》上,上海古籍出版社1983年版,第258页。
② 顾学颉校点:《白居易集》,中华书局1985年版,第70页。
③ 白居易《蛮子朝》,顾学颉校点:《白居易集》,中华书局1985年版,第70页。
④ 《旧唐书·南诏传》卷一百九十七,中华书局1975年版,第5284页。

第三章 中唐诗歌中的民族观念与文化交流

远人的民族交往理念。

类似的观点,在他创作的《骠国乐》一诗中也有体现。骠国即今天的缅甸,唐代时期骠国距离长安"一万四千里。其国境,东西三千里,南北三千五百里。东邻真腊国,西接东天竺国,南尽溟海,北通南诏些乐城界。"①骠国是因为听说南诏归附唐朝而羡慕之,通过南诏使者牵线与唐朝通好,贞元十八年(802年)来到长安,并献上骠国乐:"古未尝通中国。贞元中,其王闻南诏异牟寻归附,心慕之。十八年,乃遣其弟悉利移因南诏重译来朝,又献其国乐凡十曲,与乐工三十五人俱。乐曲皆演释氏经论之词意。寻以悉利移为试太仆卿。"②白居易的《骠国乐》就是记载这一历史事件的。他在描述了骠国乐的特点后写道:"曲终王子启圣人:臣父愿为唐外臣。左右欢呼何翕习,皆尊德广之所及。"③随后,他又通过"击壤老农父"的"独语"表达"闻君政化甚圣明,欲感人心致太平"的观感。这里的"德广之所及"与"政化甚圣明"都是白居易修德怀远民族观念的体现。他的这一思想,在其《策林》四十八《御戎狄》中表达的更完整更清晰。

白居易作《御戎狄》的目的是"徵历代之策,陈当今之宜"。④ 他是在认真分析了历史上华夏与其他民族之间各种关系模式的利弊之后,总结出了"政成国富,德盛人安"的"上策远谋"。历史上汉族处理与其他民族的关系时,采用的策略大致有四种:即王恢的"征讨之谋"、贾谊的"表饵之术"、娄敬的"和亲之计"和晁错的"农战之策"。但是事实证明这些策略都有其弊端:"用王恢之谋,则殚财耗力,罢竭生人,祸结兵连,功不偿费";"用贾谊之术,则羌胡之耳目心腹,虽诱而荒矣;而华夏之财力风教,亦随而弊矣";"用娄敬之计,则启宠纳侮,厚费偷安,虽侵略之患暂宁,而和好之约屡背";"用晁错之策,则边人

---

① 《旧唐书·骠国传》卷一百九十七,中华书局 1975 年版,第 5285 页。
② 《旧唐书·骠国传》卷一百九十七,中华书局 1975 年版,第 5286 页。
③ 顾学颉校点:《白居易集》,中华书局 1985 年版,第 71 页。
④ 顾学颉校点:《白居易集》,中华书局 1985 年版,第 1343 页。

有安土之惠,未免攻战之劳"。四者相较来看,"讨之以兵,不若诱之以饵;诱之以饵,不若和之以亲;和之以亲,不若备之有素"。① 虽然如此,在白居易看来,这些都是"近算浅图"的策略,想要长久的安边,上策就是"以政成德盛为图,以人安师壮为计"②。其中,"政成德盛"是根本,因为"德盛而日闻则服,服必怀柔"。白居易这里强调的"德盛""怀柔",是指依靠德政而"柔中怀外",包括了中与外、远与近两个方面,那么,如何处理好对待中与外、远与近的关系,他认为应该先内后外,先近后远。

在《骠国乐》的创作题旨中,白居易就明确指出"欲王化之先迩后远也"。③ 在诗歌中,他又议论说:

闻君政化甚圣明,欲感人心致太平。

感人在近不在远,太平由实非由声。

观身理国国可济,君如心兮民如体。

体生疾苦心憯凄,民得和平君恺悌。

贞元之民若未安,骠乐虽闻君不欢。

贞元之民苟无病,骠乐不来君亦圣。

骠乐骠乐徒喧喧,不如闻此刍荛言!④

政成德明惠及百姓首先"在近不在远",如果国内百姓人心不安,生活无定,即便远域他方进献的乐舞再好,国君也不快乐;反之,如果国内之民安定无忧,即使其他民族不来朝献,国君也是圣明的。这虽然是刍荛之言,但也是白居易真实的内心之音。这一观点,在其《蛮子朝》一诗中也有类似的表达。当德宗在延英殿对远修职贡的南诏使者青睐有加时,白居易写道:

上心贵在怀远蛮,引临玉座近天颜。

---

① 白居易《御戎狄》,顾学颉校点:《白居易集》,中华书局1985年版,第1344页。
② 白居易《御戎狄》,顾学颉校点:《白居易集》,中华书局1985年版,第1345页。
③ 顾学颉校点:《白居易集》,中华书局1985年版,第53页。
④ 顾学颉校点:《白居易集》,中华书局1985年版,第71页。

冕旒不垂亲劳俫。赐衣赐食移时对。

移时对,不可得,大臣相看有羡色。

可怜宰相拖紫佩金章,朝日唯闻对一刻!①

对比唐德宗对南蛮使者"赐衣赐食移时对"和对国内宰相"朝日唯闻对一刻"的不同待遇,并通过大臣们对"远蛮"使者能够得与皇帝移时而对的羡慕之色,委婉地表达在对待内与外、远与近的问题上,国君不应该贵远贱近的观点。

总之,白居易有着明确的华夷之分观念,他反对边将的黩武邀功,主张修德怀远,他的民族思想是全部建立在关注同情士卒、失地遗民及击壤百姓这样一些最底层群体的利益基础之上的。

第二节 韩愈诗歌中的民族观

韩愈是中唐著名的文学家与思想家,他的诗歌别开生面,自成一家,为唐诗之一大变。他的散文被苏轼推为"文起八代之衰",位列唐宋八大家之首。他的思想也很丰富,是历代学者热心研究的问题。但是学界关注较多的是韩愈的政治思想、哲学思想,尤其是对其复兴儒学的评价最成热点,②而对其民族观则少有评论。韩愈在对待佛教的态度以及在南方任职时对待少数民族的态度上都体现出了他的民族观念,对此予以探析,将有助于更加全面地了解韩愈其人,并丰富其思想内涵。

---

① 顾学颉校点:《白居易集》,中华书局1985年版,第70页。
② 相关研究成果如冯友兰:《韩愈李翱在中国哲学史中之地位》《清华周刊》1932年第9—10期;陈寅恪:《论韩愈》,《陈寅恪集·金明馆丛稿初编》,生活·读书·新知三联书店2001年版;黄永年:《论韩愈在中国思想史上的地位》,《陕西师范大学学报(哲学社会科学版)》1996年第1期;王昌猷:《韩愈生平及其思想的评价——兼论董仲舒对儒学的改造与沿袭》,《湖南师院学报(哲学社会科学版)》1979年第2期;张晓松:《试论韩愈的政治思想》,《上饶师专学报(社会科学版)》1986年第4期;朱易安:《元和诗坛与韩愈的新儒学》,《文学遗产》1993年第3期等等。

一、"不用无端更乱华":韩愈对佛教的态度

佛教从汉末传入中土,经历了魏晋南北朝的发展,到唐代达到了空前鼎盛的时期。随着佛教在唐代的兴盛,士人排佛的声音也一直未曾断绝。唐高祖和太宗时期的傅奕,武后时期的狄仁杰、张廷珪,中宗时期的辛替否,宪宗时的李德裕等,都曾上书排斥佛教,①而韩愈可谓唐代排佛史上最激烈的一位,对此,学界也多有刊论。② 韩愈因一篇《论佛骨表》遭到沉重的政治打击,唐宪宗一度"怒甚",并要对韩愈处以极刑,后因大臣们的说情才改为贬潮州刺史。

韩愈排佛不同于其他士人仅从佛教破坏唐朝社会经济和风俗教化的角度着眼,他还从华夷之分的民族立场出发分析佛教的弊害。他在《送僧澄观》一诗中指斥佛教传入中国以来搅扰四海,大兴土木竞构招提宝塔的弊端:

浮屠西来何施为?扰扰四海争奔驰。

构楼架阁切星汉,夸雄斗丽止者谁?③

又在《赠译经僧》中告诫那些从遥远的西部穿越流沙入唐的译经僧徒,不许他们来扰乱华夏:

万里休言道路赊,有谁教汝度流沙?

只今中国方多事,不用无端更乱华。④

韩愈此诗反对译经僧来华的态度十分强硬,他认为这些僧人是来"乱华"的,所以丝毫也不同情他们从万里之遥度过流沙来中国的艰辛。其中的"休言""不用"两句用语直白,主旨明晰,是他排佛主张的一贯体现。他在《论佛骨表》中也一再申明这一观点,认为佛教属于夷狄之法,不应任其兴盛而破坏

---

① 参见兰翠:《唐代孟子学研究》,北京大学出版社2014年版,第134页。
② 相关研究成果如洪流:《韩愈谏迎佛骨的历史意义》,《暨南学报(哲学社会科学)》1988年第1期;刘国盈:《韩愈与僧人》,《首都师范大学学报(社会科学版)》1994年第4期;邹进先:《论韩愈反佛老对其文学思想及诗文创作的影响》,《社会科学辑刊》1990年第5期等。
③ 钱仲联集释:《韩昌黎诗系年集释》,上海古籍出版社1984年版,第127页。
④ 钱仲联集释:《韩昌黎诗系年集释》,上海古籍出版社1984年版,第1289页。

第三章 中唐诗歌中的民族观念与文化交流

华夏先王之法:"伏以佛者,夷狄之一法耳,自后汉时流入中国,上古未尝有也。"①"夫佛本夷狄之人,与中国言语不通,衣服殊制,口不言先王之法言,身不服先王之法服,不知君臣之义、父子之情。假如其身至今尚在,奉其国命,来朝京师;陛下容而接之,不过宣政一见,礼宾一设,赐衣一袭,卫而出之于境,不令惑众也。况其身死已久,枯朽之骨,凶秽之余,岂宜令入宫禁?"②韩愈所说的先王之法,就是儒家的道统,这一传统自"尧以是传之舜,舜以是传之禹,禹以是传之汤,汤以是传之文武、周公,文武、周公传之孔子,孔子传之孟轲"。③韩愈以接续孟子倡导先王之法为使命,所以无法容忍佛法对于儒道的冲击。④《孟子·滕文公上》曰"吾闻用夏变夷者,未闻变于夷者也。"⑤在夷夏文化相互影响渗透的问题上,孟子的"用夏变夷"成为儒家的不刊之论,这也是韩愈反对来自夷狄之法的佛教在中国"惑众"的理论依据。

如果说从破坏唐代经济发展以及社会风气的立场出发而反对佛教属于对现实层面关注的话,那么,韩愈从华夷之分的民族立场反对佛教,就属于对思想层面的关注,前者是形而下的排佛,后者则是形而上的排佛。在韩愈之前,唐代的排佛之士也偶有从华夷之别的高度反佛,如主要活动于唐高祖和太宗时期的傅奕临终前曾告诫其后代曰:"老、庄玄一之篇,周、孔《六经》之说,是为名教,汝宜习之。妖胡乱华,举时皆惑,唯独窃叹,众不我从,悲夫!汝等勿学也。"⑥其中的"妖胡乱华,举时皆惑"就是从胡华之别的立场反对佛教的传入。同时,他在《请废佛法表》和《请除释教疏》中称佛教为"胡佛",痛斥魏晋以后"妖胡滋盛,大半杂华",⑦"佛在西域,言妖路远。汉译胡书,恣其假

---

① 《韩昌黎全集》,中国书店1994年版,第456页。
② 韩愈《论佛骨表》,《韩昌黎全集》,中国书店1994年版,第457页。
③ 韩愈《原道》,《韩昌黎全集》,中国书店1994年版,第171页。
④ 参见兰翠:《唐代孟子学研究》,北京大学出版社2014年,第142—148页。
⑤ 杨伯峻译注:《孟子译注》,中华书局1988年版,第125页。
⑥ 《旧唐书·傅奕传》卷七十九,中华书局1975年版,第2717页。
⑦ 傅奕《请废佛法表》,《全唐文》卷一百三十三,中华书局1983年版,第1345页。

托"。① 但是傅奕反佛还是更多关注于社会经济层面,他主张令僧尼们还俗婚配生育,增丁兴国:"今之僧尼,请令匹配,即成十万余户,产育男女,十年长养,一纪教训,自然益国,可以足兵。四海免蚕食之殃,百姓知威福所在,则妖惑之风自革,淳朴之化还兴。"②他的民族分别意识还不是十分清晰,故此,韩愈从夷夏之分的立场反佛就显得与众不同。

对此,陈寅恪先生在《论韩愈》一文中认为,韩愈"所持排斥佛教之论点,此前已有之,实不足认为退之创见,特退之所言更较精辟,胜于前人耳。"③同时,他指出韩愈在唐代文化史上的特殊地位时也特别谈到其"呵诋释迦,申明夷夏之大防"④的贡献:"唐代古文运动一事,实由安史之乱及藩镇割据之局所引起。安史为西胡杂种,藩镇又是胡族或胡化之汉人,故当时特出之文士自觉或不自觉,其意识中无不具有远则周之四夷交侵,近则晋之五胡乱华之印象,'尊王攘夷'所以为古文运动中心之思想也。在退之稍先之古文家如萧颖士、李华、独孤及、梁肃等,与退之同辈之古文家如柳宗元、刘禹锡、元稹、白居易等,虽同有此种潜意识,然均不免认识未清晰,主张不彻底,是以不敢亦不能因释迦为夷狄之人,佛教为夷狄之法,抉其本根,力排痛斥,若退之之所言所行也。退之之所以得为唐代古文运动领袖者,其原因即在于是。"⑤陈寅恪先生认为韩愈排佛是"申明夷夏之大防"而特出于其他士人的论述可谓切中肯綮。

二、"与魑魅为群":韩愈对西原蛮的态度

唐宪宗元和十四年(819年),韩愈因一篇《论佛骨表》被贬潮州刺史。潮州地处偏远的岭南,属于"蛮夷之地",韩愈在历经艰难险阻到达潮州后所上

---

① 傅奕《请除释教疏》,《全唐文》卷一百三十三,中华书局1983年版,第1347页。
② 傅奕《请除释教疏》,《全唐文》卷一百三十三,中华书局1983年版,第1347页。
③ 陈寅恪:《金明馆丛稿初编》,生活·读书·新知三联书店2001年版,第324页。
④ 陈寅恪:《金明馆丛稿初编》,生活·读书·新知三联书店2001年版,第328页。
⑤ 陈寅恪《论韩愈》,陈寅恪:《金明馆丛稿初编》,生活·读书·新知三联书店2001年版,第329页。

朝廷的谢表中描述道:"臣所领州,在广府极东界上,去广府虽云才二千里,然往来动皆经月。通海口,下恶水。涛泷壮猛,难计程期;飓风鳄鱼,患祸不测。州南近界,涨海连天;毒雾瘴氛,日夕发作。臣少多病,年才五十,发白齿落,理不久长,加以罪犯至重,所处又极远恶,忧惶惭悸,死亡无日。单立一身,朝无亲党,居蛮夷之地,与魑魅为群。"①韩愈称自己在潮州"与魑魅为群"固然夸张,其中不免有因为被贬边鄙的不满情绪在,但是他视潮州为"蛮夷之地"则是客观现状。潮州的先民属古闽越族,虽然随着不断的民族迁移,大批中原汉人南来,带来了中原文化,但是潮汕文化依然保留着自己独特的面貌。

韩愈在潮州时期,针对南方部分少数民族为乱一事曾向朝廷上《黄家贼事宜状》,韩愈所称的"黄家贼"是指居住在邕、容两州一带的西原蛮中黄氏一族。西原蛮与唐朝的关系是"且服且叛",②其中黄氏实力较强,在唐德宗执政时期,黄氏攻陷南方多个州县,朝廷为此也动用了不少兵力平叛,结果是损兵折将。对此,韩愈根据自己在潮州对西原蛮的了解,向朝廷献状提出建议。

首先,韩愈对黄氏的态度是居高临下的。虽然韩愈认为造成黄氏反叛的主要原因是当地官员既无德行也无威严:"比缘邕管经略使,多不得人。德既不能绥怀,威又不能临制,侵欺虏缚,以致怨恨。"③同时,对于平乱过程中地方官欺罔朝廷"本无远虑深谋,意在邀功求赏"的做法也十分愤怒,但是,韩愈认为黄氏"其贼并是夷獠,亦无城郭可居。依山傍险,自称洞主。衣服言语,都不似人。寻常亦各营生,急则屯聚相保。""蛮夷之性,易动难安,遂致攻劫州县,侵暴平人,或复私仇,或贪小利,或聚或散,终亦不能为事。"④在韩愈看来,因为黄氏蛮的生活习俗不同于汉人,所以他说其"衣服言语,都不似人",字里行间充满着他对西原蛮的鄙夷。

---

① 韩愈《潮州刺史谢上表》,《韩昌黎全集》,中国书店1994年版,第459页。
② 《新唐书·西原蛮传》卷二百二十二,中华书局1975年版,第6330页。
③ 韩愈《黄家贼事宜状》,《韩昌黎全集》,中国书店1994年版,第469页。
④ 韩愈《黄家贼事宜状》,《韩昌黎全集》,中国书店1994年版,第469页。

其次,韩愈主张对黄氏采取羁縻政策。因为岭南地广人稀,黄氏所处之地,更加荒僻。所以"假如尽杀其人,尽得其地,在于国计,为不有益。容贷羁縻,比之禽兽,来则捍御,去则不追,亦未亏损朝廷事势。"①韩愈站在为国家利益计谋的立场上,认为即使把黄氏一族赶尽杀绝,唐朝占有了其全部的土地,也得不到多少实际的利益,倒不如像对待禽兽那样,"来则捍御,去则不追"。韩愈虽然不主张杀戮,但是其中"比之禽兽"的羁縻建议也渗透着韩愈对黄氏一族的排斥情感。

韩愈如此主张,是他一向反对分裂,巩固大一统的封建君主秩序,维护国家统一的政治理想在民族问题上的体现。同时,韩愈的这篇《黄家贼事宜状》是上献给朝廷看的,其中的立场全然以唐朝为出发点,因此在对待黄氏一族的情感上包含着较多鄙夷成分。

三、"常惧染蛮夷":韩愈对少数民族民俗的态度

韩愈一生仕途曾有两次外贬经历,在贬谪潮州刺史之前还曾因为上疏朝廷请宽民徭役被贬为阳山令。阳山和潮州皆属今广东省,阳山县位于广东省西北部,南岭山脉南麓,其中所辖有瑶族乡;潮州地处广东东部,北靠梅州,南濒南海,北部凤凰山一带是少数民族畲族的发源地。

这些地方,对于身处北方的韩愈来说,都是典型的蛮夷之地。加之韩愈被贬的失落情绪,他对当地的地理风物特色以及饮食风俗表现出的负面情感比较多。

如在《送区册序》中他描述阳山的山水特点和民俗说:"阳山,天下之穷处也。陆有丘陵之险,虎豹之虞;江流悍急,横波之石,廉利侔剑戟,舟上下失势,破碎沦溺者,往往有之。县郭无居民,官无丞尉。夹江荒茅篁竹之间,小吏十余家,皆鸟言夷面。始至,言语不通。"②在韩愈眼里,阳山属于穷山恶水之处,

---

① 韩愈《黄家贼事宜状》,《韩昌黎全集》,中国书店1994年版,第470页。
② 《韩昌黎全集》,中国书店1994年版,第293页。

这里山险江急,虎豹出没,人烟稀少,居住简陋,尤其是当地人"皆鸟言夷面",语言不通,让他很难适应。韩愈对潮州的地理特点也有相似的体验,他在《泷吏》一诗中写道:

　　南行逾六旬,始下昌乐泷。险恶不可状,船石相舂撞。
　　往问泷头吏,潮州尚几里。行当何时到,土风复何似?
　　泷吏垂手笑:官何问之愚! 譬官居京邑,何由知东吴?
　　东吴游宦乡,官知自有由。潮州底处所? 有罪乃窜流。
　　侬幸无负犯,何由到而知? 官今行自到,那遽妄问为?
　　不虞卒见困,汗出愧且骇。吏曰聊戏官,侬尝使往罢,
　　岭南大抵同,官去道苦辽。下此三千里,有州始名潮。
　　恶溪瘴毒聚,雷电常汹汹。鳄鱼大于船,牙眼怖杀侬。
　　州南数十里,有海无天地。飓风有时作,掀簸真差事。①

韩愈以设为问答的方式记述潮州的遥远与险恶,他在将要到达潮州时,谦卑地向"泷头吏"问询潮州的"土风",得到的回答是那里瘴毒聚集,雷电汹汹,飓风时作,还有比船大的鳄鱼。韩愈对潮州风土的感知,假托泷吏之口道出,更加凸显了其真切之感。而这些体验,不言而喻都属于负面的感知。

韩愈除了对贬地的地理及气候环境充满忧惧情感外,对当地的饮食风俗也很排斥。民以食为天,一个人如果能够认同异地的饮食习惯,那么在很大程度上他会对当地表现认可的情绪,反之亦然。韩愈在潮州时期创作的两首描写当地饮食特点的诗作,都流露出他对当地饮食风俗的嫌恶之情。如其《初南食贻元十八协律》:

　　鲎实如惠文,骨眼相负行。蚝相黏为山,百十各自生。
　　蒲鱼尾如蛇,口眼不相营。蛤即是虾蟆,同实浪异名。

---

① 钱仲联集释:《韩昌黎诗系年集释》,上海古籍出版社1984年版,第1109页。

> 章举马甲柱,斗以怪自呈。其余数十种,莫不可叹惊。
> 我来御魑魅,自宜味南烹。调以咸与酸,芼以椒与橙。
> 腥臊始发越,咀吞面汗骍。惟蛇旧所识,实惮口眼狞。
> 开笼听其去,郁屈尚不平。卖尔非我罪,不屠岂非情。
> 不祈灵珠报,幸无嫌怨并。聊歌以记之,又以告同行。①

诗中写到了鲎、蚝、蒲鱼、蛤、虾蟆、章鱼等多种水产品以及蛇,这些在当地人眼中的美味佳肴,在韩愈笔下不仅外观令人恐怖,还充斥着腥臊之气。他着力刻画它们怪异狰狞的样貌,表现自己的"叹惊"以及饮食时"面汗骍"的窘态。一般而言,人们初到异地,对具有地方特色的食材充满好奇或者讶异之情属于人之常情。但是韩愈对这些食物的排斥则主要是缘于他理智上对这些饮食风俗的不认同。他曾在《答柳柳州食虾蟆》中对柳宗元表达自己"常惧染蛮夷,失平生好乐"的观点,其诗写道:

> 虾蟆虽水居,水特变形貌。强号为蛙蛤,于实无所校。
> 虽然两股长,其奈脊皴皰。跳踯虽云高,意不离汙淖。
> 鸣声相呼和,无理只取闹。周公所不堪,洒灰垂典教。
> 我弃愁海滨,恒愿眠不觉。叵堪朋类多,沸耳作惊爆。
> 端能败笙磬,仍工乱学校。虽蒙勾践礼,竟不闻报效。
> 大战元鼎年,孰强孰败桡? 居然当鼎味,岂不辱钓罩?
> 余初不下喉,近亦能稍稍,常惧染蛮夷,失平生好乐。
> 而君复何为,甘食比豢豹? 猎较务同俗,全身斯为孝。②

柳宗元于元和十年(815年)贬为柳州刺史,至元和十四年(819年)十一月去世,在柳州历时五年。韩愈元和十四年(819年)贬潮州刺史,此诗即写于当年。柳宗元原诗不存,从韩愈诗意推测,他们是在谈论食用当地虾蟆的体会。虾蟆即蛙类,韩愈对其充满了厌嫌之感,从虾蟆的体相到其叫声都令韩愈

---

① 钱仲联集释:《韩昌黎诗系年集释》,上海古籍出版社1984年版,第1132页。
② 钱仲联集释:《韩昌黎诗系年集释》,上海古籍出版社1984年版,第1138页。

难以接受,而柳宗元却十分喜欢这种美食,对其"甘食比豢豹",这颇令韩愈有些不能理解。所以,宋代诗人梅尧臣就曾比较韩柳说"退之来潮阳,始惮飨笼蛇。子厚居柳州,而甘食虾蟆。"①韩愈虽然从初期的拒绝虾蟆"下喉"到后来的能稍微尝试,有了一些改变,但是他"常惧染蛮夷"的主观意识,让其时刻对"蛮夷"文化保持着一份警惕,他难以对当地的饮食文化有真正的心理认同。他认为"诸侯用夷礼,则夷之,进于中国,则中国之。"②因此,他担心自己被夷化,即便是日常饮食习惯,他也与蛮夷刻意保持着一定的距离。

总之,韩愈对待夷文化的态度是拒绝和排斥的,无论是他出于华夷之分对佛教的激烈批评,还是在其贬所与当地蛮夷文化保持的距离,都不难看出他主观上的这一意识。在对待西原蛮的态度上,他的出发点和立场也始终是在维护唐朝利益。韩愈对夷文化的态度,如果除掉他被贬的情感因素之外,更多地是出自他对儒家本位文化的守护和坚持。

第三节 柳宗元诗歌中的民族观

柳宗元与韩愈一样,是中唐杰出的文学家和思想家。他的散文与韩愈并称"韩柳",诗歌尤其是山水田园诗成就突出,与韦应物并称"韦柳"。他博览群书,其思想以兼收并蓄而著称。学界对柳宗元的研究主要集中在思想和散文创作两方面,就其思想研究来说,他的哲学思想、政治思想、教育思想乃至于经济思想等研究都成绩斐然,然而对于他的民族思想则少有关注。柳宗元长期在南方偏远地区任职,与当地不同民族的百姓接触密切,对他们的态度与情感都能显示出柳宗元的民族思想。

---

① 梅尧臣《范饶州坐中客语食河豚鱼》,朱东润编年校注:《梅尧臣集编年校注》,上海古籍出版社出版1980年版,第117页。
② 韩愈《原道》,《韩昌黎全集》,中国书店1994年版,第174页。

一、"居夷獠之乡":柳宗元对其贬所蛮夷之地的认知

唐顺宗永贞元年(805年)九月,永贞革新失败,柳宗元被贬为永州司马。到元和十年(815年)一月,柳宗元接诏回京。三月,再贬为柳州刺史。元和十四年(819年)十月,柳宗元在柳州因病去世,享年46岁。他的南方贬谪生活前后历时十四年,可以说,他生命的最旺盛阶段都是在南方度过的。无论是永州抑或是柳州,都是多民族杂居地区,因此,柳宗元都明确地将他所贬谪的南方视为蛮夷之地。

《旧唐书·地理志三》载永州"在京师南三千二百七十四里,至东都三千六百六十五里。"①永州位于今湖南省南部,地处潇、湘二水汇合处,三面环山,区内河川溪涧纵横,山岗盆地相间。永州除汉族以外,还有瑶族、壮族等少数民族,是一个多民族地区。柳宗元在永州时期创作的诸多作品中,常常称当地为"夷""夷獠"或者"蛮夷",如其《读韩愈所著毛颖传后题》称自己到永州后与中州音信断绝:"自吾居夷,不与中州人通书"。②《寄许京兆孟容书》向京兆尹许孟容倾诉谪居永州"夷獠之乡"后的痛苦和悲哀:"宗元于众党人中,罪状最甚。……今抱非常之罪,居夷獠之乡,卑湿昏雾,恐一日填委沟壑,旷坠先绪,以是怛然痛恨,心肠沸热。"③《与萧翰林俛书》称在永州"居蛮夷中久"。④《与吕道州温论非国语书》则直接把自己视为"夷人":"身编夷人,名列囚籍"。⑤

柳宗元再贬的柳州距离长安则更加遥远,《旧唐书·地理志四》载柳州"至京师水陆相乘五千四百七十里,至东都水陆相乘五千六百里。"⑥这里杂居

---

① 《旧唐书·地理志三》卷四十,中华书局1975年版,第1615页。
② 《柳宗元集》,中华书局1979年版,第569页。
③ 《柳宗元集》,中华书局1979年版,第780—781页。
④ 《柳宗元集》,中华书局1979年版,第798页。
⑤ 《柳宗元集》,中华书局1979年版,第822页。
⑥ 《旧唐书·地理志四》卷四十一,中华书局1975年版,第1735页。

着壮族、侗族、苗族、瑶族等四十多个少数民族,其中壮族和侗族是柳州最古老的原居民族。柳宗元到柳州后有《谢除柳州刺史表》,向朝廷表达要竭尽全力治理好柳州的决心:"谨当宣布诏条,竭尽驽蹇,皇风不异于遐迩,圣泽无间于华夷,庶答鸿私,以塞余罪。"①其中的"圣泽无间于华夷"表达的是皇帝圣恩泽被天下之意,其中渗透的理念就是将柳州视为华夏之外的夷地。而其《南省转牒欲具江国图令尽通风俗故事》一诗也能透露他的这一认识。此诗是他在柳州刺史任上接到尚书省要各地提供风俗故事编纂《江国图》的公文时,高兴之即创作的:

圣代提封尽海壖,狼荒犹得纪山川。
华夷图上应初录,风土记中殊未传。
椎髻老人难借问,黄茆深峒敢留连。
南宫有意求遗俗,试检周书王会篇。②

柳州因为属于偏远的"海壖""狼荒"之地,晋代所编《风土记》未编录柳州的任何信息,直到唐代贞元年间,才被贾耽编纂的《海内华夷图》初次收录。

柳宗元诗中感慨盛世疆土辽阔,如"椎髻""黄茆""深峒"之类的偏远夷俗都可以被朝廷的《江国图》所收录记载,反映出他对柳州偏远蛮荒区域的认知。

二、"幸此南夷谪":柳宗元对夷文化的接纳与融入

柳宗元祖籍河东(今山西省永济),生于京城长安,对中原文化的接受是与生俱来的。他精敏好学,少时即以才华绝伦而为时辈推仰。其《谢除柳州刺史表》称自己"早以文律,参于士林,德宗选于众流,擢列御史。"③《旧唐书·柳宗元传》也评价他"少聪警绝众,尤精西汉《诗》《骚》。下笔构思,与古

---

① 《柳宗元集》,中华书局1979年版,第1001页。
② 《柳宗元集》,中华书局1979年版,第1146页。
③ 《柳宗元集》,中华书局1979年版,第1000页。

为俦。精裁密致,璨若珠贝。当时流辈咸推之。登进士第,应举宏辞。"①这样一个对政治前途充满希望的才子,在踏入政坛不久即被贬谪到南方蛮荒地区,初来乍到的不适应是可以想见的。因此,初到永州,柳宗元不免对当地文化风俗表现出讶异与陌生之感。如其《酬韶州裴曹长使君寄道州吕八大使因以见示二十韵一首》中写道:

月光摇浅濑,风韵碎枯菅。海俗衣犹卉,山夷髻不鬟。

泥沙潜虺蜮,榛莽斗豺貙。②

此诗是柳宗元于元和四年(809年)秋在永州唱和两位友人裴曹长和吕温而作的。"山夷"独特的日常穿戴和发式打扮,泥水中的毒蛇和含沙射影的蜮以及莽林中争斗的豺与貙,都不免令人感到陌生与恐惧。他在柳州创作的《寄韦珩》一诗中也有类似的感受:

初拜柳州出东郊,道旁相送皆贤豪。

回眸炫晃别群玉,独赴异域穿蓬蒿。

炎烟六月咽口鼻,胸鸣肩举不可逃。

桂州西南又千里,漓水斗石麻兰高。

阴森野葛交蔽日,悬蛇结虺如蒲萄。

到官数宿贼满野,缚壮杀老啼且号。

饥行夜坐设方略,笼铜枹鼓手所操。

奇疮钉骨状如箭,鬼手脱命争纤毫。

今年噬毒得霍疾,支心搅腹戟与刀。

迩来气少筋骨露,苍白浪汨盈颠毛。③

韦珩即韦群玉,是柳宗元的好友。诗歌叙述告别长安朋友远赴柳州任职的艰辛。柳州不仅天气闷热,满是阴森蔽日的野葛,到处还有多如葡萄的悬蛇

---

① 《旧唐书·柳宗元传》卷一百六十,中华书局1975年版,第4213页。
② 《柳宗元集》,中华书局1979年版,第1130页。
③ 《柳宗元集》,中华书局1979年版,第1142页。

第三章 中唐诗歌中的民族观念与文化交流

结胣。作为全面负责地方管理的刺史,柳宗元还要平复缚壮杀老的作乱山贼。恶劣的气候和环境,让不能马上适应的他罹患奇疮和霍疾,苍白瘦削,甚至差点送了性命。

对于柳宗元而言,永州和柳州的自然环境和夷族风俗是无法改变的客观存在,唯一可改变的就是自己面对这一客观现实的态度。所以,柳宗元开始对当地充满着夷俗的一切由讶异变为接纳,由陌生变为融入。

这种接纳与融入首先是从欣赏当地的山水风光开始的。柳宗元努力从当地风景上找寻心灵的慰藉,永州虽然还是那个永州,柳州也依然是那个柳州,但是当他的目光不在专注于那些"山水穷险艰"的一面时,当地自然环境清新怡人的一面就会显现出来,令他心灵上获得些许安宁与欣慰。如其《与崔策登西山》诗中注意到楚山楚江的美丽:

鹤鸣楚山静,露白秋江晓。连袂度危桥,萦回出林杪。

西岑极远目,毫末皆可了。重叠九疑高,微茫洞庭小。

迥穷两仪际,高出万象表。驰景泛颓波,遥风递寒筱。

谪居安所习,稍厌从纷扰。①

此诗是柳宗元元和七年(812年)在永州与崔策游览西山而作。时值秋季,山静江清,诗人在山顶极目远眺,重叠的九疑山与微茫的洞庭湖都尽收眼底。由眼前景致而感悟两仪万象,柳宗元已经可以对其环境"安所习"了。他在永州创作的另一首山水诗《登蒲州石矶望横江口潭岛深迥斜对香零山》也着眼于周边环境的赏心悦目:

隐忧倦永夜,凌雾临江津。猿鸣稍已疏,登石娱清沦。

日出洲渚静,澄明晶无垠。浮晖翻高禽,沉景照文鳞。

双江汇西奔,诡怪潜坤珍。孤山乃北峙,森爽栖灵神。

洄潭或动容,岛屿疑摇振。陶埴兹择土,蒲鱼相与邻。

---

① 《柳宗元集》,中华书局1979年版,第1195页。

　　　　信美非所安,羁心屡逡巡。纠结良可解,纡郁亦已伸。①

　　已经对永州习俗可以安然接受的柳宗元,能够以欣赏的眼光去看待周边的风景。因此,尽管有湘江和潇江两水合流奔涌的"诡怪"和"孤山"森林中栖息着的神灵,但是,更加吸引他的是眼前的清沦静渚,稀疏猿鸣。晨辉的光影不仅映照着飞翔的高鸟,还透过清波洒向水中的游鱼,令它们色彩斑斓。尽管古人有"虽信美而非吾土兮,曾何足以少留"②的感慨,但是如此静美的风光,确实让柳宗元"纠结良可解,纡郁亦已伸"。正是由于这种心理上的接纳,让柳宗元发现了永州山水的魅力,他著名的描绘永州周边风景的《永州八记》也因此而产生。

　　在柳州,柳宗元经历了同样的心路历程。当他能够忽略掉当地类如"荒山秋日午,独上意悠悠。"③"瘴江南去入云烟,望尽黄茆是海边。""射工巧伺游人影,飓母偏惊旅客船"④的荒凉与险恶时,柳州的山水就显示出其可人的一面。他在《柳州山水近治可游者记》中就对柳州州治附近山水的奇姿异态,做了详细的描述。柳州州治四面山水环绕:"古之州治,在浔水南山石间。今徙在水北,直平四十里,南北东西皆水汇。"⑤除了水系之外,最有特色的就是山。柳州北面的背石山下多秀石,可砚。南面奇山更多,甑山突兀而出,下上若一;其西南有壮耸环立的驾鹤山;驾鹤山之南有正方而崇的屏山;其西有独立不倚的四姥山。西面有仙弈山,"山之西可上,其上有穴,穴有屏,有室,有宇。其宇下有流石成形,如肺肝,如茄房,或积于下,如人,如禽,如器物,甚众。"⑥此外,柳州周边还有形如立鱼的石鱼山、能出云气作雷雨的雷山以及峨水出焉的峨山等。这些山水,在柳宗元的笔下都呈现出奇异多姿的风采。

---

① 《柳宗元集》,中华书局1979年版,第1191页。
② 王粲《登楼赋》,吴云、唐绍忠集注:《王粲集注》,中州书画社1984年版,第46页。
③ 柳宗元《登柳州峨山》,《柳宗元集》,中华书局1979年版,第1166页。
④ 柳宗元《岭南江行》,《柳宗元集》,中华书局1979年版,第1168页。
⑤ 《柳宗元集》,中华书局1979年版,第775页。
⑥ 柳宗元《柳州山水近治可游者记》,《柳宗元集》,中华书局1979年版,第776页。

其次,柳宗元对南方夷俗的接纳表现为他有同当地民众融为一体的心愿。大自然中的山山水水可以娱人也可以愁人,这其中决定的因素还在于人心。柳宗元只有主观上有融入当地的心愿,他才能真正在内心接受那些相对北方而言的"蛮夷"习俗。在南方生活久了,对当地的环境气候乃至语言风习逐渐习惯了,柳宗元甚至感觉自己"殆非中国人":"居蛮夷中久,惯习炎毒,昏眊重腿,意以为常。忽遇北风晨起,薄寒中体,则肌革惨懔,毛发萧条,瞿然注视,怵惕以为异候,意绪殆非中国人。楚、越间声音特异,鴃舌啅噪,今听之怡然不怪,已与为类矣。家生小童,皆自然晓晓,昼夜满耳,闻北人言,则啼呼走匿,虽病夫亦怛然骇之。出门见适州间市井者,其十有八九,杖而后兴。自料居此尚复几何,岂可更不知止,言说长短,重为一世非笑哉?"①这是他在永州时期《与萧翰林俛书》中对朋友的诉说。柳宗元习惯了南方的"炎毒"气候,偶感北风竟然"怵惕以为异候";他听惯了南音的声腔,对他们的"鴃舌啅噪"也会"怡然不怪",因为自己已经与他们"为类矣"。所以,柳宗元甚至会庆幸自己被贬谪到"南夷":

久为簪组累,幸此南夷谪。闲依农圃邻,偶似山林客。

晓耕翻露草,夜榜响溪石。来往不逢人,长歌楚天碧。②

此诗是元和五年(810年)柳宗元迁居愚溪后所作。诗歌描绘他谪居"南夷"永州的闲适生活状态。他与农圃为邻,一大早带着露水就去锄草,偶尔也像一个山林隐士,傍晚乘船沿溪水而归。在清旷的原野,仰望浩瀚的楚天碧空,可以长歌一曲。开头总起的"幸"字耐人寻味,多数学者解读此诗都认为这是柳宗元正话反说,实际是隐含满腹牢骚的。但是笔者认为即便是柳宗元贬谪永州后心有怨忧之情,但是诗歌此一刻择取的谪居生活片段,却是对眼前生活满足的真情流露,亦或是柳宗元自我安慰的一种表现。将不幸之事说成是幸事,这是柳宗元辩证思维下产生的积极情绪,也是他逐渐融入当地生

---

① 《柳宗元集》,中华书局1979年版,第798页。
② 柳宗元《溪居》,《柳宗元集》,中华书局1979年版,第1213页。

活,接纳"南夷"习俗的最好注解。

柳宗元到柳州后,融入当地民风民俗的愿望更加积极。其《柳州峒氓》最能传递他的这一心绪:

  郡城南下接通津,异服殊音不可亲。
  青箬裹盐归峒客,绿荷包饭趁虚人。
  鹅毛御腊缝山罽,鸡骨占年拜水神。
  愁向公庭问重译,欲投章甫作文身。①

诗歌首联概括柳州的地理位置和风土人情,这里少数民族居多,峒民们与北方完全不同的"异服"与"殊音"不免让初到柳州的柳宗元感到"不可亲"。他十分坦诚,毫不隐瞒自己对柳州风情的最初印象。接下来两联,柳宗元详细刻画了峒民们的日常生活方式图景。与其服饰及语言一样独特,他们用绿荷包饭,到遥远的集市上去购买日用必需品如食盐等,使用青箬叶子裹盐携带,寒冬腊月则用鹅毛制成的毯子来御寒。同时,他们还有用"鸡骨占年"以及礼"拜水神"的民间俗信。然而这一切富有浓郁地方色彩的奇异风俗,都还不是令柳宗元难以走近他们的主要原因。诗的最后两句道出了他的最大苦恼和强烈心愿,即因为在公庭上与峒民对话需要双重翻译,所以他想脱掉官服摘下官帽,与峒民们一样刺青纹身融入其中。《庄子·逍遥游》里记载:宋国人到越国去贩卖章甫这种礼帽,但是越国人断发文身,用不着这种礼帽。柳宗元这里化用这个故事,表示他愿意入乡随俗的心愿。虽然最初感到柳州峒民"异服殊音不可亲",但到最后却"欲投章甫作文身",柳宗元不仅仅是能够接纳当地的夷俗,还有主动融入夷俗的心愿,可见他的民族观念是开放包容的。此外,他在《种柳戏题》中也表达了他希望惠及当地百姓,造福大众的真挚情感与美好愿望:

  柳州柳刺史,种柳柳江边。谈笑为故事,推移成昔年。

---

① 《柳宗元集》,中华书局1979年版,第1169页。

垂阴当覆地,耸干会参天。好作思人树,惭无惠化传。①

柳宗元率领百姓在柳江岸边种植柳树,谈笑之中,他借柳树将来必能垂阴覆地耸干参天表达了惠民的心愿。其中的"思人树"典出《史记·燕召公世家》:"召公之治西方,甚得兆民和。召公巡行乡邑,有棠树,决狱政事其下,自侯伯至庶人各得其所,无失职者。召公卒。而民思召公之政,怀棠树不敢伐,歌咏之,作《甘棠》之诗。"②召公有惠于民,他去世后,百姓自觉地爱护他生前听讼于下的甘棠树,还做《甘棠》之诗歌咏他。后人遂用"思人树"作为赞美官员有惠政的典故。

柳宗元两次出任南方偏远地区官员,尤其是在距离京城遥远的柳州,与少数民族杂居,"不鄙夷其民"③。他能够由初来乍到的陌生,很快融入当地生活,主动接受适应包括"夷俗多所神"④的风土人情,"乐居夷而忘故土"⑤,甚至希望自己死后能成为柳州的保护神,他"尝与其部将魏忠、谢宁、欧阳翼饮酒驿亭,谓曰:'吾弃于时,而寄于此,与若等好也。明年吾将死,死而为神,后三年,为庙祀我。'"⑥柳宗元对南方夷俗的这种认同,从根本上说,是由于他对异族文化有着一颗包容之心,具有平等看待少数民族的思想观念。

第四节　刘禹锡诗歌对贬谪地异族文化的书写

刘禹锡是中唐著名的文学家和思想家,与柳宗元交好并齐名,史称"刘柳"。晚年在洛阳与白居易等交游赋诗、对吟唱和,并称"刘白"。他的诗作内

---

① 《柳宗元集》,中华书局1979年版,第1171页。
② 《史记·燕召公世家》卷三十四,中华书局1963年版,第1550页。
③ 韩愈《柳州罗池庙碑》,《韩昌黎全集》,中国书店1994年版,第399页。
④ 柳宗元《种白蘘荷》,《柳宗元集》,中华书局1979年版,第1227页。
⑤ 柳宗元《钴鉧潭记》,《柳宗元集》,中华书局1979年版,第764页。
⑥ 韩愈《柳州罗池庙碑》,《韩昌黎全集》,中国书店1994年版,第399页。

容丰富,题材广泛,被白居易赞誉为"诗豪"。刘禹锡进士及第后,曾入节度使杜佑幕府,杜佑入朝为相,遂迁监察御史。贞元末他和柳宗元都成为太子侍读王叔文政治集团的核心人物。唐顺宗实行"永贞革新",不久失败,刘禹锡与柳宗元等八人先被贬为偏远州郡刺史,随即加贬为远州司马。刘禹锡贬朗州司马,居朗州近十年。元和十年(815年)奉召回京,再出为连州刺史,在连州近五年。其后,又外任夔州、和州刺史。刘禹锡沉浮于宦海,屡次遭遇贬谪,他总结自己的仕宦经历是"巴山楚水凄凉地,二十三年弃置身"。① 在长期的远谪生涯中,刘禹锡都饶有兴趣地记叙了当地少数民族富有特色的文化生活,不仅为我们留下了丰富的研究多民族文化的第一手资料,也展示了他平等客观的民族观念。

一、"蛮衣斑斓布":对朗州异族文化的书写

刘禹锡所贬朗州治所在武陵(今湖南常德市),这里属多民族杂居区,除了汉族,还有苗、彝、壮、侗、瑶、白、黎、畲等多个少数民族。《旧唐书·刘禹锡传》记载:"叔文败,坐贬连州刺史,在道,贬朗州司马。地居西南夷,土风僻陋,举目殊俗,无可与言者。"②刘禹锡从当时政治核心人物之一骤然贬为偏远州郡的司马,失意之情自然在所难免,何况他所要面对的是举目异俗,语言不通,风土人情迥异于中原的"西南夷"。但是,他并没有消极地自怨自艾,而是主动了解当地文化渊源与风土人情,积极地融入他们的生活。他在《武陵书怀五十韵》并引中表达这种愿望时说:"按《天官书》,武陵当翼轸之分,其在春秋及战国时,皆楚地,后为秦惠王所并,置黔中郡。汉兴,更名曰武陵,东徙于今治所。……永贞元年,余始以尚书外郎出补连山守,道贬为是郡司马。至则以方志所载而质诸其人民。顾山川风物皆骚人所赋,乃具所闻见而成是诗,因

---

① 刘禹锡《酬乐天扬州初逢席上见赠》,瞿蜕园笺注:《刘禹锡集笺证》,上海古籍出版社1989年版,第1047页。
② 《旧唐书·刘禹锡传》卷一百六十,中华书局1975年版,第4210页。

自述其出处之所以然。故用书怀为目云。"①刘禹锡一到朗州,就依据《史记·天官书》中记载的方志资料,考察朗州的历史沿革,名称更迭等。朗州属楚地,在春秋战国时为黔中郡,汉代更名称武陵,他根据文献资料所载询问求证于当地百姓,将自己的所闻所见写成诗篇,可见,刘禹锡十分重视朗州的历史与文化,其诗写道:

> 西汉开支郡,南朝号戚藩。四封当列宿,百雉俯清沅。
> 高岸朝霞合,惊湍激箭奔。积阴春暗度,将霁雾先昏。
> 俗尚东皇祀,谣传义帝冤。桃花迷隐迹,楝叶慰忠魂。
> 户算资渔猎,乡豪恃子孙。照山畲火动,踏月俚歌喧。
> 拥楫舟为市,连甍竹覆轩。披沙金粟见,拾羽翠翘翻。
> 茗折苍溪秀,蘋生枉渚暄。禽惊格磔起,鱼戏唼喋繁。
> 沈约台榭故,李衡墟落存。湘灵悲鼓瑟,泉客泣酬恩。
> 露变蒹葭浦,星悬橘柚村。虎咆空野震,鼍作满川浑。
> 邻里皆迁客,儿童习左言。炎天无冽井,霜月见芳荪。②

诗中交错记叙朗州从西汉到齐梁的历史古迹及风土物产。古迹有汉代的"李衡墟落",齐梁时的"沈约台榭";自然风光突出的有"高岸朝霞""惊湍激箭"、蒹葭浦、桃花源;气候则是炎热无寒,即便是霜月冬天也可见香荪芳草;物产有苍溪茗、金沙、翠羽、橘柚、野虎、川鼍等;百姓靠渔猎交税,他们以舟船为市,屋舍连甍,竹覆轩车,畲田火种,踏月而歌,俗信东皇太一。刘禹锡以比较全面客观的记述,为我们展示了朗州的历史人文特点。他大约创作于同时的《晚岁登武陵城顾望水陆怅然有作》也描绘了朗州的风俗图景:

> 星象承鸟翼,蛮陬想犬牙。俚人祠竹节,仙洞闭桃花。

---

① 瞿蜕园笺注:《刘禹锡集笺证》,上海古籍出版社1989年版,第605页。
② 刘禹锡《武陵书怀五十韵》,瞿蜕园笺注:《刘禹锡集笺证》,上海古籍出版社1989年版,第606页。

> 城基历汉魏,江源自賨巴。华表廖王墓,菜地黄琼家。
> 霜轻菊秀晚,石浅水纹斜。樵音绕故垒,汲路明寒沙。
> 清风稍改叶,卢橘始含葩。野桥鸣驿骑,丛祠发迥笳。
> 跳鳞避举网,倦鸟寄行楂。路尘高出树,山火远连霞。
> 夕曛转赤岸,浮霭起苍葭。轧轧渡溪桨,连连赴林鸦。①

这首诗歌与前一首类似,主要综述了朗州的地理形势、历史人物、气候物产以及生活习俗。其中的"俚人祠竹节",记载了当地少数民族的祭祀传统。俚人,原是生活在广西及越南北部等地的一个族群,后来多泛指西南民族。《隋书·地理志下》称俚人质直尚信:"自岭已南二十余郡,大率土地下湿,皆多瘴厉,人尤夭折。……其俚人则质直尚信,诸蛮则勇敢自立,皆重贿轻死,唯富为雄。巢居崖处,尽力农事。刻木以为符契,言誓则至死不改。"②"祠竹节"则采用了夜郎竹王神的传说:"夜郎者,初有女子浣于遯水,有三节大竹流入足间,闻其中有号声,剖竹视之,得一男儿,归而养之。及长,有才武,自立为夜郎侯,以竹为姓。武帝元鼎六年,平南夷,为牂柯郡,夜郎侯迎降,天子赐其王印绶。后遂杀之。夷獠咸以竹王非血气所生,甚重之,求为立后。牂柯太守吴霸以闻,天子乃封其三子为侯。死,配食其父。今夜郎县有竹王三郎神是也。"③当地这些悠远的神话传说,加上神秘的桃花仙境,寒风中依然含葩的卢橘,乡野林间神祠中传出的笳声,都让朗州这座始建于汉魏的小城充满着独特的夷俗风彩。

如果说,刘禹锡的上述诗作是全景式地描述了朗州少数民族的历史文化与民俗的话,那么,以下的作品则属于对他们生活习俗的局部特写。如其《蛮子歌》写道:

---

① 瞿蜕园笺注:《刘禹锡集笺证》,上海古籍出版社1989年版,第757页。"清"作"清","楂"作"查",此据《全唐诗》改。
② 《隋书·地理志下》卷三十一,中华书局1982年版,第888页。
③ 《后汉书·南蛮西南夷列传》卷八十六,中华书局1965年版,第2844页。

第三章　中唐诗歌中的民族观念与文化交流

　　蛮语钩辀音,蛮衣斑斓布。熏狸掘沙鼠,时节祠盘瓠。

　　忽逢乘马客,恍若惊麇顾。腰斧上高山,意行无旧路。①

　　此诗着重记述朗州少数民族的生活习俗,他们那听起来像鹧鸪鸟鸣叫般的说话声音,那五彩斑斓的艳丽服饰,那捕捉野狸和沙鼠的技巧,以及见到官吏犹如惊獐的胆怯,都形象地再现了他们日常生活的具体情态。再如其《阳山庙观赛神》:

　　汉家都尉旧征蛮,血食如今配此山。

　　曲盖幽深苍桧下,洞箫愁绝翠屏间。

　　荆巫脉脉传神语,野老娑娑起醉颜。

　　日落风生庙门外,几人连蹋竹歌还?②

　　刘禹锡在此诗题下注曰:"梁松南征至此,遂为其神,在朗州。"③梁松为后汉光武帝驸马都尉,建武年间武陵五溪蛮叛乱,曾帅军征此。此诗即记述当地祭祀酬神的场景。朗州巫风盛行,刘禹锡在《楚望赋》序中曰:"予既谪于武陵,其地故郢之裔邑,与夜郎诸夷错杂。系乎天者,阴伏阳骄是已。系乎人者,风巫气窳是已。"④《旧唐书·刘禹锡传》也记载:"禹锡在朗州十年,唯以文章吟咏,陶冶情性。蛮俗好巫,每淫祠鼓舞,必歌俚辞。禹锡或从事于其间,乃依骚人之作,为新辞以教巫祝。故武陵溪洞间夷歌,率多禹锡之辞也。"⑤朗州"蛮俗好巫"是其最大的人文特色,巫祝在祭神活动中既歌且舞,刘禹锡的《阳山庙观赛神》即是这种祭神场景的再现。伴随着哀怨的洞箫之乐,在曲盖苍桧掩映之下显得深奥幽邃的阳山庙里,荆巫脉脉地传递着神灵的旨意,野老们则如痴如醉地娑娑起舞。酬神活动一直持续到日落,人们才踏歌而还。

---

① 瞿蜕园笺注:《刘禹锡集笺证》,上海古籍出版社1989年版,第813页。
② 瞿蜕园笺注:《刘禹锡集笺证》,上海古籍出版社1989年版,第672页。
③ 瞿蜕园笺注:《刘禹锡集笺证》,上海古籍出版社1989年版,第672页。
④ 瞿蜕园笺注:《刘禹锡集笺证》,上海古籍出版社1989年版,第11页。
⑤ 《旧唐书·刘禹锡传》卷一百六十,中华书局1975年版,第4210页。

刘禹锡为朗州司马近十年,尽管他也有过"遭回过荆楚,流落感凉溫"①的政治失落感,但是,他把更多的热情投入对朗州文化的记录与咏叹中,尤其是对夷俗饶有兴致的客观描写,为后代留下了真实而珍贵的异俗文化资料。

二、"莫徭自生长":对连州异族文化的书写

刘禹锡与连州似乎十分有缘,唐顺宗永贞元年(805年),他初贬连州刺史,中途改贬朗州司马,这次虽与连州擦肩而过,但是十年后他再度出任连州刺史。唐宪宗元和十年(815年),刘禹锡奉召自朗州回京,五月再出为播州(今贵州遵义)刺史,因播州路途遥远,环境更加恶劣,刘禹锡携年迈母亲赴任不便,柳宗元遂请求朝廷以自己被贬之柳州与刘禹锡之贬播州交换,这份友情打动了主政者,刘禹锡因此改贬为连州刺史。至元和十四年(819年)冬丁母忧北归,他在连州近五年时间。

刘禹锡在连州时期,与在朗州一样深入民间,积极地融入当地的生活,即便是语言不通,他也努力地去适应环境。如他在《插田歌》中描绘道:

冈头花草齐,燕子东西飞。田塍望如线,白水光参差。
农妇白纻裙,农父绿蓑衣。齐唱田中歌,嘤伫如竹枝。
但闻怨响音,不辨俚语词。时时一大笑,此必相嘲嗤。
水平苗漠漠,烟火生墟落。黄犬往复还,赤鸡鸣且啄。②

这首诗歌除了对连州城郊外田野生机盎然景象的刻画外,最引人瞩目的是描绘百姓在田地中插秧劳作的场景。这里不仅有披着绿蓑衣的农父,还有身着白纻裙的农妇,他们一边插秧一边歌唱,田野中充满着一派祥和之气。刘禹锡虽然听不懂他们歌唱的内容,但是,他根据男女对唱的大笑表情,推断他们大概是在相互嘲谑。刘禹锡对当地语言的这种自我揣度,显示出他积极主

---

① 刘禹锡《武陵书怀五十韵》,瞿蜕园笺注:《刘禹锡集笺证》,上海古籍出版社1989年版,第607页。
② 瞿蜕园笺注:《刘禹锡集笺证》,上海古籍出版社1989年版,第838页。

动地接近百姓,尽快融入他们生活的主观努力。

作为连州地方的最高官员,刘禹锡对连州的风物与民情都有详细的了解与体察。连州位于今广东省的中北部,北部与湖南交界。他在《连州刺史厅壁记》中说:"此郡于天文与荆州同星分,田壤制与番禺相犬牙,观民风与长沙同祖习,故尝隶三府,中而别合,乃今最久而安,得人统也。"并称美连州"信荒服之善部,而炎裔之凉地也。"①刘禹锡对连州的群山情有独钟,这里"山秀而高","郡从岭,州从山,而县从其郡。邑东之望曰顺山,由顺以降,无名而相歆者以万数,回环郁绕,迭高争秀,西北朝拱于九疑。"②他认为"剡中若问连州事,惟有千山画不如",③并写下了大量赞美当地自然风光的诗篇,如《海阳湖别浩初师》并引、《海阳十咏》中的《吏隐亭》《切云亭》《云英潭》《玄览亭》《裴溪》《飞练瀑》《蒙池》《梦丝瀑》《双溪》《月窟》等。

除了对连州自然地理的描绘,刘禹锡还特别钟情于对当地少数民族风情的书写。连州辖境内有瑶族、壮族、畲族等多个少数民族,其中以瑶族为主。刘禹锡的这些诗作,记载了当时连州各民族百姓和睦相处的融合状态,体现了他平等的民族观念。如其《连州腊日观莫徭猎西山》:

  海天杀气薄,蛮军步伍嚣。林红叶尽变,原黑草如烧。
  围合繁钲息,禽兴大斾摇。张罗依道口,嗾犬上山腰。
  猜鹰虑奋迅,惊鹿时踶跳。瘴云四面起,腊雪半空消。
  箭头余鹄血,鞍傍见雉翘。日暮还城邑,金笳发丽谯。④

诗题中的莫徭,是我国南部南岭山区一带的少数民族,《隋书·地理志下》记载:"长沙郡又杂有夷蜒,名曰莫徭,自云其先祖有功,常免徭役,故以

---

① 瞿蜕园笺注:《刘禹锡集笺证》,上海古籍出版社1989年版,第218页。
② 刘禹锡《连州刺史厅壁记》,瞿蜕园笺注:《刘禹锡集笺证》,上海古籍出版社1989年版,第218页。
③ 刘禹锡《送曹璩归越中旧隐诗》,瞿蜕园笺注:《刘禹锡集笺证》,上海古籍出版社1989年版,第1459页。
④ 瞿蜕园笺注:《刘禹锡集笺证》,上海古籍出版社1989年版,第751页。

为名。其男子但著白布裤衫,更无巾裤;其女子青布衫、班布裙,通无鞋屩。婚嫁用铁钴鏱为聘财。武陵、巴陵、零陵、桂阳、澧阳、衡山、熙平皆同焉。其丧葬之节,颇同于诸左云。"①莫徭族名称的来历或得之于其祖先可以免除徭役,主要分布于今湖南、广东及广西一带。熙平即连州,隋大业初改连州置,辖境相当于今广东连州市、阳山县及连山壮族瑶族自治县、连南瑶族自治县。

此诗记述了刘禹锡在连州参与的莫徭族腊日狩猎活动。腊日即阴历十二月初八,时值冬季,正是狩猎的最好季节。为了更好地获取猎物,莫徭族猎人们先把原野烧焦,他们整顿好队伍,敲锣打鼓,高举旗帜,开始了狩猎。随着围合、张罗等环节的部署,加上猎犬、猎鹰的配合,很快就收获了惊鹿、鹄鸟、野鸡等猎物,傍晚当城门望楼上的金筊吹响的时候,他们则满载而归。此诗详细记录了莫徭族狩猎的全部过程,其中既有宏大的整体场面渲染,也有围猎时细节的具体刻画,表现出了莫徭族猎人们勤劳、智慧、勇武的特点,诗篇中充满着作者的赞许之情。刘禹锡记载莫徭族生活的还有《莫徭歌》:

莫徭自生长,名字无符籍。市易杂鲛人,婚姻通木客。

星居占泉眼,火种开山脊。夜渡千仞溪,含沙不能射。②

此诗比较全面地概括了莫徭族的风俗习惯,他们不需要缴税,所以也无户籍记录。他们占泉散居,刀耕火种,在市场上与滨海之人交易,与山林之民通婚,最神奇的是,当地水溪中含沙射影的蜮害都奈何不了他们。刘禹锡以平等的心态看待莫徭百姓的日常生活风习,因此对他们不受官府约束,以及能对抗水湿环境中的虫害甚至有些羡慕。此诗中自由自在的莫徭人,呈现了中唐时期南方少数民族的生存状态,尤其是他们无需缴税的待遇,也反映了唐朝对待他们的优遇政策。

---

① 《隋书·地理志下》卷三十一,中华书局1982年版,第898页。
② 瞿蜕园笺注:《刘禹锡集笺证》,上海古籍出版社1989年版,第812页。

刘禹锡对连州这片土地充满深情，曾表示说"几度欲归去，回眸情更深"。① 他对当地少数民族百姓生活风情的记录，多以纪实的笔触予以客观描写，显示了他不带偏见的民族观念。

三、"长刀短笠去烧畲"：对夔州异族文化的书写

唐穆宗长庆元年（821年）刘禹锡出任夔州刺史。夔州于唐武德二年（619年）由信州改名，"仍置总管，管夔、硖、施、业、浦、涪、渝、谷、南、智、务、黔、克、思、巫、平十九州。""在京师南二千四百四十三里，至东都二千一百七十五里。"②夔州治所在今重庆市奉节东，是巴人的主要聚居地之一。刘禹锡在夔州时期，一如既往地关心当地少数民族的民生，热情歌咏他们独特的生活风习。如其《畲田行》详细地记载了巴人火耕的劳作过程：

何处好畲田？团团缦山腹。钻龟得雨卦，上山烧卧木。
惊麇走且顾，群雉声咿喔。红焰远成霞，轻煤飞入郭。
风引上高岑，猎猎度青林。青林望靡靡，赤光低复起。
照潭出老蛟，爆竹惊山鬼。夜色不见山，孤明星汉间。
如星复如月，俱逐晓风灭。本从敲石光，遂至烘天热。
下种暖灰中，乘阳坼牙蘖。苍苍一雨后，苕颖如云发。
巴人拱手吟，耕耨不关心。由来得地势，径寸有余阴。③

畲田即烧山种田，这是南方山区古老的耕种方式之一。诗歌开头用自问自答的方式点明畲田的具体场所，即那些没有沟垄区划的缦田。畲田虽然看似是一种"耕耨不关心"任其自然的耕种方式，但是却并非随意的行为。巴人首先要把山上的草木砍斫晾干，再用龟甲占卜，得到下雨的卦象后才"上山烧卧木"。然后趁着草木的暖灰下种，幼芽乘着阳气开始萌生，等到一场雨过，

---

① 刘禹锡《吏隐亭》，瞿蜕园笺注：《刘禹锡集笺证》，上海古籍出版社1989年版，第1453页。
② 《旧唐书·地理志二》卷三十九，中华书局1975年版，第1555页。
③ 瞿蜕园笺注：《刘禹锡集笺证》，上海古籍出版社1989年版，第839页。

禾苗就可以茁壮成长。刘禹锡诗中对巴人放火烧耕场面做了十分详细的渲染,其中惊麇、群雉、老蛟、山鬼在火光中的情态,既有写实也有夸张。由原本敲石取火的星星一点,到风助火焰漫燃青林,映红整个天空,直至夜晚,余火又如星月闪现。如此细致的刻画,若非亲临其境不能如此详尽。

刘禹锡在夔州期间对巴人风习民俗的关注还体现于他学习巴地民歌而仿作的一系列《竹枝词》作品。他的《竹枝词九首》并引介绍其创作缘由说:"四方之歌,异音而同乐。岁正月,余来建平,里中儿联歌《竹枝》,吹短笛击鼓以赴节。歌者扬袂睢舞,以曲多为贤。聆其音,中黄钟之羽。卒章激讦如吴声,虽伧儜不可分,而含思宛转,有《淇澳》之艳。昔屈原居沅湘间,其民迎神词多鄙陋,乃为作《九歌》,到于今荆楚鼓舞之。故余亦作《竹枝词》九篇,俾善歌者飏之,附于末,后之聆巴歈,知变风之自焉。"①刘禹锡自述他到夔州后看到当地人们载歌载舞对唱《竹枝词》的情景,虽然听不懂歌词的意思,但是其婉转的音韵令他陶醉。于是他继承屈原作《九歌》的传统,创作了九篇《竹枝词》,让善歌者传唱。在其《竹枝词二首》其二中,他又总结了"楚水巴山江雨多,巴人能唱本乡歌"②的巴人文化特点。

刘禹锡不仅模仿巴人俚曲创作了大量《竹枝词》,他还能亲自歌唱。白居易《忆梦得》记载他聆听过刘禹锡歌唱《竹枝词》曲,其诗下自注曰:"梦得能唱《竹枝》,听者愁绝。"③由此可见,刘禹锡对巴地民歌怀有肯定与喜爱之情。这种感情,我们通过刘禹锡《竹枝词》中歌咏的内容亦可得见一斑。

首先,刘禹锡赞美了巴地山清水秀的自然风光。如《竹枝词九首》其一:

白帝城头春草生,白盐山下蜀江清。④

其三:

---

① 瞿蜕园笺注:《刘禹锡集笺证》,上海古籍出版社1989年版,第852页。
② 瞿蜕园笺注:《刘禹锡集笺证》,上海古籍出版社1989年版,第868页。
③ 顾学颉校点:《白居易集》,中华书局1985年版,第604页。
④ 瞿蜕园笺注:《刘禹锡集笺证》,上海古籍出版社1989年版,第852页。

第三章 中唐诗歌中的民族观念与文化交流

江上朱楼新雨晴,瀼西春水縠文生。

桥东桥西好杨柳,人来人去唱歌行。①

《竹枝词二首》其一:

杨柳青青江水平,闻郎江上唱歌声。

东边日出西边雨,道是无情还有晴。②

春天生机盎然的青草,朱楼雨晴后的清爽,山头层层叠叠的桃李花以及依依杨柳之下的青青江水,刘禹锡笔下的夔州山水时时处处都透着怡人的清新。

其次,刘禹锡能以客观的眼光表现巴人的日常生活风情。如《竹枝词九首》其五:

两岸山花似雪开,家家春酒满银杯。

昭君坊中多女伴,永安宫外踏青来。③

在山花盛开的日子里,百姓家家酿制的春酒盛满银杯,年轻女子们则结伴到永安宫外去踏青。

其九:

山上层层桃李花,云间烟火是人家。

银钏金钗来负水,长刀短笠去烧畬。④

在山上层层桃李花的掩映中,是巴人充满烟火气的平常生活:背水的爱美妇女佩戴着银手镯和金首饰,上山烧畬的男子则挎着长刀戴着短笠。巫山峡水孕育的巴地文化,在刘禹锡的笔下呈现出的别样风韵,不再是其他北方人眼中那种"巴山昼昏黑,妖雾毒濛濛"⑤"瘴塞巴山哭鸟悲,红妆少妇敛啼眉"⑥的恐怖样貌。

对于大多数来自北方的士人而言,常常会不自觉地用中原文化的标准

---

① 瞿蜕园笺注:《刘禹锡集笺证》,上海古籍出版社1989年版,第853页。
② 瞿蜕园笺注:《刘禹锡集笺证》,上海古籍出版社1989年版,第868页。
③ 瞿蜕园笺注:《刘禹锡集笺证》,上海古籍出版社1989年版,第853页。
④ 瞿蜕园笺注:《刘禹锡集笺证》,上海古籍出版社1989年版,第853页。
⑤ 元稹《虫豸诗·巴蛇三首》其二,冀勤点校:《元稹集》,中华书局1982年版,第39页。
⑥ 元稹《瘴塞》,冀勤点校:《元稹集》,中华书局1982年版,第238页。

来审视南方异族文化,在其作品中出现或居高临下或对比差异的记叙,从而表现出排斥甚至是贬低的心态。相比较而言,刘禹锡对其贬谪之地夷俗文化的客观描写,就显示出一种民族平等的心态。对少数民族文化习俗能够做到如此客观理性的反映,除了因为刘禹锡是一个时刻关注民生的仁爱之士外,主要缘于他能以豁达的胸怀,正确看待不同民族文化差异的平等观念。

刘禹锡在《答饶州元使君书》中与饶州刺史元荑讨论理政问题时就指出:"盖丰荒异政,系乎时也。夷夏殊法,牵乎俗也。因时在乎善相,因俗在乎便安。不知法敛重轻之道,虽岁有顺成,犹水旱也。不知日用乐成之义,虽俗方阜安,犹荡析也。"①"夷夏殊法"就是主张要认识到不同民族之间的文化差异而区别对待。能够不受中原汉文化标准影响而理性地去对待夷俗文化,这对于"家本儒素,业在艺文"②的士人而言,是难能可贵的开放平等胸怀。刘禹锡希望实现四海一家的大一统愿望,在《为淮南杜相公论西戎表》中,他向唐德宗进言:"陛下镜历代无益之端,修大君文德之教,遂得北狄深藏,五城晏闭,百蛮向化,四海无虞。"③建议朝廷以历代民族冲突为镜鉴,能够对少数民族"修大君文德之教",从而实现"百蛮向化,四海无虞"的和平局面。在《夔州谢上表》中他又祝愿唐穆宗泽被华夷:"三统交泰,百神降祥,浃于华夷,尽致仁寿。"④

刘禹锡理想的民族关系是实现"王正会夷夏,月朔盛旗幡"⑤太平兴盛景象,他也躬身践行着这一理想。因此,他主张对待不时骚扰边境的异族"存

---

① 瞿蜕园笺注:《刘禹锡集笺证》,上海古籍出版社1989年版,第256页。
② 刘禹锡《夔州谢上表》,瞿蜕园笺注:《刘禹锡集笺证》,上海古籍出版社1989年版,第358页。
③ 瞿蜕园笺注:《刘禹锡集笺证》,上海古籍出版社1989年版,第1484页。
④ 瞿蜕园笺注:《刘禹锡集笺证》,上海古籍出版社1989年版,第358页。
⑤ 刘禹锡《武陵书怀五十韵》,瞿蜕园笺注:《刘禹锡集笺证》,上海古籍出版社1989年版,第606页。

信、施惠""以愧其心。岁通玉帛，待以客礼，昭宣圣德。择奉谊之臣，恢拓皇威；选谨边之将，积粟塞下。坐甲关中，以逸待劳，以高御下。"①在夔州他热情地为善歌者仿作巴人歌谣，"惟有九歌词数首，里中留与赛蛮神"。②他还替新罗使者奏请药籍《贞元广利方》：认为新罗"以其久称藩附，素混车书。航海献琛，既已通于华礼；释痾蠲疠，岂独隔于外区？正当四海为家，冀睹十全之效。"③《贞元广利方》为唐德宗所撰，"搜方技之秘要，拯生灵之夭瘥。"新罗贺正使因此想带一份回国，刘禹锡此状就是希望朝廷能满足新罗使者的请求，让新罗百姓也能共同分享这部药籍的益处。

要之，刘禹锡在长期的贬谪生涯中，不论身在何处，他都能以平等包容的心态对待管辖区域的少数民族百姓，热情而客观地歌咏他们独特的风俗习惯。这种书写态度，也恰恰体现了他对民族平等理想的践行。这些诗作，不仅为后世留下了丰富的真实可靠的南方异族文化资料，也彰显了他豁达的胸怀和超迈时人的民族平等关系理念。

第五节　吕温诗歌中的民族关系与文化交流

吕温是中唐时期在文学、思想等领域皆有成就的一位士人。他出生于文学与儒学根基深厚的仕宦之家，祖父与父亲俱有盛名，祖父吕延之官至越州刺史、浙江东道节度使，父亲吕渭官至礼部侍郎。吕温曾师事著名学者陆质研习《春秋》，并从梁肃学诗，诗文为时人推重。《旧唐书·吕温传》称"温天才俊

---

① 刘禹锡《为淮南杜相公论西戎表》，瞿蜕园笺注：《刘禹锡集笺证》，上海古籍出版社1989年版，第1484页。
② 刘禹锡《别夔州官吏》，瞿蜕园笺注：《刘禹锡集笺证》，上海古籍出版社1989年版，第1465页。
③ 刘禹锡《为淮南杜相公论新罗请广利方状》，瞿蜕园笺注：《刘禹锡集笺证》，上海古籍出版社1989年版，第417页。

拔，文彩赡逸，为时流柳宗元、刘禹锡所称。"①唐德宗贞元二十年（804年），吕温以侍御史为入蕃副使，辅佐张荐入蕃，在吐蕃滞留一年多时间。这一次出使经历让吕温成为唐代少有的亲历吐蕃生活的诗人。他在来往吐蕃期间创作了十几首诗歌，记录了他的所见所感，为我们了解他的心路历程以及唐朝与吐蕃的交往提供了第一手资料。

吕温这次出使是因为吊祭吐蕃赞普去世，赞普即吐蕃君长，《新唐书·吐蕃传》释曰："其俗谓强雄曰赞，丈夫曰普，故号君长曰赞普。"②其出使的具体时间史料记载稍有抵牾，《旧唐书·德宗纪》记载为五月，"（贞元二十年三月）以吐蕃赞普卒，废朝。……五月，乙亥，以史馆修撰、秘书监张荐为工部侍郎兼御史大夫，充入吐蕃吊祭使。"③《旧唐书·吕温传》则记为是年冬月："二十年冬，副工部侍郎张荐为入吐蕃使，行至凤翔，转侍御史，赐绯袍牙笏。明年，德宗晏驾，顺宗即位，张荐卒于青海，吐蕃以中国丧祸，留温经年。"④据吕温《代张侍郎起居表》所云："孟秋犹热，伏惟圣躬万福。臣以去月二十一日到薄安山。见蕃胡尚绮里徐等，同令盈珍等却回奏事，令臣取今月发赴衙帐者。"⑤孟秋为七月，此时他们已经到达了吐蕃，则其出发时间当以《旧唐书·德宗纪》的五月为是。

一、"岂知羸卧穷荒外"：吕温对吐蕃自然环境的书写

吕温滞留吐蕃期间，对当地的自然环境以及气候都有切实的体会，他的诗作有对吐蕃雪山美丽奇异风光的描绘，如其《吐蕃别馆和周十一郎中杨七录事望白水山作》：

---

① 《旧唐书·吕温传》卷一百三十七，中华书局1975年版，第3769页。
② 《新唐书·吐蕃传》卷二百一十六上，中华书局1975年版，第6071页。
③ 《旧唐书·德宗纪》卷十三，中华书局1975年版，第399页。
④ 《旧唐书·吕温传》卷一百三十七，中华书局1975年版，第3769页。
⑤ 《全唐文》卷六百二十六，中华书局1983年版，第6322页。

第三章 中唐诗歌中的民族观念与文化交流

纯精结奇状,皎皎天一涯。玉嶂拥清气,莲峰开白花。

半岩晦云雪,高顶澄烟霞。朝昏对宾馆,隐映如仙家。①

诗歌从刻画吐蕃晴朗天空写起,"皎皎""纯精"的蓝天陪衬着洁白如玉状如莲花的雪山,青空加清气,不免让人心生向往。到了傍晚,雪山则半隐烟霞半隐晦暗,又是一番风姿。因为吕温所居别馆,正对着这色彩明丽斑斓的雪山,所以犹如身临仙境一般。此诗表现了吕温对吐蕃雪山早晚晨昏的细致观察,对其澄彻明净的世界充满了惊异与喜爱之情。除了雪山,吐蕃的犁牛、冰河也迥异于内地,吕温在后来任道州刺史时创作的《道州月叹》(追述蕃中事,与道州对言之)中,还曾特别提到"别馆月,犁牛冰河金山雪"。②可见,吐蕃的犁牛、冰河以及金山之雪令吕温印象颇深。

然而,犹如大自然有风和日丽也有雨雪交加一样,吐蕃的自然环境毕竟属于高寒地区,这对于来自内地的唐朝使者而言,让他们感受更多的还是风寒和荒僻。尤其是对于因皇帝易位而被迫滞留异域的吕温来说,对吐蕃气候和环境的感受就不单单是美好,更有厌烦与嫌恶。如其《吐蕃别馆中和日寄朝中僚旧》中称吐蕃是"绝域穷山":

清时令节千官会,绝域穷山一病夫。

遥想满堂欢笑处,几人缘我向西隅。③

中和日即中和节,唐德宗贞元五年(789年),下诏废止正月晦日(三十日)之节,改二月一日为中和节:"自今宜以二月一日为中和节,以代正月晦日,备三令节数,内外官司休假一日。""王公戚里上春服,士庶以刀尺相问遗,村社作中和酒,祭勾芒以祈年谷。"④中和节朝廷会为百官赐钱娱乐,百姓们也互赠礼品慰问,所以热闹繁盛。吕温此诗作于顺宗永贞元年(805年)二月初

---

① 《全唐诗》卷三百七十,中华书局1985年版,第4158页。
② 《全唐诗》卷三百七十一,中华书局1985年版,第4175页。
③ 《全唐诗》卷三百七十,中华书局1985年版,第4160页。"山"一作"荒","缘"一作"似"。
④ 《旧唐书·德宗纪》卷十三,中华书局1975年版,第367页。

一,"每逢佳节倍思亲",何况他还生病在身,遥想朝中百官在此太平佳节的娱乐欢会,远在绝域的自己怎能不倍加伤感?这种情绪又加剧了他对吐蕃"绝域穷山"的厌嫌体会。

吕温在吐蕃期间所作诗歌中常使用"穷荒"一词概括他对当地环境的总体感受。如《吐蕃别馆卧病寄朝中诸友》:

星汉纵横车马喧,风摇玉佩烛花繁。

岂知羸卧穷荒外,日满深山犹闭门。①

此诗与上一首抒情方式相似,都是将自己的处境与朝中同僚作比,一边是卧病穷荒萧瑟冷寂的自己,一边是车马喧闹秉烛夜会的朝中同僚,对比越强烈,对吐蕃荒寒的感受以及对自我处境的伤感就越深刻。由于久困吐蕃不能回归,吕温甚至对当地的月亮都产生了排斥情绪,而视其为"穷荒月":"三五穷荒月,还应照北堂。回身向暗卧,不忍见圆光。"②三五月即农历十五的圆月,此时的月亮最美最圆,但是,越是月圆之时,越能引起远在异域的吕温强烈的思亲之情,因此,他刻意回避着这轮圆月,怕的是勾起伤感之情。吐蕃的"穷荒"环境留给吕温最深刻的莫过于当地的大风,他回到内地多年后,回忆起青海的大风依然记忆犹新:"青海风,飞沙射面随惊蓬。"③那种夹杂着飞沙射面而来的狂风,让人可以想见其风力之大,而那种"射面"的感受,是非亲历者所不能道的。

二、"明时无外户":吕温对唐朝与吐蕃友好交往的愿望

吐蕃自唐太宗贞观八年(634年)遣使与唐修好以来,唐朝先后两次将宗室女嫁与吐蕃的赞普。太宗贞观十五年(641年),派江夏王李道宗送文成公主嫁给松赞干布(唐书亦称弃宗弄赞),中宗景龙四年(710年),又以雍王守

---

① 《全唐诗》卷三百七十,中华书局1985年版,第4160页。"深山"一作"山头"。
② 吕温《吐蕃别馆月夜》,《全唐诗》卷三百七十一,中华书局1985年版,第4164页。
③ 吕温《风叹》,《全唐诗》卷三百七十一,中华书局1985年版,第4175页。

第三章 中唐诗歌中的民族观念与文化交流

礼女金城公主嫁给吐蕃的弃隶缩赞。唐朝与吐蕃的这两次联姻,促进了吐蕃的社会文化发展,尤其是文成公主的出嫁,对加强汉藏民族的经济与文化交流作用重大。《资治通鉴》记载:"江夏王道宗持节送文成公主于吐蕃。赞普大喜,见道宗,尽子婿礼,慕中国衣服、仪卫之美,为公主别筑城郭宫室而处之,自服纨绮以见公主。其国人皆以赭涂面,公主恶之,赞普下令禁之;亦渐革其猜暴之性,遣子弟入国学,受《诗》《书》。"①从穿着服饰到妆容习惯,从逐渐改变猜暴之性到接受诗书教化,吐蕃自上而下向慕华风的趋势很明显,并因之与唐朝"甥舅"相称。吐蕃与唐朝的这种姻亲关系是维系两个民族友好相处的良好传统,因此,在吕温出使期间他也歌咏过与吐蕃的这种传统友谊。如其《吐蕃别馆和周十一郎中杨七录事望白水山作》在赞美了吐蕃雪山美丽奇特的风景后,继而对华夷一家亲的圣明愿景予以肯定:

夙闻蕴孤尚,终欲穷幽遐。暂因行役暇,偶得志所嘉。

明时无外户,胜境即中华。况今舅甥国,谁道隔流沙。②

在政治清明的时代,朝廷敞开大门,不分内外,与其他兄弟民族和融相处,更何况吐蕃与唐朝还是"甥舅"关系。这就是吕温希望的"明时无外户,胜境即中华"盛况。

吕温一行到达吐蕃后,也确实受到了吐蕃的友好接待。他在向朝廷呈报的《代都监使奏吐蕃事宜状》中记述说:"臣前月十四日至清水县西,吐蕃舍人郭至崇来迎,便请将书诏先去。臣以二十一日到薄寒山西,去蕃帅帐幕二十余里停止。至二十三日方见尚绮里徐、拨布、论乞心热,奉宣进止,兼付赐物,莫不祗奉圣恩,感悦过望,部落欢抃,道路讴歌。加以接待殷勤,供亿丰厚,竭诚归化,形状可知。臣亲睹蕃情,不胜庆跃。"③其《代张侍郎起居表》又曰:"伏惟圣德柔远,皇明烛幽,蕃情大欢,酋帅知感,虔奉朝旨,宾礼使臣,迎劳肃躬,

---

① 《资治通鉴》一百九十六卷,中华书局 1986 年版,第 6164 页。
② 《全唐诗》卷三百七十,中华书局 1985 年版,第 4158 页。
③ 《全唐文》卷六百二十七,中华书局 1983 年版,第 6327 页。

191

馈饩丰洁,益知向化,弥表革心。"①两篇状表中都谈及吐蕃接待他们的热情以及"归化"唐朝的意愿,尽管这些状表中难免有溢美之词,但是其中的"部落欢抃,道路讴歌",还是能再现吐蕃百姓迎接唐朝使者的热烈场面。作为使者,能受到出使国人民的热情欢迎,自然是他们都希望乐见的场景。因为迎接使者场面的热烈与否,在一定程度上也是两国关系是否亲密的体现。而吕温作为一个滞留吐蕃一年多的使者,对此的感受应该更为深刻。所以,无论是从自身安全考量还是从百姓利益出发,吕温都希望吐蕃能与唐朝保持着友好的交往关系。当他在吐蕃听闻顺宗继位后所上的《代孔侍郎蕃中贺顺宗登极表》中,就明确表达了这一愿望:"伏承皇帝陛下以正月二十六日明德奉天,篹临宸极,重光升耀,百化惟新,泽被幽遐,庆覃动植,中贺。臣闻和气既蒸,勾萌毕达;时雨将降,柱础犹知。臣从役单车,闭留绝域。天临日照,而别处幽阴;雷动风行,而兀为聋聩。伏愿陛下义敦柔远,礼及穷荒。"②可见,"从役单车,闭留绝域"的吕温,比任何人都深切地希望新皇帝能"义敦柔远,礼及穷荒"。基于他出使的经历与滞留吐蕃的体验,吕温表达唐朝与吐蕃友好交往的愿望是发自肺腑的。

三、"有心无力复何言":吕温忧国忧民的民族情怀

唐朝自安史之乱爆发,从根本上打破了原有的政治与军事格局。"及潼关失守,河洛阻兵,于是尽征河陇、朔方之将镇兵入靖国难,谓之行营。曩时军营边州无备预矣。乾元之后,吐蕃乘我间隙,日蹙边城,或为虏掠伤杀,或转死沟壑。数年之后,凤翔之西,邠州之北,尽蕃戎之境,湮没者数十州。"③在平定安史叛乱过程中,因为无兵可调,朝廷只好把原先备边的河陇、朔方之将兵调入内地,导致边防空虚。而吐蕃趁机进犯,唐朝不仅尽失安西四镇,而且连关

---

① 《全唐文》卷六百二十六,中华书局1983年版,第6322页。
② 《全唐文》卷六百二十五,中华书局1983年版,第6312页。
③ 《旧唐书·吐蕃传》卷一百九十六上,中华书局1975年版,第5236页。

第三章 中唐诗歌中的民族观念与文化交流

中都无法确保无虞,唐朝凤翔之西邠州之北的大片土地皆为吐蕃占领。

吕温出使吐蕃途径之处,就包括这些沦陷的地区。他亲眼目睹当地汉族百姓的生活,深为他们的命运所担忧。如其《经河源军汉村作》:

行行忽到旧河源,城外千家作汉村。

樵采未侵征虏墓,耕耘犹就破羌屯。

金汤天险长全设,伏腊华风亦暗存。

暂驻单车空下泪,有心无力复何言。①

诗题中的"河源军"驻所在鄯州(今西宁市东郊),初隶属鄯州都督府,开元后隶属陇右节度使,为陇右节度使所辖诸军之一,唐高宗仪凤二年(677年)设置,唐代宗宝应元年(762年)没于吐蕃。因为曾经有唐军长期驻守,所以这里汉人聚居的村落规模很大,他们世世代代在此采樵耕耘。这里保存着戍边将士们的坟墓,也有固若金汤的天险设施,更保留着汉族在伏腊之日的节日风俗。虽然割不断的文化血脉足以证明他们的汉人身份,但是,他们却已不属于唐朝子民。面对他们的命运,吕温十分同情却又感到无能为力,因为要收复这大片的失地,恢复这些汉村百姓的身份,对于单车暂驻的吕温而言是无法实现的,所以他只能"空下泪"罢了。吕温对失地百姓命运的同情,长期困扰着他,其《题河州赤岸桥》一诗也表达了类似的情感:

左南桥上见河州,遗老相依赤岸头。

匝塞歌钟受恩者,谁怜被发哭东流。②

"河州"治所在枹罕(今甘肃临夏县),唐武德元年(618年)复置,宝应元年(762年)为吐蕃占领。此诗以河州赤岸桥所见遗老的歌乐表演,感叹他们被吐蕃统治的现状。末句语殊沉痛,"被发哭东流"表达遗老们盼望回归唐朝的迫切心愿,"被发"典出《论语·宪问》:"微管仲,吾其被发左衽矣。"③这是

---

① 《全唐诗》卷三百七十一,中华书局1985年版,第4166页。
② 《全唐诗》卷三百七十一,中华书局1985年版,第4166页。
③ 杨伯峻译注:《论语译注》,中华书局1980年版,第160页。

孔子对管仲历史贡献的肯定,认为如果没有他,老百姓都要像夷狄一样披散着头发,衣襟向左开了。而"谁怜"用疑问词表示否定,表示无人关心这些遗民内心的悲哀和他们的回归愿望。

吕温此番出使吐蕃,亲历西部大片失地,对遗民百姓的心愿有切实的了解与感受,但是,对收复失地他则是有心无力。这种明知国忧却无可奈何的苦恼以及自己被留置吐蕃的孤独与担忧,加剧了他内心的无力之感,令他觉得自己如飘转的蓬草一般,无法掌控个人的命运。他的《青海西寄窦三端公》写道:

> 时同事弗同,穷节厉阴风。我役流沙外,君朝紫禁中。
> 从容非所羡,辛苦竟何功。但示酬恩路,浮生任转蓬。①

这是吕温在出使路上于青海寄给朝中朋友窦群的一首诗。窦群本来也被朝廷选为入蕃使,但是他拒绝赴任。《旧唐书·窦群传》记载:"征拜左拾遗,迁侍御史,充入蕃使秘书监张荐判官,群因入对,奏曰:'陛下即位二十年,始自草泽擢臣为拾遗,是难其进也。今陛下以二十年难进之臣,用为和蕃判官,一何易也?'德宗异其言,留之,复为侍御史。"②因此,吕温诗中有"我役流沙外,君朝紫禁中"之言。与自己在入蕃路上艰难地奔波相比,吕温表示他并不是羡慕窦群此刻在朝廷中的安逸舒服,只是对自己如此辛苦出使的意义产生了怀疑,进而感叹在报答皇恩的路上,个人的生命如同转蓬一般。吕温不仅在入蕃时有此感慨,在他获准回朝的路上,他依然自比转蓬,其《蕃中拘留岁余回至陇石先寄城中亲故》曰:

> 蓬转星霜改,兰陔色养违。穷泉百死别,绝域再生归。
> 镜数成丝发,囊收扶血衣。酬恩有何力,只弃一毛微。③

此诗在庆幸自己"绝域再生归"的同时,更多的表达了愧疚和无力之感。对待父母,他愧疚无力尽孝奉养,对待君恩,他愧疚无力报答,只因自己力量薄

---

① 《全唐诗》卷三百七十,中华书局1985年版,第4160页。
② 《旧唐书·窦群传》卷一百五十五,中华书局1975年版,第4120页。
③ 《全唐诗》卷三百七十,中华书局1985年版,第4160页。

弱如九牛一微毛。出使吐蕃的艰辛经历，让吕温对朝廷命运和个人命运都有了重新的认识与感悟，尤其对自我力量的认知上，更加理性与自省。所以他在后来道州刺史任上依然保持着这种"自轻"态度："当代知文字，先皇记姓名。七年天下立，万里海西行。苦节终难辨，劳生竟自轻。"①尽管诗文闻名于世，先皇德宗也记得自己的姓名，短短七年时间就能自立于天下，但是，吕温对他西行万里出使吐蕃并坚守节操的评价还是"劳生竟自轻"。

综上，吕温因为使者的身份亲历吐蕃，对异域的自然环境有着身临其境的体验，虽然他对吐蕃气候与环境条件评价以荒僻恶劣为多，但是他对雪山奇丽风光的刻画却为后代留下了难得的资料。他希望唐蕃能保持舅甥一家亲的友好传统，但是面对唐朝陷落土地大批遗民的命运，认识到个人力量的微不足道，有心无力之感困扰着他，以至于对自己生命的价值有了更理性的认知，可见此次出蕃的经历对吕温人生影响之大。

---

① 吕温《道州感兴》，《全唐诗》卷三百七十一，中华书局1985年版，第4176页。

第四章 晚唐诗歌中的民族观念与文化交流

晚唐诗歌上接中唐诗坛,下迄唐朝亡国,但主要成就集中于武宗、宣宗、懿宗时期。晚唐时期,藩镇割据愈演愈烈,唐王朝的中央权力急剧衰落。与此同时,周边少数民族也趁乱兴起,与唐王朝相对抗,并不时发动战争,威胁唐王朝的边境安宁。此时的一些文人士子对此极为痛心,因而以传统的华夷之辨斥责少数民族。然而,由于晚唐国力凋敝,面对内外俱困的情况,唐王朝已无暇兼顾。这一时期,长时期的胡、汉杂居,大量的胡人逐渐汉化,而汉人也受到了胡文化的影响,从而出现了民族交流融合的新局面。面对频仍的民族纷争,许多文人士子期盼民族之间能够和睦相处。杜牧、李商隐、贯休的诗歌作品,便在极大程度上生动展现了晚唐时期民族关系的演进形态。

第一节 杜牧诗歌中的民族观

杜牧(803—852年)是晚唐杰出的诗人与散文家,与李商隐齐名,史称"小李杜"。祖父杜佑位至宰相,是著名的史学家,所著《通典》是我国第一部记述典章制度的通史,文献价值极高。这样的家学氛围,把杜牧涵育成了一个"刚

第四章　晚唐诗歌中的民族观念与文化交流

直有奇节,不为龊龊小谨,敢论列大事,指陈病利尤切至"①的有为之士。他"奋然以拯世扶物为任",②关心时局,对富国强兵之道尤为关切,曾在曹操注《孙子》的基础上,总结历代用兵经验,重注《孙子兵法》十三章。还创作了《原十六卫》《战论》《守论》《上李太尉论北边事启》《上李司徒相公论用兵书》等论列军事兵事的论文,显示了他经邦致用的军事才干。在晚唐内外形势紧张的多事之季,杜牧的一些诗文也反映出他对民族关系问题的看法。

一、"文思天子复河湟":杜牧对收复河湟的期盼

杜牧主张一扫夷狄,收复河湟失地。河湟指湟水与黄河交汇处的河西、陇右之地(今甘肃、青海黄河以西地区),"湟水出蒙谷,抵龙泉与河合。河之上流,……东距长安五千里,河源其间,流澄缓下,稍合众流,色赤,行益远,它水并注则浊,故世举谓西戎地曰河湟。"③安史之乱以后,这里被吐蕃占领统治,《新唐书·吐蕃传上》记载:"还而安禄山乱,哥舒翰悉河、陇兵东守潼关,而诸将各以所镇兵讨难,始号行营,边候空虚,故吐蕃得乘隙暴掠。"④失陷后的河湟区域,就成为许多有志之士心中挥之不去的痛点。他们有的痛心疾首,如顾非熊《出塞即事二首》其二咏叹:

贺兰山便是戎疆,此去萧关路几荒。
无限城池非汉界,几多人物在胡乡。
诸侯持节望吾土,男子生身负我唐。
回望风光成异域,谁能献计复河湟。⑤

由于河湟的"无限城池"和"几多人物"不再属于汉土,因而呼吁仁人志士献计收复。有的借侠少表达收复心愿,如令狐楚《少年行四首》其三:

---

① 《新唐书·杜牧传》卷一百六十六,中华书局1975年版,第5093页。
② 裴延翰《樊川文集序》,陈允吉校点:《樊川文集》,上海古籍出版社1984年版,第1页。
③ 《新唐书·吐蕃传下》卷二百一十六下,中华书局1975年版,第6104页。
④ 《新唐书·吐蕃传上》卷二百一十六上,中华书局1975年版,第6087页。
⑤ 《全唐诗》卷五百九,中华书局1985年版,第5790页。

197

>弓背霞明剑照霜,秋风走马出咸阳。
>
>未收天子河湟地,不拟回头望故乡。①

这个潇洒赴边的少年侠客立下誓言:如果不能为天子收复河湟失地,就不打算回归故乡。有的则因汉族后代的蕃化而悲怆,如司空图《河湟有感》:

>一自萧关起战尘,河湟隔断异乡春。
>
>汉儿尽作胡儿语,却向城头骂汉人。②

因吐蕃对河湟地区的汉族实行蕃化政策,汉民被迫要衣蕃服说蕃语,加之失陷长达百余年,当地的汉人后代已被完全蕃化,他们不仅满口蕃语,更令人痛心的则是忘却了祖宗,反而在城头上咒骂汉人。

杜牧也时刻关注着河湟地区百姓的命运,他专以《河湟》为题创作的诗歌写道:

>元载相公曾借箸,宪宗皇帝亦留神。
>
>旋见衣冠就东市,忽遗弓剑不西巡。
>
>牧羊驱马虽戎服,白发丹心尽汉臣。
>
>唯有凉州歌舞曲,流传天下乐闲人。③

此诗前两联中一、三两句对应,借用汉代谋臣张良"借箸"以及晁错"衣冠就东市"被斩的典故,指代元载曾向唐代宗进献收复吐蕃的计策,然而计划未酬,不久后即因罪被赐死的经历。元载为唐代宗时宰相,《新唐书·元载传》记载:"载尝在西州,具知河西、陇右要领,乃言于帝曰:'国家西境极于潘原,吐蕃防戍乃在摧沙堡,而原州界其间,草荐水甘,旧垒存焉,比吐蕃毁夷垣墉,弃不居,其右则监牧故地,巨堑长壕,重复深固。……'因图上地形,使吏问入原州度水泉,计徒庸,车乘畚锸之器悉具。而田神功沮短其议,乃曰:'兴师料

---

① 《全唐诗》卷三十四,中华书局1985年版,第325页。
② 《全唐诗》卷六百三十三,中华书局1985年版,第7261页。
③ 陈允吉校点:《樊川文集》,上海古籍出版社1984年版,第24页。

敌,老将所难,陛下信一书生言,举国从之,误矣。'帝由是疑不决。"①从史料记载看,元载因熟悉河西、陇右的山川形势,他这次收复河湟的计划可谓具体而详细,但是被田神功所阻挠,最终未能实行。尽管元载为相的口碑不佳,但是杜牧能够用张良、晁错这样世代传颂的政治家故事来比附元载,是他们之间的相同之处使然,因为晁错也曾就边陲防御之事多次向朝廷献策,也可见得杜牧对收复河湟的重视程度之高。

随后,唐宪宗亦有意收复河湟,所以杜牧赞颂他说:"宪宗皇帝亦留神。"这里二、四句对应,记述力图中兴的唐宪宗也曾有意谋划收复河湟,但还来不及付诸行动便被宦官弑杀。宪宗朝,唐军有几次战胜吐蕃的战例,如元和十二年(817年),"吐蕃使论矩立藏来朝,未出境,吐蕃寇宥州,与灵州兵战定远城,虏不胜,斩首二千级。平凉镇遏使郝玼又破虏兵二万,夏州节度使田缙破其众三千,诏留矩立藏等不遣。剑南兵拔峨和、栖鸡城。"十四年(819年),"乃归矩立藏等。吐蕃节度论三摩、宰相尚塔藏、中书令尚绮心儿总兵十五万围盐州,为飞梯、鹅车攻城,刺史李文悦拒之,城坏辄补,夜袭其营,昼出战,破虏万人,积三旬不能拔。朔方将史敬奉以奇兵绕出虏背,大破之,解围去。"②尽管如此,河湟还是未能收复。因此,杜牧同情那里的百姓被迫过着牧羊驱马的异族生活,他们虽然衣着异族服饰,却依然对唐朝怀有一片丹心。"白发丹心"一句,杜牧借用汉代苏武出使匈奴被扣留十九年,仍持汉节牧羊,及归朝回乡时须发尽白的典故,表达失地汉民对回归的渴望之情。一边是河湟遗民殷切盼归的"白发丹心"之苦,一边却是朝野上下"闲人"们心安理得地欣赏着从河湟凉州传入的歌曲,因为他们早已忘却了河湟。

杜牧此诗从中唐君臣收复河湟失地的努力与失败写起,将河湟失陷的历史延伸,增强了民族问题的严重性。又通过失地"汉臣"的苦心和"天下闲人"

---

① 《新唐书·元载传》卷一百四十五,中华书局1975年版,第4712—4713页。
② 《新唐书·吐蕃传下》卷二百一十六下,中华书局1975年版,第6101页。

的乐心对比,把诗笔指向晚唐无所作为的朝廷,批评谴责之意不言自显。

除了这首《河湟》的专题诗作外,杜牧还在多首诗歌中关注河湟问题。如他于唐武宗会昌二年(842年)在黄州刺史任上所创作的长诗《郡斋独酌》(黄州作),感慨大半生功业无成飘泊无定的仕宦生涯,仍对自己的理想和抱负耿耿之于怀。最后写道:

> 岂为妻子计,未去山林藏。平生五色线,愿补舜衣裳。
> 弦歌教燕赵,兰芷浴河湟。腥膻一扫洒,凶狠皆披攘。
> 生人但眠食,寿域富农桑。①

其中"弦歌""兰芷"两句,即指要推行文治教化,安边化民的理想。此处用"河湟"代表唐代与周边少数民族的边境地区,可见收复河湟在杜牧心目中的重要地位。因此,一旦时局稍有转机,杜牧就十分兴奋,他的《皇风》就是在这样的时机下创作的:

> 仁圣天子神且武,内兴文教外披攘。
> 以德化人汉文帝,侧身修道周宣王。
> 远蹊巢穴尽窒塞,礼乐刑政皆弛张。
> 何当提笔侍巡狩,前驱白旆吊河湟。②

唐武宗会昌四年(844年),朝廷计划趁回鹘衰微,吐蕃内乱,议复河湟四镇十八州。"乃以给事中刘濛为巡边使,使之先备器械糗粮及诇吐蕃守兵众寡。又令天德、振武、河东训卒砺兵,以俟今秋黠戛斯击回鹘,邀其溃败之众南来者,皆委濛与节度团练使详议以闻。"③杜牧听闻消息遂写下《皇风》一诗盛赞唐武宗内外兼治的"神且武"功,并希望自己能"提笔侍巡狩","前驱白旆吊河湟",表达其投身边疆,一举收复河湟失地的强烈意愿。

---

① 陈允吉校点:《樊川文集》,上海古籍出版社1984年版,第8页。
② 陈允吉校点:《樊川文集》,上海古籍出版社1984年版,第13页。其中"侍"原作"待",据吴在庆校注《杜牧集系年校注》改,中华书局2008年版,第110页。
③ 《资治通鉴》卷二百四十七,中华书局1986年版,第7999页。

第四章　晚唐诗歌中的民族观念与文化交流

杜牧不仅盼望自己能在收复河湟的事业中一展其力,对亲朋好友也有如此劝勉,他在《中丞业深韬略志在功名再奉长句一篇兼有谂劝》中就这样勉励出镇江西的裴俦:

樯似邓林江拍天,越香巴锦万千千。

滕王阁上柘枝鼓,徐孺亭西铁轴船。

八部元侯非不贵,万人师长岂无权。

要君严重疏欢乐,犹有河湟可下鞭。①

此诗结尾处注曰:"时收河湟,且立三洲六关。"裴俦为杜牧的姐夫,以御史中丞宪衔出任江西观察使,杜牧对他这位"业深韬略志在功名"的姐夫给予厚望。诗的前两联渲染江西丰裕的财富与丰富的文化生活,第三联极言江西观察使职位之显贵权力之强大,当时江南西道所辖有洪、江、饶、虔、吉、信、抚、袁八州。尾联笔锋一转,劝勉裴俦要生活谨严疏于娱乐,而且可在收复河湟大业中扬鞭驱马,建立功业。

正是因为杜牧对河湟如此心心念念地关注,所以当宣宗朝收复河湟的消息传来时,他激动不已,其《今皇帝陛下一诏征兵不日功集河湟诸郡次第归降臣获睹圣功辄献歌咏》就传递出这样的无比喜悦与兴奋:

捷书皆应睿谋期,十万曾无一镞遗。

汉武惭夸朔方地,宣王休道太原师。

威加塞外寒来早,恩入河源冻合迟。

听取满城歌舞曲,凉州声韵喜参差。②

据《资治通鉴》记载,唐宣宗大中三年(849年),河湟收复之业初见成效,二月"吐蕃秦、原、安乐三州及石门等七关来降。以太仆卿陆耽为宣谕使,诏泾原、灵武、凤翔、邠宁、振武皆出兵应接。"③六月,泾原节度使康季荣取原州

---

① 陈允吉校点:《樊川文集》,上海古籍出版社1984年版,第310页。
② 陈允吉校点:《樊川文集》,上海古籍出版社1984年版,第27页。
③ 《资治通鉴》卷二百四十七,中华书局1986年版,第8037页。

及石门、驿藏、木峡、制胜、六磐、石峡六关。七月,灵武节度使硃叔明聚长乐州;邠宁节度使张君绪取萧关;凤翔节度使李玭取秦州;诏邠宁节度权移军于宁州以应接河西。八月,"河、陇老幼千余人诣阙,已丑,上御延喜门楼见之,欢呼舞跃,解胡服,袭冠带,观者皆呼万岁。诏'募百姓垦辟三州、七关土田,五年不租税……其山南、剑南边境有没蕃州县,亦令量力收复。'"①

河湟诸州次第收复的消息令杜牧难掩激动之心,此诗题目密集的表述就能透露出他由衷的喜悦兴奋之情。诗中更是对宣宗备极赞誉,他称赞宣宗以睿智的谋略,不费一箭一卒,就收复了河湟。又用汉武帝收复被匈奴占领的河套地区和周宣王北伐猃狁(即匈奴)至太原的典故,来衬托宣宗之功。而此刻,长安满城的凉州歌舞,听起来竟然也是那样的喜庆悦耳。创作了这首赞美宣宗功业的诗作后,杜牧兴奋之情意犹未尽,他又写下了一首颂美时任宰相的《奉和白相公圣德和平致兹休运岁终功就合咏盛明呈上三相公长句四韵》:

> 行看腊破好年光,万寿南山对未央。
> 黠戛可汗修职贡,文思天子复河湟。
> 应须日御西巡狩,不假星弧北射狼。
> 吉甫裁诗歌盛业,一篇江汉美宣王。②

据缪钺《杜牧年谱》,此诗作于大中三年(849 年)冬天。诗题中的"白相公"即时为宰相的白居易从父弟白敏中,他是当时收复河湟的统帅,亲自参加了前线作战。晚唐康骈在其《剧谈录》中有一段关于白敏中率师与吐蕃对垒的详细记载:"大中初,边鄙不宁,土蕃尤甚,恣其倔强。宣宗欲致讨伐,遂于延英殿先问宰臣。公首奏兴师,请为统帅,沿边藩镇兵士数万,鼓行而前。时犬戎列阵平川,以生骑数千伏藏山谷。既而得于谍者,遂设奇兵待之。有蕃中首帅,衣绯茸裘,系宝装带,所乘白马骏异无比。锋镝未交,扬鞭出于阵面者数

---

① 《资治通鉴》卷二百四十七,中华书局 1986 年版,第 8039—8040 页。
② 陈允吉校点:《樊川文集》,上海古籍出版社 1984 年版,第 27 页。

第四章 晚唐诗歌中的民族观念与文化交流

四,频召汉军斗将。白公诫兵士无得应之。俄而,驻军指挥,背我师百余步而立。有潞州小将,骁勇善射,请快马弯弧而出,连发两矢,皆中其项。跃马而前,抽短剑踏于鞍上,以手扶挟,如斗敌之状。蕃将士卒,但呼噪助之。于是脱绯裘,解金带,夺马而还,师旅无不奋勇。既大战沙漠,虏阵瓦解土崩,乘胜追奔,几及黑山之下。所获驼马辎重,不可胜计,束手而降三四千人。先是,河湟关郡界内在匈奴,自此悉为内地。宣皇初览捷书,云:'我知敏中必殄凶丑。'白公凯旋,与同列宰相进诗云:'一诏皇城四海颁,丑戎无数束身还。戍楼吹笛人休战,牧野嘶风马遽闲。河水九盘收数曲,陇山千里锁诸关。西边北塞今无事,为报东南夷与蛮。'"①《剧谈录》虽属笔记小说,但是记载的都是真实历史人物,具有补益史实的历史价值。

这段描绘白敏中请为统帅力主讨伐吐蕃并与之大战沙漠的故事,在两《唐书》白敏中传中皆未记载。其中的细节信息有二:其一,当宣宗在延英殿与诸位宰臣议论讨伐吐蕃之事时,是白敏中第一个主张兴师出兵,并请求自为统帅;其二,与蕃军对阵遇到蕃中首帅的挑衅时,白敏中告诫将士要找准时机沉着应战,结果一举射杀蕃帅。可见,白敏中在收复河湟大业中既有勇于负责的担当,也有善于指挥的实战智慧。正是因为白敏中在收复河湟大业中亲临前线经历战事,因此杜牧此诗极力渲染唐朝的威武,并用周宣王时重臣尹吉甫率师北伐狁的典事来颂美白敏中的功勋。

总之,收复河湟一直是杜牧牵挂的重要民族问题,从批评统治阶层对失地百姓的麻木不仁,到抒发自己投笔赴边、立功沙场的壮怀,再到喜闻收复的兴奋激动,杜牧的这些与河湟相关的诗作,反映了从中唐到晚唐半个多世纪以来唐朝与吐蕃之间复杂的民族关系。正如余恕诚先生所评价的那样:"河湟诗所反映的百余年蕃汉间的战争、军事对峙、使节往来、文化物资交流,固然有许多可以与史书互证,甚至可以补史书之阙,但更为根本的,则是它带着作者的

---

① 兰翠点校:康骈《剧谈录》,山东人民出版社2018年,第114页。

情感,形象具体地写出特定历史环境中的事件与情景,乃是史书所无法代替的。它以文学作品所特有的具体真切、富有感性的优长,成为汉藏关系史上宝贵的具有史诗性的历史文献。"①

二、"三边要高枕":杜牧的边防理想

杜牧主张"统华夏为一家,用夷狄为四守",②实现三边高枕的边防理想,以提振民族自信心。杜牧对军事问题有着极大的兴趣与自信,除了上述在收复河湟上倾注热情外,他对晚唐边防都十分关注。许多诗文都反映或记录了当时朝廷在边疆与外族对抗的事实,抒写了他对民族关系问题的情感与看法。如唐武宗会昌二年(842年)冬写作的《雪中书怀》就表达了他对回鹘入侵的忧愤之情:

腊雪一尺厚,云冻寒顽痴。孤城大泽畔,人疏烟火微。
愤悱欲谁语?忧愠不能持。天子号仁圣,任贤如事师。
凡称曰治具,小大无不施。明庭开广敞,才隽受羁维。
如日月缒升,若鸾凤葳蕤。人才自朽下,弃去亦其宜。
北虏坏亭障,闻屯千里师。牵连久不解,他盗恐旁窥。
臣实有长策,彼可徐鞭笞。如蒙一召议,食肉寝其皮。③

此诗开篇以冰雪严寒的恶劣环境衬托自己"愤悱欲谁语?忧愠不能持"的心情,而导致这一郁愤情绪的原因是"北虏坏亭障"的时局。"北虏"此指北方少数民族回鹘,据《资治通鉴》记载,武宗会昌初,回鹘一直在边境侵扰不停,朝廷则以姑息忍让的态度应对:"初,(乌介)可汗往来天德、振武之间,剽掠羌、浑,又屯杷头烽北。朝廷屡遣使谕之,使还漠南,可汗不奉诏。李德裕以为'那颉啜屯于山北,乌介恐其与奚、契丹连谋邀遮,故不敢远离塞下。望敕

---

① 余恕诚、王树森:《唐代有关河湟诗歌的诗史意义》,《学术界》2012年第8期。
② 杜牧《贺平党项表》,陈允吉校点:《樊川文集》,上海古籍出版社1984年版,第220页。
③ 陈允吉校点:《樊川文集》,上海古籍出版社1984年版,第13页。

第四章 晚唐诗歌中的民族观念与文化交流

张仲武谕奚、契丹与回鹘共灭那颉啜,使得北还。'及那颉啜死,可汗犹不去。议者又以为回鹘待马价;诏尽以马价给之,又不去。"(会昌二年)"八月,可汗帅众过杷头烽南,突入大同川,驱掠河东杂虏牛马数万,转斗至云州城门。刺史张献节闭城自守,吐谷浑、党项皆挈家入山避之。庚午,诏发陈、许、徐、汝、襄阳等兵屯太原及振武、天德,俟来春驱逐回鹘。"①由此可见,回鹘扰边一再得寸进尺,唐朝则一再忍让等待。面对如此严峻的边境形势,杜牧孤愤难平,因为担忧这次边患拖延下去,回鹘将联合其他少数民族共同侵扰边境,所以他主张积极应对,并坚信自己的筹划策略如得实施,则可以速战速决:"如蒙一召议,食肉寝其皮"。这里"食肉寝皮"固然表现得有些血腥,但是透出了杜牧抗击回鹘十足的自信。这份自信,来自他对时局的热切关注与对回鹘的理性分析。在其后他献给李德裕的《上李太尉论北边事启》中我们即可了解他战略与战术上的见解。

首先,在战略上,杜牧以知己知彼的眼光分析了回鹘的实力:"伏以回鹘种落,人素非多,校于突厥,绝为小弱。今者国破众叛,逃来漠南,为羁旅之魂,食草莱之实。白鼹骊骍之骑,凋耗已无;湩酪皮毳之资,饥寒皆尽。寄命杂种,藏迹阴山,取之及时,可以一战。"②他认为回鹘部族素来人口不多,加上内部矛盾,正是弱小之时。而其侵扰边境的目的有二:"今者虏之计,不出二者,时去时来,回翔不决,必有所在。西戎已得要约,伺其气势,同为侵扰,此其一也。心胆破坏,马畜残少,且于美水荐草,暖日广川,牧马养习,以俟强大,此其二也。"③因此,为避免后患,应当对其积极用兵。

其次,在战术上,杜牧指出两汉以来伐虏时机皆选在秋冬季节,这恰恰是对方畜肥草壮力全气盛之时,因此结局往往是胜少败多。要避免这种"避虚

---

① 《资治通鉴》卷二百四十六,中华书局1986年版,第7963页。
② 杜牧《上李太尉论北边事启》,陈允吉校点:《樊川文集》,上海古籍出版社1984年版,第232页。
③ 杜牧《上李太尉论北边事启》,陈允吉校点:《樊川文集》,上海古籍出版社1984年版,第232页。

而击实,逃短而攻长"的战术,他主张朝廷应该训练幽、并突阵之骑,待仲夏季节潜发,出其意外,实为上策。因为"五月节气,在中夏则热,到阴山尚寒,中国之兵,足以施展。行军于枕席之上,玩寇于掌股之中,軨輴悬瓶,汤沃晛雪,一举无颏,必然之策。"①同时,他不赞同欲借黠戛斯之力讨伐回鹘的计划,认为这样会导致黠戛斯灭回鹘之后,成为唐朝的劲敌,况且唐朝以之示弱,必然为之所轻慢,进而带来更为严重的边患问题。他的这些建议受到李德裕的肯定,可见杜牧在对待回鹘侵扰问题上有着长远的眼光,其清醒的战略战术正是他强烈民族自信的心理来源与基础。

杜牧的边防理想是"三边要高枕,万里得长城",②这就需要唐朝与周边少数民族各尽其责。唐朝应该做到"天子守在四夷,盖以恩信不亏,羁縻有礼。"③而少数民族则应该"感恩知义,奉贽不阙","慎勿怠违,永作藩屏",④无警边陲"作中夏之保障"。⑤ 然而,这一理想状态常常会因各自的利益无法长期稳定与保持,特别是在晚唐时期,唐朝因内部的混乱与软弱给周边少数民族造成可乘之机。针对这样的局面,杜牧主张对扰边的入侵者实施积极地武力征讨:"王者有攻讨诛夷,是以不暂讨者不久宁,不一劳者不永逸。"⑥以"暂讨"赢得边境的"久宁",以"一劳"获得"永逸"。因此,杜牧在诗歌中多次赞美那些英勇的武将,如《史将军二首》其二:

　　壮气盖燕赵,耽耽魁杰人。弯弧五百步,长戟八十斤。

---

① 杜牧《上李太尉论北边事启》,陈允吉校点:《樊川文集》,上海古籍出版社1984年版,第233页。
② 杜牧《夏州崔常侍自少常亚列出领麾幢十韵》,陈允吉校点:《樊川文集》,上海古籍出版社1984年版,第29页。
③ 杜牧《西州回鹘授骁卫大将军制》,陈允吉校点:《樊川文集》,上海古籍出版社1984年版,第304页。
④ 杜牧《新罗王子金元宏等授太常寺少卿监丞簿制》,陈允吉校点:《樊川文集》,上海古籍出版社1984年版,第304页。
⑤ 杜牧《西州回鹘授骁卫大将军制》,陈允吉校点:《樊川文集》,上海古籍出版社1984年版,第305页。
⑥ 杜牧《贺平党项表》,陈允吉校点:《樊川文集》,上海古籍出版社1984年版,第218页。

第四章　晚唐诗歌中的民族观念与文化交流

河湟非内地,安史有遗尘。何日武台坐,兵符授虎臣。①

此诗描写了一位虎虎生威壮气盖世的猛将,他武艺高强,力大无比,杜牧祝愿其能够早日受到朝廷的重用,手持兵符去收复河湟失地。又如《重送》:

手揽金仆姑,腰悬玉辘轳。爬头峰北正好去,系取可汗钳作奴。

六宫虽念相如赋,其那防边重武夫。②

吴在庆先生认为此诗为杜牧重送孟迟之作,③孟迟于武宗会昌五年(845年)进士及第,曾往池州访问杜牧。诗中的"爬头峰"以及"可汗"皆指回鹘入侵之事。杜牧以手执金仆姑箭,腰佩玉辘轳剑的武夫装扮刻画孟迟,并提醒孟迟在外族扰边的时势之下,朝廷虽然需要像司马相如那样的文士,但更重视能够防边的武将。正是基于这一认识,所以杜牧热情激励有职权的朋友勇立边功,如他在《夏州崔常侍自少常亚列出领麾幢十韵》中鼓励出任夏州(州治在今陕西横山县西)的崔常侍:"戈矛虓虎士,弓箭落雕兵。魏绛言堪采,陈汤事偶成。若须垂竹帛,静胜是功名。"④同时,对于战死沙场的将领则表示出由衷的崇敬与礼赞,如《闻庆州赵纵使君与党项战中箭身死长句》:

将军独乘铁骢马,榆溪战中金仆姑。

死绥却是古来有,骁将自惊今日无。

青史文章争点笔,朱门歌舞笑捐躯。

谁知我亦轻生者,不得君王丈二殳。⑤

庆州州治在今甘肃庆阳,唐宣宗大中四年(850年)九月,"党项为边患,发诸道兵讨之,连年无功,戍馈不已。"⑥此诗首联描写庆州赵纵使君的勇武英气,他乘骑披着铁甲衣的骢马,手执金仆姑箭,一个威猛勇悍的将军形象扑面

---

① 陈允吉校点:《樊川文集》,上海古籍出版社1984年版,第20页。
② 陈允吉校点:《樊川文集》,上海古籍出版社1984年版,第17页。
③ 参见吴在庆:《杜牧集系年校注》,中华书局2008年,第140页。
④ 陈允吉校点:《樊川文集》,上海古籍出版社1984年版,第29页。
⑤ 陈允吉校点:《樊川文集》,上海古籍出版社1984年版,第28页。
⑥ 《资治通鉴》卷二百四十九,中华书局1986年版,第8043页。

而来。颔联对比"死绥"和"骁将"的不同,古代退军为"绥",兵法有"将军死绥"之说,即军队败退时将军当死,这种将军之死是一种屈辱;而"骁将"战斗之死则是虽死犹生的光荣。腹联讽刺朱门偷生之辈,与尾联作者欲执丈二之殳效死疆场的"轻生"义气又构成对比,其气壮山河的胸怀不输盛唐人笔下"孰知不向边庭苦,纵死犹闻侠骨香"①的慷慨。然而"谁知"和"不得"的现实却让作者这一腔丹心碧血无处可用,其中苦闷的深重可想而知。

与这种赞美武将勇悍与献身疆场的牺牲精神相表里的是,杜牧还十分同情那些因为外族的不断扰边而失去家园的边民。他的《早雁》一诗就是借咏雁表达自己对因回鹘入侵而被迫流亡的边地百姓的深切怜悯与担忧。其诗写道:

  金河秋半虏弦开,云外惊飞四散哀。
  仙掌月明孤影过,长门灯暗数声来。
  须知胡骑纷纷在,岂逐春风一一回。
  莫厌潇湘少人处,水多菰米岸莓苔。②

此诗虽然通篇歌咏大雁,但是处处却在以雁的遭遇和命运比喻那些遭受战争伤害而被迫流离失所的边民。由于秋天"虏弦开",大雁们只好哀鸣着离开北方家园逃往南方。属于候鸟的它们本该在来年春天飞回故乡,然而,却因为"胡骑纷纷在",它们再也回不去了。所以尾联杜牧以潇湘之处"水多菰米岸莓苔"相安慰。其中寄寓着他对边民们的几多同情和几多无奈。

杜牧一生自负经纬才略,喜论兵事。一方面源于晚唐时期边境严峻这一外部环境因素,当时"回鹘未殄,吐蕃正强",而党项"亦恣猖狂",③朝廷面临着众多少数民族接连不断的内侵威胁;另一方面则主要根植于他家族

---

① 王维《少年行》其二,赵殿成笺注:《王右丞集笺注》,上海古籍出版社1984年版,第258页。
② 陈允吉校点:《樊川文集》,上海古籍出版社1984年版,第57页。
③ 杜牧《贺平党项表》,陈允吉校点:《樊川文集》,上海古籍出版社1984年版,第28页。

环境的内部影响。

杜牧的曾祖杜希望在玄宗朝就多次参加与周边邻族的交往,深为玄宗器重。"开元中,交河公主嫁突骑施,诏希望为和亲判官。信安郡王祎表署灵州别驾、关内道度支判官。自代州都督召还京师,对边事,玄宗才之。"①其后,杜希望拜鄯州都督,在与吐蕃的对抗中,他"发鄯州兵夺虏河桥,并河筑盐泉城,号镇西军,破吐蕃兵三万。"②"于是置镇西军,希望引师部分塞下,吐蕃惧,遗书求和。希望报曰:'受和非臣下所得专。'虏悉众争坛泉,希望大小战数十,俘其大酋,至莫门,焚积蓄,卒城而还。"③可见,在杜希望的仕宦生涯中,主要功业就是献身边事。

杜牧的祖父杜佑"性嗜学,该涉古今,以富国安人之术为己任"④,唐宪宗曾称其为"国之元老",表彰他是"岩廊上才,邦国茂器;蕴经通之识,履温厚之姿,宽裕本乎性情,谋猷彰乎事业。博闻强学,知历代沿革之宜;为政惠人,审群黎利病之要。由是再司邦用,累历藩方,出总戎麾,入和鼎实。"⑤杜佑对边防问题与民族关系有着系统的理论和实践。他编纂的典章制度通史《通典》中就有《边防》16卷,十分全面地记述了汉民族周边邻族领邦的历史、风习与民族交流。作为朝廷大员,他也亲历民族交往的具体事宜,如《旧唐书·吐蕃传下》记载,宪宗元和五年(810年)六月,"命宰相杜佑等与吐蕃使议事中书令厅,且言归我秦、原、安乐州地。"⑥在这样的家族传统和氛围中耳濡目染成长的杜牧,自然会对军事与边防问题给予热切的关注,并经常在诗歌中抒发其报国理想和勇于献身边防事业的情怀了。

杜牧关于边境问题的此类诗作,既深刻记录并反映了晚唐时期唐朝与周

---

① 《新唐书·杜佑传》卷一百六十六,中华书局1975年版,第5085页。
② 《新唐书·吐蕃传上》卷二百一十六上,中华书局1975年版,第6086页。
③ 《新唐书·杜佑传》卷一百六十六,中华书局1975年版,第5085页。
④ 《旧唐书·杜佑传》卷一百四十七,中华书局1975年版,第3982页。
⑤ 《旧唐书·杜佑传》卷一百四十七,中华书局1975年版,第3981页。
⑥ 《旧唐书·吐蕃传下》卷一百九十六下,中华书局1975年版,第5261页。

边少数民族的摩擦与冲突,也显示了他作为一个喜论兵事且有着强烈社会责任感的士人对于边防与民族关系问题的情感和态度。在对待收复河湟以及回鹘、党项侵边等问题时,他表现出了积极应战的态度,也渴望能够奔赴沙场立功报国,但是他的理想未能实现,这些诗歌总体情调是乐少哀多,这在一定程度上,也显现出了晚唐朝政的软弱与国力的衰败。

第二节　李商隐诗歌中的民族观

李商隐(813?—858年)是晚唐时期与杜牧齐名的著名诗人,二人的诗歌代表着晚唐诗歌艺术的最高成就。李商隐的为人及其诗作曾一度遭到冷遇与误解,《旧唐书·李商隐传》说他"俱无持操,恃才诡激"[1];他的诗歌则有"无一言经国,无纤意奖善"[2]这样的评价。事实上,李商隐诗文集中直接涉及政治时事的作品数量颇为可观,又因其多次入边幕任职,对边疆形势有近距离的了解,在日趋没落的晚唐时期,李商隐同杜牧一样,对于边境时事表现出了超前的预见性与深切的关注度。唐文宗朝边地少数民族在三面边境的骚动,武宗会昌年间回纥的侵扰以及攻克乌介可汗侵边的胜利,宣宗大中年间针对党项、奚族叛乱的攻伐战争以及河湟收复之功,都在李商隐诗文中有着不同程度的反映。对民族友好关系的重视又表现出李商隐广阔的民族视野。

一、"爱君忧国去未能":李商隐对边事问题的忧患意识

李商隐早慧,束发之年已在关注时局。宝历二年(826年),李商隐作《富平少侯》一诗讽刺唐敬宗朝政荒废,开篇的"七国三边未到忧,十三身袭富平

---

[1] 《旧唐书·李商隐传》卷一百九十下,中华书局1975年版,第5078页。
[2] 李涪:《刊误·释怪》,《唐宋史料笔记丛刊·苏氏演义(外三种)》,中华书局2012年版,第246页。

侯"①直指当时藩镇割据、外患严重的国情,表现出他对边患问题的关注。李商隐进士及第后,先后入泾原幕、桂州幕、东川幕,这些幕府均靠近边地,因此他对晚唐边境形势有比较细致全面的了解,作品中体现了出他对边事问题的危机感与前瞻性。

河湟之祸是晚唐前期最令人耿耿于怀的民族矛盾,李商隐也不例外地于诗中表达了自己对河湟失陷的思考。他于开成二年(837年)作政治长诗《行次西郊作一百韵》,此诗内容富赡,视野宏阔,论列了唐朝开国以来不同时期各方面的危机问题,在论及河湟失地时,他写道:

  南资竭吴越,西费失河源。因令右藏库,摧毁惟空垣。
  如人当一身,有左无右边。筋体半痿痹,肘腋生臊膻。
  列圣蒙此耻,含怀不能宣。谋臣拱手立,相戒无敢先。②

安史之乱以后,中原地区经济遭到严重破坏,吐蕃趁乱又侵占了西北相对富庶的河湟一带,导致朝廷财政只能依靠南方江淮地区支撑。李商隐用一个人的身体比喻当时国家财政的不平衡局势,他认为失去河湟犹如人失去了身体的右边,是身体的一半出现了痿痹。同时朝廷诛讨反叛的藩镇以及边防所需兵用又导致东南财力渐趋枯竭,在这种形势下,李商隐意识到河湟失陷不仅促发了朝廷的财政危机,而且疆土沦丧致使原本的京畿地区沦为边地,吐蕃势力近逼中原腹地,是其所谓"肘腋生臊膻"也。腹心之地长期面临外敌威胁,统治者们却不能勇敢面对,积极解决;君主软弱忍耻,谋臣束手无策,导致吐蕃边患长期存在,河湟之祸成为一个重要的历史遗留问题。

李商隐对唐蕃关系的关注没有仅仅局限于百年河湟的历史危机上,他同时更对唐蕃关系的现实问题充满忧虑。穆宗朝唐蕃缔结长庆会盟,双方立约互不侵扰,自长庆三年(823年)开始,虽然少见吐蕃发动侵边战争的史乘记

---

① 冯浩笺注:《玉溪生诗集笺注》,上海古籍出版社1998年版,第8页。
② 冯浩笺注:《玉溪生诗集笺注》,上海古籍出版社1998年版,第97页。

录,然而李商隐诗文集中却有多篇诗文反映出吐蕃造成的边患问题。唐文宗开成三年(838年),李商隐赴泾原王茂元幕掌章奏。泾原是唐朝西北边防重镇,辖区与吐蕃接壤,李商隐入幕期间为王茂元代写的章表公文即对当时的西北边情有所反映。如《为濮阳公奏临泾平凉等镇准式十月一日起烧贼路野草状》一文称:"最近寇戎,实多蹊隧。每当寒冻,须有堤防。"①"寇戎"即指吐蕃,这里强调的每到寒冻时节须加堤防吐蕃,恰恰说明即使唐蕃修成和好盟约,双方关系依旧不容乐观。因此,李商隐对吐蕃一直保持着高度的警惕,因为"虽国家远追上策,不事交争;然蛇豕难防,犬羊易纵,苟罢严彻警,则负约渝盟。"②所以他在王茂元幕府时期,辅佐王茂元镇守泾原"未尝一日不修战格,未尝一日不数军储。使士有斗心,人无虚额,使之侦候,咸亦闻知。尚未能率厉骁雄,揣摩锋镝,远收麻垒,直取艾亭。成大朝经武之威,毕微臣报主之分。"③在朝廷不想与吐蕃交战的国策之下,泾原作为边塞要地,李商隐依然训练士兵时刻保持战备状态,随时防备对方"负约渝盟",这种警惕与准备明显具有前瞻性。

事实上,唐朝与吐蕃之间的外交困局并未因为会盟有所疏解,吐蕃负约背盟的现象经常发生。李商隐《为濮阳公上陈相公状三》一文中就指出吐蕃破坏唐蕃交好关系的行为:"聂尔寇戎,不循盟誓,稽留重使,侮易大朝。"④对这种"稽留重使,侮易大朝"的不友好行为,李商隐在其后来创作的《杜工部蜀中离席》一诗中再一次有所表现:

人生何处不离群?世路干戈惜暂分。

雪岭未归天外使,松州犹驻殿前军。

---

① 冯浩详注,钱振伦、钱振常笺注:《樊南文集》,上海古籍出版社2015年版,第534页。
② 李商隐《为濮阳公陈情表》,冯浩详注,钱振伦、钱振常笺注:《樊南文集》,上海古籍出版社2015年版,第44页。
③ 李商隐《为濮阳公陈情表》,冯浩详注,钱振伦、钱振常笺注:《樊南文集》,上海古籍出版社2015年版,第44页。
④ 冯浩详注,钱振伦、钱振常笺注:《樊南文集》,上海古籍出版社2015年版,第565页。

第四章　晚唐诗歌中的民族观念与文化交流

座中醉客延醒客，江上晴云杂雨云。

美酒成都堪送老，当垆仍是卓文君。①

宣宗大中六年（852年），东川节度使柳仲郢辟李商隐为节度使府书记、检校工部郎中，此诗即作于李商隐在蜀川时期。诗歌前四句写蜀川形势，"雪岭"是指唐时绵亘于蜀川松洲、茂州、维州、保州等地的雪山，是唐蕃的界山。唐设松州都督府，所辖范围颇广，治所在今四川省阿坝藏族自治州内。松州西邻吐蕃，是唐朝西南边塞，故有唐军长期驻守。其中的"雪岭未归天外使"，反映的就是吐蕃稽留唐朝使臣的问题。

如果就李商隐作诗时期考察，所言"未归天外使"史籍中无法详考，虽然唐蕃自长庆会盟后，双方保持着正常通使往来，尤其唐文宗大和年间，吐蕃"遣使朝贡不绝"②，开成初年亦遣使来唐，唐廷均即时遣使回访。但是在唐蕃关系史上，吐蕃稽留唐朝使臣的情况却时有发生。据粗略统计，高宗朝陈行焉出使吐蕃，被拘押十余年后于永隆二年（681年）以丧还；代宗宝应二年（763年）四月，李之芳、崔伦出使和蕃被留，至永泰元年（765年）三月放还；德宗贞元三年（787年），吐蕃假意约和，于平凉会盟之际劫持和盟使者崔汉衡、郑叔矩等六十余人，直至宪宗元和五年（810年）才归十三人之柩；贞元二十年（804年），吕温随张荐入蕃吊祭赞普之丧，至元和元年（806年）始还。③ 结合以上史料记载来看，吐蕃不止一次轻视唐廷的示好，甚至利用唐廷的交好之心挑起争端，可见唐蕃关系一直存在着不稳定因素。

如果就李商隐模仿杜甫诗作的时期来看，此句所言史实可能指代宗朝李之芳、崔伦出使和蕃被留一事。杜甫于乾元二年（759年）岁末至成都，广德二年（764年）初离开成都，三月复返，次年五月最终出蜀，李之芳、崔伦滞蕃之事

---

① 冯浩笺注：《玉溪生诗集笺注》，上海古籍出版社1998年版，第361页。
② 《旧唐书·吐蕃传》卷一百九十六下，中华书局1975年版，第5266页。
③ 参见苏晋仁、萧𬭚子校正：《〈册府元龟〉吐蕃史料校证》，四川民族出版社1981年版，第361—369页。

恰好在此之间。① 总之,李商隐此诗中的"未归天外使"不管做何种解释,都体现了他对唐朝与吐蕃关系的关注。

李商隐对于吐蕃隐患的担忧与重视可谓一以贯之。只要与其相关,他都会予以表现。如他在《送从翁从东川弘农尚书幕》诗中告知从翁"南诏知非敌,西山亦屡骄"②,"西山"句即指当时攻陷西南边地屡屡骄横的吐蕃势力,"西山"一说即岷山,一说指松洲、维州、保州一带之山,因在蜀郡之西,故称。东川节度使属西南蜀地剑南道,与吐蕃与南诏都临界,他们的重要任务就是防御外敌,在李商隐看来,南诏不会对唐朝构成威胁,而吐蕃最为骄横难以对付,因此,李商隐对将赴东川幕府任职的从翁有此番叮嘱。在其《五言述德抒情诗一首四十韵献上杜七兄仆射相公》一诗中,他向在蜀川任职的杜悰进言时,又一次提到"西山":"南诏应闻命,西山莫敢惊"③足见他对吐蕃在蜀地的边疆威胁始终保持着强烈的危机感。

在如此关切之下,李商隐对唐蕃关系中出现的转机自然也会欢欣鼓舞。武宗会昌二年(842 年),吐蕃达磨赞普遇刺而卒,导致其内部分裂,会昌四年(844 年),武宗谋划收复久陷吐蕃的河湟失地。宣宗大中三年(849 年),收复河湟三州七关,西北边事取得重大突破,朝野上下颂歌盈耳。李商隐在《樊南乙集序》中记录了失地的收复过程:"属天子事边,康季荣首得七关,数月,李玭得秦州。月余,朱叔明又得长乐州,而益丞相亦寻取维州,联为章贺。"④李商隐此时任京兆尹奏署掾曹,令典章奏,与众同僚为朝官拟作贺表。他在《偶成转韵七十二句赠四同舍》中,也记录了此事:

手封狴牢屯制囚,直厅印锁黄昏愁。

平明赤帖使修表,上贺嫖姚收贼州。

---

① 杨伦笺注:《杜诗镜铨》附年谱,上海古籍出版社 1980 年版,第 1148—1150 页。
② 冯浩笺注:《玉溪生诗集笺注》,上海古籍出版社 1998 年版,第 73 页。
③ 冯浩笺注:《玉溪生诗集笺注》,上海古籍出版社 1998 年版,第 469 页。
④ 冯浩详注,钱振伦、钱振常笺注:《樊南文集》,上海古籍出版社 2015 年版,第 430 页。

第四章　晚唐诗歌中的民族观念与文化交流

> 旧山万仞青霞外,望见扶桑出东海。
> 爱君忧国去未能,白道青松了然在。
> 此时闻有燕昭台,挺身东望心眼开。
> 且吟王粲从军乐,不赋渊明归去来。①

尽管李商隐一生仕途冷寂沉沦下僚,但他听到"收贼州"的消息仍然十分激动,"爱君忧国"之情令其兴起报国从戎之志,表示自己不学陶渊明归隐,要学王粲从军。此时的李商隐一改多愁善感的士人形象,字里行间洋溢着豪迈激情,慷慨胸襟溢于言表。河湟三州七关的收复能让李商隐如此豪情再燃,充分说明他对唐蕃关系的高度重视。

二、"从古穷兵是祸胎":李商隐对民族关系问题的思考

李商隐不仅关注吐蕃边患,唐朝西部与回纥、党项、奚等少数民族间的摩擦与隐患,也是他牵挂于怀的国事。他的《灞岸》诗就透露出这一信息:

> 山东今岁点行频,几处冤魂哭虏尘。
> 灞水桥边倚华表,平时二月有东巡。②

此诗反映的就是回纥扰边的时事。会昌二年(842年)八月,回纥乌介可汗率所部南侵至大同、云州一带,朝廷下令征发许、蔡、汴、滑等六镇兵马,会军于太原准备抗击。山东,古代指函谷关以东地区,上述诸镇皆在这一区域,"点行"即征兵。诗歌开头两句颇似杜甫《兵车行》中的场面:"车辚辚,马萧萧,行人弓箭各在腰。耶娘妻子走相送,尘埃不见咸阳桥。牵衣顿足拦道哭,哭声直上干云霄。道旁过者问行人,行人但云点行频。"③一样的"点行频",一样的百姓号哭,只不过杜甫诗属于浓笔描绘画面详细可感,李商隐诗则是议论概括充满理致。后两句则表现承平时期例行的皇帝东巡之事,灞水桥边高

---

① 冯浩笺注:《玉溪生诗集笺注》,上海古籍出版社1998年版,第426页。
② 冯浩笺注:《玉溪生诗集笺注》,上海古籍出版社1998年版,第203页。
③ 杨伦笺注:《杜诗镜铨》,上海古籍出版社1980年版,第33页。

大的柱形华表,见证着升平时期每年二月皇帝东巡的车驾。李商隐此诗短短四句,用对比的手法,以太平时期天子东巡的繁盛景象对比紧张残酷的战争局势,表达了他对边患时局的关注和对百姓苦难的同情。

唐朝为抗击回纥南犯,不仅征发关内一带诸道军队,还征发了当时河东道的少数民族力量予以帮助:又"诏太原起室韦沙陀三部落、吐浑诸部……契苾通、何清朝领沙陀、吐浑六千骑趋天德,李思忠率回纥、党项之师屯保大栅"①。李商隐《赠别前蔚州契苾使君》一诗对此事即有记述:

何年部落到阴陵?奕世勤王国史称。

夜掩牙旗千帐雪,朝飞羽骑一河冰。

蕃儿襁负来青冢,狄女壶浆出白登。

日晚鸊鹈泉畔猎,路人遥识郅都鹰。②

这是李商隐送别契苾通出征的诗,诗题下自注曰:"使君远祖,国初功臣也。"契苾使君即蔚州(今山西灵丘县)刺史契苾通。契苾通的先祖是铁勒别部酋长,贞观六年(632年),契苾通五世祖契苾何力率部千余家归顺唐朝,契苾何力到长安,授将军,后封凉国公。他在太宗朝和高宗朝曾先后率军征伐吐谷浑,讨平高昌,东征辽东,击败龟兹、薛延陀、西突厥,安抚铁勒九姓,消灭高丽,为维护唐朝的统一立下了赫赫战功,死后陪葬昭陵。太宗称赞他的忠诚曰:"此人心如铁石,必不背我。"③此诗的前两句即赞美契苾通家族归附唐朝后为朝廷效力的光辉历史,"夜掩""朝飞"两句则通过虚拟手法想象了两个可感的场景,来形象地展现契苾何力当年勤王行动的迅捷和作战的神勇,其中也蕴含着征战的奔波与劳苦。李商隐赞誉契苾通家世历史的荣光,自然是为激励契苾通在这次出征中仿效其祖先效忠朝廷。因此后两联即写现实,作者相信,契苾通所到之处,必会受到各部族百姓的拥护与支持,"蕃儿襁负""狄女

---

① 《旧唐书·武宗本纪》卷十八上,中华书局1975年版,第593页。
② 冯浩笺注:《玉溪生诗集笺注》,上海古籍出版社1998年版,第201页。
③ 《旧唐书·契苾何力传》卷一百零九,中华书局1975年版,第3292页。

第四章　晚唐诗歌中的民族观念与文化交流

壶浆"的场面不仅体现了契苾通这次奉朝廷之命出征的正义性,也很好地展示了北方边疆地区少数民族和睦相处,向往安定生活的美好愿望。最后,李商隐借西汉雁门太守郅都威震匈奴的典故预祝契苾通的趋天德抗击回纥成功。

针对抗击回纥战事,李商隐又作《即日》(小苑试春衣)一诗,其中写道:

赤岭久无耗,鸿门犹合围。几家缘锦字,含泪坐鸳机!①

赤岭是唐朝西北与吐蕃的分界处,在鄯州鄯城县西南,因为土石皆赤,故称赤岭。鸿门,汉时设置县名,与雁门马邑相接,唐时为河东道的边界,是乌介可汗入犯之地。上句指远赴赤岭戍防吐蕃的征人一直没有传来归家的音讯,下句写鸿门之地又有回纥侵扰,征人前往北境御守疆土苦战无期。李商隐揣摩征妇心中的悲苦,后两句使用晋代窦滔妻苏蕙织锦文的典故,表达对广大征妇命运的深切同情。此诗也表露出李商隐对西北边患的担忧,防御吐蕃依旧是朝廷边防的中心,乌介可汗又于此时屡屡侵扰边境,北疆边情形势十分严峻。

其实早在此之前,李商隐就关注到回纥在北疆的动向。唐文宗开成五年(840年),李商隐在他的《献华州周大夫十三丈启》中就注意到了"今者北诛杂虏,西却诸戎"②的事态。据《资治通鉴》记载,是年回纥为黠戛斯所破,诸部逃散,冬十月,"天德军使温德彝奏:'回纥溃兵侵逼西城,亘六十里,不见其后。边人以回纥猥至,恐惧不安。'诏振武节度使刘沔屯云迦关以备之。"③武宗会昌元年(841年),李商隐在《为汝南公贺彗星不见复正殿表》中又指出当时"蕞尔戎羯,正犯疆场"④的时事。"戎羯"此指回纥,据《旧唐书》与《资治通鉴》所载,回纥破亡,乌介可汗一部奔至北塞天德军镇下并于此屯兵,甚至挟持和亲回纥的太和公主,屡向朝廷提出不合理的要求。

---

① 冯浩笺注:《玉溪生诗集笺注》,上海古籍出版社1998年版,第206页。
② 冯浩详注,钱振伦、钱振常笺注:《樊南文集》,上海古籍出版社2015年版,第765页。
③ 《资治通鉴》卷二百四十六,中华书局1956年版,第7847页。
④ 冯浩详注,钱振伦、钱振常笺注:《樊南文集》,上海古籍出版社2015年版,第62页。

透过这些诗作,我们不难看出,李商隐不仅十分关注唐朝与回纥的紧张局势,他对民族之间友好和睦相处更加重视。一方面他同情因为边境战争而久成不归的士卒与家人,另一方面,他也拥护朝廷抗击回纥入扰的战斗。他表彰契苾通家族在统一大业上对朝廷的忠诚与功勋,也反映出他并没有严格的华夷之分,只要忠于朝廷,向往和平统一,即使是少数民族,他同样给予热情的颂赞。

在唐朝北疆,继回纥侵扰之后,又有党项与奚族起衅。唐宣宗大中元年(847年),李商隐从郑亚入桂州幕任掌书记,他在为郑亚代写的章奏文书中,不少都记录并评论了当时党项与奚族为患北疆的事实。如《为荥阳公贺幽州张相公状》中说:"伏以北边诸虏,最强者奚……朝廷常压以雄军,处之重将。访于耆旧,不绝侵渔。"①《为荥阳公贺幽州破奚寇上中书状》中说:"伏以近岁以来,北番微扰,奚寇恣其狗盗,颇复鸱张。"②《为荥阳公贺幽州破奚寇表》说:"荐臻奚寇,猾乱华人……近岁以来,为患滋甚。"③在这些状表中,李商隐先后多次强调奚族在北方的威胁,据《新唐书·北狄传》载,奚族虽然于贞元、元和、大和之世屡次朝献于唐,但亦时常阴结回纥、室韦犯边。"大中元年,北部诸山奚悉叛。"④李商隐的这些记录,不仅可与史料相印证,还可对史料起到补充作用。

从李商隐的状表文中可知,奚族扰边滋事很快被幽州节度使张仲武平定了,然而党项边患却成为朝廷迁延不决的重要国事。武宗朝,党项势力逐渐膨胀,自会昌三年(843年)秋开始,在北部边境寇掠不止。朝廷起初采取镇抚政策,委派充王李岐、御史中丞李回为安抚党项大使、副使,"令赍诏往安抚党项

---

① 冯浩详注,钱振伦、钱振常笺注:《樊南文集》,上海古籍出版社2015年版,第609—610页。
② 冯浩详注,钱振伦、钱振常笺注:《樊南文集》,上海古籍出版社2015年版,第581页。
③ 冯浩详注,钱振伦、钱振常笺注:《樊南文集》,上海古籍出版社2015年版,第93—94页。
④ 《新唐书·北狄传》卷二百一十九,中华书局1975年版,第6175页。

第四章　晚唐诗歌中的民族观念与文化交流

及六镇百姓"①。武宗派皇子赴边镇以行宣慰,可见与党项的边事已经成为朝廷处理民族问题的重点。然而至会昌五年(845年),党项依旧侵盗不已,武宗决定出兵征讨,《旧唐书·武宗本纪》记载,朝廷于会昌六年(846年)二月,命夏州节度使米暨充东北道招讨党项使,又以邠宁节度使高承恭充西南面招讨党项使,开始对党项用兵。李商隐《城上》诗对此即有记录:

  有客虚投笔,无憀独上城。沙禽失侣远,江树著阴轻。
  边遽稽天讨,军须竭地征。贾生游刃极,作赋又论兵。②

据清人冯浩分析,李商隐此诗当作于他在桂州郑亚幕中。联系李商隐大中元年(847年)作《为荥阳公贺太尉王司徒启》中所称"近者党项侵扰西道,倔强北边"③的形势看,诗中的"边遽稽天讨,军须竭地征"即是指与党项交战的时事背景。李商隐此诗感情愤懑而含蓄蕴藉,他登城楼远眺,感慨自己"虚投笔"的人生,面对因平边征伐而军需赋税苛繁导致民穷财尽的艰难时局,他希望能像汉代才子贾谊那样,作赋论兵文武双全。然而,贾谊的才华并未得到朝廷的认可,他不偶的命运成为后代士人抒发怀才不遇情感的触点。李商隐以贾谊自比,在抒发其渴望报效国家壮志未酬之憾外,也隐含着批判朝廷不能重用贤良,朝政不振之意。

围绕着对党项用兵这一重大时事,李商隐还创作了《汉南书事》一诗,就宣宗朝对党项政策的转变表达了自己的看法:

  西师万众几时回,哀痛天书近已裁。
  文吏何曾重刀笔?将军犹自舞轮台。
  几时拓土成王道?从古穷兵是祸胎。
  陛下好生千万寿,玉楼长御白云杯。④

---

① 《资治通鉴》卷二百四十七,中华书局1986年版,第7993页。
② 冯浩笺注:《玉溪生诗集笺注》,上海古籍出版社1998年版,第290页。
③ 冯浩详注,钱振伦、钱振常注:《樊南文集》,上海古籍出版社2015年版,第732页。
④ 冯浩笺注:《玉溪生诗集笺注》,上海古籍出版社1998年版,第325页。

此诗当为李商隐途经汉南时所作。汉南指汉水之南,也泛指荆襄一带。李商隐于大中元年(847年)赴桂州,次年从桂州回长安会路经荆襄。此外,他于大中五年(851年)七月应东川节度使柳仲郢之辟,赴东川节度使柳中郢幕或许也经过荆襄。但是此诗究竟是哪次经过汉南而作尚有不同意见,清人冯浩判定为大中二年(848年)所作,但据史料与诗中"哀痛天书近已裁"分析,定为大中五年(851年)似乎更合理一些。《资治通鉴》记载,大中四年(850年)"党项为边患,发诸道兵讨之,连年无功,戍馈不已"。① 十一月,任刘瑑为京西招讨党项行营宣慰使,十二月任凤翔节度使李业、河东节度使李拭为招讨党项使。② 大中五年(851年),"上以南山、平夏党项久未平,颇厌用兵。崔铉建议,宜遣大臣镇抚。三月,以白敏中为司空、同平章事,充招讨党项行营都统、制置等使,南北两路供军使兼邠宁节度使。"③八月"白敏中奏南山党项亦请降。时用兵岁久,国用颇乏,诏并赦南山党项,使之安业"。④ "哀痛天书"或许即指唐宣宗"赦南山党项"的诏书。

在接下来的颔联中,李商隐将"文吏"与"将军"对比,暗讽朝廷重武轻文的现状,指出朝廷何曾重视过刀笔文吏?而武将们却还在边疆滋生事端。事实上,造成边境不安宁的因素,有不少是因为边将贪暴导致的。君王对此也心知肚明。如大中五年(851年),宣宗"颇知党项之反由边帅利其羊马,数欺夺之,或妄诛杀,党项不胜愤怨,故反,乃以右谏议大夫李福为夏绥节度使。自是继选儒臣以代边帅之贪暴者,行日复面加戒励,党项由是遂安。"⑤选择儒臣去替代贪暴的边帅,这是朝廷杜绝边患的有效措施之一,也是李商隐希望重用文吏的政策,但是一个"何曾"的反问,表达了他对这一做法能否常态化的质疑。在颈联中,他又用一个反问词"几时",表明自己反对穷兵黩武的观点。"王

---

① 《资治通鉴》卷二百四十九,中华书局1986年版,第8043页。
② 《资治通鉴》卷二百四十九,中华书局1986年版,第8044页。
③ 《资治通鉴》卷二百四十九,中华书局1986年版,第8045页。
④ 《资治通鉴》卷二百四十九,中华书局1986年版,第8048页。
⑤ 《资治通鉴》卷二百四十九,中华书局1986年版,第8045页。

道"即指古代帝王以仁义治理天下的策略,与以武力开疆拓土的"霸道"形成对比。李商隐总结历史经验,先反问一句开疆拓土何时成了帝王的"王道"?再接一句正面回答"从古穷兵是祸胎",一反一正都是在强调其反对穷兵黩武的观点。最后赞美君王体恤百姓爱惜生灵,祝愿他能像神仙一样千秋万岁。

此诗表面看是李商隐对唐宣宗赦南山党项诏令的赞颂,但是,其中连用两个反问句式,通过反思总结历史,实质上隐含了他对朝廷重武轻文以及拓土穷兵政策的讽刺。李商隐的这一思想,在他的《漫成》其五中也有明显的表现:

郭令素心非黩武,韩公本意在和戎。

两都耆旧偏垂泪,临老中原见朔风。①

郭令即郭子仪,唐代著名军事家,乾元元年(758年)任中书令,因称。郭子仪曾对回纥等族恩威并施,永泰元年(765年),回纥受仆固怀恩蛊惑,与吐蕃联兵入侵,朝廷召郭子仪屯守泾阳,他在泾阳单骑说退回纥:"子仪以数十骑出,免胄见其大酋曰:'诸君同艰难久矣,何忽亡忠谊而至是邪?'回纥舍兵下马拜曰:'果吾父也。'子仪即召与饮,遗锦彩结欢,誓好如初。"②韩公即张仁愿,武后朝著名军事家,景龙二年(708年)封韩国公。神龙初年,他在任朔方总管时,在黄河以北的漠南之地,修筑了三座首尾相应的受降城,以断绝突厥南侵之路,北部因此得以安定。不论是郭子仪对回纥的劝和还是张仁愿的筑城防御突厥,他们都不是好战黩武,目的在于促进民族间的和平。李商隐以唐代这两位著名的军事家的事迹为典范,直言"非黩武""在和戎"的观点,其反对穷兵黩武,支持和平共处思想倾向是很明显的。

三、"羌管促蛮柱":各民族文化的交流融合

李商隐的诗作在真实深刻地表现晚唐时期民族矛盾与摩擦的同时,对当时民族间和平交往与文化交流也有所反映。唐朝在前代民族文化交流与融合

---

① 冯浩笺注:《玉溪生诗集笺注》,上海古籍出版社1998年版,第402页。
② 《新唐书·郭子仪传》卷一百三十七,中华书局1975年版,第4606页。

的基础上,以一个大国的雍容姿态,对外交往开放包容,为大一统王朝的形成提供了坚实保障。安史之乱以后,这种大一统局面虽然遭到破坏,但是民族融合与文化交流的进程并未停止。

前文提到李商隐所作《赠别前蔚州契苾使君》一诗,李商隐对少数民族将领及其家族的赞美,不仅体现了朝廷一直以来对归化的少数民族将领的重视,其中的"蕃儿襁负来青冢,狄女壶浆出白登"描写更表现出各民族大团结的和融场景。李商隐对民族之间文化的融合同样关注,如他在《为荥阳公贺幽州张相公状》中就指出奚族"车帐既杂于华风,弓戟颇窥于汉制"[①]的特点,注意到北方少数民族在车舆、营帐、兵器的建造方面学习融合了汉族军制风格。在《为荥阳公桂州谢上表》中的"俗杂华夷,地兼县道"又特别关注了桂州辖区内华夷杂居的民情现状。这些民族交融内容自然也在其诗作中呈现了出来。

民族文化的交流融合是相互的,周边邻族学习汉族文化,汉族同样也在接纳邻族的文化。李商隐《和郑愚赠汝阳王孙家筝妓二十韵》中"羌管促蛮柱,从醉吴宫耳"[②]的描述就形象地表明了邻族音乐在江南吴地的流行情况。"羌管"即笛,"蛮柱"即筝,这里是表现以笛伴筝丝竹并奏的音乐演奏场景。但是李商隐特别突出了"羌"和"蛮"这两个邻族与"吴"的地域元素,意在呈现汉族对其他民族音乐文化的接纳融合。他不仅很欣赏这样其乐融融的各民族音乐的合奏,还很有兴致地去观察与表现不同于中原的异地风光与风俗。

李商隐在桂州任职期间,诗歌中对这个夷夏杂居的西南地区的风土人情多有记录与描绘,如《桂林》《异俗二首》《昭郡》《射鱼曲》等。他有对岭南的自然风光予以关注,如《桂林》:

> 城窄山将压,江宽地共浮。东南通绝域,西北有高楼。
> 神护青枫岸,龙移白石湫。殊乡竟何祷?箫鼓不曾休。[③]

[①] 冯浩详注,钱振伦、钱振常笺注:《樊南文集》,上海古籍出版社2015年版,第609—610页。
[②] 冯浩笺注:《玉溪生诗集笺注》,上海古籍出版社1998年版,第754页。
[③] 冯浩笺注:《玉溪生诗集笺注》,上海古籍出版社1998年版,第281页。

第四章　晚唐诗歌中的民族观念与文化交流

诗的前两联写桂林山水总势和地理位置。桂林的山多拔地而起，陡峭欲坠，城在山之间，故显得地狭城窄，江指桂江，亦称离水、荔水，即今之漓江。白居易曾概括桂林地理位置是"东控海岭，右扼蛮荒"①，就是诗中李商隐的"通绝域"之所指。后两联写异乡异俗，据说桂江岸边青枫林中有鬼神，城北白石潭中有蛟龙出没，而且，乡民们不知因为何事祷祝活动的箫鼓之声从不停休。这一切似乎会令人感到恐惧或者不适应，但是李商隐却使用了"神护""龙移"两个词，通过"神""龙"的护移将当地的怪异现象合理化。能够承认大自然的正常赋予就会淡化个体对异类现象的排斥，尽管桂林地处偏远，李商隐会对其一切感到陌生，但是他创造"神护""龙移"的意境明显对桂林异俗表现出了包容理解的态度。

他对岭南的语言特点也予以表现，如《异俗二首》其一：

鬼疟朝朝避，春寒夜夜添。未惊雷破柱，不报水齐檐。

虎箭侵肤毒，鱼钩刺骨铦。鸟言成谍诉，多是恨彤襜。②

此诗题下李商隐自注"时从事岭南，偶客昭州"。唐代昭州州治在平乐郡（今属广西），属岭南西道。除了岭南独特的气候以及百姓射虎捕鱼等民情风俗，当地少数民族难懂的语言恐怕是最令李商隐印象深刻的。尾联的解读很有意味，"鸟言"即指其少数民族乡音，"彤襜"即传车赤帷，汉代刺史的车帷装饰，此处借指刺史，清人冯浩推测这一联的意思是"此似州民有讼其刺史者。"③对于尾联意思的解读主要取决于对"恨彤襜"的理解，笔者认为，"恨彤襜"可有多重解读，《说文解字》释"恨，怨也"，这是"恨"字的本义。同时，"恨"也有"遗憾"之意，如《史记·萧相国世家》中"臣死不恨矣！"④陶渊明

---

① 白居易《严谟可桂管观察使制》，顾学颉校点：《白居易集》，中华书局1985年版，第1069页。
② 冯浩笺注：《玉溪生诗集笺注》，上海古籍出版社1998年版，第309页。
③ 李商隐《异俗二首》其一，冯浩笺注：《玉溪生诗集笺注》，上海古籍出版社1998年版，第311页。
④ 《史记·萧相国世家》卷五十三，中华书局1963年版，第2019页。

《归去来兮辞》中"恨晨光之熹微"①等皆作"遗憾"之解。若作"怨恨"本义解，冯浩之解可通；若作"遗憾"之意，则可解为"州民的诉讼令刺史遗憾。"李商隐用"鸟言"形容当地语言颇有意味，既形象地描绘出其语音的特点，又传达出令他这个中原人听不懂的无奈之感。语言作为人们进行交流的第一介媒，因为听不懂，所以无法交流，乡民的诉讼也就无法达成，这才是让州刺史最感遗憾的事情。中原官员任职于偏远的岭南地区，因接受州民诉讼听不懂方言而苦恼的情况很普遍，如柳宗元做柳州刺史时，在其《柳州洞氓》中就表示自己"愁向公庭问重译，欲投章甫作文身。"②他最愁苦的事情是在公庭上与峒民对话需要多重翻译，因此恨不能脱掉官服摘下官帽，与峒民们一样刺青纹身融入其中。由此看来，此诗的尾联还是解读为后一种意思比较合适，即州民在诉讼中操着难懂的"鸟言"，最是令刺史感到遗憾无奈的事情。对于昭州的语言，李商隐还有《昭郡》一诗描绘说：

桂水春犹早，昭川日正西。虎当官道斗，猿上驿楼啼。

绳烂金沙井，松干乳洞梯。乡音吁可骇，仍有醉如泥。③

官道上争斗的老虎，驿楼上啼叫的猿猴，这些在昭州都是司空见惯的现象，当地的金沙井与钟乳穴也是一大特色，但是最令人惊讶的还是当地的语音，面对这些陌生的地域风情，李商隐只好以醉自遣。

总之，李商隐对其所处时代的民族关系始终保持着高度的关注，他的诗作不仅反映了晚唐较为严重的西北边患，也注意到东北边疆及西南边疆的局势发展。他敢于表达自己对民族关系问题的思考，反对外族侵扰的不正义行为，也反对朝廷的穷兵黩武，表现出公正、赤诚的品质以及对政治的热情。李商隐在表现民族矛盾的同时，也真实地记录了当时民族融合与文化交融的场景。特别是他对西南多民族杂居地区不同民族独特的风俗文化的态度，在新奇中

---

① 袁行霈笺注：《陶渊明集笺注》，中华书局2003年版，第460页。
② 《柳宗元集》，中华书局1979年版，第1169页。
③ 冯浩笺注：《玉溪生诗集笺注》，上海古籍出版社1998年版，第312页。

融入了理解与接纳之情,显示出他平等包容的民族胸怀。

第三节　贯休诗歌中的民族关系与文化交流书写

贯休(832—912年),俗姓姜,字德隐,被前蜀主王建封为"禅月大师",是晚唐著名诗僧,有《禅月集》传世,存诗700余首。唐代佛教盛行,僧人群体中不少人与士人文化生活趋同,他们不仅爱好诗歌,关注社会政治时局与民生的也大有人在,贯休就是这样一位名僧。《唐才子传》评价他"一条直气,海内无双。意度高疏,学问丛脞。天赋敏速之才,笔吐猛锐之气。乐府古律,当时所宗。虽尚崛奇,每得神助,余人走下风者多矣。昔谓龙象蹴踏,非驴所堪,果僧中之一豪也。后少其比者,前以方支道林,不过矣"。[①] 贯休的《禅月集》中较多反映现实之作,他将对时事的思考寄寓于诗,敢于针砭时弊,诗歌骨气浑然,尤其是那些反思边战与关注民族交往的诗歌最值得关注。贯休晚年曾游历北部边疆,在此期间创作了数量可观的诗歌论述边事边情,其中有对边境风土的展现,也有反思前代战事抒发慨叹的篇章,亦不乏书写当时所见的纪实之作,这些诗歌承载了贯休对民族战争、民族政策的反思以及对晚唐民族关系的审度,他还有多篇反映当时唐朝与邻国友好邦交的诗歌。考察贯休的这部分诗歌,不仅可以丰富晚唐诗歌中民族关系与文化交流的内容,还能够从诗僧这一群体了解他们对民族问题的思考。

一、"山无绿兮水无清":西北边疆的人文地理书写

据胡大浚考证,贯休于唐昭宗大顺元年(890年)至大顺二年(891年)由长安出发游历北疆,他"翻越陇阪,走出陇右塞外(陇山以西今甘肃之地),又

---

① 傅璇琮主编:《唐才子传校笺》,中华书局2002年版,第442页。

北经五台,到了幽州、蓟州(今北京及河北北部)一带,亲身体察了唐代边塞战争历时最为长久、战争最为激烈,也是全唐边塞诗歌反复咏唱的这些地区。"①贯休所处之晚唐后期,由于吐蕃、回纥相继衰落,北边民族如党项、奚族等也多在侵边战争中败于唐军,因此当时西北边境相对安宁,但是边防压力依旧沉重,边地的状况并不乐观。贯休在这次游历边地的旅程中,创作了不少反映边塞与民族关系问题的诗作,如《边上行》《胡无人》《战城南二首》《古塞曲三首》《古塞下曲七首》《古塞下曲四首》《古塞上曲七首》《塞上曲二首》《古出塞曲三首》《经古战场》《边上作三首》等,其中寄寓了他对边战与民族问题的看法。与初盛唐士人多是为了寻求功名的游边目的不同,贯休这次游历边地的目的应属于僧人的云游。他一路走来一路观察,一路记录一路思考,以佛家的悲悯情怀多角度地为我们展现了晚唐西北边疆的人文地理风貌与将士们的心声。

荒寒萧瑟、赤地千里是贯休笔下西北边地自然地理风貌的主调。贯休这一时期的诗作中多有对西北自然环境的描绘,如"朔气生荒堡,秋城满病容"②,"战血染黄沙,风吹映天赤"③,"烧逐飞蓬死,沙生毒雾浓"④,等等。荒堡峭寒的朔气,充满病容的秋城,被战血浸染的黄沙,枯死的飞蓬,浓雾笼罩着的沙漠,这些景致无一不令人感到死寂与绝望。放眼边塞的东西南北,皆是如此的荒凉寒苦:

南北唯堪恨,东西实可嗟。常飞侵夏雪,何处有人家?

风刮阴山薄,河推大岸斜。只应寒夜梦,时见故园花。⑤

---

① 胡大浚:《贯休的边塞诗作与晚唐边塞诗》,《河西学院学报》2007年第6期。
② 贯休《边上行》,胡大浚笺注:《贯休歌诗系年笺注》,中华书局2011年版,第725页。
③ 贯休《古塞下曲四首》其四,胡大浚笺注:《贯休歌诗系年笺注》,中华书局2011年版,第212页。
④ 贯休《古塞下曲七首》其六,胡大浚笺注:《贯休歌诗系年笺注》,中华书局2011年版,第543页。
⑤ 贯休《古塞下曲七首》其四,胡大浚笺注:《贯休歌诗系年笺注》,中华书局2011年版,第541页。

第四章 晚唐诗歌中的民族观念与文化交流

时常可见的夏天飞雪,荒无人烟的南北东西,狂风仿佛把横亘于朔北塞外的阴山吹刮得变薄了,黄河水的张力也把河岸推得倾斜了。在经年累月"风刮""河推"的时光雕刻之下,塞外大自然恒久的巨大力量让贯休感到"堪恨""可嗟"。在寂寥的无人区如此,在胡人居住地区依然如此,如其《边上作三首》其一写道:

山无绿兮水无清,风既毒兮沙亦腥。

胡儿走马疾飞鸟,联翩射落云中声。①

边漠不独没有山青水绿,就连风沙都充满腥毒之气。这是边漠自然地理环境给贯休的恶劣观感。除此之外,由于民族间不断地战争摩擦造成的人员死亡,也给边塞环境带来更加令人触目惊心的另一景象,即随处可见的累累白骨。如其《边上行》:

豺捨沙底骨,人上月边烽。②

《胡无人》:

杀气昼赤,枯骨夜哭。③

《古塞下曲四首》其二:

战骨践成尘,飞入征人目。④

《古塞上曲七首》其二:

朔云含冻雨,枯骨放妖光。⑤

《古塞上曲七首》其四:

征人心力尽,枯骨更遭焚。⑥

《经古战场》:

---

① 胡大浚笺注:《贯休歌诗系年笺注》,中华书局2011年版,第218页。
② 胡大浚笺注:《贯休歌诗系年笺注》,中华书局2011年版,第725页。
③ 胡大浚笺注:《贯休歌诗系年笺注》,中华书局2011年版,第12页。
④ 胡大浚笺注:《贯休歌诗系年笺注》,中华书局2011年版,第210页。
⑤ 胡大浚笺注:《贯休歌诗系年笺注》,中华书局2011年版,第546页。
⑥ 胡大浚笺注:《贯休歌诗系年笺注》,中华书局2011年版,第549页。

> 莫道路高低,尽是战骨。莫见地碧赤,尽是征血。①

这些让人瘆然的枯骨,不管是贯休出于主观的刻意表现还是客观的无意记录,都让晚唐的边疆景象在荒寒冷寂的基础上又蒙上了一层死寂暗沉的阴影。因为地理位置与气候原因,大西北的自然条件固然无法与内地的温暖湿润相比,但是,在盛唐时期,诗人笔下的北部边塞尚有"四月春草合,辽阳春水生",②"袅袅汉宫柳,青青胡地桑"③的生机盎然景色,同样的战骨,士人们也会产生"孰知不向边庭苦,纵死犹闻侠骨香"④的浪漫想象。但是到了晚唐,这些情景就全然不复存在了。

二、"未战已疑身是鬼":西北边行诗歌的情感主调

反对战争,同情广大将士的悲苦命运,怜悯众生,感慨个体生命的消逝是贯休西北边行诗歌的情感主调。身为一个内地男性,贯休的这部分诗作中偶尔也会表达一些"扫尽狂胡迹,回头望故关。相逢惟死斗,岂易得生还"⑤的豪言壮语,抒发一下"男儿须展平生志,为国输忠合天地。甲穿虽即失黄金,剑缺犹能生紫气"⑥的昂扬之气,但是相比较而言,贯休这时期大多数诗歌的情感基调是低沉悲伤的。从关注个体生命的角度而言,民族之间的战争无论正义与否,总是会给参战的人们带来不同程度的伤害。贯休以佛家的悲悯之怀表达了战争对生命的摧残,他或者同情老将们的命运,如《战城南二首》其一:

---

① 胡大浚笺注:《贯休歌诗系年笺注》,中华书局,2011年版,第84页。
② 崔颢《辽西作》,万竞君注:《崔颢诗注崔国辅诗注》,上海古籍出版社1982年版,第4页。
③ 李颀《古塞下曲》,《全唐诗》卷一百三十二,中华书局1985年版,第1338页。
④ 王维《少年行四首》其二,赵殿成笺注:《王右丞集笺注》,上海古籍出版社1984年版,第258页。
⑤ 贯休《古出塞曲三首》其一,胡大浚笺注:《贯休歌诗系年笺注》,中华书局2011年版,第553页。
⑥ 贯休《塞上曲二首》其二,胡大浚笺注:《贯休歌诗系年笺注》,中华书局2011年版,第143页。

第四章 晚唐诗歌中的民族观念与文化交流

万里桑干傍,茫茫古蕃壤。将军貌憔悴,抚剑悲年长。

胡兵尚陵逼,久住亦非强。邯郸少年辈,个个有伎俩。

拖枪半夜去,雪片大如掌。①

万里桑干河的另一边,就是茫茫无边的邻族蕃地,在这里驻守的将军样貌憔悴,他抚剑悲伤的不仅仅是因为自己已经年纪老大,而是胡兵依然强势地侵凌逼迫,因此屯兵久驻不是用兵之道,况且队伍中那些邯郸的侠少个个都有手段花招,在雪花大如手掌的半夜,偷偷地拖着枪就逃离了军营。这位老将久戍边地,面对强敌,手中却无强兵,怎能不忧心憔悴?其二又写道:

碛中有阴兵,战马时惊蹶。轻猛李陵心,摧残苏武节。

黄金锁子甲,风吹色如铁。十载不封侯,茫茫向谁说。②

"阴兵"指神兵、鬼兵,即阴界的兵。诗歌一开始就营造了一种神秘惊悚之境,同"阴兵"作战,胜算的概率是十分渺茫的,因此,连战马都惊慌颠仆,可想而知将士们的情状了。贯休遂用汉代李陵和苏武困在匈奴多年的典故,表达老将虽有报国之志却无法实现的无奈。《汉书·李广苏建传》记载:"李陵置酒贺武曰:'今足下还归,扬名于匈奴,功显于汉室,虽古竹帛所载,丹青所画,何以过子卿!陵虽驽怯,令汉且贳陵罪,全其老母,使得奋大辱之积志,庶几乎曹柯之盟,此陵宿昔之所不忘也。收族陵家,为世大戮,陵尚复何顾乎?已矣!令子卿知吾心耳。异域之人,壹别长绝!'陵起舞,歌曰:'径万里兮度沙幕,为君将兮奋匈奴。路穷绝兮矢刃摧,士众灭兮名已聩。老母已死,虽欲报恩将安归!'陵泣下数行,因与武决。"③李陵兵败无奈逗留匈奴二十年,苏武出使被扣留匈奴十九年,他们虽然结局不同,但是对汉朝的忠心和民族气节却是不容置疑的。贯休诗中的老将长期戍边,身上原本金黄色的铠甲已经变得暗黑如铁,封侯的希望却渺然无期,作战又遭遇阴兵,其命运的确十分令人同

---

① 胡大浚笺注:《贯休歌诗系年笺注》,中华书局2011年版,第28页。
② 胡大浚笺注:《贯休歌诗系年笺注》,中华书局2011年版,第30页。
③ 《汉书·李广苏建传》卷五十四,中华书局1964年版,第2466页。

情。再如《古塞上曲七首》其三中的老将：

  白雁兼羌笛，几年垂泪听！阴风吹杀气，永日在青冥。
  远戍秋添将，边烽夜杂星。嫖姚头半白，犹自看兵经。①

此诗以白雁、羌笛、垂泪、阴风、杀气、青冥、远戍、边烽等意象描绘出令人压抑的边塞空间暗沉底色，又以秋夜渲染时间的肃杀特点。"嫖姚"指西汉名将霍去病，他曾为嫖姚校尉，此处代指老将。尾联的涵义颇耐寻味，贯休将一位头发花白的老将置于这样一种时空氛围中研究兵法之书，其主旨与其说是要赞美这位将军老骥伏枥的豪壮之气，倒不如说是要凸显他同情老将在艰难不利的战况形势下欲求助"兵经"纾困的悲怆之感。

与久戍老将们不得封侯的遭遇与处境相比，边庭上广大士卒的命运更加令人感慨，贯休自然地也十分关注同情这一群体。如其《古塞下曲七首》其三表现征人在战场上缺乏冬衣的困境：

  虏寇日相持，如龙马不肥。突围金甲破，趁贼铁枪飞。
  汉月堂堂上，胡云惨惨微。黄河冰已合，犹未送征衣。②

诗歌描绘了边境战争进入相持阶段的艰难，战马变瘦，铠甲破损，微云明月的寒夜，黄河水已结冰封冻，然而战士们的冬衣却迟迟没有送到。贯休从这一战争细节表现广大征夫在边塞的苦况，可谓以小见大。《古塞下曲四首》其三表现征夫无尽的思乡之苦：

  日向平沙出，还向平沙没。飞蓬落军营，惊雕去天末。
  帝乡青楼倚霄汉，歌吹掀天对花月。
  岂知塞上望乡人，日日双眸滴清血。③

面对无边无垠的茫茫平沙，看着无限轮回的日出日落，军营中的望乡人归期无望，眼泪流尽泣之以血。而京城中的帝王，此刻却在高入霄汉的楼阁中，

---

① 胡大浚笺注：《贯休歌诗系年笺注》，中华书局2011年版，第548页。
② 胡大浚笺注：《贯休歌诗系年笺注》，中华书局2011年版，第540页。
③ 胡大浚笺注：《贯休歌诗系年笺注》，中华书局2011年版，第211页。

欣赏着花月,享受着响彻云天的歌舞音乐。诗歌的后四句以对比的手法,描绘了两个截然不同阶层的生活画面,形成二者云泥之别的强大反差。"岂知"二字更进一步深化了贯休的情感倾向,对帝王的谴责之意不言而喻。无论是缺少必要的御寒冬衣之困苦,还是常年不得归乡的思乡切痛,在死亡面前一切都显得不再那么重要了。长期作战的护塞征人心力已尽,其战斗力可想而知,因此,贯休在《边上作三首》其二中就哀叹征夫不战而败的结局:

阵云忽向沙中起,探得胡兵过辽水。

堪嗟护塞征戍儿,未战已疑身是鬼。①

边境战事又起,前方侦探获得胡兵已渡过辽水的消息,可憾的是那些"护塞征戍儿"们,还未开战就已经疑身成鬼了,如此衰减的士气,如此不堪一击的战斗力,可见晚唐民族之争中唐朝是多么的软弱被动了。

贯休不仅站在边塞将士的立场从不同角度同情他们的不幸命运,他还以一个僧人的慈悲情怀怜悯众生。唐朝将士们因民族之争的死亡固然让他哀伤,敌对一方百姓的生灵涂炭同样让他悲悯。如他在《胡无人》中哀叹由于长期的战争导致胡地千里荒凉渺无人烟的现状:

霍嫖姚,赵充国,天子将之平朔漠。肉胡之肉,烬胡帐幄。

千里万里,唯留胡之空壳。边风萧萧,榆叶初落。

杀气昼赤,枯骨夜哭。将军既立殊勋,遂有胡无人曲。

我闻之,天子富有四海,德被无垠。

但令一物得所,八表来宾,亦何必令彼胡无人!②

霍嫖姚即霍去病,他曾跟随卫青征战匈奴,"善骑射,再从大将军。大将军受诏,予壮士,为票姚校尉,与轻勇骑八百直弃大军数百里赴利,斩捕首虏过当。于是上曰:'嫖姚校尉去病斩首捕虏二千二十八级,得相国、当户,斩单于

---

① 胡大浚笺注:《贯休歌诗系年笺注》,中华书局2011年版,第219页。
② 胡大浚笺注:《贯休歌诗系年笺注》,中华书局2011年版,第12页。

大父行籍若侯产,捕季父罗姑比,再冠军,以二千五百户封去病为冠军侯。'"①赵充国,也是西汉著名将领。《汉书·赵充国辛庆忌传》记载:"赵充国字翁孙,陇西上邽人也,后徙金城令居。始为骑士,以六郡良家子善骑射补羽林。为人沉勇有大略,少好将帅之节,而学兵法,通知四夷事。武帝时,以假司马从贰师将军击匈奴,大为房所围。汉军乏食数日,死伤者多,充国乃与壮士百余人溃围陷陈,贰师引兵随之,遂得解。身被二十余创,贰师奏状,诏征充国诣行在所。武帝亲见视其创,嗟叹之,拜为中郎,迁车骑将军长史。"②这两位西汉的将领,都因征战匈奴而得到封赏。贯休此诗是以他们指代那些在民族纷争中被封功的将领。但是他们的特殊勋业是建立在扫荡胡地使之千里万里"唯留胡之空壳"的基础之上的。因此,在视众生平等的诗僧贯休眼中,这种吃胡人肉,烧胡人帐幄,导致边塞杀气昼赤枯骨夜哭的局面是他所无法认同的。最后他又从天子应该以德征服四方,令八表来宾的正面议论申明自己反对杀戮的观点。

三、"战后觉人凶":民族纷争引发的反思

反思民族纷争所带来的各种社会问题,是贯休这类诗歌的深刻思想内核。他悲慨民族战争导致边塞荒无人烟的局面,以及人们的生产生活受到破坏的问题,如《经古战场》写道:

> 茫茫凶荒,迥如天设。驻马四顾,气候迂结。
> 秋空峥嵘,黄日将没。多少行人,白日见物。
> 莫道路高低,尽是战骨。莫见地碧赤,尽是征血。
> 昔人昔人,既能忠尽于力,身糜戈戟,脂其风,膏其域。
> 今人何不绳其塍,植其食?而使空旷年年,常贮愁烟。
> 使我至此,不能无言。③

---

① 《汉书·卫青霍去病传》卷五十五,中华书局1964年版,第2478页。
② 《汉书·赵充国辛庆忌传》卷六十九,中华书局1964年版,第2971页。
③ 胡大浚笺注:《贯休歌诗系年笺注》,中华书局2011年版,第84页。

第四章 晚唐诗歌中的民族观念与文化交流

贯休西北之行经历的古战场无法确知,但是在这一区域最大的战场就是河湟地区。史籍记载,自唐代宗后,河湟地区尽数被吐蕃占领,直至唐宣宗大中三年(849年)收复河湟三州七关,宣宗对于这方回归失地十分重视,曾下诏书曰:"三州七关创置戍卒,且要务静……七关要害,三郡膏腴……今则便务修筑,不进干戈,必使足食足兵,有备无患,载洽亭育之道,永致生灵之安。"①这里曾是膏腴之地,朝廷希望其能够在收复后得到休养生息,但是从贯休诗歌的描绘来看,这里却是一片荒芜贫瘠破败之象。他使用"凶荒""迂结""峥嵘""战骨""征血""空旷""愁烟""白日见物""身糜戈戟"等一系列暗淡惨烈的意象,极力表现这方昔人曾"忠尽于力"的古战场今日的衰败荒凉,大片土地没有人"绳其塍,植其食,而使空旷年年"。旨在说明民族纷争虽然已经结束,但是遗留下的诸多问题却值得人们去深刻反思。

在这些遗留问题中,茫茫的大片荒芜家园和田地固然令人十分痛惜,然而更严重的问题恐怕还是战争给人们心灵所造成的创伤。以往士人们对于边塞民族纷争所造成的心灵影响反映不多,他们表现较多的共性问题是将士这一群体的功成不赏以及思乡难归,或是战争给社会经济生产的破坏以及人丁的稀少。但是贯休敏锐地发现了边塞地区人心变化的现象,他在《古塞下曲七首》中两次提到这一问题,其一写道:

下营依遁甲,分帅把河隍。地使人心恶,风吹旗焰荒。②

河湟区域因为长期的民族争战,风俗已变,人心险恶,护边的将士们需要按照天干之"六甲"推演吉凶,选择适合的地方安营扎寨,即便这样,军旗的色彩也在边风中变得昏暗,其迹象令人不安。一方区域的人心之恶远比自然环境恶劣更让人感到担忧,而人心之恶又是累年战争造成的结果,如此的因果循环,的确是值得关注的问题。于是,他在组诗其六中又表达了他的这一观感:

---

① 王溥:《唐会要》,上海古籍出版社1991年版,第2063页。
② 胡大浚笺注:《贯休歌诗系年笺注》,中华书局2011年版,第538页。

> 榆叶飘萧尽,关防烽寨重。寒来知马疾,战后觉人凶。①

榆树叶子在萧瑟中已飘落殆尽,边关要塞的烽火台重重叠叠,这些景象都加重了环境氛围的紧张感,然而最令人恐惧的是战争助长了当地人们的凶恶之气。如果一个区域的百姓心中充满了戾气,可以想见其民风民俗都会随之发生变化,进而造成此地整个社会风气的恶化。

贯休在西北之行的过程中,不仅记录了晚唐西北边塞的独特风物,表现了将士们的生活情感与命运,还以理性的思致,总结反思边塞民族纷争所遗留的问题。他的这些作品,除了继承前人的传统内容外,最显著的特色是以佛家慈悯的情怀关注边关的一切生灵,他悲慨包括邻族在内的因民族争战而致生灵涂炭的生命,感叹因之而荒芜的家园与茫茫田地,思考人心不古的民风民情变化,从而为他的这类作品披上了一层浓重的悲凉色彩。

四、"狂蛮莫挂甲":南海边疆民族关系书写

贯休的西北之行期间虽然未发生民族争端的具体事件,但是,晚唐咸通年间以南诏为首的南方少数民族久患西南边疆,在南诏之患被平定后,南海边疆亦不时遭到当地土族的侵扰,这些民族矛盾与摩擦在贯休的作品中也有记载。如其《送人征蛮》就反映了唐朝出兵征讨南方邻族叛乱的事件:

> 七纵七擒处,君行事可攀。亦知磨一剑,不独定诸蛮。
> 树尽低铜柱,潮常沸火山。名须麟阁上,好去及瓜还。②

此诗为贯休送友人出征征讨南方诸蛮时所作。据《资治通鉴》记载,懿宗咸通元年(860年)十二月,"安南土蛮引南诏兵合三万余人乘虚攻交趾,陷之"③,咸通二年(861年)正月,"诏发邕管及邻道兵救安南,击南蛮"④,因此

---

① 胡大浚笺注:《贯休歌诗系年笺注》,中华书局2011年版,第543页。
② 胡大浚笺注:《贯休歌诗系年笺注》,中华书局2011年版,第412页。
③ 《资治通鉴》卷二百五十,中华书局1986年版,第892页。
④ 《资治通鉴》卷二百五十,中华书局1986年版,第8092页。

第四章　晚唐诗歌中的民族观念与文化交流

胡大浚推断此次"征蛮"之地应在交趾，属安南治下。诗中"七纵七擒"用三国时期诸葛亮南征之时七擒七纵当地酋长孟获的典故，《三国志·蜀书·诸葛亮传》记载："(章武)三年春，亮率众南征，其秋悉平。"裴松之注曰："《汉晋春秋》曰：亮至南中，所在战捷。闻孟获者，为夷、汉所服，募生致之。既得，使观于营陈之间，问曰：'此军何如？'获对曰：'向者不知虚实，故败。今蒙赐观看营陈，若祇如此，即定易胜耳。'亮笑，纵使更战，七纵七禽，而亮犹遣获。获止不去，曰：'公，天威也，南人不复反矣。'遂至滇池。南中平，皆即其渠率而用之。或以谏亮，亮曰：'若留外人，则当留兵，兵留则无所食，一不易也；加夷新伤破，父兄死丧，留外人而无兵者，必成祸患，二不易也；又夷累有废杀之罪，自嫌衅重，若留外人，终不相信，三不易也；今吾欲使不留兵，不运粮，而纲纪粗定，夷、汉粗安故耳。"①诸葛亮对待南方夷族首领孟获可谓做到了仁义之至，最后令其心服口服而退兵。贯休此诗一开始就用此典故，并叮嘱友人可以学习诸葛亮的做法，也透露出了贯休对待解决民族争端的温和态度。随后"铜柱"句又用东汉伏波将军马援平定交趾叛乱后立铜柱划南方边界的典故，最后鼓励友人，期盼他早日建立功勋凯旋。

贯休还有《南海晚望》一诗，对当时南海边境的局势表达了自己的忧虑：

海上聊一望，舶帆天际飞。狂蛮莫挂甲，圣主正垂衣。
风恶巨鱼出，山昏群獠归。无人知此意，吟到月腾辉。②

据胡大浚考证，贯休此诗作于昭宗光化三年(900年)南游入粤之际。诗歌总写南海形势，告诫当地诸蛮不要"挂甲"起兵，因为唐朝帝王正实行无为而治。此诗同样表达了贯休反对战争主张和平的愿望，但同时也反映出南方诸蛮多有叛乱的现状。据《资治通鉴》记载，南海边患自武宗会昌六年(846年)便已开始，是年九月，"蛮寇安南，经略使裴元裕帅邻道兵讨之"③；宣宗大

---

① 《三国志·蜀书·诸葛亮传》卷三十五，中华书局1987年版，第921页。
② 胡大浚笺注：《贯休歌诗系年笺注》，中华书局2011年版，第829页。
③ 《资治通鉴》卷二百四十八，中华书局1986年版，第8026页。

中十二年(858年)六月,安南又见蛮患;①此后安南、邕州等南海边地相继被安南境内土蛮和南诏攻陷,直至懿宗咸通七年(866年),高骈大破南诏侵寇,安南之地的边患才得以平息;②昭宗景福元年(892年)二月,又有平湖洞及滨海蛮夷以兵船助王潮攻陷福州;③乾宁元年(894年)"黄连洞蛮二万围汀州"④。可见在晚唐后期,南方各少数民族扰乱的情形依旧存在,因此,贯休才有如此忧虑与告诫。

五、"忘身求至教":与东夷僧侣的交往

由于"君子作歌,维以告哀"⑤的传统,文学表现偏于抒写哀怨之情的特点,我们看到士人笔下反映民族之间战争与摩擦的紧张关系似乎居多,事实上,民族间和平友好的关系仍是历史的主流。贯休就有多篇诗作描绘了唐朝与东部邻国新罗和日本等的友好交往关系,如《送人归新罗》《送人之渤海》《送新罗人及第归》《送僧归日本》《送新罗僧归本国》《送新罗衲僧》等。其中有反映新罗国士子参加唐朝科举考试及第的:

捧桂香和紫禁烟,远乡程彻巨鳌边。
莫言挂席飞连夜,见说无风即数年。
衣上日光真是火,岛旁鱼骨大于船。
到乡必遇来王使,与作唐书寄一篇。⑥

唐朝的科举不仅吸引着本朝的万千士子踊跃参与,对周边邻国那些向慕唐朝文化的士子也具有很大的吸引力。中唐以后,东边邻国如新罗、日本派遣

---

① 《资治通鉴》卷二百四十九,中华书局1986年版,第8070页。
② 《资治通鉴》卷二百五十,中华书局1986年版,第8117页。
③ 《资治通鉴》卷二百五十九,中华书局1986年版,第8427页。
④ 《资治通鉴》卷二百五十九,中华书局1986年版,第8459页。
⑤ 《诗经·小雅·四月》,程俊英译注:《诗经译注》,上海古籍出版社2012年版,第226页。
⑥ 贯休《送新罗人及第归》,胡大浚笺注:《贯休歌诗系年笺注》,中华书局2011年版,第925页。

第四章　晚唐诗歌中的民族观念与文化交流

的遣唐留学生逐年增多，他们中有不少人参加朝廷的科举考试，朝廷将他们与本朝士子加以区别并予以优惠照顾，录取的人称为"宾贡进士"。他们学成回国后，既传播了中国文化，也对中外文化交流发挥着积极的作用。贯休的这首《送新罗人及第归》就是此种现象的见证。诗歌祝贺新罗友人及第归乡，想象其回程的遥远，时间的漫长，以及归国后必将得到的荣耀，并叮嘱友人寄一封汉字书信回来。

也有反映贯休与邻国僧侣交往的。在新罗和日本的遣唐使中，有相当一部分是僧人群体。如其《送新罗僧归本国》就是送别一位学成回国的新罗僧人：

　　忘身求至教，求得却东归。离岸乘空去，终年无所依。
　　月冲阴火出，帆捞大鹏飞。想得还乡后，多应著紫衣。①

这位新罗僧来唐朝求教学习佛法，学成后要乘船归还本国，贯休赠诗中鼓励并预言他归国后定会受到国人的敬重。僧侣"着紫衣"始于武则天，武则天曾赐僧法明紫袈裟，之后着紫色僧衣便成为僧人彰显尊贵身份的标志。《旧唐书·外戚列传·薛怀义附》记载："怀义与法明等造《大云经》，陈符命，言则天是弥勒下生，作阎浮提主，唐氏合微。故则天革命称周，怀义与法明等九人并封县公，赐物有差，皆赐紫袈裟、银龟袋。"②贯休预言这位新罗僧回国后的尊贵地位也反映出唐朝文化受新罗国人推崇的程度。此外，他在另一首《送新罗衲僧》中，还具体描绘了新罗僧回国时携带的南岳石头大师的碑文：

　　枕上已无乡国梦，囊中犹擘石头碑。
　　多惭不便随高步，正是风清无事时。③

"囊中"句贯休原注曰："南岳石头大师，刘珂郎中作碑文也。"南岳石头大

---

① 胡大浚笺注：《贯休歌诗系年笺注》，中华书局2011年版，第686页。
② 《旧唐书·外戚列传·薛怀义附》卷一百八十三，中华书局1975年版，第4742页。
③ 胡大浚笺注：《贯休歌诗系年笺注》，中华书局2011年版，第927页。

师即希迁禅师,天宝初住南岳衡山南寺,因寺之东面有一块巨石,时号石头和尚。从"多惭"句推断,这位新罗僧人邀请贯休同他一起回新罗,但是被贯休以"不便"婉拒了。能受到邻国僧侣的出国邀请,一可说明贯休的德行在僧侣中的崇高地位,二可说明这位新罗僧与贯休的交情非同一般。

不仅与新罗僧人有密切交谊,贯休与日本僧人也有交往,其《送僧归日本》写道:

焚香祝海灵,开眼梦中行。得达即便是,无生可作轻。

流黄山火著,碇石索雷鸣。想到夷王礼,还为上寺迎。①

焚香祭拜了海神,日本僧人便开启了回国之行。"流黄山火"指代日本国,"流黄"即硫磺,日本是火山之国,硫磺为火山喷发物之一,同时硫磺也是日本向外国输出的重要物产之一。《宋史·外国传·日本国》记载,宋太宗端拱元年(988年)日本僧人入宋,带来的贡品除佛经外,还有琥珀、青红白水晶、倭画屏风一双、石流黄七百斤等物品。② 此句是贯休想象日本僧人船已抛锚到达故乡的情景。最后两句是预想日本国王会以最高礼仪在上寺迎接这位僧人,"还为"句贯休原注曰:"有僧游日本云:'彼中只有三寺,上寺名兜率,国王供养;中寺名浮上,极品官人供养;下寺名祇上寺,风俗供养。有德行即渐迁上也。'"③由此可知,在当时的日本,僧人会以其德行的高低,分住不同等级的寺庙,最高等级的即为上寺。因此,贯休预言他的这位日本僧友回国后会被其国王迎接到上寺中。从贯休送新罗僧和日本僧的诗作中,我们看到了一个共同的现象,即自唐朝回国的僧人都可获得极高的待遇,这其中除了他们本人的德行修养之外,赴唐朝学习的经历恐怕也是重要的因素,由此,我们不难想象当时唐朝文化对周边邻国的影响之深之广。

---

① 胡大浚笺注:《贯休歌诗系年笺注》,中华书局2011年版,第590页。
② 《宋史·外国传·日本国》卷四百九十一,中华书局1977年版,第14136页。
③ 贯休《送僧归日本》,胡大浚笺注:《贯休歌诗系年笺注》,中华书局2011年版,第591页。

综上，贯休心系家国民生，以悲天悯人的僧人情怀，反映了晚唐西北边疆以及南疆的相关民族关系与问题，表达了同情将士、反对战争及杀戮的态度与观点。同时，他的诗作也记录了与外邦友人特别是与遣唐僧侣阶层的交流，为我们了解晚唐佛教的域外传播提供了较为生动细致的资料。

第五章　唐诗中的民族称谓与文化交流

中华民族自古就崇尚友善仁爱,爱好和平,以开放包容闻名于世。唐代作为我国古代社会发展的鼎盛阶段之一,尤其在唐玄宗统治的开元及天宝前期,社会安定,经济发达,文化繁荣,成为周边民族或国家向慕的大国。唐朝也在前朝民族融合的基础上以极大的包容姿态融汇不同的民族文化。体现在唐诗中,是以"胡""夷"等为代表的民族称谓,以及周边的新罗、日本等国名的频繁出现,通过考察这些民族称谓,我们可以直接或间接地了解中华民族多元一体文化的演进格局。

在胡汉文化交融中,我们主要选取学界关注较少的胡麻、胡香和胡床予以考察。此外,唐代诗人还创作了数量可观的和亲诗。其中既有对当朝和亲情事的吟咏,也有对和亲的历史人物的评价。这些作品除了蕴含作者对和亲公主深切的人文关怀情感之外,还反映了士人阶层对和亲以及民族间文化交往的不同态度和立场。尽管他们对和亲的态度与看法有所差异,但是都是在不同时代不同情势之下,对国家利益与民族关系的思考和感情流露。既为我们了解唐代和亲历史提供了文学角度的见证,也为我们了解唐代的民族关系提供了另一个视点。

第五章 唐诗中的民族称谓与文化交流

第一节 唐诗中的胡风

"胡"是我国古代对居住在北方和西方的少数民族的一种泛称,也用于泛指外国或外族。汉唐时期主要指匈奴、鲜卑、羌、吐蕃、突厥等部族以及波斯、大秦等西域诸国。自汉代张骞通西域以后,沿着丝绸之路的通道,胡汉文化交流日渐广泛,文献中出现了如胡麻、胡椒、胡香、胡瓜、胡桃、胡床、胡琴、胡笳等等以"胡"作修饰的诸多名物。这些明显带有异域色彩的名物,一方面成为胡汉文化交融的物证,彰显着中华民族长期以来对外来文化所秉持的和合包容的主流姿态,另一方面,它们也在汉化的过程中逐渐形成了各自独特的文化蕴含与特色。其中如胡笳、胡琴多为学界所关注研究,如蔡明玲《从汉匈关系的视域讨论胡笳在汉文化中的意义展演》①,海滨《唐诗三种创作主题与西域器乐文化关系的流变考释》②,张亚飞《胡琴琵琶与羌笛:从岑参边塞诗创作看盛唐西域乐舞》③,等等,一些硕士论文也将其作为选题予以专门研究,如杨旭珍《唐代胡笳诗研究》④、郑筱筱《中国胡琴文化研究——以"二胡"为例》⑤等。因此,我们选取唐诗中学界关注较少的胡麻、胡床和胡香予以分析,以它们为代表考察胡汉文化交融之一斑。

一、"香饭进胡麻":胡麻饭与胡麻饼

在唐诗中,反映其他民族饮食内容较多的应属与胡麻相关的食品,如胡麻

---

① 蔡明玲:《从汉匈关系的视域讨论胡笳在汉文化中的意义展演》,《徐州师范大学学报(哲学社会科学版)》2007年第3期。
② 海滨:《唐诗三种创作主题与西域器乐文化关系的流变考释》,《上海大学学报(社会科学版)》2011年7月。
③ 张亚飞:《胡琴琵琶与羌笛:从岑参边塞诗创作看盛唐西域乐舞》,《北方文学》2020年11月。
④ 杨旭珍:《唐代胡笳诗研究》,内蒙古大学中国古代文学,硕士论文2011年。
⑤ 郑筱筱:《中国胡琴文化研究——以"二胡"为例》,中国音乐学院中国传统音乐,硕士论文2018年。

饼与胡麻饭。据杜甫的先祖杜恕《笃论》记载,胡麻是与葡萄、大麦、苜蓿等在西汉时期从匈奴引进内地种植的:"汉伐匈奴,取胡麻、蒲萄、大麦、苜蓿,示广地。"①杜恕主要生活于三国曹魏时期,曾任散骑黄门侍郎、御史中丞,出任使持节、建威将军、幽州刺史等职。东汉后期崔寔的《四民月令》中则记载胡麻和大豆的种植时令相同。到唐代,内地种植胡麻已很普遍了,唐诗中屡见关于种植胡麻的描写。如秦系《山中奉寄钱起员外兼简苗发员外》:

空山岁计是胡麻,穷海无梁泛一槎。

稚子唯能觅梨栗,逸妻相共老烟霞。

高吟丽句惊巢鹤,闲闭春风看落花。

借问省中何水部,今人几个属诗家。②

秦系,字公绪,越州会稽人。天宝末避乱剡溪,后云游四方,年八十余卒。这首诗是秦系寄给他的两位朋友钱起和苗发的,钱起与苗发都活跃于大历诗坛,是后人号为"大历十才子"的成员之一。诗的前六句主要表现秦系在山中逍遥自在的生活,他以种植胡麻为生计,有顽皮的"稚子"和志同道合的"逸妻"相伴,闲来吟吟诗句,看看落花,日子过得悠然自得。后两句是询问朋友,省中还有几人擅长作诗。其中,以种植胡麻代表士人的在野生活,与在朝入仕形成对比,可见胡麻种植在当时农业中占有相当重要的比例。另一首无名氏的《代妻答诗》也反映了唐代种植胡麻的情况,诗中写道:

蓬鬓荆钗世所稀,布裙犹是嫁时衣。

胡麻好种无人种,合是归时底不归。③

此诗前两句描绘妻子的容貌出众和甘于贫贱的品德,后两句抒发因为丈夫外出,家中胡麻无法耕种的无奈之痛。据《全唐诗》题解,因朱滔作乱,征兵

---

① 严可均辑:《全三国文》卷四十二,中华书局1985年版,第1293页。
② 《全唐诗》卷二百六,中华书局1985年版,第2898页。
③ 一说朱滔时河北士人作,一说女郎葛鸦儿作,《全唐诗》卷七百八十四,中华书局1985年版,第8848页。

不择士族,有士子被征兵,朱滔令其作《寄内诗》与《代妻答诗》。其中"胡麻好种无人种"的"好种"可作两解:其一是胡麻是比较适宜种植的农作物;其二是胡麻到了应该种植的季节。如果做前一种解释,则可体现唐代内地胡麻种植广泛的原因,若做第二种解释,则体现了种植胡麻的时序信息。在皮日休的《临顿为吴中偏胜之地,陆鲁望居之,不出郛郭,旷若郊墅。余每相访,款然惜去,因成五言十首,奉题屋壁》其六中有"知君秋晚事,白帻刈胡麻"①句,可知吴中收获胡麻的时节为秋季。

唐诗中种植胡麻意象的出现,往往与隐逸或方士的世外桃源生活联系在一起。如卢纶《过楼观李尊师》(一作过李尊师院):

城阙望烟霞,常悲仙路赊。宁知樵子径,得到葛洪家。

犬吠松间月,人行洞里花。留诗千岁鹤,送客五云车。

访世山空在,观棋日未斜。不知尘俗士,谁解种胡麻。②

这是卢纶去道观中拜访李道士所写的一首诗歌,"尊师"是古代对道士的敬称。作者赞美并艳羡李道士的方外生活,以"烟霞""仙路""樵子径""葛洪家""松间月""洞里花"渲染道士远离俗世的居住环境,葛洪为晋代道教家、炼丹家和医药学家,以葛洪为典事颂美李道士可谓贴切。值得注意的是,结句将"尘俗士"与"种胡麻"对立,赋予了胡麻不同于一般农作物的脱俗特性。相似的意境,在张籍的《太白老人》(一作《太山老人》)中也有表现:

日观东峰幽客住,竹巾藤带亦逢迎。

暗修黄箓无人见,深种胡麻共犬行。

洞里仙家常独往,壶中灵药自为名。

春泉四面绕茅屋,日日唯闻杵臼声。③

这位居住在日观东峰的"幽客",从其"暗修黄箓"的行为看,也属于道教

---

① 萧涤非、郑庆笃整理:《皮子文薮》,上海古籍出版社1981年版,第172页。
② 《全唐诗》卷二百七十九,中华书局1985年版,第3165页。
③ 《全唐诗》卷三百八十五,中华书局1985年版,第4338页。

中人,他的日常经营就是种植胡麻,张籍此诗也是将胡麻与修道生活联系在一起。"幽客"炼制的"壶中灵药"或许也与胡麻有关。在葛洪《抱朴子·内篇》中就有关于胡麻蜜丸可以养生的记载:"胡麻好者一石,蒸之如炊,须曝乾复蒸,细筛白蜜和丸如鸡子大。日二枚,一年,颜色美,身体滑;二年,白发黑;三年,齿落更生;四年,入水不濡;五年,入火不燋;六年,走及奔马,或蜜水和作饼如糖状,炙食一饼。"①可见,胡麻由西域传入内地的汉化过程中,逐渐被赋予了超越其食品一般功能的神奇特性,成为一种能满足人们求长生不老愿望的特殊食品。

关于胡麻这种超常的饮食效果体验,在文献中还有如此的记载:《太平广记》卷六十一"天台二女"条曰:"刘晨、阮肇,入天台采药,远不得返,经十三日饥。遥望山上有桃树子熟,遂跻险援葛至其下,啖数枚,饥止体充。欲下山,以杯取水,见芜菁叶流下,甚鲜妍。复有一杯流下,有胡麻饭焉。乃相谓曰:'此近人矣。'遂渡山。出一大溪,溪边有二女子,色甚美,见二人持杯,便笑曰:'刘、阮二郎捉向杯来。'刘、阮惊。二女遂忻然如旧相识,曰:'来何晚耶?'因邀还家。……其馔有胡麻饭、山羊脯、牛肉,甚美。……至十日求还,苦留半年,气候草木,常是春时,百鸟啼鸣,更怀乡。归思甚苦。女遂相送,指示还路。乡邑零落,已十世矣。"②据说这是发生在东汉时期的故事,其中的胡麻饭意义颇耐寻味,刘晨、阮肇二人因为一杯胡麻饭结识了两位美色女子,又因为被留山中半年常吃胡麻饭而得以长寿,以至于回家后乡人已历十世。胡麻饭能令人长寿的神奇功效以此传至后代,因此,在唐诗中屡见方外人士食用胡麻饭的书写。如王建《隐者居》:

山人住处高,看日上蟠桃。雪缕青山脉,云生白鹤毛。

朱书护身咒,水噀断邪刀。何物中长食,胡麻慢火熬。③

---

① 严可均辑:《全晋文》卷一百一十七,中华书局1985年版,第2129页。
② 李昉等编:《太平广记》卷六十一,中华书局1986年版,第383页。
③ 《全唐诗》卷二百九十九,中华书局1985年版,第3398页。

第五章 唐诗中的民族称谓与文化交流

诗中的隐者居住环境清雅静谧,远离人境,他除了有朱笔写的护身咒和断邪刀以外,最与众不同之处就是长期食用慢火熬制的胡麻饭。牟融《题道院壁》也有相似表述:

> 山中旧宅四无邻,草净云和迥绝尘。
> 神枣胡麻能饭客,桃花流水荫通津。
> 星坛火伏烟霞暝,林壑春香鸟雀驯。
> 若使凡缘终可脱,也应从此度闲身。①

此诗除了描绘道观超绝尘世的环境外,重点体现在道士们用神枣和胡麻饭招待来访的香客,可见,胡麻饭是这里常用的食品。皮日休《太湖诗·雨中游包山精舍》则记述了他游历包山精舍时"老僧三四人""为予备午馔"所吃的也是胡麻饭:"渴兴石榴羹,饥惬胡麻饭。"②胡麻饭俨然成为僧道中人等方外人士饮食的标配了。

既然胡麻饭有如此神奇的养生功效,也就自然会成为唐代上至皇室贵戚下至士庶田家普遍钟爱的饮食。王维《奉和圣制幸玉真公主山庄因题石壁十韵之作应制》就有皇室享用胡麻饭的记录:

> 碧落风烟外,瑶台道路赊。如何连帝苑,别自有仙家。
> 比地回鸾驾,缘溪转翠华。洞中开日月,窗里发云霞。
> 庭养冲天鹤,溪流上汉槎。种田生白玉,泥灶化丹砂。
> 谷静泉逾响,山深日易斜。御羹和石髓,香饭进胡麻。
> 大道今无外,长生讵有涯。还瞻九霄上,来往五云车。③

玉真公主为唐玄宗同母妹妹,年轻时即自愿出家为道士。从诗题推断,玄宗幸访玉真公主的山庄题壁作诗,此诗为王维奉和唐玄宗的应制诗。但今存《全唐诗》无玄宗此诗,因此玄宗原作不详。从王维诗歌内容看,主要围绕道

---

① 《全唐诗》卷四百六十七,中华书局1985年版,第5312页。
② 萧涤非、郑庆笃整理:《皮子文薮》,上海古籍出版社1981年版,第145页。
③ 赵殿成笺注:《王右丞集笺注》,上海古籍出版社1984年版,第196页。

教意象赞美玉真公主山庄的幽静环境和独特饮食。"碧落""瑶台""丹砂"都是典型的道教意象,又因为唐玄宗以及玉真公主皇室的特殊身份,诗中"帝苑""鸾驾""翠华"又是典型的具有皇室天子特征的意象。其中"御羹和石髓,香饭进胡麻"就是玄宗在玉真公主山庄的主要饮食,虽然这胡麻饭与道教饮食相关,但是享用者的身份却是无上至尊的皇帝。

王维的另一首诗《送孙秀才》则有普通士人食用胡麻饭的记叙:

帝城风日好,况复建平家。玉枕双纹簟,金盘五色瓜。

山中无鲁酒,松下饭胡麻。莫厌田家苦,归期远复赊。①

据清人赵殿成分析,这位"孙秀才盖客于京师,遨游诸王之门,不得意而归者。"②所以诗的前两联用刘宋时期建平王刘景素的典故以状帝城好风日的生活,"玉枕""金盘"是帝王家的器物配备,"山中无鲁酒,松下饭胡麻"则是田家的日常饮食,二者构成的鲜明对比,似乎要显示胡麻饭是底层士庶平淡生活的标志。胡麻饭呈现的这一意义在唐诗中较为普遍,我们仅以初唐王绩和晚唐皮日休的诗作为例一窥斑豹。

王绩,字无功,号东皋子,绛州龙门人,文中子王通之弟,以田园诗著称。贞观初年,因病去职,躬耕于东皋山。他的《食后》如同一篇美食菜谱,记录了他日常平淡生活的饮食内容:

田家无所有,晚食遂为常。菜剪三秋绿,飧炊百日黄。

胡麻山魦样,楚豆野麇方。始暴松皮脯,新添杜若浆。

葛花消酒毒,英蒂发羹香。鼓腹聊乘兴,宁知逢世昌。③

王绩诗中的"晚食"可谓丰富:有"三秋绿"的蔬菜,百天成熟的稻米,味道似炒米香的胡麻饭和像野麇鹿肉味的楚豆,用松树皮熏制的肉脯,杜若制作的

---

① 赵殿成笺注:《王右丞集笺注》,上海古籍出版社1984年版,第141页。
② 王维《送孙秀才》赵殿成按语,赵殿成笺注:《王右丞集笺注》,上海古籍出版社1984年版,第141页。
③ 王国安注:《王绩诗注》,上海古籍出版社1981年版,第45页。

浆水,解酒的葛花和茱萸花等。其中对于胡麻饭味道的体验描绘,是唐人对胡麻饭味感上的首次表现。

皮日休字袭美,号逸少,在晚唐诗坛上与陆龟蒙齐名,世称"皮陆"。他的《夏初访鲁望偶题小斋》就是写给朋友陆龟蒙(字鲁望)的:

半里芳阴到陆家,藜床相劝饭胡麻。

林间度宿抛棋局,壁上经旬挂钓车。

野客病时分竹米,邻翁斋日乞藤花。

踟蹰未放闲人去,半岸纱帩待月华。①

此诗记叙作者在夏初时节到陆龟蒙家访问的情事。他们除了娱乐活动之外,饮食的代表就是胡麻饭。由此也可想见,唐代田家或者一般士人招待客人的饮食除了常见的"鸡黍"之外,最讲究的饭食之一恐怕就是胡麻饭了。唐诗中以"鸡黍"招待客人的诗句十分常见,如孟浩然《过故人庄》:"故人具鸡黍,邀我至田家";白居易《题崔少尹上林坊新居》:"若能为客烹鸡黍,愿伴田苏日日游";杜牧《村行》:"半湿解征衫,主人馈鸡黍";等等。为此,朋友之间赠送精美饮食时也免不了拿胡麻饭作比较,如张贲给好朋友皮日休和陆龟蒙赠送青饵饭时就说:

谁屑琼瑶事青饵,旧传名品出华阳。

应宜仙子胡麻拌,因送刘郎与阮郎。②

张贲把皮陆二人比作成仙的刘晨和阮肇,认为应该送他们胡麻饭而不是青饵饭,借以表达自己的食品礼轻的谦虚。

虽然唐代胡麻饭的做法和样子现已失载不详,但从以上唐诗中我们依然可以得到这样的认知,即胡麻饭被赋予了神奇的养生功效,成为僧道与方外之人生活的标志,同时,也被士人视为是一般士庶与田家平淡生活的象征。

---

① 萧涤非、郑庆笃整理:《皮子文薮》,上海古籍出版社1981年版,第192页。
② 张贲《以青饵饭分送袭美鲁望因成一绝》,《全唐诗》卷六百三十一,中华书局1985年版,第7237页。

唐代与胡麻密切关联的另一种食品就是胡麻饼,胡麻饼也称胡饼。与胡麻饭的养生标志和平淡生活象征内涵不同,胡饼在唐代则成为大众化的饮食品种之一。文献中有不少关于胡饼的记载。如安史之乱中,玄宗与随从逃往蜀川路上,慌乱中杨国忠曾买胡饼给玄宗充饥:"至咸阳望贤宫,洛卿与县令俱逃,中使征召,吏民莫有应者。日向中,上犹未食,杨国忠自市胡饼以献。"①汇集唐五代文史资料的笔记体小说《唐语林》中也有多处记载了胡饼,如卷五"虬髯客"条写李靖买胡饼招待虬髯客:"客曰:'饥。'靖出市胡饼,客抽腰间匕首切肉,共食之竟,以余肉乱切饲驴。"②卷六"郎士元诗句"条记录了当时豪门流行的一种胡饼特别饮食:"时豪家食次,起羊肉一斤,层布于巨胡饼,隔中以椒豉,润以酥,入炉迫之,候肉半熟食之,呼为'古楼子'。"③颇能说明胡饼制作与食用的汉化过程。

在唐诗中,我们也常可见到从京城传播到各地的胡饼制作。如白居易《寄胡饼与杨万州》:

  胡麻饼样学京都,面脆油香新出炉。

  寄与饥馋杨大使,尝看得似辅兴无?④

这是白居易任忠州(今重庆市忠县)刺史时创作的一首诗。首句可作两解,一为白居易家模仿着京城长安自制的胡饼,一为当地饼店学习长安做法制作的胡饼。不管是谁制作的,都可说明胡饼非长安所专有。新出炉的胡饼脆香可口,白居易寄给相邻的万州好友杨万州(今重庆市万州区)刺史品尝,并希望通过好友的判断得知这胡饼是否能跟京城辅兴坊的胡饼相媲美。辅兴坊位于长安城西南,是当时长安城最好的胡饼制作坊,想必杨万州也是吃过辅兴坊正宗地道胡饼的。

---

① 《资治通鉴》卷二百一十八,中华书局1956年版,第6972页。
② 周勋初校证:《唐语林校证》,中华书局2008年版,第424页。
③ 周勋初校证:《唐语林校证》,中华书局2008年版,第556页。
④ 顾学颉校点:《白居易集》,中华书局1985年版,第382页。

在远离京城的古属巴地,我们可以见到面脆油香的地道胡饼,在温润和畅的江南同样也可享用胡饼。皮日休的《初夏即事寄鲁望》诗中,他表达与朋友陆龟蒙的友情时就包括这一美味:

夏景恬且旷,远人疢初平。黄鸟语方熟,紫桐阴正清。

……敲门若我访,倒屣欣逢迎。

胡饼蒸甚熟,貊盘举尤轻。茗脆不禁炙,酒肥或难倾。

扫除就藤下,移榻寻虚明。唯共陆夫子,醉与天壤并。①

唐懿宗咸通十年(869年),皮日休入苏州刺史崔璞幕为从事,与陆龟蒙结识,彼此唱和,此诗当作于苏州时期。诗歌开头表现初夏时节清旷怡人的景色,随后抒发作者与陆龟蒙笃诚的友情。每当他造访时,陆龟蒙都是欣喜地热情相迎,"倒屣"一语运用三国时德高望重的蔡邕器重礼遇年轻且貌丑的王粲的典故,②既恰如其分地赞美了陆龟蒙的才学声望,又表达了二人深厚的友谊。陆龟蒙接待皮日休除了品茗饮酒之外,最令我们关注的就是主食胡饼,并且这些胡饼是使用具有异俗特点的"貊盘"装盛的,足见陆龟蒙招待皮日休是十分讲究的,这是晚唐两位士人远在长安之外的苏州享用胡饼的形象记录。

胡饼作为唐代一种大众化的食品,从京城遍及到广泛的各地,显示出汉民族在接受不同民族物质文化方面的巨大包容性。

二、"一炷胡香抵万金":胡香

《旧唐书·舆服志》记载,开元以来,"太常乐尚胡曲,贵人御馔,尽供胡食,士女皆竞衣胡服。"③在这种胡俗风气盛行之下的唐人生活,不少用品都可

---

① 萧涤非、郑庆笃整理:《皮子文薮》,上海古籍出版社1981年版,第136页。
② 《三国志·魏书·王粲传》卷二十一:"献帝西迁,粲徙长安,左中郎将蔡邕见而奇之。时邕才学显著,贵重朝廷,常车骑填巷,宾客盈坐。闻粲在门,倒屣迎之。粲至,年既幼弱,容状短小,一坐尽惊。邕曰:'此王公孙也,有异才,吾不如也。吾家书籍文章,尽当与之。'"中华书局1987年版,第597页。
③ 《旧唐书·舆服志》卷四十五,中华书局1975年版,第1958页。

见胡风元素。如温庭筠《马嵬佛寺》中一炷抵万金的"胡香":

> 荒鸡夜唱战尘深,五鼓雕舆过上林。
> 才信倾城是真语,直教涂地始甘心。
> 两重秦苑成千里,一炷胡香抵万金。
> 曼倩死来无绝艺,后人谁肯惜青禽?①

马嵬佛寺因杨贵妃赐死而著名。据《旧唐书·杨贵妃传》记载,安史之乱潼关失守后,杨贵妃跟从玄宗幸蜀,至马嵬驿,禁军大将陈玄礼诛杨国忠父子后,禁军仍不散,玄宗无奈,命高力士缢贵妃于佛堂。此诗温庭筠即围绕这场史实予以评论,讽刺唐玄宗荒淫误国的旨意十分明显。

此诗中"一炷胡香抵万金"传递出了唐代胡香十分珍贵的信息。"胡香"是指来自西域胡族的香料,在题名东方朔的《十洲记》中记载,西海中聚窟洲上有形似人鸟的大山,山上有一种反魂树,用此树的根心液汁熬制成丸,名为惊精香(也称震灵丸、返生香、震檀香、人鸟精、却死香)。香气可传数百里之外,死人闻香能令其复活。汉武帝征和三年(前90年)幸安定,西胡月支国王派遣使者向武帝献香四两,形状大如雀卵,黑如桑椹。武帝因其香非中国所有,遂交付外库保存。到后元元年(前88年),长安城内数百人生病,死者大半,武帝令取月支神香在城内焚烧,死去不超过三天者都活了过来,芳气经三月不歇,于是确信此香为神物。在西晋张华记载异境奇物的《博物志》中也有近似内容,只是细节上略有差异:"汉武帝时,弱水西国有人乘毛车以渡弱水来献香者,帝谓是常香,非中国之所乏,不礼其使。留久之,帝幸上林苑,西使千乘舆闻,并奏其香,帝取之,看大如燕卵,三枚,与枣相似。帝不悦,以付外库。后长安中大疫,宫中皆疫病。帝不举乐,西使乞见,请烧所贡香一枚,以辟疫气。帝不得已听之,宫中病者登日并瘥。长安中百里咸闻香气,芳积九十余日,香由不歇。"②

---

① 刘学锴校注:《温庭筠全集校注》,中华书局2007年版,第785页。
② 祝鸿杰译注:《博物志全译》,贵州人民出版社1992年,第59页。

《十洲记》为志怪小说集,所记故事充满神异色彩,相较而言,《博物志》所记则比较符合生活逻辑,但是二者都突出了胡香超乎常态的神奇效果,因此庾信《对烛赋》中有"夜风吹,香气随,郁金苑,芙蓉池。秦皇辟恶不足道,汉武胡香何物奇"①的赞美。正是因为其独特的灵异性,所以胡香稀少珍贵,西域国献给汉武帝的一说只有四两,一说只有三枚。庾信《周赵国公夫人纥豆陵氏墓志铭》中"胡香四两,嗟西域之使稀;灵草一枝,恨琼田之路绝"②也是强调其稀有性。这么珍稀的东西自然不可能为一般士庶大众所拥有,因此胡香往往是富贵权势的象征。梁简文帝萧纲曾两次提到"胡香",一为《昭明太子集序》中"胡香翼盖,葆吹从风",③一为《伤离新体诗》(新一作杂)中"胡香翼还幰。清笳送后尘"。④ 两处用法相似,都是指用胡香熏染车盖或幰帷,使之飘散着香气。前者指昭明太子萧统的车驾,后者指权贵之门女眷的车驾,体现的是贵族车饰的豪华精致与讲究。

在唐代诗歌中,胡香少有出现,只有上述温庭筠的《马嵬佛寺》一首,据刘学锴先生补注《开元天宝遗事》卷上载:"明皇正宠妃子,不视朝政。安禄山初承圣睠,因进助情花香百粒,大小如粳米而色红。每当寝处之际,则含香一粒。助情发兴,筋力不倦。帝祕之曰:'此亦汉之慎卹胶也。'"⑤所以他推断胡香或指此类助情香,以讽刺玄宗宠爱杨贵妃,淫佚无度。

总之,不管是能够令死者复活的胡香,还是能够给人助情的胡香,因其来自遥远的异域,而增添了其神秘灵异色彩;也因它极其珍贵稀少,所以一炷抵万金,价值不菲的胡香遂为皇室贵族们专享的用品。

三、"白羽胡床啸咏中":胡床

如果说胡香因其珍贵稀有而成为少数皇亲贵戚的专属品,那么胡床到唐

---

① 倪璠注,许逸民校点:《庾子山集注》,中华书局1985年版,第83页。
② 倪璠注,许逸民校点:《庾子山集注》,中华书局1985年版,第1038页。
③ 严可均辑:《全梁文》卷十二,中华书局1985年版,第3016页。
④ 逯钦立辑校:《先秦汉魏晋南北朝诗》,中华书局1984年版,第1979页。
⑤ 温庭筠《马嵬佛寺》,刘学锴校注:《温庭筠全集校注》,中华书局2007年版,第787页。

代则以其便捷普通为广大士庶所喜爱。据《搜神记》记载,汉武帝时期,胡床就已经被汉族所接受使用了,不过当时还主要在贵人富室中能够见到:"胡床、貊槃,翟之器也;羌煮、貊炙,翟之食也。自太始以来,中国尚之。贵人富室,必畜其器,吉享嘉宾,皆以为先。"①自汉武帝太始年间以后,汉族的富贵人家用胡床招待嘉宾渐成时尚。经过魏晋南北朝的漫长发展,胡床逐渐成为一般士庶使用的普通物品。作为一种坐具,胡床在被中原接受过程中其名称以及形状也不断地在演变发展。据南宋程大昌《演繁露》记载,胡床自隋朝改名称"交床",至唐穆宗时又改称"绳床"。胡三省在注《资治通鉴》"绳床"时则详细区分了"交床"和"绳床"的不同之处:"交床、绳床,今人家有之,然二物也。交床以木交午为足,足前后皆施横木,平其底,使错之地而安;足之上端,其前后亦施横木而平其上,横木列窍以穿绳条,使之可坐。足交午处复为圆穿,贯之以铁,敛之可挟,放之可坐;以其足交,故曰交床。绳床,以板为之,人坐其上,其广前可容膝,后有靠背,左右有托手,可以阁臂,其下四足著地。"②胡三省是宋元之际史学家,按照他的描述,在当时交床与绳床已出现了不同,交床即今天我们常见的马扎,绳床则类同我们今天所使用的椅子。

胡床虽然自隋朝即出现了交床的称号,但是在唐诗中我们依然可在多种场合见到胡床的名称与身影,胡床与唐人日常生活联系十分密切。其一,胡床可以是人们休闲时心怡的器具,如杜甫《树间》写道:

岑寂双柑树,婆娑一院香。交柯低几杖,垂实碍衣裳。

满岁如松碧,同时待菊黄。几回沾叶露,乘月坐胡床。③

这是杜甫晚年在四川创作的一首诗歌,描绘秋天的夜晚,在充溢着柑橘果香与菊花芬芳的小院,作者坐着胡床赏月的情景。此诗中的胡床成为杜甫享受静谧时光的得力道具。

---

① 干宝著,汪绍楹校注:《搜神记》,中华书局1985年版,第94页。
② 《资治通鉴》卷二百四十二,中华书局1956年版,第7822页。
③ 杨伦笺注:《杜诗镜铨》,上海古籍出版社1980年版,第781页。

其二,胡床可以成为士人日常处理公务的器具。如韦应物《花径》:

山花夹径幽,古甃生苔涩。胡床理事余,玉琴承露湿。

朝与诗人赏,夜携禅客入。自是尘外踪,无令吏趋急。①

韦应物在山花夹径的幽静环境中相伴着玉琴坐着胡床处理日常公务,并且可以时常与诗人和禅客切磋,这样的日常理事自然与小吏趋急的官府场合大相径庭,让人心满意惬。

其三,胡床可以成为士人养病时依赖的器具。如权德舆《跌伤伏枕有劝酒者暂忘所苦因有一绝》:

一杯宜病士,四体委胡床。暂得遗形处,陶然在醉乡。②

权德舆跌伤休养期间凭借胡床品饮酒,令他陶然醉乡能够暂时忘却病痛。

其四,胡床可以成为助益士人潇洒啸咏时的器具。如刘禹锡《酬窦员外郡斋宴客偶命柘枝因见寄兼呈张十一院长元九侍御》:

分忧余刃又从公,白羽胡床啸咏中。

彩笔谕戎矜倚马,华堂留客看惊鸿。

渚宫油幕方高步,澧浦甘棠有几丛?

若问骚人何处酌,门临寒水落江枫。③

这是刘禹锡寄给朋友张署和元稹的一首诗。张署曾为澧州刺史,诗中赞美他在做地方官时的政绩和潇洒风度。张署在澧州勤政爱民,为了维护百姓利益敢于抗顶上司而被降职,方质有气节。此诗中的"白羽胡床啸咏中"即可见其风度气节。

此外,我们还可以看到挂在墙壁上的胡床,李白《寄上吴王三首》其二曰:

坐啸庐江静,闲闻进玉觞。去时无一物,东壁挂胡床。④

---

① 陶敏、王友胜校注:《韦应物集校注》,上海古籍出版社1998年版,第527页。
② 《全唐诗》卷三百二十,中华书局1985年版,第3606页。
③ 瞿蜕园笺证:《刘禹锡集笺证》,上海古籍出版社1989年版,第1303页。
④ 王琦注:《李太白全集》,中华书局1985年版,第701页。

《三国志·裴潜传》注引《魏略》曰:裴潜"为兖州时,尝作一胡床,及其去也,留以挂柱。"①此诗"东壁挂胡床"虽然使用了三国时裴潜胡床挂柱的典故,但是胡床因其便捷,存放时可以挂壁的特点则表现了出来。还有放置在小船上的胡床,白居易《咏兴五首·池上有小舟》曰:

池上有小舟,舟中有胡床。床前有新酒,独酌还独尝。②

小船上的胡床也体现了其便于携带的特点。

唐诗中出现的胡床虽然呈现了唐人不同侧面的生活场景,但或许是因为它便于携带的特点,它的出现还是经常与士人的休闲恬淡生活相伴。即便是使用它来处理日常公务,也可以不似在官衙里那样趋急。可以说,唐诗中的胡床为我们进一步了解唐人生活提供了多方位视角,也给我们今天的慢生活提供了一定的借鉴。

第二节　唐诗中的"夷"

唐代是多民族大融合的时代,也是民族自信心强烈的时代。唐代的这些特征,除了受到史学界学者的关注外,③在文学界尤其是唐诗领域也有不少学者予以留意,并产生了许多具有启发性的研究成果,如唐代边塞诗的相关研究等。④ 然而,唐代民族之间的交往与文化的交流与渗透,从空间上说,不仅限于边塞,还广布于其他非边境区域;从时间上说,既与历史的传承相关,也直接受当下影响与时移易。因此,要比较全面地了解唐代诗人对于民族交往的体

---

① 《三国志·裴潜传》卷二十三,中华书局 1987 年版,第 673 页。
② 顾学颉校点:《白居易集》,中华书局 1985 年版,第 655 页。
③ 这些成果仅就史类就有如范文澜《中国通史》、白寿彝《中国通史》,断代史如王仲荦《隋唐五代史》、吕思勉《隋唐五代史》、岑仲勉《隋唐史》等。
④ 李炳海:《民族融合与古代边塞诗的战地风光》,《北方论丛》1998 年第 1 期;任文京:《唐代边塞诗的文化阐释》,人民出版社 2005 年;薛隽雯:《唐代各族和平交往边塞研究》,上海师范大学,2003 年硕士论文;彭飞:《隋唐东北边塞诗研究》,吉林大学,2011 年博士论文;徐希平:《唐诗中的羌笛及其所蕴含和平交融文化内涵》,《杜甫研究学刊》2016 年第 1 期等等。

第五章 唐诗中的民族称谓与文化交流

验,选择一个具有概括性强的民族概念或角度比较关键。广泛出现于唐诗中代表四方民族的"夷",无疑就为我们提供了这样一个比较合适的可视点。

一、"东方曰夷":夷义溯源

《说文解字》释"夷"曰:"夷,平也。从大,从弓。东方之人也。"①同时又在释"羌"时,对"夷"的释义做了进一步的补充解释:"南方蛮闽从虫,北方狄从犬,东方貉从豸,西方羌从羊。此六种也,西南僰人、僬侥,从人;盖在坤地,颇有顺理之性。唯东夷从大。大,人也。夷俗仁,仁者寿,有君子不死之国。"②这里关于"夷俗仁,仁者寿"的说明,盖缘于"夷"的字源,"夷"的古字写作"𡰥",而"𡰥"也是"仁"的异体字,从这一角度看,"夷"与"仁"是相同的。值得注意的是,"夷"与"仁"的发音在胶东方言中也很相似,分别为 yi 和 yin,这或许也是"夷"与"仁"产生关联的因素之一。

在先秦典籍中,"夷"多指区域,并且以东方为主。如《尚书·虞书·尧典》第一:"(帝尧)乃命羲和,钦若昊天,历象日月星辰,敬授人时。分命羲仲,宅嵎夷,曰旸谷。"这里"宅嵎夷"中的"嵎夷"无疑是地理区域。此外,《尚书·夏书·禹贡》中出现的岛夷、莱夷、淮夷、和夷等概念,都具有明显的地域色彩。依据《夏书·禹贡》所划分的九州区域,岛夷分布于当时的冀州和扬州,嵎夷和莱夷分布于青州,淮夷分布于徐州,和夷则分布于梁州。③ 以今天的行政区域划分来说,冀州相当于今山西省和河北省的西部和北部,扬州相当于今淮河以南江苏和安徽两省以及浙江、江西两省的部分。青州是泰山至东海,相当于今山东的东部。徐州相当于今山东省东南部和江苏省的北部。梁州则相当于今陕西南部和四川省及其以南的一些地方。可以看出,被名为

---

① 许慎:《说文解字》,中华书局1981年版,第213页。
② 许慎:《说文解字》,中华书局1981年版,第78页。
③ 参见《尚书正义·夏书·禹贡》,阮元校刻:《十三经注疏》卷六,中华书局1983年版,第146页。

"夷"的这几个区域,除了梁州的"和夷"外,其他的都处在我国的东部。

与区域相关联,先秦文献中的"夷"也指东部的部族和华夏之外的四方民族。如《尚书》中的"蛮夷率服""四夷来王""九夷八蛮"之说,①《论语》中"夷狄""九夷"②以及《孟子》中的"东夷""西夷"③等的称谓,都偏于部族的涵义。这其中的"东夷"和"九夷",即指东方的部族。

南朝宋范晔在《后汉书·东夷列传》中,对"夷"的解释较为详细:"《王制》云:'东方曰夷。'夷者,柢也,言仁而好生,万物柢地而出。故天性柔顺,易以道御,至有君子、不死之国焉。夷有九种,曰畎夷、于夷、方夷、黄夷、白夷、赤夷、玄夷、风夷、阳夷。故孔子欲居九夷也。"④据唐代李贤的注释,"九夷"出自《竹书纪年》:"后泄二十一年,命畎夷、白夷、赤夷、玄夷、风夷、阳夷。后相即位二年,征黄夷。七年,于夷来宾,后少康即位,方夷来宾。"⑤此外,《后汉书·东夷列传》中还出现了"蓝夷"的称谓:"昔尧命羲仲宅嵎夷,曰旸谷,盖日之所出也。夏后氏太康失德,夷人始畔。自少康已后,世服王化,遂宾于王门,献其乐舞。桀为暴虐,诸夷内侵,殷汤革命,伐而定之。至于仲丁,蓝夷作寇。自是或服或畔,三百余年。武乙衰敝,东夷浸盛,遂分迁淮、岱,渐居中土。"⑥这段记载,简要叙述了"东夷"部族从尧到商代后期的变迁,自尧命羲仲宅嵎夷开始,经历夏代的太康、少康,到商代后期的武乙,东夷一直与中原的华夏联系密切。依范晔所述,"九夷"和"蓝夷"都属于"东夷"的范围,从"九夷"中以颜色词命名的现象看,"蓝夷"或应为"九夷"之一,由此说来,"九夷"就不一定是实数,应指东方诸夷。

偏于部族涵义的"蛮夷""夷狄""四夷""西夷"等称谓,则指代华夏之外

---

① 参见阮元:《十三经注疏》卷六,中华书局1983年版,第130、194页。
② 参见杨伯峻译注:《论语译注》,中华书局1980年版,第25、96、147页。
③ 参见杨伯峻译注:《孟子译注》,中华书局1960年版,第184页。
④ 《后汉书·东夷列传》卷八十五,中华书局1965年版,第2807页。
⑤ 《后汉书·东夷列传》卷八十五,中华书局1965年版,第2807页。
⑥ 《后汉书·东夷列传》卷八十五,中华书局1965年版,第2808页。

的四方民族。我国依据东西南北中五个区域把中原和四边的民族称为"五方之民",《礼记·王制》第五如此划分:"中国戎夷,五方之民,皆有性也,不可推移。东方曰夷,被发文皮,有不火食者矣。南方曰蛮,雕题交趾,有不火食者矣。西方曰戎,被发衣皮,有不粒食者矣。北方曰狄,衣羽毛穴居,有不粒食者矣。中国、夷、蛮、戎、狄,皆有安居、和味、宜服、利用、备器,五方之民,言语不通,嗜欲不同。"①《王制》的这种划分,其目的是为了说明由于地域不同,民俗和民风就不同,不必求同存一的主旨:"凡居民材,必因天地寒暖燥湿,广谷大川异制。民生其间者异俗,刚柔轻重,迟速异齐,五味异和,器械异制,衣服异宜。修其教,不易其俗;齐其政,不易其宜。"②可以看出,《王制》认为:中国与东夷、南蛮、四戎、北狄都同属于天下之民,只是所处区域不同而已,并没有尊卑高下的差别,其风俗和文化虽然有差异,但是他们是平等的。

关于北狄、南蛮、西戎、东夷四方民族与华夏的联系,司马迁在《五帝本纪第一》中也有描述:"于是舜归而言于帝,请流共工于幽陵,以变北狄;放驩兜于崇山,以变南蛮;迁三苗于三危,以变西戎;殛鲧于羽山,以变东夷:四罪而天下咸服。"③这是舜放逐"四罪"于四方而立功天下的记载。其中的"变",裴骃集解曰:"徐广曰:变,一作蠻"。司马贞索隐曰:"变谓变其形及衣服,同于夷狄也。徐广云作'燮'。燮,和也。"张守节正义曰:"言四凶流四裔,各于四夷放共工等为中国之风俗也。"④依据前人的索隐和正义来看,不管是"四罪"被改变,令其同于夷狄蛮戎,还是"四罪"改变夷狄蛮戎,同于中国风俗,都体现了四方民族与中国文化融合的过程。

然而,何以古代文献在称谓四方民族时总是与"夷"字搭配?如常见的"蛮夷""夷狄""西夷"等,甚至以"夷"代表其他的狄、蛮、戎三方,如"四夷"

---

① 阮元校刻:《十三经注疏》卷第十二,中华书局1983年版,第1338页。
② 阮元校刻:《十三经注疏》卷第十二,中华书局1983年版,第1338页。
③ 《史记·五帝本纪第一》卷一,中华书局1963年版,第28页。
④ 《史记·五帝本纪第一》卷一,中华书局1963年版,第29页。

"华夷""夷夏"等,而不是称"四狄"抑或"四蛮""四戎",笔者推断原因有三:

其一与前已论及的"夷俗仁"有关。其二与孔子欲居"九夷"的向往有关。《论语·子罕第九》载:"子欲居九夷。或曰:'陋,如之何?'子曰:'君子居之,何陋之有?'"①班固在《汉书·地理志》第八下记载玄菟、乐浪等东夷部族的质朴民风后感叹:"可贵哉,仁贤之化也!然东夷天性柔顺,异于三方之外,故孔子悼道不行,设浮于海,欲居九夷,有以也夫!"②可以看出,"夷"之仁与孔子欲居这两个原因之间又有着内在的因果联系,换言之,因为"夷"俗仁贤,不同于狄、蛮、戎三方,故孔子向往之,欲居之。

其三则或许与"夷""裔"同音有关。《说文解字》释"裔"曰:"裔,衣裾也。"③即衣服的边缘。相对中国的中心位置而言,蛮、夷、戎、狄地处边缘,所以,先秦文献中也常出现"四裔"的称谓,用以指代四方民族。如《春秋左传》文公十八年记载:"舜臣尧,宾于四门,流四凶族,浑敦、穷奇、梼杌、饕餮,投诸四裔,以御螭魅。是以尧崩而天下如一,同心戴舜,以为天子,以其举十六相,去四凶也。"④舜把四凶投诸的"四裔",即司马迁在《史记·五帝本纪》中所说的北狄、南蛮、西戎、东夷四方。同时,司马迁在《五帝本纪》中追述昔日帝王不肖子弟时也使用了"四裔":"舜宾于四门,乃流四凶族,迁于四裔,以御螭魅,于是四门辟,言毋凶人也。"⑤可见,"四裔"的区域就是四方民族所在之处,"四裔"和"四夷"有时是同一含义。因此,以四方民族中最具仁贤之风的"夷"与中国之外四边的"裔"互用,就似乎可以理解了。

二、"华夷""夷俗""夷心":唐诗中"夷"的内涵

随着时代的变迁,民族的不断融合,"夷"指代的东方部族区域在不断缩

---

① 杨伯峻译注:《论语译注》,中华书局1980年版,第96页。
② 《汉书·地理志》卷二十八下,中华书局1964年版,第1658页。
③ 许慎:《说文解字》,中华书局1981年版,第171页。
④ 《春秋左传正义》,阮元校刻:《十三经注疏》卷第二十,中华书局1983年版,第1863页。
⑤ 《史记·五帝本纪》卷一,中华书局1963年版,第36页。

第五章　唐诗中的民族称谓与文化交流

小,其包含的东方之人的内涵也渐趋弱化,而代表华夏之外四方民族的涵义逐渐成为主流。据新、旧《唐书》"东夷"列传记载,唐代时期的东夷国只有高丽、百济、新罗、倭国、日本和流鬼,①其区域主要指今天的朝鲜、韩国和日本。检视一下《全唐诗》中所出现的"夷"称,其内涵多是用以指代周边民族和附属国,如"万国夷""华夷""四夷""夷夏""夷歌""夷俗""夷风""夷落""蛮夷""夷狄""夷音""西夷""西南夷""羌夷""夷言""夷心""山夷""夷教""夷乐""夷人""夷貊""戎夷""外夷"等等。用以指代东部民族的只有少数称谓,如东夷、九夷和岛夷。总括唐代诗人使用"夷"的称谓及语境,有以下几个特点。

第一,"华夷""四夷""夷夏"等称谓常出现于比较正式的公开化的创作场景中,包括朝廷庆典的颂歌、士人的应制诗以及雅集时的应酬诗等。如唐高宗永徽以后续造享太庙乐章中的《崇德舞》称"华夷辑睦":

五运改卜,千龄启圣。彤云晓聚,黄星夜映。

……海潆星晖,远安迩肃。

天地交泰,华夷辑睦。翔泳归仁,中外禔福。②

《崇德舞》是献给太宗的乐舞,诗中赞美唐太宗是应运而生的圣人,千年才出现一次,歌颂他治理的天下河清海晏,远近安肃,政通人和,华夷和睦,中外安福。又如张说的《唐封泰山乐章·豫和》:

飨帝飨亲,维孝维圣。缉熙懿德,敷扬成命。

华夷志同,笙镛礼盛。明灵降止,感此诚敬。③

这是开元十三年(725年)唐玄宗封泰山时诏令张说创作的降神歌曲。除了以祖宗配祭天地以及发扬光大美德的祝词外,其中的"华夷志同"是向神灵报告天下安定四海大同的治理情况。这些都是在朝廷举办的祭祀乐舞活动中

---

① 《旧唐书》卷一九九上《东夷列传》所列有高丽、百济、新罗、倭国和日本;《新唐书》卷二二〇《东夷列传》所列为高丽、百济、新罗、日本和流鬼。
② 《全唐诗》卷十三,中华书局1985年版,第124页。
③ 《全唐诗》卷八十五,中华书局1985年版,第919页。

所创作的颂歌。

与朝廷庆典的颂歌相似,士人的应制诗也多用于颂扬帝王的圣明,或者歌咏天下一统的盛世。宋之问的《扈从登封告成颂应制》作于武则天万岁登封元年(696年)腊月扈从武则天封禅嵩山时,诗中写道:

御路回中岳,天营接下都。百灵无后至,万国竞前驱。

文卫严清跸,幽仙读宝符。贝花明汉果,芝草入尧厨。

济济衣冠会,喧喧夷夏俱。宗禋仰神理,刊木望川途。①

诗中渲染武则天封禅嵩山时浩大的仪仗阵势,百神降临,灵花异草护佑,不仅有"济济衣冠"的文武官员护拥清路,更有"万国竞前""喧喧夷夏"的华夷容融天下大同盛况。李峤的《奉和天枢成宴夷夏群僚应制》亦作于武则天统治时期,从诗题中就直接体现出朝廷因为"大周万国述德天枢"铸成而大宴夷夏群臣的内容。刘肃《大唐新语·文章》记载:武则天长寿三年(694年),征集天下铜铁,"于定鼎门内铸八棱铜柱,高九十尺,径一丈二尺,题曰:'大周万国述德天枢',纪革命之功,贬皇家之德……武三思为文,朝士献诗者不可胜纪,唯峤诗冠绝当时。"②可见,在群臣奉帝王之诏的诗歌创作活动中,歌颂各民族的和睦相处也是必要的内容之一。

唐代诗人或友朋之间交谊密切,在送往迎来的日常活动中,寄赠酬答的赋诗成为常见的礼节和高雅的文化活动。在类似的情形下,称美他人的诗名或美名远扬四夷,也是一种时尚。如方干《献浙东王大夫》其二赞美浙东观察使王龟的清名闻于夷夏内外:

王臣夷夏仰清名,领镇犹为失意行。

已见玉璜曾上钓,何愁金鼎不和羹。③

罗衮《赠罗隐》中称誉罗隐的诗名远播夷貊:

---

① 《全唐诗》卷五十三,中华书局1985年版,第648页。
② 刘肃:《大唐新语》,中华书局1984年版,第126页。
③ 《全唐诗》卷六百五十二,中华书局1985年版,第7489页。

第五章　唐诗中的民族称谓与文化交流

> 平日时风好涕流,谗书虽盛一名休。
> 寰区叹屈瞻天问,夷貊闻诗过海求。①

名利是人所共求的,求名之大,无过于远近共识天下共知,当仰慕或者恭维他人的名声时,使用华夷皆闻看来是最合适不过的了。因此,白居易在对李白杜甫表示崇拜之情时也说:

> 翰林江左日,员外剑南时。不得高官职,仍逢苦乱离。
> 暮年逋客恨,浮世谪仙悲。吟咏流千古,声名动四夷。②

"翰林"即指李白,他曾供奉翰林,并先后客游于江东一带。"员外"即指杜甫,他曾为剑南节度参谋、检校工部员外郎。李杜二人虽然官职不得高位,且遭逢乱离,一生漂泊,但是他们的诗作却流传千古,诗名惊动四夷。白居易用"声名动四夷"来评价李杜的诗名,应是最高的赞誉了。

第二,唐代诗人在表现四方不同地域的风土人情时多使用"夷歌""夷俗""夷风""夷言""夷心""山夷""夷教""夷乐""夷人"等称谓。唐人的漫游空间空前广阔,从今天东亚的朝鲜半岛到西北葱岭以西的中亚,从北部的蒙古到南部的越南、印度,地跨大江南北,长城内外。可以肯定的是,唐人足迹所到之地,也是诗人笔触所及之处,因此,他们将所到之处不同于汉地的异风异俗表现出来,往往习惯使用"夷"作为修饰。如张说于武后长安四年(704年)被流放钦州时创作的《南中送北使二首》其二写道:

> 待罪居重译,穷愁暮雨秋。山临鬼门路,城绕瘴江流。
> 人事今如此,生涯尚可求。逢君入乡县,传我念京周。
> 别恨归途远,离言暮景遒。夷歌翻下泪,芦酒未消愁。③

诗中感慨自己以戴罪之身流放蛮荒之地,语言不通,需要辗转翻译。这里

---

① 《全唐诗》卷七百三十四,中华书局1985年版,第8386页。
② 白居易《读李杜诗集因题卷后》,顾学颉校点:《白居易集》,中华书局1985年版,第319页。
③ 《全唐诗》卷八十八,中华书局1985年版,第972页。

地近鬼门关,瘴疠尤多,去者少有生还。在此处恰逢北还的使者,再听到陌生的"夷歌",更添伤感之情。"夷歌"即代指张说所处边远之地少数民族的歌谣。柳宗元在贬永州时所作的《种白蘘荷》也以"夷俗"指代当地异俗:

  皿虫化为疠,夷俗多所神。衔猜每腊毒,谋富不为仁。

  蔬果自远至,杯酒盈肆陈。言甘中必苦,何用知其真?①

柳宗元此诗首句即对永州当地少数民族的多神崇拜民俗现象表示了感慨。"皿虫"即"蛊",它是古人用器皿蓄养的一种毒虫,用来制造蛊毒,可致人死命。在充满着衔猜施毒,谋富不仁风气的环境中,柳宗元以种植白蘘荷防治蛊毒导致的瘟疫。白蘘荷又名阳藿、连花姜等,是一种多年生草本植物,它的嫩芽可为食材,根茎似姜可入药,能解毒消肿,古人认为可治蛊毒。

当然,多数情形下,诗人不一定只有亲临边远之境才能表现夷风夷俗,他们可以通过传言耳闻,发挥其想象力加以表现。如李颀《龙门送裴侍御监五岭选》想象岭南各民族丰富的奇珍异产:

  万里番禺地,官人继帝忧。君为柱下史,将命出东周。……

  明珠尉佗国,翠羽夜郎洲。夷俗富珍产,土风资宦游。②

李颀在洛阳龙门送别朋友裴侍御到岭南监选,"番禺"即今广东省广州市,诗歌前四句勉励裴侍御为帝王分忧,奉命到岭南监督地方选拔人才;后四句以可去观赏夷俗土风为安慰,"明珠""翠羽"都是岭南少数民族地区珍贵特产,"夷俗""土风"加上当地富有珍产的丰富想象,足以让裴侍御的这次岭南之行充满期待,进而淡化了送别以及远行的伤感。同样的送别场景,在刘长卿的《送乔判官赴福州》中则忧虑朋友在人烟稀少的少数民族地区的行旅:

  扬帆向何处,插羽逐征东。夷落人烟迥,王程鸟路通。

  江流回涧底,山色聚闽中。君去凋残后,应怜百越空。③

---

① 《柳宗元集》,中华书局1979年版,第1227页。
② 王锡九校注:《李颀诗歌校注》,中华书局2018年版,第743页。
③ 《全唐诗》卷一百四十八,中华书局1985年版,第1508页。

乔判官远赴的福州,属于少数民族居住区,刘长卿想象"夷落"那里地僻路险,人迹罕见,在这样荒凉的区域旅行,自然充满了令人担忧的未知,尽管闽中的清江与山色独特,但是尾联的"凋残"和"百越空"却给整首诗歌平添了忧郁之情。

诗人们对遥远夷俗的想象是十分丰富而广泛的。白居易的《东南行一百韵寄通州元九侍御、澧州李十一舍人、果州崔二十二使君、开州韦大员外、庾三十二补阙、杜十四拾遗、李二十助教员外、窦七校书》就遥想他那些好友所在的偏僻州地的民族方言和民风的特点:

> 地远穷江界,天低极海隅。飘零同落叶,浩荡似乘桴。
> 渐觉乡原异,深知土产殊。夷音语嘲哳,蛮态笑睢盱。①

通州即今四川达州,澧州治所在今湖南澧县,果州治所在今四川南充,开州治所在今四川开县,这些地方距离中原都比较遥远,又属于多民族杂居区域,所以白居易用"嘲哳"含混的"夷音"和"睢盱"喜笑的"蛮态"想象异域的土风。

马戴的《送吕郎中牧东海郡》则设想偏远岛民的生活:

> 芜城沙荧接,波岛石林疏。海鹤空庭下,夷人远岸居。②

东海郡治所在今连云港市西南海洲镇,诗中描绘了想象中的滨海"夷人"的生活,他们居住的城邑因连接着海边成片的苇荻而显得荒凉,波涛中难见传说的石林山,只有海鸥飞翔,时时落于院庭之中。上述诗歌中出现的"夷俗""夷落""夷音""夷人"等称谓,多是诗人凭借想象或者间接经验,用"夷"概括了边远地区少数民族的生活习惯与风情。

第三、唐代诗人在表现敌对的民族情绪时,往往使用"外夷""蛮夷""夷狄"等称谓。"李唐王朝有效管理的地区,是在"四夷"以内的地区,而服膺唐王朝之周边各国,则形成更为宏伟的大唐帝国。当然,唐王朝在国力强盛时,

---

① 顾学颉校点:《白居易集》,中华书局1985年版,第323页。
② 《全唐诗》卷五百五十五,中华书局1985年版,第6432页。

四边不敢轻启兵衅,国内有事乃至皇权衰落时,四边也会各有动作。"①有唐一代,周边附属各国与唐王朝的摩擦时有发生,当此时段,民族情绪影响下的抒写就不可避免地带有鄙视和敌意。如高适《李云南征蛮诗》就以"蛮夷"指代南诏:

  圣人赫斯怒,诏伐西南戎。肃穆庙堂上,深沉节制雄。
  遂令感激士,得建非常功。料死不料敌,顾恩宁顾终。
  鼓行天海外,转战蛮夷中。②

李云南即李宓,此诗称赞李宓听从"圣人"诏令出征讨伐南诏,他英勇忘身,只欲报皇恩而不顾敌人的强大。其诗《并序》记载:"天宝十一载,有诏伐西南夷,右相杨公兼节制之寄,乃奏前云南太守李宓涉海自交趾击之。道路艰险,往复数万里,盖百王所未通也。十二载四月,至于长安,君子是以知庙堂使能,而李公效节。适忝斯人之旧,因赋是诗。"③唐朝与南诏的这场战事在《旧唐书》《杨国忠传》以及《南诏传》和《资治通鉴》中都有记载,属于对少数民族侵略的不义之战,但是,高适因与李宓是旧交,其民族情绪自然高涨,对李宓极尽赞美也在情理之中了。

又如杜甫《草堂》记载代宗宝应元年(762年)七月剑南西川兵马使徐知道纠合西南少数民族叛乱的事件:

  昔我去草堂,蛮夷塞成都。今我归草堂,成都适无虞。
  请陈初乱时,反复乃须臾。大将赴朝廷,群小起异图。
  中宵斩白马,盟歃气已粗。西取邛南兵,北断剑阁隅。
  布衣数十人,亦拥专城居。其势不两大,始闻蕃汉殊。④

---

① 陈尚君:《唐人文化自信的底气何在》,《中华瑰宝》2018年6月号。
② 刘开扬笺注:《高适诗集编年笺注》,中华书局1981年,第262页。
③ 高适《李云南征蛮诗》序,刘开扬笺注:《高适诗集编年笺注》,中华书局1981年,第261页。
④ 仇兆鳌注:《杜诗详注》,中华书局1979年版,第1112页。

杜甫以诗为史,再现了徐知道纠结四川西部羌族作乱的情况,诗中起句就以"蛮夷"指代西羌。徐知道趁严武入朝之际,纠合西羌叛乱,最终也因蕃汉不同而被杀失败。此外,白敏中在《贺收复秦原诸州诗》也用蛮夷称谓汉族以外的其他民族:

一诏皇城四海颁,丑戎无数束身还。
戍楼吹笛人休战,牧野嘶风马自闲。
河水九盘收数曲,天山千里锁诸关。
西边北塞今无事,为报东南夷与蛮。①

宣宗大中初,边鄙不宁,白敏中请缨统帅收复了安史乱后长期陷于吐蕃的秦州和原州(今属甘肃),凯旋时与同列宰辅献诗,抒发"人休战""马自闲"的喜悦之情。其中尾联是以西北边塞的安宁无战事告诫东部的"夷"和南部的"蛮"不要兴师挑衅。

中唐以后,藩镇实力增强,时与朝廷形成对抗之势,诗人有时候也以"夷"来代指藩镇。杜牧的《感怀诗一首》(时沧州用兵),表现了文宗大和元年(827年)朝廷讨伐抗命的李同捷战事:

急征赴军须,厚赋资凶器。因隳画一法,且逐随时利。
流品极蒙茏,网罗渐离驰。夷狄日开张,黎元愈憔悴。
邈矣远太平,萧然尽烦费。②

李同捷为横海节度使李全略之子,唐敬宗宝历二年(826年),李全略去世,李同捷擅自为留后,并重贿邻近藩镇,以求继任节度使。唐文宗大和元年(827年)朝廷授李同捷为兖海节度使,他以将士留己为托词,不受诏命,朝廷遂用兵征讨。诗中描绘战争缘起,藩镇分裂破坏国家大一统的太平局面,耗费物资,并导致黎民百姓更加憔悴。横海节度使时领沧、景、德、棣四州,相当于今河北南部,山东津浦铁路线以东,黄河以北及博兴县北部地区,因此,杜牧此

---

① 《全唐诗》卷五百八,中华书局1985年版,第5773页。
② 吴在庆校注:《杜牧集系年校注》第1册,中华书局2008年,第34页。

诗用"夷狄"指代这一区域的藩镇。李商隐的《韩碑》也将反叛的淮西藩镇吴元济与四夷联系在一起,写道:

> 元和天子神武姿,彼何人哉轩与羲。
> 誓将上雪列圣耻,坐法宫中朝四夷。
> 淮西有贼五十载,封狼生貙貙生罴。①

诗中歌颂唐宪宗如上古轩辕氏和伏羲氏般圣明神武,为前朝蒙受藩镇割据的列圣雪耻,端坐在处理政事的正殿接受四夷的朝拜,实则表达了李商隐告诫反叛的吴元济令其归顺之意。

除上述较为集中的几个特点之外,唐诗中关于"夷"的使用还有"东夷""岛夷"等称谓,多指东方区域或者新罗、日本等东部国家,在此不一一枚举。

三、"礼乐夷风变":文化的自信与包容

唐代诗歌中广泛出现的"夷"称,既有着对前代的承继,也是唐代大一统的集权政治以及繁荣的经济作用下士人文化心态的反映。唐代承接隋朝实现了长达近三百年的南北统一,中间虽经安史之乱以及中晚唐的藩镇割据,但是始终维持着中央集权的政治格局。同时,被太宗朝和玄宗朝的盛世光影所笼罩,对于大多数接受儒家正统教育的士人而言,足以形成较为普遍的自豪和骄傲心态,表现在民族关系与交往的文化体验方面,则呈现出如下的特点:

首先是较强烈的大国自信意识。唐人的大国自信建立在重视边功的历史基础之上,自唐太宗励精图治,亲自训练精锐部队,击败东西突厥后,唐朝在西域的统治已逐步稳定,声威大振。开元天宝初,由于唐玄宗重视武功,改革兵制,不断对三边地区用兵,很快又夺回了高宗至武后时失去的边境优势,唐朝再次声威大盛。这一边境现实以及经济繁荣带来的国力上升,不断地增强着士人们的民族自信心与自豪感。② 这在那些颂圣类的诗歌中表现十分明显,

---

① 冯浩笺注:《玉溪生诗集笺注》,上海古籍出版社1998年版,第1页。
② 参见兰翠:《论唐代征戍诗中的游侠形象及成因》,《烟台师院学报》2003年第3期。

如张仲素《献寿词》：

> 玉帛殊方至，歌钟比屋闻。华夷今一贯，同贺圣明君。①

郭子仪《享太庙乐章·保大舞》：

> 万物茂遂，九夷宾王。愔愔云韶，德音不忘。②

常衮《奉和圣制麟德殿燕百僚应制》：

> 云辟御筵张，山呼圣寿长。玉阑丰瑞草，金陛立神羊。
>
> 台鼎资庖膳，天星奉酒浆。蛮夷陪作位，犀象舞成行。③

华夷一贯、九夷来宾、蛮夷陪坐，这些来自不同诗人却有些雷同的表达，无论是源自理想的期待还是现实的情状，都透露出作者自信的情感。

如果说诗人们的大国自信意识在颂圣一类的诗作中是从正面反映出来的话，那么，在表现与"夷"方敌对情绪的一类诗作中，则从反面流露出了他们的这种意识。如辛常伯的《军中行路难》（与骆宾王同作）表现唐朝取得"静夷落"的胜利：

> 君不见封狐雄虺自成群，凭深负固结妖氛。
>
> 玉玺分兵征恶少，金坛授律动将军。
>
> 将军拥麾宣庙略，战士横戈静夷落。
>
> 长驱一息背铜梁，直指三危登剑阁。④

诗中把夷族比作大狐和毒蛇，他们虽然可以凭借着深险坚固的地势为乱，然而随着皇帝的分兵授权，"将军拥麾""战士横戈"，一鼓作气长驱直入到达了铜梁山，登上了剑阁山，根据朝廷的谋略很快就平定了夷落。把现实中本来残酷的民族纷争写得如此轻松，把夷族写得如此不堪一击，在很大程度上是民族自信心在起作用。韦安石的《侍宴旋师喜捷应制》则鄙夷地形容敌对的"夷

---

① 《全唐诗》卷三百六十七，中华书局1985年版，第4136页。
② 《全唐诗》卷一百九，中华书局1985年版，第1128页。
③ 《全唐诗》二百五十四，中华书局1985年版，第2858页。
④ 《全唐诗》卷六十三，中华书局1985年版，第746页。一说为骆宾王诗。

落"民族为"蜂蚁":

> 蜂蚁屯夷落,熊罴逐汉飞。忘躯百战后,屈指一年归。①

以"蜂蚁"蔑称敌方,以"熊罴"比喻唐朝勇猛的将士,这样悬殊的认知差别,自然也是源自民族的自信。又如杜甫《夔府书怀四十韵》在感慨社稷风云,安史猖獗,北部的回纥和西部的吐蕃趁机入寇时,也不免大言,希望能"翻北寇""卷西夷":

> 社稷经纶地,风云际会期。血流纷在眼,涕洒乱交颐。
> 四渎楼船泛,中原鼓角悲。贼壕连白翟,战瓦落丹墀。……
> 田父嗟胶漆,行人避蒺藜。总戎存大体,降将饰卑词。
> 楚贡何年绝,尧封旧俗疑。长吁翻北寇,一望卷西夷。②

唐代诗歌中关于"夷"的此类称谓,在自觉或不自觉中透露出唐人较强的民族情感,不论是正面的颂扬还是负面的敌意,都是诗人在当时的历史环境中大国自信的意识流露以及情绪体现。

其次反映出唐人的文化自信。唐代诗歌中涉及的"夷"方,尤其是在送人之远一类的作品中,常常表现出诗人的文化优越感。事实上,唐代无论是物质文化还是观念文化,都成为周边民族或政权向慕的对象,这从日本与新罗等国大量派遣的使者中已得到印证。《旧唐书·儒学上》记载:"贞观二年,停以周公为先圣,始立孔子庙堂于国学,以宣父为先圣,颜子为先师。大征天下儒士,以为学官。……俄而高丽及百济、新罗、高昌、吐蕃等诸国酋长,亦遣子弟请入于国学之内。"③不仅如此,新罗国王还派遣使者专门到唐朝求"礼":"(龙朔)三年,诏以其国为鸡林州都督府,授法敏为鸡林州都督。法敏以开耀元年卒,其子政明嗣位。垂拱二年,政明遣使来朝,因上表请《唐礼》一部并杂文章,则天令所司写《吉凶要礼》,并于《文馆词林》采其词涉规诫者,勒成五

---

① 《全唐诗》卷一百四,中华书局1985年版,第1094页。
② 仇兆鳌注:《杜诗详注》,中华书局1979年版,第1422页。
③ 《旧唐书·儒学上》卷一八九上,中华书局1975年版,第4941页。

第五章 唐诗中的民族称谓与文化交流

十卷以赐之"。①

唐代礼乐制度与诗文作品成为周边民族学习的核心文化内容,一些著名学者也深得"夷"方仰慕,姚发《送萧颖士赴东府得草字》就赞美其业师萧颖士的学问受到"东夷"的倾慕:

天生良史笔,浪迹擅文藻。中夏授参谋,东夷愿闻道。②

萧颖士赴河南府任职,他的门人为之赋诗送行,这次赋诗活动由刘太真撰序,《序》中记载了东夷请师于萧颖士,而萧颖士不从的事情:"先师微言既绝者千有余载,至夫子而后洵美无度,得夫天和。顷东倭之人,踰海来宾,举其国俗,愿师于夫子。弗敢私,请表闻于天子,夫子辞以疾而不之从也。"③《新唐书·萧颖士传》也记载了此事:"倭国遣使入朝,自陈国人愿得萧夫子为师者,中书舍人张渐等谏不可而止。"④

尽管存在唐代学者不愿赴东夷授教的现象,但并不影响唐朝礼乐文化的外传。陶翰在为学成归国的新罗入唐使送行时,就称赞唐朝礼乐文化改变了"夷风":

奉义朝中国,殊恩及远臣。乡心遥渡海,客路再经春。

落日谁同望,孤舟独可亲。拂波衔木鸟,偶宿泣珠人。

礼乐夷风变,衣冠汉制新。青云已干吕,知汝重来宾。⑤

诗中在对新罗"奉义"而来的入唐使表示肯定与赞美的同时,主要表达了唐朝礼乐文化惠及远臣改变"夷风"的自豪。结尾还以东方朔《海内十洲记》中"青云干吕"的典故,赞美了中国有好道之君。

再次是唐人的平等包容意识。"在大多数情况下,唐王朝都远强于周边

---

① 《旧唐书·东夷·新罗传》卷一九九上,中华书局1975年版,第5336页。
② 《全唐诗》卷二百九,中华书局1985年版,第2177页。
③ 贾邕《送萧颖士赴东府得路字》附刘太真序,《全唐诗》卷二百九,中华书局1985年版,第2174页。
④ 《新唐书·萧颖士传》卷二百二,中华书局1975年版,第5768页。
⑤ 陶翰《送金卿归新罗》,《全唐诗》卷一百四十六,中华书局1985年版,第1476页。

各政权,不忌惮别样文化之渗透会影响本国文化的变质,更不担心异文化会取代本国文化。……故唐人乐于交流,热诚接纳,绝无顾忌。"①唐人的平等包容意识是在以文化为核心的大国自信基础上的具体文化体现。通常情况下,唐人对待"夷"方的文化都有理性的平等态度,这在那些表现不同区域民族风土人情的作品中多有体现。他们甚至以悦纳的心态看待不同的风俗,如顾况在《永嘉》一诗中欣赏滨海"夷歌":

东瓯传旧俗,风日江边好。何处乐神声,夷歌出烟岛。②

东瓯为永嘉的别称,即今浙江温州市。这里地处瓯江下游的南岸,东面濒临东海,因此诗中有"江边"与"烟岛"之说。除了这里的晴和风日让顾况感到愉悦之外,还有娱神的土著"夷歌"让他陶醉,此诗中的"夷歌"明显是被接纳的对象。又如柳宗元在《酬韶州裴曹长使君寄道州吕八大使因以见示二十韵一首》中关注"山夷"独特的日常穿戴和发式打扮:

月光摇浅濑,风韵碎枯菅。海俗衣犹卉,山夷髻不鬟。③

"山夷"们衣着卉草,头发也不挽髻,与月下映照的浅滩和风中的枯菅相映成趣,一派和谐自然的景象。在这些诗作中,诗人们都表现出对"夷"方文化习俗的包容情感。这种民族间的平等包容,在佛教中人里也视为平常。姚合《寄紫阁无名头陀》(自新罗来)就对入唐的新罗僧人表示了一视同仁的赞赏:

峭行得如如,谁分圣与愚。不眠知梦妄,无号免人呼。

山海禅皆遍,华夷佛岂殊。何因接师话,清净在斯须。④

这位新罗僧人虽然没有名号,但是能够恪守戒律,达到圆融不滞的"如如"境界,因此,姚合认为"华夷佛岂殊"。诚如杜甫《严公厅宴同咏蜀道画图》

---

① 陈尚君:《唐人文化自信的底气何在》,《中华瑰宝》2018 年 6 月号。
② 《全唐诗》卷二百六十七,中华书局 1985 年版,第 2959 页。
③ 《柳宗元集》,中华书局 1979 年版,第 1130 页。
④ 《全唐诗》卷四百九十七,中华书局 1985 年版,第 5639 页。

(得空字)所咏:"华夷山不断,吴蜀水相通。"① 华夏与周边少数民族不仅山水相连,各族百姓也同为富有情感的血肉之躯,因此,即使在民族间产生摩擦的特殊时期,士人中也不乏理智的声音,如王昌龄《宿灞上寄侍御玙弟》所言:

> 昨闻羽书飞,兵气连朔塞。诸将多失律,庙堂始追悔。
> 安能召书生,愿得论要害。戎夷非草木,侵逐使狼狈。②

在边境爆发战事之际,诸将失律,庙堂追悔,王昌龄希望侍御史王玙能积极进言,论证用兵要害,不要穷兵黩武。这首诗中"戎夷非草木,侵逐使狼狈"所传递的情感,与其说是王昌龄对"戎夷"的同情,不如说是他民族平等意识的理性体现。

总之,唐诗中出现的"夷"方称谓,从一个侧面反映了唐人在民族交往与文化交流过程中的诸多情感与体验,其中虽有时代局限下的些许不友好,但是,在大国与文化自信主导下的平等包容还是主流。这些诗作真实细腻,有的可以补史之阙,对其予以检视探讨,将为唐代民族交流研究提供更多较为直观的第一手材料并丰富其研究成果。

第三节 唐诗中的新罗与日本

唐代版图广大,土地辽阔,极盛时期东北至今天的朝鲜半岛,西北至葱岭以西的中亚,北部到蒙古,南部至越南、印度。③ 因此,唐代诗人们的生活空间远比南北朝时期更为广阔,他们的视野和心胸也随着国家大一统的局面而变得更开阔更豁达,文学作品中对于四方边域的抒写自然就比前人更加丰富。唐代诗人描写的疆域除了比较集中的西部和北部外,对东部疆域的描写也值得我们关注。事实上,由于当时东部的新罗和日本与唐代交往关系密切,人员

---

① 仇兆鳌注:《杜诗详注》,中华书局1979年版,第905页。
② 李云逸注:《王昌龄诗注》,上海古籍出版社1984年,第32页。
③ 参见游国恩等:《中国文学史》第二册,人民文学出版社2000年版,第4页。

往来频繁,唐代诗人笔下有不少关于东部疆域特别是海域的书写。新罗与日本虽为两个不同的国家,然而对于唐人而言,与他们的交往同样都要跨越东部海域空间,其体验就有诸多相似。因此,考察一下唐诗中描绘的新罗与日本,窥斑见豹,来探析唐代诗人的东部海域体验,这不仅有助于多角度多方位地了解唐代诗人的眼界和胸怀,还可以丰富唐代与新罗以及日本的文化交流史料,为今天中日韩的友好交往提供历史的借鉴。

唐朝以其高度发达的经济和文化实力成为中国封建时代的盛世,自然也成为周边国家向慕的大国。地处唐朝东部,与大唐王朝隔海相望的新罗与日本,就与唐朝建立了友好的联系,国家间交往频繁。一方面,他们先后向唐朝派送了大量的人员来学习唐朝的政治制度与文化。这些使者中有的"登唐科第语唐音"[1],如被誉为韩国汉文学开山鼻祖的崔致远,"年十二岁,辞家从商舶入唐,十八宾贡及第。曾游东都,寻授宣州溧水县尉。"[2]有的"少年离本国,今去已成翁。"[3]他们在唐朝生活久了,自然会与诗人有比较密切的广泛交往。另一方面,唐朝经常派遣使者到新罗参加一些册立吊祭以及讲学的活动,尽管诗人们未必都亲自去过新罗,但是"自笑中华路,年年送远人",[4]在这些送往迎来的交往中,唐代诗人的视野更加开阔,与新罗以及日本相关的东方体验也就更为丰富了。

一、"积水隔华夷":空间体验

新罗和日本在地理位置上因为与唐朝有大海之隔,所以在与唐朝的交往过程中,走海路比走陆路要便捷得多,海洋就成为国家之间人员来往必须逾越的天然屏障,因此,在唐人所创作的与新罗和日本相关联的诗歌中,几无例外

---

[1] 章孝标《送金可纪归新罗》,《全唐诗》卷五百六,中华书局 1985 年版,第 5753 页。
[2] 《全唐诗外编》上,中华书局 1985 年版,第 311 页。
[3] 顾非熊《送朴处士归新罗》,《全唐诗》卷五百九,中华书局 1985 年版,第 5782 页。
[4] 张乔《送人及第归海东》,《全唐诗》卷六百三十九,中华书局 1985 年版,第 7327 页。

地都描写了海域。诸如李益《送归中丞使新罗册立吊祭》写道：

> 东望扶桑日，何年是到时。片帆通雨露，积水隔华夷。
> 浩渺风来远，虚明鸟去迟。长波静云月，孤岛宿旌旗。
> 别叶传秋意，回潮动客思。沧溟无旧路，何处问前期。①

此诗作者一说为李端，据傅璇琮先生考据，唐代宗大历三年（768年），"皇甫冉、皇甫曾、耿湋、李端、吉中孚、钱起、顾况、独孤及均在长安。时归崇敬奉诏使新罗吊祭册立，陆珽、顾愔为之副。冉、曾、湋、端、中孚同作诗送归崇敬，及为之序。起有送陆珽诗，况有送顾愔诗。"②此诗的作者归属倒不是这里的关键问题，我们主要关注的是国家之间交往的史实和诗中描绘的内容。新罗从唐高祖武德时即向唐朝遣使朝贡，"自唐初时到唐末，新罗和唐朝往来最多，贡使贸易的数量也最大，双方的经济和文化交流，至为频繁。"③每当他们新立国王，唐朝皆派使者前往册封。此诗中记载的史实见于《旧唐书·东夷·新罗传》："大历二年，宪英卒，国人立其子乾运为王，仍遣其大臣金隐居奉表入朝，贡方物，请加册命。三年，上遣仓部郎中、兼御史中丞、赐紫金鱼袋归崇敬持节赍册书往吊册之。以乾运为开府仪同三司、新罗王、仍册乾运母为太妃。"④

此诗的内容几乎句句不离大海，突出了新罗与唐朝在交通上"积水隔华夷"的地理特点。"扶桑"本是我国对日本的旧称，这里借指新罗。其下的"片帆""积水""浩渺""长波""孤岛""回潮""沧溟"都是与海洋有关联的意象。与日本的交往也是如此，如刘长卿《同崔载华赠日本聘使》：

> 怜君异域朝周远，积水连天何处通。
> 遥指来从初日外，始知更有扶桑东。⑤

---

① 范之麟注：《李益诗注》，上海古籍出版社1984年版，第84页。一作李端诗。
② 傅璇琮主编：《唐五代文学编年史》中唐卷，辽海出版社1998年版，第194页。
③ 韩国磐：《隋唐五代史纲》，人民出版社1983年版，第242页。
④ 《旧唐书·东夷·新罗传》卷一百九十九上，中华书局1975年版，第5337页。
⑤ 《全唐诗》卷一百五十，中华书局1985年版，第1558页。

贾岛的《送褚山人归日本》：

悬帆待秋水，去入杳冥间。东海几年别，中华此日还。

岸遥生白发，波尽露青山。隔水相思在，无书也是闲。①

在这两首唐人送日本友人归国的诗中，所吟咏的内容也都突出了两国间隔海而渡的空间感受。刘长卿诗用"积水连天"的大洋把唐朝与远在"初日外"和"扶桑东"的"异域"日本连接了起来；贾岛诗则以"悬帆""秋水""杳冥""东海""波""水"这些海洋意象将与"中华""隔水"相邻的日本表现了出来。

此外，皇甫曾《送归中丞使新罗》中"南憾衔恩去，东夷泛海行。天遥辞上国，水尽到孤城。"②皇甫冉《送归中丞使新罗》中"浮天无尽处，望日计前程。暂喜孤山出，长愁积水平。野风飘叠鼓，海雨湿危旌。"③孟郊《奉同朝贤送新罗使》中"森森望远国，一萍秋海中。恩传日月外，梦在波涛东。"④耿湋《送归中丞使新罗》中"云水连孤棹，恩私在一身。悠悠龙节去，渺渺蜃楼新。"⑤许浑《送友人罢举归东海》中"沧波天堑外，何岛是新罗。舶主辞番远，棋僧入汉多。海风吹白鹤，沙日晒红螺。"⑥马戴《送朴山人归新罗》中"波定遥天出，沙平远岸穷。离心寄何处，目断曙霞东"⑦等等诗作中，都无一例外地把重点放到了海域空间的描绘上。这些诗歌中所写到的"积水""长波""泛海""水尽""浮天""积水平""海雨""秋海""云水""波涛""云岛""沧波""海风""云山过海"等都是海域的景象。"东望""扶桑""东夷""新罗""波涛东""向东""曙霞东"等方位名词又为我们规定了东方这一海洋区域的空间范围。

---

① 《全唐诗》卷五百七十三，中华书局1985年版，第6667页。
② 《全唐诗》卷二百一十，中华书局1985年版，第2182页。
③ 《全唐诗》卷二百五十，中华书局1985年版，第2815页。
④ 《全唐诗》卷三百七十九，中华书局1985年版，第4252页。
⑤ 《全唐诗》二百六十九，中华书局1985年版，第2997页。
⑥ 《全唐诗》卷五百三十一，中华书局1985年版，第6072页。
⑦ 《全唐诗》卷五百五十六，中华书局1985年版，第6447页。另第9603页尚颜有同题诗作。

我们也不难发现,在这些作品中还反复出现了"片帆""独岛""孤岛""孤城""孤山""孤棹""孤霞"等相似的意象,以及"一身""一萍""一帆"等重复的抒写。这里的"孤"和"一"都是对个体生命渺小的体察,面对着辽复的东方空间和悠悠渺渺的海涛沧波,个体生命的渺小是如此强烈地震撼着诗人们的心灵,因此,诗人视野中的辽阔海域始终是伴随着个体生命的渺小而展开的。明乎此,对待这类诗作中重复出现的相似情感,我们就不能简单地视为诗人们创作上的雷同,而在很大程度上,这是缘于他们面对海域空间时普遍产生的最强烈最深切的生命体验。

在东方海域空间上,让诗人们感到另一种突出的生命体验就是动荡不定的虚浮感。陆地实而海水虚,海水始终是动荡无定的,这对于习惯了稳健地行走于陆地上的人们来说,在海域空间上无所依傍的虚浮之感尤其显明。"浩渺风来远,虚明鸟去迟"。①"海阔杯还度,云遥锡更飞。此行迷处所,何以慰虔祈"。②"虚明"和"迷处所"都是在海上行船时最易产生的视觉虚迷感,这种视觉感受会逐渐衍生出人生的虚无之感,并且,随着东方海域空间的无限拓展,人生的虚无之感会更加被强化。因此,就出现了"浩渺行无极,扬帆但信风",③"越海程难计,征帆影自飘"④的看似放任。漂行于浮天无尽的茫茫波涛之上,帆船只能信风而行,生命是如此地难以自控把握。"但信风"和"影自飘"的体验,在这里已经不再是人们的放任自适,而是在无限的海域空间面前看似无奈却又明智的选择。

无法把控自己的虚迷之感,固然会给海行的人们带来"程难计"的困惑,然而,任何事情都不仅仅具有单面的反映,面对同样虚迷无垠的大海,有的诗人体验就与众不同。如一向以苦吟著称的孟郊竟然产生"浪兴豁胸臆,泛程

---

① 李益《送归中丞使新罗册立吊祭》,范之麟注:《李益诗注》,上海古籍出版社1984年版,第84页。
② 孙逖《送新罗法师还国》,《全唐诗》卷一百一十八,中华书局1985年版,第1196页。
③ 马戴《送朴山人归新罗》,《全唐诗》卷五百五十六,中华书局1985年版,第6447页。
④ 李昌符《送人入新罗使》,《全唐诗》卷六百一,中华书局1985年版,第6951页。

舟虚空"①之感,能因汹涌的波浪而心胸变得宏阔起来,孟郊在其《奉同朝贤送新罗使》中的这种豁达高唱,为我们呈现的无疑是唐代诗人豪迈浪漫的别样体验。

二、"到岸犹须隔岁期":时间体验

唐朝之与新罗和日本,在空间上被浩渺的东方海域分隔开来,与这种辽远的空间相联系的,就是时间给诗人们带来的复杂人生体验。相比较空间而言,时间的相对性更为人们所关注。检视一下唐人在与新罗和日本友人交往过程中所表现出的时间观念,大致有以下三种情况。

其一,在送行唐人出行至新罗或日本时,因东渡海域的旅程风险,而感叹时间的遥长。如吉中孚《送归中丞使新罗册立吊祭》:

官称汉独坐,身是鲁诸生。绝域通王制,穷天向水程。

岛中分万象,日处转双旌。气积鱼龙窟,涛翻水浪声。

路长经岁去,海尽向山行。②

此诗中的归中丞即归崇敬,他是"苏州吴人。治礼家学,多识容典"③。归中丞奉命出使新罗册立吊祭,他所面对的现实,就是要经历穷天的水程,到达"绝域"之地的新罗。这中间不仅要克服气积的鱼龙窟,翻涛的海水波浪,而且还要"海尽向山行",路途的遥远和艰险可想而知。《新唐书·归崇敬传》记载了他出使新罗旅途遇险的经历:"大历初,授仓部郎中,充吊祭册立新罗使。海道风涛,舟几坏,众惊,谋以单舸载而免,答曰:'今共舟数十百人,我何忍独济哉?'少选,风息。先是,使外国多赍金帛,贸举所无,崇敬囊橐惟衾衣,东夷传其清德。"④因此,此诗中"路长经岁去"这一时间长度的点染,在这里就具

---

① 孟郊《奉同朝贤送新罗使》,《全唐诗》卷三百七十九,中华书局1985年版,第4252页。
② 《全唐诗》二百九十五,中华书局1985年版,第3352页。
③ 《新唐书·归崇敬传》卷一百六十四,中华书局1975年版,第5035页。
④ 《新唐书·归崇敬传》卷一百六十四,中华书局1975年版,第5036页。

备了十分深长的意味,它不仅强化了东方海域空间的无限,更增加了作为唐使的归中丞挑战路途风险的难度。这一经年的艰苦行程,就是对时间遥长的深切体验。在方干的《送人游日本国》中,也表达了"经年"的时间概念:

苍茫大荒外,风教即难知。连夜扬帆去,经年到岸迟。

波涛含左界,星斗定东维。或有归风便,当为相见期。①

方干的这首送友人到日本国诗作,从日本所在"大荒"之外的遥远位置写起,接下就强调了旅途上时间的漫长:"经年到岸迟",扬帆海行经年,才能到达彼岸,这期间,在茫茫波涛之上,只能依靠星斗定位方向。此诗在表达遥长时间体验的同时,还显示了古人利用星座"定东维"导航的智慧。再如权德舆的《送韦中丞奉使新罗》:

经途劳视听,怆别萦梦想。延颈旬岁期,新恩在归鞅。②

此诗是通过对出使朋友的"延颈"盼归、想念与祝愿,表达了"旬岁期"的漫长时间体验。李昌符的《送人入新罗使》和皇甫曾的《送归中丞使新罗》则是因愁绪而感受漫长时间的:

春生阳气早,天接祖州遥。愁约三年外,相迎上石桥。③

已变炎凉气,仍愁浩淼程。云涛不可极,来往见双旌。④

前者是因为与出使朋友再相见的遥遥无期,这种忧愁之约而显"三年"之长;后者是用炎凉气候的时序更替,凸显浩淼愁程的感慨。

其二,在送行新罗或日本人归乡时,因他们多年滞留唐朝,而感叹岁月的变迁。刘得仁的《送新罗人归本国》就很有代表性:

鸡林隔巨浸,一住一年行。日近国先曙,风吹海不平。

眼穿乡井树,头白渺瀰程。到彼星霜换,唐家语却生。⑤

---

① 《全唐诗》卷六百四十九,中华书局1985年版,第7454页。
② 《全唐诗》卷三百二十三,中华书局1985年版,第3632页。
③ 《全唐诗》卷六百一,中华书局1985年版,第6951页。
④ 《全唐诗》卷二百十,中华书局1985年版,第2182页。
⑤ 《全唐诗》卷五百四十四,中华书局1985年版,第6292页。

唐高宗龙朔三年(663年),置新罗为鸡林州。此诗抒发新罗人归乡的体验,始终围绕着时间而展开。"一年行"首先从时间的叙述上来突出新罗与唐朝距离的遥远,再用"眼穿""头白""星霜换"等与时间相关的抒写,多层次多角度地表现了时间漫长,岁月移易的体验。值得注意的是,其中的"日近国先曙",还清晰地揭示出了因地域差异而呈现的时间差异这一自然规律,尽管当时诗人的这一发现还不能像我们今人那样把时差计算得很精确,但是,指出新罗国因接近东方之日而比唐朝更早天亮这一事实,却是唐人可贵的时差观。无独有偶,方干的《送僧归日本》中也表达了这一时差观念:

> 四极虽云共二仪,晦明前后即难知。
> 西方尚在星辰下,东域已过寅卯时。
> 大海浪中分国界,扶桑树底是天涯。
> 满帆若有归风便,到岸犹须隔岁期。①

"四极"即四方极远地区,"二仪"指天地。诗歌一开头便指出各地虽然是在同一天地之间,但是晦明却有不同的时间,西方尚属星辰夜晚,而东方则已是寅卯(凌晨三点到七点之间)之时,这一比较精确的时间差,已经与现代时差接近。接下来从空间距离过渡到时间概念:日本与唐朝因大海分隔国界,由于相距遥远,即使在满帆顺风的情形下,归国也要隔年才能到达。

许多新罗和日本人在唐朝生活多年,他们离开本国的时候尚是红颜少年,回国时却已变成白头老翁。姚鹄的《送僧归新罗》就描写了这样一位新罗僧人的经历:

> 淼淼万余里,扁舟发落晖。沧溟何岁别,白首此时归。
> 寒暑途中变,人烟岭外稀。②

此诗中这位白首而归的新罗僧人,已经记不清自己是何年何月离别故乡了。记忆的模糊,正是因为时间的遥长而致。由于长年离开故土,他们归国时

---

① 《全唐诗》卷六百五十二,中华书局1985年版,第7495页。
② 《全唐诗》卷五百五十三,中华书局1985年版,第6406页。

不免会感到沧海桑田的世事变迁："穷荒回日月,积水载寰区。故国多年别,桑田复在无"①就是这种时间体验的真切写照。

其三,送别时因情绪愉快或高昂,而感觉时间飞逝的短暂。"锦城虽云乐,不如早还家"②,李白的这一漫游体验,道出了人们身处他乡时普遍的故土情结。因各种原因长期生活在唐朝的新罗与日本人,虽然可以沐浴着大唐的文化,但是毕竟是在异国他乡,一旦有机会回国,他们心情愉快,情绪高涨,此种境况下,他们盼望能"飞"回故国的心愿,就在情理之中了。如张籍的《送金少卿副使归新罗》写道:

云岛茫茫天畔微,向东万里一帆飞。
久为侍子承恩重,今佐使臣衔命归。③

诗题中的金少卿副使当指新罗人金士信,据《旧唐书·东夷·新罗传》记载,唐宪宗元和七年(812年),新罗国王金重兴卒,"立其相金彦升为王,遣使金昌南等来告哀。其年七月,授彦升开府仪同三司、检校太尉、持节大都督鸡林州诸军事,兼持节充宁海军使、上柱国、新罗国王,彦升妻贞氏册为妃,仍赐其宰相金崇斌等三人戟,亦令本国准例给。兼命职方员外郎、摄御史中丞崔廷持节吊祭册立,以其质子金士信副之。"④古代附属国王或者诸侯国遣子入朝陪侍天子,称侍子,实则为抵押的人质,也称质子。金士信就以这样的侍子身份久居唐朝,现在奉命辅佐唐朝使臣归国,自然十分高兴,所以虽然回程"云岛茫茫",但是不妨"一帆飞"越万里。类似的时间观念在章孝标的《送金可纪归新罗》中也有表现:

登唐科第语唐音,望日初生忆故林。
鲛室夜眠阴火冷,蜃楼朝泊晓霞深。

---

① 张乔《送棋待诏朴球归新罗》,《全唐诗》卷六百三十八,中华书局1985年版,第7308页。
② 李白《蜀道难》,王琦注:《李太白全集》,中华书局1985年版,第165页。
③ 《全唐诗》卷三百八十五,中华书局1985年版,第4344页。
④ 《旧唐书·东夷·新罗传》卷一百九十九上,中华书局1975年版,第5338页。

> 风高一叶飞鱼背,潮净三山出海心。①

这位考中唐朝科第操着一口唐音的新罗人金可纪,在回故乡时也归心似箭,"风高一叶飞鱼背",尽管在万里云涛之上,新罗使者们乘坐的行船犹如一片树叶般的渺小,但是却毫不影响它们的"飞"行。这"飞"起来的帆船,如其说是唐诗人的一种夸张想象,勿宁说是他们合情合理地替新罗使们表达了盼归的急切心理期待。

通常人们对时间的体验,会因心境不同而产生不同的感觉,钱起的《送僧归日本》就揭示了这样的时间感:

> 上国随缘住,来途若梦行。浮天沧海远,去世法舟轻。
> 水月通禅观,鱼龙听梵声。惟怜一灯影,万里眼中明。②

这位日本僧人,在到唐朝一来一去的旅途中,有着明显的不同感受。来时"若梦行",回程"法舟轻",而这一"轻"感也多是源于对回程时间的相对体验。当然,这其中也不乏理性的诗人,贯休的《送新罗人及第归》就客观地提醒在大唐及第要归乡的新罗朋友:

> 捧桂香和紫禁烟,远乡程彻巨鳌边。
> 莫言挂席飞连夜,见说无风即数年。③

参加唐朝科考能够及第,这对于向慕中华文化的新罗人而言,是无上的荣耀。这位及第后要荣归故里的新罗人自然按捺不住激动的心情,可以"挂席飞连夜"了,这一"飞"的时间观也是喜悦情绪所致。而贯休"见说无风即数年"的提醒,又恰好反衬了及第而归新罗人的相对时间感。与新罗使们"飞"归故国的心理体验不同,刘禹锡的《送源中丞充新罗册立使》(侍中之孙)也表达了一种飞逝的时间观:

> 相门才子称华簪,持节东行捧德音。

---

① 《全唐诗》卷五百六,中华书局1985年版,第5753页。
② 《全唐诗》卷二百三十七,中华书局1985年版,第2638页。
③ 胡大浚笺注:《贯休歌诗系年笺注》,中华书局2011年版,第925页。

第五章　唐诗中的民族称谓与文化交流

　　身带霜威辞凤阙,口传天语到鸡林。

　　烟开鳌背千寻碧,日浴鲸波万顷金。

　　想见扶桑受恩后,一时西拜尽倾心。①

《旧唐书·东夷·新罗传》载,唐文宗大和五年(831年),新罗王"金彦升卒,以嗣子金景徽为开府仪同三司、检校太尉、使持节大都督鸡林州诸军事,兼持节充宁海军使、新罗王;景徽母朴氏为太妃,妻朴氏为妃。命太子左谕德、兼御史中丞源寂持节吊祭册立。"②此诗前四句赞美源中丞(即源寂)的才华和大唐的德威,后四句想象其旅途之速以及达到新罗后的情景。"烟开鳌背千寻碧,日浴鲸波万顷金"两句用夸张的比喻,十分乐观地淡化掉了现实中旅途的漫长与艰辛,因此,尾联直接把人们的注意力引向目的地——新罗举国的西拜庆典活动。从而大大浓缩了时间的遥长,让人们真切地感受到了时间的飞逝与短暂。

三、"异俗知文教":文化体验

　　在唐朝与新罗以及日本的交往活动中,人们除了在空间和时间上所获得的各种新奇体验外,最突出的还是文化的体验。因为正是文化上的吸引,才会让人们如此义无反顾地排除艰难险阻,跨越万水千山,频繁地来往穿梭于遥远的海域之间。在唐代诗人关于新罗与日本的吟咏中,文化的体验主要在两个层面上展开。

　　第一,物质文化层面。唐朝对外开放的政策吸引着大量新罗、日本人员入唐。在民间,他们或求学求法,或经商从军,有着不同的职业;在朝廷,有制度性的使者往来,或唐人持节出境册命,或新罗入境奉表朝贡。如求学方面,据《唐会要》"附学读书"条记载,仅唐文宗开成二年(837年),在唐朝修业的新

---

① 瞿蜕园笺注:《刘禹锡集笺证》,上海古籍出版社1989年版,第878页。
② 《旧唐书·东夷·新罗传》卷一百九十九上,中华书局1975年版,第5339页。

罗学生就有二百一十六名之多。① "(开成)五年四月,鸿胪寺奏:新罗国告哀,质子及年满合归国学生等共一百五人,并放还。"②国家之间人员的频繁交往,自然会带动两国之间物质文化的密集交流。《旧唐书·东夷·新罗传》记载:"大历二年,宪英卒,国人立其子乾运为王,仍遣其大臣金隐居奉表入朝,贡方物,请加册命。三年,上遣仓部郎中、兼御史中丞、赐紫金鱼袋归崇敬持节赍册书往吊册之。以乾运为开府仪同三司、新罗王、仍册乾运母为太妃。七年,遣使金标石来贺正,授卫尉员外少卿,放还。八年,遣使来朝,并献金、银、牛黄、鱼牙䌷、朝霞䌷等。九年至十二年,比岁遣使来朝,或一岁再至。"③

这里记载了大历二年(767年)至十二年(777年)的十年间,唐朝与新罗在朝廷层面互派使者以及新罗所献方物贡品的情况,其中的牛黄、鱼牙䌷、朝霞䌷等均为新罗特产。国家间使者互往,将本国最有代表性的物产作为见面礼也是礼尚往来的基本礼节,如武则天长安三年(703年),日本国"其大臣朝臣真人来贡方物"。④唐中宗也有《宴集日本国使臣敕》:"日本国远在海外,遣使来朝。既涉沧波,兼献方物,其使真人莫问等,宜以今月十六日于中书宴集。"⑤史乘未详细记载日本所献方物的种类细目,倒是对日本的使者真人的服饰装扮描写颇详:"朝臣真人者,犹中国户部尚书,冠进德冠,其顶为花,分而四散,身服紫袍,以帛为腰带。真人好读经史,解属文,容止温雅。则天宴之于麟德殿,授司膳卿,放还本国。"⑥

除了这些史料记载,在唐代诗人的作品中,我们也能看到新罗与日本的物产。如李涉的《与弟渤新罗剑歌》就描绘了新罗出产的宝剑:

我有神剑异人与,暗中往往精灵语。

---

① 王溥:《唐会要》卷三十六,中华书局1955年版,第668页。
② 《旧唐书·东夷·新罗传》卷一九九上,中华书局1975年版,第5339页。
③ 《旧唐书·东夷·新罗传》卷一九九上,中华书局1975年版,第5337页。
④ 《旧唐书·东夷·日本传》卷一九九上,中华书局1975年版,第5340页。
⑤ 《全唐文》卷十七,中华书局1983年版,第203页。
⑥ 《旧唐书·东夷·日本传》卷一九九上,中华书局1975年版,第5340页。

第五章　唐诗中的民族称谓与文化交流

识者知从东海来,来时一夜因风雨。

长河临晓北斗残,秋水露背青螭寒。①

李涉赠送给他弟弟的这把新罗"神剑",从东海而来,并带着很多的灵异色彩。李白在《送王屋山人魏万还王屋》一诗中则记录了其朋友魏万穿着的"日本裘":

目极心更远,悲歌但长吁。回桡楚江滨,挥策扬子津。

身著日本裘,昂藏出风尘。五月造我语,知非儜僳人。②

魏万曾自今河南沿吴越追随李白数千里,后在广陵(今扬州)相见,李白感于魏万的深情,将自己的诗文交于他编辑成集。在李白眼中,魏万身穿一袭日本裘,器宇轩昂。关于这一袭"日本裘",李白自注曰:"裘则朝卿所赠,日本布为之。"③朝卿即朝衡,又称晁衡,日本赴唐僧人,李白好友。从李白自注不难推断,魏万与晁衡关系也非同一般。晁衡后来乘船归国途中遇大风,时误传晁衡溺死,李白有著名的《哭晁卿衡》诗作,表达他失去好友的深切哀痛。

从以上诗作内容可以推断,不论是新罗剑还是日本裘,东方邻国的不少物产已成为唐人钟爱的消费品,并日渐进入唐人的寻常生活中了。

第二、观念文化层面。文化是一个复合的概念,不管我们对文化作何种界定,将它划分多少层次,观念文化都是最核心的层面。对任何一种文化,如果没有观念层面的接受,就算不上真正的接受,都只能是浅显的表面的。在新罗、日本与唐朝的交往中,最本质最核心的就是观念文化层面的交流。而观念文化又渗透于风俗、制度等方面,并通过它们体现出来。如仅就新罗的教育制度看,由于入唐留学的促动和影响,新罗国学无论是在教授内容,教授方法以及选拔标准等方面,都取法于唐朝的科举制度,与唐代的教育模式大同小异。《旧唐书·儒学上》记载:"贞观二年,停以周公为先圣,始立孔子庙堂于国学,

---

① 《全唐诗》卷二百九十五,中华书局1985年版,第5425页。
② 王琦注:《李太白全集》,中华书局1985年版,第758页。
③ 李白《送王屋山人魏万还王屋》,王琦注:《李太白全集》,中华书局1985年版,第760页。

以宣父为先圣,颜子为先师。大征天下儒士,以为学官。……俄而高丽及百济、新罗、高昌、吐蕃等诸国酋长,亦遣子弟请入于国学之内。鼓箧而升讲筵者,八千余人。济济洋洋焉,儒学之盛,古昔未之有也。"① 他们对唐人的诗文也十分向往,白居易在《白氏长庆集后序》中就记录了他的诗集在日本传播的情况:"白氏前著《长庆集》五十卷,元微之为序;后集二十卷,自为序;今又续后集五卷,自为记;前后七十五卷,诗笔大小凡三千八百四十首。集有五本:一本在庐山东林寺经藏院,一本在苏州南禅寺经藏内,一本在东都胜善寺钵塔院律库楼,一本付侄龟郎,一本付外孙谈阁童。各藏于家,传于后。其日本、暹罗诸国及两京人家传写者,不在此记。"②

因此,在唐代诗人关于新罗与日本的抒写中,观念文化的体验表现最突出。如钱起《送陆珽侍御使新罗》记载了儒学之风在新罗的传播:

衣冠周柱史,才学我乡人。受命辞云陛,倾城送使臣。

去程沧海月,归思上林春。始觉儒风远,殊方礼乐新。③

陆珽这次出使新罗,是作为归崇敬的副使往新罗册立金乾运。"大历初,宪英死,子乾运立,甫卯,遣金隐居入朝待命。诏仓部郎中归崇敬往吊,监察御史陆珽、顾愔为副册授之。"④ 诗中前两联是对陆珽才学的赞美,后两联除了表现旅程遥远外,主要是对"殊方"新罗礼乐儒风的肯定。从钱起的这首诗可以看出,唐朝在选择使者方面是颇为重视儒学人才的。

皇甫冉《送归中丞使新罗》也赞扬了新罗对儒学教化的重视:

诏使殊方远,朝仪旧典行。浮天无尽处,望日计前程。

暂喜孤山出,长愁积水平。野风飘叠鼓,海雨湿危旌。

异俗知文教,通儒有令名。还将大戴礼,方外授诸生。⑤

---

① 《旧唐书·儒学上》卷一八九上,中华书局1975年版,第4941页。
② 顾学颉点校:《白居易集》,中华书局1985年版,第1552页。
③ 《全唐诗》卷二百三十七,中华书局1985年版,第2639页。
④ 《新唐书·东夷·新罗传》卷二百二十,中华书局1975年版,第6205页。
⑤ 《全唐诗》卷二百五十,中华书局1985年版,第2815页。

此诗的开头和结尾都围绕礼仪和儒教表达议论,看来,归中丞(即归崇敬)出使的任务不仅仅限于册封新罗王,还肩负着传播文教、教授异域诸生的使命。只有"异俗知文教",才能"殊方礼乐新"。这都是新罗对唐朝观念文化主动学习与接受的结果。《旧唐书·东夷·新罗传》中就有新罗国王派遣使者到唐朝求"礼"的记载:"(龙朔)三年,诏以其国为鸡林州都督府,授法敏为鸡林州都督。法敏以开耀元年卒,其子政明嗣位。垂拱二年,政明遣使来朝,因上表请《唐礼》一部并杂文章,则天令所司写《吉凶要礼》,并于《文馆词林》采其词涉规诫者,勒成五十卷以赐之。"①又"开元十六年(728年),(新罗)遣使来献方物,又上表请令人就中国学问经教,上许之。"②

新罗国民"忘身求至教"③的这种热忱和精神,使他们成为唐玄宗盛赞的"君子之国",而能出现举国上下"礼乐夷风变,衣冠汉制新"④的文明盛况。唐玄宗开元二十五年(737年),新罗王兴光卒,玄宗遣左赞善大夫邢璹摄鸿胪少卿,往新罗吊祭,并册立其子承庆袭父开府仪同三司、新罗王。"璹将进发,上制诗序,太子以下及百僚咸赋诗以送之。上谓璹曰:'新罗号为君子之国,颇知书记,有类中华。以卿学术,善与讲论,故选使充此。到彼宜阐扬经典,使知大国儒教之盛'。又闻其人多善奕棋,因令善棋人率府兵曹杨季鹰为璹之副。璹等至彼,大为蕃人所敬。其国棋者皆在季鹰之下,于是厚赂璹等金宝及药物等。"⑤从这段史料中我们不难看出,唐朝在选拔派遣新罗使者时的用心和重视程度。而这份友好之心,正是基于新罗有"颇知书记,有类中华"的文化基础。

同样,日本也因向慕中国文化多次向唐朝派遣使者,《旧唐书·东夷·日

---

① 《旧唐书·东夷·新罗传》卷一九九上,中华书局1975年版,第5336页。
② 《旧唐书·东夷·新罗传》卷一九九上,中华书局1975年版,第5337页。
③ 贯休《送新罗僧归本国》,胡大浚笺注:《贯休歌诗系年笺注》,中华书局2011年版,第686页。
④ 陶翰《送金卿归新罗》,《全唐诗》卷一百四十六,中华书局1985年版,第1476页。
⑤ 《旧唐书·东夷·新罗传》卷一九九上,中华书局1975年版,第5337页。

本传》记载:"开元初,又遣使来朝,因请儒士授经。诏四门助教赵玄默就鸿胪寺教之……所得锡赉,尽市文籍,泛海而还。其偏使朝臣仲满,慕中国之风,因留不去,改姓名为朝衡,仕历左补阙、仪王友。衡留京师五十年,好书籍,放归乡,逗留不去。天宝十二年,又遣使贡。上元中,擢衡为左散骑常侍、镇南都护。贞元二十年,遣使来朝,留学生橘逸势、学问僧空海……开成四年,又遣使朝贡。"①

可见日本使者来唐朝后对中国文化典籍十分重视,倾其所有购买文籍。其中提到的朝衡(晁衡)就是一个典型,他逗留唐朝几十年,任职做官广交朋友,上文言及他与李白、魏万的情谊,同时他与著名诗人王维、储光羲等也都交好。储光羲有《洛中贻朝校书衡朝即日本人也》一诗,认为在朝拜唐朝的万国之中,日本距离最为遥长:"万国朝天中,东隅道最长"②。王维有《送秘书晁监还日本国》,表达对晁衡的惜别之情:

> 积水不可极,安知沧海东。九州何处远,万里若乘空。
> 向国唯看日,归帆但信风。鳌身映天黑,鱼眼射波红。
> 乡树扶桑外,主人孤岛中。别离方异域,音信若为通。③

王维此诗从晁衡归国水路遥远写起,中间想象渲染旅程中种种不可知的危险因素,表达对友人归舟安全的担忧,最后预祝平安回国,却又感叹音信难通,不舍之情溢于言表。诗前有一长序,王维从舜帝以德征服有苗,比喻玄宗朝以德威臣服四方的盛况:"我开元天地大宝圣文神武应道皇帝,大道之行,先天布化,乾元广运,涵育无垠。苦垂为东道之标,戴胜为西门之候,岂甘心于邛杖?非征贡于苞茅。亦由呼韩来朝,舍于蒲陶之馆;卑弥遣使,报以蛟龙之锦。牺牲玉帛,以将厚意;服食器用,不宝远物。百神受职,五老告期,况乎戴发含齿,得不稽颡屈膝?海东国日本为大,服圣人之训,有君子之风。正朔本

---

① 《旧唐书·东夷·日本传》卷一九九上,中华书局 1975 年版,第 5341 页。
② 《全唐诗》卷一百三十八,中华书局 1985 年版,第 1405 页。
③ 赵殿成笺注:《王右丞集笺注》,上海古籍出版社 1984 年版,第 221 页。

乎夏时,衣裳同乎汉制。历岁方达,继旧好于行人;滔天无涯,贡方物于天子。司仪加等,位在王侯之先;掌次改观,不居蛮夷之邸。我无尔诈,尔无我虞。彼以好来,废关弛禁。上敷文教,虚至实归,故人民杂居,往来如市。晁司马结发游圣,负笈辞亲,问礼于老聃,学《诗》于子夏。鲁借车马,孔丘遂适于宗周;郑献缟衣,季札始通于上国。名成太学,官至客卿。"①其中特别称赞日本国"有君子之风",时序节令与服饰习惯都本于华夏,而晁衡则为了更深入地问礼学诗,负笈辞亲久居唐朝,"官至客卿"成为日本遣唐使的代表。

除了晁衡,还有一位日本使者在唐诗中留下了痕迹,他就是圆载上人。圆载于唐文宗开成三年(838年)与圆仁(圆仁有《入唐求法巡礼记》传世)同船入唐求法,于唐僖宗乾符四年(877年)返回日本时途中船破而亡,在唐朝滞留四十年。皮日休有《送圆载上人归日本国》和《重送》两首送之,陆龟蒙有《和袭美重送圆载上人归日本国》《闻圆载上人挟儒书泊释典归日本国,更作一绝以送》两首送之,颜萱有《送圆载上人》送之。皮日休《送圆载上人归日本国》写道:

讲殿谈余著赐衣,椰帆却返旧禅扉。

贝多纸上经文动,如意瓶中佛爪飞。②

唐懿宗咸通十一年(870年),圆载住西明寺,因受唐懿宗赏识,得赐紫衣。此诗首句即叙圆载在唐朝的讲殿身着紫衣袈裟讲解佛经,次句写其乘船归国,三句指圆载翻译佛经之事,四句言其得密宗之法,将佛骨盛于宝瓶而归。皮日休此诗中着重就圆载的佛家特点议论抒情,陆龟蒙的《闻圆载上人挟儒书泊释典归日本国,更作一绝以送》则从儒家的典籍写起:

九流三藏一时倾,万轴光凌渤澥声。

---

① 王维《送秘书晁监还日本国》序,赵殿成笺注:《王右丞集笺注》,上海古籍出版社1984年版,第219页。

② 萧涤非等整理:《皮子文薮》,上海古籍出版社1981年版,第209页。

从此遗编东去后,却应荒外有诸生。①

从题目与诗歌的首句看,圆载回国从唐朝所携带的典籍以儒书为主,还有佛家三藏和道、法、墨、阴阳等九流释典,因此,最后一句推想这些文编到达日本后,那里从此会产生诸多儒生。可见文化的体验与传播途径就是如此开展的。据卢盛江先生统计,唐朝自"日本舒明天皇二年(630年)至宽平六年(894年)二百多年间,共派遣唐使19次,其中成行并到达长安的有13次。与遣唐使随行的留学生、学问僧,为中日海上唐诗之路作出了重要贡献。"②

要之,从唐代诗人吟咏的与新罗、日本友人交往诗作这一窗口,我们不仅可以考察透视到他们对东方海域时空的各种生命感受和体验,更主要的是可以了解当时与两国的文化交流体验,这些体验对于更加具体地诠释唐朝对外平等包容的心胸,了解我们民族的心理,具有一定的文化史意义。同时,对于我们今天对外开放所应保持的心态,也具有一定的历史借鉴价值。

第四节　唐代和亲诗与咏王昭君现象

和亲是我国古代维系民族之间关系的重要手段之一,"是指两个不同民族政权或同一种族两个不同政权的首领出于'为我所用'的目的所进行的联姻。"③唐代立国近三百年,与周边少数民族和亲的规模、数量与范围在中国历代中都是十分突出的。这一现象我们虽然可以从大量史料中获取信息,但同时也可从唐代数量可观的和亲诗中窥斑见豹。唐代诗人对和亲现象有丰富的呈现,他们有的是针对现实情状予以直接评价,有的则是借助咏叹王昭君委婉表达自己的观点。这些诗歌对唐代和亲作为文学角度的见证,除了蕴含作者对和亲公主深切的人文关怀情感之外,还反映了士人阶层对和亲以及民族间

---

① 《全唐诗》卷六百二十九,中华书局1985年版,第7216页。
② 卢盛江:《遣唐日本留学生与海上唐诗之路》,《光明日报》2021年3月29日13版。
③ 崔明德:《中国古代和亲史》,人民出版社2005年版,第602页。

文化交往的不同态度和立场,从而为我们了解唐代的民族关系提供了另一个视点。

一、"和亲汉礼优":唐代和亲诗与士人的民族情感

有唐一代,与周边少数民族有着广泛的和亲关系,据史料记载,唐朝先后与突厥、吐蕃、铁勒诸部、契丹、奚、回纥、南诏等都曾有过和亲历史,其中与西部强蕃吐蕃的和亲影响最大。隋唐之际,吐蕃首领松赞干布建立了政权,到唐初,松赞干布逐渐统一了吐蕃各部。唐太宗贞观八年(634年)派使臣向唐朝进贡,随后向唐求婚。太宗初期并未允婚,后双方经过松州大战,松赞干布向唐朝请和,再次求婚。贞观十五年(641年),太宗命江夏王李道宗持节送文成公主入藏成婚。文成公主在吐蕃生活了四十年,促进了汉藏的友好关系,加强了双方经济与文化的广泛交流,也为吐蕃风俗向汉族靠近做出了卓越贡献。汉藏在这种友好的基础上,到中宗景龙四年(710年),又以所养雍王李守礼女儿金城公主入藏,嫁与吐蕃赞普尺带珠丹。金城公主入藏时,又带去了大批杂伎、工匠以及音乐和文献书籍,在藏生活了三十年,进一步加深密切了唐朝与吐蕃的友好与文化交流。

唐朝与吐蕃和亲之所以影响最大,除了两位公主的贡献以外,还有赖于诗人咏赞诗歌的流传。送金城公主和蕃,中宗十分重视,他带领臣僚亲自护送到始平县(今陕西兴平),当时群臣赋诗饯行,有崔日用、崔湜、李峤、阎朝隐、李适、刘宪、苏颋、徐彦伯、张说、薛稷、沈佺期、武平一、韦元旦、郑愔、徐坚、赵彦昭等十几人应制赋诗,成为诗史上一次最为集中的和亲诗创作活动。

这些诗歌,因属奉和应制之作,内容多以颂赞为主。有的赞美中宗经纶谋划远大:"圣后经纶远,谋臣计画多"①;"汉帝抚戎臣,丝言命锦轮"②。有的歌

---

① 崔日用《奉和送金城公主适西蕃》,《全唐诗》卷四十六,中华书局1985年版,第560页。
② 李峤《奉和送金城公主适西蕃应制》,《全唐诗》卷五十八,中华书局1985年版,第691页。

颂中宗割舍亲爱为苍生计的胸怀:"怀荒寄赤子,忍爱鞠苍生"①;"皇情眷亿兆,割念俯怀柔"②;"广化三边静,通烟四海安。还将膝下爱,特副域中欢"③。有的则肯定汉蕃和亲的友好,如张说《奉和圣制送金城公主适西蕃应制》:

> 青海和亲日,潢星出降时。戎王子婿宠,汉国舅家慈。
>
> 春野开离宴,云天起别词。空弹马上曲,讵减凤楼思。④

诗歌前四句叙述金城公主和亲事宜,表达汉戎和睦关系。"潢星"即天潢星,指代皇族,此指金城公主。"出降"即公主出嫁,"降"此处读 jiang。"舅家",古代称妻父为外舅;又,吐蕃因文成公主与金城公主缘故,对唐朝以外甥自称:"赞普等欣然请和,尽出贞观以来前后敕书以示惟明等,令其重臣名悉猎随惟明等入朝,上表曰:'外甥是先皇帝舅宿亲,又蒙降金城公主,遂和同为一家,天下百姓,普皆安乐。'"⑤后四句记述离宴饯行,表现春野云天,音乐并奏的场景。苏颋的《奉和送金城公主适西蕃应制》也赞美汉蕃两家亲的和戎政策:

> 帝女出天津,和戎转罽轮。川经断肠望,地与析支邻。
>
> 奏曲风嘶马,衔悲月伴人。旋知偃兵革,长是汉家亲。⑥

"天津"谓银河,此以织女比喻金城公主。"罽轮"指用毛毡做帷幔的车。首联叙公主和亲。中间两联因公主此去遥远,表达依依惜别之情。尾联指出和亲产生的良好效果:即战争停息,汉蕃亲如一家。

对金城公主的入蕃和亲,这些应制诗尽管以颂美基调为主,但是诗人们都不同程度地表达了公主思亲与帝王的不舍之情。不仅上述张说与苏颋的诗歌

---

① 薛稷《奉和送金城公主适西蕃应制》,《全唐诗》卷九十三,中华书局1985年版,第1007页。
② 郑愔《送金城公主适西蕃应制》,《全唐诗》卷一百六,中华书局1985年版,第1105页。
③ 武平一《送金城公主适西蕃》,《全唐诗》卷一百二,中华书局1985年版,第1084页。
④ 《全唐诗》卷八十七,中华书局1985年版,第942页。
⑤ 《旧唐书·吐蕃传上》卷一百九十六,中华书局1975年版,第5231页。
⑥ 《全唐诗》卷七十三,中华书局1985年版,第800页。

第五章 唐诗中的民族称谓与文化交流

中都有这种情绪的流露,其他诗人作品中也多抒发了此类感情。如崔湜《奉和送金城公主适西蕃应制》:

> 怀戎前策备,降女旧因修。箫鼓辞家怨,旌旗出塞愁。
> 尚孩中念切,方远御慈留。顾乏谋臣用,仍劳圣主忧。①

诗歌首联陈述金城公主和亲缘由,这是朝廷安抚吐蕃所采用的策略,同时还有太宗时文成公主嫁吐蕃赞普的"旧因"。除此之外,诗中抒发的感情则以"怨""愁""忧"为主,表达公主"中念切"的思亲与圣主"御慈留"的不舍,尾联则检讨因为佐臣们乏谋而令圣主忧劳。此外刘宪的《奉和送金城公主入西蕃应制》写道:"和亲悲远嫁,忍爱泣将离。"②徐彦伯《奉和送金城公主适西蕃应制》写道:"圣心凄送远,留跸望征尘。"③都从中宗的立场表达了分离的难舍之情。

在唐代诗史上,朝廷令士臣们大规模集中咏写和亲的文学现象虽只有一次,但是在不同时期的诗作中,诗人们关注和亲的内容却有很多。与这种以歌功颂德的集体应制创作不同,这些诗歌多是诗人们在具体情势下的有感而发,因此,最能体现他们的真实情感和观念,检视这些诗歌,我们可以将他们对和亲的看法与感情总结如下。

其一,对和亲表示出明确反对态度或不支持主张的。这些作品以送别朋友赴边或歌咏边事以及反思历史为主。如宋之问《赠严侍御》:

> 受脤清边服,乘骢历塞尘。当闻汉雪耻,羞共虏和亲。④

这是宋之问送朋友赴边的赠诗,严侍御即严嶷,曾以御史使边。"受脤",受命出征,"边服"为边地,古代按照距离京城的远近将国土划分为侯、甸、绥、要、荒五服。首二句叙述严嶷受命赴边事情,后两句是对朋友的叮嘱与勉励,

---

① 《全唐诗》卷五十四,中华书局1985年版,第662页。
② 《全唐诗》卷七十一,中华书局1985年版,第780页。
③ 《全唐诗》卷七十六,中华书局1985年版,第823页。
④ 陶敏、易淑琼校注:《沈佺期宋之问集校注》,中华书局2001年版,第478页。

表示希望听到雪耻胜利消息,而以"共虏和亲"为羞耻。又如孙逖《送李补阙摄御史充河西节度判官》:

西戎虽献款,上策耻和亲。早赴前军幕,长清外域尘。①

"补阙",唐代谏官名,"摄",代理,并非实授。题目是谓李补阙以代理御史的职位充河西节度判官。诗歌前四句是以自谦的口吻叙述自己的仕途经历,孙逖也曾为拾遗、补阙之职,并体验过边地埋轮的生活。"埋轮"指在战场上敌方进攻时,将车轮埋于地下,以示坚守不退。后四句是对李补阙的告勉与愿望:西戎虽然表示归顺,但是与之交往的上策却不能是和亲,并盼望其能早日到达前军军幕,完成静边的使命。类似的观点,王维在《送刘司直赴安西》中表达得更为明白,他直接告戒刘司直要"当令外国惧,不敢觅和亲。"②

在送别友人赴边的作品中,诗人们说一些鼓励话语,表现一下民族尊严与自信,符合常情常理,但也能反映出他们对和亲的看法与情感倾向。在那些书写边事或反思历史的诗作中,诗人的表达则相对比较理性,如高适表示"转斗岂长策,和亲非远图。"③杜甫认为"和亲知计拙,公主漫无归。"④戎昱则总结说"汉家青史上,计拙是和亲。"⑤鲍溶也明确表态"独请万里行,不奏和亲事。"⑥他们或从现实出发,或从历史经验教训出发,都不主张以和亲的方式求得国家安宁,体现出的是其理性思考和爱国情怀。

其二,肯定汉家不和亲的做法。这类诗歌表达的观点和情感虽然与上一类相似,但是因表达方式一反一正的不同,所以其情感度远不如前一种那么强烈。如王之涣《凉州词二首》其二写道:

---

① 《全唐诗》卷一百一十八,中华书局 1985 年版,第 1191 页。
② 赵殿成笺注:《王右丞集笺注》,上海古籍出版社 1984 年版,第 142 页。
③ 高适《塞上》,刘开扬笺注:《高适诗集编年笺注》,中华书局 1984 年版,第 29 页。
④ 杜甫《警急》,杨伦笺注:《杜诗镜铨》,上海古籍出版社 1980 年版,第 471 页。
⑤ 戎昱《咏史》,《全唐诗》卷二百七十,中华书局 1985 年版,第 3011 页。
⑥ 鲍溶《羽林行》,《全唐诗》卷四百八十七,中华书局 1985 年版,第 5537 页。

第五章　唐诗中的民族称谓与文化交流

单于北望拂云堆,杀马登坛祭几回。

汉家天子今神武,不肯和亲归去来。①

拂云堆,地名,在今内蒙古包头西北。唐时这里建有神祠,突厥如用兵,必先往祠祭酹求福。诗歌前两句是通过单于曾经多次登坛祭祀暗示其南侵的频繁。后两句则是表示形势反转,如今汉家天子神明威武,不肯与之和亲,单于只好悻悻而归。

王之涣(688—742年),祖籍晋阳(今山西太原),主要活动于唐玄宗开元年间,曾与高适、王昌龄等著名诗人交游。此诗后两句所咏不肯和亲之事,概本于玄宗开元年间多次拒绝与突厥和亲之事。据《资治通鉴》记载,开元六年(718年)正月,突厥毗伽可汗来请和,许之。十二年(724年)秋,"突厥可汗遣其臣哥解颉利发来求婚。"②八月,"突厥哥解颉利发还其国;以其使者轻,礼数不备,未许婚。"③开元十三年(725年),玄宗东巡泰山,裴光庭建议招其大臣从封泰山,认为:"四夷之中,突厥为大,比屡求和亲,而朝廷羁縻,未决许也。今遣一使,征其大臣从封泰山,彼必欣然承命;突厥来,则戎狄君长无不皆来。可以偃旗卧鼓,高枕有余矣。"玄宗于是派遣"中书直省袁振摄鸿胪卿,谕旨于突厥,小杀与阙特勒、暾欲谷环坐帐中,置酒,谓振曰:'吐蕃,狗种;奚、契丹,本突厥奴也;皆得尚主。突厥前后求婚独不许,何也?且吾亦知入蕃公主皆非天子女,今岂问真伪!但屡请不获,愧见诸蕃耳。'振许为之奏请。小杀乃使其大臣阿史德颉利发入贡,因扈从东巡。"④同年十二月"突厥颉利发辞归,上厚赐而遣之,竟不许婚。"⑤可见,开元期间唐朝与周边少数民族之间的关系发生了明显变化,不再一味地满足他们的要求,即使是"四夷"中最称老大的突厥,其多次请求和亲的目的也未能达到。王之涣此诗就是通过单于前后"杀

---

① 《全唐诗》卷二百五十三,中华书局1985年版,第2850页。
② 《资治通鉴》卷二百一十二,中华书局1986年版,第6760页。
③ 《资治通鉴》卷二百一十二,中华书局1986年版,第6761页。
④ 《资治通鉴》卷二百一十二,中华书局1986年版,第6764页。
⑤ 《资治通鉴》卷二百一十二,中华书局1986年版,第6768页。

马登坛祭"和"归去来"不同的动作显现他们内心的微妙变化,进而赞美唐玄宗的文治武功,曲折地表达他对朝廷这种"不肯和亲"的态度的支持。

李峤《倡妇行》则是从思妇角度表达对和亲的态度:

十年倡家妇,三秋边地人。红妆楼上歌,白发陇头新。

夜夜风霜苦,年年征戍频。山西长落日,塞北久无春。

团扇辞恩宠,回文赠苦辛。胡兵屡攻战,汉使绝和亲。

消息如瓶井,沉浮似路尘。空余千里月,照妾两眉嚬。①

"倡妇"指以歌舞为业的女艺人。诗歌从她成为征人妇写起,用闺房和边地的对比,表现丈夫在外的征战之苦。因为"胡兵屡攻战"所以"汉使绝和亲"。

相较于上述诗人反对和亲的直接表态,王之涣和李峤的态度明显含蓄曲折多了。

其三,对和亲的做法不置褒贬,只客观陈述现实。如杜审言《送高郎中北使》:

北狄愿和亲,东京发使臣。马衔边地雪,衣染异方尘。

岁月催行旅,恩荣变苦辛。歌钟期重锡,拜手落花春。②

杜审言这首送别高姓友人出使北狄的诗歌,突出的是对友人北使旅途辛苦劳顿的安慰与祝福,"北狄愿和亲"仅仅是为铺垫其出使的事因,对于和亲本身的是非评价则未置一词。又如张籍《送和蕃公主》:

塞上如今无战尘,汉家公主出和亲。

邑司犹属宗卿寺,册号还同房帐人。

九姓旗幡先引路,一生衣服尽随身。

毡城南望无回日,空见沙蓬水柳春。③

---

① 《全唐诗》卷六十一,中华书局1985年版,第725页。
② 徐定祥注:《杜审言诗注》,上海古籍出版社1982年版,第19页。
③ 《全唐诗》卷三百八十五,中华书局1985年版,第4337页。

据《资治通鉴》记载,唐穆宗长庆元年(821年)五月,"回鹘遣都督、宰相等五百余人来逆公主"。七月"以太和长公主嫁回鹘。公主,上之妹也。"①张籍此诗或咏此次和亲事。整首诗歌只是叙述和亲的册封以及送亲过程,对和亲政策不置可否,即便在尾联对公主和亲"无回日"有些怅惘,表现得也比较淡然。

综上,唐代诗人对和亲的态度与看法尽管有所差异,但是都是在不同时代不同情势之下,他们对国家利益与民族关系的思考和感情流露。从民族和融与文化交流的角度来看,唐朝公主的和亲,对这一历史进程起到了积极的促进作用。正如陈陶《陇西行四首》其四中所总结的那样:"自从贵主和亲后,一半胡风似汉家"。② 因此,对待古代的和亲,以及诗人们表现出的不同态度,都要具体事件具体分析,不能一概而论。

二、"昭君恨最多":王昭君形象的文化意义

在唐前和亲的历史人物中,汉代的王昭君可谓最著名的一个,因此,她成为唐人笔下被吟咏最多的女性之一。从初唐的上官仪、卢照邻、骆宾王、郭震、东方虬,盛唐的崔国辅、李白、杜甫,到中唐的刘长卿、张仲素、白居易、令狐楚,晚唐的杜牧、李商隐、崔涂,等等,都写过有关王昭君的诗,可以说,众多诗人的绘笔使王昭君这一艺术形象愈加丰富起来,并具有了深厚的文化意义。

王昭君,字嫱,一说字昭君,南郡人(今湖北省秭归),汉元帝时人。正史中没有单独为她立传,其事迹仅见于《汉书·元帝纪》和两汉书的《匈奴传》中。据上述史料看,王昭君是元帝后宫中待诏的宫女,她是绝代佳人却没有得到元帝的宠爱,而成为汉代与匈奴和亲政策的实施者。除正史中关于王昭君事迹的点滴记载外,在相传为东汉蔡邕所作的《琴操》、东晋葛洪的《西京杂记》中也有对王昭君的记述。汉乐府"琴曲歌辞"中有《怨旷思惟歌》四言诗,

---

① 《资治通鉴》卷二百四十一,中华书局1986年版,第7791页。
② 《全唐诗》卷七百四十六,中华书局1985年版,第8492页。

《琴操》作《昭君怨》,相传为王昭君远嫁匈奴后所作。诗中以鸟作比,先写其未入宫时"养育羽毛,形容生光"的美丽,次写其在宫中"离宫绝旷,身体摧藏"的孤独凄凉,再写远嫁匈奴"远集西羌"的"忧心恻伤"。①

《西京杂记》卷二的叙述是这样的:"元帝后宫既多,不得常见,乃使画工图形,案图召幸之。诸宫人皆赂画工,多者十万,少者亦不减五万。独王嫱不肯,遂不得见。匈奴入朝,求美人为阏氏,于是上案图,以昭君行。及去,召见,貌为后宫第一,善应对,举止闲雅。帝悔之,而名籍已定。帝重信于外国,故不复更人。"②随后元帝归罪画工,不仅杀了善画人物的毛延寿,而且连当时善画牛马飞鸟的陈敞、刘白、龚宽,工布色的樊青等画工都"同日弃市",并抄其家财,以至于京师画工稀少了许多。《西京杂记》属历史小说集,其记事的真实程度固然要打一定的折扣,但这段记载对后代诗人的影响却最大最深,他们宁信其有,不信其无,许多诗人都把它当成史料,据此来议论抒情。

此后,用诗歌的形式吟咏王昭君的事迹始于西晋大富豪石崇,他写有一首《王明君辞》。其序曰:"王明君者,本是王昭君。以触文帝讳,故改之。匈奴盛,请婚于汉,元帝以后宫良家子明君配焉。昔公主嫁乌孙,令琵琶马上作乐,以慰其道路之思,其送明君,亦必尔也。其造新曲,多哀怨之声,故叙之于纸云尔。"③

石崇此诗模仿汉乐府诗叙述的笔法,从昭君辞别的悲伤写到在匈奴生活的不适与匈奴王父子的凌辱及虽生犹死的绝望,格调哀怨凄恻,为后代诗人的咏唱奠定了基础。此后,历代著名的诗人无不对昭君事迹发一些感慨,如六朝时期就有鲍照的《王昭君》、沈约的《昭君辞》、何逊的《昭君怨》、萧纲的《明君词》、庾信的《王昭君》《昭君词应诏》、张正见的《明君词》、薛道衡的《昭君辞》等。唐代诗歌高度发达,咏王昭君的诗人就更多,经过诗人们的妙笔彩绘,王

---

① 逯钦立辑校:《先秦汉魏晋南北朝诗》,中华书局1984年版,第315页。
② 葛洪:《西京杂记》卷二,中华书局1985年版,第9页。
③ 逯钦立辑校:《先秦汉魏晋南北朝诗》,中华书局1984年版,第642页。

昭君这一艺术形象焕发出了耀眼的光芒,文化意义更加丰富,其中尤以壮、悲、怨三方面最为突出。

其一,"辛苦事和亲"——为国家利益之壮。在封建君主时代,和亲作为一种政治的外交的手段,较之通过战争用牺牲千万士兵的生命去征服对方,对维护两国人民的利益而言,未尝不是一条求得和平的可行之路。汉唐两代,不乏和亲的历史佳话。王昭君尽管是一名宫女,与那些王侯出身的女子身份不同,但她所起的缓和民族关系的历史作用却是相同的。汉代在武帝时"极兴边略,有志匈奴,赫然命将,戎旗星属,候列郊甸,火通甘泉,而犹鸣镝扬尘,出入畿内,至于穷竭武力,单用天财,历纪岁以攘之。寇虽颇折,而汉之疲耗略相当矣。"①当时汉朝与匈奴作战最多,李广、卫青、霍去病等大将都是在与匈奴作战时著名的。但是,战争给双方也都造成了很大的损失。其后,宣帝、元帝、成帝朝,汉与匈奴"息兵民之劳",边境的这种安宁局面,虽然不能全归功于王昭君的出塞,但的确也不能否定她的作用。王昭君以一个女子的柔弱之躯,做到了同男子一样静边的壮举,自然会得到后人们的敬重与赞美。因此张仲素的《王昭君》写道:

  仙娥今下嫁,骄子自同和。剑戟归田尽,牛羊绕塞多。②

"仙娥"指和亲公主,此处谓王昭君。"骄子"指匈奴,曾称为天之骄子。首二句叙述自王昭君出嫁匈奴和亲以来,匈奴很自然地变得友好起来。从此边境上剑戟归田,牛羊繁多,一派和睦景象。崔涂的《过昭君故宅》也说:

  以色静胡尘,名还异众嫔。免劳征战力,无愧绮罗身。③

他认为王昭君身为一个绮罗女子到匈奴和亲,免除了广大士兵的征战之苦,为胡汉边境带来了安宁,其历史功绩与名声远超众多宫女。这些作品都对王昭君和亲产生的积极效果给予了直接的赞颂。

---

① 《后汉书·南匈奴传》卷八十九,中华书局1965年版,第2966页。
② 《全唐诗》卷十九,中华书局1985年版,第213页。
③ 《全唐诗》卷六百七十九,中华书局1985年版,第7774页。

也有诗人从讽刺男性文武大臣的立场,对王昭君和亲表示同情的,实际则是从侧面肯定了王昭君和亲的历史贡献。如初唐东方虬的《昭君怨》其一:

>汉道方全盛,朝廷足武臣。何须薄命妾,辛苦事和亲。①

从讽刺汉代满朝武将大臣无能的角度,对昭君"辛苦事和亲"表示同情。中唐戎昱的《咏史》也是从批评"辅佐臣"不作为的立场发表议论:

>汉家青史上,计拙是和亲。社稷依明主,安危托妇人。
>
>岂能将玉貌,便拟静胡尘。地下千年骨,谁为辅佐臣。②

将社稷的安危托付给一个妇人,让其依靠"玉貌"来缓和战争求得和平,这应是男性"辅佐臣"们的耻辱。这些诗作虽然主要讽刺大臣的无能,表达对昭君命运的哀悯,但也是对她和亲功绩胜过武臣作用的一种侧面肯定。

其二,"天涯去不归"——离乡背井之悲。王昭君远嫁的匈奴,无论是气候条件、地理环境,还是语言及风俗习惯,都与汉境有着巨大的不同。在那种"边荒与华异,人俗少义礼。处所多霜雪,胡风春夏起"③的环境中,王昭君生活的不适应是可以想见的。故此,诗人们在想象中对王昭君远离故土的形象和心态进行了不少描摹。范烯文在评石崇的《王明君辞序》时说:"熟参此叙,乃知昭君出嫁之时,未必以琵琶寄情,特后人想象而赋之耳。"④此话道出了唐人咏昭君诗共同的特点,即"想象而赋之耳"。虽属想象之境,但这些诗却都体贴入微。如郭元振的《王昭君》其二写道:

>厌践冰霜域,嗟为边塞人。思从汉南猎,一见汉家尘。⑤

王昭君久处漠北,厌恶冰霜严寒的气候,思念故乡又不得归,只好盼望着能随师南猎,见一眼汉家的烟尘,以慰思乡之苦。诗人完全凭借设想,但却能

---

① 《全唐诗》卷一百,中华书局1985年版,第1075页。
② 《全唐诗》卷二百七十,中华书局1985年版,第3011页。
③ 蔡琰《悲愤诗》,逯钦立辑校:《先秦汉魏晋南北朝诗》,中华书局1984年版,第200页。
④ 范烯文《对床夜语》卷一,丁福保辑:《历代诗话续编》,中华书局1983年版,第412页。
⑤ 《全唐诗》卷十九,中华书局1985年版,第212页。

将昭君思乡的刻骨之痛表现得深细入微,凄婉动人。同样的写法还有张祜的《昭君怨》其一:

> 万里边城远,千山行路难。举头唯见日,何处是长安。①

匈奴边境距离长安,不仅有千山万水之遥,并且由于当时交通条件的制约,行路之难也是十分客观的问题。诗人想象王昭君只好靠观看东升的太阳来化解思乡之情。这首诗的后两句张祜暗用了晋明帝的典故,晋明帝儿时有关于"日"与"长安"孰远的精妙对答。头一天,明帝见到长安来的人时说"日远",因为"不闻人从日边来"。第二天,当其父元帝想在众臣面前展示其儿子的聪颖时,问同样的问题,明帝又说"日近",因为"举目见日,不见长安"。可以看出,张祜此诗用此典十分恰当。思念故乡却回不得故乡,自然地就会把凡是与故乡有联系的一切事物都当做故乡的化身,借此来慰籍自己渴求无奈的灵魂,这种情感是具有普遍性的。盛唐著名诗人岑参因长期随军在边,被思乡的痛苦所困扰,曾以自己的亲身体验写下了如下两首诗,一首是《忆长安曲二章寄庞漼》其一:"东望望长安,正值日初出。长安不可见,喜见长安日。"②另一首是《安西馆中思长安》:"家在日出处,朝来喜东风。风从帝乡来,不异家信通。"③客观地说,岑参的这两首小诗在艺术上没有什么特别之处,全以议论的口吻,写出自己的感受。但他的这种感受,这种爱屋及乌的情感却是极其真实又真切的。它不唯写出了诗人自己对故乡的深切思念,也道出了所有思乡人共同的体验,而这种体验也正是张祜诗中替王昭君表现的。

背井离乡,在一般人的一般情况下,还有回乡的可能,有希望存在。而对王昭君来说,这种回乡的希望是何其渺茫。《后汉书·南匈奴传》载:"及呼韩邪死,其前阏氏子代立,欲妻之,昭君上书求归,成帝敕令从胡俗,遂复为后单

---

① 《全唐诗》卷五百十一,中华书局1985年版,第5834页。
② 陈铁民等校注:《岑参集校注》,上海古籍出版社1981年版,第84页。
③ 陈铁民等校注:《岑参集校注》,上海古籍出版社1981年版,第84页。

于阏氏焉。"①这就是说,即使她侍奉的匈奴王死了,还要按当地习俗再嫁给匈奴王的儿子。正如石崇《王明君辞》中所言:"父子见陵辱,对之惭且惊。杀身良不易,默默以苟生。"②我们姑且不论这种习俗与华夏伦理纲常的相悖,让王昭君有无法接受的痛苦,仅就她回乡无望,老死异地而言,这种绝望也足以摧折人心。因此,戴叔伦的《昭君词》就感叹:

汉宫若远近,路在沙塞上。到死不得归,何人共南望。③

对于王昭君孤独老死他乡表达了深切同情。王偃则萌发奇想,其《明妃曲》写道:

北望单于日半斜,明君马上泣胡沙。
一双泪滴黄河水,应得东流入汉家。④

人回不到故乡,只好把眼泪托黄河水带去,这是多么无奈的悲哀。反过来说,眼泪尚且能随东流之水入汉境,而王昭君却只能"蛾眉憔悴没胡沙""死留青冢使人嗟"⑤了。

其三,"美恶忽相翻"——玉颜憔悴之怨。在唐人咏王昭君的诗歌中,对她美艳资质的赞叹和怜惜的内容很多。古代美女有不同的类型,周代的美女是"手如柔荑,肤如凝脂,领如蝤蛴,齿如瓠犀,螓首蛾眉,巧笑倩兮,美目盼兮。"⑥手、肌肤、脖子、牙齿、眉毛、笑容、眼睛都有具体的审美标准。此后,宋玉《神女赋》中的神女,《登徒子好色赋》中的美女,作者也大致沿袭着这种标准,对五官、肌肤进行描绘,但开始注重纤浓得中、修短合度。到汉代,如蔡邕《青衣赋》中的美人,民歌《陌上桑》中的罗敷,曹植《美女篇》及《洛神赋》中的洛神,除对她们的眉目、口唇等作细致刻划外,还有对服饰美的重视。如罗敷:

---

① 《后汉书·南匈奴传》卷八十九,中华书局1965年版,第2941页。
② 逯钦立辑校:《先秦汉魏晋南北朝诗》,中华书局1984年版,第642页。
③ 《全唐诗》卷十九,中华书局1985年版,第214页。
④ 《全唐诗》卷十九,中华书局1985年版,第214页。
⑤ 李白《王昭君二首》其一,王琦注:《李太白全集》,中华书局1985年版,第235页。
⑥ 《诗经·卫风·硕人》,余冠英注译:《诗经选》,人民文学出版社1982年版,第57页。

第五章　唐诗中的民族称谓与文化交流

"头上倭堕髻,耳中明月珠。缃绮为下裙,紫绮为上襦。"①洛神的衣饰是:"奇服旷世,骨像应图。披罗衣之璀粲兮,珥瑶碧之华琚。戴金翠之首饰,缀明珠以耀躯。践远游之文履,曳雾绡之轻裾。"②从头到脚的穿着佩饰都写得面面俱到。这样的美人,读者可以在心目中按文中的描绘勾画出她们的形象,是一种后人可以望见的具象之美,也可以说是一种有限层面的美,然而这种美并不一定能得到所有人的认同。

王昭君在中国两千多年的封建历史上被推为四大美人之一。对于她的美,没有人做具象的描摹,是后人不可以望见的美,就连善以小说之笔写历史的范晔,在其《后汉书·匈奴传》中也只把昭君描绘成"丰容靓饰,光明汉宫,顾景裴回,竦动左右。"③因而在后人的心目中,就可以对昭君之美展开他们各自关于美的想象,王昭君也就应合了所有人的审美标准,这是一种无限层面的美,她因此可以成为人人心中的美人。对于此种美的描写,不能是一应俱全,而是要以点带面,含蓄蕴藉,给读者以充分的空间,任其驰骋自己的想象。所以唐代诗人对王昭君的美多用一些比较概括比较模糊的词来描绘,如:"仙娥""瑶质""聘婷""倾城色""桃李貌"等等,如上官仪《王昭君》中只点染了她的妆容和蝉鬓:

雾掩临妆月,风惊入鬓蝉。缄书待还使,泪尽白云天。④

李白《王昭君二首》其二则只突出她的红颊:

昭君拂玉鞍,上马啼红颊。今日汉宫人,明朝胡地妾。⑤

正是因为王昭君的美成为人人都悦于目、都认同的美,才能引起后代许许多多诗人的同情。可以说,王昭君成名于她的美,更毁于她的美。若诚如《西

---

① 汉乐府《陌上桑》,逯钦立辑校:《先秦汉魏晋南北朝诗》,中华书局1984年版,第260页。
② 曹植《洛神赋》,赵幼文校注:《曹植集校注》,人民文学出版社1984年版,第283页。
③ 《后汉书·南匈奴传》卷八十九,中华书局1965年版,第2941页。
④ 《全唐诗》卷四十,中华书局1985年版,第507页。
⑤ 王琦注:《李太白全集》,中华书局1985年版,第235页。

京杂记》所录,她是"自矜妖艳色,不顾丹青人",但她又何曾想到"粉绘能相负""容华翻误身"①呢?皎然就说:"自倚蝉娟望主恩,谁知美恶忽相翻"②。然而,对于身处封建时代的王昭君而言,不论是受汉皇帝的宠爱,还是受匈奴王的宠爱,未尝不是实现了一个宫女的价值,何况,她在汉庭还没有得到荣宠。所以王睿《解昭君怨》就隔空劝说王昭君:

> 莫怨工人丑画身,莫嫌明主遣和亲。
>
> 当时若不嫁胡虏,只是宫中一舞人。③

王睿认为,王昭君应该不要埋怨画工丑化她,也不要嫌恨皇帝派遣她和亲,当时如果不嫁给单于,她也不过是宫中一个舞女。尽管如此,囿于时代与民族观念的局限以及匈奴多年扰边的现实,汉人无法接受一个绝代佳人被匈奴王而非汉皇帝拥有这种事实,因此,诗人们痛惜其美的陨落,哀悯其容颜憔悴。骆宾王描绘她:

> 妆镜菱花暗,愁眉柳叶颦。惟有清笳曲,时同芳树春。④

用想象妆镜里愁眉不展的王昭君形象表达对其美貌的痛惜。董思恭《王昭君》也有类似表现:

> 髻鬟风拂散,眉黛雪沾残。斟酌红颜尽,何劳镜里看。⑤

也是从妆镜中王昭君蓬乱的发髻和凋残的眉黛感叹其红颜消失。白居易的《王昭君二首》其一想象得更细腻:

> 满面胡沙满鬓风,眉销残黛脸销红。
>
> 愁苦辛勤憔悴尽,如今却似画图中。⑥

---

① 刘长卿《王昭君》,《全唐诗》卷十九,中华书局1985年版,第212页。
② 皎然《王昭君》,《全唐诗》卷十九,中华书局1985年版,第213页。
③ 《全唐诗》卷五百零五,中华书局1985年版,第5743页。
④ 骆宾王《王昭君》,陈熙晋笺注:《骆临海集笺注》,上海古籍出版社1985年版,第113页。
⑤ 《全唐诗》卷十九,中华书局1985年版,第211页。
⑥ 顾学颉校点:《白居易集》,中华书局1985年版,第295页。

第五章　唐诗中的民族称谓与文化交流

想象王昭君因胡地的风沙严寒,加之愁苦心情而眉黛消残的憔悴容颜。张祜《昭君怨二首》其二则总结性地评说:

汉庭无大议,戎虏几先和。莫羡倾城色,昭君恨最多。①

诗人们这些怜香惜玉的感叹和同情,无不因王昭君的美丽而引发。唐代诗人钟情于王昭君,一方面缘于对乐府旧题的继承,这就如同绘画者的临摹一样,诗人也大都要经历一段模拟创作过程,而模仿的对象一般都是前朝的旧题。在这些旧题已有的模架中,他们或能翻出新意,发前人之所未发而立意标新,或踵武前人,囿于藩篱,留下了许多见解略同的诗作,因此,我们对不同时代诸多诗人的同题创作就不足为奇。一方面则是出于诗人的有感而发,是借古说今。唐人笔下王昭君形象的文化蕴含比较丰富,除了她和亲匈奴引发了诗人不同的观点与议论之外,她的形象还集悲怨情感于一身,引发了人们无限的感慨。

我国古代的士人,不论是处于盛世还是衰世,常常会因理想与现实的矛盾或者距离而产生怀抱不抒的怨叹。而这种情绪,又经常借助咏史怀古一类题材表达出来。王昭君的形象触动诗人们心弦的还在于她拥有国色却未受到皇帝恩遇的深刻内涵。在封建时代,许多士人认为,"妇女德不足称,当以色为主"②。受这种观念的影响,女子有绝色而不为人欣赏同士人有才华而不见用一样。屈原在《离骚》中就多次以美女自比,将男女婚约喻为君臣遇合。这一文学传统被后代的文人发扬光大,怀才不遇的诗人常借女子抒发不偶的怀抱。王昭君的美艳资质及她不被汉皇帝恩宠的遭际,的确是能引起怀才不遇的诗人们的共鸣和同感的,他们从王昭君身上看到了自己的命运,从这个意义上说,一些咏王昭君的诗,与其说诗人的在评价历史人物,倒不如说他们是在吟咏自己。

---

① 《全唐诗》卷五百十一,中华书局1985年版,第5834页。
② 余嘉锡笺疏:《世说新语·惑溺篇》,中华书局2007年版,第1075页。

第六章 唐诗中的邻族名物与文化交流

随着唐朝与周边邻族文化交流的日益频繁,以及唐诗表现范围的不断扩大,在唐代诗人笔下,我们可以看到丰富多彩的各类邻族名物,本章我们主要从远域草木、邻族刀剑武器和异域骏马几类事物入手,了解唐人对这些事物的认识与接受。这些邻族的名物在输入内地后,被唐人广泛接受认可甚至喜爱,它们在保留自身文化特色的同时,有些已经被士人们重新改造,赋予了新的内涵。显示了中华文明在同其他文明的交流互鉴中不断焕发出新的生命力。

第一节 唐诗中的远域草木

诗歌中草木意象的出现早在《诗经》时期就十分普遍了,这一文学传统到了诗歌盛行的唐代被继续发扬光大。《诗经》中草木意象的研究业已引起古今学者充分的关注,[1]关于唐诗的草木意象也不乏相关成果,[2]然而学界对唐

---

[1] 《诗经》草木方面古代的成果如三国吴陆玑:《毛诗草木鸟兽虫鱼疏》二卷,清徐鼎:《毛诗名物图说》九卷等;当代成果如吴厚炎:《〈诗经〉草木汇考》,扬之水:《诗经名物新证》等。
[2] 唐诗草木方面的成果如潘富俊:《唐诗植物图鉴》,上海书店出版社 2003 年;梅庆吉:《唐诗植物园》,大连出版社 2009 年。等等。

诗中涉及的远域草木意象尚缺乏专门的研究。这里所说之远域,主要指相对中原区域而言的边远地区。唐代是我国历史上版图空前广大的时期,漫游风气的兴盛,加之官员黜陟的频繁,唐人的游历范围明显比南北朝时期更加广阔,他们笔下对四方边域草木意象的抒写也更加丰富。因此,对唐诗中远域草木意象的探析,不仅可以进一步了解唐代士人的游历空间,有利于揭示唐诗表现范围的拓展,丰富诗歌意象群的研究,还可从中了解中原与边境少数民族之间文化的交流。

一、"白草磨天涯":白草

白草是一种多年生草本植物,因其干熟后变成白色,故名。今天已广布于我国东北的黑龙江、吉林、辽宁,北部的内蒙古、河北、山西,西部的甘肃、青海等地,在四川西北部、云南北部、西藏等地也可见到。班固《汉书·西域传》记载白草盛产于西域的楼兰国:"鄯善国,本名楼兰,王治扜泥城,去阳关千六百里,去长安六千一百里。……地沙卤,少田,寄田仰谷旁国。国出玉,多葭苇、柽柳、胡桐、白草。"①范晔《后汉书·西域传》则记载白草产于西域的西夜国,并且有毒,是当地人制作毒箭的主要材料:"西夜国一名漂沙,去洛阳万四千四百里。户二千五百,口万余,胜兵三千人。地生白草,有毒,国人煎以为药,傅箭镞,所中即死。"②在汉诗琴曲歌辞《怨旷思惟歌》的解题中,也有关于胡地多白草的记载:"昭君恨帝始不见遇,心思不乐,心念乡土,乃作怨旷思惟歌曰云云。昭君有子曰世违,单于死,子世违继立。凡为胡者,父死妻母。昭君问世违曰:'汝为汉也?为胡也?'世违曰:'欲为胡耳。'昭君乃吞药自杀。单于举葬之。胡中多白草,而此冢独青。"③可见,白草成为北方与西方边域最有代表性的草木之一。

---

① 《汉书·西域传》卷九十六上,中华书局1964年版,第3876页。
② 《后汉书·西域传》卷八十八,中华书局1965年版,第2917页。
③ 逯钦立辑校:《先秦汉魏晋南北朝诗》,中华书局1984年版,第315页。

白草在唐前的文学作品中比较少见。江淹的《横吹赋》中曾言及白草："故西骨秦气,悲憾如怼;北质燕声,酸极无已;断绝百意,缭绕万情。吟黄烟及白草,泣房军与汉兵。"①"横吹曲"原是北方民族在马上演奏的一种军乐,随着南北文化的交流而传到南方,江淹的这篇《横吹赋》就是模拟北方战况情景而创作的,其中的"黄烟"及"白草"就是典型的北方意象,而且这一意象组合对唐代诗人影响很大。

唐代实现了南北的大统一,极盛时期北部以及西北的疆域极其广阔,在东北至今天的朝鲜半岛,北部至蒙古,西北至葱岭以西的中亚。随着唐代士人在北部区域游历范围的扩大,以及幕府从军经历的增多,他们笔下的北方自然草木意象渐趋增多,白草成为其中最主要的代表。纵观唐诗中出现的白草意象,以盛唐时期最为多见,名家名作皆出于此时。其中著名诗人就有王维、李白、王昌龄、岑参、高适等。如王维的《出塞作》：

居延城外猎天骄,白草连天野火烧。

暮云空碛时驱马,秋日平原好射雕。

护羌校尉朝乘障,破虏将军夜渡辽。

玉靶角弓珠勒马,汉家将赐霍嫖姚。②

此诗原注"时为御史监察塞上作",是王维于玄宗开元二十五年（737年）秋天以监察御史为河西度使崔希逸判官时所作。王维亲临塞漠,能真切感受到塞外的实地景象。此诗中他所选择的唯一草木意象就是白草,可以想见,居延城外那茫茫的连天白草,给他视觉上产生的震撼效果,应不亚于其同一时期创作的名篇《使至塞上》中的大漠孤烟和长河落日。

大西北的白草,在贫瘠的自然环境中展示着顽强而蓬勃的生命力,所以才能无边无际地肆意生长,形成与天际相连的壮观景象,让出塞的诗人们惊叹不已,故而反复歌咏。同样的白草景观,在岑参的笔下也多次出现,如其《武威

---

① 胡之骥注：《江文通集汇注》,中华书局1984年,第63页。
② 赵殿成笺注：《王右丞集笺注》,上海古籍出版社1984年版,第192页。

第六章 唐诗中的邻族名物与文化交流

送刘单判官赴安西行营便呈高开府》：

> 热海亘铁门，火山赫金方。白草磨天涯，湖沙莽茫茫。
> 夫子佐戎幕，其锋利如霜。中岁学兵符，不能守文章。①

又如他的《发临洮将赴北庭留别》：

> 闻说轮台路，连年见雪飞。春风不曾到，汉使亦应稀。
> 白草通疏勒，青山过武威。勤王敢道远，私向梦中归。②

在这两首诗中，岑参都突出表现了白草广阔无边的特点。前一首的"白草磨天涯"，用一个"磨"字形象地把"白草"与"天涯"绾连起来，呈现了白草一望无际的壮观；后一首中的"白草通疏勒"，笔法相似，一个"通"字将轮台到疏勒路边的白草写活，凸显了白草浩瀚无涯的生长特性。

岑参一生曾有两次任职西北边幕的经历，一为天宝八载（749年）在安西高仙芝幕府，一为天宝十三载（754年）赴北庭在封常清幕府，是盛唐诗人中在边地生活时间最长久的一位。这样的生活经历，让岑参笔下的白草也充满着生命日常的质感。如他的《献封大夫破播仙凯歌六章》其六描写暮雨过后的白草：

> 暮雨旌旗湿未干，胡烟白草日光寒。
> 昨夜将军连晓战，蕃军只见马空鞍。③

经过暮雨洗刷的白草，在日光的映照下透着冷冷的寒意。岑参还特别关注狂风中的白草特点：如其《过燕支寄杜位》：

> 燕支山西酒泉道，北风吹沙卷白草。
> 长安遥在日光边，忆君不见令人老。④

燕支山在今甘肃省山丹县东，此山之西通往酒泉的道路上，茫茫白草在

---

① 陈铁民、侯忠义校注：《岑参集校注》，上海古籍出版社1981年，第91页。
② 陈铁民、侯忠义校注：《岑参集校注》，上海古籍出版社1981年，第142页。
③ 陈铁民、侯忠义校注：《岑参集校注》，上海古籍出版社1981年，第154页。
④ 陈铁民、侯忠义校注：《岑参集校注》，上海古籍出版社1981年，第75页。

北风吹起的沙尘中顽强地卷曲着。还有他那首脍炙人口的《白雪歌送武判官归京》：

> 北风卷地白草折，胡天八月即飞雪。
>
> 忽然一夜春风来，千树万树梨花开。①

这两首诗中都是以狂卷的北风设景，表现白草在极度恶劣环境下的生存状态。白草虽然具有韧性，但是也抵不过强劲北风的卷地狂扫。可以说，岑参笔下的白草意象多是他在大西北日常生活亲临其境之眼前景致。

唐代还有一些诗人也写过白草，但是相较于岑参、王维等人摹写的边地实景，他们更多地是借鉴了江淹《横吹赋》中的白草意象。如王昌龄《从军行二首》其一：

> 向夕临大荒，朔风轸归虑。平沙万里余，飞鸟宿何处。
>
> 虏骑猎长原，翩翩傍河去。边声摇白草，海气生黄雾。②

耿湋《陇西行》：

> 雪下阳关路，人稀陇戍头。封狐犹未剪，边将岂无羞。
>
> 白草三冬色，黄云万里愁。因思李都尉，毕竟不封侯。③

刘长卿《送南特进赴归行营》：

> 闻道军书至，扬鞭不问家。虏云连白草，汉月到黄沙。
>
> 汗马河源饮，烧羌陇坻遮。翩翩新结束，去逐李轻车。④

李嘉祐《送崔夷甫员外和蕃》：

> 君过湟中去，寻源未是赊。经春逢白草，尽日度黄沙。
>
> 双节行为伴，孤烽到似家。和戎非用武，不学李轻车。⑤

皇甫曾《赠老将》：

---

① 陈铁民、侯忠义校注：《岑参集校注》，上海古籍出版社1981年，第163页。
② 李云逸注：《王昌龄诗注》，上海古籍出版社1984年，第6页。
③ 《全唐诗》卷二百六十八，中华书局1985年版，第2981页。
④ 《全唐诗》卷一百四十八，中华书局1985年版，第1506页。
⑤ 《全唐诗》卷二百六，中华书局1985年版，第2154页。

白草黄云塞上秋,曾随骠骑出并州。

辘轳剑折虬髯白,转战功多独不侯。①

不难看出,上述诗作中有着明显的共性,其一是地点都是距离中原地区较远的区域,如"大荒""阳关路""河源""湟中""并州"等,其二是都与征战之事有关,如"虏骑""边将""军书""李都尉""李轻车""骠骑"等,其三是白草的特点,与白草搭配的意象,无论是"黄雾""黄云"还是"黄沙",都是黄色基调,这些意象固然是边塞大漠的特色景象,但是,从诗句的对仗来看,我们也不能否定这是诗人为了审美而特意设置的黄白色彩对比。而这一色彩对比,早在江淹的《横吹赋》中就出现过,所以,对于不曾有过边地生活体验的诗人,他们笔下的白草意象更多地可能取自前人的写作经验。

二、"胡地苜蓿美":苜蓿

除了白草,苜蓿也是在唐诗中出现较多的北方草木意象。从植物学角度说,苜蓿属植物的通称,种类有 70 余种,其中最著名的是紫花苜蓿,在我国主要分布于西北、华北、东北等区域,至今已有两千多年的栽种历史。紫花苜蓿不仅是优质牧草,还具有一定的药用价值,有清脾胃、利大小肠、下膀胱结石等功效。

文献中对苜蓿的记载较早见于西汉司马迁的《史记》,其中《大宛列传》中记载大宛物产及人们的生活习俗时说:"宛左右以蒲陶为酒,富人藏酒至万余石,久者数十岁不败。俗嗜酒,马嗜苜蓿。汉使取其实来,于是天子始种苜蓿、蒲陶肥饶地。及天马多,外国使来众,则离宫别观旁尽种蒲陶、苜蓿极望。自大宛以西至安息,国虽颇异言,然大同俗,相知言。其人皆深眼,多须髯,善市贾,争分铢。俗贵女子,女子所言而丈夫乃决正。其地皆无丝漆,不知铸钱器。及汉使亡卒降,教铸作他兵器。得汉黄白金,辄以为器,不用为币。"②这段记

---

① 《全唐诗》卷二百十,中华书局 1985 年版,第 2188 页。
② 《史记·大宛列传》卷一百二十三,中华书局 1963 年版,第 3173—3174 页。

载说明了苜蓿由西域传至内地的过程。大宛国盛产葡萄和苜蓿,由于使者往来,把它们的种子带到内地,从此,在内地的"离宫别观"附近都可见到葡萄和苜蓿。东晋葛洪的《西京杂记》就记载了汉代长安乐游苑里的苜蓿:"乐游苑自生玫瑰树,树下多苜蓿。苜蓿一名怀风,时人或谓之光风,风在其间,常萧萧然,日照其花,有光采,故名苜蓿为怀风。茂陵人谓之连枝草。"①可见,汉代时苜蓿在内地已是人们熟知之物了。

尽管苜蓿自汉代即引入内地种植,在唐代的长安也可见到"汉家天马出蒲梢,苜蓿榴花遍近郊"②的景象,但是,在唐代诗人笔下,苜蓿仍然是西北远域草木的主要代表之一。它们经常在表现边域内容的诗歌中伴随着天马意象同时出现。如岑参的《北庭西郊候封大夫受降回军献上》:

胡地苜蓿美,轮台征马肥。大夫讨匈奴,前月西出师。

甲兵未得战,降虏来如归。橐驼何连连,穹帐亦累累。③

此诗为岑参在北庭都护府时赞美封常清出征凯旋而作。诗中的"苜蓿美"与"征马肥"对应,既突出了边域草木的地方特色,也为下面的胜利张目,让丰美的苜蓿草与剽悍的战马以及累累的战利品关联起来,使人产生无尽的遐想。又如杜甫的《赠田九判官梁邱》:

崆峒使节上青霄,河陇降王款圣朝。

宛马总肥春苜蓿,将军只数汉嫖姚。④

鲍防的《杂感》:

汉家海内承平久,万国戎王皆稽首。

天马常衔苜蓿花,胡人岁献葡萄酒。⑤

在这两首诗中,作者也都是将苜蓿与天马并联,其中的"宛马总肥春苜

---

① 葛洪:《西京杂记》卷一,中华书局 1985 年,第 3 页。
② 李商隐《茂陵》,冯浩笺注:《玉溪生诗集笺注》,上海古籍出版社 1998 年版,第 264 页。
③ 陈铁民、侯忠义校注:《岑参集校注》,上海古籍出版社 1981 年,第 149 页。
④ 杨伦笺注:《杜诗镜铨》,上海古籍出版社 1980 年,第 97 页。
⑤ 《全唐诗》卷三百七,中华书局 1985 年版,第 3485 页。

蓿"与"天马常衔苜蓿花"道出了当时人们关于苜蓿普遍的认知:即苜蓿是马匹嗜食的草料。因此,在关涉边域特色的诗作中,二者遂构成最具代表性的意象组合,成为诗人吟咏的习惯路数。

由于苜蓿与葡萄都属汉代自西域引进的外来植物,因此,在唐人的诗歌中还习惯将二者相提并论。如王维《送刘司直赴安西》:

绝域阳关道,胡烟与塞尘。三春时有雁,万里少行人。

苜蓿随天马,葡萄逐汉臣。当令外国惧,不敢觅和亲。①

此诗是王维为朋友赴安西都护府送别而作。前四句写景,刻画旅途的荒无人烟,后四句借苜蓿、天马与葡萄被汉臣带入内地的事实,直言反对和亲的主张。其中的苜蓿与天马连类,暗示苜蓿是天马嗜吃的草料,汉朝从西域引进天马,也将天马嗜食的草料苜蓿一同引入内地种植。苜蓿又与下句的葡萄对仗,二者皆属从遥远的边域引进的植物。在王维看来,虽然异域的动植物可以植入内地,但是对于以和亲方式的民族交往他却是不认同的。又如杜甫的《寓目》:

一县蒲萄熟,秋山苜蓿多。关云常带雨,塞水不成河。

羌女轻烽燧,胡儿制骆驼。自伤迟暮眼,丧乱饱经过。②

这是杜甫携家人流寓秦州时的诗作。秦州临近吐蕃,诗歌开端即以全县满目的葡萄和山中的苜蓿点出秦州特殊的地理位置。这里关塞无阻,羌胡杂居,经历了安史叛乱的杜甫因此对秦州的形势充满了担忧。此外,晚唐贯休的《塞上曲二首》其一也将苜蓿与葡萄并列:

锦袷胡儿黑如漆,骑羊上冰如箭疾。

蒲桃酒白雕腊红,苜蓿根甜沙鼠出。

单于右臂何须断,天子昭昭本如日。

---

① 赵殿成笺注:《王右丞集笺注》,上海古籍出版社1984年版,第142页。
② 杨伦笺注:《杜诗镜铨》,上海古籍出版社1980年,第253页。

一握翳髻一握丝,须知只为平戎术。①

诗中描写的身着锦面夹衣的胡儿,以白葡萄酒与红色的雕肉干为美味,富有甜味的苜蓿根则成为沙鼠的美食,不仅反映了胡人的饮食特点,就连当地动物的食用习性都有记录,颇具民族民俗的资料价值。

值得注意的是,唐代诗人还记录了当时人们将苜蓿作为食材的情况,并以食用苜蓿象征贫窘的生活。如薛令之的《自悼》:

朝日上团团,照见先生盘。盘中何所有,苜蓿长阑干。

饭涩匙难绾,羹稀箸易宽。只可谋朝夕,何由保岁寒。②

薛令之是福州长溪(今福建霞浦)人,唐肃宗为太子时,他以右补阙兼太子侍读,积年不得升迁,遂弃官徒步归乡里。《唐诗纪事》记载:"开元中,令之为右庶子。时东宫官僚清淡,令之题诗自悼。明皇幸东宫,览之,索笔题其傍曰:'啄木口嘴长,凤皇毛羽短。若嫌松桂寒,任逐桑榆暖。'遂谢病归。"③这首诗歌就是作于他在东宫怀才不遇之时。诗中用每日盘中只有苜蓿菜,饭涩羹稀等日常饮食的寡淡来表现其俸禄的薄微,将苜蓿菜与贫士联系了起来。晚唐诗人唐彦谦的《闻应德茂先离棠溪》也将苜蓿与贫穷生活相关联:

落日芦花雨,行人谷树村。青山时问路,红叶自知门。

苜蓿穷诗味,芭蕉醉墨痕。端知弃城市,经席许频温。④

如果说薛令之是比较含蓄地用食用苜蓿来表现其生活贫窘的话,那么唐彦谦则很直接地将苜蓿、贫穷与诗歌联系在一起,此诗中的"苜蓿穷诗味",用苜蓿味象征文士的清贫生活,进而把苜蓿与贫士这一象征意义固化了。苜蓿由西域传入中原,从马的饲料到贫士餐盘中的食材,不能不说是胡文化汉化的一个独特现象。

---

① 胡大浚笺注:《贯休歌诗系年笺注》,中华书局2011年版,第141页。
② 《全唐诗》卷二百十五,中华书局1985年版,第2247页。
③ 薛令之《自悼》附注,《全唐诗》卷二百十五,中华书局1985年版,第2247页。
④ 《全唐诗》卷六百七十一,中华书局1985年版,第7665页。

三、"荔枝还复入长安":荔枝

上述我们以白草和苜蓿为代表分析了唐诗中北方远域的草木意象,以下我们再看一看南国的草木意象代表,先说荔枝。

荔枝,又称离支、荔支,常绿乔木,广泛分布于我国的东南部、南部和西南部,广东栽培最多,福建和广西次之,四川、云南、贵州及台湾等省也有栽培。早在汉代,荔枝在我国就有栽培和食用,它不仅是人们喜爱的水果之一,还有一定的药用价值。据《本草纲目》记载,荔枝具有补脾益肝、生津止呃、镇咳养心、消肿祛痛等功效。

荔枝最早见于西汉司马相如的《上林赋》,司马相如在铺排皇家园林诸多珍奇果木时说:"于是乎,卢橘夏孰,黄甘橙楱,枇杷橪柿,亭奈厚朴,梬枣杨梅,樱桃蒲陶,隐夫薁棣,答遝离支,罗乎后宫,列乎北园。"①其中的"离支"即为荔枝,李善注引晋灼曰:"离支,大如鸡子,皮粗,剥去皮,肌如鸡子,中黄,味甘多酢少。"②此后,东汉王逸又作《荔支赋》,对荔枝的树形、条干、绿叶以及果实进行了较为全面的描摹,其中对果实的描写最为用力:"灼灼若朝霞之映日,离离如繁星之著天。皮似丹罽,肤若明玱。润侔和璧,奇喻五黄。仰叹丽表,俯尝嘉味。口含甘液,心受芳气。兼五滋而无常主,不知百和之所出。卓绝类而无俦,超众果而独贵。"③此后一直到唐代立国,文人对荔枝的摹写多滥觞于王逸的《荔支赋》。如西晋左思《蜀都赋》:"于是乎邛竹缘岭,菌桂临崖。旁挺龙目,侧生荔枝。布绿叶之萋萋,结朱实之离离,迎隆冬而不凋,常晔晔以猗猗。"④南朝齐代孔稚圭《谢赐生荔枝启》:"绿叶云舒,朱实星映,离离昔闻,晔晔今睹,信西岷之佳珍,谅东鄙之未识。"⑤不难看出,左思之"朱实之离离"

---

① 萧统编、李善注:《文选》,中华书局1983年版,第126页。
② 萧统编、李善注:《文选》,中华书局1983年版,第126页。
③ 费振刚等辑校:《全汉赋》,北京大学出版社1993年,第517页。
④ 萧统编、李善注:《文选》,中华书局1983年版,第75页。
⑤ 严可均辑:《全齐文》卷十九,中华书局1958年版,第2899页。

和孔稚圭之"朱实星映,离离昔闻"等对荔枝果实的描绘,都脱胎于王逸之赋。梁代刘霁《咏荔枝诗》则直言"叔师贵其珍,武仲称其美。良由自远致,含滋不留齿。"①王逸字叔师,傅毅字武仲,可惜傅毅咏荔枝作品今不存。

唐代文人对荔枝的关注可谓空前,其中主要原因一是版图广大,人员往来南方与物产交流不再像前朝那样受地域限制,二是因为杨贵妃嗜食荔枝。原因其一带来最明显的文坛现象就是荔枝意象大量出现在唐人送别类和贬谪类诗歌中。如李颀《送刘四赴夏县》:

> 扶南甘蔗甜如蜜,杂以荔枝龙州橘。②

韩翃《送故人归蜀》:

> 一骑西南远,翩翩入剑门。客衣筒布润,山舍荔枝繁。③

卢纶《送张郎中还蜀歌》:

> 邛竹笋长椒瘴起,荔枝花发杜鹃鸣。④

王建《送严大夫赴桂州》:

> 辟邪犀角重,解酒荔枝甘。莫叹京华远,安南更有南。⑤

许浑《送杜秀才归桂林》:

> 瘴雨欲来枫树黑,火云初起荔枝红。⑥

李洞《送沈光赴福幕》(一作送福州从事):

> 泉齐岭鸟飞,雨熟荔枝肥。⑦

曹松《南海陪郑司空游荔园》:

> 荔枝时节出旌旟,南国名园尽兴游。

---

① 逯钦立辑校:《先秦汉魏晋南北朝诗》,中华书局1984年版,第1671页。
② 《全唐诗》卷一百三十三,中华书局1985年版,第1353页。
③ 《全唐诗》卷二百四十四,中华书局1985年版,第2737页。
④ 《全唐诗》卷二百七十七,中华书局1985年版,第3149页。
⑤ 《全唐诗》卷二百九十九,中华书局1985年版,第3398页。
⑥ 《全唐诗》卷五百三十六,中华书局1985年版,第6121页。
⑦ 《全唐诗》卷七百二十一,中华书局1985年版,第8272页。

第六章 唐诗中的邻族名物与文化交流

乱结罗纹照襟袖,别含琼露爽咽喉。①

卢肇《被谪连州》:

连州万里无亲戚,旧识唯应有荔枝。②

在唐人这些送别友人以及谪宦的作品中,涉及荔枝出产地的就有扶南(今广西西南部)、蜀(今四川)、桂州(今桂林)、福州(今福建)、南海(今海南)、连州(今广东)等地,可见,随着唐代士人足迹所及,荔枝这一南国特产逐渐为更多人所熟悉,而这些诗作中的荔枝意象体现的主要是地域、季节、物产等特征,其中王建诗中提到的荔枝可以解酒,曹松诗中描绘的荔枝可以润喉爽喉,为人们了解唐代荔枝分布以及食用价值提供了资料依据。

因为杨贵妃嗜食荔枝的原因所影响的则是唐诗中荔枝意象成为特权以及权贵荒淫生活的象征。从南国向宫廷进献荔枝,自西汉就开始了。因为荔枝"若离本枝,一日而色变,二日而香变,三日而味变,四五日外,色香味尽去矣"③的特点,朝廷令地方官员派遣役夫日夜兼程,轮流传送,每年造成的劳民伤财触目惊心,所以东汉和帝接受地方官员唐羌的建议曾下诏停献荔枝。"旧南海献龙眼、荔支,十里一置,五里一候,奔腾阻险,死者继路。时临武长汝南唐羌,县接南海,乃上书陈状。帝下诏曰:'远国珍羞,本以荐奉宗庙,苟有伤害,岂爱民之本。其敕太官勿复受献。'由是遂省焉。"④但是在唐玄宗时期,从南国献贡荔枝可谓空前绝后,只是因为他宠幸无比的杨贵妃嗜吃荔枝:"妃每从游幸,乘马则力士授辔策。凡充锦绣官及冶瑑金玉者,大抵千人,奉须索,奇服秘玩,变化若神。四方争为怪珍入贡,动骇耳目。于是岭南节度使张九

---

① 《全唐诗》卷七百十七,中华书局1985年版,第8244页。
② 《全唐诗》卷五百五十一,中华书局1985年版,第6385页。
③ 白居易《荔枝图序》,顾学颉校点:《白居易集》,中华书局1985年版,第973页。
④ 《后汉书·和帝纪》卷四,中华书局1965年版,第194页。唐羌《上书陈交阯献龙眼荔支事状》:"臣闻上不以滋味为德,下不以贡膳为功,故天子食太牢为尊,不以果实为珍。伏见交阯七郡献生龙眼等,鸟惊风发。南州土地,恶虫猛兽不绝于路,至于触犯死亡之害。死者不可复生,来者犹可救也。此二物升殿,未必延年益寿。"严可均辑:《全后汉文》卷四十九,中华书局1958年版,第744页。

章、广陵长史王翼以所献最,进九章银青阶,擢翼户部侍郎,天下风靡。妃嗜荔支,必欲生致之,乃置骑传送,走数千里,味未变已至京师。"①可以想见,为了能让杨贵妃吃上不变味道的新鲜荔枝,在当时的交通条件下,从南方到长安,跨越几千里的路程,沿路的官员以及百姓乃至快马要付出多大的代价与牺牲。

正是因为此事惊扰天下太过,所以自杨贵妃去世后,就有诗人借荔枝入长安而咏叹,这些诗作或批评或讽刺,都不同程度地指向了最高统治者。如杜甫《解闷十二首》其九至其十二,连续四首都围绕荔枝遣兴。其九曰:

先帝贵妃今寂寞,荔枝还复入长安。

炎方每续朱樱献,玉座应悲白露团。②

杜甫此诗作于夔州,其时玄宗与杨贵妃都已离世,但是,南国继续向长安进贡荔枝,杜甫因此感叹玄宗征贡荔枝的旧习未除。如果说在此诗中杜甫对玄宗的谴责之意还比较委婉,那么其十二则透露出明显的讽刺之情:

侧生野岸及江蒲,不熟丹宫满玉壶。

云壑布衣骀背死,劳人害马翠眉须。③

诗的前两句叙荔枝生长之地及入宫之事,后两句言朝廷对抱道布衣老死丘壑而不征,却不惜劳人害马独征荔枝入宫以满足翠眉之须,两相对比,批评玄宗远德而好色之意明显,而天宝之乱的祸根也正在于此。

此后,唐代不乏借荔枝讽刺唐玄宗与杨贵妃荒淫误国的诗作。如鲍防《杂感》:

天马常衔苜蓿花,胡人岁献葡萄酒。

五月荔枝初破颜,朝离象郡夕函关。④

用朝发夕至评论南方献贡荔枝到达长安之迅速,明显带有的夸张成分中

---

① 《新唐书·后妃上》卷七十六,中华书局1975年版,第3494页。
② 杨伦笺注:《杜诗镜铨》,上海古籍出版社1980年,第818页。
③ 杨伦笺注:《杜诗镜铨》,上海古籍出版社1980年,第819页。
④ 《全唐诗》卷三百七,中华书局1985年版,第3485页。

不免渗透出讥讽之意。杜牧《过华清宫绝句三首》其一则是颇为人们所熟知的作品：

> 长安回望绣成堆，山顶千门次第开。
> 一骑红尘妃子笑，无人知是荔枝来。①

通过客观的场面次第转换，暗含深刻的讽刺意味，其中"一骑红尘"与"妃子笑"两个场景，极具画面感。再如张祜《马嵬坡》：

> 旌旗不整奈君何，南去人稀北去多。
> 尘土已残香粉艳，荔枝犹到马嵬坡。②

揭示杨贵妃死后荔枝依然供奉不断的现实。此外，韩偓的《荔枝三首》其一"遐方不许贡珍奇，密诏唯教进荔枝"③，郑谷的《荔枝》"平昔谁相爱，骊山遇贵妃"④等也都将荔枝与杨贵妃联系，隐含讽刺之意。

除了诗歌中频繁出现荔枝意象，唐代张九龄的《荔枝赋》（并序）及白居易的《荔枝图序》也值得关注。张九龄的《荔枝赋》是一篇托物言志的抒情小赋，他祖籍韶州曲江（今广东韶关），荔枝是其家乡特产，因此，张九龄比北方人更了解荔枝。他有感于"百果之中，无一可比"的荔枝到北方"命之不逢"，遂将其与士人的命运联系，"夫物以不知而轻，味以无比而疑，远不可验，终然永屈。况士有未效之用，而身在无誉之间，苟无深知，与彼亦何以异也？因道扬其实，遂作此赋。"⑤以此寄托他希望人尽其才物尽其用的政治理想。而白居易则在忠州任上命画工图画荔枝，并亲为《荔枝图序》，详细描述荔枝的形态、味道以及特性，目的是让那些不认识或不熟悉荔枝的人了解它，可见白居易对荔枝的关注用心。

总之，唐代文人对荔枝意象的挖掘到达了空前的高度，特别是将其象征权

---

① 陈允吉校点：《樊川文集》，上海古籍出版社1984年，第28页。
② 《全唐诗》卷五百一十一，中华书局1985年版，第5843页。
③ 《全唐诗》卷六百八十，中华书局1985年版，第7795页。
④ 《全唐诗》卷六百七十四，中华书局1985年版，第7722页。
⑤ 《全唐文》卷二百八十三，中华书局1983年版，第2869页。

贵生活荒淫的内涵对后代相关创作影响很大。

四、"桄榔椰叶暗蛮溪":桄榔

在唐人关于南国草木的抒写中,桄榔也是出现较多的意象。桄榔多产于我国云南、广东、广西、海南及福建一带,它的花汁可制糖、酿酒,树干髓心含淀粉,可供食用,嫩的茎尖可作蔬菜食用,果实还可以药用破宿食与积血。因此,桄榔又别称面木、糖树、南椰、砂糖椰子等。桄榔树面,较早见于左思《蜀都赋》,其中记载"布有橦华,面有桄榔。邛杖传节于大夏之邑,蒟酱流味于番禺之乡。"苏林注曰:"桄榔,树名也,木中有屑,如面,可食。"①其后,郦道元在《水经注》卷三十七也记载南方少数民族以桄榔树面自给的风俗:"盘水又东迳汉兴县。山溪之中,多生邛竹、桄榔树,树出面,而夷人资以自给。"②

唐代士人笔下对桄榔树面的描写较之前人更加细致,出现了伴随味蕾体验的刻画。如元稹《送岭南崔侍御》写道:

> 我是北人长北望,每嗟南雁更南飞。
>
> 君今又作岭南别,南雁北归君未归……
>
> 火布垢尘须火浣,木绵温软当绵衣。
>
> 桄榔面碜槟榔涩,海气常昏海日微。③

唐代岭南治所在广州,元稹这首诗即送别到岭南任职的崔姓朋友。诗中除了表达朋友情谊外,对岭南风土民俗的表现最具特色。其中"桄榔面碜槟榔涩"即从口感上记载了当地桄榔面的牙碜体验。又如白居易的《送客春游岭南二十韵》叙岭南风物,写到吃桄榔面的苦感:

> 面苦桄榔裹,浆酸橄榄新。牙樯迎海舶,铜鼓赛江神。④

---

① 《文选》,中华书局1983年版,第79页。
② 陈桥驿等译:《水经注全译》,贵州人民出版社1996年,第1263页。
③ 冀勤点校:《元稹集》,中华书局1982年版,第202页。
④ 顾学颉校点:《白居易集》,中华书局1985年版,第353页。

皮日休的《寄琼州杨舍人》则想象在琼州任职的朋友制作桄榔面饮食的情境：

> 德星芒彩瘴天涯,酒树堪消谪宦嗟。
> 行遇竹王因设奠,居逢木客又迁家。
> 清斋净溲桄榔面,远信闲封豆蔻花。
> 清切会须归有日,莫贪句漏足丹砂。①

此诗的杨舍人是杨知至,唐懿宗咸通十一年(870年)九月自比部郎中、知制诰贬为琼州司马。所以,皮日休用"清斋净溲桄榔面"形容杨知至在海南日常的清贫生活。因为唐代到岭南一带任职的士人多为谪逐之臣,即便不属于此类人士,也因南北殊俗,北方人到南方也有生活上的诸多不便。所以,具有独特地域风味的桄榔面在一定程度上也成为南国官员清贫日子的写照。

除了表现对桄榔树面的碜涩口感,唐诗中的桄榔意象多以地域风光的元素呈现出来。对于那些曾经到过南方的士人来说,桄榔树因其高大独特很容易引起他们的关注。如因交张易之获罪,被贬泷州(今广东罗定)参军的宋之问和被流贬驩州(越南荣市)的沈佺期都写过桄榔树。宋之问《早发始兴江口至虚氏村作》曰:"薜荔摇青气,桄榔翳碧苔"②;沈佺期《答魑魅代书寄家人》中则有"空庭游翡翠,穷巷倚桄榔。"③李德裕贬潮州司马时所作《谪岭南道中作》也注意到了桄榔树:"岭水争分路转迷,桄榔椰叶暗蛮溪。"④这些桄榔意象都是实写他们到南方后亲眼所见之桄榔树。而对于那些送别友人到南方的士人,尽管他们不一定亲见桄榔树的形态,但也并不妨碍他们通过耳闻与想象去表现它。如张九龄《送广州周判官》用"里树桄榔出,时禽翡翠来"⑤突出海郡蛮夷部落的地域特色;皎然《送沈秀才之闽中》对闽地风物的印象是"岭重

---

① 《全唐诗》卷六百十四,中华书局1985年版,第7080页。
② 陶敏、易淑琼校注:《沈佺期宋之问集校注》,中华书局2001年版,第431页。
③ 陶敏、易淑琼校注:《沈佺期宋之问集校注》,中华书局2001年版,第108页。
④ 《全唐诗》卷四百七十五,中华书局1985年版,第5397页。
⑤ 《全唐诗》卷四十八,中华书局1985年版,第587页。

寒不到,海近瘴偏多。野戍桄榔发,人家翡翠过。"①周繇《送杨环校书归广南》对广南(今属云南省)当地的独特认知是"山村象踏桄榔叶,海外人收翡翠毛"②等。而这些作品中的桄榔意象多与翡翠同时出现,不免存在一些俗套。

综上,我们选择了唐诗中白草、苜蓿、荔枝和桄榔四种代表南北草木的意象予以检视,它们除了具备共同的异方地域色彩之外,白草和苜蓿意象更多地承载着诗人的民族情感,荔枝在一定程度上则成为权贵荒淫生活的象征,而苜蓿菜和桄榔树面则代表着士人清贫的生活。唐诗中这些远域草木意象的新意,赋予了这些意象超越传统的丰富内涵,显示了唐人写作视野的开阔远大,对后代文人的创作产生了很大影响。

第二节　唐诗中的邻族武器及日用品

唐朝秉持对外开放的包容态度,相邻民族在政治、经济、文化上交流增多,商贾贸易往来频繁,一些具有异域色彩的武器与日用品经常呈现于唐人笔端,反映于诗人作品中,为我们了解当时的民族器物传播与文化交流提供了较为直观的资料,以下择取数种略加分析。

一、大食刀、乌孙佩刀、新罗剑:异域刀剑武器

唐代士人以书剑行天下,自太宗朝征服东西突厥,到玄宗朝不断开疆辟土,都为唐人的尚武精神养成提供了深厚的社会土壤。因此,他们歌咏勇烈壮士,歌咏报国立功,也歌咏各种武器,其中就包括神奇的异域刀剑武器。我们从中选择几首做一了解,如杜甫《荆南兵马使太常卿赵公大食刀歌》:

太常楼船声嗷嘈,问兵刮寇趋下牢。

---

① 《全唐诗》卷八百十八,中华书局1985年版,第9217页。
② 《全唐诗》卷六百三十五,中华书局1985年版,第7292页。

第六章　唐诗中的邻族名物与文化交流

牧出令奔飞百艘,猛蛟突兽纷腾逃。
白帝寒城驻锦袍,玄冬示我胡国刀。
壮士短衣头虎毛,凭轩拔鞘天为高。
翻风转日木怒号,冰翼雪澹伤哀猱。
镌错碧罂鸊鹈膏,錍锷已莹虚秋涛。
鬼物撇捩辞坑壕,苍水使者扣赤绦,龙伯国人罢钓鳌。
芮公回首颜色劳,分闑救世用贤豪。
赵公玉立高歌起,揽环结佩相终始。
万岁持之护天子,得君乱丝与君理。
蜀江如线如针水,荆岑弹丸心未已。
贼臣恶子休干纪,魑魅魍魉徒为耳!
妖腰乱领敢欣喜,用之不高亦不庳,不似长剑须天倚。
吁嗟光禄英雄弭! 大食宝刀聊可比。
丹青宛转麒麟里,光芒六合无泥滓。①

此诗为杜甫晚年在夔州创作,歌咏的是荆南兵马使太常卿赵公的一把大食宝刀。首四句叙述赵公受命到夔州戡乱,官员们迎候与盗贼奔逃的情形。自"白帝寒城驻锦袍"句以下至"龙伯国人罢钓鳌"这十一句极言大食刀的锋利宝贵。《新唐书·大食传》记载:"大食,本波斯地。男子鼻高,黑而髯。女子白皙,出辄鄣面。……故俗勇于斗。土饶砾不可耕,猎而食肉。刻石蜜为庐如舆状,岁献贵人。蒲陶大者如鸡卵。有千里马,传为龙种。"唐高宗永徽二年(651年),大食开始派遣使者向唐朝朝贡。"开元初,复遣使献马、钿带,……十四年,遣使苏黎满献方物,拜果毅,赐绯袍、带。"②可见在高宗朝大食与唐朝就开始了物产交流。

杜甫在此诗中以光怪陆离极尽形容的笔法,从不同角度描绘了这把大食

---

① 杨伦笺注:《杜诗镜铨》,上海古籍出版社1980年版,第729页。
② 《新唐书·大食传》卷二百二十一下,中华书局1975年版,第6262页。

刀的独特。他先以"天为高"状写刀光上闪,"翻风转日"句状写杀气满空,"冰翼雪澹"句状写刀锋莹利。继而写以"鹘鹪膏"淬光,"鹘鹪膏"即鹘鹪的脂肪,古人常用以涂刀剑,一说可使之不生锈,一说鹘鹪膏至毒,故用以傅刀剑。唐诗中常可见到类似的描写:如杜甫《奉赠太常张卿垍二十韵》称赞张垍"健笔凌鹦鹉,铦锋莹鹘鹪。友于皆挺拔,公望各端倪。"①大历年间江南诗人卫象《古词》描绘用鹘鹪膏淬剑:"鹊血雕弓湿未干,鹘鹪新淬剑光寒。辽东老将鬓成雪,犹向旄头夜夜看。"②李贺《春坊正字剑子歌》咏剑也形容"蛟胎皮老蒺藜刺,鹘鹪淬花白鹇尾",③足见用鹘鹪膏淬练刀剑的技术在古代十分流行。

接下来,杜甫又以传说中的手持红色刀绳的苍水仙人使者和能连钓六鳌的龙伯大人国状写宝刀的辟易效果。"苍水使者"见于干宝的《搜神记》,其中记载,秦代有人夜晚渡河,见到一个身高丈余手持横刀的人,问之答曰是苍水使者。"龙伯国人"见于《列子·汤问》,记载了龙伯之国的巨人,可以举足不盈数步而暨五山之所,一次能够连钓六鳌的故事。这两个传说都是以其令高大之物退避而显示宝刀的锋利。最后,祝愿赵公能用此刀戡乱。杜甫此诗虽然旨在借歌咏大食刀表达平叛的愿望,凸显唐军的勇武,但是,中间部分对宝刀的描绘光怪陆离,骨力气象令人印象深刻,也反映出唐代军中大将所配用的刀剑不乏外来武器这一事实。

此外,杜集中还有《蕃剑》一诗,也表现了异域武器的神奇:

致此自僻远,又非珠玉装。如何有奇怪,每夜吐光芒。

虎气必腾上,龙身宁久藏。风尘苦未息,持汝奉明王。④

首二句点明此剑来自偏僻的远域,它没有珠玉的装饰,显得有些普通。三四句为问辞,显示蕃剑的神奇不凡,五六句作答语,用龙虎腾跃再显其光怪难

---

① 杨伦笺注:《杜诗镜铨》,上海古籍出版社1980年版,第84页。
② 《全唐诗》卷二百九十五,中华书局1985年版,第3353页。
③ 王琦等注:《李贺诗歌集注》,上海人民出版社1977年版,第49页。
④ 杨伦笺注:《杜诗镜铨》,上海古籍出版社1980年版,第264页。

掩。《吴越春秋》曾载："阖闾死后，以扁诸之剑陪葬，金精上扬，为白虎踞其上，于是号为虎丘。"又据殷云《小说》记载，有人盗发王子乔墓，只见一剑悬在空中，欲取时，剑发出龙吟虎吼之声，随即飞上天空。"必腾上""宁久藏"即用此典故。这两句气格苍凉踔厉而又自信豪迈，因为剑可靖乱，所以最后杜甫自然地结出心愿：即在风尘未息之时，持此宝剑奉侍明王。

在唐人诗作中，记载这些异域武器的还有李颀的《崔五六图屏风各赋一物得乌孙佩刀》和李涉的《与弟渤新罗剑歌》，李颀的诗属于朋友宴集时的分题咏物，诗中写道：

> 乌孙腰间佩两刀，刃可吹毛锦为带。
> 握中枕宿穹庐室，马上割飞翳塞。
> 执之魈魈谁能前，气凛清风沙漠边。
> 磨用阴山一片玉，洗将胡地独流泉。
> 主人屏风写奇状，铁鞘金镮俨相向。
> 回头瞠目时一看，使予心在江湖上。①

这是李颀歌咏朋友崔五室内屏风上所画的乌孙佩刀的一篇作品。乌孙为古代西域少数民族，汉代逐渐强大，与匈奴抗衡。《史记·大宛列传》记载："乌孙在大宛东北可二千里，行国，随畜，与匈奴同俗。控弦者数万，敢战。故服匈奴，及盛，取其羁属，不肯往朝会焉。"②《汉书·西域传》记载："乌孙国，大昆弥治赤谷城，去长安八千九百里。户十二万，口六十三万，胜兵十八万八千八百人。"③乌孙自汉代就与内地有交往，汉武帝时采纳张骞建议与乌孙和亲联合夹击匈奴，于元封六年（前105年）将江都王刘健女儿细君嫁给乌孙昆莫，其后又将楚王刘戊孙女解忧嫁与乌孙和亲，解忧公主在乌孙生活长达半个世纪，为汉代与乌孙的文化交流做出了极大贡献。

---

① 王锡九校注：《李颀诗歌校注》上册，中华书局2018年，第439页。
② 《史记·大宛列传》卷一百二十三，中华书局1963年版，第3161页。
③ 《汉书·西域传》卷九十六下，中华书局1964年版，第3901页。

李颀诗中这把乌孙佩刀虽为画中物品,但是他却将佩刀刻画得堪比实物。从佩刀的插进和切入功能来说,是否锋利是判断其优劣的第一要求,因此,李颀首先赞美这把乌孙佩刀"刃可吹毛"的锋利威凛。用"吹毛"来测试刀剑等武器的锋利程度是自古以来的标准之一,如杜甫《喜闻官军已临贼境二十韵》中有"锋先衣染血,骑突剑吹毛",①卢纶《难绾刀子歌》中也有"吹毛可试不可触,似有虫搜阙裂文"②的描绘,都是用吹毛可断赞扬刀剑的锋利。接下来,李颀用"穹庐室""罽螩塞""沙漠""阴山""胡地"等充满异域特色的意象表现乌孙佩刀的与众不同,从而赋予其神奇色彩。这把佩刀用阴山玉石雕磨,用胡地的独流泉清洗,曾在"罽螩塞"割食飞禽,也曾在沙漠地区退避鬼怪。它与主人形影不离,睡觉时都被主人枕在头下。正是因为这十二分的钟爱之情,所以把它画在屏风上,令观者睹物遐想,壮思飞扬。

李涉的《与弟渤新罗剑歌》则是叙写他赠给弟弟的一把新罗剑:

我有神剑异人与,暗中往往精灵语。

识者知从东海来,来时一夜因风雨。

长河临晓北斗残,秋水露背青螭寒。

昨夜大梁城下宿,不借跌跌光颜看。

刃边飒飒尘沙缺,瘢痕半是蛟龙血。

雷焕张华久已无,沉冤知向何人说。

我有爱弟都九江,一条直气今无双。

青光好去莫惆怅,必斩长鲸须少壮。③

李涉在宪宗时任太子通事舍人,曾与其弟李渤同隐庐山香炉峰下。李渤,明经科中第,元和初受韩愈敦劝,赴任职方郎中、太子宾客。此诗叙述李涉得到一把来自异国的新罗剑,这把剑漂洋过海辗转到作者手中,剑身已有些斑

---

① 杨伦笺注:《杜诗镜铨》,上海古籍出版社1980年版,第169页。
② 《全唐诗》卷二百九十五,中华书局1985年版,第3150页。
③ 《全唐诗》卷二百九十五,中华书局1985年版,第5425页。

驳。为了衬托新罗剑的神奇,作者先刻画宝剑到来时夜晚的风雨交加,以及"长河""北斗"的奇异天象,后以秋露"青螭寒"描绘时序。"青螭"即古代传说中的无角青龙,又与下句的"蛟龙"照应,让人联想这把新罗剑曾经斩杀蛟龙的不凡经历。"雷焕张华"句则记载了古代神剑与天象的照应以及入水化龙的故事。据《晋书·张华传》记载:

"初,吴之未灭也,斗牛之间常有紫气,道术者皆以吴方强盛,未可图也,惟华以为不然。及吴平之后,紫气愈明。华闻豫章人雷焕妙达纬象,乃要焕宿,屏人曰:'可共寻天文,知将来吉凶。'因登楼仰观,焕曰:'仆察之久矣,惟斗牛之间颇有异气。'华曰:'是何祥也?'焕曰:'宝剑之精,上彻于天耳。'华曰:'君言得之。吾少时有相者言,吾年出六十,位登三事,当得宝剑佩之。斯言岂效与!'因问曰:'在何郡?'焕曰:'在豫章丰城。'华曰:'欲屈君为宰,密共寻之,可乎?'焕许之。华大喜,即补焕为丰城令。焕到县,掘狱屋基,入地四丈余,得一石函,光气非常,中有双剑,并刻题,一曰龙泉,一曰太阿。其夕,斗牛间气不复见焉。焕以南昌西山北岩下土以拭剑,光芒艳发。大盆盛水,置剑其上,视之者精芒炫目。遣使送一剑并土与华,留一自佩。或谓焕曰:'得两送一,张公岂可欺乎?'焕曰:'本朝将乱,张公当受其祸。此剑当系徐君墓树耳。灵异之物,终当化去,不永为人服也。'华得剑,宝爱之,常置坐侧。华以南昌土不如华阴赤土,报焕书曰:'详观剑文,乃干将也,莫邪何复不至?虽然,天生神物,终当合耳。'因以华阴土一斤致焕。焕更以拭剑,倍益精明。华诛,失剑所在。焕卒,子华为州从事,持剑行经延平津,剑忽于腰间跃出堕水,使人没水取之,不见剑,但见两龙各长数丈,蟠萦有文章,没者惧而反。须臾光彩照水,波浪惊沸,于是失剑。"①

这段史料记载了晋人张华与雷焕从观察天气异象到寻找宝剑,再到得到后双剑入水化龙,得而复失的过程。从而赋予了传统文化中宝剑的神异色彩,

---

① 《晋书·张华传》卷三十六,中华书局1982年版,第1075—1076页。

而张华与雷焕也成为古代识剑名士的代表人物。李涉用此典故,是感慨识剑之古人已逝,因此,要把这把新罗神剑赠给一身直气的胞弟李渤,希望他能够趁少壮之时实现"必斩长鲸"的理想抱负。

总之,不管是杜甫笔下的大食宝刀、蕃剑,李颀笔下的乌孙佩刀还是李涉得到的新罗剑,这些来自相邻民族的武器之共同特点就是珍贵神奇,这也是它们能成为诗人关注和吟咏对象的重要原因。同时,这些诗作一方面反映了唐朝当时与邻族的商贸交往品种的丰富,唐人对于邻族物品的青睐,另一方面也反映出唐人欲借助这些名贵刀剑表达建功立业理想抱负的人生追求。

二、蛮榼、蛮笺、蛮丝:蛮方日常用品

在唐诗学界,人们对周边少数民族的关注度总体来说是北方远胜于南方,这其中的主要原因是因为唐朝的防边多在北方,因此,诗歌中反映的与邻族的关系以及文化交流就以北方为多。然而,唐朝文化的包容性恰恰体现在其不局限于容纳一隅的文化,而是对四方异域全面开放与吸收,唐代诗人记录的以"蛮"为修饰的日常生活用品个例就为我们呈现了唐代民族文化交流的这一特点。如白居易诗中经常出现的"蛮榼":

> 博士官犹冷,郎中病已痊。多同僻处住,久结静中缘。
> 缓步携筇杖,徐吟展蜀笺。老宜闲语话,闷忆好诗篇。
> 蛮榼来方泻,蒙茶到始煎。无辞数相见,鬓发各苍然!①

此诗题为《新昌新居书事四十韵,因寄元郎中、张博士》,是白居易搬新居后寄给朋友元宗简和张籍的作品。"博士"即张籍,"郎中"即元宗简,作者描写了他日常散步与吟诗的平凡生活,并邀请两位好友来家里相聚。其中值得注意的是,白居易准备招待朋友的酒是用南方少数民族地区的酒器"蛮榼"盛存的。在另一首《夜招晦叔》诗中,白居易又写到"蛮榼":

---

① 白居易《新昌新居书事四十韵,因寄元郎中、张博士》,顾学颉校点:《白居易集》,中华书局1985年版,第416页。

第六章 唐诗中的邻族名物与文化交流

庭草留霜池结冰,黄昏钟绝冻云凝。

碧毡帐上正飘雪,红火炉前初炧灯。

高调秦筝一两弄,小花蛮榼二三升。

为君更奏湘神曲,夜就侬来能不能?①

崔玄亮字晦叔,此为白居易邀请朋友夜饮的诗歌。在一个飘着雪花的寒冬黄昏,华灯初上,白居易为崔玄亮准备了"红火炉""高调秦筝"以及用"小花蛮榼"盛的美酒,音乐配着美酒,这样的盛情邀约显示了白居易的真诚。"蛮榼"的再度出现,足见这种南方少数民族的盛酒器颇受白居易的喜爱,也成为士人家庭中寻常的日常用品之一。

与士人们的生活有着密切关联的物品还有"蛮笺",士人的书写离不开纸张与毛笔等用品,"蛮笺"是一种比较讲究的书写纸张,在晚唐诗人的作品中经常出现。如杜牧《往年随故府吴兴公夜泊芜湖口今赴官西去再宿芜湖感旧伤怀因成十六韵》出现"蛮笺":

南指陵阳路,东流似昔年。重恩山未答,双鬓雪飘然。

数仞惭投迹,群公愧拍肩。驽骀蒙锦绣,尘土浴潺湲。

郭隗黄金峻,虞卿白璧鲜。貔貅环玉帐,鹦鹉破蛮笺。②

这是杜牧感怀昔年在沈传师幕府生活的诗,前四句慨叹时光流逝,鬓发已斑,"数仞"以下赞美沈传师以及幕府同僚,对自己的才华表示谦虚。"鹦鹉破蛮笺"用三国时期祢衡赋鹦鹉的典故,表现文采。清人冯集梧注释"蛮笺"征引了明代陈耀文的《天中记》:"唐中国纸未备,故唐人诗中多用蛮笺字。高丽岁贡蛮笺,书卷多用为衬。"③认为"蛮笺"指高丽进贡的笺纸。然而,古代"蛮"多指南方少数民族,"蛮笺"应与南方的区位有一定关系,因此,一说"蛮

---

① 顾学颉校点:《白居易集》,中华书局1985年版,第604页。
② 陈允吉校点:《樊川文集》,上海古籍出版社1984年版,第64页。
③ 杜牧《往年随故府吴兴公夜泊芜湖口今赴官西去再宿芜湖感旧伤怀因成十六韵》,吴在庆校注:《杜牧集系年校注》,中华书局2008年版,第469页。

笺"指蜀笺。蜀地属多民族杂居区,少数民族众多,相对北方而言又属于南方,以"蛮笺"代表蜀纸,指今四川地区所产的彩色笺纸就比较合理。李商隐的《送崔珏往西川》中就写到了蜀纸"浣花笺":

年少因何有旅愁?欲为东下更西游。

一条雪浪吼巫峡,千里火云烧益州。

卜肆至今多寂寞,酒垆从古擅风流。

浣花笺纸桃花色,好好题诗咏玉钩。①

李商隐诗中的"巫峡""益州""卜肆""酒垆""浣花"等都是蜀中最具有标志性的地点,其中"浣花笺纸桃花色"形象地描绘了蜀笺的产地与颜色。唐代益州改为蜀郡,当时的蜀地就有近百家造纸作坊,成都产的麻纸十分有名,成为唐末王公贵胄写诗作画钟爱的纸张。据说成都浣花水造纸极佳,唐代著名女诗人薛涛居于此地,曾亲自制作适合于写诗的小彩笺,时人称之为薛涛笺。所以,唐人也用"蛮笺"指代朋友的书信。如陆龟蒙《酬袭美夏首病愈见招次韵》:

雨多青合是垣衣,一幅蛮笺夜款扉。

蕙带又闻宽沈约,茅斋犹自忆王微。

方灵只在君臣正,篆古须抛点画肥。

除却伴谈秋水外,野鸥何处更忘机。②

袭美为皮日休的字,是陆龟蒙的好友,两人唱和诗作颇多,史称"皮陆"。皮日休病愈写诗招陆龟蒙相聚,陆龟蒙以此诗酬答。诗中用南朝沈约日渐消瘦比拟皮日休,并嘱咐其用药需君臣和合配伍,方能见效。中医用药以起主要作用者为君,辅助者为臣。其中的"一幅蛮笺夜款扉"即用"蛮笺"代指皮日休的诗。此外,罗隐的《清溪江令公宅》中"蛮笺象管夜深时,曾赋陈宫第一

---

① 冯浩笺注:《玉溪生诗集笺注》,上海古籍出版社1998年版,第655页。
② 《全唐诗》卷六百二十五,中华书局1985年版,第7182页。

诗",①也将"蛮笺"与诗作联系在一起,咏赞南朝陈诗人江总的诗歌成就。

如果说以"蛮榼""蛮笺"为代表的南方民族物品主要被唐代士人阶层所接纳的话,那么"蛮丝""蛮锦"则主要被唐代女性群体所青睐。在晚唐时期的诗作中,这种来自西南和南方少数民族所织的锦,经常用来描绘女性形象。如李商隐《李夫人三首》其三写道:

蛮丝系条脱,妍眼和香屑。寿宫不惜铸南人,柔肠早被秋波割。

清澄有余幽素香,鳏鱼渴凤真珠房。②

李夫人本指西汉音乐家李延年之妹,汉武帝刘彻的宠妃。这位倾城倾国的美人年少早亡,令汉武帝十分思念。此诗为悼亡诗,是李商隐借史寓哀,凭吊他自己早逝的妻子王氏。诗的开头表现妻子美丽的形象,他只抓住妻子生前的两个特点突出其美丽,其一是配饰,她用"蛮丝"装饰着臂钏,其二是眼神,妻子的"妍眼""秋波",令人柔肠百转。悼亡记事,记录的都是让生者最难以忘怀的点滴,可见,这两个细节,是妻子留给李商隐最铭心刻骨的印象。

相对于汉服的宽袍大袖,用"蛮锦"制作的服饰则以紧窄为特点。如韩偓《后魏时相州人作李波小妹歌疑其未备因补之》中描绘的"蛮锦"服装:

李波小妹字雍容,窄衣短袖蛮锦红。

未解有情梦梁殿,何曾自媚妒吴宫。

难教牵引知酒味,因令怅望成春慵。

海棠花下秋千畔,背人撩鬓道匆匆。③

《李波小妹歌》本是一首北朝民歌,诗歌写道:"李波小妹字雍容,褰裙逐马如卷蓬。左射右射必叠双。妇女尚如此,男子安可逢。"④塑造了北方少数民族妇女骑马射箭的飒爽英姿,表现了北方民族的豪勇尚武精神。韩偓的这

---

① 《全唐诗》卷六百五十六,中华书局1985年版,第7544页。
② 冯浩笺注:《玉溪生诗集笺注》,上海古籍出版社1998年版,第496页。
③ 《全唐诗》卷六百八十三,中华书局1985年版,第7838页。
④ 逯钦立辑校:《先秦汉魏晋南北朝诗》,中华书局1984年版,第2235页。

首诗歌是对前作的补写,虽然还是那个李波小妹,但是身处晚唐的韩偓是以当时的女性流行审美来重新塑造她。虽然她"未解有情""何曾自媚""难教牵引",性格依然刚烈,但是"梁殿""吴宫"这些南方元素,尤其是"酒味"与"春慵",海棠花下的秋千,以及背着人撩鬓的小动作,都难掩女性的柔媚。一句"窄衣短袖蛮锦红"更是显现了晚唐女性时尚的窄衣装扮。而唐末诗人张碧《游春引》之二中的"五陵年少轻薄客,蛮锦花多春袖窄",①也同样表现了蛮锦服饰的窄袖特点。

此外,以蛮为修饰的器物"蛮鼓"也时常出现在晚唐娱乐场合中,被诗人们所记录。如温庭筠《洞户二十二韵》:

洞户连珠网,方疏隐碧浔。烛盘烟坠烬,帘压月通阴。

粉白仙郎署,霜清玉女砧。醉乡高窈窈,棋阵静愔愔。

素手琉璃扇,玄髫玳瑁簪。昔邪看寄迹,栀子咏同心。

树列千秋胜,楼悬七夕针。旧词翻白纻,新赋换黄金。

唳鹤调蛮鼓,惊蝉应宝琴。舞疑繁易度,歌转断难寻。

露委花相妒,风敧柳不禁。桥弯双表迥,池涨一篙深。②

据刘学锴先生分析,此诗为温庭筠开成年间从游庄恪太子李永之事,是表现宫苑内外宴游的情景,"洞户"或为宫苑的代称。其中"唳鹤调蛮鼓"四句,即描绘宫苑中的歌舞娱乐,击鼓弹琴,声响远传,令鹤鸣蝉惊。关于"蛮鼓",注引《海录碎事》曰:"南蛮铸铜为大鼓,初成,悬于亭,置酒以召同类。富女子以金银为大钗,叩鼓,因名之曰铜鼓钗。"③再如杜牧《怀钟陵旧游四首》其二,也刻画了娱乐时蛮鼓的声响效果:

滕阁中春绮席开,柘枝蛮鼓殷晴雷。

---

① 《全唐诗》卷四百六十九,中华书局1985年版,第5338页。
② 刘学锴校注:《温庭筠全集校注》,中华书局2007年版,第599页。
③ 温庭筠《洞户二十二韵》注引,刘学锴校注:《温庭筠全集校注》,中华书局2007年版,第603页。

垂楼万幕青云合,破浪千帆阵马来。

未掘双龙牛斗气,高悬一榻栋梁材。

连巴控越知何有?珠翠沉檀处处堆。①

这是杜牧回忆当年在江西观察使沈传师幕府的作品,仲春时节的滕王阁中,一场华宴刚刚开始,为宴会佐乐的是伴随着如晴雷般蛮鼓声的健舞《柘枝》。宋郭茂倩《乐府诗集》卷五十六中,根据《柘枝》舞者衣冠类蛮服的特点,推断此舞出自南蛮诸国。根据杜牧的描述,此处《柘枝》舞与蛮鼓相配,二者都应与南方诸少数民族相关。可以肯定的是,蛮鼓多出现于宫廷或官方组织的娱乐场合,或许是因其声响巨大,不适于一般士人的日常文化消费。

综上,我们选取了唐诗中学界关注比较薄弱的民族器物中刀剑类,以及以南方少数民族文化为主的日常用品予以检视,从中不难发现,这些带有异域色彩的民族器物已经渗透到唐人日常生活的方方面面,从光怪陆离的各式短兵器,到居家的日常生活用品,从文人书斋的纸笺、女性的服饰,到娱乐场合的大鼓,事事处处都显示着唐朝时期中华文明在吸收接纳其他文明的互鉴与包容态度,也从细微处体现了中华文明能够延续几千年而旺盛不衰的原因。

第三节 唐诗中的异域骏马

马作为与人类生活联系最密切的动物之一,在古代社会其地位十分重要。它不仅是国家重要的战略军备物资,标志着一个国家或一个时代军事实力的强弱,还是人们日常生活中主要的交通工具和生产资料,标志着一个家族或个人的身份地位和财富水平,因此,文学作品中对马的咏叹就十分丰富。

早在先秦时期,人们就把马分为骐骥与驽马两类,在当时诸多的文献中,骐骥成为良马的代表。到了汉代,随着张骞出使西域,打开天马输入内地的通

---

① 陈允吉校点:《樊川文集》,上海古籍出版社1984年版,第65页。

道后,天马就逐渐取代了骐骥的地位成为汉代人心中骏马的代表。班固《汉书·张骞李广利传》中关于天马的记载:"初,天子发书《易》,曰'神马当从西北来'。得乌孙马好,名曰:'天马'。及得宛汗血马,益壮,更名乌孙马曰'西极马',宛马曰'天马'云。……而天子好宛马,使者相望于道,一辈大者数百,少者百余人。……汉率一岁中使者多者十余,少者五六辈,远者八九岁,近者数岁而反。"到唐朝,从西域传入的以天马、汗马或者骢马为代表的骏马已经十分普遍,在广泛的社会领域都可见到它们的身影。

一、"背为虎文龙翼骨":天马的姿态

有唐一代,马受到自上而下前所未有的重视,来自于西域的骏马已经进入人们日常生活。这首先源于唐代社会物质财富的快速发展,其次也源于唐代不断地开疆拓土,西域诸国纷纷归属于唐朝,再次,是由于帝王的喜爱影响所致。而其中帝王的喜好,或许是起作用最大的。唐代帝王多好名马,如唐太宗李世民曾为其坐骑树碑立传,他亲自撰写《六马图赞》,赞美在立国战争中他先后乘骑过的六匹骏马:拳毛䯄、什伐赤、白蹄乌、特勒骠、飒露紫、青骓。为铭记并宣传它们的功劳,还特命工匠制作了六块石屏式浮雕,由大书法家欧阳询书写其颂词,刻于昭陵北阙下。不仅如此,他还下令发使以立可汗为名,大张旗鼓地到西域诸国去买马,以至于引起魏征多次上书劝阻,如其《谏遣使市马疏》《十渐疏》都是针对唐太宗好马求马而写的。从魏征一再的劝疏中,我们不难想见唐太宗对骏马的偏爱之情,他的这一爱好,对其子孙后代的影响是极深的。

盛世天子唐玄宗李隆基就深受其影响,他也"好大马,御厩至四十万"。[①]一些名马如"玉花骢""照夜白"等都命当时画家韩干"图其骏"。唐玄宗的这一爱好,也培育起了一大批善于画马的画家。唐代擅长鞍马畜兽的画家曹霸、

---

① 张彦远:《历代名画记》卷九,上海人民美术出版社1964年版,第190页。

第六章 唐诗中的邻族名物与文化交流

韩干、陈闳、韦偃等人，多数都是玄宗时期涌现的，这与玄宗的好马不无关系。曹霸所画鞍马，逼真神骏，英姿飒爽，巧夺天工。他因此深得唐玄宗的赏识，曾于"开元之中常引见，承恩数上南熏殿"，①更因此受到权门贵戚的追捧。杜甫《韦讽录事宅观曹将军画马图歌》就记载了当时曹霸画马引起贵戚权门争相保存的轰动效应，诗中写道：

> 国初已来画鞍马，神妙独数江都王。
> 将军得名三十载，人间又见真乘黄。
> 曾貌先帝照夜白，龙池十日飞霹雳。
> 内府殷红马脑碗，婕妤传诏才人索。
> 盘赐将军拜舞归，轻纨细绮相追飞。
> 贵戚权门得笔迹，始觉屏障生光辉。②

曹霸的作品未能流传下来，其弟子韩干画马重视写实，也是当时受到帝王重视的一位画家。张彦远《历代名画记》记载："（韩干）初师曹霸，后独自擅。……天下一统，西域、大宛，岁有来献……遂命悉图其骏，则有玉花骢、照夜白等。时岐、薛、宁、申王厩中皆有善马，干并图之，遂为古今独步。"③韩干所画之马皆丰肥健壮，体现了盛唐人的崇尚壮大的审美时尚，其传世的作品有《照夜白图》《牧马图》《神骏图》等。

上有所好，下必有所效。唐代养马乘骑之风盛及整个社会，以至于玄宗朝流传着这样的民谣："生男不用识文字，斗鸡走马胜读书。"④因此，从达官贵戚到市井百姓，都好马赏马。不仅饲养名马，还要图画保存。在广泛反映唐人社会生活的诗歌中，这些来自西域的骏马形象就更加丰富多彩了。

西域骏马的样貌在唐代诗人笔下生灵活现，它们或者长得"背为虎文龙

---

① 杜甫《丹青引赠曹将军霸》，杨伦笺注：《杜诗镜铨》，上海古籍出版社1980年版，第529页。
② 杨伦笺注：《杜诗镜铨》，上海古籍出版社1980年版，第531页。
③ 张彦远：《历代名画记》卷九，上海人民美术出版社1964年版，第190页。
④ 陈鸿祖《东城老父传》，《全唐文》卷七百二十，中华书局1983年版，第7413页。

翼骨",如李白的《天马歌》描绘道:

> 天马来出月支窟,背为虎文龙翼骨。
>
> 嘶青云,振绿发,兰筋权奇走灭没。
>
> 腾昆仑,历西极,四足无一蹶。
>
> 鸡鸣刷燕晡秣越,神行电迈蹑慌惚。
>
> 天马呼,飞龙趋,目明长庚臆双凫。
>
> 尾如流星首渴乌,口喷红光汗沟朱。①

汉代郊庙祀歌中有《天马》一篇,其中写道:"太一况,天马下,霑赤汗,沫流赭。志俶傥,精权奇,策浮云,晻上驰。体容与,迣万里,今安匹,龙为友。天马徕,从四极,涉流沙,九夷服。天马徕,出泉水,虎脊两,化若鬼。天马徕,历无草,径千里,循东道。天马徕,执徐时,将摇举,谁与期? 天马徕,开远门,竦予身,逝昆仑。"②先歌颂天神太一赐予的天马,志傥精奇,无与伦比;后写天马的来历、形貌以及九夷归附的局面。

李白的这首《天马歌》从天马的来源地写起,随后反复渲染描摹天马的样貌姿态和神情。它骨相超群绝伦,背部的毛发像老虎一样有纹理,昂头如鹰,垂尾如彗星,口吐红光,沾汗流赭;它善于奔跑,如神行电迈,鸡鸣时分还在北方的幽燕之地,傍晚就到了南越。李白笔下的天马形象虽然脱胎于汉代郊庙歌辞中的"霑赤汗,沫流赭。志俶傥,精权奇""虎脊两"等描写,但是明显比汉代歌词更加具有可视的画面感,尤其是"青云""绿发""兰筋"颜色词的使用,以及"嘶""振""腾""历""呼""趋"动作的刻画,令卓荦超凡的天马呼之欲出。

唐人笔下的天马或者"双眼黄金瞳",如沈佺期的《骢马》:

> 西北五花骢,来时道向东。四蹄碧玉片,双眼黄金瞳。

---

① 王琦注:《李太白全集》,中华书局1985年版,第185页。
② 逯钦立辑校:《先秦汉魏晋南北朝诗》(上),中华书局1983年版,第150页。

第六章　唐诗中的邻族名物与文化交流

鞍上留明月,嘶间动朔风。借君驰沛艾,一战取云中。①

骢马即青白色的马,沈佺期笔下的骢马自西北一路向东来到内地,它的独特状貌体现在:四蹄如碧玉,眼睛明亮,有着如黄金般的瞳眸。相马者判断马的优劣有多种标准,其中看四蹄就是一个重要的观测点。张仲素《天马辞二首》其二也关注了马蹄的碧玉色,他笔下的"天马初从渥水来""来时欲尽金河道,猎猎轻风在碧蹄。"②此外,观察马的眼睛也是重要标准之一,沈佺期此诗除了刻画骢马的四蹄之外,最留意的就是它一双黄金般瞳眸的眼睛。无独有偶,杜甫的《骢马行》也重点描绘了骢马的眼睛:

邓公马癖人共知,初得花骢大宛种。
夙昔传闻思一见,牵来左右神皆竦。
雄姿逸态何崷崒,顾影骄嘶自矜宠。
隅目青荧夹镜悬,肉骏碨礧连钱动。
朝来少试华轩下,未觉千金满高价。
赤汗微生白雪毛,银鞍却覆香罗帕。
卿家旧赐公取之,天厩真龙此其亚。
昼洗须腾泾渭深,夕趋可刷幽并夜。③

此诗题下杜甫原注曰:"太常梁卿敕赐马也,李邓公爱而有之。"④说明此马原是天子赐给太常梁卿的,后为爱马成癖的李邓公所有。这匹花骢马属大宛品种,因为天子所赐,来自"天厩",其"雄姿逸态"令众人为之振竦。杜甫先通过人们观马的普遍反映侧笔烘托骢马的姿态,再直笔描绘它的形象。其中,他突出骢马的眼睛是"隅目青荧夹镜悬",眼睛有角为"隅目","青荧"即青色而有光荧,这种光荧犹如镜子一般明亮。杜甫写马尤其喜欢刻画其眼睛,他在

---

① 陶敏、易淑琼校注:《沈佺期宋之问集校注》(上),中华书局2001年版,第229页。
② 《全唐诗》卷三百六十七,中华书局1985年版,第4139页。
③ 杨伦笺注:《杜诗镜铨》,上海古籍出版社1980年版,第92页。
④ 杜甫《骢马行》原注,杨伦笺注:《杜诗镜铨》,上海古籍出版社1980年版,第92页。

《天育骠骑歌》中写到天子的千里马,也注意到马的眼睛:"毛为绿缥两耳黄,眼有紫焰双瞳方。矫矫龙性合变化,卓立天骨森开张。"①通过眼睛将马的雄杰意态表现得淋漓尽致。唐人笔下之所以有如此多姿多态的异域之马,是因为这些骏马已经普及到了他们生活的各个方面。

二、"身骑天马多意气":天马与日常生活

唐代社会物质基础丰富,游历之风盛行,来自西域的骏马在唐人冶游生活中扮演者不可或缺的角色,此时的骏马几乎成为人们身份地位和财富的象征了。初唐宋之问在《奉陪武驸马宴唐卿山亭序》中记载他陪驸马游览山亭的经历很具代表性:"一人御历,乾坤尽覆载之功;四海为家,朝野得欢娱之契。若乃侯门向术,近对城隅,帝子垂休,时过戚里。银炉绛节,辞北禁而渡河桥;骏马香车,出东城而临甲第。……重兹行乐,欣陪驸马之游;继以望舒,不顿六龙之辔。爰命栈札,咸令赋诗,记清夜之良游,歌太平之乐事。"②这种从帝子到贵戚,从士人到美妓,乘着骏马香车清夜良游的生活,在物质财富比较富裕的唐代逐渐成为全社会的一种时尚。如张说《桃花园马上应制》所写:

林间艳色骄天马,苑里秾华伴丽人。

愿逐南风飞帝席,年年含笑舞青春。③

桃花园在长安西苑,此诗为张说奉陪帝王游园应制而作。傲骄的天马,相伴着林间艳色以及秾华丽人,这是唐代帝王游春的场景。他的《温泉冯刘二监客舍观妓》则表现了一般士人在佳人骏马相伴下的冶游生活:

温谷寒林薄,群游乐事多。佳人蹀骏马,乘月夜相过。

秀色然红黛,娇香发绮罗。镜前鸾对舞,琴里凤传歌。④

---

① 杨伦笺注:《杜诗镜铨》,上海古籍出版社1980年版,第90页。
② 陶敏、易淑琼校注:《沈佺期宋之问集校注》(上),中华书局2001年版,第676页。
③ 《全唐诗》卷八十九,中华书局1985年版,第981页。
④ 《全唐诗》卷八十八,中华书局1985年版,第971页。

第六章 唐诗中的邻族名物与文化交流

诗中的群游、佳人、骏马、红黛、绮罗、鸾舞、凤歌等情事的描绘,再现了一种富贵热闹而香艳的士人夜晚游乐生活场景。杜甫曾感叹:"同学少年多不贱,五陵衣马自轻肥"。① 唐诗中经常可见的天马伴丽人以及骏马美人等场景就是这种轻裘肥马冶游生活的反映。

这种生活在浪漫的李白身上体现得最突出。时人任华在《寄李白》中表达了对李白作品的高度评价后写道:

任生知有君,君也知有任生未?
中间闻道在长安,及余戾止,君已江东访元丹。
邂逅不得见君面,每常把酒,向东望良久。
见说往年在翰林,胸中矛戟何森森。
新诗传在宫人口,佳句不离明主心。
身骑天马多意气,目送飞鸿对豪贵。
承恩召入凡几回,待诏归来仍半醉。②

任华十分仰慕李白,经常关注着李白的行止。他因为追随而不得邂逅,每次喝酒就向着李白所在的东方怅望,其痴情程度令人感佩。这样的仰慕者自然连李白的传说也会关注,因此任华着重描述了李白在翰林院期间的传说,其中"身骑天马多意气"一句最能点化出李白当时的翩翩形象和豪迈精神。李白一生中最意气风发的就是供奉翰林时期,按照常例,唐朝翰林学士入院,赐中厩马一匹。李白《驾去温泉宫后赠杨山人》就描绘了自己骑着飞龙厩的天马驹陪侍帝王去温泉宫(天宝六载更名为华清宫)游乐的快意生活:

一朝君王垂拂拭,剖心输丹雪胸臆。
忽蒙白日回景光,直上青云生羽翼。
幸陪鸾辇出鸿都,身骑飞龙天马驹。

---

① 杜甫《秋兴八首》其三,杨伦笺注:《杜诗镜铨》,上海古籍出版社1980年,第643页。
② 《全唐诗》卷二百六十一,中华书局1985年版,第2902页。

> 王公大人借颜色,金璋紫绶来相趋。①

李白自述他少年时期落魄于楚汉之间,在萧瑟风尘中长吁落寞。而今受到君王的垂顾,骑着天马龙驹侍从君王驾幸温泉宫,无比的荣耀。此时的天马对于李白而言,就是高贵和其荣宠身份的象征。因此"王公大人"与那些佩戴者"金璋紫绶"的显贵们才纷纷前来与之攀接。骏马之于李白可谓须臾不可分离,即使他后来被玄宗赐金放还离开了长安,也依然有骏马美妾相伴。如其《留别西河刘少府》在向朋友大发一番牢骚后,就很自足的表示:

> 余亦如流萍,随波乐休明。自有两少妾,双骑骏马行。
> 东山春酒绿,归隐谢浮名。②

有两位少妾双双骑着骏马相伴而游,这不仅是李白在官场失意之际最好的一种精神慰藉,也是唐代士人一种时尚的生活方式。

初盛唐时期社会上下这种以骏马显示身份的游乐生活,在中晚唐依然盛行。虽然安史之乱给唐代社会政治等各方面尤其是物质财富带来很大的挫伤,但并未影响人们乘马游乐的兴致。如元和年间登进士第的舒元舆在其《牡丹赋》中,记载了当时人们乘马游春观赏牡丹的盛况:"九衢游人,骏马香车。有酒如渑,万坐笙歌。"③到晚唐,士人们更是将对末世的忧患化作纵情的冶游,进而把这种生活风尚发挥到极致。如杜牧的《扬州三首》其一:

> 骏马宜闲出,千金好暗游。喧阗醉年少,半脱紫茸裘。④

韦庄的《长安春》:

> 长安二月多香尘,六街车马声辚辚。
> 家家楼上如花人,千枝万枝红艳新。……

---

① 王琦注:《李太白全集》,中华书局1985年版,第485页。
② 王琦注:《李太白全集》,中华书局1985年版,第716页。
③ 《全唐文》卷七百二十七,中华书局1983年版,第7486页。
④ 陈允吉校点:《樊川文集》,上海古籍出版社1984年版,第42页。

如今无奈杏园人,骏马轻车拥将去。①

杜牧诗通过扬州骏马少年的闲游,表现了当时扬州城市娱乐生活中的一个侧面。韦庄诗则渲染长安春日的喧嚣和繁闹,那塞满六街的骏马轻车,以及飞扬的香尘,和楼上如花的女子,组成了一幅末代的虚荣和浮华图。

三、"大宛来献赤汗马":唐朝声威

唐诗中的西域之马频繁出现于民族交往、出塞、以及游侠等生活场景中,成为一种显示朝廷声威与民族豪情和气势的文化符号。唐朝一统天下,周边民族尤其是西部各少数民族与唐朝贸易往来或是朝贡频繁,其中往内地输送骏马就是重要的物资之一。如大历年间进士周存《西戎献马》写道:

天马从东道,皇威被远戎。来参八骏列,不假贰师功。

影别流沙路,嘶流上苑风。望云时蹀足,向月每争雄。

禀异才难状,标奇志岂同。驱驰如见许,千里一朝通。②

西戎的天马告别流沙路,来到汉家上苑,它们日行千里,表现出与众不同的标格志气。然而最值得关注的是唐朝不用借助像西汉贰师将军李广利那样的战功让西戎来献天马,而是靠着远播的声威,让他们主动前来献马。天宝十二载(753年)进士及第的鲍防在其《杂感》中也表达了汉家海内承平万国朝拜的盛景:

汉家海内承平久,万国戎王皆稽首。

天马常衔首蓿花,胡人岁献葡萄酒。

五月荔枝初破颜,朝离象郡夕函关。

雁飞不到桂阳岭,马走先过林邑山。③

因为长期的平安兴盛,唐朝的声威深深地吸引着周边的邻族,于是西部的

---

① 《全唐诗》卷七百,中华书局1985年版,第8052页。
② 《全唐诗》卷二百八十八,中华书局1985年版,第3289页。
③ 《全唐诗》卷三百七,中华书局1985年版,第3485页。

天马、苜蓿、葡萄酒,以及南国的荔枝纷纷进献到了内地。在中唐元稹的《和李校书新题乐府十二首·西凉伎》中,"大宛来献赤汗马"也是诗人重点表达的内容:

> 吾闻昔日西凉州,人烟扑地桑柘稠。
> 蒲萄酒熟恣行乐,红艳青旗朱粉楼。……
> 前头百戏竞撩乱,丸剑跳踯霜雪浮。
> 师子摇光毛彩竖,胡姬醉舞筋骨柔。
> 大宛来献赤汗马,赞普亦奉翠茸裘。①

元稹此诗中记录,西凉向唐朝除了进献文化中的百戏、丸剑、狮子舞、胡姬舞之外,重要的物资就是赤汗马以及他们君长的翠茸裘。不难看出,在这些诗作中,不管是作为贸易还是朝贡的物品,西域特产的天马,都是联通西部少数民族和朝廷的重要介媒。

唐代边塞诗很发达,由于物质基础的不断坚实,国力的不断强盛,加之唐玄宗的好尚边功,这种种的时代机遇,对士人们出塞是一种很大的鼓励。这一风气在主观上大大激发了人们讴歌立功边塞的热情,在客观上也为唐代诗人提供了许多体验边地生活的机会。他们或者是因公务出使塞上,或者是怀抱着从征入幕而跻身公侯之列的向往去游边。即使那些没有去过边地的诗人,也受时风的感染,大作特作边塞诗,借以抒发自己的报国决心和慷慨意气。在这些边塞诗中,西域的这些骏马又成为重要角色。如杜甫《高都护骢马行》中的青骢马:

> 安西都护胡青骢,声价欻然来向东。
> 此马临阵久无敌,与人一心成大功。
> 功成惠养随所致,飘飘远自流沙至。
> 雄姿未受伏枥恩,猛气犹思战场利。②

---

① 冀勤点校:《元稹集》,中华书局 1982 年版,第 281 页。
② 杨伦笺注:《杜诗镜铨》,上海古籍出版社 1980 年版,第 28 页。

高都护为高仙芝,他曾为安西都护府副都护。杜甫歌咏的这匹青骢马曾久经战场,立功无数,现在虽然远自西域流沙来到长安,被"功成惠养",但是依然保持着"雄姿""猛气",还盼望着在战场上建立功勋。再如开元进士万楚的《骢马》:

> 金络青骢白玉鞍,长鞭紫陌野游盘。
>
> 朝驱东道尘恒灭,暮到河源日未阑。
>
> 汗血每随边地苦,蹄伤不惮陇阴寒。
>
> 君能一饮长城窟,为报天山行路难。①

这匹配有黄金笼头白玉鞍子的青骢,虽然曾经过着优裕的游乐生活,但是在边境又起战事的时刻,它依然能朝发东道暮到河源,不怕阴寒蹄伤,只为报国立功。

在这些边塞诗歌中,诗人们常将骏马和主人融为一体进行讴歌。如"骏马似风飙,鸣鞭出渭桥。弯弓辞汉月,插羽破天骄"②;"骏马事轻车,军行万里沙。胡山通唱落,汉节绕浑邪"③;"玉樽酒频倾,论功笑李陵。红缰跑骏马,金镞掣秋鹰"④等,这些不断出现在边塞的骏马形象,或者洒脱,或者勇猛,作为主人的一种陪衬,更加传神地表现了唐人强烈的民族豪情与自信精神。

在唐人游侠的生活中,这些异域的骏马同样展示着它们的神威。将游侠与骏马结合是从建安时期曹植的《白马篇》开始的。曹植笔下那位"白马饰金羁,连翩西北驰"的"幽并游侠儿",⑤不仅洒脱、矫捷,武艺高强,还具有可贵的忠勇品格。曹植塑造的游侠少年形象因为那匹装饰着金羁的翩翩白马而更显浪漫精神和英雄气概,为唐代诗人歌咏游侠标示了一种创作范式。如霍总的《骢马》中的侠客与"青骊":

---

① 《全唐诗》卷一百四十五,中华书局1985年版,第1469页。
② 李白《塞下曲》,王琦注:《李太白全集》,中华书局1985年版,第286页。
③ 李益《送客归振武》,范之麟注:《李益诗注》,上海古籍出版社1984年版,第129页。
④ 马戴《边将》,《全唐诗》卷五百五十六,中华书局1985年版,第6449页。
⑤ 赵幼文校注:《曹植集校注》,人民文学出版社1984年版,第411页。

>青骊八尺高,侠客倚雄豪。踏雪生珠汗,障泥护锦袍。
>
>路傍看骤影,鞍底卷旋毛。岂独连钱贵,酬恩更代劳。①

这匹有着八尺之高的青黑色骏马,健壮威猛,疾驰如飞,身为侠客的主人因它而增添了不少雄豪之气。又如薛逢《侠少年》中的"五花骢马":

>绿眼胡鹰踏锦鞲,五花骢马白貂裘。
>
>往来三市无人识,倒把金鞭上酒楼。②

与众不同的是,这位侠少是一位绿眼胡人,他身着白色貂裘,骑着五花骢马,皮制袖衣上还站立着猎鹰,倒提着金色马鞭在繁华的闹市出入酒楼。这位侠少的形象在其五花骢马的陪衬下,无疑更显潇洒威风。再如张易之《出塞》中的侠客和骏马:

>侠客重恩光,骏马饰金装。暂闻传羽檄,驰突救边荒。③

这位侠客,在边境羽檄飞传的时刻,骑着装饰了金装的骏马驰突救边。唐人的豪情气势,从游侠的骏马形象上可见一斑。

四、"天马长鸣待驾驭":以骏马喻人才

早在先秦时期,以骏马比喻人才就被人们所接受。这种现象一方面缘于先秦时期人们擅长用寓言来阐明道理或学说,一方面也缘于诸侯国之间激烈的人才竞争态势。如《墨子·亲士》明确地将"良弓""良马"和"良才"相提并论,曰:"良弓难张,然可以及高入深;良马难乘,然可以任重致远;良才难令,然可以致君见尊。"④荀子也多次用马作比喻来阐说用人与治国道理,《荀子·君道》曰:"故伯乐不可欺以马,而君子不可欺以人,此明王之道也。"⑤用伯乐与马之间的关系类比君子与人才之间的关系,进而阐明君子的取人之道和用

---

① 《全唐诗》卷五百九十七,中华书局1985年版,第6911页。
② 《全唐诗》卷五百四十八,中华书局1985年版,第6334页。
③ 《全唐诗》卷八十,中华书局1985年版,第868页。
④ 孙诒让:《墨子间诂》卷一,《诸子集成》第四册,团结出版社1996年版,第20页。
⑤ 王先谦:《荀子集解》卷八,《诸子集成》第二册,团结出版社1996年版,第203页。

人之法。

骏马蕴涵的这一文化传统也被唐人继承下来并发扬光大了,在唐诗中,我们屡见这样的比拟。如杜甫《醉歌行赠公安颜少府,请顾八题壁》中写道:

神仙中人不易得,颜氏之子才孤标。

天马长鸣待驾驭,秋鹰整翮当云霄。①

杜甫称美颜少府是难得的人才,而其才气孤标的表现就像长鸣的天马等待驾驭,像整翮的秋鹰高举云霄。杜甫选择"天马长鸣待驾驭"象征俊逸之才等待被使用,就是继承了以骏马比喻人才这样的文化内涵。再如其《赠陈二补阙》:

世儒多汩没,夫子独声名。献纳开东观,君王问长卿。

皂雕寒始急,天马老能行。自到青冥里,休看白发生。②

前四句杜甫称赞陈补阙的品格和才学,"世儒"和"夫子"谓其老儒宿学,身为献纳之职,君王顾问,正是其声名显赫之处。后四句为勉励之词,用雕鹰搏击寒空,天马老健不衰,激励陈补阙不要以头生白发自嫌。杜甫此诗写他人也在喻自己,其中"天马老能行"的自况不免让人产生一唱三叹的感慨。

骏马如人,也有老病的时候,因此,诗人们用其比拟人才时不唯描绘其健壮的形象,也常选择其疲老病弱的样貌。如李白的《天马歌》在表现了天马"背为虎文龙翼骨,嘶青云,振绿发","腾昆仑,历西极"的卓而不凡后,重点描绘了天马的悲凉晚境:

天马奔,恋君轩,駷跃惊矫浮云翻。

万里足踯躅,遥瞻阊阖门。不逢寒风子,谁采逸景孙。

白云在青天,丘陵远崔嵬。盐车上峻坂,倒行逆施畏日晚。

伯乐翦拂中道遗,少尽其力老弃之。

愿逢田子方,恻然为我悲。虽有玉山禾,不能疗苦饥。

---

① 杨伦笺注:《杜诗镜铨》,上海古籍出版社 1980 年版,第 940 页。
② 杨伦笺注:《杜诗镜铨》,上海古籍出版社 1980 年版,第 30 页。

严霜五月凋桂枝,伏枥衔冤摧两眉。

请君赎献穆天子,犹堪弄影舞瑶池。①

这匹天马少壮时荣耀无比,它有着"曾陪时龙蹑天衢,羁金络月照皇都"的经历,但是到了晚年,却被"少尽其力老弃之",只能过着"伏枥衔冤摧两眉"的日子,因此它盼望能遇到知马识马并爱马的伯乐和体恤老马的田子方。《战国策·楚策四》记载一匹老年千里马,被鞭打着驾盐车爬太行山。它的蹄子僵直,膝盖折断,尾巴浸湿,皮肤溃烂,汗水流淌,再也走不动了。此刻伯乐遇到了它,伯乐抱住它痛哭,并脱下自己的麻衣给它披上。于是千里马低头长叹,又仰头高鸣,其声直达云天,像金石相撞般响亮。因为它知道伯乐是珍惜自己的知己。《韩诗外传》卷八记载,田子方外出,见一匹喟然有志的老马立于道旁,便问赶马人是何马,回答是公家所养马,因老弱不再使用,便想把它卖掉。田子方感慨道:年少尽其气,年老就抛弃,这不是仁义之人做的事。于是就用五匹帛买下了这匹老马。伯乐和田子方都是古代著名的识马惜马之人,李白诗中用此典故,就是以天马比喻人才,希望发挥才能,依然能被重用。所以王琦注曰:"以马之老而见弃自况。"萧士赟也评说:"此诗为逸群绝伦之士不遇知己者叹也。"②元稹也曾在《哀骢马呈致用》中描写了一匹病弱的骢马,表达其"半夜雄嘶心不死"的愿望:

枥上病骢啼袅袅,江边废宅路迢迢。

自经梅雨长垂耳,乍食菰蒋欲折腰。

金络衔头光未灭,玉花衫色瘦来燋。

曾听禁漏惊衙鼓,惯踏康庄怕小桥。

半夜雄嘶心不死,日中饥饿尾还摇。

龙媒薄地天池远,何事牵牛在碧霄?③

---

① 王琦注:《李太白全集》,中华书局1985年版,第187页。
② 李白《天马歌》附评,王琦注:《李太白全集》,中华书局1985年版,第189页。
③ 冀勤点校:《元稹集》,中华书局1982年版,第201页。一作罗隐诗。

诗题中的"致用"是中唐人李景俭的字，元稹这首咏马诗呈给李景俭，就有借马喻人的目的。他笔下的这匹骢马也有过辉煌的过去，从其"金络衔头""玉花衫色""曾听禁漏""惯踏康庄"的经历看，这是一匹曾经效力于皇宫的骏马。如今病骢垂耳折腰，饥饿燋瘦，但依然半夜雄嘶，心怀云霄。这些老病骏马的经历与遭遇，与那些老而被弃的人才命运颇为相类，因此，唐诗中此类骏马被赋予的意义也最具时代特点。

五、"胡马犯潼关"：胡马的文化意义

胡马的文化意义也属唐人开掘的新点。在唐诗关于马的名称中，只有"胡马"带有地域色彩，而其他的无论是天马、骢马、汗马、骏马、骅骝等，即使有的也来自于异域邻族，但从称呼上还是无法看出地域特点。因此，胡马的文化内涵在多数情况下就成为北方少数民族的代称。如崔融《关山月》：

月生西海上，气逐边风壮。万里度关山，苍茫非一状。

汉兵开郡国，胡马窥亭障。夜夜闻悲笳，征人起南望。①

此诗前四句描绘了一幅辽阔而苍凉的边关景象：月生西海照耀着万里关山，边风急骤更添肃杀景状，"汉兵"与"胡马"的一场大战即将爆发。这里的"胡马"就明确指向了入侵的北方少数民族。又如王昌龄《出塞》其一：

秦时明月汉时关，万里长征人未还。

但使龙城飞将在，不教胡马度阴山。②

此诗历来受到诗评大家们的好评，明代杨慎认为此诗可入神品，清代施补华认为其"意态绝健，音节高亮"，③虽然在解意上诸家尚有讽刺或赞美的不同意见，但是"胡马"指代入侵的北方邻族则没有异议。

---

① 《全唐诗》卷六十八，中华书局1985年版，第764页。
② 李云逸注：《王昌龄诗注》，上海古籍出版社1984年版，第130页。
③ 王昌龄《出塞》其一评鉴，李云逸注：《王昌龄诗注》，上海古籍出版社1984年版，第130—133页。

在唐代诸多诗人的笔下,以胡马代替北方少数民族的现象颇为普遍。李白《塞下曲六首》其二有"天兵下北荒,胡马欲南饮。"①其《胡无人》又写道:"严风吹霜海草凋,筋干精坚胡马骄。"②高适《睢阳酬别畅大判官》也有类似的表述:"言及沙漠事,益令胡马骄。大夫拔东蕃,声冠霍嫖姚。"③杜甫《入衡州》有言:"兵革自久远,兴衰看帝王。汉仪甚照耀,胡马何猖狂。"④钱起的《广德初銮驾出关后登高愁望》也刻画说:"黄云压城阙,斜照移烽垒。汉帜远成霞,胡马来如蚁。"⑤刘长卿《旅次丹阳郡,遇康侍御宣慰召募,兼别岑单父》则表示:"羁人怀上国,骄虏窥中原。胡马暂为害,汉臣多负恩。"⑥这些诗中骄傲的胡马、猖狂的胡马、如蚁的胡马、为害的胡马,都是指代北方入侵的邻族。

由于胡马的这一指代意义基本固化,加之在安史之乱爆发时,安禄山及史思明所带之兵几乎都为北方胡人,所以胡马在一段时期内,又增加了一个特别的涵义,成为安史叛军的代名词了。如杜甫的《洛阳》:

洛阳昔陷没,胡马犯潼关。天子初愁思,都人惨别颜。

清笳去宫阙,翠盖出关山。故老仍流涕,龙髯幸再攀。⑦

这是杜甫晚年追忆往事之作。安禄山于天宝十四载(755年)十二月陷东京洛阳,次年六月入潼关,即此诗头两句所述的史实,这里的"胡马"就是指代安史叛军。随后杜甫描绘了唐玄宗逃往蜀川,以及收京后重新回到长安的过程,表达了以"都人"和"故老"为代表的国人对这场灾难的反思,堪称诗史之作。再如李白《流夜郎赠辛判官》一诗,他先向朋友描绘了其在长安的无上荣耀生活:"昔在长安醉花柳,五侯七贵同杯酒。气岸遥凌豪士前,风流肯落他

---

① 王琦注:《李太白全集》,中华书局1985年版,第285页。
② 王琦注:《李太白全集》,中华书局1985年版,第213页。
③ 刘开扬笺注:《高适诗集编年笺注》,中华书局1984年版,第93页。
④ 杨伦笺注:《杜诗镜铨》,上海古籍出版社1980年版,第1020页。
⑤ 《全唐诗》卷二百三十六,中华书局1985年版,第2610页。
⑥ 《全唐诗》卷一百五十,中华书局1985年版,第1549页。
⑦ 杨伦笺注:《杜诗镜铨》,上海古籍出版社1980年版,第826页。

人后。夫子红颜我少年,章台走马著金鞭。文章献纳麒麟殿,歌舞淹留玳瑁筵。"接着他笔锋一转,写安史之乱导致自己命运发生的巨变:

> 与君自谓长如此,宁知草动风尘起。
> 函谷忽惊胡马来,秦宫桃李向明开。
> 我愁远谪夜郎去,何日金鸡放赦回。①

其中的"函谷忽惊胡马来"就是指安史叛军攻陷函谷关一事。安史之乱爆发后,李白因参加永王李璘幕府事而获罪,被流放到夜郎。他在长安曾经春风得意的日常瞬间就被安史叛军打破了。

从这一文化意蕴而言,胡马似乎有着很不光彩的名声,但纵观唐诗中胡马的形象,也不完全如此。有时胡马也可成为勇猛和忠诚的审美意象。杜甫的《房兵曹胡马》和《李鄠县丈人胡马行》两首诗中的胡马就渗透了对其赞美的感情。前一首写道:"胡马大宛名,锋棱瘦骨成。竹批双耳峻,风入四蹄轻。所向无空阔,真堪托死生。骁腾有如此,万里可横行。"②诗的前四句描摹胡马的骨相,《齐民要术》认为良马的标志是"马耳欲小而锐,状如削竹筒"。后四句写胡马的忠勇精神,进而以胡马的骁勇无敌,堪托死生,横行万里来表现主人立功异域的志向。后一首也是赞美李丈人拥有的胡马具备耳锐蹄坚的神骏之姿:

> 丈人骏马名胡骝,前年避胡过金牛。
> 回鞭却走见天子,朝饮汉水暮灵州。
> 自矜胡骝奇绝代,乘出千人万人爱。
> 一闻说尽急难材,转益愁向驽骀辈。
> 头上锐耳批秋竹,脚下高蹄削寒玉。
> 始知神龙别有种,不比俗马空多肉。③

---

① 王琦注:《李太白全集》,中华书局1985年版,第563页。
② 杨伦笺注:《杜诗镜铨》,上海古籍出版社1980年版,第5页。
③ 杜甫《李鄠县丈人胡马行》,杨伦笺注:《杜诗镜铨》,上海古籍出版社1980年版,第211页。

诗先写李丈人胡马的经历,来衬托诗人的坎坷,最后以骏马不易识,来比况相士之难。可见杜甫的这两首咏胡马的诗,都是将胡马作为人的比体,来正面歌颂的。

要之,随着唐代士人社会生活的不断丰富、西域骏马在内地的逐渐增多,人们生活中与马的联系日趋密切。唐人笔下出现了多姿多态的异域骏马,在冶游生活中,它成为唐人身份地位和财富的象征,显示了唐代社会物质财富比较富裕的生活时尚。在民族交往、出塞、以及游侠等生活场景中,它成为一种显示朝廷声威与民族豪情和气势的文化符号。唐代诗人还继承了前人以骏马比喻人才的情感表达方式,一方面以卓尔不群的天马、骢马等比喻心胸万夫的青年才俊,另一方面也用病弱老马比喻那些老而被弃或怀才不遇的落魄文人。此外,"胡马"的文化内涵也有新意,它在多数情况下被作为北方少数民族的代称,但是在安史之乱时期,"胡马"则成为安史叛军的代名词。唐诗中各种场合中的异域骏马,不仅丰富了前人对骏马的书写,令其文化蕴含愈益繁博,同时,也让我们对唐代曾经拥有过的国际声威与物质繁华,以及唐代人丰富的文化生活都有了一些更加直观的了解。

参考文献

一、古籍类

孔安国传,孔颖达等正义:《尚书》,上海古籍出版社1990年版。
杜预等注:《春秋三传》,上海古籍出版社1987年版。
司马迁:《史记》,中华书局1963年版。
班固著,颜师古注:《汉书》,中华书局1964年版。
范晔著,李贤等注:《后汉书》,中华书局1965年版。
陈寿:《三国志》,中华书局1987年版。
魏收:《魏书》,中华书局1974年版。
魏征:《隋书》,中华书局1982年版。
李延寿:《北史》,中华书局1983年版。
刘昫:《旧唐书》,中华书局1975年版。
欧阳修、宋祁:《新唐书》,中华书局1975年版。
宋敏求编,洪丕谟等点校:《唐大诏令集》,学林出版社1992年版。
脱脱等:《宋史》,中华书局1977年版。
司马光编著,胡三省音注:《资治通鉴》,中华书局1986年版。
中研院历史语言研究所编:《明实录》,中华书局1967年版。
杨倞注:《荀子》,上海古籍出版社2010年版。
赵幼文校注:《曹植集校注》,人民文学出版社1984年版。
吴云、唐绍忠注:《王粲集注》,中州书画社1984年版。
袁行霈撰:《陶渊明集笺注》,中华书局2003年版。
吴云、冀宇校证:《唐太宗全集校注》,天津古籍出版社2004年版。

徐定祥校注:《杜审言诗注》,上海古籍出版社1982年版。
陶敏、易淑琼校注:《沈佺期宋之问集校注》,中华书局2001年版。
徐鹏校点:《陈子昂集》,上海古籍出版社2013年版。
徐明霞点校:《卢照邻集杨炯集》,中华书局1980年版。
陈熙晋笺注:《骆临海集笺注》,上海古籍出版社1985年版。
刘开扬笺注:《高适诗集编年笺注》,中华书局1984年版。
王琦注:《李太白全集》,中华书局1985年版。
杨伦笺注:《杜诗镜铨》,上海古籍出版社1980年版。
仇兆鳌注:《杜诗详注》,中华书局1979年版。
王嗣奭:《杜臆》,上海古籍出版社1983年版。
《张燕公集》,中华书局1985年版。
赵殿成笺注:《王右丞集笺注》,上海古籍出版社1984年版。
李云逸注:《王昌龄诗注》,上海古籍出版社1984年版。
陈铁民、侯忠义校注:《岑参集校注》,上海古籍出版社1981年版。
万竞君注:《崔颢诗注崔国辅诗注》,上海古籍出版社1982年版。
钱仲联集释:《韩昌黎诗系年集释》,上海古籍出版社1984年版。
《韩昌黎全集》,中国书店1994年版。
《柳宗元集》,中华书局1979年版。
顾学颉点校:《白居易集》,中华书局1985年版。
冀勤点校:《元稹集》,中华书局1982年版。
瞿蜕园笺证:《刘禹锡集笺证》,上海古籍出版社1989年版。
冯浩笺注:《玉溪生诗集笺注》,上海古籍出版社1998年版。
冯浩详注,钱振伦、钱振常笺注:《樊南文集》,上海古籍出版社2015年版。
陈允吉校点:《樊川文集》,上海古籍出版社1984年版。
吴在庆校注:《杜牧集系年校注》,中华书局2008年版。
胡大浚笺注:《贯休歌诗系年笺注》,中华书局2011年版。
沈德潜选注:《唐诗别裁集》,上海古籍出版社1983年版。
董诰等编:《全唐文》,中华书局1983年版。
彭定求:《全唐诗》,中华书局1985年版。
王溥:《唐会要》,上海古籍出版社1991年版。
杨伯峻译注:《论语译注》,中华书局1980年版。
杨伯峻译注:《孟子译注》,中华书局1988年版。

杨伯峻注:《春秋左传注》,中华书局1995年版。
程俊英译注:《诗经译注》,上海古籍出版社2012年版。
朱东润校注:《梅尧臣集编年校注》,上海古籍出版社出版1980年版。
韦述著,陈子怡校证:《校正两京新记》,中华书局1985年版。
张彦远:《历代名画记》,上海人民美术出版社1964年版。
康骈著,兰翠点校:《剧谈录》,山东人民出版社2018年版。

二、今著类

陈寅恪:《金明馆丛稿初编》,生活·读书·新知三联书店2001年版。
陈贻焮:《杜甫评传》,北京大学出版社2003年版。
陈伯海主编:《唐诗论评类编》,上海古籍出版社2015年版。
傅璇琮主编:《唐五代文学编年史》,辽海出版社1998年版。
傅璇琮主编:《唐才子传校笺》,中华书局2002年版。
郭沫若:《李白与杜甫》,人民文学出版社1972年版。
韩理洲:《陈子昂研究》,上海古籍出版社1988年版。
韩国磐:《隋唐五代史纲》,人民出版社1983年版。
周绍良主编:《全唐文新编》,吉林文史出版社2000年版。
周勋初校证:《唐语林校证》,中华书局2008年版。
周勋初等编:《全唐五代诗》,陕西人民出版社2014年版。
逯钦立辑校:《先秦汉魏晋南北朝诗》,中华书局1984年版。
林庚、冯沅君主编:《中国历代诗歌选》,人民文学出版社1985年版。
梅庆吉:《唐诗植物园》,大连出版社2009年版。
潘富俊:《唐诗植物图鉴》,上海书店出版社2003年版。
任文京:《唐代边塞诗的文化阐释》,人民出版社2005年版。
四川省社会科学院文学研究所等编:《陈子昂研究论集》,中国文联出版公司1989年版。
苏晋仁、萧𬭚子校正:《〈册府元龟〉吐蕃史料校证》,四川民族出版社1981年版。
闻一多:《唐诗杂论》,上海古籍出版社1998年版。
程妮娜:《东北史》,吉林大学出版社2001年版。
杨建新:《中国少数民族通论》,民族出版社2005年版。
崔明德、马晓丽:《隋唐民族关系思想史》,人民出版社2010年版。
崔明德:《中国古代和亲史》,人民出版社2005年版。

游国恩等主编:《中国文学史》,人民文学出版社 2000 年版。

张雄:《中国中南民族史》,广西人民出版社 1989 年版。

兰翠:《唐诗题材与文化》,中国文联出版社 2003 年版。

兰翠:《唐代孟子学研究》,北京大学出版社 2014 年版。

[美]爱德华·谢弗:《唐代的外来文明》,中国社会科学出版社 1995 年版。

三、论文类

李宜琛:《李白的籍贯和生地》,《晨报副刊》1926 年 5 月 10 日。

冯友兰:《韩愈李翱在中国哲学史中之地位》,《清华周刊》1932 年第 9—10 期。

王昌猷:《韩愈生平及其思想的评价——兼论董仲舒对儒学的改造与沿袭》,《湖南师院学报(哲学社会科学版)》1979 年第 2 期。

佘正松:《九曲之战与高适诗歌中的爱国主义》,《文学遗产》1981 年第 1 期。

葛晓音:《关于陈子昂的死因》,《学术月刊》1983 年第 2 期。

葛晓音:《论初盛唐诗歌革新的基本特征》,《中国社会科学》1985 年第 2 期。

张晓松:《试论韩愈的政治思想》,《上饶师专学报(社会科学版)》1986 年第 4 期。

洪流:《韩愈谏迎佛骨的历史意义》,《暨南学报(哲学社会科学)》1988 年第 1 期。

刘石:《陈子昂新论》,《文学评论》1988 年第 2 期。

邹进先:《论韩愈反佛老对其文学思想及诗文创作的影响》,《社会科学辑刊》1990 年第 5 期。

雷学华:《试论唐代岭南民族政策》,《中南民族学院学报(哲学社会科学版)》1991 年第 5 期。

周勋初:《论李白对唐王朝与边疆民族战事的态度》,《文学遗产》1993 年第 3 期。

朱易安:《元和诗坛与韩愈的新儒学》,《文学遗产》1993 年第 3 期。

徐希平:《李白与少数民族》,《西南民族学院学报(哲学社会科学版)》1993 年第 4 期。

徐希平:《唐诗中的羌笛及其所蕴含和平交融文化内涵》,《杜甫研究学刊》2016 年第 1 期。

刘国盈:《韩愈与僧人》,《首都师范大学学报(社会科学版)》1994 年第 4 期。

吴逢箴:《试论杜甫的民族观——以杜甫有关唐蕃关系的诗为例》,《杜甫研究学刊》1995 年第 1 期。

崔明德:《突厥、回纥与唐朝关系之比较研究——兼论民族关系史研究中的几个问题》,《理论学习》1985 年第 1 期。

崔明德:《述评唐太宗的民族关系理论》,《中国边疆史地研究》1995年第2期。

崔明德:《略谈中国古代少数民族的思想文化》,《烟台大学学报(哲学社会科学版)》2010年第1期。

刘金宝:《试论唐太宗、唐高宗对高丽的战争》,《中国边疆史地研究》1995年第3期。

黄永年:《论韩愈在中国思想史上的地位》,《陕西师范大学学报(哲学社会科学版)》1996年第1期。

杜晓勤:《从家学渊源看陈子昂的人格精神和诗歌创作》,《文学遗产》1996年第6期。

杜晓勤:《骆宾王从军西域考辨》,《唐代文学研究》2010年第13辑。

李炳海:《民族融合与古代边塞诗的战地风光》,《北方论丛》1998年第1期。

张采民:《论陈子昂的诗歌革新主张与诗歌创作》,《南京师大学报》1998年第4期。

蔡明玲:《从汉匈关系的视域讨论胡笳在汉文化中的意义展演》,《徐州师范大学学报(哲学社会科学版)》2007年第3期。

胡大浚:《贯休的边塞诗作与晚唐边塞诗》,《河西学院学报》2007年第6期。

彭超、徐希平:《杜甫和睦平等之民族意识略论》,《杜甫研究学刊》2010年第3期。

仇鹿鸣、唐雯:《高适家世及其早年经历释证——以新出〈高崇文玄堂记〉、〈高逸墓志〉为中心》,《社会科学》2010年第4期。

海滨:《唐诗三种创作主题与西域器乐文化关系的流变考释》,《上海大学学报(社会科学版)》2011年第7期。

余恕诚、王树森:《唐代有关河湟诗歌的诗史意义》,《学术界》2012年第8期。

傅绍良:《论杜甫和白居易谏净心态差异的文化模型意义》,《陕西师范大学学报(哲学社会科学版)》2015年第1期。

李振中:《初唐夷夏观、藩属观、天下观与极盛疆域的形成关系论略》,《商丘师范学院学报》2015年第5期。

胡可先:《岑参〈优钵罗花歌〉与天山雪莲》,《古典文学知识》2019年第2期。

兰翠:《论唐诗中的"夷"——兼及诗人的文化体验》,《中南民族大学学报》2019年第4期。

兰翠:《论刘禹锡诗歌对贬谪地异族文化的书写》,《东方论坛》2021年第1期。

兰翠:《韩愈民族观析论——兼与柳宗元比较》,《山东社会科学》2021年第5期。

兰翠:《陈子昂民族观论析》,《烟台大学学报(哲学社会科学版)》2021年第6期。

张亚飞:《胡琴琵琶与羌笛:从岑参边塞诗创作看盛唐西域乐舞》,《北方文学》2020年第5期。

薛隽雯:《唐代各族和平交往边塞诗研究》,上海师范大学硕士学位论文,2003年。

杨旭珍:《唐代胡笳诗研究》,内蒙古大学硕士学位论文,2011年。

支峭原:《唐代岭南羁縻之法研究》,华南理工大学硕士学位论文,2017年。

郑筱筱:《中国胡琴文化研究——以"二胡"为例》,中国音乐学院硕士学位论文,2018年。

彭飞:《隋唐东北边塞诗研究》,吉林大学博士学位论文,2011年。

后　　记

　　每当在书稿交付之际,总免不了要有一些回望与反思。这部书稿是我2019年立项的国家社科基金结题成果,为期三年,于2022年底如期完成。这三年,恰好是新冠疫情肆虐时期,封校、线上授课、日复一日的核酸检测、出入层层的关卡、反复的扫码查验等等,非常态的工作与生活节奏,有时候固然让人十分无奈,但是也让我有完整的时间静下心来,潜心于课题的研究,在阅读与写作之中获得内心的满足和安适。

　　古人云,读万卷书,行万里路。研究唐诗中的民族交流问题,所涉及的地域十分广泛,计划中要亲自体验一下部分唐诗之路的心愿,因疫情外出调研不便而无法即期实现。好在以往的行旅经历可以弥补这一缺憾。其中大西北是唐代民族关系最重要也是最复杂的区域,对这一区域的亲历感受得益于37年前在北大中文系读研究生时到敦煌的社会调研经历。当时我们八五级中国古代文学的部分研究生一行六人(孟二冬、张英、马自立、李简、宋晓霞与本人)从北京出发,经开封、洛阳、西安、兰州,一路向西到达敦煌。在那里,我们体验了王昌龄笔下"大漠风尘日色昏"的漫天黄沙,感受了岑参笔下"四望云天直下低"的无垠戈壁,也看到了王维笔下"长河落日圆"的壮美瑰丽景象。为期一个月的大西北之行,对我日后的学术研究助益很大,我的硕士论文就因此择定了唐代边塞诗这一选题。随后在工作中,新疆、海南、闽南、蜀川、内蒙等地的文化体验,每每都让我在阅读唐人相关诗作以及写作这部书稿时感受到了身临其境的亲切。

  唐代极盛时期的版图极广,东西南北边域各民族的风土人情也极为丰富多样,唐代诗人或漫游、或从军、或贬谪,多有身行万里半天下的经历。他们记录的民族交往事件与民族风情,有的可补史料之缺,有的可证史料之实。徜徉于这些诗作的描绘之中,想象着距离我们1300多年前的唐人所经历的和所感受的一切,那种状态,的确是如刘勰所言的"思接千载""视通万里"。对唐人而言,秦时的明月汉时的关隘,是他们跨越时代希望探究对接的,对我们而言,唐人曾走过的辽远的边域之路,也是我们希望探究对接的。这不仅是一条流淌不断的历史文脉,更是一根连绵不绝的精神血脉。因此,我在细致研读唐代主要诗人别集近30余种的基础上,参考使用了史学文献十几种、今人著述近百种,以及《全唐诗》《全唐文》《先秦汉魏晋南北朝诗》等总集,选择分析了五百余首诗歌文本。尤其是在诗人别集的资料搜集中,力求能较全面客观细致地解读出唐朝代表诗人的民族情感与民族观念,从而达成知古鉴今的心愿。在写作过程中,一些体会也得到了学界的认可,先后发表了《论唐诗中的"夷"——兼及诗人的文化体验》《韩愈民族观析论——兼与柳宗元比较》《陈子昂民族观论析》《初唐四杰诗歌中的民族情感探析》《论刘禹锡诗歌对贬谪地异族文化的书写》《唐诗远域草木意象论析》《王维为西北留下的自然镜像》《大食刀与蕃剑:杜诗中的邻族武器》8篇阶段性相关学术论文。十分感谢《中南民族大学学报》《山东社会科学》《东方论坛》《烟台大学学报》《中国传统文化研究》《博览群书》《文史知识》的诸位编辑老师辛苦的指导与付出!

  2023年是我的耳顺之年,已从工作了三十五年的烟台大学退休。一路走来,我时刻不忘师友们的提携和帮助。如今我又被聘为山东外事职业大学教育学院院长。学院所在地威海是我的故乡,依山傍海,优美环境,熟悉的乡土

后　记

风情,热爱的教育岗位,更让我感恩所有的遇见!这部书稿得以在人民出版社出版,要特别感谢周绚隆教授的热心举荐,感谢责编侯俊智先生细致耐心的工作!因为这部书让我有了一件送给自己可堪纪念的退休礼物。

癸卯岁秋记于山东外事职业大学汇远楼